Clannon Miller

Pygmalion

~ perfekt unverliebt ~

1.Auflage 2015

ISBN-13: 978-1515047582
ISBN-10: 151504758X

www.clannonmiller.de

Lektorat und Umschlaggestaltung MLG unter Verwendung von Motiven aus © Shutterstock (Inga Dudkina / Conrado)

Korrektorat: SW-Korrekturen

Verlag: Create Space Independent Publishing Platform

© by Clannon Miller,

c/o Papyrus Autoren-Club

Pettenkofer Str. 16-18

10247 Berlin

Die Buch- und Cover-Rechte liegen bei der Autorin.

Das Werk ist urheberrechtlich geschützt. Jede Verwertung und Vervielfältigung – auch auszugsweise – ist nur mit ausdrücklicher schriftlicher Genehmigung der Autorin gestattet. Alle Rechte, auch die der Übersetzung des Werkes, liegen bei der Autorin. Zuwiderhandlung ist strafbar und verpflichtet zu Schadenersatz.

Bibliografische Information der Deutschen Nationalbibliothek:

Die Deutsche Nationalbibliothek verzeichnet diese Publikation in der Deutschen Nationalbibliografie; detaillierte bibliografische Daten sind im Internet über http://dnb.d-nb.de abrufbar.

Personen und Handlungen dieser Geschichte sind frei erfunden. Ähnlichkeiten sind rein zufällig.

Pygmalion nach Ovid

~

Es lebte einst ein großartiger Bildhauer auf Zypern mit dem Namen Pygmalion. Er war ein Frauenfeind geworden, weil er mit zügellosen Frauen schlechte Erfahrungen gemacht hatte. Nun lebte er nur noch für seine Bildhauerei. Er erschuf eine Statue aus Elfenbein, die wie eine lebendige Frau aussah. Aber sie stellte nicht nur eine beliebige Frau dar, sondern seine Traumfrau. Er verliebte sich schließlich so sehr in seine Statue, dass er Venus, die Göttin der Liebe, anflehte, ihm zu helfen: Er bat sie, seine künftige Frau solle so sein wie die von ihm erschaffene Statue. Als er nach Hause zurückkehrte und die Statue wie üblich zu liebkosen begann, wurde diese langsam lebendig.

INHALT

1. Erbtante, Küchenhilfe, Jahrestag	5
2. Dreimal Nein ist Ja	27
3. Makeover	47
4. Fünf-Stufen-Plan	65
5. Die Not mit der Kunst	87
6. Die Handtasche einer Frau	107
7. Audienz	129
8. Etüden	151
9. Nächtliche Eskapaden	177
10. In der guten alten Zeit	197
11. Lektionen dazwischengeschoben	215
12. Dumm gelaufen	235
13. Erstens kommt es anders …	255
14. Ferncoaching	281
15. Alltagscoaching	303
16. Familienbande	327
17. Die gelehrige Braut	357
18. Überraschung! Überraschung!	377
19. Enthüllt, entlobt, enttäuscht	399
20. Väter und Töchter	423
21. Polterabend	447
22. Hochzeitsbrimborium	461
Epilog – Oder was ist eigentlich mit Hannes?	469
Liebe Leser	473
Über Clannon Miller	474

Clannon Miller

1. Erbtante, Küchenhilfe, Jahrestag

Eine Erbtante heißt deswegen Erbtante, weil sie sich durch verschiedene Kriterien von Nicht-Erbtanten unterscheidet.

Erstens ist sie stinkreich. Zweitens besteht berechtigte Hoffnung, dass man nach ihrem Ableben selbst stinkreich sein wird, und drittens muss man ihr dafür unaufhörlich in den Arsch kriechen.

Philipps Großtante Olga war eine von diesen besagten Erbtanten. Ein Drache in Menschengestalt mit dem Humor einer Amöbe und der Übellaunigkeit eines Massenmörders. Das sogenannte „Arschkriechen" forderte von Philipp deshalb ein großes Maß an Selbstbeherrschung und Heuchelei.

Und Alkohol!

„Ich will diese Frau, die es geschafft hat, deinen Bruder rumzukriegen, endlich kennenlernen!", verlangte Olga mit krächzender Stimme und klopfte dabei mit ihrem Gehstock so heftig auf den Boden, dass ihre Teetasse auf dem Tisch schepperte. Sie saß in ihrem Lieblingssessel an ihrem Lieblingsplatz am Fenster. Von dort aus konnte sie alles beobachten, was sich auf der ruhigen Anliegerstraße unterhalb ihrer Villa bewegte, und natürlich hatte sie es sich zur Angewohnheit gemacht, über alles, was sie da beobachtete, ausgiebig zu meckern.

„Ich glaube erst an diese Verlobte, wenn ich sie mit eigenen Augen gesehen habe, oder denkst du, ich bin dämlich? Jedes Mal hältst du mich mit einer anderen Ausrede hin. Du hoffst wohl, dass ich ins Gras beiße, bevor ich sie getroffen habe." Wieder hämmerte sie ihren Stock mit einem unerbittlichen Tock, Tock, Tock auf den Parkettfußboden.

„Tante Olga, ich bitte dich, wie kommst du nur darauf?" Leider hatte Tante Olga den Nagel auf den Kopf getroffen – beinahe. Aber Philipp lächelte freundlich und hoffte, dass sein Charme ausreichen und sie seinen Schwindel auch dieses Mal wieder schlucken würde. „Eva hat einfach viel zu tun. Ich habe dir doch gesagt, dass sie dauernd im Ausland unterwegs ist. Ihr Terminkalender ist randvoll."

„Dann sorge dafür, dass die mysteriöse Verlobte deines Bruders in ihrem Terminkalender Platz für mich schafft. Er soll sie an meinem 87. Geburtstag mitbringen, sonst seht ihr beide keine müde Mark mehr von mir, und Anette bleibt im Testament stehen, bis ich abkratze."

Philipp leerte das Cognacglas in einem Zug und bedachte seine Tante mit einem verzweifelten Blick. Ein Blick, wie ihn auch der französische König Ludwig XVI. aufgesetzt haben könnte, als man ihn zur die Guillotine führte. Nicht dass Philipp viel Ahnung von Geschichte hatte, aber er konnte ziemlich genau nachvollziehen, wie jemand sich fühlen musste, kurz bevor ihm der Kopf abgehackt wurde.

„Wir haben inzwischen den Euro als Währung, Tante Olga!", murmelte er in sein Cognacglas und überlegte krampfhaft, wie er sich dieses Mal nur aus der Affäre ziehen konnte. Sein Bruder konnte seine Verlobte nicht zu Olgas Geburtstag mitbringen, weil es keine Verlobte gab.

„Das weiß ich! Denkst du, ich bin blöd? Seit die D-Mark weg ist, geht es bergab mit diesem Land!", wetterte Olga. „Und seit Leute wie du das Sagen haben erst recht. Verdienst du etwa immer noch dein Geld damit, dass du in anderer Leute Kleiderschränke herumstöberst?"

Philipp war als Shopping-Berater in der PR-Firma seines Bruders angestellt, aber Tante Olga konnte mit diesem Berufsbild nichts anfangen. Sie wusste nicht einmal, wie man die Worte aussprach, geschweige denn, was sie bedeuteten. Aus ihrer Sicht war das, was Philipp tat, kein anständiger Beruf, sondern nur Beutelschneiderei.

„Zu meiner Zeit hätte man einen Nichtsnutz wie dich an die Front geschickt."

Abgesehen davon, dass Tante Olga im Grunde alle ihre Mitmenschen entweder an die Front oder ins Straflager schicken wollte, fand Philipp diesen Ausdruck „Zu meiner Zeit!" einfach nur schrecklich. Wie sich das anhörte! Das klang, als wäre die Zeit eines Menschen schon abgelaufen, obwohl er noch gar nicht gestorben war. Vielleicht war das bei Tante Olga ja so. Sie hockte tagein, tagaus an ihrem Fenster, starrte hinaus auf das Nachbargrundstück und die Kopfsteinpflaster-Allee und beschwerte sich über ihre Mitmenschen oder über die Zustände auf der Welt und natürlich über das niveaulose Programm im Fernsehen, die erbärmliche Berichterstattung in der Zeitung, die korrupten Politiker, von denen sowieso alle schwul seien, und, und, und.

Eigentlich beschwerte sie sich über alles.

Sie hatte in ihrem Leben drei Ehemänner verschlissen und mit jedem dahingegangenen Gatten war sie um ein paar Millionen Euro und um viele Hektar Grundvermögen reicher geworden. Inzwischen hockte sie auf ihren Reichtümern wie der besagte Drache auf seinem Schatzhort, und wehe, wenn einer ihrer Verwandten es wagte, sie um Geld zu bitten. Eigentlich hatte sie mit fast all ihren Verwandten Krach. Genau genommen gab es nur noch eine Handvoll, mit denen sie sich überhaupt unterhielt und die sie vor sich kriechen ließ. Das war Philipp, sein Bruder Henrik und dann gab es noch Anette.

Anette war eine angeheiratete Nichte von Tante Olga, die sich einbildete, ein Anrecht auf Olgas Millionen zu haben, weil ein Teil des Geldes von ihrem Großonkel stammte. Philipp und Henrik hassten Anette, und Anette hasste Philipp und Henrik, und alle drei hassten sie Tante Olga. Aber am meisten hasste Philipp dieses Gieren und Taktieren nach Olgas Geld. Es war unwürdig, und er hätte ihr liebend gerne den Körperteil benannt, in den sie sich ihr Geld stecken könnte, aber er brauchte das Geld nun mal. Dringend.

Also kroch er eben ... und log auch. Besonders seit Olga ihre Diagnose „Darmkrebs" hatte und klar war, dass sie dieses Jahr wohl nicht mehr überleben würde und ihre nächste Testamentsänderung sehr wahrscheinlich auch ihre letzte sein würde.

„Wenn ich mein Testament ändern soll, bevor ich sterbe, dann soll Henrik mir gefälligst diese angebliche Verlobte präsentieren und nicht andauernd seinen Bruder vorschicken, der mir das Blaue vom Himmel herablügt und mir jedes Mal Bargeld aus der Tasche leiert. Kein Geld für dich, mein Freund, und keine Testamentsänderung für deinen Bruder, bevor ich diese ... diese Eva nicht gesehen habe! Basta!" Tock, tock, tock!

Sie meinte es ernst. Olga hatte ihr Testament schon zig Male geändert. Jetzt gerade war diese scheinheilige Kuh Anette die Alleinerbin des Hotelimperiums, und die spielte sich auf, als wäre Olga schon tot und ihr würde bereits alles gehören. Das war so widerlich.

War es da ein Wunder, dass Philipp in seinem Frust kurzerhand eine Verlobte für Henrik erfunden hatte? Andauernd hatte Olga genervt, sie würde doch keinem unverheirateten Casanova oder gar einem schwulen Kleidereinkäufer ihre Hotelkette hinterlassen. Henrik solle gefälligst heiraten und endlich einen soliden Lebenswandel führen, dann würde Anette sofort wieder aus dem Testament verschwinden.

„Ich werde mit Henrik und Eva reden, Tante Olga, aber ich kann dir nicht versprechen, dass sie so kurzfristig Zeit hat, um zu deinem Geburtstag zu kommen."

„Keine Verlobte, kein Geld", konstatierte Olga und haute mit ihrem Stock Macken in die Holzdielen.

Olgas 87. Geburtstag war schon am Freitag. Wo sollte er in so kurzer Zeit eine Verlobte für seinen Bruder auftreiben, und dazu noch eine, die so war, wie er sie für Tante Olga erfunden hatte? Irgendwie hatte sich seine Lüge mit der Verlobten immer mehr verselbstständigt. Jedes Mal, wenn Tante Olga nach ihr gefragt hatte, hatte er ein Stück mehr von ihr dazuerfunden, zuerst nur den Namen, dann das Alter, ihr Aussehen, ihren Beruf und ihre Familie. Er hatte einfach eine Traumfrau zusammenfabuliert, allerdings eine Traumfrau nach Tante Olgas Geschmack und ganz bestimmt nicht nach dem Geschmack eines normalen, heterosexuellen Mannes. Ja gut, vielleicht hatte er es zum Schluss ein wenig übertrieben, aber Olga war auch einfach unerbittlich geblieben bei ihren Verhören, und wollte jedes Mal ein wenig mehr Details über die nichtexistente Eva wissen.

„Sie ist doch hoffentlich keine Emanze?", hatte sie gefragt. „Eine Frau muss wissen, dass der Mann das stärkere Geschlecht ist."

„Nein, natürlich nicht", hatte er ihr beteuert. Eva war keine Emanze, wie kam Olga nur darauf? Eva war sehr konservativ und unterwürfig, und Henrik war sehr glücklich mit ihr.

„Aber sie ist doch hoffentlich keine dumme Pute. Hat sie wenigstens einen vernünftigen Schulabschluss und eine fundierte Allgemeinbildung, sonst langweilt sie deinen Bruder für den Rest seines Lebens zu Tode."

Eva war natürlich sehr gebildet! Sie war ... hm, ja, sie war sehr feinsinnig und geistreich und hatte einen Masterabschluss in ... in ... wie wäre es mit Kunstgeschichte?

„Ach du liebe Güte, eine Akademikerin! Dann sieht sie bestimmt aus wie diese alte, faltige Emanze, die mit ihrem Froschmaul immer aus dem Fernseher herausgrinst. Trägt sie etwa Hosen?"

Alle Frauen trugen heutzutage Hosen, aber Eva trug auch sehr gerne Röcke und Kleider. Wirklich, sie gab sich sehr feminin.

„Ein Glück für Henrik! Ich kann es nicht ausstehen, wenn Frauen ihr Geschlecht verleugnen, nur um es den Männern gleichzutun. Nichts ist schlimmer als Karrierefrauen oder gar so eine überkandidelte Egomanin, die nur ihre Selbstverwirklichung im Kopf hat. Ich hoffe, diese Eva ist nicht schon zu alt, um Kinder zu kriegen. Was dein Bruder braucht, ist ein Stall voller Kinder."

Tante Olgas Ansprüche an eine Verlobte nahmen allmählich märchenhafte Dimensionen an. Wie sollte das denn gehen? Eine Frau, die einen Masterabschluss hatte und nur danach lechzte, endlich hinter dem Herd stehen zu dürfen und Kinder an ihren Rockzipfeln hängen zu haben?

Aber Miss Eva-Perfekt musste natürlich all diese Anforderungen in sich vereinigen. Sie war noch keine dreißig Jahre alt. Hm, er hatte ganz schnell rechnen müssen, wie lange brauchte man für Abitur und Masterabschluss? Henrik war 35, aber so alt durfte Eva auf gar keinen Fall sein. Das würde

Tante Olga bestimmt nicht passen. Vorsichtshalber machte er sie lieber zu jung als zu alt. Jap, Evi war süße 25 Jahre alt, genau richtig, um gebärfähig zu sein, oder?

„Lieber Gott, so jung? Hoffentlich ist sie nicht so ein unreifes Ding, das nur mit dem Handy herumspielt."

Herrje, was denn jetzt? Jung und gebärfähig oder reif und gebildet? Henriks Eva war natürlich sehr reif und moderne Technologien setzte sie nur sparsam und nur bei Bedarf ein.

„Hat sie wenigstens Geld oder ist sie wieder nur so eine Heiratsschwindlerin wie diese unsägliche Vandalie?"

„Valerie."

„So eine braucht er mir nicht noch einmal anzuschleppen."

Nein, Eva war natürlich nicht hinter Henriks oder Olgas Geld her. Sie war selbst wohlhabend. Sie stammte aus einem sehr guten Elternhaus. Genau genommen war sie ja auf ein Eliteinternat in der Schweiz gegangen, sprach drei Fremdsprachen und ihr Vater … also ihr Vater, der besaß eine Sargfabrik. Genau!

„Und wie sieht sie überhaupt aus? Hoffentlich ist es keine von diesen hirnlosen Blondinen oder gar so eine fade, brünette Null, wie man sie an jeder Straßenecke antreffen kann …"

Wie wäre es mit rothaarig? Tante Olga fand rothaarige Frauen toll. Sie selbst war eine Rothaarige gewesen, bevor ihr Haar dünn und graugelb geworden war. Eva war eine attraktive Rothaarige.

Und jetzt sollte er bis Freitag so ein Wunderweib aus dem Ärmel zaubern. Oh Mann, er war aufgeschmissen. Total aufgeschmissen.

Ja, er fühlte sich wie der französische König Ludwig kurz vor der Hinrichtung. Selbst wenn es irgendwo in der Welt des 21. Jahrhunderts so eine Super-Eva wirklich geben sollte, wie sollte er Henrik nur klarmachen, dass er verlobt war und seine zukünftige Gattin an Tante Olgas Geburtstag präsentieren musste?

~

Lisa warf einen verzweifelten Blick in ihren Taschenspiegel.

Mann, sie sah so schrecklich aus! Sie musste dringend duschen, ihre Haare waschen und sich umziehen, aber ausgerechnet heute zog sich die Besprechung endlos lange hin. Wenn die Herrschaften da drin in dem Besprechungsraum nicht bald zu Ende kamen, dann würde sie nicht nur auf das Duschen verzichten müssen, sondern auch noch zu spät zu ihrem Treffen mit Hannes kommen – mit fettigem Haar und in schwarzer Arbeitskleidung, die nach Meerrettich und Zwiebeln stank. Ganz toll! Dabei war sie sich sicher, dass Hannes sie heute fragen würde. Wenn nicht heute, dann nie. Heute war ihr Jahrestag.

Aber das Meeting, für das Lisa das Catering gemacht hatte, zog sich so zäh wie Kaugummi in die Länge. Sie wartete in der Küche der Chefetage darauf, dass die Tür des Sitzungsraums endlich aufgehen und die Leute da drin sich verabschieden würden.

Lisa schrieb vorsorglich eine SMS an Hannes, damit er sich keine Sorgen um sie machte, wenn sie etwas später kommen würde: *Treffen mit der Dschungelkönigin dauert noch. Wahrscheinlich kann selbst Doc H ihr Image nicht mehr retten. Weiß nicht, ob ich's pünktlich schaffe.*

Sie hatte Hannes natürlich von dem heutigen Meeting erzählt, dass die Siegerin des letztjährigen Dschungellagers einen Termin bei Doktor Henriksen hatte, weil die jetzt eine Karriere als Schauspielerin anstrebte, und wie gespannt Lisa auf den Ausgang dieses Gesprächs sei, weil Doc H sich normalerweise nicht mit zweitklassigen Stars abgab.

Lisa nannte ihren Boss *Doc H*, weil das schneller von den Lippen ging als Doktor Henriksen, aber natürlich sagte sie das nur, wenn er es nicht hörte. Wenn sie mit ihm sprach, was faktisch bisher noch nie passiert war, sagte sie natürlich Herr Doktor Henriksen, also wenn sie wirklich je in die Verlegenheit käme, mit ihm zu reden, dann würde sie ihn selbstverständlich korrekt ansprechen. Aber das würde natürlich nie passieren, weil er gar nicht wusste, dass sie für ihn arbeitete.

Doktor Henriksen spielte in einer ganz anderen Liga als sie. Er war der Firmenchef von Image4U und einer der besten Imageberater Deutschlands. Er betreute namhafte Firmen genauso wie berühmte Künstler, Sportler, Funktionäre und Wirtschaftsbosse, auch ein paar hochkarätige Politiker waren unter seinen Klienten. Er hatte eine Warteliste an Interessenten, die länger war als das Klopapier auf der Rolle, und er konnte sich seine Kunden aussuchen. Eine abgehalfterte Dschungellager-Überlebende wie Marianne Moldau war eigentlich weit unter seinem sonstigen Niveau.

Lisa hingegen saß in der Hierarchiestufe seines Unternehmens ganz unten auf der Leiter. Sie war stundenweise beschäftigt und wurde beauftragt, wenn sie für die Firma ein Business- oder Event-Catering machen sollte, und natürlich interessierte sich Doc H nicht für die Angestellte, die den Servierwagen mit dem Fingerfood in den Besprechungsraum schob oder den Kaffee einschenkte. Er hatte sie im letzten Jahr, seit sie während seiner

Besprechungen für das leibliche Wohl sorgte, weder eines Blickes noch eines Wortes gewürdigt. Also konnte sie ihn auch Doc H oder Schickimicki-Anzugheini oder arroganter Lackaffe nennen oder sich beliebige andere treffende Namen für ihn ausdenken. Er würde es nie erfahren.

Endlich ging die Tür des Besprechungsraums auf, und die Teilnehmer kamen nach und nach heraus. Der bullige Agent der Dschungelqueen, ihr Friseur oder was auch immer das für eine Tunte war und Doc Hs hübsche, junge Assistentin, Frau Lange. Endlich löste sich die Runde auf, es fehlten nur noch Doc H und Marianne Moldau, der Dschungelstar höchstpersönlich. Lisa trat unruhig von einem Fuß auf den anderen.

Wo bleiben die denn so lange? Mensch!

Sie konnte nicht gehen, bevor der Besprechungsraum nicht picobello aufgeräumt war. Doc H hatte schon einmal eine Kantinenhilfe entlassen, weil dort morgens noch die Essensreste vom Vortag herumgestanden hatten. Es hatte ihn gar nicht interessiert, dass die Besprechung bis spätabends gegangen war und die Kantinenhilfe längst Feierabend gemacht hatte. Er war ein Perfektionist und erwartete deshalb auch von seinen Mitarbeitern Perfektion, das behauptete jedenfalls Frau Lange, seine Assistentin. Doc H erwartete immer das Beste, auch beim Essen, das Lisa zubereitete und servierte. Er bestand darauf, dass alle Getränke das Label „Bio" besaßen, dass der Kaffee und der Tee aus Fair-Trade-Handel stammten und dass keine Fertigprodukte verwendet wurden, sondern das Essen frisch zubereitet war. Alles, was bei ihm auf den Tisch kam, musste aus ökologisch nachhaltiger Landwirtschaft, möglichst von heimischen Betrieben stammen, und natürlich war er ein Gourmet, der sich nicht mit einfallsloser Standardkost begnügte, wenn es darum ging, seine Kunden und Gäste zu bewirten. Lisa fand das toll, sie hatte überhaupt nichts gegen gesunde und qualitativ hochwertige Ernährung, schließlich verdiente sie ihren Lebensunterhalt damit.

Aber sie hatte ein Problem mit Doc Hs Perfektionismus.

Deswegen würde sie nämlich heute zum wichtigsten Date ihres Lebens zu spät kommen und das Frischmachen konnte sie sich total abschminken. Dabei hatte sie gestern extra noch einen Rock und eine Bluse gekauft. Sie wollte gut aussehen, sodass Hannes es nicht bereuen würde, sie zu fragen.

Patti hatte den Kopf geschüttelt und gesagt, das Outfit sei viel zu langweilig und billig, aber Patti war ein Lästermaul und außerdem ein ganz anderer Typ von Frau als Lisa. Patti war groß und dünn, sehr sportlich und immer gut angezogen. Lisa hatte gar nicht so viel Geld, um sich superschicke Sachen kaufen zu können, und außerdem hatten Patti und sie sowieso nicht den gleichen Geschmack, weder bei Musik noch bei Filmen oder Büchern und schon gar nicht bei Männern, trotzdem waren sie allerbeste Freundinnen seit der Grundschulzeit.

Hannes würde heute Abend jedenfalls nicht in den Genuss ihres neuen Rocks kommen. Wenn sie sich fürchterlich beeilte, dann schaffte sie es vielleicht gerade noch rechtzeitig ins Restaurant. Jede Minute zählte. Wenn doch Doc H da drin nur endlich fertig wäre, dann könnte sie schnell noch den Besprechungsraum aufräumen, das Geschirr in die Spülmaschine packen, die Küche sauber machen und dann nichts wie los. Hannes hatte einen Tisch im Valpiano für 20:00 Uhr reserviert. Er hatte ihr gestern am Telefon gesagt, er müsse ihr etwas sehr Wichtiges sagen.

Willst du meine Frau werden? Hoffentlich.

Fragte man das heutzutage überhaupt noch, wenn man einer Frau einen Antrag machte? Oder fragte man eher: *Sollen wir die Steuerklasse wechseln?* Oder: *Sollen wir zusammenziehen?* Andere Paare lebten jahrelang zusammen, bevor sie beschlossen, zu heiraten. Lisa wohnte mit Patti zusammen, seit sie von zu Hause ausgezogen (na ja, mehr abgehauen) war, und Hannes lebte offiziell noch bei seinen Eltern, auch wenn er sehr oft bei ihr übernachtete, aber das änderte sich jetzt bald.

Sie würden zusammenziehen. Und heiraten.

Sie war sonst überhaupt nicht so spießig, aber sie liebte Hannes, und jede Minute ohne ihn kam ihr einsam und verschenkt vor. Seit gestern hatte sich Lisa ungefähr hundert Varianten von Heiratsanträgen ausgedacht. Sie hatte das Szenario eines perfekten Heiratsantrags vor Patti durchgespielt. Sie hatte die Rolle von Hannes übernommen, und Patti sollte Lisa spielen. Die saß auf dem Sofa und wollte eigentlich fernsehen. Lisa hatte einen Kniefall vor Patti gemacht und sie angeschmachtet: „Du bist mein Augenlicht, ich möchte zusammen mit dir alt werden", hatte sie geflötet. „Oder findest du: ‚Ich möchte jeden Morgen neben dir aufwachen', besser? Oder was hältst du von: ‚Du sollst die Mutter meiner Kinder sein.'?" Klar war das nur Träumerei und ein wenig Herumalberei gewesen, aber Patti hatte total humorlos darauf reagiert und sie regelrecht angefaucht.

„Wie kommst du überhaupt auf die Idee, dass er dir einen Heiratsantrag machen will? Wahrscheinlich will er dir nur erzählen, dass er seinem Vater einen Flachbildschirm gekauft hat oder dass er diesen Job in Frankfurt angenommen hat."

Die Anspielung auf Frankfurt versetzte Lisa einen Stich, denn Hannes war ziemlich unzufrieden mit seinem Job und redete immer wieder mal vom Weggehen. Er hatte vor zwei Jahren seinen Abschluss als Bauingenieur gemacht und arbeitete seither bei einer großen Hochbaufirma. Aber da kam er irgendwie nicht richtig voran und verdiente auch nicht so viel, wie er erhofft hatte, und immer, wenn er Frust mit seinem Chef hatte, verkündete er, dass er in diesem Saftladen nicht alt werden würde und lieber in Neuseeland Kiwis züchten wolle.

Lisa war mit Hannes seit drei Jahren zusammen. Patti hatte sie einander vorgestellt bei einer Party heute vor drei Jahren. Heute war ihr 3. Jahrestag. Heute vor drei Jahren hatten sie zum ersten Mal miteinander Sex gehabt. Für Lisa war es der erste richtige Sex überhaupt gewesen. Hannes hingegen hatte vorher schon einige Freundinnen gehabt, was kein Wunder war, weil er gut aussehend war und die Frauen auf ihn abfuhren. Lisa fragte sich manchmal, was er überhaupt an ihr fand. Sie hielt sich selbst nicht für besonders hübsch, und bevor sie Hannes getroffen hatte, war sie ziemlich erfolglos bei Männern gewesen. Aber bei Hannes und ihr hatte es gleich auf den ersten Blick gefunkt – die große Liebe. Er sagte immer, wie froh er war, dass sie nicht so ein abgemagertes Skelett war. Lisa fand zwar, dass sie ein paar Kilos zu viel auf den Hüften hatte, aber Hannes stand auf Frauen mit femininen Formen, das betonte er stets, wenn er ihre Brüste berührte. Das erregte ihn anscheinend. Sie fand, dass Sex und Erotik in Beziehungen stark überbewertet wurde. Für Lisa waren andere Dinge wichtiger: dass Hannes sie liebte und ihr treu war und dass sie ehrlich zueinander waren.

Auf jeden Fall war heute ihr Jahrestag, und das konnte nur eines bedeuten: Heute würde er sie fragen, vorausgesetzt sie würde es rechtzeitig ins Valpiano schaffen. Sie schaute noch mal auf die Uhr: halb acht. Was machte eigentlich Doc H noch so lange im Besprechungsraum mit der Dschungelqueen? Womöglich war er zur Seitentür hinausgegangen. Durch das Stuhllager und den Technikraum konnte man direkt zum Aufzug gelangen. Lisa machte die Flügeltür des Raums einen Spalt auf und spähte vorsichtig hinein. Der Raum war leer, Gott sei Dank.

Sie schob den Servierwagen hinein und regte sich gleich über den Dreck auf dem Boden auf. Da hatte jemand ein Lachs-Canapé fallen lassen und die Meerrettichsoße war über den Boden gespritzt. Die Putztruppe würde erst heute Nacht eintreffen, und bis dahin war der Meerrettich eingetrocknet und der helle Teppich würde einen hübsch-hässlichen Fleck zurückbehalten. Also bückte Lisa sich, hob die matschige Masse auf und fing an, mit dem Lappen den Boden abzutupfen, um wenigstens dem schlimmsten Schaden vorzubeugen.

Und wie sie da so auf dem Boden neben dem langen Konferenztisch kauerte, kam Doc H herein, die wasserstoffblonde Marianne Moldau im Schlepptau, und so wie es den Anschein hatte, war Doktor Henriksen noch nicht fertig mit ihr. Er zog sie an der Hand hinter sich her und verpasste ihr mit der anderen Hand einen lauten Klatsch auf ihren Hintern. Lisa zuckte erschrocken zusammen, während die Möchtegernschauspielerin vergnügt aufkreischte. Lisa schaute sich verzweifelt nach einem Fluchtweg um, aber dafür war es zu spät, denn Doc H legte sofort los, und Lisa konnte eigentlich nur noch den Kopf einziehen und sich so klein wie möglich machen.

„Los, beug dich über den Tisch!", befahl er mit rauer Stimme und das Dschungel-Mädchen tat genau das. Sie stellte sich breitbeinig an den Besprechungstisch und legte sich mit ihrem ganzen Oberkörper darauf, die Arme von sich gereckt und den Kopf zur Seite gedreht. Gott sei Dank zur anderen Seite, sonst hätte sie Lisa in ihrer Kauerstellung vielleicht sehen können. Doc H schob den Minirock der Dschungelkönigin nach oben und entblößte ein splitternacktes Hinterteil. Lisa hatte von der Seite einen ziemlich guten Blick auf deren hochhackige schwarze Pumps und die hauchdünnen halterlosen Strümpfe und natürlich auf das nackte Hinterteil und auf … oh mein Gott, sie konnte ganz zufällig auch den Penis von Image-Supercoach Doktor Henriksen sehen. Er öffnete seine Hose, schob sie nur ein wenig nach unten und nahm seinen beachtlichen Apparillo heraus. Mann, war der groß und hart und er stand steil wie eine Rakete nach oben, berührte fast den weißen Hemdzipfel. Der Penis von Hannes stand nie senkrecht wie ein Pfeiler, sondern eher waagrecht wie ein Balken. Oh Gott!

Lisa schnappte nach Luft und duckte sich noch tiefer. Was natürlich gar nichts nützte, denn wenn Doc H sich auch nur ein klein wenig nach rechts drehen würde, dann würde er sie auf dem Boden kauern sehen und sich zweifellos nicht darüber freuen. Eigentlich wäre es jetzt höchste Zeit, sich bemerkbar zu machen und sich laut zu räuspern. Aber andererseits war es dafür im Prinzip schon zu spät. Was sollte sie denn sagen?

„Räusper, räusper, hallo, Herr Doktor Henriksen und sorry, dass ich hier so unmotiviert auf dem Boden herumhocke, aber bei Ihnen ragt da ein ziemlich steiler Pimmel aus der Hose."

Ähm, nein, keine gute Idee! Also räusperte sie sich nicht, sondern duckte sich so weit wie möglich nach unten – obwohl das faktisch nicht viel brachte, denn sie war für Doc H gut sichtbar; sie sah ja schließlich auch gut zu ihm hinüber. Aber zum Glück war er vollauf damit beschäftigt, die Dschungelqueen glücklich zu machen. Er holte aus und klatschte ihr mit der flachen Hand kräftig auf den nackten Hintern, und die schrie auf und stöhnte selig.

„Jaaa, meeehr! Gib's mir! Gib's mir!"

Mein lieber Herr Gesangsverein, und wie er es ihr gab. Es knallten noch mal drei Schläge auf das Dschungelhinterteil. Die waren so laut, dass Lisa die Ohren gellten. Mann, das musste doch höllisch wehtun! Aber die Dschungel-Lady stöhnte glücklich und wollte dann, dass er es ihr „richtig hart besorgte". Oh nein, jetzt, oder? Doc H rollte schon ein Kondom über seine Apollorakete, führte sie mit der Hand an die richtige Stelle und rammte sie ohne viel Federlesen einfach von hinten in seine Kundin hinein.

Die japste und stöhnte, und Lisa japste auch, sie biss sich in den Handballen und schaute mit aufgerissenen Augen zu, wie ihr Brötchengeber, der Meister des perfekten Persönlichkeitsbildes, anfing, seinen Penis wie eine Pleuelstange in die Dschungelqueen zu stoßen. Er stützte sich dabei mit seinen Händen links und rechts der Frau auf dem Tisch ab und ging hardcore zur Sache. Tief und schnell und beinahe geräuschlos, er verzog nicht einmal das Gesicht und kopulierte seine Kundin mit der Akkuratesse eines Roboters, und irgendwie sah das krass aus … und geil. Richtig geil.

Lisa spürte ein Ziehen zwischen ihren Beinen und ihre Brüste wurden schwer und verlangten nach einer Berührung und sie verstand die Welt nicht mehr. Im Prinzip sollte sie vor Angst bibbern und vor Ekel angewidert sein. Sie mochte so was eigentlich nicht: Pornos oder Nacktfotos von Männern und Frauen. Das gab ihr echt nichts, anderen beim Sex zuzuschauen. Eigentlich fand sie das peinlich und abstoßend, aber im Augenblick konnte sie nichts dagegen tun, dass sie erregt und fasziniert zuschaute.

Doc H schob jetzt seine Hand zwischen die Beine der Dschungelkönigin und bearbeitete sie da sehr zu deren Zufriedenheit, wie Lisa deutlich hören konnte. Dann griff er mit der anderen Hand in ihre blonde Haarpracht und zog ihren Kopf an ihren Haaren so weit zurück, dass sie fast grotesk verrenkt wirkte.

„Du darfst jetzt kommen!", sagte er zu ihr mit herrischer Stimme, in der aber jede sexuelle Erregung fehlte. Und dann kam sie. Holy shit, und wie sie kam! Ihr Körper zuckte heftig und sie schrie laut und schrill – das Übliche: „Oh mein Gott! Oh mein Gott! Oh mein Goooott!"

Lisa sagte das auch manchmal, wenn sie für Hannes einen Orgasmus vortäuschte. Sie glaubte nicht, dass der Orgasmus der Dschungelkönigin echt war. Keine Frau konnte in Wirklichkeit so einen brutalen und lauten Orgasmus haben. Unmöglich. Lisa hatte eigentlich nur dann einen echten Orgasmus, wenn sie sich selbst befriedigte. Hannes merkte den vorgetäuschten Orgasmus nicht. Er war zu sehr mit sich selbst beschäftigt, wenn sie Sex hatten. Wenn er kam, dann tat sie einfach so, als ob sie auch kommen würde, und Hannes war damit zufrieden. Kein Problem. Beide glücklich, oder?

Doktor Henriksen kam noch nicht. Er pumpte immer noch in seine Kundin hinein, die den härtesten Orgasmus aller Zeiten vortäuschte und dabei immer wieder den lieben Gott anrief, und dann drehte er sein Gesicht nach rechts und sah Lisa.

Oh mein Gooootl!, schoss es Lisa beinahe synchron zum Geschrei der Dschungelkönigin durch den Kopf. *Nein, wie peinlich!* Sie kniete hier auf dem Boden, hatte einen Putzlappen in der einen und ein matschiges Canapé in der anderen Hand, war erstarrt wie ein Kaninchen, das dem Fuchs gegenübersteht, und schaute ihrem Arbeitgeber direkt in die teilnahmslosen blauen Augen.

Oh Gott! Konnte man auf Befehl einfach tot umfallen? Sie bekam vor Schreck keine Luft mehr, und er schaute sie nur an. Er wirkte kein bisschen schockiert oder peinlich berührt, nein, er verzog kaum einen Muskel in seinem Gesicht. Er hob lediglich seine Augenbrauen ein wenig höher. Das einzige Anzeichen dafür, dass er nicht gerade erfreut war, sie als Zuschauerin dabeizuhaben.

Und dann kam er. Völlig geräuschlos und unbeteiligt. Sie sah es nur an seiner Körperhaltung, wie er ein letztes Mal tief in seine Dschungelkönigin stieß und dann in dieser Position still und angespannt für ein paar Augenblicke verharrte, wahrscheinlich bis er seinen Erguss irgendwie, na ja, hinter sich gebracht hatte. Mannomann, das sah einerseits eiskalt und distanziert aus, und andererseits machte es sie total an, dass er so unbeteiligt dabei wirkte.

Hannes stöhnte immer, wenn er kam, irgendwie gab er ein Brummen oder ein Schnauben von sich, ein Geräusch, das aus dem Tierreich stammen könnte. Aber Doc H behielt seine robotermäßige Emotionslosigkeit bei. Das war krass. War der Mann etwa so was wie eine männliche Domina oder war er nur ein kaltschnäuziger und gefühlloser Bastard?

So oder so, Lisas Vagina war von der Show ein wenig in Mitleidenschaft gezogen. Sie pulsierte und schmerzte vor Erregung. Das war ihr noch nie passiert, dass sie ohne eigenes Zutun so erregt wurde, dabei hätte ihre Situation wohl kaum schlimmer sein können. Jetzt zog der besagte kaltschnäuzige Bastard seinen Penis bereits wieder aus der Dschungelfrau heraus und entfernte lässig das Kondom von seinem schnell schrumpfenden Fortpflanzungsorgan, ohne Lisa auch nur einen Moment aus den Augen zu lassen.

Oh Mann, jetzt wäre ich gerne eine Kellerassel oder noch etwas Kleineres, eine Mikrobe vielleicht, piepste es in ihrem Kopf. Sie sollte jetzt wirklich aufstehen und gehen, oder vielleicht sollte sie sich vorher entschuldigen und erklären, warum sie hier auf dem Boden kauerte und anderen Leuten beim Doggy-Hardcore-Sex zuschaute. Er konnte ihr ja nicht einfach kündigen, nur weil sie zur falschen Zeit am falschen Ort gewesen war, oder? Natürlich konnte er das. Sie hatte ja nicht mal einen festen Vertrag, sondern wurde nur stundenweise bezahlt. Mist!

Doc H klatschte seine flache Hand noch einmal laut auf den blanken Hintern von Miss Dschungel, die dankbar stöhnte, und dann packte er seine leer geschossene Kanone wieder weg, zog seine Hose ganz lässig hoch, machte langsam und bedächtig den Reißverschluss und den Gürtel zu und wandte sich dann ganz zu Lisa herum.

„Zeit für dich, zu gehen", sagte er frostig. Lisa, die sich angesprochen fühlte, versuchte sich aufzurappeln, aber vor lauter Schreck und Aufregung rutschte sie weg und landete mitsamt dem Appetithäppchen und dem Putzlappen in Händen auf ihren Ellbogen auf dem Boden, die beiden Wertgegenstände in die Luft gereckt. Aber er hatte offenbar gar nicht sie gemeint, sondern Miss Dschungel, denn die richtete sich jetzt mit lüsternem Seufzen wieder vom Tisch auf, zog ihren kurzen, engen Rock nach unten und säuselte mit beglückter Stimme:

„Okay, aber du rufst mich an, oder?"

„Mhm."

„Henrik, das war so gut, so gut."

„Ja, ich weiß!", kam es arrogant zwischen seinen zusammengekniffenen Lippen heraus, und Lisa kam zu dem Ergebnis, dass Doc H wirklich zur Kategorie kaltschnäuziger Bastard zählte. Sie fragte sich in dem Moment – völlig unpassend –, ob Doc H wohl verheiratet war und ob das zu seinem üblichen Geschäftsgebaren gehörte, mit auserwählten Kundinnen zu schlafen, na ja, eigentlich war es ja mehr ein Ficken als ein Schlafen gewesen.

Marianne Moldau hauchte einen Kuss auf seine Wange und stöckelte dann aus dem Besprechungsraum hinaus, gottlob nahm sie die Seitentür und den Weg durch das Stuhllager und entdeckte Lisa nicht. Die kauerte immer noch auf allen vieren, wie eine Fledermaus auf beiden Ellbogen abgestützt, neben dem Besprechungstisch – Lachshäppchen links, Putzlappen rechts.

Doc H steckte seine Hände in die Hosentaschen und schlenderte lässig auf sie zu, dann blieb er ganz dicht vor ihr stehen und blickte auf sie hinab, und sie starrte quasi auf seinen Schritt. Oh Mann, sie wurde eigentlich nicht so schnell rot, aber jetzt gerade sah sie vermutlich aus wie eine Tomate nach einem Bad in Blutsuppe

„Ich … ich … habe hier nur den Sahnemeerrettich abgewischt, äh abgewischt. Ich wollte nicht äh … äh voyeurieren."

„Die Hors d'œuvres waren ausgezeichnet! Wo haben Sie den Meerrettich gekauft?", fragte er mit der Beiläufigkeit eines gelangweilten Restauranttesters und ignorierte ihr dämliches Gegackere.

„Ich … ähm, selbst … äh … habe … ich selbst gemacht, frisch, meine ich."

„Ach wirklich?", kam es ohne Betonung von oberhalb ihres Kopfes. Sie schaute immer noch auf seinen Schritt, hinter dem eine präzise funktionierende Fickmaschine schlummerte.

„Äh, ja, also ich nehme frischen Meerrettich und rasple ihn ganz fein, dann Zitronensaft und Schlagsahne, ist ja klar, aber das eigentliche Geheimnis ist …" Sie verstummte mitten im Satz und fragte sich, ob sie eigentlich noch ganz dicht war. Redete sie gerade wirklich mit ihrem Brötchengeber, dem sie vor einer Minute noch beim Quickie zugesehen hatte, über Sahnemeerrettichsoße?

Er streckte ihr die Hand hin, offensichtlich wollte er ihr beim Aufstehen helfen.

„Oh mein Gooootttt!" Das war ihr ganz persönlicher Orgasmus der Peinlichkeiten. Sie rutschte auf den Knien nach vorn, stützte sich mit den Ellbogen ab und kam dann endlich etwas unbeholfen, aber ohne fremde Hilfe auf die Beine und stand ihm nun genau gegenüber – zwanzig Zentimeter von ihm entfernt. Er war groß und schlank und sie starrte jetzt nicht mehr auf seinen Schritt, sondern auf seinen Krawattenknoten. Sie sollte wenigstens den Mumm aufbringen und ihm in die Augen schauen. Sie sah nur Desinteresse in seinen hellen, blauen Augen. Sein Mund war leicht nach unten gezogen und seine gesamte Haltung strahlte Überheblichkeit und Geringschätzung aus.

„Ich … ich wusste nicht, dass noch jemand hier drin ist, sonst wäre ich nicht … also ich wollte eigentlich nur den Rettich, äh die Reste abräumen und das Geschirr."

Oh mein Gooootttt! Peinlichkeitsorgasmus Nummer zwei. Sie stotterte herum wie eine gehirnamputierte Pute.

„Nun denn!", sagte er mit einem lässigen Schulterzucken. „Dann lassen Sie sich nicht aufhalten. Räumen Sie den Rettich ab!"

Er nickte in Richtung Besprechungstisch, wo gebrauchte Kaffeetassen und Gläser und Servietten herumstanden und wo Marianne Moldau ihre Brüste platt auf den Tisch gedrückt hatte, und dann ging er an ihr vorbei, hinaus aus dem Raum, Hände in den Hosentaschen, Augenbrauen hochgezogen, Mundwinkel heruntergezogen und tat so, als wäre nichts gewesen, als wäre sie niemand. Nur eine Arbeiterameise.

Was für ein arroganter Lackaffe!

~

Okay, sie musste sich an den positiven Dingen festhalten:

Sie war mit nur zehn Minuten Verspätung im Valpiano angekommen und Hannes war zum Glück noch nicht da. Der Kellner führte sie an den reservierten Tisch mitten im Restaurant und bedachte sie mit einem abschätzigen Blick. Sie wusste selbst, dass sie falsch angezogen war und aussah, als hätte sie zwölf Stunden an der Fritteuse einer Fast-Food-Kette gestanden oder eben wie eine Catering-Servicekraft, die dem Chef beim Quickie zugesehen und hinterher seine Essensreste und sein gebrauchtes Kondom abgeräumt hatte. Zugegeben, das Kondom hatte er nicht absichtlich fallen lassen, das war ihm irgendwie aus der Hosentasche herausgefallen, aber trotzdem war es schon echt bizarr gewesen, die Essensreste mitsamt seinem ziemlich gut gefüllten Gummitütchen entsorgen zu müssen. Bäh.

Sie würde Doktor Snob schon morgen wiedersehen. Da hatte er nämlich ein wichtiges Sondierungsgespräch mit dem Parteivorsitzenden der Reformpartei, und seine Assistentin Frau Lange hatte zu Lisa gesagt: „Hochwertiges Catering, aber große Mengen, das ist ein Politiker und sein Hofstaat, die fressen sich gerne kostenlos satt!"

Lisa hatte sich für Tomatencremesuppe und Mini-Schnitzel in Mandelpanade auf Kartoffelsalat in kleinen Gläschen entschieden, aber im Augenblick wünschte sie sich, sie könnte sich morgen krankmelden oder noch besser eine Art Zorro-Maske aufziehen, in der Hoffnung, dass Doc H sie vielleicht nicht wiedererkennen würde. Das Wiedersehen würde überpeinlich werden, so viel war schon mal sicher.

Oje, warum ging ihr der Mann denn gar nicht mehr aus dem Kopf?

So stoisch reagierte doch kein normaler Mensch, wenn er merkte, dass er beim Sex beobachtet wurde. Der Mann musste doch einen Dachschaden haben, oder er stand auf so was: zusehen beim Sex. Das sollte es ja auch geben – dieser ganze Quark, der gerade so in Mode gekommen war: Spanking und Bondage und Dominanzspielchen und all das. Uääh, sie würde Doc H nie wieder begegnen können, ohne an seine Superrakete zu denken oder daran, wie er Miss Dschungel den Hintern versohlt hatte, oder wie abartig die gekreischt hatte, als sie gekommen war. Das Blöde war, dass

Lisas Gedanken jetzt andauernd um dieses Bild kreisten, wie der Doc sie von hinten genommen hatte. Schnell, hart, emotionslos. Noch blöder war, dass diese Erinnerung sie erregte, ja richtig feucht machte.

Der Kellner fragte, ob sie warten oder schon mal etwas zu trinken bestellen wolle, und sie bestellte ein Glas Riesling. Sie trank kaum Alkohol, einfach weil sie nicht viel davon vertragen konnte, aber jetzt gerade brauchte sie dringend etwas, das ein paar Promille enthielt. Lieber Gott, wenn sie Patti von diesem schrägen Erlebnis erzählen würde, die würde ihr garantiert kein einziges Wort glauben.

Mehr aus Langeweile und um das Warten zu verkürzen als aus echter Not heraus, schrieb sie eine Textnachricht an Patti: *„Du glaubst nicht, was ich gerade erlebt habe!"*

„Hannes hat Schluss mit dir gemacht!", kam es postwendend von Patti zurück, und Lisa spürte einen schmerzhaften Stich im Magen. Warum war Patti in letzter Zeit eigentlich so gemein? Musste sie ihren eigenen Beziehungsfrust denn unbedingt an Lisa auslassen? Patti hatte nämlich vor sechs Wochen mit ihrem Freund Nils Schluss gemacht und war seither einfach ungenießbar. Es war Zeit, dass Lisa bei Patti auszog und mit Hannes zusammenzog. Sie brauchte wirklich etwas Abstand von ihr, wenn sie ihre Freundschaft erhalten wollte. Irgendwas stimmte mit Patti ganz und gar nicht mehr. Lisa schob es auf den Stress im Krankenhaus, denn Patti war Krankenschwester.

Der Weißwein kam, aber Hannes ließ sich Zeit. Sie nahm einen kräftigen Schluck und versuchte sich zu sammeln. Wenn Hannes kam, wollte sie sich ganz auf ihn konzentrieren und auf gar keinen Fall mehr an Doc H denken müssen …

… und an seine perfektionistische Fickmethode.

Da war er endlich! Hannes! Sie strahlte übers ganze Gesicht, als sie ihn am Eingang mit dem Kellner reden sah. Er war der bestaussehende Mann ever: nordisch, kräftig, männlich – heiß eben.

Hannes war kein bisschen mit Doc H vergleichbar. Wo Hannes breitschultrig und kräftig gebaut war, war Doc H schlank und sehnig. Hannes war blond und Doc H war langweilig dunkelbraun. Hannes war riesig, Doc H war normal groß, Hannes war lässig und locker und Doc H war kultiviert und versnobt. Hannes war attraktiv und Doc H war interessant, und wie kam sie überhaupt auf die Idee, die beiden miteinander zu vergleichen? Was war denn nur los mit ihr?

Hannes winkte schwach in ihre Richtung. Er hatte sich, Gott sei Dank, auch nicht groß in Schale geworfen, sondern trug sein normales Arbeitsoutfit: eine Jeanshose und ein legeres Sakko, gestreiftes Oberhemd, bei dem die ersten drei Knöpfe offen standen. Das war ziemlich leger für das Valpiano, aber wer im Glashaus sitzt … Wenigstens fiel sie dann in ihrer schwarzen Hose und dem T-Shirt mit dem „Kiss the cook"-Aufdruck nicht als Einzige unangenehm auf. Hannes kam an den Tisch, beugte sich zu ihr hinab und gab ihr einen kurzen Kuss auf die Stirn.

„Hi, Schatz!"

Er wirkte nervös, als er sich setzte und etwas zu trinken bestellte, ausnahmsweise nahm er mal kein Bier, sondern nur ein kleines Mineralwasser. Er war bestimmt total aufgeregt. Sie lächelte ihm aufmunternd zu und sagte ihm mit ihren Blicken: *Keine Angst, ich werde JA sagen. Ich liebe dich!*

„Hast du Hunger?", fragte er, als der Kellner die Speisekarten brachte.

Hä? Warum hatte er denn einen Tisch in einem der besten Restaurants reserviert, wenn nicht, um zu essen? Gehörte das nicht dazu? Gutes Essen, guter Wein, Kerzenschein und dann die richtigen, romantischen Worte.

„Ach verdammt. Ich bring es am besten hinter mich. Ich krieg eh keinen Bissen runter", rief er plötzlich. „Es geht nicht mehr. Ich liebe dich nicht. Ich mache Schluss!"

„Was? Quatsch! Das ist ein Scherz!" Sie grinste übers ganze Gesicht. Natürlich war es ein Scherz. „Ich mache Schluss" zu sagen, wenn er eigentlich „Willst du mich heiraten?" sagen sollte.

„Nein, es ist todernst. Ich möchte dir nicht wehtun, aber lieber ein Ende mit Schrecken als ein Schrecken ohne Ende."

„Ein Schrecken ohne Ende?", gackerte Lisa, und ihr Grinsen fror in ihrem Gesicht fest. „Du meinst mich mit Schrecken ohne Ende?"

„Fang jetzt bitte keine Wortklauberei an. Es ist schon schwer genug für mich."

Hannes machte ein leidendes Gesicht, und daran erkannte sie mehr als an seinen Worten, dass er es ernst meinte. Sonst schaute er nur so, wenn er eine Grippe hatte oder einen Magen-Darm-Infekt. Er seufzte und holte tief Luft.

„Du glaubst gar nicht, wie schwer mir das gerade fällt. Ich ringe seit Wochen mit mir. Will dir nicht wehtun, weiß nicht, wie ich es dir klarmachen soll, ohne dass du durchdrehst und etwas total Impulsives tust."

„Seit Wochen?" Jetzt sickerte es erst langsam in ihr Gehirn, was er meinte. Das ganze Ausmaß seiner Worte, und ihre Stimme wurde unweigerlich etwas lauter. „Du willst seit Wochen mit mir Schluss machen? Ich dachte, wir heiraten."

Da schnaubte er ein Lachen heraus. „Ich bitte dich!"

„Du sagst: Ich bitte dich?", rief sie schrill, und ein paar Köpfe wandten sich schon in ihre Richtung. „Das klingt, als wäre das die abwegigste Idee aller Zeiten. Wir sind seit drei Jahren zusammen, und heute sagst du mir aus heiterem Himmel, dass Schluss ist? Was habe ich falsch gemacht?"

„Mach jetzt keine Szene, Lisa. Deine stürmischen Anfälle sind nur peinlich, und sie werden dir heute nichts nützen", mahnte er. „Ich versuche das hier würdig durchzuziehen. Patti hat gesagt, ich soll es dir einfach ganz schonungslos sagen, damit du endlich klar siehst. Aber ich will dich nicht verletzen, verstehst du?"

„Nein! Nein, ich verstehe das gar nicht. Gar nicht, Hannes. Du kannst nicht einfach Schluss machen." Jetzt konnte sie die Tränen nicht mehr zurückhalten, und sie fand, es war ihr gutes Recht zu weinen – zu schreien. Sie versuchte nicht allzu laut zu schluchzen, aber es klappte nicht. Es schauten sowieso schon alle Leute zu ihnen herüber.

„Und was hat das mit Patti zu tun?", heulte sie in die Stoffserviette. „Was soll ich klar sehen?"

„Ich liebe sie."

„Nein, unmöglich. Du liebst mich, nicht Patti!"

Warum weigerte sich das menschliche Gehirn manchmal, bestimmte Informationen zu verarbeiten? Weil die Wahrheit so unglaubwürdig war oder weil sie so schwer zu ertragen war? Außerdem hatte Hannes ihr nicht in die Augen geschaut, als er es gesagt hatte, das bedeutete, dass er log. Er musste lügen, denn wenn es die Wahrheit wäre …

„Du schläfst mit Patti?!" Sie wusste selbst, dass sie viel zu laut war und dass sie sich unmöglich benahm, aber sie hatte schließlich allen Grund dazu. Hatte er deswegen einen Tisch mitten im Restaurant reserviert, damit sie sich zurückhalten musste und nicht komplett ausrastete?

„Ja, ich schlafe mit ihr, doch das ist nicht der Grund, warum ich Schluss mache. Hast du mir zugehört, Lisa? Ich liebe Patti. Wir sind zusammen."

„Du bist mit mir zusammen!", beharrte sie, aber tief in ihrem Unterbewusstsein begriff sie allmählich, was er ihr zu sagen versuchte. Es war aus! Er trieb es mit ihrer besten Freundin und die trieb es mit ihm. Seit Wochen.

„Wir hatten doch gestern Abend noch Sex! Du und ich", schrie sie, als sich die Informationen in ihrem Gehirn nach und nach zu einem komplexen Bild verknüpften. Jemand am Nebentisch räusperte sich empört. „Du hast gestern mit mir geschlafen und bist seit Wochen mit Patti zusammen?"

„Mach es uns beiden nicht schwerer, als es schon ist. Du bist nicht die Richtige für mich. Akzeptiere es einfach und versuche darüber wegzukommen. Ich mag dich und alles, und wir können Freunde bleiben, aber du bist so anders als ich und so verrückt und unberechenbar. Immer musst du irgendwas Durchgeknalltes anstellen. Andauernd geht dein Temperament mit dir durch. Und dein ewiges Getue mit der Musik und deinen Videos. Das nervt. Patti ist meine Traumfrau. Sie ist erfolgreich und bodenständig. Sie weiß, was sie will, und sie ist gut im Bett!"

„Gut im Bett?" Das war der berühmte Tropfen. Lisa lief über. Sie heulte auf wie eine Wölfin. „Und was bin ich? Schlecht?"

„Nimm es nicht persönlich."

Nein jetzt, oder? Verrückt und unberechenbar, das war ja schon ziemlich charmant, aber schlecht im Bett? War sie wirklich schlecht im Bett? Natürlich war sie das. Sie fand Sex nicht besonders reizvoll, und sie täuschte ihre Orgasmen vor. Sie war eine Niete im Bett, und Patti war ein Knaller. Genau das meinte Hannes damit, und wahrscheinlich hatte er sogar recht. Womöglich war sie frigide, weil sie bei ihm nie zum Höhepunkt kam.

Das wäre jetzt eigentlich der klassische Moment, wo sie ihm den Wein ins Gesicht schütten und irgendetwas Geistreiches wie „Du Dreckskerl!" durch das Restaurant brüllen müsste, aber stattdessen starrte sie ihn nur mit tränenverschleiertem Blick an und fühlte sich klein und erbärmlich. Sie wollte um sich schlagen und schreien und den Tisch umwerfen oder das Geschirr durch das Restaurant schleudern, irgendwie ihrem Schrecken Luft verschaffen, bevor er sie zu ersticken drohte, aber es ging nicht. Sie konnte sich nicht einmal bewegen, nicht einmal mehr sprechen. Sie blieb einfach sitzen und hatte keine Ahnung, was sie tun oder sagen oder denken sollte.

Hannes stand langsam auf, und sie starrte ihn an, als wäre er eine Mischung aus E.T. und Predator, denn genauso kam er ihr vor: fremdartig, wie ein Alien. Kannte sie diesen Mann überhaupt, der gerade so salopp Schluss mit ihr gemacht und dazu noch „Nimm es nicht persönlich" gesagt hatte?

Die Geräusche der Umgebung drangen wie aus weiter Ferne an ihre Ohren und das Restaurant wirkte irgendwie verzerrt und surreal. Die Leute an den anderen Tischen schienen alle in ihre Richtung zu schauen und sie anzustarren mit neugierigen und hämischen Blicken, als würde das Versagen auf ihrer Stirn geschrieben stehen: *Vorsicht unberechenbare, frigide*

Frau. Versagerin im Bett. Täuscht Orgasmen vor!

„Dann geh ich jetzt wieder", hörte sie Hannes sagen. „Wir telefonieren!"

Sie nickte nur. Nickte einfach nur und konnte nicht antworten. Wir telefonieren? *Ja bitte! Ruf mich an. Sag mir, dass du es nicht ernst gemeint hast. Dass du mich liebst und nicht Patti. Dass das alles nur ein großer Irrtum war.*

Hannes hatte es ziemlich eilig, wegzukommen. Auf seinem Weg nach draußen rannte er beinahe den Kellner um. Und da sickerte die knallharte Wahrheit endlich in Lisas Gehirn: Es war wirklich aus. Er hatte es ernst gemeint.

~

Sie fuhr hinaus zur Wuhlheide, parkte dort und übernachtete in ihrem Auto. Es war Sommer, und da konnte man schon mal im Auto pennen. Genau genommen pennte sie aber nicht, sondern rauchte eine Zigarette nach der anderen und trank Tequila, den sie nebst den Zigaretten an der Tankstelle geholt hatte. Eigentlich hatte sie das Rauchen aufgegeben, als sie Hannes kennengelernt hatte, der war Nichtraucher und hatte behauptet, ihre Küsse würden schmecken, als ob man einen Aschenbecher ausleckte. Aber bitte, wenn Hannes sie nicht heiraten wollte, dann konnte sie auch wieder rauchen und wie ein Aschenbecher schmecken.

Die erste Zigarette war ekelhaft, mit jeder weiteren wurde es besser.

Sie würde auf keinen Fall in die Wohnung zurückkehren, wo die Verräterin Patti auf sie lauerte. Da würde sie ja schon auf den Schuhabtreter kotzen, bevor sie überhaupt drin war. Patti hatte ihr irgendwann im Lauf der Nacht eine SMS geschrieben: „*Können wir reden? Ich möchte es dir erklären!*"

Lisa antwortete ihr nicht, auch nicht auf die zweite und dritte Textnachricht, und als Patti dann auch noch anrief, drückte sie den Anruf weg und schaltete das Handy ganz aus. Sie hatte sich die Ohrstöpsel ihres MP3-Players ins Ohr gesteckt und „La, La, La" von Naughty Boy in Dauerschleife angehört. Es gab nichts zu reden und zu erklären und Lisa wollte Pattis Stimme nicht hören oder ihr Gesicht sehen.

Rückblickend betrachtet ergaben manche Verhaltensweisen von Hannes und Patti jetzt einen Sinn. Warum Lisa die letzten sechs Wochenenden alleine gewesen war, während Hannes angeblich jedes Wochenende mit seinen Kumpels zum Angeln war, und warum Patti am Wochenende 48-Stunden-Schichten in der Onkologie arbeiten musste. Warum Hannes nach diesen Wochenenden nicht mal Sex wollte und Patti immer schlecht gelaunt und zickig zu ihr war. Warum Patti sie in letzter Zeit andauernd angemeckert hatte. Sie solle endlich mal ihr Temperament und ihre große Klappe unter Kontrolle bekommen. Sie solle endlich mal was aus ihrem Leben machen und sich nicht als poplige Küchenhilfe unter Wert verkaufen. Sie solle endlich ihren Schulabschluss nachholen. Sie solle sich nicht immer an Hannes klammern, sondern ihm mehr Freiraum lassen und, und, und.

Oh Mann, sie war ja wirklich so sackblöd gewesen! Warum hatte sie nur nichts davon gemerkt? Weil Liebe blind machte? Oder weil sie Angst davor gehabt hatte, die Wahrheit zu sehen.

2. Drei mal Nein ist Ja

Henrik war in die Zeitung vertieft, während Carolin Kaffee trank und nebenher irgendwelche SMS oder WhatsApp-Nachrichten mit Freunden austauschte – einhändig versteht sich und nur mithilfe ihres Daumens.

„Muss das denn sein? Kannst du das Ding nicht mal zum Frühstück aus der Hand legen?" Er war wirklich kein altmodischer Spießer, aber da hörte es doch auf, wenn sie schon während des Frühstücks mit ihren Freunden textete, obwohl sie die in einer Stunde sowieso in der Schule treffen würde. Verstehe einer diese Teenager heutzutage! Henrik hatte es längst aufgegeben, seine Tochter verstehen zu wollen ... oder irgendein anderes weibliches Wesen.

„Kommst du jetzt heute Abend zu unserer Aufführung oder hast du mal wieder unaufschiebbare Termine?", fragte Caro, ohne von ihrem Handy aufzublicken.

„Mal wieder?" Er hatte einmal eine von Caros Schultheateraufführungen abgesagt, weil er einen Termin mit einem wirklich wichtigen Kunden gehabt hatte. Nur ein einziges Mal! Bestenfalls zweimal, wenn er dieses seltsame Musical mitrechnete, bei dem Caro aber eigentlich nur eine Statistenrolle hatte. Aber Caro bauschte sein damaliges Fehlen übermäßig auf und machte ein Paradebeispiel an elterlichem Versagen daraus. Erschwerend kam dazu, dass ihre Vater-Tochter-Kommunikation in letzter Zeit einen absoluten Tiefpunkt erreicht hatte. Sie fand faktisch nicht mehr statt, aber das war wirklich nicht seine Schuld.

Er versuchte immer wieder, mit ihr ins Gespräch zu kommen, doch die Pubertät hatte irgendetwas Schreckliches mit seiner Tochter angestellt. Aus dem süßen, anschmiegsamen Ding, das rosarote Rüschenkleider geliebt und sich Delphinspängchen ins Haar gesteckt hatte, war plötzlich eine zickige, bissige Furie geworden, deren Gefühlsamplituden stärker schwankten als die Börsenkurse. Zurzeit hatte sie die Haare schwarz gefärbt, die Augen mit dicken, schwarzen Kajalstrichen umrandet und hatte ein Piercing im Nasenflügel, eines an der Augenbraue und eines in der Zunge. Sie trug schwarze Kleidung, Stachelarmbänder und Stiefel wie ein Fallschirmspringer. Summa summarum sah sie aus, als ob sie eine schwarze Messe besuchen wollte und nicht das Elitegymnasium, für das er jeden Monat einen Haufen Geld hinblätterte.

„Du hast mir nichts von der Aufführung heute gesagt, ich bin eigentlich mit einer Freundin verabredet." Wobei „Freundin" natürlich eine maßlose Übertreibung für die Vagina von Marianne Moldau war.

„Natürlich habe ich!", zickte Caro und stieß zur Demonstration ihres Frusts die leere Kaffeetasse von sich, sodass sie über den Esstisch schlitterte. Hätte Henrik die Tasse nicht mit der Hand gebremst, wäre sie vom Tisch gefallen. Scherben zum Frühstück? Alles schon mal da gewesen. Frau Frey, die ihm gerade noch einmal Kaffee nachschenken wollte, verharrte unschlüssig im Hintergrund. Sie kannte Caros Ausbrüche schon und blieb vorsorglich in Deckung.

„Zigmal habe ich dir gesagt, dass wir heute Abend die Aufführung haben. Außerdem hast du keine Freundin."

„Über meinen Beziehungsstatus kannst du dir wohl kaum ein Urteil erlauben, und du hast eben nichts von der Aufführung gesagt. Kein Wort", beharrte Henrik und wusste doch, wie überflüssig die Debatte war. Jetzt gefiel sich Caro eben in der Rolle der unverstandenen und vernachlässigten Tochter, und nichts, was er tat oder sagte, würde sie davon abbringen, ihn als egomanischen Rabenvater hinzustellen.

„Was ist es überhaupt für ein Stück?"

„Ein Theaterstück!"

Ach, wie witzig! Vierzehnjährige Töchter waren vermutlich die Strafe Gottes für Männer, die zu doof waren, um Söhne zu zeugen. Er war im Prinzip kein Frauenhasser, jedenfalls kein schlimmerer als jeder andere Mann es wäre, der von seiner Ehefrau mit einem Neugeborenen und einem leer geräumten Bankkonto sitzen gelassen worden war.

„Wie heißt das Theaterstück?", fragte er und versuchte nicht allzu entnervt zu klingen. Warum konnte das Mädchen nicht ganz normal antworten? Sie tippte bereits wieder in Lichtgeschwindigkeit unsinnige Nachrichten an ihre Freunde in das Smartphone.

„Emilia Galotti!", murmelte sie und blickte nicht einmal auf.

„Und welche Rolle spielst du?"

„Warum willst du das wissen? Kommst ja eh nicht."

„Wenn du mich rechtzeitig informiert hättest, hätte ich meinen Terminplan darauf einrichten können."

„Bla, bla, bla! Wer's glaubt, wird selig!", zischte sie ihn bissig an. „Ich spiele die Emilia, falls es dich interessiert."

„Natürlich interessiert es mich. Ich werde versuchen, meinen Termin heute Abend zu verschieben."

Tatsächlich reizte ihn die Aussicht, mit Marianne Moldau zu kopulieren, nicht annähernd so sehr wie die Idee, seine Tochter als Emilia Galotti auf der Bühne zu sehen. Na bitte, er war eigentlich ein toller Vater. Zu dumm, dass seine Tochter das nicht merkte.

„Kann ich am Wochenende bei Sara übernachten?", fragte die besagte Tochter. Aber eigentlich klangen ihre Worte nicht wie eine Frage, sondern wie eine neue Herausforderung zur nächsten Kampfrunde.

„Was meinst du mit übernachten?" Henrik faltete jetzt seine Zeitung zusammen, um ihr zu demonstrieren, dass ihm die Unterhaltung wichtig war und er ihr seine ganze Aufmerksamkeit schenkte. Aber sie versenkte sich nur noch mehr in ihr Handy und hatte den Kopf dabei so tief über das Telefon geneigt, dass ihre Stirn fast die Tischplatte berührte. Das wirkte, als würde sie sich für seine Antwort nicht interessieren.

„Bei ihr pennen!", kam es patzig von der Tischkante her. „Sie macht eine Houseparty und alle sind eingeladen. Wirklich alle, sogar die aus dem Abijahrgang kommen."

Was immer das auch bedeuten mochte, für Henrik hörte es sich eher besorgniserregend an. „Ich fürchte, das wird nicht gehen, wir sind übers Wochenende in Binz bei Tante Olga. Sie hat Geburtstag, wenn du dich erinnerst."

„Ach nö, nööö!" Caro schnaubte empört und blickte jetzt endlich doch von ihrem Handy auf – Wut und Mordlust in den Augen. „Ein ganzes Wochenende da oben an der Ostsee? Da geh ich auf keinen Fall mit. Da ist es todlangweilig, und die alte Hexe hasst mich sowieso."

„Sie hasst alle Menschen, nicht nur dich. Aber sie ist eben alt und einsam."

„Und reich!"

„Und als wir sie an Ostern besucht haben, hat sie dir ein paar sehr große Geldscheine zugesteckt, also jammere nicht über ihren Reichtum."

„Sie nennt mich andauernd Vandalie, als ob sie nicht ganz genau wüsste, wie ich heiße. Ich geh nicht mit zu diesem bescheuerten Geburtstag, wo Anette und ihr Spacko-Sohn Klausi Pickelfresse die ganze Zeit um Olga herumschleimen. Boah, da kotz ich lieber."

„Mal abgesehen davon, dass mir dein Gossenjargon ganz und gar nicht gefällt, steht die Teilnahme an dieser Geburtstagsfeier überhaupt nicht zur Diskussion. Du wirst mitkommen."

„Ich habe Sara aber schon versprochen, dass ich zu ihrer Party gehe", beharrte Caro und rieb mit ihrem Zungenpiercing über ihre Oberlippe. Sie hatte sich gegen seinen Willen die Zunge piercen lassen und nun spielte sie bei jeder Gelegenheit mit ihren Lippen an diesem ekelhaften Ding herum. Das sah so abstoßend aus, beinahe als wäre sie geistig zurückgeblieben. Am liebsten hätte er den Besitzer des Piercingstudios auf Schadensersatz und Schmerzensgeld verklagt, weil er sich von Caro nicht mal einen Personalausweis hatte zeigen lassen (den sie ja auch noch nicht hatte). Und Caro? Die hätte er nur zu gerne übers Knie gelegt. Aber so richtig.

Olga verkündete bei jeder Gelegenheit, dass Caro schlecht erzogen sei, dass ihr die Liebe einer Mutter und die strenge Hand eines Vaters fehlen würde, und unter „strenger Hand" verstand sie natürlich Schläge.

„Ich habe Olga versprochen, dass wir zu ihrem 87. Geburtstag kommen, und ich diskutiere nicht mit dir darüber. Du begleitest Philipp und mich. Wir fahren morgen Nachmittag los, sobald du aus der Schule zurück bist."

„Richtig toll! Wenn dir die Argumente ausgehen, kommst du mit dieser autoritären Kacke und kannst nur noch Befehle austeilen!"

Henrik bedachte seine Tochter mit einem kühlen Blick und nahm dann die Zeitung wieder hoch. Jedes weitere Wort würde nur zu noch mehr Zoff führen. Egal, wie sehr er sich auch bemühte, die Gespräche zwischen ihnen liefen immer irgendwie darauf hinaus, dass sie sich stritten und dass Caro am Ende ihre Schultasche schnappte und unter lautem Türenzuschlagen das Zimmer verließ. Er senkte die Zeitung erst wieder, als die Wohnungstür knallte. Dann faltete er sie zusammen und schüttelte den Kopf.

Verdammte Weiber!

~

„Nein!", sagte Henrik mit fester Stimme und bedachte seinen jüngeren Bruder mit einem strengen Blick, der ihm deutlich zu verstehen geben sollte, was er von dessen Geisteszustand hielt.

Henrik hatte alles im Griff.

Nur nicht seine Tochter und seinen Bruder.

Sein Unternehmen und seine Mitarbeiter funktionierten wie ein Räderwerk und sein Leben war perfekt organisiert und durchgeplant. Es gab nichts, was ihn erschüttern konnte oder ihn aus der Bahn warf, nichts, was seine Effektivität oder Seelenruhe gefährden konnte. Seine Freunde nannten ihn kaltschnäuzig, aber er selbst sah sich lieber als Stoiker.

Der Hauptgrund für seine innere und äußere Gelassenheit war die

Tatsache, dass er Frauen grundsätzlich aus seinem Leben heraushielt. Nach dem Totalreinfall mit Valerie war er schon in jungen Jahren weise geworden und hatte sich selbst eine heilige Maxime gesetzt:

Keine Frauen!

Natürlich brauchte er, wie jeder gesunde Hetero-Mann im zeugungsfähigen Alter, Sex mit Frauen, aber er war diesbezüglich leicht zufriedenzustellen und nicht besonders bizarr veranlagt. Natürlich hatte er ein paar Vorlieben, aber die bewegten sich alle im normalen Rahmen. Er liebte Blowjobs und bevorzugte es, wenn er eine Frau von hinten nehmen konnte, aber das war auch schon alles. Seine männlichen Bedürfnisse waren ganz schlicht gestrickt und einfach zu befriedigen. Und nein, seine Neigungen und Vorlieben bestanden keineswegs in exzessivem Spanking und Bondage oder anderen SM-Spielchen und erst recht nicht darin, sich von anderen Leuten beim Sex beobachten zu lassen.

Soweit er wusste, hatte ihm noch nie jemand beim Sex zugesehen, und er hatte auch nicht gewusst, dass ihm das gefallen könnte. Bis gestern Abend, als die kleine, graue Maus aus der Kantine ihn mit offenem Mund und sichtlicher Erregung im Blick beobachtet hatte, und da hatte er einen erstaunlich intensiven Orgasmus gehabt. Er wurde sogar jetzt ein wenig hart, wenn er daran zurückdachte.

Allerdings bedeutete das nicht, dass er besonders erfreut über den Vorfall war, oder dass er das Ganze einfach ignorieren konnte. Diese Cateringfrau konnte jedenfalls nicht länger für ihn arbeiten. Ausgeschlossen. Er würde sich ganz sicher nicht von ihr den Kaffee oder die belegten Brötchen servieren lassen, in dem Wissen, dass sie ihm beim Sex zugesehen hatte. Natürlich war ihm gestern Abend angesichts der unsäglich peinlichen Situation gar nichts anderes übrig geblieben, als nach außen hin gelassen zu bleiben und so zu tun, als würde ihm die Zuschauerin gar nichts ausmachen.

Hätte er die Sache aufgebauscht und sich lautstark darüber aufgeregt oder gar vor Schreck mitten im Akt aufgehört, dann wäre es heute wahrscheinlich schon in der ganzen Firma herum erzählt worden: *Doktor Henriksen treibt es mit seiner Kundin auf dem Besprechungstisch, nachdem er ihr den Hintern versohlt hat.* Nein, solchen Tratsch konnte er nicht gestatten. Zumal er nicht mal auf solche erotischen Spielchen stand. Er stand gar nicht auf Erotik. Er wollte nur kopulieren, hart und schnell, mehr nicht. Er ließ sich auch nicht auf feste Beziehungen ein. Die brachten nur einen Rattenschwanz an Problemen mit sich, einschließlich geplünderter Bankkonten, Scheidungskrieg und Kinder, die man dann alleine großziehen musste.

Das machte er grundsätzlich vor dem Sex klar, damit es nachher keine gebrochenen Herzen gab. Und diese unverbindlichen Arrangements reichten ihm aus, um seinen Hormonhaushalt ausgeglichen und seinen Kopf klar zu halten. Das klang vielleicht kalt und egoistisch, aber die Frauen, die sich darauf einließen, hatten selbstverständlich auch etwas davon. Er sorgte dafür, dass sie auf ihre Kosten kamen. Immer. Das lag einfach in seiner perfektionistischen Natur. Deshalb hatte er Marianne auch den Hintern versohlt, weil sie es unbedingt gewollt hatte und weil sie wirklich heftig dabei gekommen war. Nur leider hatte er gestern eine (Nicht-)Kleinigkeit übersehen, nämlich dass der Konferenztisch noch nicht abgeräumt war und diese Cateringfrau auf dem Boden herumgekrochen war. Solche Fehler unterliefen ihm normalerweise nicht.

Aber gestern war einfach nicht sein Tag gewesen.

Zuerst war da der Anruf von Valerie gewesen, die sich nach fünf Jahren rein zufällig mal wieder daran erinnerte, dass sie eine Tochter hatte, und plötzlich auf ihre mütterlichen Rechte pochte. Und dann war auch noch der Auftrag für die Imagekampagne des bayerischen Autokonzerns an die Konkurrenz gegangen und stattdessen war ihm diese unsägliche Dschungelkönigin mit ihrem proletenhaften Manager ins Haus geflattert und hatte sich allen Ernstes eingebildet, Image4U würde sich darum reißen, sie betreuen zu dürfen.

Er hatte sie betreut, aber nur aus Frust auf die bayerischen Superautos. Einen PR-Vertrag mit Marianne Moldau würde es nicht geben, das hatte er ihr schon vor dem Sex klargemacht. Er hatte schließlich einen guten Ruf zu wahren. Apropos guter Ruf: Als er heute Morgen in sein Büro gekommen war, hatte er sehr genau darauf geachtet, wie seine Mitarbeiter sich ihm gegenüber verhielten. Es konnte ja durchaus sein, dass diese merkwürdige Küchenhilfe bereits die halbe Belegschaft über seinen Quickie im Besprechungsraum informiert hatte. Er kannte die Frau eigentlich gar nicht, kannte nicht einmal ihren Namen, auch wenn sie schon eine ganze Weile für ihn arbeitete. Wäre er ihr auf der Straße begegnet, hätte er sie zweifellos nicht mal als seine Mitarbeiterin erkannt, obwohl sie sich laut seiner Assistentin Frau Lange ziemlich oft in seiner Nähe aufhielt, eigentlich bei jedem Meeting.

Aber nicht mehr lange …

Seine Mitarbeiter hatten sich an diesem Morgen ganz normal benommen, keine hämischen Blicke oder heimliches Geschnatter, aber er hatte sich natürlich trotzdem bei Frau Lange nach der Cateringhilfe und ihrem Arbeitsvertrag erkundigt, und die hatte ihm gesagt, dass das unscheinbare Mädchen Elisabeth Machnig hieß. Die Zusammenarbeit mit ihr sei sehr angenehm, und sie sei eine sehr zuverlässige Kraft. Allerdings war sie ohne festen Vertrag, nur auf Abruf und stundenweise beschäftigt. Ersteres war ihm ziemlich egal, aber Letzteres war ideal: einfache Kündigung.

Er hatte Frau Lange gesagt, sie solle der Kantinenmaus einen Tausender extra anbieten und sich nach einer neuen Cateringhilfe umschauen. Wenn die Frau klug war, würde sie das Angebot akzeptieren und ihren Mund halten.

„Henrik! Du kannst mich jetzt unmöglich mit diesem Problem im Stich lassen!" Philipps Bettelstimme holte ihn zurück zu dem haarsträubenden Gespräch, das er gerade mit seinem jüngeren Bruder führte.

Er sollte an Olgas Geburtstag mit einer fingierten Verlobten auftauchen, und Philipp bildete sich allen Ernstes ein, man könnte Tante Olga mit so einem Schauspiel hinters Licht führen. Manchmal fragte Henrik sich, wie ein Mensch nur so dermaßen weltfremd sein konnte. Warum war Philipp überhaupt schon wieder bei ihr gewesen? Der Trip nach Binz dauerte drei Stunden und Philipp machte die Fahrt ganz sicher nicht ohne Grund. Schon gar nicht, wenn er Olga am Wochenende sowieso wiedersehen würde.

„Philipp, hast du Olga etwa schon wieder um Geld angebettelt?"

Philipps Lebensstil entsprach leider nicht seinem Einkommen, und immer wenn er Geld brauchte, bettelte er bei Olga. Henrik fand das unwürdig und stritt deswegen oft mit Philipp.

„Sie hat nichts herausgerückt!", gestand Philipp. „Sie sagte, bevor sie deine Verlobte nicht gesehen hat, gibt es keine müde Mark mehr, für keinen von uns. Aber sie ist bereit, sofort das Testament zu ändern, sobald sie deine Eva kennengelernt hat."

„Nein!", sagte Henrik noch fester als zuvor. Auch wenn es ihn ärgerte, dass Olga diese unsägliche Anette zur Alleinerbin gemacht hatte, würde er Philipps Lügenspielchen auf keinen Fall unterstützen. Herrgott, wie alt war der Junge eigentlich? Sechzehn, oder was? „Nenn mir einen Grund, warum ich mich zu so einem Unfug hinreißen lassen sollte!"

„Ich nenne dir zwei Gründe: Weil du deinen Biss verloren hast und weil du Olgas Geld genauso dringend brauchst wie ich. Was ist mit deinem Traum, Büros in Rom und London eröffnen zu wollen?"

„Meinen Biss verloren?" Henrik lachte verächtlich. Pah, jetzt wurde Philipp aber frech. Nur weil die Werbekampagne für die Markteinführung dieser neuen Diätpraline *Slimsweet* nicht der durchschlagende Erfolg geworden war, den die Hersteller sich erhofft hatten, hieß das noch lange nicht, dass er seinen Biss verloren hatte. Vielleicht waren er und sein Team etwas zu konservativ an die Sache herangegangen und hatten die schrillen Ideen zu schnell verworfen, aber Biss verloren, das war ja wohl etwas ganz anderes. Er war immer noch der Beste in der Branche. Der Allerbeste. Und die Büros in Rom und London? Ja, im Augenblick fehlte ihm dafür das Startkapital, aber das hieß noch lange nicht, dass er Olga deshalb in den Hintern kriechen würde.

„Du hast den Auftrag für die Auto-Imagekampagne nicht bekommen und verhandelst stattdessen mit einem Starlett wie Marianne Moldau. Das nenne ich Biss verloren", hielt Philipp ihm entgegen. „Aber der wichtigste Grund ist, weil das Olgas letzter Geburtstag sein wird. Stört es dich denn gar nicht, dass Anette am Ende alles bekommen wird?"

„Freilich stört es mich. Aber ich unterstütze deshalb doch nicht so eine infantile Scharade und spiele den glücklichen Verlobten übers Wochenende."

Sie hatten diese Diskussion um Olgas Erbe schon viel zu oft geführt, und natürlich behagte es Henrik nicht, dass Anette und ihr reichlich unterbelichteter Ehemann zig Millionen erben würden, aber er würde sich nie und nimmer erniedrigen und sich auf so ein perfides Schauspiel einlassen. War sein Bruder denn völlig plemplem? Olga war so hinterhältig wie ein Alligator, sie würde den Braten doch hundert Meter gegen den Wind wittern.

„Im Übrigen gibt es so eine Frau, wie du sie beschrieben hast, gar nicht. Wo willst du denn bis morgen so ein Wunderweib überhaupt hernehmen?", sagte er und schaute auf die Uhr.

In einer Stunde war das Meeting mit dem Parteivorsitzenden der Reform Union, darauf hatte er ungefähr so viel Lust wie auf eine Vasektomie. Wenn er mit Politikern zusammenarbeiten musste, lief es immer gleich ab, sie hielten sich für unfehlbar und nahmen selten Ratschläge an. Die Hälfte seiner Vorschläge verpuffte an ihrer Selbstüberschätzung und die andere Hälfte konnten sie nicht bezahlen. Es machte wirklich keinen Spaß, einen Politiker zu coachen, und zudem war es langweiliges Tagesgeschäft, denn egal welcher Partei sie auch angehörten, sie wollten alle immer dasselbe: ihre Pfründe sichern und ihre hässlichen Gesichter möglichst oft in eine Kamera halten.

Er hatte sich wirklich sehr auf den Auftrag des Autoherstellers gefreut. Das wäre endlich mal wieder eine richtige Herausforderung gewesen, etwas Neues, Großes. Aber die Konkurrenz hatte das wohl genauso gesehen und ihn deutlich unterboten.

„Nein, natürlich gibt es so eine Frau nicht in der Realität, aber du könntest ganz leicht irgendeine beliebige Frau in Olgas Traum-Eva verwandeln. Du könntest auch einen Penner von der Straße aufsammeln und ihn innerhalb eines Tages zu einem Nachrichtensprecher machen."

„Warum sollte ich so etwas Schwachsinniges tun?"

„Weil es eine grandiose Herausforderung ist."

Henrik schaute erneut auf die Uhr, dann auf die Tür. Er suchte nach den richtigen Worten, mit denen er seinen Bruder höflich, aber nachdrücklich aus seinem Büro werfen konnte, obwohl in seinem Hinterkopf unwillkürlich ein paar Zahnräder angefangen hatten zu rattern: einen Penner in einen Nachrichtensprecher verwandeln? Ja, das wäre zweifellos kein allzu großes Problem, aber eine Traumfrau zu kreieren, die Tante Olgas rückschrittlichen Ansprüchen entsprach? Schier unmöglich! Noch nicht mal, wenn er vier Wochen Zeit hätte.

Das wäre wirklich eine grandiose Herausforderung.

Als ob Philipp seine Gedanken gehört hätte, klatschte er eifrig in die Hände und rief: „Wir suchen einfach eine Rothaarige, die bereit ist, gegen angemessene Bezahlung für dich die Verlobte zu spielen. Ein bisschen Schauspieltalent und etwas Coaching durch dich. Was braucht sie mehr?"

Henrik grunzte nur ein Lachen heraus und schüttelte den Kopf, aber sein innerer Widerstand gegen Philipps verrückten Einfall bröckelte bereits bedenklich.

„Du hast eben doch deinen Biss verloren", provozierte ihn Philipp und traf leider genau seine Achillesferse. „Von dem kreativen, innovativen und risikofreudigen Henrik Henriksen ist nicht mehr viel übrig. Du bist etabliert! Du bist langweilig! Du bist verknöchert. Warum wohl haben die in Bayern einer jungen PR-Firma den Auftrag gegeben und nicht dir?"

Der Hieb saß. Die Absage hatte ihn härter getroffen, als er zugeben wollte. Er hatte so fest mit dem Auftrag gerechnet, dass er sogar schon all seine Termine für das nächste halbe Jahr danach ausgerichtet hatte, aber da war ihm seine eigene Überheblichkeit auf die Füße gefallen. Toll, wenn der eigene Bruder dann auch noch den Finger auf die Wunde legte.

„Die Konkurrenz ist jung und ideenreich, und du? Du bist festgefahren und konservativ. Wagst dich nicht mal mehr an ein kleines, harmloses Experiment heran", drängte Philipp weiter. Er war sonst nie so penetrant. Die erfundene Verlobte musste ihm ziemlich schwer im Magen liegen.

„Harmloses Experiment?" Henrik schnaufte laut, weil Philipp ihn im Prinzip schon längst geködert hatte. Ja! Das wäre wirklich ein Experiment.

Etwas anderes; raus aus den festgetretenen Pfaden. Eine beliebige Frau von der Straße aufsammeln und sie Tante Olga kackfrech als ihre Wunsch-Verlobte präsentieren! Eine kleine, boshafte Rache für jahrelange Tyrannei und weibliche Heimtücke!

„Gib zu, es reizt dich!", rief Philipp aufgeregt, als er Henriks schwaches Lächeln sah. „Es reizt dich mehr als alles andere, was du in den letzten drei Jahren gemacht hast, mehr als deine öde PR-Routine oder dein Treffen mit Gabelmeier von der Reform Union."

„Diesem Rapper aus dem Ghetto innerhalb von zwei Tagen Tischmanieren und deutsche Grammatik beizubringen, war aber auch nicht ohne Reiz", brummte Henrik und sein zusammengepresster Mund verzog sich zu einem schwachen Schmunzeln. Er konnte es gar nicht verhindern, dass sein Gehirn schon meilenweit vorauseilte, und überlegte, wo man so schnell eine geeignete Kandidatin für das Projekt auftreiben könnte. In seiner Schauspielerkundenkartei gab es garantiert ein paar Damen mit roten Haaren, aber er brauchte natürlich ein unbekanntes Gesicht – eine ganz gewöhnliche Frau, wie man sie im Supermarkt oder an der Bushaltestelle traf. Man müsste sie nur davon überzeugen, sich auf so ein Projekt einzulassen und die Verlobte zu spielen – von Freitag bis Sonntag. Trotzdem würde es nicht einfach werden, jemanden zu finden. Die Frau müsste ja ein wenig schauspielbegabt und einigermaßen intelligent sein. Sie musste schnell lernen und sie durfte auch nicht allzu hässlich sein und zudem sollte sie auch noch ziemlich jung sein.

Wie hatte Philipp seine angebliche Verlobte beschrieben?

Eine Rothaarige, die 25 Jahre alt war und ein abgeschlossenes Masterstudium in Kunstgeschichte besaß, aus großbürgerlichen Verhältnissen stammte und ein Schweizer Eliteinternat besucht hatte. Hatte der Junge überhaupt für eine Sekunde sein Gehirn eingeschaltet, bevor er Tante Olga die Hucke vollgelogen hatte?

„Also, was sagst du?", drängte Philipp.

„Bis morgen Nachmittag? Das ist viel zu wenig Zeit", sagte Henrik kopfschüttelnd, aber in Gedanken hatte er schon laut und deutlich „Ja! Warum nicht? Wir können nichts dabei verlieren" gesagt. Eigentlich müsste er sofort ein paar Scouts auf die Suche schicken. Das wäre das übliche Vorgehen, aber dafür war die Zeit schon zu knapp. Vielleicht könnte er einfach seine Assistentin Frau Lange fragen, ob sie sich die Haare rot färben und übers Wochenende mal kurz seine Verlobte spielen würde. Aber Frau Langes Ehemann würde das vermutlich nicht gut finden. Der war bei der Polizei, und außerdem stand er vielleicht nicht auf Rothaarige. Henrik schon. Er holte tief Luft und schüttelte dann entschieden den Kopf. Nein! Unfug! Schluss mit diesen verrückten Gedankenspielchen! Aber seltsamerweise sagte sein Mund etwas ganz anderes:

„Kennst du zufällig eine geeignete Kandidatin?"

„Du machst also mit?", rief Phillip und hüpfte wie ein kleiner Junge aufgeregt auf und ab.

„Ja, meinetwegen!", seufzte er, und genau in diesem Moment brach draußen vor seiner Tür ein lauter Tumult los. Das klang, als würde jemand Stühle umstoßen und schwere Gegenstände gegen seine Bürotür schleudern. Frau Langes Stimme schrillte aufgebracht. „Nein!" und „Lassen Sie das!" und „Sie können da jetzt nicht rein!". Aber schon wurde die Tür aufgerissen, und die Cateringhilfe, die er doch eigentlich entlassen hatte, stürmte herein.

„Sie kalter, arroganter Lackaffe!", schrie sie Henrik mit überspringender Stimme an. „Sie können mich nicht einfach feuern, nur weil Sie Ihren Schwanz nicht in der Hose behalten können! Das können Sie knicken!"

Eine Alkoholfahne umwehte sie wie eine Kneipe voller Säufer, ihre Augen waren geschwollen und rotgerändert und ihr Gesicht tränenüberströmt, schwarze Mascarastreifen nicht mitgerechnet. Sie hatte die Hände zu Fäusten geballt und wirkte, als wollte sie sich jeden Moment auf Henrik stürzen, um ihn zu erwürgen, aber das Einzige, was Henrik in dem Moment denken konnte, war: *Sie hat rote Haare.*

~

„Nein!", sagte Lisa, aber sie meinte eigentlich: „Ihr habt sie wohl nicht alle!"

Sie saß auf der niedrigen, hellgrauen Couch in Doc Hs Luxusbüro und schlürfte vorsichtig an einer Tasse mit heißer Schokolade. Das war der erste echte Trost: heiße, süße, flüssige Schokolade und diesen Trost brauchte sie dringend.

Doc H und sein schwuler Bruder hatten ihr soeben den dümmsten und unfassbarsten Vorschlag gemacht, den sich ein Männergehirn nur ausdenken konnte, und nun saßen die beiden ihr gegenüber in diesen flachen, hässlich-grauen Sesseln, waren lauernd nach vorn gebeugt, ihre Ellbogen auf die Knie gelegt, und starrten sie an, als wäre sie eine seltene Schildkrötenart im Zoo.

Sie warteten auf ihre Reaktion.

Lisa nahm noch einen Schluck von der heißen Schokolade, die ihr warm den Hals hinunterrann und sich anfühlte wie das Elixier des Lebens. Nebenbei ließ sie sich die verrückte Idee der beiden noch einmal durch den Kopf gehen.

Sie hatte sich wie eine tollwütige Wölfin an Frau Lange vorbeigekämpft, weil die sie nicht zu Doc H vorlassen wollte. Der sei gerade in einer wichtigen Besprechung und dürfe nicht gestört werden und an der Kündigung sei leider auch nichts mehr zu ändern. Diesbezüglich habe Doktor Henriksen sich ganz klar ausgedrückt. Sie solle doch mit der großzügigen Abfindung zufrieden sein und sich bitte einen anderen Job suchen. Bloß keinen peinlichen Auftritt! Das mochte Doktor Henriksen gar nicht.

Lisa war das scheißegal.

Doc H konnte sie nicht einfach feuern. Das war ungerecht, und bestimmt gab es auch irgendwo einen Tarifvertrag oder ein Gesetz, das so etwas verbot. Außerdem brauchte sie diesen Job, jetzt mehr denn je. Ohne Job konnte sie gleich unter der Brücke pennen.

Irgendwann, sobald sie genügend Mumm aufbrachte, würde sie ihre paar Habseligkeiten aus der Wohnung holen, die sie mit Patti teilte, den PC, ein paar Musikinstrumente, die Videokamera und das Keyboard, ihr Loopboard und der ganze übrige technische Schnickschnack, den sie für ihre YouTube-Videos brauchte. Mehr Dinge von Wert besaß sie sowieso nicht. Herrje, warum machte sie sich eigentlich Sorgen um ihr Equipment? Sie hatte ja nicht mal eine Zahnbürste oder frische Unterwäsche.

Sie hatte überlegt, bei Pattis Exfreund Nils anzurufen. Der würde sie bestimmt vorübergehend in seiner 6-Mann-WG wohnen lassen, bis sie eine andere Unterkunft gefunden hatte, aber ihr graute vor dieser Art von Selbsthilfegruppe der sitzengelassenen Exfreunde. Dann würden sie beide nur nächtelang zusammenhocken, sich mit hochprozentigen Spirituosen zudröhnen und sich gegenseitig in ihrem Selbstmitleid wälzen, aber geholfen wäre niemandem dabei.

Doch leider fiel ihr sonst niemand ein, bei dem sie vorübergehend unterkommen könnte, und nach Hause zu ihrem Vater würde sie auf gar keinen Fall gehen. Nicht, seit diese … Frau dort wohnte. Also brauchte sie möglichst schnell eine neue Bleibe, und dazu brauchte man bekanntlich einen Einkommensnachweis. Und genau das wollte sie diesem emotionslosen Roboter da drin in zwei Sätzen klarmachen. Mehr nicht.

Doch dann hatte sie irgendwie die Beherrschung verloren. Als Frau Lange sie einfach nicht vorbeilassen wollte, war sie leider ein klein wenig ausgerastet, und der ganze Frust von gestern Abend hatte sich in einem

Wutanfall entladen – sozusagen. Sie war ziemlich laut geworden und hatte einen Besucherstuhl umgeworfen, als sie sich an Frau Lange vorbeigekämpft hatte. Dann war sie in Doc Hs Büro gestürmt, fest entschlossen, nicht mehr zu gehen, bis sie ihren Job wieder zurückbekommen hatte.

Ach, was heißt „nicht mehr zu gehen"? Sie hätte diesen arroganten Eisklotz am liebsten mit ihren Fäusten traktiert oder ihm einen Locher an den Kopf geworfen. Die Rotze lief ihr aus der Nase und die Tränen über ihr Gesicht, außerdem zitterte sie am ganzen Körper, sie schlackerte richtig vor Wut. Womöglich war es aber auch Hunger oder gar der Restalkohol in ihrem Stoffwechsel. Aber sehr viel wahrscheinlicher war, dass sie schlicht und ergreifend ein Fall für die Zwangsjacke war.

Doc H stand ganz langsam hinter seinem protzigen Mahagonischreibtisch auf – sein Gesicht war völlig ausdruckslos – und dann kam er gemächlich um den Tisch herum und blieb mit lässig verschränkten Armen vor ihr stehen. Seine Augen wanderten über sie, von ihrem Scheitel bis zu ihren Schuhen und wieder zurück.

Das war das Gegenteil von einem bewundernden Blick, oh Mann. Er begutachtete sie, wie ein Viehhändler eine alte, klapperige Kuh begutachtete, und als wäre das nicht schon genug an Demütigung, nahm er auch noch ihr Kinn in seine Hand und drehte ihren Kopf hin und her. Nein, nicht wie ein Gutachter, sondern wie ein Großgrundbesitzer auf dem Sklavenmarkt von New Orleans, anno 1799. Was für ein arroganter, emotionsloser Bastard der Typ doch war!

„Ist Ihre Haarfarbe echt, Eva?", hatte er kühl gefragt und so war es losgegangen.

Ja, ihre Haarfarbe war echt, rotblond und immer *curly*, und auch die Sommersprossen waren echt und sie war 25 Jahre alt und nein, sie hatte nicht Kunstgeschichte studiert, sie hatte gar nichts studiert, sie hatte auch kein Abitur und keine Ausbildung, sie hatte eigentlich gar nichts. Aber sie konnte gut kochen und ab und zu arbeitete sie abends noch in einem Jazzkeller. Sie hieß auch nicht Eva, sondern Lisa, Elisabeth Machnig, um genau zu sein … aber das interessierte den Doc und seinen Bruder nicht im Mindesten.

Die wollten eine Eva.

Lisa hatte eine ganze Weile gebraucht, bis ihr Gehirn kapiert hatte, worum es den beiden Spinnern überhaupt ging. Seit Frau Lange ihr eine große Tasse mit heißer Schokolade und ein Brötchen gebracht hatte, fiel ihr das Denken deutlich leichter, aber ihre erste spontane Reaktion war trotzdem ein entschiedenes „Nein!" gewesen. Die beiden hatten doch nicht mehr alle Tassen im Schrank. Das war bestimmt sogar illegal, unter einem falschen Namen aufzutreten und so zu tun, als wäre man mit jemandem verlobt – ausgerechnet auch noch mit diesem … diesem Sexroboter.

„Sie ist nicht gerade eine Schönheit!", hörte sie den besagten Sexroboter jetzt sagen. Er begutachtete sie jetzt nicht mehr wie eine Sklavin, sondern mehr so, als wäre sie ein Affenweibchen hinter der Glasscheibe im Zoo. Er legte den Kopf mal nach rechts und dann mal nach links, um seinen Blickwinkel zu verändern, und Lisa hätte ihm am liebsten ihre Faust in sein arrogantes Gesicht gedonnert, damit er mal einen anderen Gesichtsausdruck annahm, aber so was tat man besser nicht mit dem Chef, wenn man seinen Job wiederhaben wollte.

„Ach komm, da lässt sich mit Kosmetik doch einiges machen. Ich finde sie keineswegs hässlich", antwortete der schwule Bruder mit beinahe der gleichen professionell-distanzierten Note in der Stimme. Er inspizierte sie ebenfalls eingehend, nicht so herablassend wie der Doc, sondern sehr interessiert, aber sie hätte genauso gut ein Nerzmantel sein können, den er auf seine Qualität hin prüfte. Sie wusste ja, dass Philipp Henriksen der Star-Shoppingberater des Unternehmens war und dass die reichen Kundinnen sich um Termine bei ihm rissen. „Zugegeben, die Frisur ist eine Katastrophe, aber ihr Teint ist fantastisch. Und ihr Mund ist einfach …"

„Ihr fehlt jede Anmut. Und sie wirkt reichlich ordinär und abgehaltert", unterbrach ihn Doc H. „Sie ist nicht unbedingt der feuchte Traum eines Mannes."

„Vielen Dank für das Kompliment!" Lisa stand jetzt auf und knallte die Tasse mit einem lauten Rums auf den Tisch, sodass sogar ein bisschen Kakao herausspritzte. „Sie würden auch nicht mehr wie Humphrey Bogart aussehen, wenn Sie gestern Abend von Ihrem Freund verlassen worden wären und Sie die ganze Nacht im Auto gesessen und Tequila getrunken hätten, während Sie sich die Augen ausweinen."

Sie hatte seit gestern wirklich schon genug Kränkungen einstecken müssen, da brauchte sie nicht auch noch einen Image-Papst, der ihr „am Morgen danach" vorhielt, dass sie ordinär und abgehaltert sei.

„Ich habe keinen Freund!", kam es trocken von Doc H. Na toll, jetzt machte er sich auch noch auf ihre Kosten lustig, das reichte jetzt.

„Leck mich!", schnaubte Lisa und stampfte zur Tür. Ihr war allerdings klar, dass sie ihren Job nie zurückbekommen würde, wenn sie jetzt durch diese Bürotür nach draußen walzte. Dann würde sie nicht nur die heiße Schokolade zurücklassen, sondern eine einmalige Chance, sich übers Wochenende etwas dazuzuverdienen. Sie hatte zwar laut „Nein!" gesagt, aber ihr Gehirn hatte andauernd dazwischengefragt:

Warum denn nicht? Ist doch ein tolles Angebot. Denk mal an das Geld! Das ist doch wirklich nicht schwer, ein Wochenende lang eine Verlobte zu spielen. Er hat ausdrücklich gesagt: kein Sex, nur schauspielern.

Bevor sie die Bürotür erreichte und damit ihr Gesicht verloren hätte, weil sie sehr wahrscheinlich doch nicht hinausgegangen wäre, sprang Philipp Henriksen auf und kam ihr hinterher.

„Bitte laufen Sie nicht weg, Eva, äh Lisa. Denken Sie über unser Angebot nach. Die Unterhaltung ging ja gar nicht gegen Sie als Person, es war ein rein beruflicher Dialog." Er hielt sie vorsichtig am Ellbogen fest.

„Na toll, ich möchte mal sehen, wie Sie reagieren, wenn man Ihnen sagt, dass Sie nicht gerade der feuchte Traum eines jeden Mannes sind", maulte sie und zog ihren Arm weg, aber sie kam doch ein paar zaghafte Schritte zurück in den Raum.

„Bitte verzeihen Sie die Direktheit." Er war jedenfalls sehr viel höflicher als sein älterer Bruder. „Aber wir, genauer gesagt mein Bruder, kann dafür sorgen, dass Sie der feuchte Traum eines jeden Mannes werden. Wenn Henrik Sie coachen würde, dann würde bestimmt auch Ihr Freund zu Ihnen zurückkehren. Nicht wahr, Henrik? Sag ihr, dass du das könntest."

Sexroboter-Doc verdrehte die Augen und schnaubte verächtlich. „Zweifellos!"

„Ja klar und ich kann Wasser in Wein verwandeln."

„Ihr Zynismus ist weder angebracht noch geistreich", kam es eisig von Robo-Doc. „Wenn ich Sie coachen würde, dann würde nicht nur Ihr Verflossener auf Knien zu Ihnen zurückrutschen, Sie dürften sich vermutlich vor Heiratsanträgen gar nicht mehr retten können."

„Ja, verarschen Sie mich nur!"

„Sehe ich aus, als ob ich es nötig hätte, eine Küchenhilfe zu verarschen?"

Ach, wie charmant! *Das ist jetzt deine letzte Chance zu gehen. Lass dich nicht von diesem Snob beleidigen,* mahnte ihr Stolz ein wenig halbherzig in ihrem Kopf. Henrik Henriksen war immerhin DER Image-Papst. Er war der Mann, um dessen Dienste sich Fußballstars, Fernsehleute und Finanzmogule rissen, derjenige, der einer namenlosen Hinterhofsängerin innerhalb eines Jahres zu Gold und Platin verholfen hatte und einem kleinwüchsigen Theaterschauspieler zu Hollywoodruhm. Sie kannte die Wunder, die er bei seinen Kunden bewirkt hatte. Hätte sie nicht den Unfall gehabt, würde sie heute vielleicht auch hier sitzen, nur für eine ganz andere Art von

Promotion.

„Würden Sie das denn machen? Ich meine, mich coachen?", fragte sie lauernd und glaubte selbst nicht, dass sie das wirklich laut ausgesprochen hatte. Offensichtlich war ihr Stolz ziemlich käuflich.

„Ich komme gar nicht darum herum, einen Coaching-Crashkurs mit Ihnen zu machen. So wie Sie im Augenblick aussehen und sich benehmen, würden Sie Tante Olgas hohen Ansprüchen nicht mal zwei Minuten lang standhalten."

„Sagen Sie Ja! Bitte!", drängte Philipp. „Sie können dabei doch nur gewinnen. Wir alle können nur gewinnen!"

Selbst ihr Stolz musste zugeben, dass er recht hatte. Doc H hatte ihr eine Gage von Tausend Euro für das Wochenende angeboten. „Selbstverständlich ohne sexuelle Dienstleistungen! Nur schauspielern." Das hatte er mindestens fünf Mal wiederholt, bis sie das Gefühl gehabt hatte, dass er es mehr zu seiner Beruhigung sagte als zu ihrer. Tausend Euro verdiente sie sonst nicht mal in einem ganzen Monat bei Image4U und ein Wochenende auf der Insel Rügen war auf jeden Fall besser, als unter einer Brücke zu pennen. Lisa zog noch einmal die Nase hoch und ließ sich wieder auf das Sofa plumpsen. Dann nahm sie einen weiteren kräftigen Schluck von der heißen Schokolade und seufzte.

„Okay, ich mach's! Aber Sie müssen die Kündigung rückgängig machen, ich will meinen Cateringjob auf jeden Fall wiederhaben, wenn das alles vorbei ist."

„Wir sollten einen Vertrag aufsetzen, in dem alles genau geregelt ist", schlug Philipp übereifrig vor und Doc H nickte.

„Mit einer Vertragsstrafe, falls sie die vertraglichen Pflichten schuldhaft nicht erfüllt."

„Und mit einem Bonus, falls Olga ihr Testament tatsächlich ändert?"

„Halloho, ich sitze hier!", brauste Lisa auf. „Ihr zwei könnt direkt mit mir reden! Und nur weil ich nicht auf einem Schweizer Internat war, heißt das nicht, dass ich zu doof bin, um eine affige Tussi zu spielen. Außerdem habe ich noch nie schuldhaft irgendwas verletzt."

Doc H durchbohrte sie mit frostigen Blicken. „Hier kommt die erste Lektion für Sie: *Halloho* zu quaken ist keine Methode, mit der eine Frau die Aufmerksamkeit und das Interesse eines erwachsenen Mannes erregen kann. Sagen Sie nicht *Halloho*, wenn Sie wahrgenommen werden wollen. Machen Sie sich sichtbar!"

„Und was heißt das bitte schön? Bin ich vielleicht jetzt gerade unsichtbar?"

„Wenn man aussieht wie ein Spüllappen, dann wird man auch behandelt wie einer."

Mit diesen Worten wandte er sich zu seinem Bruder um und tat so, als wäre Lisa wirklich nur ein Spüllappen. Boah, dieser aufgeblasene Lackaffe! Sie hasste ihn. Echt. Das Wochenende als seine Verlobte würde ein hartes Stück Arbeit werden. Sauer verdientes Geld.

„So wie die Frau im Augenblick aussieht, lässt Olga sie nicht mal zur Hintertür herein. Philipp, du hast mir das eingebrockt, du sorgst dafür, dass sie bis morgen vorzeigbar ist." Philipp nickte eifrig. „Sie muss auf jeden Fall zum Friseur! Nehmen Sie bitte mal das Haargummi heraus."

Sie hatte ihre Haare zu einem wuschigen Pferdeschwanz am Hinterkopf zusammengebunden und zerrte nun eine ganze Weile an dem Gummi herum, bis es sich endlich löste. Das wilde Geringel ließ sich leider kaum bändigen und ein Pferdeschwanz war aus Lisas Sicht die einzige mögliche Frisur, die sie tragen konnte. Wenn sie in der Küche oder beim Servieren arbeitete, dann trug sie natürlich ein Kopftuch, aber das hatte sie heute Nacht vollgeheult und als Taschentuch missbraucht.

„Ungewöhnliche Farbe!", murmelte Doc H.

„Man könnte versuchen, sie in der Art von Rita Hayworth zu stylen", überlegte Philipp laut. „Das würde Tante Olga bestimmt sehr gefallen."

„Zweifellos!"

Zweifellos ist zweifellos eines der Lieblingswörter von Doc Snob, dachte Lisa und fuhr sich unwillkürlich durch ihr Wischmopphaar. Es war sogar nach dem Waschen und selbst nach literweisem Einsatz von Kurspülung total ungebärdig, aber heute Morgen, nach einer Nacht im Auto, da sah sie vermutlich wirklich aus wie ein Spüllappen – oder wie eine irische Folksängerin, die zu lange in eine Steckdose gefasst hatte.

„Du stehst doch auch auf diese alten Filmdiven aus Hollywood", erinnerte Philipp seinen Bruder. „Lisas Mund ist dem von Katharine Hepburn sehr ähnlich, findest du nicht?"

„Er ist zu groß!"

„Quatsch! Ich wette, jeder Heterokerl denkt doch nur an das Eine, wenn er ihren Mund sieht. Gib es zu!"

Lisa unterdrückte ein erschrockenes Keuchen und Doc Hs Kopf wurde ein bisschen rot oben an seiner Stirn und an den Ohren.

„Lass deine geschmacklosen Scherze. Sie benötigt dringend einen Friseur und vielleicht kann man ja tatsächlich mit Kosmetik und Lippenstift diesen, ähm, Mund etwas zur Geltung bringen."

Philipp nickte eifrig. „Ich vereinbare gleich einen Termin bei Jeffrey und Samira. Ich verschiebe meine beiden Shoppingtermine mit der Bankiersgattin und der Russin und kümmere mich in den nächsten Stunden nur um Evas Erscheinungsbild. Was sagst du?"

„Und schau bitte in ihren Kleiderschrank. Sie soll elegante und konservative Kleidung tragen."

„Natürlich! Hätte ich sowieso getan." Die beiden warfen sich die Sätze wie Bälle zu. Hin und her, und Lisa blickte abwechselnd von einem Bruder zum anderen, wie auf dem Tennisplatz.

„Klassische, feminine Kleidung. Dezente Farben! Hosen vermeiden."

„Ist mir klar! Soll ich mich auch gleich um ihre Dessous kümmern?"

„Sieh nach, was sie im Schrank hat. Erotische Lingerie ist zwar nicht zwingend erforderlich, aber in diesem Fall sicher von Vorteil."

„Waaaas?", rief Lisa schrill. Ihre Unterwäsche stand ja wohl nicht zur Debatte. „Meinen Sie damit etwa so Nuttenfummel, wo Nippel und anderes Zeugs raushängen? So was zieh ich nicht an!"

„Dann wundert es mich nicht, dass Ihr Freund Sie verlassen hat", sagte Doc H mit Frostbeulen in der Stimme.

„Was?"

„Wir müssen an Ihrer erotischen Ausstrahlung arbeiten, wenn Sie Ihren Angebeteten zurückhaben wollen."

„Hmpf!" Erotische Ausstrahlung! Klasse. Sie konnte sich echt nicht vorstellen, dass Hannes auf Strings und Strapse stand. Andererseits wusste sie seit gestern Abend überhaupt nicht mehr, worauf Hannes in Wahrheit stand.

„Gut! Das wäre besprochen." Doc H klatschte in die Hände und rieb voller Tatendrang seine Handflächen aneinander. „Und überarbeiten Sie Ihren Sprachschatz. Auch Ihr erotisches Vokabular bedarf der Verbesserung. Nennen Sie die Dinge beim Namen, aber beschmutzen Sie Ihre Geschlechtsorgane und sekundären Geschlechtsmerkmale nicht verbal: Es sind Brüste oder Busen und keine Titten. Es sind Brustwarzen und keine Nippel und vor allem heißt es nicht *anderes Zeugs*, sondern das wären dann wohl Schamlippen und Klitoris. Sie dürfen selbstverständlich auch beliebige andere Bezeichnungen für Ihre Geschlechtsorgane kreieren, solange Sie diesen Ort der Lust nicht verbal herabwürdigen. Nicht Fotze oder Loch. Verstanden?"

Lisas Kiefer klappte herunter, und sie schnappte nach Luft. Sie hatte noch nie so viele obszöne Begriffe in einem einzigen Satz gehört, und trotzdem hatte der Satz geklungen, als ob ein Professor eine Anatomievorlesung gab. Lisa konnte nicht mal antworten, so überrumpelt war sie. Aber der besagte Professor erwartete offenbar keine Antwort, sondern stieg schon voller Elan in sein Coachingprogramm ein.

„Sind Sie alkoholabhängig?"

„Was?"

„Bitte stellen Sie nicht andauernd *Was?*-Fragen, das klingt debil. Wenn Sie wirklich nicht verstanden haben, was jemand zu Ihnen sagt, dann fragen Sie ‚Wie bitte?'. Noch besser ist, sie beantworten einfache Ja- oder Nein-Fragen auch mit einem einfachen Ja oder Nein und einem Lächeln als Ausrufezeichen. Also noch mal: Sind Sie Alkoholikerin?"

„Hä? Nein, natürlich nicht. Was soll die bescheuerte Frage?"

„Liebe Eva, Sie riechen wie eine Schnapsdestille, da muss diese Frage erlaubt sein, denn ich arbeite nicht mit drogenabhängigen oder alkoholsüchtigen Menschen zusammen", erklärte er von oben herab. „Und noch etwas: Wenn man Ihnen zu nahe tritt, dann verfallen Sie bitte nicht in diesen backfischartigen Zickenmodus. Das ist einer Dame unwürdig und absolut unreif. Außerdem kann kein Mann eine Dramaqueen ertragen. Wenn Sie nicht lächeln können, dann seien Sie lieber arrogant."

„Das kann ich mir ja von Ihnen abgucken."

„Genau!" Er lächelte kühl. „Rauchen Sie?"

„Ja! Seit gestern." Giftiges Lächeln zurück.

„Stoppen Sie das sofort wieder!"

„Waaa... Wie bitte?"

„Das war eine unmissverständliche Anweisung: Stoppen Sie das Rauchen sofort. Eva würde nie rauchen. Eva möchte schon sehr bald sehr viele Kinder mit ihrem Verlobten haben und würde ihren Körper niemals mit Nikotin, Teer und Kondensat vergiften. Also stoppen Sie das Rauchen. Und versuchen Sie von Herzen zu lächeln. Damit haben Sie schon einen halben Heiratsantrag in der Tasche."

„Ja!"

„Ja?"

„Ja!" Schwaches Lächeln.

Er hob erstaunt die Augenbrauen und nickte dann. „Das klappt ja besser als gedacht. Bis morgen werde ich allerdings trotzdem keine Wunder an Ihnen vollbringen können, dazu ist die Zeit schlicht zu knapp. Wir müssen an Ihren Umgangsformen und an Ihrer Sprache arbeiten, Tischmanieren, Etikette, Selbstbewusstsein, geistreiche Konversation. Es hapert vermutlich an allen Ecken und Kanten. Sie sollten heute bei mir übernachten, damit ich möglichst lange mit Ihnen arbeiten kann. Ist das ein Problem für Sie?"

„Nein!" Sehr freundliches Lächeln. Ganz im Gegenteil, wenn sie mal davon absah, dass sie diesen arroganten Sexroboter nicht ausstehen konnte, war das ein Wink des Schicksals mit einem großen, dicken Zaunpfahl.

„Gut! Von diesem Augenblick an heißen Sie Eva und wir sind verlobt." Er wandte sich an seinen Bruder. „Welchen Familiennamen hast du dir für sie ausgedacht?"

„Lazarus! Wegen der Sargfabrik ihres Vaters", ergänzte Philipp mit einem verlegenen Lächeln.

„Gut! Sie sind jetzt Eva Lazarus und nicht mehr Lisa Dingsda."

„Machnig!"

„Vergessen Sie den Namen. Das Coaching hat jetzt begonnen, und Sie heißen nicht nur Eva, Sie SIND Eva, und alles, was ich sage, ist für Sie wie das Wort Gottes, denn ich habe nicht die Zeit, alles zu erklären und endlos wiederzukäuen. Sie tun einfach, was ich sage, ohne Wenn und Aber, verstanden?"

„Ja, Henrik, mein Liebster!", antwortete sie mit einem Lächeln.

Er wurde schon wieder ein wenig rot an seinen Schläfen. Ha!

3. Makeover

Lisa öffnete die Tür zu ihrer Wohnung ganz leise wie ein Einbrecher, der nicht erwischt werden will. Die Heimlichkeit war aber völlig überflüssig, denn Patti hatte Frühdienst, und falls Hannes hier – bei Patti – übernachtet hatte, war er jetzt längst bei der Arbeit. Sie würde niemanden antreffen, wenn sie ein paar Habseligkeiten zusammenpackte. Philipp war mit ihr in seinem offenen Porsche Targa nach Oberschöneweide gefahren, wo sie sich mit Patti eine günstige Altbauwohnung teilte. Viel Platz für ihr Gepäck gab es in Philipps Auto nicht, aber Lisa besaß auch nicht viel. Ihr Verdienst reichte immer gerade für die Miete, Essen und ein paar Kleider und natürlich für die technische Ausstattung, mit der sie ihre YouTube-Videos aufnahm.

Während der Fahrt nach Oberschöneweide hatte sie ihr Handy wieder angeschaltet und die zwanzig Textnachrichten gelesen, die sie in der vergangenen Nacht bekommen hatte. Fünf waren von Hannes und die anderen fünfzehn von Patti. Die Texte lasen sich aber alle ziemlich ähnlich:

Mach jetzt bloß keine Dummheiten.

Sei bitte vernünftig.

Versuch uns zu verstehen.

Gehe damit wie eine Erwachsene um.

Gib mir die Chance, es zu erklären.

Ich habe ihn schon immer geliebt.

Ich kann doch nichts für meine Gefühle.

Alles Quark mit Pisse obendrauf und jedes Wort tat weh. Die Nachrichten von Patti schmerzten sie sogar noch mehr als die von Hannes. Patti war doch ihre beste Freundin. Sie hatte ihr damals Hannes sogar vorgestellt bei dieser denkwürdigen Party und sie gedrängt, sich mit ihm zu unterhalten.

Patti hatte eigentlich die Kupplerin gespielt. Und jetzt das!

Niemand war in der Wohnung. Es standen noch zwei Kaffeetassen und Teller vom Frühstück in der Spüle, und Lisa hätte davon nicht annähernd so überrascht sein dürfen. Es war doch klar, dass Hannes hier übernachtet hatte. Sie sah es bildlich vor sich. Er war nach seinem arschlochhaften Abgang im Valpiano sofort zu Patti gefahren, hatte sie vermutlich ausgiebig gefickt, und sie hatte ihren Orgasmus garantiert nicht mal vortäuschen müssen. Ja, und dann hatten die beiden ihre Textnachrichten-Flut über Lisas Handy ergossen, um ihr schlechtes Gewissen zu beruhigen.

Lisa nahm die Kaffeetassen, die mit Pattis Lieblingsmotiv, einer dämlichen (Kack)Eule, bedruckt waren und schleuderte sie in einem wilden Wutschrei gegen den Kühlschrank. Die Scheißdinger zerbrachen nicht mal, sondern klirrten dumpf zu Boden. Kunststoff! Arrgh!

Philipp half ihr beim Packen. Genauer gesagt schaute er sich mit gerümpfter Nase in ihrem Zimmer um. Die Decke hatte ein paar gelbe Flecken von der letzten Kloverstopfung, die der Mieter über ihnen fabriziert hatte. Sie hatte sowieso vorgehabt, das Zimmer neu zu streichen, alles in Hellblau. An der Wand über ihrem Bett hatte sie ein hellblaues Bettlaken aufgehängt, nicht, um Wasserflecken zu überdecken, sondern es diente ihr als Hintergrund für ihre YouTube-Videos, aber als Philipp fragte, ob das eine Art Greenscreen sei, hatte sie nur den Kopf geschüttelt. Philipp und sein Bruder hatten ihr zwar ganz genau erklärt, wie Eva sein sollte, welche Hobbys sie hatte, welche Musik sie hörte, wie sie sprach und ging und sich anzog, wie sie roch oder wie sie sich auf die Klobrille setzte, aber keiner von den beiden hatte sich auch nur mit einem Wort nach ihr, nach Lisa Machnig, erkundigt, wenn sie mal von den unverschämten Fragen nach Alkohol- und Drogensucht absah. Die Frau hinter Eva interessierte die beiden Männer einen feuchten Kehricht, und deshalb sah sie auch nicht ein, warum sie irgendetwas Privates von sich preisgeben sollte.

So furchtbar wichtig, wie er und sein aufgeblasener Bruder sich fühlten, würde Philipp sie bestimmt nur belächeln, wenn sie ihm erzählte, dass sie Musikvideos aufnahm, die sie dann bei YouTube unter „Lisas Musikblog" hochlud. Genauso, wie er jetzt gerade herablassend lächelte und den Kopf schüttelte, als er durch ihren Kleiderschrank stöberte.

Er fischte ihren hellgrauen Baumwoll-BH aus ihrer Unterwäscheschublade, hielt ihn zwischen Zeigefinger und Daumen in die Höhe und ließ ihn vor seinen Augen drehen und baumeln, dann säuselte er ein absichtlich tuntiges „Im Ernst jetzt?" heraus. „Marke Olympiateilnehmerin 1936!"

Na und? Der BH war vielleicht nicht sexy, aber er war praktisch und stabil, und sie konnte ihn bei 90 Grad waschen, wenn er nach Essen und Küchengerüchen stank. Sie war schließlich nicht Model von Beruf, sondern eine Köchin, zumindest so eine Art Köchin.

„Grundgütiger! Da ist ja kein einziges brauchbares Kleidungsstück in deinem Schrank!", stöhnte Philipp und schepperte mit den Kleiderbügeln, die er hin und her schob. Ab und zu nahm er eine Jeans oder ein T-Shirt heraus, betrachtete es mit gerümpfter Nase und legte es dann mit einem verzweifelten Aufseufzen in den Schrank zurück.

„Es muss ja nicht jede Frau rumlaufen wie Rita Dingsbums." Sie hatte sich vorgenommen, den Namen der rothaarigen Hollywooddiva, auf die Doc H angeblich so tierisch abfuhr, zu googeln. Aber inzwischen war ihr der Nachname der Schauspielerin schon wieder entfallen. Hei-Irgendwas.

„Wie nennt sich dein Look?", wollte Philipp wissen. Er nahm eine schwarze Hose aus dem Schrank und hielt sie vor sich in die Höhe, als hätte sie irgendeinen Schädlingsbefall.

„Keine Ahnung. Lisas praktische, bequeme und preisgünstige Kleidung."

„Ich würde sagen: Altkleidersack auf zwei Beinen!" Er warf die Hose in einer überschwänglichen Geste hinter sich. Sie flatterte durch die Luft und landete auf dem Bettvorleger. Ein T-Shirt flog gleich hinterher. „Dir ist doch klar, dass du auf keinen Fall in dieser Kleidung bei Tante Olga auftauchen kannst."

Er war inzwischen ganz unkompliziert zum „Du" übergegangen, aber das war für Lisa okay. Es würde wohl sonst etwas komisch wirken, wenn jemand sie siezte, der ungeniert in ihrer Unterwäsche herumwühlte.

„Dann hat Tante Olga eben leider Pech gehabt, ich besitze nämlich keine Schickimicki-Klamotten." Das letzte Mal hatte sie vor acht Jahren bei der Beerdigung ihrer Mutter elegante Kleidung getragen. Lisa nahm ihren nagelneuen schwarzen Rock vom Kleiderbügel. Das war der, den sie für das gestrige Heiratsantragsdate gekauft hatte, und stopfte ihn demonstrativ in ihre Reisetasche, und dazu ihre Sportsachen und natürlich ihr Lieblings-schlaf-T-Shirt, das mal Hannes gehört hatte. Nein, das besser doch nicht! Sie warf es zurück in den Schrank.

Philipp griff jetzt zu seinem Handy und machte einen Anruf bei einer Frau, die er „Nicole-Schätzchen" nannte. Der gehörte offenbar eine Boutique, die am Ku'damm lag und den nichtssagenden Namen *A-Class* trug, und sie vereinbarten einen Einkaufstermin. Lisa hatte gar nicht gewusst, dass man überhaupt Termine vereinbaren musste, wenn man shoppen gehen wollte. Die Läden, in denen sie sonst ihre Kleider kaufte, hatten ganz normale Öffnungszeiten.

„So, das wäre geregelt!", verkündete Philipp und steckte sein Handy wieder weg. „Deine Kleider kannst du alle hierlassen! Die sind eine Beleidigung für jeden Frauenkörper. Bei Nicole kaufe ich sonst mit meinen besten Kundinnen ein, und sie hat zugestimmt, dass wir uns für das Wochenende ein paar ihrer Modelle ausleihen dürfen."

„Du willst Kleider ausleihen? Echt jetzt? Und meine Sachen nennst du Altkleidersack."

„Schätzchen, die Modelle in dieser Boutique haben nichts mit Altkleidern zu tun. Nicole leiht diese Kleider mit dazugehörigen Accessoires an berühmte Leute aus. Zum Beispiel an Schauspieler, wenn sie für besondere Anlässe erstklassig gekleidet sein müssen. Weißt du, so wie bei den Oscarverleihungen. Da tragen die Schauspielerinnen auch meist gesponserte Kleidung. Du brauchst nichts von alle dem mitzunehmen. Nur Medikamente solltest du einpacken, falls du welche nimmst. Sonst nichts."

Die Pille! Die hätte sie bei dem ganzen Stress beinahe vergessen. Alles, bloß das nicht! Sie wollte gewappnet sein, wenn Hannes zu ihr zurückkehrte. Nicht wenn, sondern falls. Vielleicht war sie ja verrückt, weil sie ihn unbedingt zurückhaben wollte. Im Augenblick konnte sie nicht besonders klar denken und schwankte halbstündlich zwischen dem brennenden Wunsch, ihn zu kastrieren, und dem, ihm alles zu verzeihen und weinend in seine Arme zu sinken.

Sie warf einen letzten sehnsüchtigen Abschiedsblick auf ihre bequemen Sandalen, die sie zurücklassen sollte, und legte stattdessen das gerahmte Foto von sich und ihrer Mama in die Reisetasche. Philipp zog das Bild neugierig wieder heraus und betrachtete es, während Lisa ihr Video-Equipment auseinanderstöpselte und die Kabel aufrollte.

„Wer ist die Frau? Sie ist atemberaubend schön", stellte Philipp überrascht fest

„Meine Mama!"

„Und du bist dieser rothaarige Wuschelkopf, den sie umarmt? Wie alt warst du da?"

„Siebzehn!" Das Foto war vier Monate vor Mamas Tod aufgenommen worden, als sie auf einer Sommer-Tournee waren, aber das behielt sie für sich. Sie war ja jetzt nicht mehr Lisa Machnig, sondern Eva Lazarus, und deren Mutter lebte noch und Evas Vater war kein tätowierter Möchtegern-Rockstar, sondern ein gediegener Geschäftsmann und beide waren glücklich verheiratet. Sie fand ihre ausgedachte Familie eigentlich klasse.

Philipp streckte ihr 200 Euro in bar vor, die sie als ihren Anteil an der Miete auf dem Küchentisch legte. Das war vielleicht kindisch von ihr, dass sie das Geld einfach so ohne Kommentar unter die Scheiß-Eulentasse klemmte, aber für sie war es ein wichtiges Symbol. Ein Symbol dafür, dass sie Patti nichts mehr schuldete und mit ihr fertig war.

Ein für alle Mal!

Als ihre Reisetasche und ihr Technikkram auf der schmalen Rückbank von Philipps Porsche verstaut waren, ging es weiter zur Friedrichstraße, wo Image4U den exklusivsten Friseur der westlichen Welt unter Vertrag hatte – das behauptete jedenfalls Philipp.

Lisa fand Philipp beim näheren Kennenlernen eigentlich ganz nett, und im Vergleich zu seinem blasierten Bruder war er geradezu warmherzig. Philipp wirkte auch nicht wie ein typischer Schwuler oder so wie Lisa sich typische Schwule vorstellte, sondern einfach wie ein normaler Kerl. Es wurde wohl Zeit, dass sie ihre Vorurteile ein wenig überdachte.

Die Fahrt zur Friedrichstraße zog sich hin, denn die Stadtmitte war wegen einer Demo dicht und der Verkehr bewegte sich nur im Schneckentempo. Während sie von einer Ampel zur nächsten schlichen, erzählte Philipp viel über sich und seine Familie und auch über Tante Olga und die scheinheilige Erbschleicherin Anette Wurzler, die einfach vor fünf Jahren mitsamt ihrem Mann und ihrem pickeligen Sohn Klausi bei Tante Olga eingezogen war und sich dort festgesetzt hatte wie eine Zecke.

„Du bist ja jetzt meine Schwägerin", sagte er mit einem Auflachen. „Also musst du auch ein paar Details über unsere Familie wissen."

Philipp war sechsundzwanzig und sein Bruder Henrik fünfunddreißig und trotz des Altersunterschieds standen sie sich sehr nahe. Ihre Eltern wohnten in einem sanierten Pfarrhaus in der Einöde von Mecklenburg und schworen auf die Ruhe und Abgeschiedenheit dort. Sie deuteten natürlich bei jeder Gelegenheit an, dass das Haus und der Garten groß genug wären, um eine ganze Schar Enkelkinder zu fassen, die aber weder Henrik noch Philipp zu produzieren bereit waren. Ihre Eltern waren seit 36 Jahren verheiratet (und seit 14 Jahren mit Tante Olga verkracht). Leider konnten die alten Herrschaften nicht verstehen, warum ihre beiden Söhne nicht ebenfalls glücklich verheiratet waren, wo sie ihnen das doch vorlebten, und sie kamen leider überhaupt nicht damit klar, dass Philipp schwul war.

Genau genommen ignorierten sie Philipps Outing einfach und taten so, als wüssten sie gar nichts von der sexuellen Orientierung ihres Sohnes. Wenn er versuchte, das Gespräch auf seinen Freund Gustavo zu lenken, stellten sich seine Eltern taub, dabei hätte er ihnen Gustavo liebend gerne vorgestellt. Sie waren schon eine ganze Weile zusammen, und Gustavo hatte ihm sogar einen Heiratsantrag gemacht, aber Philipp scheute vor einer richtig offiziellen Ehe zurück, weil er wusste, dass seine Mutter garantiert eine Herzattacke bekommen und ihn bis in alle Ewigkeit verstoßen würde, von Tante Olga wollte er lieber gar nichts sagen. Die wollte ihn ja wegen seiner Homosexualität andauernd an die Front verbannen.

Nachdem das Stichwort „Olga" gefallen war, erzählte er Lisa in epischer Breite von der Boshaftigkeit und Heimtücke dieser Frau, die eigentlich nicht seine Tante, sondern die Tante seiner Mutter war und sogar noch den Zweiten Weltkrieg miterlebt hatte. Ja, es gab tatsächlich noch lebende Zeitzeugen dieses Krieges, und Tante Olga wurde leider nicht müde, von den Nazis und den Russen und von damals zu erzählen.

„Olga ist eigentlich eine Halbschwester unserer Oma, also von Mamas Mutter", erklärte er und schaute sie dabei eindringlich an, als würde er befürchten, sie könnte zu doof sein, um zu kapieren, was eine Großtante war. Er sah seinem Bruder ähnlich, war dunkelhaarig und schlank und blauäugig. Nur da wo Philipp lässig und sportlich war, wirkte Mister Supersnob verklemmt und geschniegelt. Lisa hatte ihn eigentlich noch nie in etwas anderem als in einem Anzug gesehen.

„Unsere Familie ist ziemlich kompliziert, oder?", fragte Philipp entschuldigend.

Lisa lächelte nur. Wenn er wissen wollte, was wirklich kompliziert war, dann könnte sie ihm ja mal von ihrer Familie erzählen und davon, dass ihr Vater einen auf Mick Jagger machte und mit seiner Rockband durch die Lande tingelte. Oder davon, dass ihre Stiefmutter nur vier Jahr älter war als sie und dass ihr Halbbruder beinahe genauso lange auf der Welt war, wie ihre Mutter tot war. Aber sie ersparte ihm die Geschichte, denn sie war ja jetzt Eva Lazarus, und die wiederum kam aus supergeordneten, großbürgerlichen Verhältnissen, war ein verhätscheltes Einzelkind, das es sich lei-sten konnte, so etwas Unbrauchbares wie Kunstgeschichte als Beruf auszuüben. Eva war eine unbeschwerte Frau, die in ihrem Leben noch kein größeres Unglück kennengelernt hatte als einen abgebrochenen Fingernagel.

Apropos Fingernagel: Der Friseursalon war kein normaler Friseursalon, sondern ein Beautysalon der Luxusklasse – Zutritt nur für Stars und Millionäre. Sie fand allerdings, dass der Begriff *Folterkammer* besser zu dem Etablissement gepasst hätte.

Lisa war noch nie zuvor in einem Beautysalon gewesen, selbst ihr letzter Friseurbesuch lag Jahre zurück, weil es an ihrer Frisur einfach nichts zu frisieren gab, vielleicht war das der Grund dafür, dass „Jeffrey & Samira" (so hieß der Luxusladen) sie schlicht und ergreifend umhaute. Der Salon sah innen aus wie ein altägyptischer Palast – ein Pharaonentraum aus rosarotem Marmor, goldenen Hieroglyphen und echten Papyruspflanzen, und Lisa kam sich auch vor wie Königin Kleopatra, während sie von einem ganzen Schwarm an Depiladoras, Kosmetikerinnen, Masseurinnen und einem hysterischen Friseur, genannt Jeffrey, umschwirrt wurde. Es fehlte nicht mal das Bad in Stutenmilch.

Samira begrüßte Philipp mit Küsschen links und rechts und einem „Hallo, Schatz!", und dann nahm sie Eva in Augenschein. Die stand etwas verkrampft da, presste ihre Arme an ihre Seiten und kam sich vor wie bei einer mündlichen Prüfung. Samira nahm Lisa an ihren Händen, hielt ihre Arme ein wenig von ihrem Körper ab und inspizierte ihre neue Kundin mit gerümpfter Nase und einer tiefen Kummerfurche auf der Stirn.

„Du lieber Himmel, da ist es mit einem Haarschnitt aber nicht getan. Da müssen wir bei den Basics anfangen. Bei den Basics!"

Plötzlich fiel ihr Blick auf die diversen Narben, die sich wie ein arabeskes Muster an weißen und hellroten Linien an der Innenseite von Lisas Arm bis hinunter zu ihrer Hand erstreckten. Manche davon stammten vom Unfall, andere von den darauffolgenden Operationen und Hauttransplantationen.

„Ach, du meine Güte, was ist da denn passiert?", fragte sie voller Mitleid und drehte Lisas Arm ein wenig nach außen, damit sie die Narben genauer sehen konnte.

„Ein Unfall!", sagte Lisa und entzog der Kosmetikpäpstin ihre Hand.

„Okay, aber das ist kein Problem für uns. Vertrauen Sie mir!", sagte sie zuversichtlich. „Wenn wir mit Ihnen fertig sind, wird niemand mehr auf die Narben achten!"

„Ja klar!" Jeder glotzte auf die Narben, obwohl sie bei Weitem nicht mehr so schrecklich aussahen wie im ersten Jahr nach dem Unfall. Trotzdem trug Lisa meist langärmlige Shirts. Nun ja, heute trug sie immer noch ihre Arbeitskleidung, mit der sie gestern Morgen aus dem Haus gegangen war.

„Sie werden sehen!" Samira nickte und klatschte in die Hände wie die Vorsteherin eines Harems. „Los! Los! Los! An die Arbeit! Wir fangen bei den Basics an. Bad in Stutenmilch!"

Aus allen möglichen Türen, Winkeln und Ecken schwärmten plötzlich die Beautysalon-Sklavinnen in das edle Foyer nach Art des Tutanchamun heraus und stürzten sich auf Lisa wie die Termiten auf den Baumstamm.

Diese berüchtigten Basics beinhalteten dann auch einfach alles. Die Behandlungen und Anwendungen dauerten eine gefühlte Ewigkeit, während der fremde Menschen an Lisas Körper, an ihren Haaren und an ihren Finger- und Fußnägeln herumzupften und grabschten und piekten und schnippelten, als wäre sie eine Leiche auf dem Seziertisch. Die Kosmetikerin beklagte sich über Lisas überempfindliche Haut und all die

Rötungen und Äderchen und Sommersprossen. Während sie die Narben als lächerlich abtat, empfand sie Lisas geschwollene Tränensäcke und Augenlider geradezu als Affront, und der Masseur meckerte, weil sie total verspannt sei und sich nicht gehen lassen könne, kein Wunder, dass sie eine Körperhaltung habe wie ein Hafenarbeiter nach einer 12-Stunden-Schicht.

Jeffrey, der berühmte Friseur, krönte dann die Folterstunden mit einem filmreifen Theater. Er griff in ihr Haar, wuschelte grob darin herum und stöhnte und seufzte laut und verdrehte unentwegt die Augen. Dabei klang er beinahe wie sie, wenn sie einen Orgasmus vortäuschte. Er zerrte an ihren Locken, zog sie hierhin und dahin, kämmte sie vor und zurück und heulte auf wie ein Hund.

„Dein Haar ist tooootal kaputt. So trocken und spröde! Und dieser Schniiiiitt! Oh mein Gooooott. Wer hat nur diesen Schniiiiitt so verhunzt? Du solltest deinen Friseur auf Schmerzensgeld verklagen, Schätzchen. Da muss ich ja ganz von vorne anfangen, wenn ich dich in eine vorzeigbare Frau verwandeln will!"

Und dann hörte sie Worte, die sie noch nie gehört hatte: Highlights und Sunkisses, Glätteisen, Wärmepackungen und Kältetherapie und das klang für Lisas Geschmack nicht nach einem Friseur, sondern eher nach einem Krankenhaus.

Aber viel schlimmer als das war die Enthaarungsfolter gewesen, die dem Friseurbesuch vorausgegangen war. Scheiße, hatte die wehgetan. Lisa hasste es, dass diese Depiladora da unten – an ihrer Vulva – offensichtlich mithilfe von Heißwachs ungestraft ihren sadistischen Neigungen nachging, während gleichzeitig eine Kosmetikerin ihr irgendeine Gurkenmaske ins Gesicht spachtelte. Mit der Gurkenmaske auf der Stirn und dem Heißwachs an der Muschi hatte Lisas Leidensfähigkeit ihre absolute Obergrenze erreicht. Sie schnellte von der Liege empor und war entschlossen, herunterzuhüpfen und nackt aus dem Beautysalon zu rennen. Das ging einfach zu weit! Tante Olga würde wohl kaum ihre Vagina inspizieren wollen, verdammt noch mal.

Der abgeschnittene Ochsenpimmel, den sie der Depiladora in den Rachen stopfen wollte, war es dann wohl, der Samira alarmiert hatte. Sie kam in den Behandlungsraum geschwebt und baute sich mit strengem Blick vor Lisa auf.

„Nur eine Frage!", sagte Samira, legte ihren Zeigefinger nachdenklich auf ihre Lippen und begutachtete Lisa mit kritischem Blick.

„Hmpf, was denn?" Lisa grummelte und fühlte sich mies unter diesem kritischen Blick. Sie trug nur ein Handtuch und nichts weiter und natürlich ein paar Gurkenscheiben auf der Nase, die langsam in Richtung Kinn herunterrutschten, und Samira sah dagegen aus wie eine ägyptische Göttin.

„Warum lassen Sie das Brazilian Waxing machen, Eva?"

„Warum? Weil ... weil ..." Das fragte sie sich ehrlich gesagt auch. Weil Philipp behauptet hatte, sie müsse unbedingt ihren Schambereich enthaaren lassen, das sei unerlässlich für die Verbesserung ihrer erotischen Ausstrahlung. Der sollte sich mal selbst die Haare da unten entfernen lassen, mal sehen, wie er dann über erotische Ausstrahlung dachte. Oh Gott, wahrscheinlich hatte er das ja längst hinter sich. Daher kam vermutlich das ganze Schatzi- und Bussi-Getue mit Samira „... weil das den Männern gefällt?"

„Sie möchten einem Mann gefallen?", fragte Samira. Sie hatte einen leichten Akzent und schwarze Glutaugen und vielleicht war der Name Samira sogar echt und sie war wirklich Ägypterin.

„Ja, na klar!"

„Na gut, dann können Sie sich jetzt anziehen und gehen, denn dazu brauchen Sie unsere Hilfe nicht."

„Was? Äh, wie bitte?"

„Sie sind hübsch genug, um das Interesse eines Mannes zu wecken, dazu benötigen Sie die Dienste von *Jeffrey & Samira* nicht. Wenn wir mit Ihnen fertig sind, dann werden Sie einem Mann hinterher nicht gefallen", deklamierte Samira und machte mit ihrem Zeigefinger Kreisbewegungen in die Luft. Lisa dachte zuerst, die Frau hätte vielleicht ein paar Probleme mit der deutschen Grammatik, aber dann sprach sie mit einem milden Lächeln weiter.

„Wenn wir hier mit Ihnen fertig sind, dann wird ein Mann Ihnen VERfallen. Er wird Sie anbeten und Ihnen hörig sein. Er wird nicht wissen, was mit seinem Kopf geschieht, und sein Körper wird ihm nicht mehr gehorchen, denn in dem Moment, wo er Sie erblickt, will er Ihr Sklave sein."

Lisa prustete los vor Lachen, verstummte aber genauso schnell wieder, als sie Samiras todernsten Gesichtsausdruck sah. Ups, die Frau meinte es wirklich ernst.

So ein Quatsch. Schamhaare weg, und plötzlich sollte die Versagerin zum Vamp mutieren? Außerdem konnte sie sich nicht vorstellen, dass Hannes auf so etwas abfuhr. Er hatte immer zu ihr gesagt, dass ihm der Charakter und die Intelligenz einer Frau wichtiger seien als Äußerlichkeiten wie Schminke und Klamotten. Er hatte immer gesagt, dass er aufgetakelte Frauen nicht ausstehen konnte, aber er hatte auch immer gesagt, dass er sie lieben würde, und doch hatte er es mit Patti getrieben.

Nimm es nicht persönlich!

Was denn wohl sonst? Hannes würde noch merken, wie persönlich sie es genommen hatte. Sie würde ihn nicht kampflos Patti überlassen. Sie nickte Samira zu und legte sich mit einem abgrundtiefen Seufzen wieder zurück auf die Folterbank.

Die Kosmetikerin seufzte auch abgrundtief und erneuerte die Gurkenmaske, und die Depiladora seufzte noch tiefer und begann Lisas hyperempfindliche, frisch enthaarte Vulva einzuölen. Lisa schnappte nach Luft. Nicht nur weil das Öl angenehm kühl war und die sanfte Massage sie seltsam erregte, sondern weil Samiras Worte ihr durch und durch gegangen waren.

~

Lisa hörte die säuselnde Stimme der Dessous-Verkaufsberaterin wie aus weiter Ferne. Philipp fachsimpelte mit der Frau über Spitzen und Seide, Strings und Strapse, über Slips ouvert und Halbschalen-BHs, und Lisa wollte eigentlich nur noch sterben. Auf keinen Fall würde sie noch ein weiteres Stück von der Lingerie anprobieren, die da auf dem barocken Holztisch im Hinterzimmer dieses Reizwäsche-Ladens lag. Schon gar nicht die Variante, die nichts mehr mit normaler Unterwäsche zu tun hatte, sondern eher aussah wie die Arbeitskleidung einer Luxusnutte.

Außerdem war Lisa fix und fertig.

Mal abgesehen davon, dass sie eine komplette Nacht lang geweint und eine halbe Flasche Tequila getrunken hatte, hatte sie über vier Stunden Folter im Namen der Schönheit über sich ergehen lassen und danach einen Einkaufsmarathon in Hollywood-Dimensionen absolviert. Der Dessousladen kam ganz zum Schluss, und das war jetzt einfach der Overkill für Lisa.

Aber leider war Philipp in diesem Laden erst so richtig in Fahrt gekommen. Er hatte darauf bestanden, dass Lisa die Sachen anprobierte und er sie nach jeder Anprobe ganz genau inspizieren wollte. Aus rein professionellen Gründen versteht sich, schließlich mache sich ein schwuler Mann ja nichts aus Frauen, weder angezogen noch in Reizwäsche. Er hatte eindeutig gelogen, denn als sie dann in dem cremefarbenen Set aus BH, Strumpfhalter und Slip aus dem Umkleideraum heraustrat, da war er völlig ausgeflippt.

„Evaaaa, das ist der absolute Wahnsinn! Du bist der Wahnsinn!", hatte er gekreischt und dabei geklungen wie ein hysterischer Groupie beim

Rockkonzert, und dann hatte er verlangt, dass sie unbedingt auch noch andere Dessous anprobieren müsse, auch die in anderen Farben in Schwarz und Rot und Hellgrau und Taupe …

Aber sie konnte nicht mehr, und sie wollte auch nicht mehr. Es war inzwischen fünf Uhr am Nachmittag und sie war am Ende ihrer Kräfte. Sie war hungrig und erschöpft, aber nein, jetzt sollte sie noch die Korsagen probieren und das hauchdünne cremefarbene Negligé, das sie soeben anprobiert hatte, sollte sie wieder ausziehen und einen Body in Türkis probieren, der aber an den entscheidenden Stellen gar keinen Stoff hatte. Die Brüste waren ganz frei, und unten waren nur zwei dünne Strings, zwischen denen sozusagen die entscheidenden Dinge heraushängen würden – also ihre Klitoris, um es mal korrekt beim Namen zu nennen – und das nannte sich dann Ouvert.

Oh Mann, auf gar keinen Fall würde sie so etwas anziehen!

Außerdem hatte sie noch keinen einzigen Blick in einen Spiegel werfen dürfen. Das nervte sie total.

Es war gerade so, als ob Philipp alle Leute angewiesen hätte, die Spiegel zuzuhängen oder wegzustellen. Er hatte Lisa komplett neu eingekleidet, ihr aber bei der Auswahl der Kleidung und Accessoires kein Mitspracherecht eingeräumt. Nur ein Mal bei einem Paar grüner Jade-Ohrringe, die zu einem tussimäßigen Etuikleid passen sollten, hatte Philipp sie auswählen lassen zwischen Stecker oder Hänger. Sie fand diese Art von Modeschmuck völlig daneben. Das Set kostete normalerweise 1 500 Euro, aber sie bekamen den Schmuck ausgeliehen, ebenso wie die Kleider, die Schuhe und die diversen Markenhandtaschen. Lisa wollte lieber nicht wissen, was das alles kosten würde, wenn man es kaufen müsste. Nur die Dessous gab es nicht leihweise. Die musste man kaufen und auch noch behalten. Nachdem Philipp das erste Unterwäscheset mit nicht mehr als einem Fingerschnippen gekauft hatte, bekam es Lisa mit der Angst zu tun. Sie zupfte ihn am Ärmel und zog ihn zur Seite.

„Ich kann mir so was nicht leisten!", hatte sie ihm zugeflüstert. Die Unterwäschesachen besaßen kein Preisschild, und genau das war es, was ihr Sorgen machte.

„Das ist mir doch klar", hatte er zurückgeflüstert und eine wegwerfende Geste gemacht. „Das bezahlt natürlich Image4U. Eine Schauspielerin muss ihr Kostüm ja auch nicht selbst kaufen."

Es schien ihn gar nicht zu kratzen, dass er nicht nur *ein* „Kostüm", sondern gleich vier kaufen wollte und dass kein Zuschauer das Kostüm je zu Gesicht bekommen würde.

Apropos Kleider: Die Oberbekleidung, die Philipp für sie ausgewählt hatte, verursachte Lisa genauso viel Kopfzerbrechen. Das Zeug war zwar ultraschick, aber eigentlich war es total unbequem und extravagant. Nichts, was eine normale, arbeitende Frau im realen Leben tragen konnte. Es waren elegante Kostüme, damenhafte Twinsets, eng anliegende Etuikleider, dazu superhochhackige Pumps und protziger Modeschmuck.

Kein Mensch konnte sich in solchen Klamotten wohlfühlen. Ausgeschlossen!

Lisa war garantiert fünfhundertmal in der Umkleidekabine gewesen und hatte gefühlte zweitausend Kleider anprobiert. Philipp und Nicole-Schätzchen hatten sie begutachtet wie bei einer Castingshow, waren um sie herumspaziert, hatten an Reißverschlüssen, Gürteln und Knöpfen gezupft und an diesem und jenem Abnäher herumgemeckert. Mal war ein Kleid zu kurz, mal zu lang, mal betonte der Schnitt ihre Figur nicht gut genug, mal betonte er sie zu stark. Mal war die Farbe zu grell und ein anderes Mal passte sie nicht zu ihrem Haar. Das besagte Haar war jetzt nach dem Friseurbesuch seidenglatt und hochgesteckt. Aber mehr wusste Lisa leider nicht über ihre Frisur. Sie hatte ein paarmal mit ihrer frisch manikürten Hand in ihre neue Frisur gefasst, um zu fühlen, wie ihr Haar hochgesteckt worden war und wie es sich jetzt anfühlte, aber Philipp hatte ihr auf die Hand gepatscht und gesagt:

„Lass das! Du hast später noch genügend Zeit, um narzisstisch zu werden." Und dann hatte er gelacht, als wäre das irgendwie ein besonders lustiger Scherz.

Hahaha! Ihr war ehrlich gesagt Angst und Bange vor dem ersten Blick in einen Spiegel, besonders nachdem sie gemerkt hatte, wie die Leute sie angeglotzt hatten, als sie Samiras Salon verlassen hatten und zum Auto gegangen waren. Philipp hatte sie geschoben und gezogen und ihr nicht mal Zeit gelassen, sich in einer Schaufensterscheibe anzusehen, alles, was sie da von sich erhaschen konnte, war ein kurzer Blick auf eine fremde Frau mit aparter Hochsteckfrisur.

Die Dessousverkäuferin wedelte gerade mit dem türkisfarbenen Body einladend vor ihrer Nase herum, als Lisas Handy anfing, den *Entertainer* zu klimpern, und sie war richtig erleichtert über die Störung.

„Ich finde, diese Farbe unterstreicht Ihre milchweiße Haut und bildet einen atemberaubenden Kontrast zu Ihren Brustwarzen!", säuselte die Verkäuferin. „Und dieses Ouvert-Design ist die Krönung der Verführungskunst."

„Nein, keine übertriebenen Farben für Eva. Sie sollte entweder schwarze oder elfenbeinfarbene Dessous tragen", entgegnete Philipp, während Lisa das musizierende Handy aus ihrer Tasche herausfischte und mit etwas Bangen auf das Display schaute. Sie war sich nicht sicher, ob sie drangehen würde, falls es Patti oder Hannes wäre, aber nein, es war Otmar vom Jazzkeller. Mist! Sie hatte total vergessen, dass heute Donnerstag war. Ihr Abend im Jazzkeller.

„Hi, Otmar!", meldete sie sich ein wenig kleinlaut und hoffte, dass er nichts von der immer hitziger werdenden Dessous-Debatte im Hintergrund mitbekam. Sollten Philipp und die Verkäuferin doch machen, was sie wollten, die interessierten sich sowieso nicht für Lisas Meinung zum Thema Reizwäsche. *Krönung der Verführungskunst!* Pf! Warum hatte sie nur so ein dumpfes Gefühl, dass Hannes schreiend Reißaus nehmen würde, wenn er sie jemals in diesem Nuttenfummel mit den Löchern sehen würde?

„Hi, Layla!" Otmar nannte sie nie Lisa. Er fand, der Name war für eine Künstlerin zu spießig, und behauptete, dass ihr der Durchbruch bei YouTube oder sonst wo nie gelingen würde, wenn sie nicht zuallererst mal ihren Namen ändern würde. Na ja, wenn es nach Otmar ginge, sollte sie sich Layla nennen und ihre Musikvideos in einem Bikini oder am besten gleich nackt machen. Patti hatte ihr diesen Job im Jazzkeller vermittelt, damals als sie dachte, sie würde mit ihrer zerstörten Hand nie wieder Klavier spielen können, geschweige denn ein Klavier überhaupt ansehen können, ohne einen Weinkrampf zu bekommen, aber Otmar hatte damals seinen Jazzkeller gerade erst eröffnet und konnte sich keinen teuren Pianisten leisten. Er war mit Lisas eingeschränkten Klavierkünsten zufrieden gewesen und hatte ihr 50 Euro für den Abend geboten, Getränke frei.

Mittlerweile lief der Keller so gut, dass er ein Geheimtipp in Insiderkreisen war, und inzwischen waren Lisas Finger auch wieder sehr beweglich, und ihr Klavierspiel klang sogar wieder professionell – auch wenn sie nie mehr das Weltklasseniveau von früher erreichen würde. Aber immerhin reichte ihr Können aus, um donnerstags und samstags, wenn sie auftrat, ein paar mehr Leute in den Keller zu locken als sonst. Letzte Woche am Ragtime-Abend war der Keller brechend voll gewesen.

Ab und zu verspottete Otmar sie, meinte, er könnte den doppelten Umsatz machen, wenn Lisa nur endlich mal ein paar scharfe Klamotten anziehen würde, aber Otmar war eben ein Chauvinist, und das war einer seiner typisch sexistischen Späße. Sie lachte darüber und ignorierte sein Geschwätz ansonsten. Jetzt schaute sie auf die cremeweiße Büstenhebe-Korsage, die Philipp gerade hochhielt und mit andächtigem Lächeln begutachtete, und sie musste unwillkürlich grinsen.

Wenn Otmar wüsste!

„Layla, mein Schatz …" Otmar säuselte beinahe in der gleichen Tonlage, wie die Dessousverkäuferin gerade über die *Krönung der Verführungskunst* gesäuselt hatte, und da wusste sie schon, dass er irgendetwas von ihr wollte. Eine Stunde länger auftreten für das gleiche Geld oder eine Stunde früher in die Bar kommen und vorher noch an der Theke aushelfen für 10 Euro extra. Er wusste, dass sie auf das Geld und die Auftritte angewiesen war, und manchmal war er ziemlich rücksichtslos in seinen Forderungen.

„Kannst du heute vielleicht eine Stunde früher kommen und an der Theke aushelfen? Viola hat sich krankgemeldet."

Da bitte! Es würde ihm garantiert nicht gefallen, wenn sie ihm sagte, dass sie heute gar nicht kommen konnte. Doc H wartete nämlich auf sie. Er hatte angeordnet, dass sein Bruder sie sofort nach dem Friseurtermin zu ihm nach Hause bringen sollte, wo er mit ihr umgehend in das Crash-Coaching fürs Wochenende einsteigen wollte. Zu diesem Zwecke wollte er gleich heute Abend mit ihr eine Theateraufführung besuchen, bei der sie ein paar Grundregeln der Kultiviertheit lernen würde. Kurz und gut, Otmar musste heute ohne sie auskommen, und das passte ihm natürlich nicht.

Er meckerte und drohte sie zu feuern und sich einen zuverlässigeren Pianisten zu suchen, aber damit konnte er sie dieses Mal leider nicht unter Druck setzen. Wenn sie die 1 000 Euro, die sie von Doc H für das Wochenende bekam, den 50 Euro, die sie von Otmar für einen Abend bekam, gegenüberstellte, war ja wohl klar, wer da den Zuschlag erhielt.

Otmar schimpfte immer noch ins Telefon, als Lisa plötzlich die dunkle Stimme von Doc H aus dem Verkaufsraum der Boutique hörte. Sie ließ das Handy vor Schreck fallen und sprang von dem Barocksofa hoch. Oh verdammt, was wollte der Doc denn hier? Ausgerechnet jetzt, wo sie sich in dieser hauchdünnen Reizwäsche nackter als nackt fühlte? Der musste sie ja nun wirklich nicht so sehen. Der war ja bekanntlich nicht schwul. Mist!

„Wo bleibt ihr so lange?", hörte sie ihn. Philipp und die Verkäuferin waren hinausgegangen, um dort weiterzudebattieren, als sich Lisas Telefonat mit Otmar in die Länge gezogen hatte.

„Ich warte seit drei Stunden in meiner Wohnung. Habe ich nicht ausdrücklich gesagt, dass ich noch mit Eva arbeiten muss?" Doc Hs Stimme kam näher. Seine Schritte stampften schnell und kraftvoll heran, wie die Schritte eines Eroberers. Oh Gott, wo waren ihre Klamotten? Sie schaute sich hektisch in dem Raum um. Irgendwo auf einem der Barockstühle hatte sie den Rock und die Bluse abgelegt. Die Sachen hatte sie in der *A-Class*-Boutique angezogen, nachdem Nicole-Schätzchen ihre

Kantinenkleidung im Müll entsorgt hatte, als wäre es radioaktiver Abfall.

„Sie ist im Umkleidezimmer", hörte sie Philipp sagen. „Ich musste sie komplett neu einkleiden und Dessous für sie kaufen."

„Aber doch nicht sieben Stunden lang! Es war von einem Friseur und etwas Make-up die Rede."

„Henrik, du wirst es verstehen, sobald du sie siehst. Du kannst dir nicht vorstellen, was da unter der Kantinenkleidung versteckt war. Ich konnte einfach nicht anders, ich musste das Meisterwerk vollenden. Es ist, als würdest du auf dem Trödelmarkt ein dunkles Ölgemälde kaufen und nach der Restaurierung feststellen, dass du einen Rembrandt besitzt, verstehst du?"

„Um 19:00 Uhr ist Caros Aufführung", murrte Doc H, riss die Tür auf und preschte ins Zimmer. „Und deine bildhaften Vergleiche ändern nichts an der Tatsache, dass du ..."

Er verstummte und blieb wie eingefroren in der Tür stehen.

Es war ein merkwürdiger Moment. Lisa konnte nicht sagen, ob er nur wenige Sekunden oder mehrere Minuten andauerte. Alles andere war irgendwie wie ausgeblendet, da war nur der Doc mit Augen, so groß wie Pingpongbällen und sie in diesem Pseudo-Nuttenoutfit, die wie angewurzelt mitten im Raum stand, erstarrt wie das Reh, das sich nachts auf eine einsame Landstraße verirrt hatte und mit gebanntem Blick in die Scheinwerfer des heranrasenden Autos schaute, zur Flucht war es schon zu spät und die tödliche Kollision lag nur noch Sekundenbruchteile entfernt.

Sie fühlte sich genau wie das Reh!

„Was. In. Drei. Teufels. Namen ...", keuchte Doc H.

Bumm! Gleich kam der Crash.

~

„Henrik?", fragte Philipp leicht verunsichert. Sein Bruder stand wie versteinert im Raum und sah aus, als würde er jeden Moment losbrüllen wollen. Er machte den Mund auf und bewegte die Lippen, aber es kam nur ein Ausatmen heraus.

Mal abgesehen davon, dass Henrik grundsätzlich nie schrie, gab es auch absolut keinen Grund dazu, außer vielleicht, weil Philipp den Zeitplan über den Haufen geworfen hatte, aber er hatte Henrik doch Bescheid gegeben. Gleich nachdem sie Nicoles Boutique verlassen hatten, hatte er ihm eine SMS geschrieben:

„Wird leider später. Jeffrey hat ewig gebraucht und danach musste ich Eva komplett

neu einkleiden. Wir sind jetzt auf dem Weg zu Chantals Lingerie! Du wirst begeistert sein."

„Ich hasse Unpünktlichkeit!", hatte Henrik zurückgetextet und dann nichts mehr.

Eigentlich war es Jeffreys Schuld. Er hatte zig Frisuren an Eva ausprobiert, bis er endlich zufrieden war, und das hatte nun mal Zeit gekostet. Er hatte sich mit seiner Kreation selbst übertroffen, denn er hielt es für seine heilige Pflicht als Coiffeur, Evas langen Schwanenhals angemessen zur Geltung zu bringen. Auf keinen Fall duldete er Löckchen. Die waren viel zu verspielt und lenkten nur von ihrem Hals und ihrem Gesicht ab. Zigmal hatte er die Haarnadeln wieder herausgezerrt, das Haarspray herausgekämmt und fing wieder von vorne an, bis er endlich zufrieden war.

„Schätzchen, du siehst aus wie Grace Kelly, nur rothaarig", hatte Jeffrey sein Werk am Ende kommentiert, und Philipp musste ihm recht geben. Leider hatte das Ganze eine Stunde länger gedauert als geplant. Es war eben unmöglich, einem Künstler zeitliche Grenzen zu setzen, und Philipp hatte sich gesagt, wenn Henrik erst mal das Ergebnis sah, dann wäre er sicher wieder versöhnt, denn Eva sah toll aus.

Sie war ein Meisterwerk.

Nicht mal in seinen kühnsten Fantasien hatte Philipp damit gerechnet, dass sich unter ihrem wilden Wuschelkopf und hinter ihrem aufgedunsenen Gesicht mit den blutunterlaufenen Augen und den dicken Tränensäcken so ein Gesicht versteckt halten könnte – nicht nullachtfünfzehn, wie man es aus der Werbung oder von Miss-World-Wahlen kennt –, nein, es war ein Gesicht mit hohen Wangenknochen und einem großen Mund, dessen Mundwinkel ganz leicht nach unten gebogen waren und damit ein ganz klein wenig arrogant wirkten, obwohl Evas Wesensart alles andere als arrogant war. Gleichzeitig waren da zwei winzige Grübchen in ihren Mundwinkeln, die ihrem Mund die Härte nahmen und dem Gesicht ein lausbübisches i-Tüpfelchen aufsetzten.

Philipp hatte sich dabei ertappt, dass er Eva immer wieder beobachtet hatte, wenn sie es nicht bemerkte. Wie sie ihre Nase rümpfte, wenn sie Kleider anprobieren sollte, die ihr nicht gefielen. Wie sich ihr Mund zu einem Lächeln verbog, weil er etwas Lustiges zu ihr gesagt hatte, wie ihre Augen riesig wurden, als Chantal ihr die Lingerie-Ouvert gezeigt hatte, und wie sich zwei tiefe Falten zwischen ihre Augen gruben, als sie sich zwischen zwei verschiedenen Ohrringen entscheiden sollte. Nein, ihr Gesicht war nicht schön wie das einer Frau, die um den Titel Miss World kämpfte, aber es war schön auf eine Weise, die alle Blicke voller Faszination auf sich zog.

Ein Gesicht, das sich abhob, das man nicht vergaß.

„Was sagst du zu ihr, Henrik? Ich nehme an, du bist zufrieden mit dem Ergebnis?", drängte Philipp. Er hatte erwartet, dass Henrik zumindest ein wenig Begeisterung zeigen würde, aber stattdessen blieb er stumm und starr wie in Bronze gegossen. „Ich kann nicht glauben, dass sie dir nicht gefällt. Samira und Jeffrey haben ein Wunder bewirkt."

Henrik schaute das besagte Wunder immer noch mit großen Augen an, und Philipp war sich nicht sicher, ob sein Bruder einfach nur total fasziniert oder total verärgert war.

„Sie ist recht gut geworden!", sagte er endlich etwas abgehackt, als müsste er sich zu jedem Wort zwingen.

Warum war er nur immer so kalt und ungerührt? So ein Anblick: diese rothaarige Göttin in hauchdünner, komplett durchsichtiger Nachtwäsche, das musste doch jedem Heterokerl den Atem rauben – und noch mehr als das. Sogar Philipp war völlig ausgeflippt, als er Eva zum ersten Mal ohne Kleidung, nur in Unterwäsche, gesehen hatte, und er fand Frauenkörper normalerweise wirklich nicht sehr aufregend.

„Ihr Bruder und ich diskutieren schon seit einer halben Stunde, Herr Doktor Henriksen." Jetzt tänzelte Chantal an Henrik heran und hielt ihm diesen unsäglichen türkisfarbenen Body unter die Nase. „Entscheiden Sie, was besser ist: Body oder Korsett?"

„Nichts von beidem! Hier sind ja wohl kaum noch weitere optische Anreize nötig", schnappte Henrik die Verkäuferin bissig und mit krächzender Stimme an und wedelte dabei mit der Hand nach ihr, als wollte er sie wie eine lästige Fliege verscheuchen. Dann bohrte er seine Augen in Eva, die dastand wie ein verschrecktes Reh.

„Die Anprobe ist hiermit beendet. Ziehen Sie sich in Gottes Namen etwas an. Und zwar schnell!" Henrik schrie nicht, aber er klang durchaus ein wenig verärgert.

„Ich ... ich wollte diesen Fummel ja gar nicht anprobieren! Ich hab gleich gesagt, dass ich darin aussehe wie 'ne Nutte", brauste Eva auf.

„Das ist kein Fummel!", sagte Henrik frostig. „Das ist exquisite Lingerie und Sie sehen darin keineswegs aus wie eine Nutte!" Das klang mehr wie ein Vorwurf und nicht wie ein Kompliment. „Und im Übrigen sagt Eva nicht *'ne Nutte*, sondern sie sagt: ei-ne Nutte. Sie war auf einem guten Internat, erinnern Sie sich?"

Philipp hatte keine Ahnung, was mit seinem Bruder los war. Sonst war er sachlich und unterkühlt, aber jetzt gerade klang er ziemlich aggressiv.

„Wenn Eva auf einem guten Internat war, dann nimmt sie das Wort Nutte überhaupt nicht in den Mund, sondern sagt Prostituierte", gab Eva zurück und äffte dabei Henriks pikierten Tonfall nach, und Henrik machte ein seltsames Geräusch, das wie ein Grunzschnaufen klang.

„Chantal, kannst du bitte mal schnell einen Spiegel bringen?", rief Philipp, um die Situation zu entspannen. Eva hatte keine Ahnung, wie atemberaubend sie in diesem Moment aussah. Es war höchste Zeit, sie mit ihrem neuen Ich bekannt zu machen.

Der große Spiegel, den Chantal zusammen mit ihrer Mitarbeiterin in das Nebenzimmer rollte, war im Barockstil gemacht, Schnörkel und Ranken inklusive, und er passte sehr gut zum gesamten Ambiente der Boutique, und irgendwie passte er auch sehr zu Eva, so wie sie war: üppig, prachtvoll und sinnlich.

Der Spiegel wurde vor Eva geschoben, und alle hielten den Atem an, in Erwartung ihrer Reaktion. Aber sie reagierte beinahe genau wie Henrik vorhin, als er den Raum betreten hatte. Sie riss die Augen auf und erstarrte. Plötzlich schlug sie beide Hände vor ihr Gesicht, wandte ihrem Spiegelbild ruckartig den Rücken zu, und dann fing sie an, hemmungslos zu schluchzen.

4. Fünf-Stufen-Plan

„Sie werden heute Abend eine Übung absolvieren!", sagte Doc H zu Lisa, nachdem er sein Auto vor einer Schule geparkt hatte. „Sie sollen die Namen von mindestens drei anwesenden Personen in Erfahrung bringen. Es handelt sich um eine Schulaufführung, daher möchte ich die Namen eines Schülers, eines Lehrers und eines Elternteils von Ihnen hören."

„Wie bitte? Ich soll einfach fremde Leute anquatschen und nach ihren Namen fragen?" Hilfe! Die würden sie doch für bekloppt halten. „Wie soll ich das denn machen? Soll ich etwa sagen: *Hi, wie heißt du und was geht ab?*"

„Wie Sie das machen, überlasse ich Ihnen, aber ich möchte, dass Sie mit jedem der drei Personen ein Gespräch führen, bei dem Sie etwas über ihn oder sie erfahren. Das ist übrigens eine Aufgabe, die sie von jetzt an jeden Tag absolvieren müssen, bis das Coaching beendet ist. Jeden Tag sammeln Sie drei Namen von Fremden und drei Informationen über sie."

„Aber wozu soll das denn gut sein?", fragte Lisa und öffnete die Autotür, um auszusteigen.

„Bleiben Sie sitzen, und warten Sie!", schnappte er. Dann sprang er aus dem Auto und kam um die Kühlerhaube herumgelaufen. Kaum war er auf ihrer Seite, schlug er die Beifahrertür wieder zu, direkt in ihr Gesicht, nur um sie erneut zu öffnen und ihr mit einer galanten Bewegung seine Hand entgegenzustrecken. So ein Blödmann.

Im Gegensatz zu seinem jüngeren Bruder fuhr er keinen Sportwagen, sondern eine schwarze Mercedes Limousine und anstelle von Designerjeans und engen Luxus-T-Shirts trug er einen dunklen, taillierten Anzug. Nur seine lindgrüne Seidenkrawatte bildete einen farblichen Kontrast zu seiner Snobkleidung. Für Lisas persönlichen Geschmack war er einfach viel zu etepetete. Sowohl die Klamotten als auch das Auto, aber sie musste zugeben, dass sie in ihrem neuen Tussioutfit ziemlich gut zu Schickimicki-Anzugheini passte – besonders gut zu seiner Krawatte, ihre Bluse war auch lindgrün.

„Ich schaff das schon", murmelte sie und ignorierte seine dargebotene Hand, schließlich lebten sie nicht mehr im 19. Jahrhundert. Sie brauchte keinen Lackel, der sich als Kavalier aufspielte.

„Lektion eins zum Thema ‚Wie halte ich einen Mann und sichere mir einen Heiratsantrag.'" Er sprach langsam und deutlich, als hätte er es mit einer besonders dummen Schülerin zu tun. „Männer mögen selbstbewusste und unabhängige Frauen, aber jeder Mann braucht auch das Gefühl, dass er für eine Frau sorgen und sie beschützen kann. Das muss gar nicht in finanzieller Hinsicht sein. Es kann seine Jacke sein, die er ihr an einem kühlen Abend anbietet, ein Ölwechsel für ihr Auto oder ein Koffer, den er für sie trägt. Merksatz: Wenn ein Mann Ihnen Hilfe anbietet, nehmen Sie diese Hilfe an und geben Sie ihm damit das Gefühl, für Sie sorgen zu dürfen, gleichgültig, ob Sie Hilfe benötigen oder nicht. Verstanden?"

„Ja!" Aber konnte er das nicht freundlicher sagen?

„Dann lassen Sie sich jetzt von mir aus dem Auto helfen."

Sie griff hastig nach seiner warmen Hand, spürte seinen festen Händedruck und den unnachgiebigen, aber vorsichtigen Ruck, mit dem er sie auf die Beine zog, und schon stand sie dicht vor ihm auf dem Gehweg.

„Wir analysieren die Übung hinterher", sagte Doc H, und dann legte er ihr die dünne Kaschmirstrickjacke um ihre Schultern, die farblich perfekt zu ihrer Bluse passte.

„Welche Übung?" Sie hatte vor lauter *Lektion eins* den Gesprächsfaden verloren.

„Die Übung, mit der Sie Ihren Bekanntenkreis drastisch erweitern, Ihre Hemmungen überwinden, Ihr Selbstbewusstsein stärken und lernen, sich selbst als attraktive Frau wahrzunehmen. Drei Namen, drei Informationen!"

„Ach ja, das. Die Übung, bei der ich mich zum Affen mache."

„Wir werden sehen!", sagte Doktor Snob schmallippig. „Im Übrigen habe ich das Coaching für Sie in fünf Stufen eingeteilt. Zunächst beginnen wir mit einfachen Dingen. Stufe eins: selbstbewusste Interaktion mit anderen Zeitgenossen. Dazu gehört diese Übung heute Abend. Überwinden Sie Ihre Scheu und entwickeln Sie mithilfe der Reaktionen Ihrer Mitmenschen Selbstvertrauen. Stufe eins geht nahtlos in Stufe zwei über: gehobene Sprache und anspruchsvolle Kommunikation. Sie werden nie ernst genommen, wenn Sie quaken wie ein Gossenfrosch. Und damit kommen wir auch schon zu Stufe drei: gutes Benehmen, Manieren, Haltung und Stil. Stufe vier befasst sich mit dem Vermitteln von Allgemeinbildung. Dafür würde ich unter normalen Umständen mindestens vier Wochen ansetzen, aber leider bleiben uns nicht mal 24 Stunden. Und natürlich gibt es auch das Bonuscoaching, das ich Ihnen zugesagt habe. Die Stufe fünf: sexuelle Interaktion."

„Sexuelle Interaktion? Wir beide miteinander, oder was?"

Sein Mund wurde noch schmaler, falls das überhaupt möglich war.

„Ganz bestimmt nicht, aber ich werde Ihnen ein paar wichtige theoretische Grundkenntnisse vermitteln müssen."

„Ich weiß, wie Sex geht, ich bin keine Jungfrau mehr!", brauste sie auf und bekam von ihm einen überheblichen Blick mit hochgezogenen Augenbrauen als Antwort.

„Eine Frau verlässt einen Mann, weil er sie emotional nicht befriedigt", erklärte er und ließ seinen Worten ein entnervtes Seufzen folgen. „Aber ein Mann verlässt eine Frau meist, weil sie ihn sexuell nicht befriedigt. Hier liegt zweifellos die Ursache, warum Ihr Freund die Beziehung beendet hat. Das heißt, ich werde Ihnen beibringen, wie man einen Mann verführt und wie man ihn behält. Hübsche Kleider und ein schönes Gesicht reichen zwar aus, um einen Mann auf sich aufmerksam zu machen und ihn ins Bett zu locken, aber um ihn zu halten, muss man schon etwas mehr tun. Eine Frau muss die Denkweise eines Mannes verstehen und sich darauf einrichten, wenn sie mehr als nur Sex mit ihm haben möchte."

„Und wie ist die Denkweise eines Mannes?"

„Für die Lektionen zur Stufe 5 werde ich gesonderte Unterrichtsstunden vorsehen, das würde heute Abend zu weit führen. Wir sollten jetzt hineingehen." Er hielt ihr den Ellbogen hin, und sie hakte sich brav bei ihm unter, als wären sie ein Pärchen anno 1921. Nebenbei fragte sie sich, wie er sich die Unterrichtsstunden von Stufe 5 wohl konkret vorstellte.

Sie kam zehn Minuten zu spät, und die Aufführung hatte bereits begonnen. Als sie an Doc Hs Arm die Aula betrat und sich von ihm auf den freien Platz in der zweiten Reihe dirigieren ließ, wandten sich alle Blicke ihnen zu. Sogar der Prinz auf der Bühne unterbrach seinen liebestrunkenen Monolog.

„... Dieser Mund! – Und wenn er sich zum Reden öffnet! wenn er lächelt! Dieser Mund! – Ich höre ... äh ..."

Pause! Stille! Alle starrten Lisa an. Die Lehrerin soufflierte in lautem Flüstern: „Ich höre kommen. – Noch bin ich mit dir zu neidisch!"

Lisa setzte sich, ihr Gesicht brannte vor Scham, während immer noch alle Anwesenden, einschließlich des sprachlosen Prinzen, ihr zuschauten, wie sie ihre neue Handtasche vor sich auf den Boden stellte und ihren engen Rock glatt strich.

„Deswegen hasse ich Unpünktlichkeit!", flüsterte sie Doc H zu und legte ihre kalten Finger an ihre heißen Wangen.

„Ich hasse Unpünktlichkeit ebenfalls", flüsterte er zurück, „aber dieses Aufsehen ist ganz alleine Ihrem Erscheinungsbild geschuldet, nicht der

Verspätung. Genießen Sie es, schämen Sie sich nicht dafür."

Vermutlich hatte er recht. Sie hatte noch nie zuvor irgendwo Aufsehen erregt, selbst wenn sie noch so oft zu spät gekommen war. Ja, sogar früher, wenn sie vor großem Publikum aufgetreten war und Klavierkonzerte gegeben hatte, hatte die Aufmerksamkeit der Leute eigentlich immer ihrer Mutter gegolten, die sie begleitet hatte.

Ihre Mutter! Die war ihr heute öfter in den Sinn gekommen, als ihr lieb war. Der Schock hatte sie völlig unvorbereitet getroffen, als ihr plötzlich aus Chantals Spiegel das jüngere Abbild ihrer Mutter entgegengeblickt hatte. Wäre Philipp nicht dazugesprungen, um sie festzuhalten, sie wäre glatt und sauber vor Schreck in die Knie gegangen.

Natürlich hatte sie damit gerechnet, dass die Folterstunden im Schönheitssalon irgendetwas bringen würden und dass sie professionell gestylt auch ganz passabel aussehen würde, das war ihr selbstverständlich auch klar gewesen. Natürlich wusste sie auch, dass sie ihrer Mutter ähnlich sah – die Haarfarbe, der breite Mund, die freche Nase –, aber was ihr da aus dem Spiegel entgegengeblickt hatte, das hatte sie einfach von den Socken gehauen.

Der Unfall war acht Jahre her, und sie hatte den Tod ihrer Mutter eigentlich ganz gut verarbeitet, nur manchmal, so wie heute, da traf es sie wie ein Faustschlag in den Magen und alles kam wieder zurück, so schmerzhaft wie am ersten Tag. Der Verlust, der Schicksalsschlag, der ihr Leben von einer Sekunde zur anderen auf den Kopf gestellt hatte.

Sie hatte damals gedacht, die Welt müsste aufhören, sich zu drehen, aber das Gegenteil war passiert. Das Leben war noch viel schneller weitergegangen und an ihr vorbeigezogen. Ihr Vater hatte schon drei Wochen nach der Beerdigung mit seiner Rockgruppe wieder auf der Bühne gestanden, und zwei Monate nach Mutters Tod hatte er sogar schon wieder geheiratet, die Frau, die mit seinem Kind hochschwanger war. Lisas Freundinnen hatten das Abi gemacht und ihre Ausbildungen oder ihr Studium angefangen. Nur Lisa war irgendwie stecken geblieben, als wäre sie in einer Zeitschleife gefangen, weil es ihr wie ein Verrat vorgekommen war, einfach weiterzuleben und ihren Weg zu gehen, wenn ihre Mutter nicht mehr lebte. Sie war damals ziemlich abgerutscht, hatte die Schule abgebrochen und gar nichts mehr getan, außer sich selbst zu bedauern.

„Du bist deiner Mutter so ähnlich!", hatte ihr Vater früher immer zu ihr gesagt, und Lisa, der unförmige Teenager, hatte sich immer gewünscht, es wäre wahr. Ihre Mutter war eine schöne und charismatische Frau gewesen. Und da blickte Lisa nach all diesen Jahren in den Spiegel und plötzlich schaute ein Zwilling ihrer Mutter zurück. War es da ein Wunder gewesen, dass sie angefangen hatte zu weinen? Philipp hatte sie in den Arm gezogen und versucht, sie zu trösten. Er hatte natürlich nicht begriffen, was ihr fehlte – so wenig wie die Dessous-Verkäuferin oder Doc H. Aber Philipp war immerhin nett zu ihr und hatte auf sie eingeredet, dass sie doch gar keinen Grund zum Weinen habe.

„Tante Olga wird überwältigt sein. Du bist die perfekte Eva. Wenn Henrik sich eine Verlobte im Genlabor hätte bestellen können, er hätte nichts Besseres bekommen. Wirklich, du bist richtig hübsch."

„Wir haben keine Zeit für noch mehr Komplimente", hatte Doc H seinen Bruder barsch angefahren. „Sie sind nicht hübsch, Eva, Sie sind schön. Und je schneller Sie das akzeptieren und dieses Wissen zu Ihrem Vorteil einsetzen, desto besser für uns alle."

Seltsamerweise hatte sein rüdes Kompliment ihr Schluchzen schlagartig zum Verstummen gebracht, und sie hatte schniefend genickt.

„Gut, und jetzt ziehen Sie sich in Gottes Namen endlich an! Ich habe es eilig." Mit diesen Worten war er aus der Umkleidekabine hinausgestürmt und hatte draußen in seinem Auto auf sie gewartet.

Von Chantal aus waren sie dann direkt zur Schulaufführung der Emilia Galotti gefahren. Wie Doc H ausgerechnet auf diese Schule oder auf diese miserable Inszenierung kam, wusste Lisa nicht, aber sie traute sich auch nicht, ihn zu fragen, denn während der Fahrt hatte er grimmig und einsilbig gewirkt.

Emilia Galottis Vater war ein schlaksiger Kerl mit heftiger Akne und null Talent zum Schauspielen. Er rammte seiner Tochter den Dolch ins Herz und sprach mit krächzender Stimmbruchstimme wie ein Schlafwandler – ohne die geringste Betonung oder Veränderung in der Stimmlage: „Gott, was hab ich getan!" Dann fing er seine niedergestochene Tochter in einer ungeschickten Bewegung auf und hielt sie weit von sich entfernt fest, als hätte er Angst, sich bei ihr die Krätze zu holen.

Die Emilia war ein klapperdünnes Mädchen, fast schon an der Grenze zur Magersucht, mit schwarz gefärbtem Haar, schwarz umrandeten Augen, Stachelarmband und klobigen Springerstiefeln und irgendwie passte das Gothic-Outfit der Emilia nicht zu der Rolle des reinen Unschuldsengels, den sie verkörpern sollte, aber immerhin kannte sie ihren Text und trug ihn mit Herz und Seele vor. Die Emilia-Darstellerin wand sich jetzt aus der plumpen Umarmung ihres Schauspielervaters heraus, warf einen kurzen Blick direkt in Lisas Richtung, dann packte sie dessen Hand und sprach mit echter Traurigkeit ihren berühmten Satz.

„Eine Rose gebrochen, ehe der Sturm sie entblättert. – Lassen Sie mich sie küssen, diese väterliche Hand!"

In dem Moment knurrte Lisas Magen so laut, dass das Gurgeln sogar noch Emilias Worte übertönte. Und plötzlich schauten alle Zuschauer nicht mehr zur Bühne, sondern wieder mal auf Lisa, während die Gothic-Emilia gerade sterbend zu Boden sank.

„Ich habe seit dem Brötchen heute Morgen nichts mehr gegessen!", wisperte sie Doc H entschuldigend zu und erntete von ihm einen seltsamen Blick, von dem sie nicht wusste, ob er Ärger oder Betroffenheit bedeutete.

Der Vorhang fiel, und Lisa presste die Hand in ihre Magengrube, um das Rumpeln da drin irgendwie zum Schweigen zu bringen, aber ihr Magen beschwerte sich wie zum Trotz nur noch lauter. Plötzlich wandte sich einer der Lehrer, die in der ersten Reihe saßen, zu ihr um und hielt ihr lächelnd eine Tüte mit Gummibärchen hin.

„Möchten Sie vielleicht etwas davon?" Er war ziemlich jung und attraktiv für einen Lehrer, und Lisa war sich sicher, dass alle Mädchen in seiner Klasse heimlich seinen Vornamen in ihre Haut ritzten. Sie hätte es jedenfalls damals getan, wenn sie so einen Lehrer gehabt hätte. Gleichzeitig beugte sich der Vater, der links neben Doc H saß, an ihm vorbei zu ihr hinüber und hielt ihr eine Rolle mit Pfefferminzbonbons hin, und von hinten kam eine Hand und wackelte mit einem Riegel Kinderschokolade vor Lisas Nase.

„Nehmen Sie doch etwas Schokoladiges", sagte eine warme Männerstimme von hinten. „Obwohl das Knurren Ihres Magens zweifellos das Highlight des siebten Aktes war."

Lisa lachte und wandte sich zu dem Sprecher um. Er war ein Mittvierziger und natürlich viel zu alt für einen Flirt, aber sie hatte eine Aufgabe, und die musste sie erfüllen, also schenkte sie ihm ihr bestes Eva-Lazarus-Lächeln und streckte ihm die Hand zur Begrüßung hin.

„Guten Abend, ich bin Eva Lazarus. Spielt eines Ihrer Kinder in dem Stück mit?" Er schüttelte ihre Hand ausgiebig und strahlte von einem Ohr zum anderen.

„Ich bin Günter Detmold. Mein Sohn ist der Marinelli. Aber heute spielt nur die Zweitbesetzung der Theater-AG. Morgen Abend findet die richtige Aufführung statt …" Und dann erzählte er von den diversen Theaterstücken, in denen sein Sohn meist den Bösewicht spielte, und er redete, ohne Luft zu holen, bis sich der Vorhang für den letzten Akt wieder hob.

Das war der erste von dreien, dachte Lisa und war stolz auf sich selbst. Die Aufgabe, die Doc H ihr gegeben hatte, war gar nicht so schwer gewesen. Ganz im Gegenteil, die Unterhaltung hatte ihr sogar Spaß gemacht, und kaum war die Aufführung vorbei und die Lichter wieder angegangen, wandte sich der junge Lehrer aus der ersten Reihe wieder zu ihr um und stellte sich als Kai Stolze vor, derjenige, der die Theater-AG betreute. Doktor der Germanistik sei er und habe auch schon ein paar eigene Theaterstücke geschrieben, und demnächst würde das Kleine Theater in Berlin eines seiner Stücke uraufführen, und schon fing er an, von seiner selbst verfassten Verwechslungskomödie zu erzählen. Lisa fand die Unterhaltung total interessant und hörte dem Mann fasziniert zu. Sie dachte daran, dass sie eigentlich jetzt in Otmars Kellerbar hinter dem Tresen stehen würde, wenn alles normal gelaufen wäre und Hannes nicht mit ihr Schluss gemacht hätte. Und wenn sie heute Abend nach ihrem Auftritt spät nach Hause käme, dann würde Hannes normalerweise auf sie warten und ihr von seinen Bauprojekten und über die Tragfähigkeit von Betonpfeilern oder von seinem nächsten Angelausflug erzählen. Sie hatte im Augenblick kein bisschen Sehnsucht nach dem Jazzkeller oder nach Hannes.

„Vielleicht haben Sie ja Lust, mein Stück anzusehen, ich könnte noch Karten organisieren", schlug der Lehrer vor.

Wow, es funktioniert wirklich!, dachte Lisa und schaute sich nach Doc H um, aber der war urplötzlich von ihrer Seite verschwunden. Vielleicht war er ja nur mal kurz aufs Klo gegangen, oder er hatte sie absichtlich alleine gelassen, damit sie ihre Übung absolvieren konnte. Jetzt brauchte sie nur noch einen Schüler. Sie ließ ihre Blicke auf der Suche nach einem Opfer schweifen, und da entdeckte sie die Emilia-Darstellerin in Begleitung von zwei anderen Mädchen aus der Seitentür neben der Bühne herauskommen. Sie stellte sich zu einer Gruppe von anderen Jugendlichen, die ebenfalls in dem Stück mitgespielt hatten, und plapperte gleich ganz aufgeregt und wild gestikulierend drauflos.

Lisa würde sich überwinden und die jungen Leute einfach anquatschen, auch wenn sie sich in ihrem Tussioutfit fehl am Platz fühlte. Sie verabschiedete sich von dem hübschen Deutschlehrer mit einem unverbindlichen „Bin gleich wieder da!" und schlenderte zu den Teenies hinüber.

„Hi!", sagte sie und alle verstummten schlagartig und starrten sie an. Oh, oh, das schien nicht gut anzukommen. Die Emilia-Darstellerin bedachte sie sogar mit so bitterbösen Blicken, die – wären sie Sprengladungen – Lisa glatt und sauber von den Füßen gebombt hätten. Vielleicht war sie sauer, weil Lisas Magen ihren Monolog gestört hatte.

„Ich fand die Idee ziemlich cool, dass du die Emilia im Gothic-Outfit gespielt hast", sagte sie zu dem Mädchen und lächelte extrafreundlich.

„Ja klar!", grunzte die Emilia abfällig und wandte Lisa die Schulter zu, als würde sie deren Lob weder glauben noch ernst nehmen.

„Echt. Ich mein es ernst! Dein Kostüm hat das Stück für mich herausgerissen. Diese Geschichte ist doch ansonsten total bescheuert und an den Haaren herbeigezogen, oder? Ich meine, welcher normale Vater sticht denn seine Tochter ab, nur um sie vor Unkeuschheit zu bewahren? So ein Schwachsinn! Emilia Galotti ist doch so eine richtig engstirnige Emo-Kuh."

Zwei der Jungs kicherten und die Emilia-Schauspielerin verzog ihre dunkel geschminkten Lippen zu einem zynischen Grinsen.

„Doch, wirklich!", beteuerte Lisa ein drittes Mal. „Ich fand es total genial, dass du diesen schwülstigen Schwachsinn mit dem Gothic-Kostüm auf eine ironische Ebene gebracht hast."

„Ja, oder?", antwortete Emilia, und ihre spöttisch verzogenen Mundwinkel entspannten sich ein klein wenig und wurden zu einem echten Lächeln – wenn auch nur ein schwaches.

„Aber das Stück war ja als Sozialkritik von Lessing gedacht. Er wollte die Obrigkeitshörigkeit anprangern", warf einer der Jungs ein. Es war derjenige, der den Vater von Emilia gespielt hatte, und vermutlich war er der Klassenstreber. Seine berufliche Zukunft lag jedenfalls nicht in der Schauspielerei.

„Und wie heißt du?", fragte ihn Lisa.

„Oh ... äh ... äh, ich heiße Sven-Jacob Andres!", stotterte der. „Ich mein ja nur. Ich wollte ja nur erklären, was das Stück bedeutet. Ich fand es ja auch cool von Caro, dass sie kein Kostüm angezogen hat, sondern einfach so geblieben ist, wie sie ist."

Streber-Bubi bedachte Emilia Galotti, die offenbar Caro hieß, mit einem schmachtenden Blick, und man musste kein Experte in Liebesdingen sein, um zu sehen, dass der arme Kerl bis über beide Ohren in die Gothic-Emilia verknallt war, und damit hatte Lisa ihre Aufgabe mehr als erfüllt. Sie kannte jetzt die Namen von zwei Schülern und wusste, dass Sven-Jacob in Caro verschossen war und dass Caro auch im richtigen Leben ein Goth-Kid war.

Doc H würde mit ihr zufrieden sein. Ach, sie war selbst mit sich zufrieden. Sie hatte die Aufgabe bewältigt und die Übung richtig genossen, und er hatte recht gehabt: Es tat ihrem Selbstbewusstsein tatsächlich gut, irgendwie.

„Okay, dann macht es gut miteinander!", sagte sie und hielt Emilia Galotti zum Abschied sogar noch die Hand hin. „Ich heiße übrigens Eva Lazarus und wie heißt du?"

„Ich weiß, wie du heißt", sagte Gothic-Emilia patzig und ignorierte die Hand. „Mein Name ist übrigens Carolin Henriksen und mein Vater hat mir ne SMS geschrieben, dass er mit dir verlobt ist und dass du bald meine Stiefmutter sein wirst."

~

Henrik hatte am Nachmittag vergeblich versucht, Caro anzurufen und sie auf die Überraschungsverlobte vorzubereiten, aber sie war nicht an ihr Handy gegangen, also hatte er ihr schließlich eine SMS geschrieben und die ausführliche Erklärung auf später vertagt.

„Ich möchte dir heute Abend nach der Theateraufführung meine Verlobte Eva Lazarus vorstellen. Sie wird uns übers Wochenende zu Tante Olga begleiten."

Es war ihm bewusst, dass Caro schockiert auf das urplötzliche Auftauchen einer Verlobten reagieren würde. Natürlich würde sie stänkern und sich querstellen, aber das würde er schon irgendwie aushalten, denn nach dem Wochenende wäre der Spuk ja vorbei und alles wieder beim Alten. Leider hatte Caro gar nicht auf seine SMS reagiert, und er hatte sich mit zunehmender Unruhe gefragt, ob ihr die Neuigkeit etwa gleichgültig war oder ob sie so wütend auf ihn war, dass sie sich weigerte, mit ihm zu reden. Tatsächlich hatte er der ersten Begegnung von Carolin und Eva ein wenig entgegen gebangt, beinahe so, als wäre Eva seine echte Verlobte und müsste Gnade vor den Augen seiner Tochter finden.

Dann sah er nach der Aufführung, wie Eva sich mit Caro und ihren Schulfreunden unterhielt, und wusste nicht, was er davon halten sollte. Auch während der Heimfahrt versuchte Eva mit Caro ins Gespräch zu kommen. Sie wandte sich im Autositz halb nach hinten und erkundigte sich bei Caro nach ihren Lehrern und Mitschülern, nach ihren Lieblingsfächern und sogar nach ihrer Lieblingsmusik, aber sie bekam von Caro natürlich nur patzige Zwei-Wort-Sätze oder gelangweiltes Schulterzucken als Antwort, während sie nebenher demonstrativ ihr gesamtes Sozialleben über ihr Handy abwickelte. Zwischendrin brachte sich Evas Magen immer wieder mal mit einem lauten Knurren in Erinnerung, und Henriks schlechtes Gewissen meldete sich mindestens genauso laut, denn selbstverständlich hätte Philipp dafür sorgen müssen, dass die Frau etwas zu essen bekam und während des Coachings nicht ganz nebenbei verhungerte.

„Wir können noch irgendwo etwas essen gehen. Gleich um die Ecke ist ein Inder", schlug er widerstrebend vor. Er wollte den Abend eigentlich nicht in einem Restaurant verplempern, sondern sofort mit dem Coaching beginnen.

„Boah, da hab ich echt keinen Bock drauf! Ich will jetzt endlich heim", meckerte Caro von hinten.

„Dann schauen wir eben zu Hause im Kühlschrank nach, was Frau Frey eingekauft hat, Eva braucht noch etwas zu essen", entschied Henrik.

„Kein Problem", sagte Eva leichthin. „Ich kann aus ein paar Eiern und etwas Mehl beinahe alles zaubern." Und ihr Magen fügte zur Bestätigung ein erbarmungswürdiges Knurren hinzu.

„Pf, das möchte ich sehen: eine aufgebitchte Tussi mit 'ner Schürze am Herd!"

„Caro, ich muss doch sehr bitten!", ermahnte Henrik sie halbherzig. Er wusste ja, dass jedes Wort, das er zu ihr sagte, es nur schlimmer machen würde, und auf eine Familienkrise im Auto konnte er verzichten. Er war froh, dass Eva sich zurückhielt und souverän auf Caros Patzigkeit reagierte, nämlich indem sie sich einfach wieder nach vorne wandte und gar nichts mehr sagte. Nur ihr Magen knurrte immer mal wieder vor sich hin.

~

Kaum hatte sie das Foyer von Henriks Wohnung betreten, schleuderte Eva ihre hochhackigen Pumps von ihren Füßen. Der eine Schuh flog im hohen Bogen gegen den Spiegel, der andere landete auf der Sitzbank. Henrik wollte ihr gerade erklären, dass eine Dame ihre Schuhe nicht durch die Gegend schleuderte, sondern sie, wenn überhaupt, ordentlich abstellte, aber da stürzte sie sich schon auf ihn wie eine rachsüchtige Harpyie und zerrte ihn zur Seite.

„Warum haben Sie mir nicht gesagt, dass Sie eine Tochter haben?", zischte sie ihn leise an.

Wegen Caro brauchte sie nicht zu flüstern, denn die war schon davonmarschiert und in der Küche verschwunden, außerdem war sie so tief in ihre Handykommunikation versunken, dass sie weder Evas unfeinen Schuhweitwurf noch deren Gezischel mitbekommen hatte.

„Weil das nichts mit unserem Projekt zu tun hat!", flüsterte Henrik zurück. „Und es wäre klug, wenn wir uns ab jetzt duzen würden. Meine Tochter ist nämlich nicht in diese Scharade eingeweiht."

Er hatte lange überlegt, ob er Caro und seiner Haushälterin Frau Frey die Wahrheit über Eva sagen sollte, dass sie lediglich eine Rolle spielte, aber das Risiko, dass eine von beiden sich verplapperte und der Schwindel aufflog, war einfach zu groß. Frau Frey telefonierte regelmäßig mit Olgas Köchin und Caro noch regelmäßiger mit ihrer Oma. Und wenn seine Mutter erst mal Bescheid wusste, dann war es kein Geheimnis mehr. Sie würde es sofort Onkel Werner erzählen, und der konnte nie seinen Mund halten. Obwohl zwischen Onkel Werner und seiner Schwester Olga seit zwanzig Jahren Funkstille herrschte, konnte man davon ausgehen, dass sein Getratsche in Lichtgeschwindigkeit über irgendwelche ominösen Kanäle bei Tante Olga landen würde und umgekehrt.

Ergo: Evas wahre Identität musste ein Geheimnis zwischen ihm, Philipp und Eva bleiben.

Also hatte er Frau Frey eben eine Geschichte aufgetischt, die deckungsgleich mit der Story war, die Philipp Tante Olga vorgegaukelt hatte, dass Eva als Kunstsachverständige für den Vatikan arbeiten und in Rom leben würde. Dort habe Henrik sie bei einer seiner letzten Geschäftsreisen kennengelernt, sich Hals über Kopf verliebt und sich sofort mit ihr verlobt. Nun sei Eva übers Wochenende angereist, um Tante Olga kennenzulernen, und Frau Frey solle bitte das Gästezimmer für Eva bereitmachen.

„Das Gästezimmer? Herr Doktor Henriksen?", hatte Frau Frey gefragt und ihre Stirn dabei in tiefe Falten gelegt. „Sie wollen getrennt schlafen, obwohl Sie miteinander verlobt sind?"

Frau Frey war um die sechzig, wurde seit 40 Jahren durch ihre kränkelnde Mutter an einer Ehe und einer eigenen Familie gehindert, und soweit Henrik das an ihrer altjüngferlichen Art ermessen konnte, hatte sie vermutlich auch noch nie in ihrem Leben Sex gehabt. Manchmal bezweifelte er, dass sie überhaupt wusste, wie der Akt der Fortpflanzung vonstattenging.

„Nun, ich schnarche und meine Verlobte braucht ihren Schlaf. Jetlag und der ganze Stress." Ihm war spontan keine bessere Erklärung eingefallen, und Frau Frey war ohnehin so einfältig, dass sie garantiert nicht mal wusste, was ein Jetlag war, geschweige denn, dass ein Flug von Rom nach Berlin überhaupt kein Jetlag verursachen konnte. Und natürlich schnarchte er nicht. Nur dicke Männer schnarchten. Er nicht!

„Das ist aber sehr schade, Herr Doktor Henriksen", hatte Frau Frey geantwortet und dabei ein Gesicht gemacht, als ob ihr Lieblingsfilm im Fernsehen abgesagt worden wäre. Aber sie hatte wenigstens nicht weiter nachgefragt, sondern das Bett im Gästezimmer frisch mit kitschiger Kleinmädchen-Bettwäsche bezogen und einen kleinen Kuschelteddy auf das Kopfkissen gesetzt.

„Okay, wir duzen uns!", wisperte Eva ihm jetzt bissig zu. „Und nun, wo wir per Du sind, kann ich Ihnen ja sagen, dass Sie eindeutig ein Idiotenvater sind!"

„Idiotenvater? Wie bitte?", empörte er sich, aber sie war schon, ohne seine Antwort abzuwarten, in Richtung Küche davonstolziert. Das war ja wohl die Höhe. Von wegen! Er war kein Idiotenvater! Sie war ein dreistes Weibsstück, das eine Extralektion zum Thema „Höflichkeit" von ihm bekommen würde. Zum Thema „Kochen" hatte sie allerdings keine Extralektion nötig. Absolut nicht! Sie kochte ausgezeichnet, wie Bocuse.

Wenn Henrik einen Werbefilm über die Traumfrau der 50er Jahre hätte machen müssen, dann wäre der Film ungefähr so abgelaufen wie die folgende halbe Stunde in seiner Wohnküche. Er saß am Esstisch und tat so, als würde er auf seinem Handy Nachrichten schreiben, aber in Wahrheit starrte er gebannt auf das, was in zwei Metern Entfernung am Tresen passierte.

Eva hatte sich tatsächlich eine Schürze umgebunden, nämlich die weiße, altbackene Rüschenschürze von Frau Frey, und jetzt stand sie (ohne Schuhe, wohlgemerkt) an seinem Herd und versuchte aus dem, was sein Kühlschrank hergab, drei Schinkenomelett zu machen. Und irgendwie, er hatte keine Ahnung wie, brachte sie Caro dazu, ihr beim Kochen zu helfen und sich mit ihr zu unterhalten. Sie drückte seiner Tochter einfach ein Messer, ein Schneidbrett und gekochten Schinken in die Hand.

„Was soll ich damit?", fragte Caro und rümpfte angewidert die Nase.

„Einfach in kleine Würfel schneiden", sagte Eva, als wäre es selbstverständlich, dass Caro mithalf. „Hast du schon das neue YouTube von Shadow Eyes gesehen?" Und mit dieser Frage war die Diskussion, ob Caro helfen würde oder nicht, schon ausgestanden, denn Caro nahm das Messer und antwortete ihr.

„Ja, das ist richtig krass. Kennst du die etwa auch? Jason ist so süß und cool."

„Jason ist viel älter, als er aussieht. Er hat als Gitarrist bei den *Gallowguys* angefangen."

„Nie was von denen gehört. Stehst du etwa auf Neue Deutsche Todeskunst?" Caro packte nebenher den Schinken aus und fing an, ihn etwas unbeholfen zu zerschneiden – verstümmeln wäre vielleicht der passendere Ausdruck dafür gewesen. Normalerweise drückte Caro sich um jede Art von Hausarbeit, und das fiel auch nicht weiter auf, wenn man in einem Haushalt lebte, der sich eine Haushälterin leisten konnte.

„Ich steh mehr auf James Blunt, One Republic oder klassische Musik, aber Jason ist ganz gut." Jetzt stellte sich Eva schräg hinter Caro und nahm einfach deren rechte Hand in ihre und zeigte ihr damit ohne Worte, wie sie das Messer halten und den Schinken schneiden sollte. Henrik traute seinen Augen nicht, Caro ließ sich tatsächlich anleiten.

„One Republic hat nur Mongotexte für Omas, und James Blunt hat 'ne Stimme wie 'ne Schwuchtel", spottete Caro. Sie schaute Eva herausfordernd an, als würde sie auf Widerspruch oder am besten gleich auf einen ausgewachsenen Musik-Krieg hoffen, aber Eva warf ihren Kopf zurück und lachte nur …

… und Henriks Augen hafteten an ihrem Hals wie die Fliegen an einem Honigklebestreifen. Sie sah wirklich ein bisschen aus wie Rita Hayworth, wenn man sich die weiße Rüschenschürze wegdachte. Ihr Gesicht ähnelte mehr dem von Katharine Hepburn, aber der Körper war der von Rita Hayworth.

Ziemlich genau seine Geschmacksrichtung.

Als er sie bei *Chantals Lingerie* in diesem Negligé gesehen hatte, war ihm leider etwas sehr Unangenehmes passiert. Ihr Anblick hatte ihm eine lästige Erektion beschert. Er hatte selbstverständlich versucht, dagegen anzukämpfen und sich nichts davon anmerken zu lassen, aber sein vegetatives Nervensystem hatte sich leider verselbstständigt und sich von seinem Gehirn verabschiedet. Zu viele optische Reize: ihr rotes Haar, hochgesteckt und glänzend wie Kupfer, ihre Augen weit aufgerissen, die freche Nase hochgereckt, der schöne Mund, vor Schreck halb offen, und der schlanke, weiße Hals … Ah, was für ein Hals!

Ach ja, und dann war da noch dieser Hauch von einem Nichts, den sie angehabt hatte!

Er hatte alles darunter sehen können. Alles! Ihre runden, festen Brüste, die rosigen Brustwarzen, wie kleine rosarote Knöpfe. Sie waren nicht dunkel, sondern hell, schweinchenrosahell, zuckerbonbonhell, und er hatte sich vorgestellt, was ein Mann, nein, was ER alles mit diesen Dingern, ähm, diesen Brustwarzen anstellen würde, bis sie nicht mehr schweinchenrosa, sondern feuerrot aussehen würden. Oh Gott, er liebte rosarote Brustwarzen. Er war geradezu ein Brustwarzenfetischist. Und zu allem Überfluss war dann sein Blick auf Evas Schambereich gefallen, enthaart mit gewölbten Schamlippen, geschlossen wie eine Tulpenknospe.

Und da war es passiert. Er war nicht nur ein bisschen hart geworden, wie es normal war, wenn ein Mann gewissen optischen Reizen ausgesetzt war, nein, er war schlagartig stahlhart geworden, und in seinem Kopf hatte sich die plötzliche Blutleere durch Schwindelgefühl und lautes Rauschen in seinen Ohren bemerkbar gemacht – rein medizinisch betrachtet. Er hatte sich ganz fest auf die Zunge beißen müssen, um nicht laut zu stöhnen.

Es gab Meditationstechniken für so ein Problem, das wusste er, nur war ihm in diesem Moment keine eingefallen. Alles um ihn herum war plötzlich wie ausgeschaltet gewesen, wie in einer anderen Dimension festgefroren: sein Bruder, die Verkäuferin, der Raum, die Zeit, nur diese Sexgöttin war real und sein schmerzhaft pochender Penis, der wie eine Fackel in seiner Hose brannte. Irgendwann war Philipps Stimme dann zu ihm durchgedrungen und hatte ihn aus der Erstarrung erweckt. Zum Glück. Er hatte sich gerade noch rechtzeitig wieder in den Griff bekommen, bevor jemand etwas gemerkt hatte. Zumindest sein Verstand war relativ schnell wieder klar und analytisch geworden, und er hatte versucht, das Problem in seiner Hose zu ignorieren. Er war schließlich ein Stoiker, gelassen und kühl bis in die Haarspitzen und er hatte seine Emotionen und Gedanken völlig unter Kontrolle – dachte er, aber er konnte meditieren und sich auf die Zunge beißen oder stoische Gedanken denken, soviel er wollte, seine Gedanken wanderten leider wie in einer Feedbackschleife immer wieder zu *Chantals Lingerie* zurück und zu Evas Körper: schweinchenrosa Knöpfe, Tulpenblütenknospe.

„Versuch die Essiggurke so zu schneiden, dass man sie auffächern kann", hörte er Eva sagen.

Essiggurke? Ach ja, Eva zeigte Caro gerade, wie man eine Essiggurke schnitt, um den Teller damit zu dekorieren. Er holte tief Luft, als sie zu ihm an den Tisch kam und ein lockeres, goldbraunes Omelett vor ihm abstellte. Sie hatte ihr kulinarisches Kunstwerk auf drei Teller verteilt und es mit Tomateneckchen und einer aufgefächerten Essiggurke dekoriert und dann hatte sie das Ganze mit etwas Petersilie und Schnittlauch überstreut, und das sah wirklich sehr appetitanregend aus. Auch wenn er eigentlich keinen Hunger hatte, lief ihm doch das Wasser im Mund zusammen, als der Duft von knusprigem Schinken, gebratenen Champignons, butterweichen Eiern und frischer Petersilie in seine Nase stieg.

„Perfekt!", sagte er und nickte ohne aufzublicken, er meinte eigentlich das wundervolle Omelett, aber wenn er es genau bedachte, meinte er vielleicht auch ein klein wenig sie in ihrer Rolle als angehende Traumfrau.

~

Lisa war stinksauer auf Doc H.

Er hätte ihr nicht verschweigen dürfen, dass er eine Tochter hatte, und er hätte seiner Tochter die Wahrheit über sie sagen müssen. Es war nur die Rede davon gewesen, eine böse Erbtante und eine heimtückische Erbschleicherin hinters Licht zu führen. Sie hätte diesem Schauspiel niemals zugestimmt, wenn sie geahnt hätte, dass er sein eigenes Kind auch belog. Sie wusste genau, wie das war, wenn man vom eigenen Vater hintergangen wurde. Doc H brauchte sich jedenfalls nicht zu wundern, wenn seine Tochter seine Pseudo-Verlobte nicht ausstehen konnte. Lisa hätte an Carolins Stelle genauso auf eine neue Stiefmutter reagiert. Sie hatte genau genommen sogar noch viel schlimmer auf ihre Stiefmutter reagiert; damals, als ihr Vater plötzlich mit der frischgebackenen Frau Machnig Nummer zwei aufgetaucht war.

„Schmeckt scheiße, total salzig und die Champignons sind matschig", sagte Carolin und stocherte in dem Omelett herum.

„Carolin, setze dich aufrecht an den Tisch. Im Übrigen wäre ich dir dankbar, wenn du beim Essen auch das Messer benutzen würdest und nicht nur die Gabel. Und das Wort *Scheiße* solltest du aus der Unterhaltung bei Tisch streichen. Aus jeder Unterhaltung. Sei Eva lieber dankbar, dass sie zu so später Stunde noch gekocht hat."

Wie bitte? War das etwa alles, was ihm zu dem überdeutlichen Hilfeschrei seiner Tochter einfiel? Merkte er denn nicht, was dem Mädchen fehlte?

„Soll ich deine Superverlobte mit meinem guten Benehmen beeindrucken, oder was?", zischte Caro und schob ihren Teller demonstrativ von sich. Lisa wusste genau, wie der passive Widerstand einer unverstandenen Tochter funktionierte.

„Wenn du nicht isst, dann kannst du auch zu Bett gehen", kommentierte Doc H Caros Rebellion mit geschäftsmäßigem Tonfall. „Ich werde Eva noch die Wohnung zeigen und ihr die Gelegenheit geben, ihre Sachen auszupacken. Außerdem muss ich noch ein paar wirklich wichtige Dinge unter vier Augen mit ihr besprechen."

„Unter vier Augen? Bäh, ich will nicht wissen, ob du Sex hast. Das ist eklig." Caro sprang vom Tisch auf und schubste ihren Stuhl verärgert zurück. „Könnt ihr wenigstens leise sein?"

„Bis morgen, Carolin!", rief Lisa ihr hinterher und unterdrückte ihre Wut, bis das Mädchen aus dem Zimmer verschwunden war, dann sprang sie aber auch von ihrem Stuhl auf. Boah, war sie gerade wütend auf Doc H. Ihre Lippen bebten richtig, und ihr Busen erst. *Scheiß auf die 1 000 Euro und auf das ganze verschissene Scheißwochenende.* Gott! So viele Worte mit *Scheiß* gab es gar nicht, um auszudrücken, wie sauer sie gerade war.

„Das ist ja wohl das Letzte!", fauchte sie Doc H an und versuchte dabei zu flüstern. Sie wusste, dass Teenager zum Lauschen neigten. „Bei diesem Mist spiele ich nicht mit! Das können Sie sich abschminken!"

„Wie bitte?" Doc H wirkte völlig aus dem Konzept gebracht und blickte verwirrt von seinem Teller auf. Sie hatte keine Ahnung, wo er mit seinen Gedanken gewesen war, jedenfalls nicht bei dem Gespräch am Tisch. Der arrogante Affe hatte tatsächlich gar nicht mitbekommen, wie es um seine Tochter stand.

„Ich habe gesagt, dass ich bei diesem Theater nicht mitspiele. Ich gehe nach Hause!" Auch wenn sie keine Ahnung hatte, wo sie im Augenblick zu Hause war. Ihr Auto parkte jedenfalls noch in der Tiefgarage bei Image4U, und außerdem würde sie eine weitere Nacht im Auto nicht noch einmal durchstehen.

Doc H legte sein Besteck langsam zur Seite, schob seinen Stuhl ebenfalls langsam zurück und stand ein wenig umständlich auf, als ob er Schmerzen hätte. Gut! Hoffentlich tat ihm alles weh. Ohren, Zähne, Kopf, Rücken … alles.

„Ich verstehe nicht ganz!", sagte er zugeknöpft.

„Warum haben Sie Carolin nicht die Wahrheit gesagt? Das ist das Allerletzte. Wie können Sie Ihrer eigenen Tochter so ein Theater vorspielen?", flüsterte sie halblaut. Sie wollte eigentlich aus vollem Hals schreien und am besten gleich noch sein Schnöselgesicht zerkratzen oder wenigstens etwas von dem Omelett auf seine akkurate Snobfrisur kippen, aber sie hatte die Wohnzimmertür im Blick, die nur angelehnt war. Wenn sie selbst ein Teenager wäre, dann würde sie jetzt direkt hinter dieser Tür stehen und lauschen.

Für einen Moment wirkte Doc Hs Gesichtsausdruck ziemlich verwirrt, aber dann verhärtete sich seine Kieferpartie und sein Mund wurde schmal und arrogant.

„Das geht Sie nichts an. Sie bekommen Geld dafür, dass Sie Ihre Rolle als Eva spielen und keine Fragen stellen. Oder ist das nur ein dreister Versuch, noch mehr Geld herauszuschinden? Ich habe Kleidung im Wert von über 50 000 Euro für Sie im Schrank hängen und alleine für die Ausleihe muss ich fast vier…"

„WAS? 50 000 Euro? Für Klamotten?" War Philipp denn noch bei

Trost? Wenn sie das gewusst hätte ... Oh shit, jetzt wurde ihr richtig übel.

„Es heißt: Wie bitte! Und ich habe Ihnen zudem ein kostenloses Coaching zugesagt, damit Ihr Exfreund zu Ihnen zurückkehrt. Wissen Sie, wie meine Stundensätze normalerweise sind? Ich glaube, das ist mehr als genug Bezahlung, und somit kann ich verlangen, dass Sie sich angemessen verhalten und mir dreiste Fragen und Ihre Einmischung in meine familiären Angelegenheiten ersparen." Er flüsterte auch halblaut und schaute ebenfalls zur Wohnzimmertür. „Und außerdem habe ich gesagt, dass wir uns duzen müssen."

„Und ich scheiß auf Ihr Scheißgeld! Auf dein Scheißgeld!" Von wegen! Sie war so bitter auf jeden einzelnen Cent angewiesen, dass sie weinen könnte. „Es war die Rede davon, eine gehässige Erbtante zu betrügen! Von einer Tochter hast du nichts gesagt."

Er schaute zur Wohnzimmertür, hielt kurz die Luft an, dann nahm er Lisa grob am Arm und zog sie noch weiter weg von der Tür, zu der hohen Fensterfront hinüber, die einen exklusiven Blick auf den Landwehrkanal bot. Ja, sie hatte es schon gleich im Foyer gemerkt, dass sie hier nicht in einer Nullachtfünfzehn-Zweiraumwohnung gelandet war, sondern in einem herrschaftlichen, supersanierten Altbau in exklusiver Wohnlage, mit vielen großen und hohen Altbauzimmern mit Stuckdecke und Parkettböden und Kachelofen im Foyer. Der Flur war lang und es führten mehr als sechs Türen links und rechts ab. Alleine die Wohnküche, die dann in eine gigantische Sofalandschaft überging, musste um die 60 Quadratmeter haben. Lisa hatte keine Ahnung, wie teuer die Mieten oder die Kaufpreise für diese Art von Wohnung war, aber der traumhaft schöne Blick aus dem vierten Obergeschoss hinunter auf das Wasser sprach Bände über den Preis der Immobilie.

„Ich kann Caro nicht einweihen", wisperte er nahe an ihrem Ohr. Sein Atem war richtig heiß an ihrem Hals und sein Geruch nach einem herbsüßen Eau de Cologne vermischte sich mit dem Hauch von Knoblauch, den sie in das Omelett gegeben hatte.

„Sie würde es sofort meiner Mutter erzählen. Sie hat ein sehr gutes Verhältnis zu ihrer Oma, und damit wäre das Geheimnis schneller in der ganzen Republik bekannt, als wenn ich es twittern würde."

„Wie alt ist Ihre ... deine Tochter?"

„Sie war im Mai vierzehn."

„Na, bitte schön, sie ist beinahe erwachsen. Warum sollte sie ein Geheimnis nicht bewahren können? Warum kannst du ihr nicht vertrauen?"

Lisa kam sich vor, als würde sie in eigener Sache, mit ihrem eigenen

Vater streiten. Ein Gespräch, das sie nie mit ihm geführt hatte, weil er sie so sehr verletzt hatte, dass sie einfach gar nicht mehr mit ihm redete. Er hatte eine Geliebte gehabt, eine, die gerade erst 20 war, als er mit ihr ein Kind gezeugt hatte, und ihre Mama war noch nicht mal kalt in ihrem Grab gewesen, da hatte er sie zu seiner neuen Leadsängerin gemacht, dieser Wichser.

„Ich muss wirklich nicht mit dir diskutieren, wie ich meine Tochter erziehe!", sagte Doc H jetzt mit unterdrücktem Ärger in der Stimme, falls dieser eiskalte Affe überhaupt zu Emotionen imstande war, dann empfand er soeben ein paar davon. „Ich werde meiner Tochter die Wahrheit sagen, wenn alles vorbei ist! Vielleicht!"

„Argh!" Lisa hatte leider ein paar Emotionen zu viel. Sie wirbelte herum, weg von ihm und seinem heißen Atem an ihrem Ohr und presste ihre Hände an ihre Seiten. Boah, sie musste so an sich halten! So was Arschlochhaftes! Sie ballte die Fäuste, weil sie ihm am liebsten den Kiefer gebrochen oder ihm eine schallende Ohrfeige verpasst hätte, aber er war schließlich immer noch ihr Chef und ihr Auftraggeber und ihr Coach. Verdammt, sie brauchte das Geld, brauchte den Wochenendauftrag als Verlobte, den verdammten Scheißcateringjob in seiner verdammten Scheiß-Imagefirma. Außerdem war er nicht irgendwer, er war der große Henrik Henriksen, dem man nicht einfach eine Ohrfeige verpasste. Das wagte nicht mal sie, denn in Wahrheit hatte sie viel zu viel Respekt vor ihm.

„Es wird ihr das Herz brechen, wenn sie merkt, wie hinterhältig ihr Vater sie belügt."

Doc H prallte vor ihren Worten zurück, als hätte sie ihm eine echte Ohrfeige verpasst. Er schnappte nach Luft, schnaubte und schnappte nochmals nach Luft, dann schwieg er und starrte sie mit zusammengekniffenen Augen eine endlos lange Zeit an, fast meinte sie, die Zahnräder in seinem Gehirn rattern zu hören. Sie stellte fest, dass sie am ganzen Körper schlotterte. Sie war ein Temperamentbündel und rastete schnell mal aus, das wusste sie. Aber diese Auseinandersetzung mit ihm war nicht einfach nur ein Ausraster, es stresste sie mehr als jeder Streit mit Hannes, weil es um ein Thema ging, das ihr heilig war, und weil es ein Gespräch war, das sie schon vor acht Jahren mit ihrem eigenen Vater hätte führen müssen.

„Umso wichtiger ist es, dass du meine Verlobte glaubwürdig spielst und Caro keinen Verdacht schöpft!", antwortete er schließlich erstaunlich gefasst. „Wenn alles vorbei ist, dann tun wir so, als ob wir uns verkracht hätten, und lösen die Verlobung offiziell wieder. Du verschwindest im Ausland, und ich lebe mein Junggesellenleben weiter wie bisher. Caro wird nicht erfahren, dass wir sie beschwindelt haben. Und jetzt sollten wir uns den wichtigen Dingen zuwenden. Es gibt viel zu viel, was du bis morgen noch lernen musst. Grundwissen über Kunstgeschichte, gehobene Ausdrucksweise, erstklassige Umgangsformen und ein unterwürfiges Verhalten mir gegenüber."

„Du willst, dass wir einen Streit inszenieren und so tun, als würden wir die Verlobung lösen?" Das war also das Ergebnis seines Nachdenkens gewesen? Anstatt seiner Tochter die Wahrheit sagen zu wollen, wollte er die Lüge nur noch mehr ausweiten. „Das ist ... das ist ja noch schäbiger! Ein richtiger Betrug!"

Doc Hs Gesicht blieb eisig und seine Augen ausdruckslos, als er die Schultern zuckte. „Mag sein. Was das Thema des schäbigen Betrugs angeht, vertraue ich ganz dem Urteil einer Frau. Nach meiner Erfahrung ist die ganze weibliche Gefühlsduselei, die endlosen Diskussionen um Liebe mitsamt den dazugehörigen Heulattacken und den Vorwürfen und Beteuerungen auch nichts weiter als schäbiger Betrug."

Gott, jetzt machte der Mann einen auf Frauenfeind – wegen enttäuschter Liebe, oder was?

„Weißt du was?", schnaubte sie. „Du brauchst auch einen Coach, ganz dringend. Einen, der dir etwas über Frauen und ihre Gefühle beibringt und etwas über Töchter."

Er hob gleichmütig die Augenbrauen.

„Was ist jetzt? Behältst du den Job als meine Verlobte, oder muss ich mir noch kurzfristig eine andere Rothaarige in Kleidergröße 38 suchen?" Er klang, als wäre ihm ihre Antwort völlig gleichgültig, als bräuchte er nur auf die Straße hinauszugehen und sich die nächstbeste Tussi zu schnappen, die bereitwillig in die Eva-Rolle schlüpfen würde. Sie traute ihm zu, dass er das konnte.

„Ich hab ja gar keine andere Wahl!"

„Eben!"

Eiskalter, arroganter Wichser!

~

„Wenn sich jemand nach deinem Beruf erkundigt, dann sagen wir, dass du in Rom für die Vatikanischen Museen arbeitest und Fresken in Katakomben restaurierst, damit beschränken wir dein Wissen der Kunstgeschichte auf einen Bereich, von dem Tante Olga und der Rest der Familie nicht viel Ahnung hat: frühchristliche Kunst! Was sagst du?"

Henrik sah sie erwartungsvoll an. „Das hier ist eine der ältesten erhaltenen Mariendarstellungen in den Priscilla Katakomben." Er zeigte auf das Bild in dem Buch, das auf seinem Schoß lag, aber Eva schaute ihn unter halb geschlossenen Augenlidern an und wirkte nicht interessiert.

„Eva? Kannst du mir folgen?" Er hatte einen alten Bildband *Frühchristliche und byzantinische Kunst* aus seiner Bibliothek geholt und sich damit auf das Sofa gesetzt. Dann hatte er Eva aufgefordert, sich neben ihn zu setzen, weil er ihr einen Crashkurs in frühchristlicher Kunstgeschichte geben wollte. Sie hatte sich eine heiße Schokolade gemacht und sich neben ihn plumpsen lassen. Ihre Füße, immer noch ohne Schuhe, angewinkelt und unter ihren Hintern geschoben.

Und nein, er hatte nicht vergessen, dass sie Strapse unter ihrem Kleid trug, aber er würde sich nicht von diesem Wissen in seinem Hinterkopf ablenken lassen. Er blätterte durch den Bildband und versuchte ihr zu jedem Bild so viel wie möglich zu erklären. Das ersetzte freilich kein Studium der Kunstgeschichte, aber er hoffte, wenn Eva wenigstens ein paar Fresken und Mosaike gesehen und ein paar Fachausdrücke gelesen hatte, dass sie dann im Zweifelsfalle neugierigen Fragen nicht ganz und gar ahnungslos gegenüberstand und vielleicht mit etwas Improvisation ein wenig Kunstsachverstand vorspielen konnte.

Im Grunde war sie nicht dumm, und er wunderte sich, warum sie keinen Schulabschluss und keine Ausbildung hatte, aber er fragte natürlich nicht nach, denn die Lebens- und Leidensgeschichten von Frauen interessierten ihn nicht, und außerdem hatte er gar keine Zeit für Small Talk. Jetzt war es schon fast Mitternacht, und er musste versuchen, so viele Informationen wie möglich in ihren Kopf hineinzuquetschen. Angefangen bei einem groben Abriss der Kunstgeschichte bis hin zu den vielen kleinen Details des guten Benehmens, das Tante Olga von einer Miss Perfect erwartete.

„Eva, hast du gehört, was ich dir gerade über diese Wandmalerei erklärt habe?", fragte er noch mal ungeduldig, weil sie nicht auf das Bild in dem Bildband schaute, sondern mit verträumtem Schlafzimmerblick ins Leere starrte. Sie war eindeutig nicht bei der Sache. Er nahm sie an der Schulter. „Eva?"

„Ja, Maria und Dingens ... äh Jesus in einer Katakombe. Ich war mal bei einem Konzert in einer Kata..." Plötzlich fielen ihre Augen zu und ihr Körper kippte zur Seite, rutschte langsam am Sofa entlang auf ihn zu. Er wusste nicht, ob er aufspringen und die Flucht ergreifen oder sie besser festhalten und am Umfallen hindern sollte. Aber da lehnte sie schon an ihm, ihr Kopf landete auf seiner Schulter. Sie seufzte leise und schlief.

Sie war einfach eingeschlafen, während er einen lehrreichen Vortrag über frühchristliche Wandmalereien gehalten hatte.

„Eva, aufwachen!" Er drückte sie ein wenig von sich weg und erhob sich vorsichtig vom Sofa, aber anstatt aufzuwachen, rutschte sie nur weiter nach unten und landete mit dem Kopf auf dem Platz, wo er gerade gesessen hatte. Ein paar Haarnadeln lösten sich aus ihrer eleganten Hochsteckfrisur, ein paar rote Locken ringelten sich über ihre blasse Wange, eine fiel in ihren halb offenen Mund, ihre Beine waren immer noch angewinkelt und ihr Rock war dabei so weit nach oben gerutscht, dass er die Clips der Strapse und den Spitzenrand ihrer Seidenstrümpfe sehen konnte.

Absolut ungünstig.

Er ließ den schweren Bildband mit einem dumpfen Rums zu Boden fallen, starrte eine ganze Weile auf die cremefarbene Spitze ihrer Strümpfe und versuchte tief und gleichmäßig zu atmen. Dann schob er seine Hände unter sie und hob sie vom Sofa. Was sollte er auch sonst tun? Er konnte sie ja wohl schlecht so verrenkt und verdreht mit halb aufgelöster Hochsteckfrisur und in einem teuren, ausgeliehenen Kleid von Chanel die ganze Nacht auf seinem Sofa liegen lassen. Er würde sie wohl oder übel zu Bett bringen müssen …

… und die Haarnadeln aus ihrer Frisur lösen …

… und sie ausziehen.

5. Die Not mit der Kunst

Lisa wachte mit einem heftigen Schreck auf, weil sie das Gefühl hatte, etwas Wichtiges vergessen zu haben. Hatte sie den Wecker gestellt? War heute nicht der Besprechungstermin bei Image4U mit dem verfressenen Parteivorsitzenden? Sie musste spätestens um sieben auf dem Markt sein, um frische Ware zu bekommen. Um acht musste sie dann in der Kitchenpantry der Chefetage stehen, wenn sie das Catering rechtzeitig fertig haben wollte. Das hieß, spätestens um halb sechs musste sie raus aus den Federn.

Wenn Hannes bei ihr übernachtete – was schon fast die Regel war –, stand sie immer ganz leise auf, um ihn nicht zu wecken. Und wenn sie es irgendwie schaffte, ging sie morgens vor der Arbeit joggen. Hannes fand Laufen nicht so prickelnd, also ließ sie ihn schlafen. Nach dem Joggen duschte sie und frühstückte alleine. Hannes schlief weiter, denn er musste erst um sieben raus. Patti kam meist von ihrem Nachtdienst nach Hause, wenn Lisa die Wohnung verließ. Gestern auch. Oder war das vorgestern gewesen? Lisa hatte gesagt: „Schlaf gut" und Patti hatte gesagt: „Mach's gut!", aber wahrscheinlich war Patti gar nicht in ihr Bett gegangen, sondern zu Hannes, um ihn zu wecken und mit ihm zu poppen ...

„Scheiße!" Lisa schnellte im Bett hoch und schnappte nach Luft. Sie schaute sich verwirrt in dem seltsamen Raum um. Sie war gar nicht zu Hause, sondern in einem fremden Bett, das in einem fremden Zimmer stand, und neben ihr lag nicht Hannes ...

sondern ein ...

... anderer Mann.

Oh Gott. Das war kein Mann, es war Doc H.

Na ja, im Grunde war er natürlich auch ein Mann. Sie hatte ja den Beweis dafür gesehen, aber Doc H zählte nicht als Mann, neben dem eine Frau morgens gerne aufwachen wollte. Obwohl er jetzt gerade nicht in seinem feinen Schnöselanzug steckte, sondern nur eine Pyjamahose aus dunkelgrauem Satin anhatte – und darin sah er bei Weitem nicht so lackaffenmäßig aus wie sonst. Eigentlich war er in diesem anzuglosen Zustand mit nacktem Oberkörper kaum als Doc H wiederzuerkennen. Er lag auf dem Bauch, dicht neben ihr, ließ den einen Arm über die Bettkante baumeln, während er den anderen Arm wohl eher unabsichtlich in ihre Richtung gestreckt hatte, sodass er ihren Schenkel berührte. Sein Gesicht hatte er von ihr abgewandt, und sie sah nur seinen Hinterkopf, sein dunkelbraunes, dichtes Haar, das im Vergleich zu sonst ein klein wenig ungepflegt wirkte – ziemlich verwuschelt um genau zu sein –, und es reizte dazu, noch mehr darin zu wuscheln.

Sein Rücken war nicht so breit und fleischig wie der von Hannes, sondern sehr fest und sehnig, ohne den geringsten Haarwuchs. Bei Hannes wucherten an manchen Stellen auf seinem Rücken Haare, und sie fand das ein kleines bisschen ... na ja, gorillamäßig. Aber Hannes könnte natürlich aussehen wie ein Orang-Utan, das würde nichts daran ändern, dass sie ihn liebte. Doc Hs Rücken sah jedenfalls glatt aus und dezent gebräunt und irgendwie auch gut trainiert, kein bisschen gorillamäßig. Ihre Finger zuckten ein wenig bei dem Wunsch, ihn zu berühren. Nur um zu fühlen, wie er sich anfühlte.

Mist! Wie kam sie überhaupt dazu, den nackten Rücken ihres Brötchengebers (und Gelegenheitsverlobten) anfassen zu wollen, als wäre er ein Frischfleisch-Schnäppchen auf dem Wochenmarkt. Wie war sie überhaupt neben diesem Frischfleisch-Leckerli im Bett gelandet? Sie konnte sich absolut nicht erinnern. Himmel! Hatten sie etwa Sex gehabt? Die Idee durchzuckte sie wie ein Elektroschock vom Scheitel bis in ihre Vagina hinein, und bestürzt schaute sie zum ersten Mal an sich hinab, ob sie selbst überhaupt angezogen war.

Sie konnte sich noch daran erinnern, dass er sie endlos mit einem Vortrag über Katakomben gelangweilt hatte, und sie war dabei immer schläfriger geworden. Er hatte mit tiefer Märchenvorleserstimme erzählt, dass die römischen Katakomben im Gegensatz zur landläufigen Meinung gar keine geheimen Treffpunkte und Versammlungsorte der verfolgten Urchristen gewesen seien, sondern einfach nur ganz normale Begräbnisstätten, und die besagte frühchristliche Kunst gäbe es seiner Meinung nach eigentlich gar nicht als Kunstrichtung, weil es eher römische oder griechische Kunst gewesen sei, bla, bla, bla. Sie hatte noch gedacht: *Ob er wohl die Klappe hält, wenn ich ihn küsse?* Und das war so ziemlich der letzte klare Gedanke gewesen, an den sie sich noch erinnern konnte.

Herrje, sie war eben hundemüde gewesen.

Und jetzt wachte sie neben ihm im Bett auf. Klasse!

Na, wenigstens war sie nicht nackt. Sie trug ein dunkelgraues Pyjamaoberteil aus Satin. Sein Oberteil. Das Oberteil, das zu der Hose gehörte, die er anhatte. Irgendwie war es witzig, dass sie Stunden über Stunden in einem Dessousladen verbracht hatte, um durchsichtige Nachthemden anzuprobieren, die Hunderte von Euros gekostet hatten, nur um dann in einer Pyjamajacke von Doc H aufzuwachen ohne Höschen darunter.

Ohne Höschen?

Oh shiiit, er hatte sie ausgezogen! Ganz!

Womöglich hatte sie ihn tatsächlich geküsst, und es war irgendwie weitergegangen und zum Sex gekommen. Sie hatte noch nie mit einem anderen Mann geschlafen, nur mit Hannes, aber wer konnte schon sagen, welche Verrücktheiten ihr gestern Abend in ihrem Frust auf Hannes und in ihrer totalen Übermüdung und angesichts von Doc Hs ziemlich imponierendem Fortpflanzungsapparat eingefallen waren? Andererseits hatte Doc H überhaupt kein Interesse an ihr, das hatte er ja wohl mehr als deutlich klargemacht. *Sie ist nicht gerade der feuchte Traum eines Mannes!* So was vergisst eine Frau nicht.

Sie und Doc H und Sex? Das passte in ihrem Kopf überhaupt nicht zusammen. Sie fand den Typen nur schrecklich. Scheiß auf ausdauernden Robotersex und den Superorgasmus der Dschungelqueen. Pf! Das war doch gar nicht ihr Ding. Und so schön war sein Rücken nun auch wieder nicht.

Sie schob ihre Hand zwischen die Beine. Wenn sie Sex gehabt hätten, dann würde sie das da unten, an ihrer Vagina, deutlich spüren. Meist war sie am anderen Morgen wund und ihre Scheide brannte wie die Hölle. Ihre Finger glitten forschend zwischen ihre Schamlippen, während sie sich auf die Unterlippe biss und sich vorsichtig tiefer tastete.

Nö, da war nichts, alles okay, schön zart und trocken. Na ja, nicht wirklich trocken, eher ein wenig feucht – cremig feucht, sexvorfreudigfeucht. Grrr, das war die Schuld dieses blöden Sexroboters mit seinem tollen Rücken. Sie ächzte ein wenig entnervt und auch ein wenig erregt und streichelte ihre Klitoris vielleicht ein oder zwei Mal und verteilte die Feuchtigkeit. Dabei schloss sie die Augen. Hmmm. Halt! Stopp! Aufhören! Sie sollte jetzt lieber aufstehen und joggen gehen, nur noch einmal mit dem Finger ein gaaanz kleines bisschen, das war so schön …

Die Matratze wackelte plötzlich und Doc H schnellte mit einem lauten Keuchen aus dem Bett hoch, und als hätte ihn eine Hornisse in den Hintern gestochen, stürzte er sich in einem lauten Aufschrei und einem abenteuerlichen Hechtsprung aus dem Bett auf den Boden. Lisa erschrak dabei so heftig, dass sie ebenfalls mit einem schrillen Schreckensschrei in einer spektakulären Rolle rückwärts von der Matratze purzelte – und auf der anderen Seite des Bettes auf dem Boden landete. Über die Matratzen und Bettdecken hinweg trafen sich ihre Augen zum ersten Mal. Seine waren vor Panik geweitet und Lisas Gesicht brannte vor Scham.

„Du … du solltest so etwas nicht in Gegenwart eines Mannes tun, wenn du nicht bereit bist, die Konsequenzen zu tragen!", rief er zu ihr herüber und klang, als hätte sie einen Mordversuch gewagt.

„Die Konsequenzen? Aber ich … ich … ich wollte nur sehen, ob … Ich wollte eigentlich joggen gehen", rief sie zerknirscht über die Bettdecke zu ihm zurück. Gott, wie peinlich! Wie überpeinlich! Welche Konsequenzen meinte er? Ihre Wangen fühlten sich an, als würde jemand den Bunsenbrenner draufhalten.

„Das nennst du joggen?", quiekte der Mann mit überspringender Eunuchenstimme von seinem Schützengraben herüber. „Lieber Himmel! Ich möchte nicht wissen, wie bei dir ein Marathon aussieht!"

~

Sie war joggen gegangen.

Angetan in einer grauen Schlabberjogginghose und einem kurzen Sportbustier, und das, obwohl er versucht hatte, ihr klarzumachen, dass jede Minute an diesem Vormittag kostbar sei, dass er sich extra den Vormittag freigehalten habe, um mit dem Coaching weitermachen zu können. Aber sie hatte ihre roten Locken einfach über die Schulter nach hinten geworfen und gesagt: „Bin nur zwanzig Minuten weg."

Dann war sie davongejoggt.

Ihr Haar war wieder kringelig und wild wie gestern Morgen, nur glänzte es jetzt viel mehr. Jeffrey hatte ihr ein „Hair-Carepaket" mitgegeben: ein Glätteisen und einen Spezialkamm, mehrere Flaschen Shampoo und Kurspülungen und dazu eine fette Rechnung. Frau Frey hatte die Haarpflegeprodukte mitsamt Samiras Luxuskosmetik für besonders empfindliche Haut aus den Einkaufstaschen ausgeräumt und im Badezimmer extra eine Ecke für Evas Sachen geschaffen, direkt neben seinem Rasierzeug und seinem Aftershave, wie sich das für ein anständig verlobtes Paar gehörte. Aber anstatt sich wie jede anständige verlobte Frau erst mal stundenlang im Bad einzuschließen und ihrer Schönheits- und Haarpflege zu frönen, hatte sie sich diese hässliche Sportkleidung angezogen und war losgerannt. Ihre Hose saß auf den Hüften, knapp über dem Schambereich – wenn da noch Haare wären, könnte man die zweifellos sehen –, und das Bustier aus Baumwolle bot keinen nennenswerten Halt für die Brüste oder gar eine dezente Polsterung. Man konnte ihre kleinen, harten Knöpfe darunter erkennen und sich vorstellen, wie sie auf und ab wippen würden, während sie am Landwehrkanal entlangjoggte und vermutlich jeden entgegenkommenden Passanten in den Herzinfarkt trieb. Er hätte mit ihr joggen gehen sollen, um im Notfall Erste Hilfe leisten zu können.

Ihr Exfreund musste blind sein.

Henriks Kaffee schmeckte wie Essigwasser und die Zeitung berichtete jeden Morgen den gleichen unbedeutenden Unsinn. Das Rührei, das Frau Frey wie jeden Morgen für ihn gemacht hatte, schmeckte auch seltsam, wie Tofu. Seine Gedanken waren zwischen Evas Beinen, da wo sie ihre Finger vorhin in kreisenden Bewegungen gehabt hatte ...

„Ihre Verlobte ist ein ganz reizendes Ding, wenn ich das sagen darf, Herr Doktor Henriksen!", funkte Frau Frey zwischen seine Fantasie.

Ja, das durfte sie sagen. Jedes noch so belanglose und dumme Geschwätz war jetzt gerade besser, als unentwegt an das unvorhergesehene Problem zu denken, das Eva für seinen Hormonhaushalt darstellte. Oder daran zu denken, wie er sie heute Nacht in den Armen gehalten hatte, um sie in ihr Zimmer zu tragen. Auf dem Weg dahin war ihm Caro im Flur begegnet. Sie war stehen geblieben, als wollte sie sehen, was er mit Eva tun würde, und da war er eben nicht geradeaus zum Gästezimmer gegangen, sondern rechts in sein eigenes Schlafzimmer abgebogen. Das Letzte, was er brauchen konnte, waren Fragen von Caro.

„Sie ist eingeschlafen!", hatte er seiner Tochter wispernd erklärt und dabei an Evas Worte gedacht: *schäbiger Betrug*. Ihre Worte hatten ihn mehr getroffen, als er sich hatte anmerken lassen. Eva hatte ihm ein schlechtes Gewissen verursacht. Aber was sollte er denn tun? Nun hatte er sich von Philipp schon zu diesem Projekt hinreißen lassen, jetzt musste er es auch bis zur letzten Konsequenz durchziehen, und die Millionen auf Tante Olgas Bankkonto waren zugegebenermaßen ein sehr starker Anreiz.

War er deswegen ein schlechter Mensch? Ein schäbiger Betrüger? Soweit seine Erfahrung reichte, waren Frauen die falschen Schlangen. Diejenigen, die dich betörten, betrogen, dir ein Kind anhängten, dein Konto leer räumten und dich dann sitzen ließen mit Schulden, einem Säugling und einem gebrochenen Herzen.

„Fräulein Eva hat sich angeboten, für mich vom Bio-Türken noch frische Eier, Kartoffeln und Fisch für's Mittagessen zu holen", quasselte Frau Frey im Hintergrund. „Sie fahren doch sicher erst am Nachmittag nach Binz, nicht wahr? Dann können Sie zusammen mit Fräulein Eva und Ihrer Tochter hier noch zu Mittag essen, bevor es losgeht."

Fräulein Eva war es jetzt schon? Offenbar hatte Eva die paar Minuten, die sie mit Frau Frey alleine in der Küche verbracht hatte, dazu genutzt, der alten Frau auch gleich mal den Kopf zu verdrehen. Dabei hatte er eigentlich erwartet, dass Frau Frey eher feindselig auf Eva reagieren würde, nachdem sie deren sündige Negligés und Dessous in den Schrank im Gästezimmer geräumt hatte. Herrje, wenn Eva seine echte Verlobte wäre, dann würde sich Frau Frey ganz schnell an so etwas gewöhnen müssen, zum Beispiel, dass die Dinger überall zerrissen herumliegen würden und dass sie jeden

Morgen das Bett frisch beziehen müsste oder dass sich plötzlich Unmengen von gebrauchten Kondomen im Müll befinden würden ...

Ach du liebe Güte, warum drifteten seine Gedanken nur auf solche Abwege?

„Boah nein, ey! Ich will nicht mit euch zusammen im Auto sitzen und mir euer verliebtes Gesülze anhören", rief Caro über den Frühstückstisch. Sie blickte sogar von ihrem Handy hoch, auf dem sie, wie jeden Morgen, herumtippte. Sie tat so, als würde sie den Mittelfinger in ihren Hals stecken und sich in ihre Tasse erbrechen. „Ich fahr mit Philipp! Der holt mich direkt von der Schule ab. Ich hab das gerade mit ihm geklärt."

Henrik überlegte kurz, ob er sie für ihr unmögliches Benehmen ermahnen sollte, aber im Grunde war er froh, wenn Caro mit Philipp fuhr, so konnte er während der Fahrt ungestört sein Coaching mit Eva fortsetzen. Also ignorierte er Caros freche Äußerung und nahm sich vor, zu einem passenderen Zeitpunkt ein ernstes Wort mit ihr zu reden. Es ging schließlich nicht an, dass sie sich so abschätzig über die Beziehung ihres Vaters äußerte, selbst wenn es nur eine vorgetäuschte Beziehung war.

„Gut, einverstanden", gab er nach, und ihm entging nicht Caros triumphierendes Grinsen. Oje, dieses Kind testete unentwegt seine Grenzen aus. Irgendwann, wenn er die Nerven dazu hatte, würde es ein Vater-Tochter-Gespräch geben.

Er nahm sein Besteck auf und schob sich einen Bissen vom Rührei in den Mund. Es war kein Vergleich zu Evas Omelett, das ihm wie Sahneeis auf der Zunge zerschmolzen war. Es war so zart gewesen wie ihr nackter Körper, nachdem er ihn heute Nacht aus den Kleidern und aus den höllischen Dessous herausgeschält hatte. Er hatte ihr sein Pyjamaoberteil angezogen, weil er auf die Schnelle nichts anderes gefunden hatte und weil seine Selbstbeherrschung schon längst ihre absolute Belastungsobergrenze erreicht hatte. Aber davon hatte sie nichts mitbekommen. Sie hatte sich mit einem verschlafenen Lächeln und schlaffen Gliedern von ihm aus- und anziehen lassen und war nicht einmal wach geworden, als er ihr die Strapse aufgeknöpft und ausgezogen hatte und dabei ganz aus Versehen mit dem Daumen ihre Klitoris berührt hatte.

Sie hatte derweil etwas von einem Rockkonzert in einem ehemaligen DDR-Bunker genuschelt und davon, dass der Strom ausgefallen war, und dann hatte sie sich auf die Seite gedreht und weitergeschlafen. Er war ins Badezimmer verschwunden und hatte masturbiert, was einfach unvermeidlich gewesen war. Danach war er wieder ganz Herr seiner Triebe gewesen und hatte hervorragend geschlafen, aber wer konnte denn ahnen, dass er morgens die Augen öffnen und neben einer Frau aufwachen würde, die sich gerade sehr genüsslich selbst befriedigte?

Nach seinem unwürdigen Rettungssprung aus dem Bett war ihm klar geworden, dass er ganz schnell die Kontrolle über seine Triebe und vor allem über diese unmögliche Frau zurückgewinnen musste, sonst würde er sich während der nächsten zwei Tage nonstop zum Affen machen. Hätte er auch nur im Entferntesten geahnt, was sich unter den fürchterlichen Kleidern seiner verkaterten Küchenhilfe und hinter deren verheultem Gesicht verbarg, dann hätte er gestern die Beine unter die Arme genommen und wäre geflohen, oder er hätte eine andere geschäftliche Vereinbarung mit ihr getroffen, eine, die Sex beinhaltete, sehr viel Sex.

Allerdings bezweifelte er, dass Eva sich auf so eine Abmachung eingelassen hätte. Sie wirkte nicht wie eine Frau, die zu ihrem eigenen Nutzen quer durch die ganze Republik vögelte (wie Marianne Moldau zum Beispiel). Außerdem liebte sie ihren Exfreund offensichtlich noch. Sie liebte ihn, sogar so sehr, dass sie fest entschlossen war, um ihn zu kämpfen. Und das machte sie zu einer Frau, von der er die Finger lassen musste. Unbedingt.

„Ich habe die Reisetasche Ihrer Verlobten ausgepackt, Herr Doktor Henriksen, aber sie hat so viel Technikzeugs da drin. Ich war mir nicht sicher, ob ich das anfassen darf", erzählte Frau Frey und riss ihn erneut aus seinem Gedankenkarussell.

„Meine Verlobte?"

„Eva! So heißt deine Verlobte, erinnerst du dich?", spottete Caro. „Warum bist du nicht mit ihr joggen gegangen? Du liebst doch diese Rennerei! Oder hast du vielleicht Angst, dass du schlappmachst, weil du schon zu alt bist und sie noch so jung?"

„Wie bitte?" Er war überhaupt nicht *zu* alt! Er war Mitte 30. Das waren die allerbesten Jahre eines Mannes, und er hatte eine hervorragende Kondition. Er könnte es mit jedem 20-Jährigen aufnehmen. Beim Sport und erst recht beim Sex. Caro hatte doch nun wirklich keine Ahnung, wovon sie da redete. Wenn er Eva jetzt hinterherjoggen würde, könnte er sie binnen fünf Minuten einholen, wahrscheinlich an der Ecke Forster Straße, theoretisch. Natürlich würde er das nicht wirklich tun, aber wenn, dann würde er sie packen, sie sich über die Schulter werfen und sie nach Hause schleppen, rein theoretisch. Er war mindestens so dynamisch und potent wie ihr Exfreund.

Er legte sein Besteck auf den Teller und stand auf. Das Frühstück schmeckte ihm sowieso nicht mehr, und just in diesem Moment ertönte ein fremder Handy-Klingelton von der Küchenzeile herüber. Das musste Evas

Handy sein. Vielleicht hatte sie es gestern Abend beim Omelett braten dort neben dem Messerblock liegen lassen, vielleicht hatte sie es auch heute Morgen dort hingelegt, als sie sich mit Frau Frey unterhalten hatte, auf jeden Fall klingelte das Handy mit lauter werdendem Klavier-Geklimper penetrant vor sich hin.

„Das ist Evas Handy!", stellte Caro überflüssigerweise fest und sah ihn abwartend an, und Frau Frey sah ihn ebenfalls abwartend an. Er zuckte gleichgültig die Schultern. Er würde das Ding klingeln lassen, bis der Anrufer merkte, dass niemand dranging. Ganz einfach. Aber das Handy klingelte unverzagt weiter. Henrik erkannte die Melodie. Es war der *Entertainer*, eine schwungvolle Ragtime-Melodie, aber die wurde allmählich nervenaufreibend, und inzwischen war auch klar, dass der Anrufer schwer von Begriff war und das notorische Geklimper erst aufhören würde, wenn jemand sich meldete oder wenn der Akku leer war.

Henrik ging mit einem entnervten Seufzen zur Arbeitsplatte hinüber und griff nach dem Smartphone. Er sah „Hannes" und ein braun gebranntes, grinsendes Surferboy-Gesicht auf dem Display und wusste instinktiv, dass das nur der besagte Exfreund sein konnte. Deshalb meldete er sich mit einem sehr tief gesprochenen und sehr barsch klingenden „Ja?" und erntete erst mal fünf Sekunden lang konsterniertes Schweigen auf der anderen Seite. Dann aber fragte der Mann namens Hannes: „Lisa? Bist du das?"

Ehrlich? Konnte der Mensch einen knurrigen Bariton nicht von Evas warmer Altstimme unterscheiden? Surferboy war eindeutig ein Dämlack.

„Nein!", antwortete Henrik und überlegte, ob er einfach auflegen sollte.

„Lisa? Wer sind Sie? Was machen Sie mit Lisas Handy?" Auch diese Fragen zeichneten sich nicht gerade durch Intelligenz aus, und Henrik verlor schlagartig die Lust an einer weiteren Unterhaltung.

„Ich bin ihr Verlobter, und wenn Sie meine Braut noch einmal belästigen, dann zeige ich Sie wegen Stalking an." So, das wäre damit auch geklärt.

„Was? Was! Wie? Ihr Verlobter? Was heißt das?"

„Verlöbnis ist ein in Deutschland nicht rechtlich bindendes Versprechen an den Verlobten, in Zukunft eine Ehe einzugehen!", sagte er bewusst kühl, dann beendete er das Gespräch und schaltete das Handy ganz aus. Damit hatte er *Mister No-Brain* garantiert den Schock fürs Leben verpasst und seine eigene Gemarkung klar abgesteckt.

Das war die wahre, ganz, ganz große Liebe!

Das hatte Angelika Frey sofort erkannt, noch bevor sie die beiden Turteltauben überhaupt zusammen erlebt hatte. So wie Doktor Henriksen sich beim Frühstück verhalten hatte – abwesend, verträumt, fahrig, besorgt, eifersüchtig, ja, sogar aggressiv –, das waren eindeutige Symptome schwerster Verliebtheit. Angelika kannte sich bei so was aus. Sie las an die zwanzig Liebesromane pro Monat, und sie wusste genau, wie ein Mann reagierte, wenn er vor lauter Liebe beinahe seinen Verstand verlor.

Genau so wie Doktor Henriksen heute Morgen.

Und die wunderschöne, feurige Eva passte so fabelhaft zu ihm, so perfekt, als ob der liebe Gott sie für ihn geschaffen hätte. Besser als in jedem Roman. Anmut und Feuer war in ihrer Person vereint. *„Eva hatte endlich das Herz des Mannes erreicht, der sich jahrelang mit einer Mauer aus Kälte umgeben hatte, um sich zu schützen, um nie wieder von einer Frau verletzt zu werden."*

Diesen Satz hatte Angelika schon zigmal in ihren Liebesromanen gelesen, so oder ähnlich formuliert, und jetzt hatte endlich auch Doktor Henriksen die Frau ge-funden, die es vermochte, sein Herz aus dem Kälteschlaf zu erwecken. Hach!

Er war vor Sorge um seine Eva so sehr außer sich gewesen, dass er sogar ein wenig laut geworden war, als sie vom Joggen zurückgekommen war. Dabei wurde er sonst nie laut. Und *Schreien* war ein absolutes Fremdwort für ihn.

„Wo warst du so lange?", fragte er aufgebracht, als er für Eva die Wohnungstür öffnete – genau genommen riss er die Wohnungstür auf –, kaum dass das schwache Dingdong der Klingel ertönt war. „Es ist fünf nach halb acht. Du sagtest, du bist zwanzig Minuten weg."

„Ich habe nur fünf Minuten länger gebraucht, weil ich noch für Frau Frey einkaufen war. Ich habe Scholle mitgebracht und keinen Kabeljau, weil Kabeljau auf der Liste der gefährdeten Arten steht. Ich koche nie mit Kabeljau!" Sie reichte Doktor Henriksen zwei schwere Einkaufstüten voll mit Lebensmitteln und lächelte ihn so lieblich an, dass Angelikas Herz schon beim Zusehen wegschmolz.

„Und weißt du was? Ich habe drei Leute kennengelernt. Gülcin Özbayan, die Tochter vom Bio-Türken, sie studiert Betriebswirtschaft und hilft morgens im Laden ihrer Eltern, und Peter Klose, der ältere Herr, der direkt unter dir wohnt. Er hat Angst im Aufzug und Timo Richter. Er kennt sich mit Fisch aus und …"

„Du kannst nicht in einer derartigen Aufmachung aus dem Haus gehen!", unterbrach Doktor Henriksen seine Verlobte. „Das verbiete ich!"

„Aber warum denn?"

„Weil meine Verlobte ... weil Eva Lazarus niemals so ... so .... so schäbig und ... und freizügig herumlaufen würde", zischte Doktor Henriksen mit verhaltenem Zorn.

Eva hatte ein rotes Gesicht vom Sport und war sehr verschwitzt: Ihre Haut glänzte vor Schweiß, aber trotzdem, oder gerade deswegen, sah sie in diesem Moment einfach hinreißend und sehr verführerisch aus, fand Angelika. Genau wie Lady Barnett in Angelikas Lieblingsroman „Wogen der Leidenschaft". Lord Barnett war in solchen Momenten, wenn er seiner dürftig bekleideten Frau gegenübertrat, meist rettungslos verloren.

„Soll ich vielleicht, so wie du, bereits morgens fünf nach halb acht einen spießigen Anzug mit Krawatte tragen, damit ich aussehe wie ein 50-jähriger Opa?"

Eva zeigte auf die hellblaue Seidenkrawatte von Doktor Henriksen und warf dabei trotzig ihren Kopf zurück. Angelika war sich sicher, dass Doktor Henriksen sie am liebsten gepackt, an sich gerissen und ihren Hals voller Leidenschaft geküsst hätte, aber er hielt ja die Einkaufstüten, die sie ihm überreicht hatte.

„Ich sehe nicht aus wie ein 50-jähriger Opa!", widersprach Doktor Henriksen verbissen.

„Ich geh schnell duschen!", rief Eva leichthin und tänzelte den Flur entlang. „Äh, wo ist die Dusche?"

„Nach deinem Frühstück haben wir dringend zu arbeiten!", rief Doktor Henriksen ihr hinterher. „Ich erwarte dich in spätestens fünfzehn Minuten in der Bibliothek! Korrekt und feminin gekleidet und frisiert."

Angelika musste die Luft anhalten, und sie presste vor Aufregung beide Hände auf ihr Dekolleté, weil sie ganz genau wusste, was Doktor Henriksen mit seiner bezaubernden Verlobten in der Bibliothek tun würde. Da stand nämlich sein großer Empire-Schreibtisch aus massivem Nussbaumholz, und Angelika war schließlich nicht von gestern. Sie wusste, wofür diese Schreibtische gut waren. Lord Barnett hatte sein ungezähmtes Eheweib schon zig Male auf seinem Schreibtisch genommen, einmal hatte er sie dabei sogar geschwängert.

Nachdem sie geduscht hatte, schlang Fräulein Eva ihr Frühstück ganz hektisch hinunter.

„Wo ist die Bibliothek?", fragte sie mit vollem Mund und stopfte gleich noch mal eine halbe Scheibe Brot auf einmal zu dem Rührei dazu. Angelika lächelte nachsichtig, auch wenn das nicht gerade das feine Benehmen einer Dame war, aber das Mädchen hatte bestimmt einen Heißhunger vom Joggen, und wer weiß, bestimmt hatte sie auch eine leidenschaftliche Liebesnacht hinter sich.

„Ganz am Ende des Flurs", erklärte Angelika. „Schräg gegenüber dem Gästezimmer. Dort habe ich schon all Ihre Sachen für Sie bereitgelegt. Die Bibliothek ist sehr schön, das wird Ihnen gefallen. Die Fenster zeigen zum Innenhof, und da gibt es Bücher, soweit das Auge reicht. Wundervolle Bücher, wenn man sie nicht gerade abstauben muss. Leider keine Liebesromane, aber sonst alles. Herr Doktor Henriksen ist so ein gebildeter Mensch."

„Hmaha!", antwortete Fräulein Eva mit vollem Mund.

„Ja, und er ist so attraktiv, finden Sie nicht?"

„Mhm!"

„Auch im Anzug!"

Fräulein Eva nickte nur, biss noch einmal von dem Brot ab und dann hetzte sie den Flur hinunter. Natürlich trug Doktor Henriksen niemals Jeanshosen oder T-Shirts. Das mochte auf seine junge Verlobte vielleicht seltsam wirken, aber so etwas gab es einfach nicht in seinem Kleiderschrank. Da waren nur edle Anzüge und weiße Hemden und unzählige Krawatten. Aber das passte auch einfach zu seinem persönlichen Stil. Wie Lord Barnett war Doktor Henriksen kein mit Muskeln aufgeblähter Kraftprotz, sondern ein gut proportionierter Mann, ein Fechter und Reiter sozusagen. Ein vornehmer und männlicher Reiter.

Ach, Fräulein Eva hatte so ein unglaubliches Glück.

Als Lisa die Bibliothek betrat, stockte ihr der Atem. Der Raum war ein Konstrukt aus hohen Fenstern, Bücherregalen bis unter die Decke, einer gemütlichen Leseecke und einem protzigen Schreibtisch. Und hinter diesem Antikschreibtisch thronte Doc H. Er hatte das Licht der Morgensonne im Rücken und seine Augen lagen in dunkeln Schatten – und irgendwie wirkte er in diesem Moment gar nicht wie ein Lackaffe, sondern eher wie ein … na ja, gefährlicher, dunkler Drogenboss vielleicht. Ziemlich sexy!

„Oh wow! Das Zimmer ist ja voll geil!", schwärmte Lisa.

Er erhob sich mit der Geschmeidigkeit eines Panthers und kam langsam um den Tisch herum. Dabei musterte er sie von oben bis unten, und sie fühlte sich beinahe wieder so klein und unbedeutend wie gestern Morgen um diese Zeit, als sie total abgewrackt in seinem Büro gestanden hatte. Sein Blick war immer noch genauso abschätzig. Sie trug, wie er es angeordnet hatte, ein feminines Sommerkleid aus der *A-Class*-Kollektion. Es hatte ein weißes Spitzenoberteil und einen goldgelben, weiten Rock, der aus dünner, leichter Baumwolle oder Chiffon war (oder wie immer man das Zeug eben nannte), und dazu hatte Philipp passende Flipflops ausgewählt, die nur aus einem gelben Lederriemen bestanden, mit einer Blüte obendrauf. Zum Glück hatte Samira jeden Zentimeter von Lisa bearbeitet, und so waren ihre frisch maniküren kirschroten Zehennägel eigentlich das Auffälligste an dem ganzen Schuhwerk. Sie hatte ihr Haar nach dem Waschen und Einschmieren mit Kurpackungen straff zurückgekämmt und am Hinterkopf zu einem Knoten hochgesteckt, so wie Jeffrey ihr das gestern gezeigt hatte. (Alles in 18 Minuten – 2 Minuten hatte sie für das Frühstück gebraucht), und ihre Frisur war sogar ziemlich gut gelungen.

„Es ist eine Bibliothek und kein Zimmer. Und ‚voll geil‘ ist ein Adjektiv, das weder zur Beschreibung des Zimmers passt, noch solltest du es in deinem Sprachschatz verwenden. Sag ‚beeindruckend‘ oder meinetwegen ‚imposant‘."

Klugscheißer! Sie sagte es aber nicht laut, sondern verdrehte nur abgenervt die Augen. Er verdrehte auch die Augen, aber nicht abgenervt, sondern vielmehr herablassend, dann zeigte er wortlos auf die Leseecke, die aus einem niedrigen runden Tischchen und zwei klobigen Sesseln bestand. Das bedeutete offensichtlich: *Dort hinsetzen!* Kaum hatte sie sich vorne auf die Sesselkante gesetzt, zückte er schon einen Zettel, den er ihr hinhielt.

„Ist das eine Anleitung, wie ich meinen Freund zurückerobern kann?", fragte sie halb im Spaß und halb hoffnungsvoll, ohne das Papier anzuschauen.

„Nein!" Er setzte sich in den anderen Sessel, der ihrem gegenüberstand. „Wir müssen an deiner Erziehung arbeiten."

„Das würden meine Eltern wahrscheinlich anders sehen."

Er fand ihren Spruch offenbar nicht witzig und verzog nicht mal den Mund, nur seine linke Augenbraue ging ein klein wenig in die Höhe.

„Du musst jemanden verkörpern, der aus einem großbürgerlichen Elternhaus kommt, eines der besten Internate besucht hat und exquisite Umgangsformen sowie eine große Allgemeinbildung besitzt. Ist dir das klar?"

„Ja, ist mir klar!", antwortete sie schnippisch, strich den dottergelben Rock glatt und schlug die Beine übereinander. Er räusperte sich und wedelte mit seiner Hand.

„Es wird an diesem Wochenende Situationen geben, da wird Schauspieltalent alleine nicht ausreichen, Es kann sein, dass Olga dich ausfragt, und womöglich wirst du dich nicht immer mit Ausreden aus der Affäre lavieren können. Sie besitzt eine große Allgemeinbildung und war vor hundert Jahren vermutlich selbst mal auf einem Schweizer Internat."

Das mit den hundert Jahren sollte wohl ein Witz zur Auflockerung sein. Ha! Ha! Ha! Totaaal witzig. Doc H reichte ihr jetzt den Zettel über den Tisch.

„Hier ein Ausdruck, durch den du dich heute bis zwölf Uhr durcharbeiten solltest. Du kannst meinen PC für deine Recherchen benutzen."

Lisa warf einen neugierigen Blick auf den Ausdruck und hatte keine Ahnung, was das zu bedeuten hatte. Es war eine ellenlange Liste mit Namen und Titeln und … weiß der Kuckuck, mit Dingen, von denen sie noch nie etwas gehört hatte.

„Longos – Daphnis und Chloe?", las sie laut vor und furchte ihre Stirn. „Gottfried von Straßburg – Tristan, Boccaccio – Das Dekameron? Was, zum Henker, ist denn das? Eine Fremdsprache?"

„Das ist eine Liste der 100 wichtigsten Bücher der Weltliteratur. Darunter stehen die 100 bekanntesten Kunstwerke und ihre Schöpfer und darunter die 100 wichtigsten klassischen Kompositionen. Du musst das durcharbeiten, die Bücher googeln und am besten bei Wikipedia eine Inhaltsangabe lesen oder ein paar Rezensionen, die die herrschende Meinung dazu wiedergeben. Bei den Kunstwerken solltest du ihre Bedeutung und Epoche kennen und bei der Musik wenigstens die Richtung und den Komponisten zuordnen können. Wenn ich sage: Mona Lisa, dann sagst du Leonardo da Vinci, wenn ich sage: Gullivers Reisen, dann sagst du Jonathan Swift, und wenn ich sage: Vier Jahreszeiten, dann sagst du …"

„… Vivaldi!"

„Ja genau!" Er schaute verdutzt auf. „Spielst du etwa ein Instrument?"

Sie spielte mehr als nur ein Instrument. Als einziges Kind von zwei einigermaßen erfolgreichen Musikern spielte sie jede Menge Instrumente. Sie hatte vor ihrem Unfall mal sehr gut Querflöte gespielt und auch die Geige ganz passabel beherrscht, aber ihre absolute Leidenschaft galt natürlich dem Klavier. Sie war eine großartige Pianistin … gewesen.

„Ein bisschen Klavier, aber es klingt kacke, seit meine linke Hand im Arsch ist", sagte sie so beiläufig wie möglich und zuckte die Schulter, dann hielt sie ihre vernarbte Hand hoch, damit er sehen sollte, was sie meinte. Er hatte die Narben sowieso schon gesehen, spätestens vergangene Nacht, als er sie ausgezogen hatte. Da war ihm wohl nicht mal das Muttermal an ihrem Oberschenkel entgangen.

„Mache dir bitte klar, dass ‚kacke' oder ‚im Arsch' Ausdrücke sind, die Eva niemals verwenden würde, egal unter welchen Umständen. Tut deine Verletzung noch weh?"

„Eigentlich nicht", antwortete sie wegwerfend. „Nur wenn jemand ganz fest zupackt an der Stelle, wo die zwei großen Narben sind." Seine Frage klang immerhin so besorgt, dass er eine Antwort verdient hatte.

Den meisten Leuten war es zu peinlich, nach den Narben zu fragen, und wenn doch jemand fragte, dann spielte sie es herunter. Im ersten Jahr nach dem Unfall, als sie ihren Arm vor Schmerz kaum bewegen konnte, da hatte sie es nicht ertragen können, sich selbst anzusehen, geschweige denn mit jemandem darüber zu sprechen. Sie hatte damals sowieso niemanden zum Reden gehabt. Ihr Vater war mit seiner Geliebten und seinem neuen Sohn beschäftigt gewesen, und Patti hatte sich in ihren ersten ernsthaften Liebeskummer gestürzt und darüber beinahe ihr Abi vergeigt. Nie hatte Lisa sich einsamer und hässlicher gefühlt als im Jahr eins nach dem Unfall. Wäre nicht Resi in ihrem Leben aufgetaucht, wer weiß, was dann aus ihr geworden wäre? Vielleicht ein Drogenjunkie. Aber Resi hatte dafür gesorgt, dass Lisa wieder anfing, Klavier zu spielen und Fuß im Leben zu fassen.

Sie hatte die alte, alleinstehende Frau beim Physiotherapeuten kennengelernt. Resi war immer eine halbe Stunde zu früh zu ihrem Termin gekommen und hatte alle Leute im Wartezimmer unerbittlich mit ihrer Lebensgeschichte vollgetextet. Am Anfang war Lisa total entnervt von ihr gewesen, aber irgendwann mal hatte sie sich dann doch auf ein Gespräch eingelassen, der alten Frau zugehört und ihr geantwortet, und irgendwie waren sie Freundinnen geworden. Resi war eine Sterneköchin gewesen. Irgendwann zwischen der Konrad-Adenauer-Ära und der Willy-Brandt-Ära hatte sie in einem französischen 5-Sterne-Restaurant in Bonn als Chefköchin gearbeitet. Bei ihr hatte Lisa das Kochen gelernt und noch vieles andere mehr. Zum Beispiel, das Leben so zu nehmen, wie es kam, jede glückliche Stunde zu genießen und die schlechten möglichst schnell ad acta zu legen, und vor allem hatte sie gelernt, sich von einem Schicksalsschlag nicht unterkriegen zu lassen. Resi hatte ihr beigebracht, wie man selbst aus Scheiße noch ein Soufflé zaubern konnte – sowohl im Leben als auch in der Küche. Leider war Resi jetzt total dement und im Pflegeheim. Wenn Lisa sie ab und zu besuchte, erkannte sie sie meist nicht einmal wieder.

„Wie ist es passiert?", wollte Doc H wissen.

„Ein Autounfall."

„Das tut mir aufrichtig leid", sagte er und klang wirklich aufrichtig. „Aber sei versichert, diese Narben tun deiner Schönheit nicht den geringsten Abbruch. Absolut nicht."

„Ja klar! So wenig wie eine schwarze Warze mit drei Haaren auf der Nase." Als ob sie ihm noch irgendeines seiner Komplimente glauben würde, nachdem er sie gestern Morgen so herabgewürdigt hatte.

„Du bist schön genug!", sagte er. „Und Eva hat es nicht nötig, um Komplimente zu betteln. Sie ist sich ihrer Ausstrahlung und Anmut bewusst. Ein Kompliment zurückzuweisen, ist kleinmädchenhaft. Wenn ein Mann dir ein Kompliment macht, dann nimm es einfach an. Lächle, sag Danke und freu dich darüber. Und jetzt fängst du am besten an."

„Zu lächeln?"

„Zu lernen!" Er zeigte hinter sich, wo ein dezenter Laptop in Silber auf dem protzigen Schreibtisch posierte. „Alle Bücher, Kunstwerke und Kompositionen auf der Liste, Inhalt, Epoche, Bedeutung. Und glaube mir, das ist nur die Spitze des Eisbergs einer fundierten, klassischen Bildung. Aber für dieses Wochenende muss es reichen."

„Nä jetzt? Ich soll wirklich die Inhaltsangabe von 100 Büchern lesen, Bücher, die keinen Schwanz auf der Welt interessieren?" Sie überflog die endlos lange Liste, deren Titel ihr fast alle nichts sagten, und sie pickte wahlweise ein paar Namen heraus. „Marcel Proust, Hölderlin, Leo Trotzki? Und wer zum Henker ist Knut Hamsun? Da ist nicht eine einzige Frau auf der Liste. Was ist mit J.K. Rowling?"

„Ich habe diese Liste nicht gemacht, sie stammt von der ZEIT und gilt gemeinhin als Referenz für Bücher, die man gelesen haben muss. Es schadet aber nichts, wenn du auch noch andere Bücher kennst!" Mit diesen Worten ließ er seinen stolzen Blick durch seine Monsterbibliothek wandern.

„Kann ich nicht die Inhaltsangabe von Shades of Grey oder von Harry Potter aufsagen? Typ mit BDSM-Macke unterwirft Jungfrau mit Lippenbeiß-Neurose und Typ mit Narbe besiegt Kerl ohne Nase."

Immerhin, sein unbewegtes Gesicht glättete sich ein klein wenig und sein Mund zuckte schwach. „Darf ich dich daran erinnern, dass du für deine Leistungen gut bezahlt wirst? Ich erwarte deshalb absolute Professionalität von dir."

Schon klar, das hätte er ihr nicht so trocken aufs Butterbrot schmieren müssen. „Ich kann professionell sein. Ich werde mein Bestes geben und ich lerne schnell."

Tatsächlich war sie in der Schule eine ziemliche Streberin gewesen. Wäre alles normal verlaufen, dann hätte sie wahrscheinlich ein gutes Abitur gemacht und ein Stipendium an der Hochschule für Musik bekommen. Ihr Plan war es gewesen, Konzertpianistin zu werden, aber das Leben verlief nun mal nicht immer nach Plan – jedenfalls nicht ihres. Eigentlich sollte sie jetzt mit Hannes zusammensitzen und ihre Hochzeit planen, stattdessen saß sie mit ihrem Verlobten zusammen und musste stupide Literaturlisten auswendig lernen.

„Du musst auch schnell lernen. Es ist jetzt genau acht Uhr. Du hast bis zwölf Uhr Zeit für diese Aufgabe. Danach üben wir ein paar grundlegende Umgangsformen."

Doc H lehnte sich in den Ohrensessel zurück, legte seinen rechten Fuß lässig auf sein linkes Knie, holte tief Luft und dann griff er nach seinem iPad, das auf dem Tisch vor ihm gelegen hatte und fing an, darauf herumzuscrollen und zu tippen oder weiß der Geier, was er damit tat, jedenfalls war sie schlagartig Luft für ihn.

„Und was machst du so lange? Etwa irgendein Game zocken? Ich dachte, du machst ein Coaching mit mir."

„Ich arbeite hier nebenher. Ich habe alle Termine für heute zu Gunsten dieses Projekts verschoben, das heißt aber nicht, dass ich mich nicht um meine Firma kümmern muss. Ich muss noch ein paar dringende Projektentwürfe durchsehen und absegnen und einige wichtige Mails beantworten, die leider nicht warten können. Erst danach kann ich mich um dein Coaching kümmern." Er blickte nicht mal auf. (Blöder Angeber!)

„Was ist mit der Übung von gestern? Drei Namen, drei Informationen. Möchtest du die Übung nicht mit mir besprechen? Und außerdem, wie soll ich denn deine Verlobte spielen, wenn ich nichts über dich weiß? Deine Lieblingsfarbe, Lieblingsmusik und Lieblingsfilme. Wie wir uns kennengelernt haben, wo wir uns das erste Mal geküsst haben und das erste Mal Sex ha…"

„Du hast die Übung gestern perfekt absolviert!", unterbrach er sie barsch. „Mach einfach weiter so. Knüpfe Kontakte, erweitere kontinuierlich deinen Bekanntenkreis, mach dich sichtbar, zeige Initiative und geh unter die Leute! Kommuniziere mit allen, gleichgültig ob Mann, Frau oder Kind. Dadurch lernst du Leute kennen, die wiederum Leute kennen, und auf diese Weise wird dein Bekanntenkreis in Kürze exponentiell wachsen, und damit erhöht sich auch die Anzahl der Männer, die dir potenziell einen

Heiratsantrag machen könnten. Wenn du immer nur in deiner Kantine sitzt und darauf wartest, dass dir dein Traumprinz zufällig über den Weg läuft, dann wartest du in 100 Jahren noch."

„Ich warte nicht auf einen Traumprinzen, ich habe ja schon Hannes."

„Der dich verlassen hat, aus Gründen, die wir noch analysieren müssen."

Da gab es nichts zu analysieren. Sie kannte die Gründe: schlechter Sex.

„Und wann üben wir, wie ich Hannes zurückgewinnen kann?" Konnte man guten Sex überhaupt üben?

„Das schiebe ich irgendwie dazwischen", schnaubte er und dann wedelte er mit der Hand in Richtung seines Schreibtisches. „Jetzt setz dich da hin, sei still und mach deine … deine Aufgaben." (Blöder Oberangeber!)

~

Lisas Kopf stand kurz davor zu platzen, und sie konnte keine einzige Information mehr aufnehmen.

Sie lernte wirklich schnell, und bei den hundert Meisterwerken der Musik reichte ein Blick auf die Liste, um sie abzuhaken, die kannte sie alle. Aber die Inhaltsangabe von 100 öden Büchern mitsamt Autor und 100 Kunstwerke mitsamt Epoche und Künstler auswendig zu lernen, das war stumpfsinniger, als in Costa Rica Bananen zu zählen.

Die alten Meister waren ein Gewirr von italienischen Namen, die Madonnen oder hässliche Typen mit seltsamen Hüten gemalt hatten, und bei den modernen Künstlern bekam man Verknotungen ins Gehirn, wenn man lange genug auf ihre Werke schaute. Sie seufzte ein paarmal laut in Doc Hs Richtung und hoffte, er würde vielleicht aufgrund ihrer verzweifelten Seufzer ein wenig Mitleid mit ihr bekommen und irgendetwas Nettes sagen wie: „Jetzt ist es gut. Du hast bewiesen, dass du professionell arbeiten kannst, lass uns was anderes machen." Aber er sagte leider nichts Derartiges. Er blickte nicht mal von seinem iPad auf.

„Ich muss mal!", sagte sie, nachdem sie dank Picasso schon viereckige Pupillen hatte.

Er tippte verbissen weiter. „Gleich am Eingang, erste Tür rechts! Und eine Dame sagt nicht: ‚Ich muss mal.' Sie sagt: ‚Ich bin gleich wieder da!', oder: ‚Entschuldige bitte!'"

„Warum soll ich mich entschuldigen, wenn ich aufs Klo muss? Und vielleicht komm ich ja gar nicht gleich wieder, das ist nämlich alles todlangweilig", maulte sie. Aber er sagte kein erlösendes Wort, auch nicht, als sie nach einem ziemlich langen Aufenthalt auf der Toilette zurückkam und sich mit einem unglücklichen, sehr lauten Stöhnen dem nächsten Künstler zuwandte: Salvador Dali.

Die Erlösung kam erst, als sein Handy surrte. Er zischte ein ziemlich frostiges „Valerie?" in den Hörer und sprang sofort auf die Beine. Lisa horchte mit und spickte unter halb geschlossenen Augenlidern zu ihm hinüber, wie er mit seiner Hand durch sein Haar fuhr, wie seine Augen schmaler wurden, während er mit der besagten Valerie telefonierte.

„Nein, du kannst sie morgen nicht sehen!", sagte er so kalt wie ein Kühlschrank. „Wir sind übers Wochenende bei Olga. Melde dich nächstes Mal ein paar Tage früher." Er warf einen Blick in Lisas Richtung, und die senkte ihren Kopf hastig wieder über den Laptop.

„Nein, es gibt keinen anderen Termin. Ich werde Olga meine zukünftige Frau vorstellen." Jetzt ging er um den Sessel herum und steuerte auf die Tür zu. Schade. Lisa hätte zu gerne gehört, was Doc H dieser Valerie über seine „zukünftige Frau" erzählte.

„Was gibt es da zu lachen?", fragte er, und mit einem Türknallen war er draußen.

Und Lisa war drinnen und starrte auf brennende Giraffen von Dali und auf Blaue Pferde von Marc, und es verging eine gefühlte Ewigkeit, bis es zaghaft an die Tür der Bibliothek klopfte und Frau Frey den Kopf hereinstreckte.

„Soll ich Ihnen vielleicht eine Tasse Kaffee bringen, Fräulein Eva?"

„Oh, wie lieb ist das denn?" Sie jubelte nicht über den Kaffee, sondern über die Ablenkung von diesem ... ja, sag's ruhig: Scheiß-Giraffen-Pferde-Mist. „Kann ich vielleicht lieber heiße Schokolade haben? Wissen Sie, wo Doc ... wo mein Verlobter so lange bleibt?"

„Ach, das tut mir so leid, dass diese Frau angerufen und Sie beide gestört hat", seufzte Frau Frey voller Inbrunst und faltete dabei sogar ihre Hände vor der Brust. „Doktor Henriksen telefoniert im Wohnzimmer, geht am Fenster auf und ab und lässt sich natürlich nicht anmerken, wie sehr ihn dieser Anruf verärgert. Diese Frau kann einfach nicht lockerlassen. Vielleicht wird es jetzt besser, wo Sie endlich in seinem Leben sind."

Lisa konnte nur vermuten, dass die Anruferin eine Verflossene von Doc H war. „Ist es Carolins Mutter?"

„Diese Bezeichnung hat sie wohl kaum verdient!", seufzte Frau Frey und setzte voraus, dass Lisa wusste, warum das so war. Oh Mann, Lisa würde mit Doc H noch ein paar Dinge klären müssen, die nichts mit verpixelten Sonnenblumen und abgeschnittenen Künstlerohren zu tun hatten. Er musste ihr, verdammt noch mal, Hintergrundwissen über seine Ex und auch über seine Tochter liefern, bevor er sie mit dieser Tante konfrontierte, die offensichtlich den Supermann-Röntgenblick besaß. Die ganze übergestülpte Bildung nützte nämlich nichts, wenn Lisa nicht einmal wusste, wie Carolins Mutter hieß.

Frau Frey seufzte und strich mit den Händen ihre altmodische Rüschenschürze glatt.

„Ich werde Ihnen jetzt eine leckere, heiße Schokolade machen, zum Trost dafür, dass Ihnen Ihr Schatz entrissen wurde, oder möchten Sie vielleicht lieber einen schönen Schwarztee?"

„Nein, nichts mit Koffein oder Teein!" Ihre Mama hatte immer gesagt, sie sei schon ungestüm genug. Wenn sie sich auch noch künstlich aufputschen würde, dann würde sie sich am Ende noch in eine mongolische Rennmaus verwandeln. Haha, das war natürlich eine liebevolle Übertreibung, aber irgendwie hatte Lisa sich das Kaffee- und Teetrinken tatsächlich abgewöhnt, aus lauter Sentimentalität.

„Nichts mit Koffein und Teein?", fragte Frau Frey, und ihr Gesicht bekam plötzlich ein überirdisches Leuchten. „Ich verstehe!" Sie schwebte mit einem glückseligen Lächeln aus der Bibliothek, als hätte man ihr gerade eröffnet, dass sie einen Sechser im Lotto hatte.

Während Lisa auf die heiße Schokolade wartete und die Geschichte von Beuys Kunstwerk, genannt „Fettecke", las, kritzelte sie mit dem Bleistift kleine Kästchen und Blätter, Schnecken und Mäuschen auf die dämliche Allgemeinbildungsliste, auch ein paar kleine Igel und Schäfchenwolken waren dabei. Als die Liste komplett vollgekritzelt war und Joseph Beuys nunmehr auf ihrer ganz persönlichen Top-100-Liste der größten Spinner aller Zeiten rangierte, nahm sie sich (beinahe unabsichtlich) den ledernen Terminkalender vom Doc vor und malte ganz provokativ ein paar Herzchen auf den morgigen Samstag und einen großen Penis auf den Sonntag. Aber dann kam Frau Frey und brachte die heiße Schokolade und Lisa übermalte ihre anrüchigen Bildchen ganz schnell wieder.

Nachdem Frau Frey mit einem vielsagenden Lächeln wieder nach draußen verschwunden war, versuchte Lisa, sich erneut auf ihre Hausaufgaben zu konzentrieren, aber irgendwie lenkte die Buddha-Statue, die auf Doc Hs Schreibtisch protzte, sie total ab. Na ja, die Statue selbst protzte natürlich nicht, sie hatte die Augen geschlossen und lächelte sanftmütig, und Lisa hatte sie von ihrem Platz genommen, um sie genauer anzuschauen. Sie war schwer, glänzte golden und unten war sie hohl, ach ja, und die langen Ohrläppchen hatten ein Loch – bleistiftdurchmesserdick, und schon bohrte Lisa ihren Bleistift in das Buddha-Ohr. Vielleicht war der Buddha ja sogar ein Bleistifthalter, jedenfalls lächelte er vergnügt darüber.

Könnte man ja auch in die 100 Kunstwerke aufnehmen: Buddha mit Bleistift!

Sie hakte die Kunstwerke-Liste in Gedanken erst mal ab, auch wenn sie noch nicht mal die Hälfte davon abgearbeitet hatte. Sie hatte keine Lust mehr auf Kunstwerke. Vielleicht machte es mehr Spaß, wenn sie sich mit den Büchern beschäftigte. Aber das war noch viel schlimmer. Nachdem sie dreimal eine Inhaltsangabe zu Platons „Apologie" gelesen und zwei Rezensionen zu Augustinus' „Bekenntnissen" mit „nicht hilfreich" beklickt hatte, weil sich die Rezensenten garantiert beim Schreiben vor lauter Selbstdarstellerei einen runtergeholt hatten, hatte sie absolut keine Lust mehr auf Literatur. Sie nahm die Tasse mit der heißen Schokolade und schlürfte ganz laut und ganz undamenhaft den sahnigen Schaum von oben herunter. War ja niemand da, der ihr Benehmen kritisieren konnte. Selbst schuld, wenn der Doc lieber mit seiner Ex telefonieren wollte. Mit der Tasse in der Hand fing sie an, im Drehstuhl Karussell zu fahren. Am liebsten würde sie jetzt Klavier spielen. Irgendwas Schnelles, Lautes, irgendeinen wilden Boogie. Aber der Doc hatte leider kein Klavier in seiner Luxuswohnung, dafür allerdings einen wirklich gut geölten Schreibtischsessel.

Sie schubste sich kräftig mit dem Fuß von der Tischkante ab und der Drehstuhl wirbelte wie eine wild gewordene Zentrifuge im Kreis. Wie geil war das denn? Sie schubste sich noch mal an und noch mal, so lange, bis ihr schlecht wurde … Oh Gott, ihr wurde aber wirklich schlecht. Das musste an dem Rührei liegen. Sie aß sonst nie Rührei zum Frühstück, und sie hatte es außerdem superschnell in sich hineinstopfen müssen, damit sie Doc Hs Zeitplan einhalten konnte. Oder lag es an der viel zu süßen, heißen Schokolade?

Noch bevor sie den Drehstuhl richtig angehalten hatte, gab ihr Magen das Frühstück zurück. Sie erbrach sich in einem vollen Schwall über den Schreibtisch und den Laptop von Doc H und, nicht zu vergessen, über das Jahrtausendkunstwerk: Buddha mit Bleistift im Ohr.

6. Die Handtasche einer Frau

Was konnte eigentlich noch peinlicher sein, als auf Doc Hs Antikschreibtisch mitsamt Bronze-Buddha und Perserteppich zu kotzen? Bestenfalls die Tatsache, dass Lisa den Schlamassel nicht einmal selbst beseitigen durfte, sondern der armen Frau Frey dabei zusehen musste, wie die das halb verdaute Rührei vom Boden, vom Tisch und vom Buddha wischte und dabei immer wieder ein wissendes Lächeln in Lisas Richtung warf. Oder war es vielleicht der Umstand, dass Doc H plötzlich mit seinem Handy am Ohr in der Tür erschien, sich das Karussell-Desaster anschaute und dann sein Telefonat mit der Dame namens Valerie schlagartig beendete?

„So leid es mir tut, Valerie. Ich muss jetzt aufhören. Meine Verlobte hat sich soeben über dein Geburtstagsgeschenk erbrochen", sagte er mit arktischer Stimme ins Telefon.

Lisa wäre vor Scham am liebsten zu Staub zerfallen – oder zu arktischem Schnee. Frau Frey war offenkundig fest davon überzeugt, dass Lisa alias Eva Lazarus alias Verlobte des verehrten Herrn Doktor Henriksen schwanger war (von demselben, versteht sich).

„Konntest du nicht rechtzeitig zur Toilette laufen?", fragte der verehrte Herr Doktor und klang gar nicht mehr wie Mister Arktik. Lisa wagte es kaum, ihm in die Augen zu schauen. Sie saß im Lesesessel, die Füße auf einen Fußschemel hochgelegt, weil Frau Frey darauf bestanden hatte, dass sie sich da hinsetzen sollte, und Lisas schlechtes Gewissen wurde nur noch schlechter, als Doc H jetzt auch noch vor ihr in die Hocke ging, ihre beiden Hände von den Sessellehnen nahm und sie zwang, ihn anzuschauen. Wooha, Herr Doktor arktischer Roboter musterte sie genau. War das etwa ein besorgter Blick?

„Fehlt dir irgendetwas? Bist du krank? Hast du einen Virus oder eine Allergie?"

Sie schüttelte den Kopf. „Nein, mir war nur schwindelig."

„Bist du ... du bist doch nicht etwa schwanger, oder?", zischte er sie leise an, warf einen vorsichtigen Blick zu Frau Frey hinüber, die so selig lächelte, als wäre es für sie ein spirituelles Erlebnis, erbrochenes Rührei aufzuwischen.

„Nein!", zischte sie genauso leise zurück. „Ich bin nur Karussell gefahren."

„Karussell?"

„Mit dem Schreibtischstuhl", wisperte sie.

„Du bist mit meinem Schreibtischstuhl Karussell gefahren?" Doc H sprach nicht mehr ganz so leise. Lisa nickte schwach und fühlte sich so schrecklich wie damals vor neunzehn Jahren, als ihre Mutter sie erwischt hatte, wie sie deren Nagellack und Lippenstift heimlich ausprobiert hatte – nicht unbedingt an den richtigen Körperstellen.

„Du solltest an deiner Allgemeinbildung arbeiten, verflixt noch mal, und nicht an deinem Gleichgewichtsorgan. Kannst du mir wenigstens sagen, was du gelernt hast? Worum geht es zum Beispiel in Schillers Hyperion?"

Sie schüttelte stumm den Kopf und senkte den Blick.

„Was ist mit Utopia von Thomas Morus?"

Kopfschütteln und beschämtes Nasehochziehen. „Ich bin bei den Bekenntnissen von diesem Mönch stecken geblieben."

Doktor Arktik schnaubte wie ein Wasserbüffel. „Du meinst Augustinus! Herrgott, hätte ich dir denn jedes einzelne Buch persönlich erklären sollen? Was weißt du über Botticellis Venus?"

„Rothaarig und nackt?", murmelte sie leise und kam sich vor, als würde sie vorne an der Tafel stehen und neben ihr der gestrenge Oberlehrer Henriksen mit dem Rohrstock in der Hand. Sie blickte verlegen unter ihren schwarz getuschten Wimpern zu ihm hoch und er schnaubte ein weiteres Mal büffelmäßig, dann sprang er auf die Beine.

„Lieber Himmel, das ist hoffnungslos. Geh dein Gesicht waschen und deine Zähne putzen! Dieses Wochenende wird ein Desaster! Was hat mich nur geritten?"

„Ich kann nicht an einem Vormittag nachholen, wofür andere ein ganzes Leben lang lernen müssen", zischte sie ihm flüsternd zu. Frau Frey kroch jetzt auf dem Boden herum und bekam nichts von der Unterhaltung mit – hoffentlich.

„Das verlangt doch auch keiner von dir. Aber du musst zumindest genug Fachausdrücke und Hintergrundwissen lernen, um die Rolle glaubwürdig zu spielen. Wenn ein Schauspieler einen Arzt spielt, braucht er schließlich auch kein abgeschlossenes Medizinstudium, dennoch sollte er wissen, was eine Narkose ist, wenn er das Wort in den Mund nimmt."

„Ich weiß, was eine Narkose ist. Ich habe schon etliche davon mitgemacht. Und Eva ist schließlich kein Lexikon auf zwei Beinen, sondern eine glückliche und total verliebte Frau. Sie labert doch nicht 24 Stunden am Tag über alte Griechen und verklemmte Kirchentheoretiker, sondern sie will Küssen und Händchen halten und ihren Verlobten anhimmeln, und wenn sie sich mit jemandem unterhält, dann redet sie die ganze Zeit nur von ihm, also von dir, und davon, wie sehr sie dich liebt und was für ein toller Hecht du bist."

„Sollen wir uns vielleicht jedes Mal küssen, wenn du in Erklärungsnotstand kommst oder auf eine Frage keine Antwort weißt?"

„Das wäre zum Beispiel eine sehr glaubwürdige Möglichkeit der Improvisation!"

„Wer ist hier eigentlich der Coach, du oder ich?" Er schüttelte den Kopf und stakste aus der Bibliothek hinaus. Sie sah ihn erst kurz vor der Abfahrt wieder, aber im Prinzip kam sie auch gut ohne ihn klar.

Nachdem sein Schreibtisch wieder sauber war, las sie pflichtschuldig noch ein paar Inhaltsangaben von Büchern, deren Namen ihr gefielen – Oliver Twist, Der grüne Heinrich, Der Steppenwolf –, dann schaute sie mal kurz auf ihrer YouTube-Seite nach und stellte fest, dass bei dem Musikvideo, das sie letzte Woche hochgeladen hatte, nicht viel passiert war, außer dass jemand namens *Watchman* einen saudämlichen Kommentar hinterlassen hatte, in dem er sich über ihren Mund und ihre Frisur lustig machte. Und dann beging sie den Fehler und besuchte die Facebookseite von Hannes, wo der Hundesohn tatsächlich seinen Beziehungsstatus bereits auf „getrennt" aktualisiert hatte. Sie war selbst schuld an dem brennenden Stich, der ihr da in den Magen fuhr. Warum war sie auch so doof und klickte auf seine Seite? Sie aktualisierte ihren eigenen Beziehungsstatus auf „verlobt".

So, das hast du nun davon! „Nimm es nicht persönlich!", sagte sie halblaut und klappte den Laptop von Doc H zu. Dann machte sie sich auf die Suche nach ihrem Handy. Sie musste mit Otmar reden und sich für ihre kurzfristige Absage gestern und das abrupte Ende des Telefonats entschuldigen, außerdem konnte er ihr vielleicht auf die Schnelle eine neue Wohnung vermitteln. Er kannte unglaublich viele Leute.

Sie durfte gar nicht an diese Szene gestern im Dessousladen zurückdenken, als ihr das Handy mitten im Gespräch aus der Hand gefallen war: sie quasi nackter als nackt in High-Class-Nutten-Dessous und Doc H voller Entsetzen, starrer als starr. Sein Blick war ungefähr ebenso verzweifelt gewesen wie vorhin, als er das halb verdaute Rührei auf seinem Geburtstags-Buddha gesehen hatte.

Frau Frey wollte sich nicht in der Küche helfen lassen. Eva solle sich unbedingt schonen und sich hinlegen und Frauenmanteltee trinken. Sie dürfe sich jetzt auf gar keinen Fall überanstrengen, und am besten sollte sie künftig nichts mehr zu sich nehmen, das Kakao enthielt. Irgendeine Lady Barnett sei während ihrer Schwangerschaft auch gegen Kakao allergisch gewesen. Das Zwinkern und Lächeln von Frau Frey wurde ihr langsam unheimlich, und Doc H schien sich in Luft aufgelöst zu haben. Er war nicht im Wohnzimmer und auch nicht im Schlafzimmer – sie hatte einen vorsichtigen Blick durch den Türspalt geworfen, leer. Daraufhin hatte sie beschlossen, die riesige Wohnung einfach selbst zu erkunden, und nebenher telefonierte sie mit Otmar. Meist stand er zwischen elf und zwölf am Vormittag auf, nahm die Anlieferungen entgegen und räumte seinen Jazzkeller von der Nacht zuvor auf. Er meldete sich schon nach einmaligem Klingeln mit einem ungewohnt freundlichen:

„Layla, mein Schatz! Wie geht es dir? Du glaubst nicht, wer gestern im Keller war."

„Duke Ellington?", fragte sie lachend, denn Otmars lässiger Tonfall fühlte sich wie eine frische Brise an, die durch die verstaubte Enge dieser elitären Luxusbude fegte.

„Nein, Patti und dieser Langweiler!"

Das war's dann mit der frischen Brise. „Langweiler? Meinst du etwa Hannes?"

„Der Typ redet ununterbrochen nur über sich selbst!"

Sie zischte nur ein „Pf!" ins Handy und spähte durch die erste unbekannte Tür in ein Jugendzimmer hinein – oder eigentlich war es ein Gothic-Tempel. Hier schlief eindeutig Carolin zwischen schwarzem Bettzeug, hinter schwarzen Vorhängen und unter den Postern von Linkin Park und Subway to Sally. Sie schloss die Tür schnell wieder, weil sie wirklich nicht in Carolins Privatreich herumschnüffeln wollte.

„Sie wollten von mir wissen, wo du bist und was mit dir los ist. Ich hab ihnen gesagt, dass ich dich gefeuert hätte, weil du ein undankbares und unzuverlässiges Miststück bist."

Sie lachte schallend und erntete von Otmar ein schockiertes Schweigen, offenbar hatte er gehofft, er könnte ihr mit seinem Spruch ein schlechtes Gewissen einreden, aber zu ihrem eigenen Erstaunen hatte Otmars Kündigung sie kein bisschen berührt. Dabei hätte sie ihn vorgestern noch angebettelt, es sich noch mal anders zu überlegen, und ihm angeboten, auch kostenlos zu spielen, wenn er sie nur nicht feuern würde, aber irgendetwas hatte sich zwischen vorgestern und gestern verändert, und das war nicht nur die Krise mit Hannes oder ihr neues Luxus-Aussehen. Sie konnte nicht einmal genau sagen, was es war, aber sie hatte plötzlich keine Lust mehr, sich von Otmar ausnutzen zu lassen. Vielleicht weil zum ersten Mal in ihrem Leben jemand bereit war, sie für ihre Dienste angemessen zu bezahlen.

„Layla, Schatz, du weißt, dass ich das mit der Kündigung nicht ernst gemeint habe", meldete sich Otmar.

Lisa öffnete vorsichtig die Tür ins nächste Zimmer und musste lachen, als sie einen Blick in den Raum warf. Es war ein schmales, helles Schlafzimmer mit einem breiten, dunkelgrauen Metallbett, dessen Bettgestell aus verschlungenen Blütenranken und schnörkeligen Blättern geschmiedet war. Das Bett war mit kitschiger Rosenblüten-Bettwäsche bezogen und ein kleiner faustgroßer Teddy thronte mitten im akkuraten Knick des Kopfkissens. Ein altmodischer Schreibsekretär stand unter dem Fenster, das zum Landwehrkanal hinzeigte, und ein großer schwerer Antikkleiderschrank dominierte den Rest des Raumes. Ein eleganter Koffer, der nicht Lisa gehörte, lag mit offener Klappe auf einem Stuhl und war bereits fertig gepackt mit Lisas nagelneuen Kleidern. Alles war säuberlich gefaltet oder akkurat im Koffer deponiert worden, mitsamt Schuhen, Wasch- und Schminkzeug. Ihr technisches Equipment, Keyboard, Videokamera, Stativ und Mikrofon sowie Kabel und Ladegeräte war aus ihrer alten, schmuddeligen Reisetasche ausgepackt worden und lag jetzt sorgsam aufgereiht auf einem Sideboard. Jemand hatte sogar ihren Laptop zum Aufladen eingesteckt.

Wow. Wenn das kein erstklassiger Zimmerservice war! Besser als im Fünf-Sterne-Hotel. Apropos Zimmerservice, das sah sie ja jetzt erst: Auf dem Bett lag das cremefarbene Negligé bereit, als würde es seit gestern Abend darauf warten, angezogen zu werden. Das war wirklich so hauchdünn, dass man jede einzelne Heckenrosenblüte des Bettbezugs durchscheinen sehen konnte. Doc H hatte gestern Nachmittag, als er in den Umkleideraum gestürmt war, zweifellos alles von ihr gesehen. Wirklich alles.

„Oh! Holy! Fucker!", entschlüpfte es ihr. Das war eindeutig ihr Zimmer, auch wenn sie nicht hier geschlafen hatte, ein Kleine-Prinzessin-Super-Luxus-Zimmer. Unwillkürlich nahm sie ihre Kamera vom Sideboard. Das musste sie einfach filmen, das würde Patti sonst nie … das würde sonst kein Mensch glauben. Sie platzierte die Kamera genau so auf dem Sideboard, dass sie das Romantikbett in voller Größe aufnahm. In ihrem Kopf hatte sie bereits ein fertiges YouTube-Video vor Augen: sie auf dem Bett liegend, mit dem Negligé in den Armen und als Hintergrund die Melodie von James Blunt „Goodbye My Lover".

Ein beschissenes Liebeskummer-Schmalz-Lied, aber so passend.

Unwillkürlich dachte sie an Hannes und an damals, als sie sich das erste

Mal geküsst hatten auf dieser Party und er ihr gesagt hatte, wie außergewöhnlich er sie fand. Sie sei ganz anders als alle Frauen, die er kennen würde, und er habe sie den ganzen Abend schon beobachtet, wie sie alle anderen Kerle hätte abblitzen lassen und immer nur in seine Richtung geschaut habe. Oh ja, das hatte sie wirklich. Also nicht die Kerle abblitzen lassen, sondern in seine Richtung geschaut. Er hatte so toll ausgesehen an diesem Abend, und sie hatte ihn die ganze Zeit verstohlen beobachtet, wie er mit allen Mädchen geflirtet hatte. Als er sie dann angesprochen hatte … lieber Gott, da war ihr fast das Herz stehen geblieben, und sie hatte herumgestammelt und ihn angehimmelt. Sie hatte sich quasi Hals über Kopf in ihn verknallt und hatte noch am gleichen Abend mit ihm Sex gehabt. Es war ihr erstes Mal gewesen und insgesamt keine besonders prickelnde Erfahrung. Sie hatte sich angestrengt und versucht, so zu tun, als ob es ihr Spaß machen würde, aber es hatte eigentlich nur wehgetan und es war zum Glück ziemlich schnell vorbei gewesen. Danach hatte sie gedacht, sie würde ihn nie wiedersehen. Aber am anderen Tag hatte er ihr eine SMS geschrieben: *„Mein rotes Gummibärchen, du hast mich umgehauen. Wann sehen wir uns wieder?"*

Rotes Gummibärchen! Eigentlich ein doofer Kosename! Rückblickend betrachtet.

„Layla, Schatz, bist du noch da?", schnurrte Otmar in ihr Ohr.

„Mhm, ja!" Nein, sie würde keinen Liebeskummer-Schmalz-Song aufnehmen, sondern *Love Runs Out* von One Republic. Sie positionierte die Kamera noch einmal neu, schaltete sie an und ging rückwärts zum Bett, dabei strahlte sie mit ihrem Eva-Lazarus-Lächeln in die Linse. Sie setzte sich vorsichtig und hüpfte mit ihrem Hintern ein wenig auf und ab, um zu testen, wie die Federung war. Wahnsinnig gut.

„Sei doch nicht sauer auf mich, Layla, nur weil ich gestern ein bisschen ausgetickt bin. Stell dir vor, Zacky hat dich vertreten und Saxophon gespielt und die Leute sind einfach aufgestanden und gegangen! Ich sollte dich eigentlich auf Schadensersatz verklagen."

„Wenn wir einen richtigen Vertrag hätten, dann hättest du vielleicht sogar Erfolg damit." So viel wusste sogar sie. Sie hatten nur einen mündlichen Vertrag, den er jede Woche änderte, wie es ihm gerade passte. Er zahlte keine Sozialversicherung für sie und die Gage bezahlte er ihr in bar, mal in der darauffolgenden Woche, manchmal auch erst vier Wochen später. So wie er gerade flüssig war. Und manchmal schien er sich auch gar nicht mehr daran zu erinnern, ob sie drei oder vier Stunden an einem Abend aufgetreten war und ob er die Gage schon bezahlt hatte. Im Grunde musste sie jedes Mal um ihr Geld betteln und dann auch noch dankbar sein, wenn sie es endlich in Händen hielt.

„Ich biete dir 20 Euro für die Stunde, wenn du mir versprichst, nächste Woche wieder zu spielen, Layla Schätzelein."

„Ach, ich weiß nicht. Eigentlich hasse ich Jazz." Sie lächelte schelmisch in die Kamera. Es war schließlich kein Geheimnis, dass sie lieber klassische Musik spielte.

„Mit klassischer Musik kannst du nicht reich werden, es sei denn, du hast Weltklasseniveau", hatte ihre Mutter immer gesagt, aber das hatte Lisa nie abgeschreckt, sondern nur motiviert, noch mehr und noch härter zu üben. Für die Weltklasse reichten ihre Fähigkeiten seit dem Unfall leider nicht mehr aus, also konnte sie genauso gut auch Jazz oder Rock und Pop spielen. Für Otmars Jazzkeller war ihr Können allemal noch gut genug.

„Hundert Euro für den Abend", steigerte Otmar jetzt sein Gebot und seine Stimme wurde richtig panisch. Lisa nahm das Negligé vom Bett, hielt es einmal in die Kamera und schlang es sich dann wie einen Schal um den Hals. Danach schleuderte sie ihre Flipflops von den Füßen und klettere in die Mitte des Bettes. In ihrem Kopf spielte bereits der Beat von *Love Runs Out*, als sie anfing, auf und ab zu hüpfen. Oh Mann, das Bett war cool.

Sie streckte den Arm und versuchte mit den Fingerspitzen die Zimmerdecke zu erreichen. Das Zimmer war hoch, das Bett quietschte rhythmisch und Lisa hüpfte noch ein wenig höher. Sie würde später, wenn sie die Musik unter das Video legte, einfach die Bewegungen etwas beschleunigen, bis sie zum Takt des Songs passten. Das sah garantiert cool aus.

„Otmar, im Augenblick geht es ziemlich drunter und drüber in meinem Leben!", rief sie ein wenig atemlos ins Handy.

„Okay ich zahle dir 150 Euro pro Abend, aber das ruiniert mich!"

Lisa hüpfte noch ein bisschen höher. Boah, das Video würde so geil werden: der leichte, luftige Stoff ihres Kleides flog bei jedem Sprung mit; immer wenn sie nach unten hüpfte, flog das Kleid nach oben und flatterte ihr ins Gesicht. Sie konnte nicht anders und musste aus vollem Herzen lachen. Sie war sich nicht mal sicher, ob sie lachte, weil es einfach Spaß machte oder weil Otmar plötzlich so kleinlaut geworden war. Vielleicht litt sie auch an einem Rückfall in die Pubertät oder an einer Überproduktion von Endorphinen. Man sagte ja, dass der Körper massenhaft Endorphine ausschüttete, um Schmerz zu überdecken.

„Ich brauche eine neue Wohnung, Otmar!", keuchte sie ins Handy. „Kennst du vielleicht jemanden, der ein Zimmer frei hat?"

„Du könntest das Apartment haben, das über dem Jazzkeller im Parterre liegt."

„Oh cooool! Ist die Wohnung denn frei?" Noch ein kleines bisschen höher.

„Ich hab da nur Krempel drin stehen, ein paar Weinkisten und kaputte Möbel, es ist nicht sehr groß und das Bad ist über den Flur eine halbe Treppe höher … sag mal!" Plötzlich wurde Otmars Stimme laut. „Was sind das eigentlich für Geräusche? Hast du gerade Sex?"

„Jaaaa!" Ja, sie hatte es geschafft und die Zimmerdecke berührt. Wow, wie hoch war das Zimmer? Mindestens drei Meter, oder? In dem Moment machte sie beim Hüpfen eine halbe Drehung und ihr Blick fiel auf die Tür. Dort stand Doc H und schaute ihr zu. Die Hände hatte er hinten auf dem Rücken und sein Gesicht war ziemlich verkniffen, wie das eines Feldwebels, der dringend mal aufs Klo muss.

„Uuups, ich muss Schluss machen!", rief sie ins Handy, unterbrach das Gespräch und hörte gleichzeitig auf zu hüpfen. Leider verwandelte sich ihr Schwung dadurch in eine unkontrollierte Vorwärtsbewegung, und sie wäre beinahe kopfüber vom Bett gestolpert, wenn Doc H nicht herbeigehechtet wäre und sie aufgefangen hätte.

Hechtsprung die Zweite!

Direkt in seine Arme.

Er hielt sie für ein paar lange Augenblicke fest an seinen Körper gepresst, bevor er sie wieder auf die Beine stellte.

„Lieber Gott!", schnaubte er kaum hörbar. „Eva hüpft doch nicht auf einem Bett herum wie ein Teenager."

„Sorry. Es kam irgendwie über mich."

„Eva fährt auch nicht Karussell auf einem Schreibtischstuhl und sie sagt auch nicht *Sorry*. Sie sagt: *Es tut mir leid und es wird nicht mehr vorkommen.*"

„Es tut mir leid!" *Kein bisschen.* „Und es wird nicht mehr vorkommen, mein Liebster!"

„Mein Liebster?", fragte er und sein rechter Mundwinkel zuckte schwach nach oben.

„Soll ich lieber Schnucki oder Blubsibär zu dir sagen? Welchen Kosenamen würde Eva wohl verwenden, wenn sie es mit dir treibt? Nennt sie dich vielleicht *Ohmeingooootto*, so wie diese Dschungelschnepfe dich genannt hat?"

Er räusperte sich und ... war es möglich? Jap, er bekam rote Ohren. Hi, hi, hi, wenigstens war es ihm ein bisschen peinlich.

„Männer mögen keine Kosenamen, merke es dir. Überhaupt halte ich Kosenamen für lächerlich unter zwei Liebenden jenseits der Pubertät. Und außerdem: Eva *treibt* es nicht mit ihrem Verlobten. Sie gibt sich ihm hin."

„Oh!" Lisa hielt die Luft an, und das freche Grinsen erlosch auf ihrem Gesicht, denn das klang wirklich gut, nicht abwertend, nicht wie Robotersex auf einem Besprechungstisch oder Standard-Missionarsstellung alias Hannes. Nein, das klang wie romantische, erotische, leidenschaftliche Nächte zwischen zerwühlten Seidenbettlaken, heiß und feucht und wild und seine Lippen überall ... hmmm. Er schob seine Hand ganz langsam und vorsichtig in ihren Nacken. Sie fühlte jeden einzelnen seiner Finger auf ihrer Haut. Als er seine Hand um ihren Hinterkopf spannte und sein Daumen ihre Halsschlagader berührte, legte sie ihren Kopf unwillkürlich zurück.

„Wir fahren los", kam es von oberhalb ihrer Nase. Hatte sie wirklich den Kopf in den Nacken gelegt? Nur weil sie sich gerade in schillernden Farben ausgemalt hatte, wie er ihren Mund, ihren Hals und dann andere Stellen auf ihrem Körper küssen würde. Dabei hatte er nur das Negligé, das sie als Schal um sich geschlungen hatte, gelockert und es dann in einer langsamen Bewegung von ihrem Hals gezogen.

„Was ist mit dem Mittagessen?"

Er ballte das Negligé in seiner Faust zusammen wie ein Papierknäuel, und das bisschen Stoff verschwand fast völlig in seiner großen Hand. Mann, das Ding hatte bestimmt Hunderte von Euro gekostet, und er knautschte es einfach zusammen.

„Du möchtest bestimmt nicht mit vollem Magen Auto fahren. Nach dem Vorfall von vorhin solltest du deinen Magen zweifellos schonen."

„Zweifellos." Oh Mann, sie hatte aber einen Riesenhunger. Wenn das so weiterging, dann konnte sie bald die Kleidergröße wechseln.

~

Das Gepäck war bereits im Kofferraum von Henriks Auto verstaut, und sie waren zur Abfahrt bereit. Er hielt gerade die Beifahrertür für Eva auf, und da sah er Valerie auf der anderen Straßenseite aus einem Taxi aussteigen. Er erkannte sie auf Anhieb wieder, denn sie hatte sich kaum verändert, zumindest nicht aus der Ferne betrachtet. Zweifellos hatte sie seit jenem kurzen Intermezzo vor fünf Jahren ein paar Falten mehr bekommen, vielleicht hatte sie inzwischen auch die Wechseljahre hinter sich gebracht, aber ansonsten war sie noch genauso schlank wie eh und je, sonnengebräunt und immer noch gekleidet wie ein Teenager. Sie trug kurze Shorts, die Bluse war aufgeknöpft und vorne zusammengeknotet und darunter leuchtete ein roter Spitzen-BH heraus. Auch ihr Haar trug sie noch so wie früher: lang, blond, offen. Valeries zwanghaftes Bedürfnis, sich jung und lässig zu kleiden, wirkte inzwischen allerdings ein klein wenig unangebracht.

Für ein paar Sekunden hielt Henrik die Luft an und überlegte, was er tun sollte. Er hätte sich einfach hinters Lenkrad setzen und losfahren sollen, bevor Valerie die Straße überquert hatte, denn es gab nichts, was er mit ihr zu bereden hatte. Aber nein, stattdessen kam er auf die glorreiche Idee, Eva zu küssen. Rückblickend betrachtet war das zweifellos nicht sein genialster Einfall gewesen, aber in dem Moment war ihm das als gutes Mittel erschienen, um Valerie ihre Grenzen aufzuzeigen, offenbar hatte sie nämlich nicht verstanden, was er ihr heute Morgen bei dem endlos langen Telefonat zu sagen versucht hatte:

Dass sie endlich beim Teufel bleiben soll. Er wollte es ganz bestimmt nicht noch mal mit ihr versuchen, auch nicht ihrer gemeinsamen Tochter zuliebe. Gerade wegen Caro wollte er Valerie so weit wie möglich entfernt wissen. Ihre Ehe war schon vor langer Zeit geschieden worden, und was er je an Liebe empfunden hatte, war schlagartig verpufft, als er damals einen Blick auf sein Bankkonto geworfen hatte. Zwei Monate nach Caros Geburt und drei Tage, nachdem Tante Olga ihn zum ersten, aber nicht zum letzten Mal enterbt hatte, war Valerie mitsamt seinem Geld abgetaucht – irgendwo in der Karibik.

Heute war er nur froh, dass sie ihm wenigstens Carolin dagelassen hatte, aber damals war er in einen dunklen Abgrund gestürzt und hatte beschlossen, nie wieder eine Frau in sein Leben zu lassen oder einer Frau überhaupt zu trauen. Natürlich war es kein Zufall gewesen, dass Valerie sich vor fünf Jahren wieder bei ihm gemeldet hatte. Sein Unternehmen begann zu florieren, sein Bankkonto hatte die mageren Jahre überstanden und auch Tante Olga hatte ihn wieder in Gnaden aufgenommen und ihn erneut zum Erben ihres Hotelimperiums ernannt.

Valerie war wenige Tage nach Olgas Presseerklärung vor seiner Tür gestanden und hatte an die alten Zeiten und an ihre unsterbliche Liebe appelliert und daran, dass sie schließlich eine gemeinsame Tochter hätten. Er hatte sie widerstrebend aufgenommen, nicht etwa, weil er noch irgendetwas für sie empfand, sondern wegen Caro. Sie war damals 9 Jahre alt gewesen und hatte sich nichts sehnlicher gewünscht, als ihre Mutter kennenzulernen und mit ihr zusammen zu sein und so zu tun, als wären sie eine harmonische, kleine Spießerfamilie.

Was war ihm also anderes übrig geblieben? Er hatte Valerie im Gästezimmer einquartiert und schweren Herzens mitgespielt: gemeinsames Essen, gemeinsame Familienabende, gemeinsame Ausflüge. Nur an seiner Schlafzimmertür hatte er die Grenze gezogen, auch wenn Valerie nichts unversucht gelassen hatte, um ihn zu verführen. Aber er war nicht mehr 21 und so dumm wie damals. Das scheinbare Familienglück mit Valerie hatte dann auch nur vier Monate angehalten. Eines Morgens – es war der Tag, nachdem Olga ihn dann wieder öffentlich enterbt hatte –, da war Valerie einfach wieder verschwunden gewesen, ohne auch nur ein einziges Abschiedswort für ihn oder für ihre Tochter zu hinterlassen. Und natürlich wusste niemand, wohin sie verschwunden war, vermutlich wieder in die Karibik.

Dieses Mal war es leider Carolin gewesen, die in einen dunklen Abgrund gestürzt war, und Henrik hatte sich schwere Vorwürfe gemacht, dass er es überhaupt so weit hatte kommen lassen, wo er doch gewusst hatte, dass genau das passieren würde.

Als Valerie sich deshalb vorgestern, nach fünf wunderbar problemlosen Jahren wieder mal bei ihm gemeldet hatte und gefragt hatte, wie es ihm und Caro ging, als wäre nie etwas gewesen, da hatte er sich schon gewundert, ob Olga ihn zufällig öffentlich wieder zu ihrem Erben ernannt hatte und er nur nichts davon mitbekommen hatte. Aber Spaß beiseite, er hatte Valerie natürlich verboten, sich Caro auch nur auf Sichtweite zu nähern. Aber er hätte natürlich wissen müssen, dass sie das nicht abschreckte. Heute Morgen hatte sie dann schärfere Geschütze aufgefahren und ihre ganze Bandbreite an verlogenen Emotionen abgespult. Sie hatte ihm vorgehuelt, wie sehr sie ihn immer noch lieben würde, wie sehr sie es bereute, ihn verlassen zu haben, dass sie alles wiedergutmachen wolle, dass sie ihn auf Knien um Verzeihung anflehen wolle, wenn er ihr nur noch ein Mal eine Chance gäbe, Caro zuliebe und um ihrer beider großen Liebe willen. Sie schwor ihm, dass jetzt alles anders werden würde. Dass sie sich geändert habe und dass kein Tag vergangen sei, an dem sie ihn nicht geliebt und ihren Fehler von damals bereut hätte. Ihre Liebe sei größer denn je.

Bis dahin hatte er ihrem Monolog mit stoischer Ruhe zugehört, ohne ein Wort zu sagen, aber als sie dann sagte, sie wisse ganz genau, dass auch er sie immer noch lieben würde, da hatte er doch das Wort ergriffen.

„Du irrst dich, Valerie. Ich empfinde nichts für dich, nicht mal Hass oder Verachtung. Im Übrigen bin ich verlobt und werde schon bald heiraten."

Der Rest der Unterhaltung war dann in ihren Weinkrämpfen und verzweifelten Beschwörungen untergegangen, und er war im Grunde beinahe froh gewesen, dass Evas Karussellfahrt ihn dazu zwang, das anstrengende Telefonat spontan zu beenden. Ja wirklich, er hatte Evas kleines Malheur als erfrischend ehrlich empfunden.

Jetzt zog er Eva einfach an sich heran und tat etwas erfrischend Unehrliches.

„Es ist Zeit, dein Schauspieltalent unter Beweis zu stellen!", sagte er zu ihr. „Tu so, als würdest du mich küssen. Wir müssen meiner Exfrau klarmachen, dass sie hier nur stört."

Dann presste er seine Lippen auf ihren kirschrot geschminkten Lachmund. Es sollte nur ein Schauspielerkuss werden: Lippen geschlossen, keine Feuchtigkeit, keine Zungen. Valerie sollte es von ferne sehen und gleich auf dem Absatz wieder kehrtmachen, noch bevor sie die Straße überquert hatte. Aber er hätte natürlich wissen müssen, dass bei Eva nichts, aber auch gar nichts so lief, wie man es von ihr erwarten durfte. Aus irgendeinem unerfindlichen Grund öffnete sie sofort ihren Mund für ihn und strich mit ihrer Zungenspitze über seine zusammengekniffenen Lippen. Er küsste nicht. Grundsätzlich nicht. Aber es war natürlich schwer, in dieser Situation nicht zu reagieren. Sie stöhnte leise, und ihre Zunge war in seinem Mund, bevor Valerie den Mittelstreifen erreicht hatte. Warum und wann er seinen Mund für ihre freche Zunge geöffnet hatte, war ihm selbst nicht klar. Vielleicht, als Evas Hände sich in seine Pobacken gegraben und sie seinen Unterkörper mit aller Kraft gegen ihren gepresst hatte. Er versuchte ihren Kuss auf keinen Fall zu erwidern, aber irgendwie hatte er Valerie ab dem Mittelstreifen ein wenig aus den Augenwinkeln und aus dem Bewusstsein verloren. Da gab es eigentlich nur noch Evas Mund, die seidige Zartheit ihrer Lippen, das Spiel ihrer Zunge, ihr Gesicht, das er mit beiden Händen umfasst hielt, und natürlich ihren Körper, der rhythmisch gegen seinen wogte. Sein Gleichgewichtsorgan fuhr ein wenig Karussell, während sich in seiner Hose ... Na ja, irgendwie war das auf einmal ein Stoßen und Stöhnen und Saugen, bei dem Evas Körper an seinen hinschmolz.

Eine erstklassige Darbietung von feuriger Leidenschaft und Hingabe, das musste er ihr lassen.

„Henrik! Henrik?" Zwischen Evas leisen Seufzern hörte er Valeries rauchige Stimme, die nach Telefonsex und Wollust klang. Früher hatte ihm diese Stimme heiße Schauder den Rücken hinabgejagt. Heute wusste er, dass Valeries Stimme, ihre Körperhaltung, ihr Mienenspiel, einfach alles an ihr nur aufgesetzt war.

„Henrik?" Valerie legte ihre Hand auf seinen Arm und schien sich nicht darum zu kümmern, dass er immer noch irgendwie mit Eva … gewissermaßen verbunden war.

„Henrik! Warum willst du nicht mit mir reden? Hör mir doch zu!" Sie zerrte an seinem Arm wie ein Hund, der sich in ein Hosenbein verbissen hatte. „Weißt du nicht mehr, was du damals geschworen hast? Ich bin die Einzige für dich. Für immer."

Nur unwillig löste er sich von Eva und stellte erst jetzt fest, dass die ihre Hände bereits schuldbewusst in die Höhe reckte. Ihr Blick war fassungslos.

„Willst du wirklich das Glück deiner Tochter aufs Spiel setzen?", schluchzte Valerie. „Du weißt, wie sehr Carolin sich wünscht, dass wir wieder zusammenkommen. Gib mir doch die Chance, alles wiedergutzumachen. Wie kannst du nur so herzlos sein?"

„Hör auf damit, Valerie. Niemand glaubt dir das Theater, am wenigsten meine Verlobte."

Jetzt wäre der perfekte Moment, an dem Eva die eifersüchtige Verlobte spielen und Valerie in ihre Schranken weisen sollte, aber was tat Eva stattdessen? Sie schnappte empört nach Luft und stand da wie versteinert.

„Ist es, weil sie jünger ist als ich?", heulte Valerie übertrieben laut und schlug dabei in einer perfekten Inszenierung ihre Hand auf den Mund. „Das ist aus deinen Schwüren geworden! Du tauschst deine alternde Ehefrau gegen eine blutjunge Geliebte?"

„WIE BITTE? Sie ist deine Ehefrau? Ich dachte, du bist geschieden!", brauste Eva wütend auf und nichts an ihrer Wut war gespielt. Natürlich war er geschieden, und Valerie war ein manipulatives, verlogenes Luder, aber jetzt war ja wohl kaum der Moment, in dem er seiner gemieteten Verlobten-Darstellerin erklären konnte, dass sie gerade eben auf das Schmierentheater seiner Exfrau hereinfiel. Eva schnaubte wie eine wilde Stute, packte ihre nagelneue Handtasche an beiden Griffen und holte ganz weit aus.

„Du bist verheiratet? Du mieser Bigamist!", schrie sie mit einer Stimme, die nicht nach Telefonsex klang, sondern nach blutrünstiger Rachegöttin. Er sah, wie ihre Handtasche auf seinen Kopf zuraste, duckte sich unwillkürlich in einer Reflexbewegung nach unten weg und beobachtete – beinahe als wäre es in Zeitlupe gefilmt worden –, wie die Tasche frontal in Valeries Gesicht klatschte. Ihr Kopf schnappte nach hinten und dann spritzte auch schon das Blut aus ihrer Nase in alle Richtungen, als würde man eine Wassermelone mit voller Wucht gegen eine Wand schleudern. Überall war Blut: auf seinem weißen Hemd, auf Evas weißem Spitzenoberteil, auf dem Lack seines Autos, auf seinen Schuhen und vor allem lief es in hellen Strömen aus Valeries Nase heraus, floss über ihren

Mund, ihr Kinn und in ihr braun gebranntes Dekolleté. Er hatte keine Ahnung, was Frauen üblicherweise in ihren Handtaschen mit sich herumtrugen, aber in Evas Handtasche mussten mindestens zehn Hufeisen sein. Valerie taumelte von dem brutalen Schlag mehrere Schritte rückwärts, stolperte dabei über ihre eigenen Füße und landete unsanft auf ihrem Hintern. Ihr blutiges Gesicht zeigte eine Mischung aus Schmerz, Schreck und rasender Wut, und dann schrie sie los, als würde sie bei lebendigem Leibe verbrannt werden.

Er hatte immer von sich behauptet, dass nichts, was Valerie sagte oder tat, ihn noch in irgendeiner Weise emotional berühren konnte, aber zu seiner eigenen Verwunderung musste er bei Valeries Anblick seine gesamte Selbstbeherrschung aufbringen, um nicht loszulachen.

„Oh Gott!", japste seine Heldin Eva erschrocken. „Das tut mir leid, das wollte ich nicht. Entschuldigung!" Sie warf sich sofort neben Valerie auf die Knie, um ihr zu helfen, doch da zeigte die endlich ihr wahres Gesicht. Wie eine Furie verkrallte sie ihre Hände in Evas sorgsam arrangierter Hochsteckfrisur und zerrte so sehr daran, dass Evas Kopf wackelte.

„Du Schlampe! Du rothaariges Miststück!"

Henrik musste einschreiten, das war klar, sonst würde Eva auch bald aus der Nase bluten, aber er musste einiges an Kraft aufwenden, um sie aus Valeries Krallen zu befreien, und als er sie endlich von ihr weggezerrt hatte, musste er noch mehr Kraft aufwenden, um sie ins Auto zu verfrachten, dabei umklammerte er sie von hinten, weil er ihre wild wedelnden Arme fixieren wollte. Sie keuchte und zappelte, und er war sich nicht sicher, ob sie sich gegen ihre Rettung wehrte oder dagegen, dass er sie dabei so unsanft anfasste, aber als er sie endlich auf den Beifahrersitz verfrachtet und die Tür zugeschlagen hatte, spurtete er um sein Auto herum, warf sich hinter das Lenkrad und brauste mit quietschenden Reifen los – wie in einem Gangsterfilm. Bonnie und Clyde!

Was aus Valerie wurde, war ihm in diesem Moment gleichgültig. Die würde schon wieder auf die Beine kommen, so wie eine Katze mit ihren sieben Leben. Und es war ihm auch gleichgültig, dass Eva nicht angeschnallt war oder ihre elegante Frisur jetzt nur noch ein Gewirr von wilden roten Locken darstellte. Selbst ihre gelegentlichen Attacken von Schnappatmung ignorierte er, oder schluchzte sie etwa? Er wandte ihr erst wieder das Gesicht zu, als er auf der Berliner Allee in Richtung Autobahn fuhr und sie nicht mehr diese japsenden Geräusche von sich gab. Es machte ihm nichts aus, wenn Frauen weinten, wusste er doch, dass es nichts als feuchte Lügen waren, aber er musste zugeben, dass er Eva sehr gerne die Tränen erspart hätte, zumal ihre Tränen irgendwie nicht verlogen wirkten.

Aber warum hatte sie nicht das getan, wofür er sie engagiert hatte? Seine Verlobte spielen und ein bisschen eifersüchtig tun. Es war nicht die Rede davon gewesen, dass sie ihn verdreschen sollte, nur weil sie ihn für einen Ehebrecher hielt. Nun sah er, warum sie das Schniefen und Schnaufen eingestellt hatte, jetzt tupfte sie hektisch mit einem Taschentuch auf ihrem Oberteil herum und versuchte die Blutspritzer abzuwischen, aber das machte die Flecken nur noch schlimmer. Sie sahen beide aus, als ob sie in eine Messerstecherei geraten wären, sogar seine Hände hatten noch Blut abbekommen. Vermutlich als er versucht hatte, Valeries Krallen aus Evas Haaren zu lösen. Sobald er auf der Autobahn war, würde er eine Raststätte ansteuern, damit sie sich waschen konnten.

„Ich hatte von dir erwartet, dass du die eifersüchtige Verlobte spielst und Valerie in ihre Schranken verweist und nicht mich!", sagte er in strengem Tonfall zu ihr, obwohl er eigentlich gar nicht verärgert war. Im Gegenteil, er war irgendwie … na ja, amüsiert. Sehr amüsiert sogar, je mehr er über Evas Handtaschen-Atomschlag nachdachte.

Einfach herrlich, diese Szene!

Wie schnell sich Valeries scheinheiliges Schauspiel als arme verstoßene Ehefrau doch in eine unheilige Selbstentblößung verwandelt hatte!

„Ich hätte mich nie auf dein abartiges Angebot eingelassen, wenn ich gewusst hätte, dass du verheiratet bist", giftete Eva ihn an, und ihre Augen glitzerten vor Wut. Diese Frau schien nur aus Temperament und unberechenbaren Einfällen zu bestehen.

„Ich bitte dich, benütze doch mal kurz deinen Verstand. Wozu sollte ich bei Tante Olga mit einer Verlobten aufwarten müssen, wenn ich verheiratet wäre? Ich. Bin. Nicht. Verheiratet."

„Nicht?"

„Nein! Ich bin seit 13 Jahren geschieden, und ich werde garantiert nie wieder heiraten."

„Oh Gooott!" Jetzt schlug Eva sich erschrocken die Hand vor den Mund und das wirkte im Vergleich zu Valeries identischer Geste von vorhin ungleich echter.

„Das scheint wohl doch mein Kosename zu werden."

„Das tut mir so leid, ich hätte nicht gleich zuschlagen sollen. Oh sorry … äh, ich meine Entschuldigung."

Er schüttelte ganz leicht den Kopf und schaute nur kurz zu ihr hinüber, während er über die Beschleunigungsspur auf die Autobahn fuhr. Wenn alles gut lief, waren sie in drei Stunden bei Tante Olga. Eigentlich hatte er vorgehabt, mit Eva während der Autofahrt noch ein paar wichtige Dinge zu lernen. Zum Beispiel Fragen des guten Benehmens. Ach, du liebe Güte, das würde eine Sisyphusarbeit werden.

„Dir ist hoffentlich klar, dass die Eva Lazarus, die Tante Olga zu sehen erwartet, sehr konservativ ist. Sie ist unterwürfig, feminin und äußerst zurückhaltend und auf gar keinen Fall verprügelt sie ihren Verlobten oder andere Menschen mit einer Handtasche! Es hätte gereicht, wenn du Valerie gegenüber ein bisschen empört getan und sie in wohlgesetzten Worten in ihre Schranken gewiesen hättest."

„Wohlgesetzte Worte?" Eva grunzte und klang beinahe wie kleines Ferkel – was ihn unweigerlich an rosige Brustwarzen denken ließ. „Sie hat sich ja nicht mal von meinem geilen Filmkuss in ihre Schranken weisen lassen, sorry, ich meine, meinem imposanten Filmkuss."

„Es war zweifellos ein sehr überzeugender Filmkuss."

„Anscheinend nicht überzeugend genug für Valerie. Oder wolltest du nur, dass sie eifersüchtig wird?"

„Der Himmel bewahre! Nichts liegt mir ferner, als Valerie eifersüchtig zu machen. Ich empfinde nichts. Nicht für sie oder für sonst eine Frau!"

„Du empfindest nichts? Bist du denn nie verliebt? Keine Romantik?"

„Wenn ich mit einer Frau zusammen bin, geht es um Sex! Mehr nicht!"

„Ich sage nur: Dschungelqueen auf dem Besprechungstisch!"

„Exakt! Das war Sex!", antwortete er kühl. „Mehr wird eine Frau nicht von mir bekommen." *Nie wieder!* „Ich mache nur Sex. Keine Gefühle, keine Erotik, keine Küsserei und vor allem keine Gespräche vorher oder nachher."

„Dann wirst du auch nicht mehr als das von einer Frau zurückbekommen."

„Damit kann ich sehr gut leben."

„Wie gut, dass du mich aufgeklärt hast. Ich hätte mich sonst garantiert in dich verknallt wegen deines überbordenden Charmes und deiner unwiderstehlichen Liebenswürdigkeit." Sie stopfte das Taschentuch in ihre Handtasche zurück und zupfte mit fahrigen Fingern die Haarnadeln aus ihren losen Haarsträhnen heraus. „Du hättest mich lieber mal über deine Exfrau aufklären sollen, anstatt mich mit frühchristlichen Wandmalereien einzuschläfern. Wie soll ich denn deine Verlobte spielen, wenn ich nicht mal weiß, dass du geschieden bist?"

„Jetzt weißt du es ja."

„Sie ist deutlich älter als du."

„Ja und?"

„Sie hat eng stehende Augen und zieht sich an, als wollte sie mit ihrer eigenen Tochter konkurrieren."

„Was haben denn Valeries Augen mit alledem zu tun?" Lieber Gott, er hatte gerade das Gefühl, in eine Zeitschleife geraten zu sein. Das waren exakt Tante Olgas Worte gewesen vor fünfzehn Jahren, als sie von ihm und Valerie erfahren hatte. Er war damals so verliebt gewesen, und es war ihm unbegreiflich gewesen, warum Olga seine große Liebe einfach kategorisch ablehnte, versehen mit derartig dummen Begründungen.

„Sie hat eng stehende Augen und eine dicke Nase. Und sie zieht sich an, als müsste sie mit ihren 16-jährigen Auszubildenden konkurrieren", hatte Olga damals geurteilt. Dabei hatte sie mit ihrem verfluchten Stock auf den Boden gehauen und sich geweigert, ihren Segen zu der Heirat zu geben. „Wenn du diese Natter heiratest, dann enterbe ich dich! Basta."

Er hatte Valerie natürlich geheiratet. Basta.

Und Olga hatte ihn kurz daraufhin enterbt. Basta.

Und die besagte Natter hatte ihn kurz darauf verlassen. Basta.

„Du musst mich unbedingt in solche Dinge einweihen!", sagte die künftige Traum-Schwieger-Großnichte von Tante Olga. „Ich kenne ja nicht mal den vollen Namen deiner Exfrau. Du musst doch Eva als deiner Verlobten dein Herz ausschütten und ihr von deiner vorangegangenen Ehe erzählen und warum sie in die Brüche ging."

„Ich schütte niemandem mein Herz aus." Grundsätzlich nicht. Keinem Menschen. Und ganz bestimmt redete er mit niemandem über den größten Irrtum seines Lebens.

„Aber das bringt's nicht. Wie soll ich ohne Informationen über dich denn meine Rolle gut spielen?"

„Ich war 21 und sie 30." Hörte er sich zu seiner eigenen Verwunderung sagen. „Ich studierte im dritten Semester Wirtschaftswissenschaften und machte ein Praktikum in einem von Olgas Hotels in München, Valerie Steingass war die Personalchefin des Hotels. Es ist das Alderat-Park-Hotel, wahrscheinlich hast du nie etwas davon gehört."

„Die Alderat-Hotelkette? DIE gehört deiner Tante Olga?"

„Und nicht nur die Hotelkette. Sie ist reich wie Krösus, der im Altertum König von Lydien war und wegen seines sagenhaften Reichtums in die Geschichte eingegangen ist. Das erwähne ich nur, um nebenbei deine klassische Bildung etwas aufzupolieren."

„Ich weiß, wer Krösus war, der Typ, der alles, was er anfasste, in Gold verwandelt hat."

„Derjenige, der alles in Gold verwandelte, war der mythische König Midas. Krösus ist hingegen eine reale historische Gestalt."

„Klugscheißer!"

„Vermittlung von klassischer Bildung ist Teil des Coachings, und Eva nennt ihren Verlobten nicht Klugscheißer. Eva würde mich mit einem reizenden Lächeln belohnen und sagen: *Ich bewundere deine Klugheit und deine Bildung.*"

Sie schenkte ihm ein Lächeln, allerdings kein reizendes, eher ein bissiges. „Was ist nun mit deiner Frau und deiner vergeigten Ehe?"

„Nur weil ich dich in meine Vergangenheit einweihe, heißt das nicht, dass wir Freunde sind und du dir irgendwelche Frechheiten mir gegenüber herausnehmen solltest", sagte er ebenso bissig. „Dieses Gespräch ist Teil des Projekts. Ich erzähle dir das, weil es Informationen sind, die du für deine Rolle benötigst, ein rein professioneller Informationsaustausch."

„Verstanden: keine Freunde! Professionelle Informationen." Sie nickte zwar eifrig, aber sie schmunzelte dabei so sehr, dass sich zwei niedliche Grübchen auf ihren Wangen zeigten.

„Die Ehe mit Valerie war nicht vergeigt", brummte er, obwohl er sich eigentlich gar nicht brummig fühlte. Ihr Lächeln hatte etwas Entwaffnendes an sich. „Diese Ehe hat faktisch kaum existiert. Ich hab mich in sie verliebt und sie wurde ruckzuck schwanger. Ich habe sie daraufhin geheiratet, und zwei Monate nach unserer Hochzeit wurde Caro geboren, noch mal zwei Monate später war Valerie verschwunden und mit ihr das Geld, das Tante Olga für mein Studium angelegt hatte."

„Ich bewundere deine Klugheit."

„Inzwischen weiß ich, wie man verhütet."

„Ich meinte mit Klugheit nicht die vermasselte Verhütung, sondern dass Valerie von Anfang an hinter deinem Geld her war und du es nicht gemerkt hast."

„Ja, das soll vorkommen!", antwortete er und fühlte sich getroffen, aber irgendwie auch verstanden. Er hatte noch nie mit jemandem so deutlich darüber gesprochen. Nicht mal mit Philipp oder seinem Freund Andi. Inzwischen war er natürlich längst darüber weg, dennoch tat es ihm seltsam gut, darüber zu reden. Er war damals wirklich dumm gewesen, ein Trottel, ein verliebter Vollidiot. Er hatte lange gebraucht, bis er sich das selbst eingestehen konnte, aber er hatte es bis jetzt noch nie über sich gebracht, es auch laut auszusprechen.

„Ich hatte mich hoffnungslos in sie verliebt. Rückblickend kann ich es nur mit einer Art geistiger Umnachtung vergleichen, denn ich war wirklich nicht mehr Herr meines gesunden Menschenverstandes oder meines eigenen Willens. Wenn sie von mir verlangt hätte, aus dem Fenster zu springen, ich hätte es getan."

„Ich kenne das", sagte sie und klang traurig.

„Damals war ich kaum mehr als ein Knabe mit dem Körper eines erwachsenen Mannes. Valerie war sexuell eine sehr versierte und einfallsreiche Frau, und ich war noch Jungfrau, sozusagen. Meine sexuellen Erfahrungen beschränkten sich auf ein paar Küsse und Fummeleien mit gleichaltrigen Mädchen und die Fähigkeit, mich selbst zu befriedigen, wenn ich entsprechenden visuellen Input hatte."

„Visueller Input?" Sie schaute ihn fassungslos an. „Du hast dir Pornosachen und nackte Frauen angeschaut und dir dann einen runtergeholt?"

„In einfachen Worten, ja!" Er hörte sie laut nach Luft schnappen und musste sich sehr beherrschen, um nicht loszulachen. „Weißt du nicht, dass es keinen Mann auf der Welt gibt, der nicht masturbiert? Auch dein Exfreund tut es, glaub mir, und wenn du ihn zurückerobern willst, dann musst du lernen, unbefangen mit Sexualität umzugehen und für alles offen zu sein, ganz besonders für Masturbation."

„Ich bin offen für Masturbation. Total. Ehrlich! Erzähl weiter von dir. Du warst also unerfahren, als du Valerie kennengelernt hast!"

„Als Tante Olga von dem Verhältnis erfuhr, hat sie Valerie fristlos entlassen, denn sie hätte als meine damalige Vorgesetzte nichts mit mir anfangen dürfen. Ich habe das natürlich anders gesehen. Für mich war es die große Liebe, und ich habe Olgas Engstirnigkeit nicht verstanden. Sie hat mir den Umgang mit Valerie verboten und wollte mich sogar für ein Jahr nach Südafrika schicken, damit ich weit von ihr weg bin. Aber dann ist Valerie schwanger geworden."

„Sie hat dich gelinkt", stellte Eva mit gnadenloser Klarheit fest, raffte nebenher ihre Lockenpracht zusammen und versuchte das Gewirr wieder auf ihrem Oberkopf festzustecken.

Er nickte knapp. Er brauchte ganz bestimmt kein Mitgefühl, schon gar nicht von einer Frau, aber er stellte fest, dass er sehr wohl einen Zuhörer gebraucht hatte.

„Ich war sogar froh über die Schwangerschaft, dachte ich doch in meiner jugendlichen Naivität, dass Valerie damit für immer an mich gebunden wäre. Ich habe sie gebeten, mich zu heiraten, und am Anfang hat sie sich sogar geziert, hat so getan, als hätte sie Bedenken wegen unseres Altersunterschieds und vor allem wegen Olga. Sie wolle sich auf keinen Fall zwischen mich und meine Tante stellen, hat sie gesagt, sie wolle nicht, dass Olga mich enterben würde. Ich erzählte ihr von dem Geld, das Olga für mein Studium angelegt hatte, das mich finanziell völlig unabhängig machte, und dann hat sie meinen Antrag angenommen."

„Und was hat deine Tante Olga dazu gesagt?" Drei Strähnen hatten sich schon wieder aus Evas Dutt gelöst, fielen ihr in die Augen und ringelten sich an ihrem Hals hinab.

„Sie hat getobt wie eine Furie und Valerie eine Hure genannt. Sie sei geldgierig und verschlagen, aber ich habe nicht auf Olga gehört. Ich habe Olga auch eine verschlagene Hure genannt und den Kontakt zu ihr abgebrochen. Valerie und ich haben geheiratet. Olga hat mich enterbt, Valerie hat mich verlassen."

„Und Tante Olga hat vermutlich triumphiert."

„Ich habe neun Jahre lang kein einziges Wort mit ihr geredet, sondern habe meine eigene Firma gegründet, um ihr zu beweisen, dass ich es auch ohne sie zu etwas bringen kann."

„Das finde ich klasse! Aber warum veranstaltest du dann jetzt für diese böse alte Frau dieses Schauspiel mit einer angeblichen Verlobten?"

Ja, die Frage war berechtigt. Die hatte er sich in den letzten 24 Stunden selbst ungefähr hundert Mal gestellt. Weil es eine „geile Herausforderung" war, wie Philipp es genannt hatte? Nein, das war lächerlich. Es gab genügend andere Herausforderungen, an denen er jeden Tag sein Talent beweisen konnte. Nein, der wahre Grund dafür saß viel tiefer, und eigentlich wurde ihm das jetzt erst wirklich bewusst, als er es laut aussprach.

„Ich habe das Hotelmanagement von der Pieke auf gelernt. Olga hat mich von Anfang an als ihren Kronprinzen herangezogen, wie sie es nannte. Sie hat mich auf die beste Privatschule geschickt, mein Studium finanziert und meine Ausbildung in jeder Hinsicht unterstützt. So wie sie es jetzt mit Anettes Sohn Klaus macht. Ich kannte nichts anderes und war mir immer sicher, dass ich Olgas Nachfolger würde und mir all ihre Hotels eines Tages gehören würden. Und ich wollte es auch. Ich will es immer noch. Es ist und war mein Traumberuf. Anette hat keine Ahnung von der Branche. Klaus ist erst 18 und fängt nach dem Abitur erst mit dem Studium an. Sollte Anette wirklich alles erben, dann führt sie die Alderat-Hotels binnen fünf Jahren in den Bankrott."

„Und das tut dir weh?"

„Mir blutet das Herz, wenn ich nur daran denke."

„Aber jetzt hast du eine eigene, gut florierende Firma und bist nicht mehr auf das Erbe angewiesen."

„Vielleicht ja doch. Es könnte sein, dass meine Firma kurz vor der Pleite steht."

Und er hatte ab-so-lut nicht die leiseste Ahnung, warum er gerade eiskalt log.

7. Audienz

Was? Doc H war pleite?

Hätte er das nicht vorher sagen können? Bevor er sie für einen Haufen Geld engagiert und sie in einen exklusiven Schönheitstempel und in eine Luxusboutique geschickt hatte?

„Aber was ist, wenn es schiefgeht und deine Tante dich doch nicht in ihr Testament einsetzt?", rief sie aufgebracht und dachte an so eklige juristische Begriffe wie Schadensersatz und Nichterfüllung und Mängelhaftung. Oh Gott! Konnte er sie etwa dafür haftbar machen, falls das Wochenende in die Hose ging und er Konkurs anmelden musste?

„Dann bin ich ruiniert!", sagte er mit einem Schulterzucken, und sie hatte das Gefühl, als ob ihr Magen sich gleich ein zweites Mal entleeren würde. Ach halt, sie hatte vergessen: Der war ja schon leer.

„Oh Scheiße! Scheiße! Aber wenn deine Tante mich nun nicht leiden kann? Was soll ich denn tun, wenn sie mich auf Anhieb hasst? Ich ... ich kann doch nichts dafür, wenn sie ..."

„Tante Olga hasst alle!", kam es lässig von seiner Seite. „Aber sie wird dich als meine Verlobte billigen, wenn du dich exakt so verhältst, wie sie es erwartet. Du gibst dich bescheiden und schüchtern und redest so wenig wie möglich. Sprich nur, wenn du gefragt wirst, dann kannst du nichts Falsches sagen. Wenn du eine Antwort nicht weißt, dann schaust du mich verliebt an und sagst: ‚Wie denkst du darüber, Henrik?' Damit spielst du den Ball in mein Feld, und ich kann für dich antworten, damit nichts schiefgeht."

„Wenn was schiefgeht ... also falls ... dann ... dann ersetze ich dir auf jeden Fall das blutige Kleid", platzte sie dazwischen. Sie hatte ihm eigentlich gar nicht zugehört, sondern die ganze Zeit verzweifelt überlegt, wie sie den finanziellen Schaden für sich und auch für ihn so klein wie möglich halten könnte.

„Du willst das Kleid ersetzen?" Er schüttelte den Kopf, als wäre das die dümmste Idee des Jahrhunderts. „Das Kleid, das du gerade trägst, ist von Valentino; wenn du das ersetzen willst, wirst du für eine sehr lange Zeit sehr viele Lachshäppchen servieren müssen."

Klasse! Nach dieser Bemerkung wurde ihr nur noch viel schlechter.

„Oh Gott! Die Kleider hatten doch alle gar keine Preisschilder. Woher soll ich denn wissen, was die wert sind. Von Valentino? Wie teuer ist denn so was? Oh Gott, oh Gott, wenn ich gewusst hätte, dass du pleite bist ...

oh shiiiit … ich hätte mich doch niemals von deinem Bruder so ausstatten lassen. Es war nicht meine Idee. Bitte glaub mir."

„Es ist in Ordnung."

„Er hat darauf bestanden, dass ich all diese Etepetete-Klamotten tragen soll."

„Es ist gut! Mach dir keine Gedanken darüber!", sagte er etwas entnervt.

„Und ob ich mir Gedanken mache! Was ist, wenn das mit dem Testament nicht klappt? Ich bringe das Kleid gleich am Montag in die Reinig…"

„Herrgott noch mal! Eva! Kannst du jetzt bitte aufhören, dir deswegen Sorgen zu machen?"

Sie verstummte und er auch. Er redete danach kein Wort mehr mit ihr, dabei hatte sie null Ahnung, was sie falsch gemacht hatte. Erst als sie in Binz ankamen, ergriff er wieder das Wort. Er parkte vor einer gigantischen Villa und starrte sie eine ganze Weile einfach nur stumm an. Dann beugte er sich plötzlich zu ihr hinüber und zog mit geübten Fingern ein paar der Haarnadeln aus ihrem Haar, strich die verirrten Locken aus ihrem Gesicht und steckte sie sorgsam in ihrer Frisur fest.

„Lippenstift!", sagte er, leckte seinen Zeigefinger ab und strich mit dem feuchten Finger einmal vorsichtig über ihre Unterlippe. Sie spürte, wie seine Berührung ihre Wirbelsäule hinunterrieselte und wie ein heißer Stich in ihre Vagina hineinfuhr. Oh wow! Wie ging das denn? Bei Hannes wurde sie nicht mal richtig feucht, wenn sie echten Sex hatten, und Doc H brauchte nur mal seinen nassen Finger an ihre Lippen zu legen? Oder lag es daran, dass ihre Vulva seit gestern enthaart und immer noch hyperempfindlich war und der superschmale Spitzenstring, den sie als Unterhose trug, die ganze Zeit ihre Klitoris irgendwie … ja, quetschte, reizte, stimulierte? Sie presste die Beine zusammen und biss sich auf die Lippen, damit er bloß nicht merken sollte, was er da gerade mit ihr angestellt hatte.

„Also, wie besprochen. Du redest nur, wenn du gefragt wirst! Hast du verstanden?"

Sie konnte nur nicken.

„Was sagst du, wenn du eine Antwort nicht weißt?"

„Ähm: *Mein liebster Henrik, wie denkst du darüber?*"

„Gut! Und noch etwas: Ich hoffe, du verstehst, dass ich in Gegenwart von Olga und der Verwandtschaft sehr viel vertraulicher mit dir umgehen muss. Das beinhaltet auch, dass wir uns gelegentlich etwas intimer berühren, gegebenenfalls auch noch mal den einen oder anderen Kuss austauschen müssen. Ich bitte, das nicht als sexuellen Übergriff, sondern als rein professionellen, emotionslosen Akt meinerseits zu bewerten."

„Professioneller Akt! Verstanden!" Sie war etwas kurzatmig beim Sprechen, weil das Pulsieren zwischen ihren Beinen ihr ziemlich unprofessionell den Atem raubte. „Sonst noch was?"

„Du hast dich als überraschend ... Ich meine, du bist wider Erwarten ziemlich ... ausgesprochen attraktiv. Also ich ... Was ich sagen wollte, ist: Ich bin ein gesunder Mann mit ausgeprägten männlichen Reflexen, und wir beide werden ein ganzes Wochenende zusammen verbringen, in einem Bett schlafen und ein verliebtes Paar spielen. Es ist nicht unwahrscheinlich, dass mein Körper, ähm, gewisse Reaktionen zeigt, die allerdings gar nichts mit meinen Gefühlen zu tun haben. Verstehst du, was ich meine?"

„Ja. Falls du beim Knutschen eine Latte bekommst, ist das eine rein professionelle Reaktion! Du bist kein bisschen in mich verliebt und ich nicht in dich."

„Genau! Und es wäre schön, wenn du meinen erigierten Penis nicht als Latte bezeichnen würdest."

„Dein Penis ist keine Latte! Verstanden! Und du hast keine Gefühle."

„Genau!"

„Ja!"

Dann stiegen sie endlich aus. Er half ihr natürlich beim Aussteigen, und als er sie zum Haus führte, legte er seine Hand leicht und warm auf ihren Rücken. Und da standen sie nun vor der wuchtigen Eingangstür zu Tante Olgas Villa und warteten. Sie hatten geklingelt, geklopft und ein paarmal laut gerufen, aber offenbar fühlte niemand sich bemüßigt, sie hereinzulassen. Dabei hatte die berüchtigte Tante Olga angeblich mehr Personal als die Queen.

Lisa legte den Kopf in den Nacken und schaute an der Villa hinauf. Sie konnte sich gar nicht sattsehen an der filigranen Architektur dieses großen Hauses. Olga, die unermesslich Reiche, nannte das Haus ihren Sommersitz, allerdings lebte sie inzwischen ganzjährig hier. Die Villa war in der Bäderarchitektur des 19. Jahrhunderts erbaut und hatte unzählige Giebel und Fassadenvorsprünge. Über drei Etagen zogen sich rundum weiße Holzbalkone, die mit kunstvollen Schnitzereien verziert und zum Teil sogar verglast waren. Lisa hätte sich nicht gewundert, wenn plötzlich eine Dame mit Spitzenhäubchen und voluminösem Reifrock auf einem der Balkone erschienen wäre. Die sogenannte Villa „Hagen" hatte einst ein Berliner

Industrieller namens Hagen erbauen lassen, aber nach dem Krieg war die Familie enteignet worden und das gigantische Haus, das direkt am Hochufer lag, hatte dann 50 Jahre lang als FDJ-Ferienheim fungiert. Nach dem Untergang der DDR hatten die Hagen-Erben das Haus verkauft, und Olga, die selbst irgendwo auf Rügen geboren worden war, hatte es erworben und es aufwendig sanieren lassen. Nachdem Olga beschlossen hatte, wegen des gesunden Ostseeklimas dauerhaft nach Binz zu ziehen, war auch die berüchtigte Erbschleicherin Anette mit ihrer Familie in die Villa Hagen eingezogen. Zuerst nur für ein paar Wochen, dann für die Monate über den Sommer und seit drei Jahren wohnte sie nun ganz bei Olga. Wenn sie also schon hier wohnte, konnte sie nicht auch endlich mal die Tür aufmachen?

Doc Hs Hand auf ihrem Rücken war im Verlaufe des Wartens immer wärmer geworden und langsam tiefer gerutscht. Er schien es gar nicht zu bemerken, und Lisa versuchte so zu tun, als würde sie es auch nicht bemerken, als würde sich die Hand auf ihrem Hinterteil durch den dünnen Stoff ihres Kleides überhaupt nicht brennend heiß anfühlen, sondern einfach nur professionell.

„Denk daran: nur sprechen, wenn du gefragt wirst!", erinnerte er sie mit einem Wispern nahe an ihrem Ohr. Sie konnte nicht antworten, sondern nur nicken. Für eine winzige Sekunde berührten sich ihre Blicke, und es fühlte sich für Lisa ein bisschen an, als würde die Zeit still stehen, während ihre Augen sich ineinander versenkten. Sie dachte unwillkürlich an den Filmkuss von heute Mittag, die Weichheit seiner Zunge, die Zärtlichkeit, mit der er ihr Gesicht gehalten hatte, seine gewaltige Latte – sorry, sein erigierter Penis – an ihrem Bauch, und sie fragte sich, wie wohl seine Nicht-Filmküsse sich anfühlen würden, wenn der Filmkuss ihr schon butterweiche Knie beschert hatte. Doc H konnte jedenfalls bessere Filmküsse verabreichen, als Hannes echte Küsse geben konnte.

„Da seid ihr ja endlich, Henrik!", rief plötzlich jemand und riss sie beide aus ihrem Blickwechsel. Sie stoben auseinander, als hätte man sie bei etwas Verbotenem erwischt, und standen einem großen, sehr korpulenten Mann gegenüber. Er hatte eine dicke Knubbelnase und kleine Schweinsäuglein, die von einer runden Nickelbrille mit schätzungsweise 100 Dioptrien für Kurzsichtigkeit noch stärker verkleinert wurden. Das musste der berüchtigte Ehemann von Anette Wurzler der Erbschleicherin sein.

„Ja, da sind wir endlich, Jürgen!", bestätigte Doc H betonungslos.

„Und du hast tatsächlich deine geheimnisvolle Verlobte mitgebracht!", stellte Herr Schweinsäuglein fest und begann nun Lisa eingehend zu mustern, von oben bis unten und wieder zurück. „Wer hätte gedacht, dass es dich noch mal erwischt, Junge, Junge!"

„Weder ist Eva geheimnisvoll, noch gab es einen Grund anzunehmen, ich würde ewig Single bleiben", antwortete Doc H und schob Eva an dem Hünen vorbei ins Innere des Hauses. Jetzt standen sie in einer großen Halle, die hell und lichtdurchflutet war und von der aus eine breite Treppe hinauf zur ersten Etage und zu einer Galerie führte. Der Eingangsbereich war luxuriös mit hellen Korbsitzmöbeln ausgestattet und sonnigen Gemälden verziert. Große Blumenvasen standen herum und waren üppig mit frischen Blumen gefüllt. Opulente Rosensträuße wie aus einem Katalog, Sonnenblumen mit riesigen Köpfen, Kornblumen mit grünen Ähren verziert. Lisa blieb stehen und hielt vor lauter Staunen die Luft an. Wow, sie müsste eigentlich unbedingt ein Foto machen, Patti würde das niemals glauben, wenn sie ... Ach stopp, Patti gab es ja faktisch nicht mehr.

„Jede Woche 400 Euro, nur für den Gärtner! Wär nicht schlecht, wenn wir das als Taschengeld auf unserem Konto hätten, wa' Henrik?" Herr Schweinsäuglein klopfte Doc H kameradschaftlich auf die Schulter. „Deine Tochter ist bereits vor zwei Stunden mit deinem schwulen Bruder angekommen."

Was für ein Dummschwätzer, schoss es Lisa unwillkürlich durch den Kopf. Der Typ gehörte eindeutig zu der Sorte von Leuten, die andauernd das Offensichtliche verkünden oder Zeug quatschen, das keinen Menschen interessiert. Als ob Doc H nicht wüsste, dass sein Bruder schwul war oder dass Caro bereits angekommen war. Sie hatte ihrem Vater schon vor zwei Stunden eine SMS geschrieben.

„Jetzt aber genug getratscht. Die Gnädigste erwartet euch beide schon ungeduldig!" Er wedelte in Richtung einer halb offen stehenden Tür und legte dann wie selbstverständlich seine speckigen Pranken auf Lisas Rücken und säuselte nahe an ihrem Ohr. „Da lang, schönes Kind, in die Höhle des Drachen. Ho, ho, ho!" Bäh! Sie konnte den Mann jetzt schon nicht ausstehen und hatte ihn erst ein paar Sätze reden hören.

Lisa kam sich vor, als würde man sie vor den Thron einer Königin führen. Olga die Unerbittliche saß in einem Ohrensessel, der in einem großen Salon stand – diesen Raum einfach nur Wohnzimmer zu nennen, wäre die Untertreibung des Jahres gewesen. Der Pseudothron war an eines der zig Fenster gerückt, und von dort aus hatte man einen direkten Blick hinaus auf die Straße und auf das Auto von Doc H, das da unter einer Kastanie parkte.

Die Verbitterung schien sich tief in das Gesicht der alten Frau eingegraben zu haben. Ihre Mundwinkel waren nach unten gezogen und zwischen ihren Augen hatten sich zwei tiefe Ärgerfurchen verewigt. Auf ihrem Kopf trug sie eine dicke Pracht von schneeweißem, lockigem Haar, das man erst auf den zweiten Blick als Perücke erkannte. Lisa blieb vor lauter Ehrerbietung mitten im Raum stehen, aber Cousin Schweinsäuglein schob sie vorwärts. Was bildete der Typ sich eigentlich ein? Und wo war überhaupt Doc H abgeblieben? Wäre jetzt nicht ein guter Zeitpunkt für ihn, um seine Rolle als Bräutigam zu spielen? Sie wich der unangenehmen Berührung von Jürgen Schweinsäuglein aus und stolperte dabei drei Schritte vorwärts direkt vor den Thron Ihrer königlichen Majestät Olga der Ersten, deren Mundwinkel sich nur noch weiter nach unten bogen, während die Furchen in ihrem Gesicht noch tiefer wurden. Hinter ihrem königlichen Sessel stand eine klapperdürre, kleine Frau mit weißblonder Stachelhaarfrisur. Ihre Wangen waren eingefallen und ihre Augen so stark geschminkt, dass ihr Gesicht ein bisschen wie ein Totenschädel wirkte. Die Frau sah aus wie die Chefin der Heiligen Inquisition, die gerade darüber nachdachte, die Hexenverbrennung wieder einzuführen – mit Lisa als Brennstoff.

Jetzt wurde ihr klar, warum Doc H ihr 1 000 Euro für das Wochenende geboten hatte.

„Hi, äh, guten Tag. Wie geht's euch? Ich bin Eva Lazarus! Alles Gute zum Geburtstag. Sie sehen toll aus, für Ihr Alter, meine ich", sagte sie und streckte der alten Dame die Hand zum Gruß entgegen. Die drei Sekunden der absoluten Schreckensstille im Raum hätte man vielleicht als Anzeichen dafür nehmen können, dass Lisas Begrüßung ein wenig verunglückt war. Vielleicht.

„Ihr kommt zu spät! Um vier Uhr war Kaffeezeit", nörgelte die alte Frau mit herrischer Stimme. Sie ignorierte Lisas Hand und zeigte mit ihrem Gehstock direkt auf ihre Brust, als wollte sie sie damit erstechen. „Und warum sieht die Verlobte meines Neffen aus, als ob sie jemanden ermordet hätte?"

Lisa blickte an sich hinab und wurde ein bisschen rot. Sie hatte während der Pinkelpause versucht, die Blutflecken von der weißen Spitze des Kleides abzuwaschen, aber dabei hatte sie alles noch viel schlimmer gemacht, und jetzt sah das Kleid aus wie eine Metzgerschürze nach der Blutwurstherstellung.

„Ähm ... ähm ..."

„Nun?"

Sie wandte sich Hilfe suchend nach Doc H um, der offenbar draußen in der Halle von jemandem aufgehalten worden war und jetzt erst mit ausladenden Schritten in den Salon gepreschst kam. Gott sei Dank!

„Ähm, ich …. also ich glaube, dass ich Henriks Ex die Nase zertrümmert habe, oder wie denkst du darüber, mein liebster Henrik?"

~

Henrik hatte in den letzten paar Minuten drei Erkenntnisse gewonnen.

Erstens: Jürgen Wurzler, genannt der Dummschwätzer, war seit ihrer letzten Begegnung an Ostern noch mal um 10 Kilo schwerer geworden, und er war heiß auf Eva. Zweitens: Anette Wurzler, genannt die Erbschleicherin, hatte seit ihrer letzten Begegnung noch mal 5 Kilo abgenommen und sah jetzt endgültig aus wie ein magersüchtiges Skelett, und sie hegte eindeutig Mordgedanken gegen Eva. Drittens: Die schüchterne und schlichte Kantinenhilfe, jetzt Kunsthistorikerin Eva Lazarus, war erstaunlicherweise nicht an seinem oder an Olgas Reichtum interessiert, und leider war sie auch alles andere als schüchtern oder schlicht, und ganz offensichtlich nützte es gar nichts, wenn man Strategien mit ihr absprach und versuchte sie zu coachen oder ihr Zurückhaltung einzurichten.

Sie tat, was sie wollte und grundsätzlich das Gegenteil von dem, was er ihr sagte. Sie war völlig unberechenbar, und im Grunde hätte er bereits nach fünf Minuten den Besuch bei Tante Olga abbrechen können, denn zu diesem Zeitpunkt war bereits klar, dass das Projekt gescheitert war.

„Du weißt genau, dass wir um vier Kaffee trinken! Wie kannst du an meinem Geburtstag unpünktlich sein?", meckerte Olga sofort los und haute mit ihrem unsäglichen Stock auf den Parkettboden ein. Natürlich hatte Henrik keine Uhrzeit für seine Ankunft mit Olga vereinbart, aber sie meckerte aus Prinzip. Sie veranstaltete jeden Tag um vier ihren sogenannten „Kaffee", trank aber nur Tee, dabei ließ sie sich von ihrer Köchin auch jeden Tag ein Stück Kuchen servieren, stocherte dann aber nur darin herum und verkündete, dass der Kuchen wie Schweinefutter schmecken würde. Kurz und gut: Auf die Kaffeezeremonie mit Olga konnte man getrost verzichten.

„Ich wünsche dir auch einen guten Tag, Tante Olga, und herzlichen Glückwunsch zum Geburtstag." Er hatte sich jetzt hinter Eva gestellt und Jürgen mit einem stummen Fingerzeig klargemacht, dass er deutlich mehr Abstand von ihr halten sollte, wenn ihm seine Manneskraft lieb war. „Eva, meine Verlobte, hat sich ja bereits selbst vorgestellt", sagte er und legte seine Hand auf ihre Schulter.

„Wie seht ihr nur aus? Seit wann erscheint man zu meinem Geburtstag und sieht aus wie ein Kopfschlächter? Und ein vorlautes Mundwerk hat das

Frauenzimmer auch! Ich dachte, sie hätte eine anständige Erziehung genossen!", schimpfte Olga und malträtierte den Boden mit ihrem Stock.

„Nimm dir mal ein Beispiel an Jürgen und Anette, die wissen, wie man sich anlässlich eines Jubiläums kleidet. Seit dich diese Vandalie vor 14 Jahren abserviert hat, habe ich dich nicht mehr in einem so heruntergekommenen Zustand gesehen. Willst du mich beleidigen? Seit Ostern habe ich keinen Ton von dir gehört, nicht mal einen Anruf, aber nachdem du nun weißt, dass ich bald sterbe, tauchst du mit deinem Fräulein Braut auf." Tock, tock, tock!

„Ich tauche auf, weil du darauf bestanden hast, Eva kennenzulernen."

„Nein, du tauchst auf, weil du weißt, dass ich mein Testament ändere, wenn mir deine Auserwählte zusagt."

„Eva wird dir zusagen." Und das war die Lüge des Jahrhunderts. Wenn Eva nur noch ein einziges Mal ihren Mund aufmachte und redete, dann wäre sie bei Olga endgültig unten durch, so viel war sicher.

„Das werden wir ja sehen, ob sie mir zusagt. Noch so eine geldgierige Hochstaplerin wie Vandalie brauchst du mir jedenfalls nicht unterzujubeln." Sie wedelte mit ihrem Stock direkt vor Evas Gesicht herum, sodass sie vor Schreck zurückzuckte und ihren Haardutt direkt auf Henriks Nase haute. Er schlang unwillkürlich seinen Arm um sie und zog sie an sich, um ihr Halt zu geben. Für Außenstehende wirkte das vermutlich sehr innig.

„Eva ist selbst wohlhabend. Sie ist weder auf dein noch auf mein Geld angewiesen", erklärte er und rieb seine Nase an ihrem Hals an der Stelle unterhalb ihres Ohrs, wo ihre Arterie aufgeregt pochte. Es war eine bewusst zur Schau gestellte Zärtlichkeit, eine Botschaft an Olga und Anette: *Seht her, sie ist echt!* Außerdem hatte Eva einen sehr erotischen Hals. Wäre sie wirklich seine Verlobte, hätte er sie schon längst genau an dieser Stelle geküsst.

Und vielleicht auch gebissen.

„Und scheinbar liebt ihr euch über alle Maßen und könnt es kaum erwarten, auf euer Zimmer zu kommen", spottete Olga und haute den Stock auf die Dielen.

„Ach Tantchen, ich schwöre dir, sobald die beiden alleine sind, wird es keine Zärtlichkeiten mehr geben", zischelte Anette und schlängelte sich jetzt wie eine Viper hinter Olgas Sessel hervor. „Henrik könnte auch eine beliebige Escort-Lady angeheuert haben, die sich teure Kleider anzieht und verliebt mit ihm tut."

„Du unterstellst meiner Verlobten, eine Prostituierte zu sein?", fragte er ganz ruhig, obwohl er innerlich die Faust ballte und sie Anette mit voller Wucht ins Gesicht donnerte – oder wie wäre es mit Evas kampferprobter Gucci-Handtasche?

„Ich unterstelle, dass sie gar nicht deine Verlobte ist, lieber Cousin. Und auch was ihren Reichtum angeht, habe ich so meine Zweifel! Ich habe mir mal erlaubt, nach dieser Sargfabrik zu googeln, und was denkt ihr wohl, was ich gefunden habe?" Sie beantwortete ihre Frage gleich selbst. „Nichts! Absolut nichts. Es gibt keine Lazarus-Sargfabrik!"

Sie lächelte triumphierend und verschränkte die Arme vor ihren nicht vorhandenen Brüsten. Und tatsächlich wusste Henrik für zehn Sekunden nicht, was es darauf antworten sollte. Er hatte natürlich damit gerechnet, dass Anette die Scharade nicht kampflos hinnehmen würde, aber er hatte erwartet, dass sie Eva mit Fragen nach ihrem Beruf und ihrem Studium in die Falle locken wollte. Wie hatte er nur das allwissende Google übersehen können? Ein Lapsus, der ihm niemals passiert wäre, wenn er mehr Zeit für die Vorbereitung gehabt hätte.

„Die Sargfabrik heißt Bruno GmbH und nicht Lazarus!", hörte er Eva sagen. „Sie wird von einem Geschäftsführer geführt, daher taucht unser Familienname Lazarus nicht im Internet auf."

„Bruno GmbH? Haha! Und die soll es also wirklich geben?", lachte Anette. Ihre Finger zuckten förmlich, als wollte sie am liebsten gleich ihr Handy herausholen und den Namen googeln, aber da meldete sich Tante Olgas Stock mit einem herrischen Klopfen.

„Ja, die gibt es. Italienische Luxussärge. Wollte mir letzte Woche einen bei denen bestellen. Lieferfristen von 6 Monaten und Preise, als ob ich einen Rolls Royce kaufen wollte", sagte Olga, und ihr bitterböser Blick, mit dem sie Eva bisher fixiert hatte, wurde tatsächlich einen Hauch weicher. Aber nur einen winzigen Hauch.

„Die gibt es wirklich?", gackerte Anette.

„Und du darfst davon ausgehen, werte Cousine, dass Evas Familie etwas mehr Vermögen besitzt als du." Obwohl Henrik diesen Erbstreit widerwärtig fand, wollte er wenigstens einmal vor Olgas Ohren klarstellen, wer hier in Wahrheit hinter dem Geld her war.

Anette hatte sich wie selbstverständlich in Olgas Sommerhaus einquartiert und lebte auf Olgas Kosten. Jürgen war angeblich Immobilienmakler, aber Henrik war sich sicher, dass der Mann in den letzten drei Jahren keinen einzigen Quadratmeter Grund und Boden verkauft hatte und dass er stattdessen von dem Taschengeld lebte, das Anette ihm zugestand, und Anette wiederum lebte von den finanziellen Zuwendungen, die Tante

Olga ihr zukommen ließ. Als Entgelt dafür, dass sie vor der alten Frau katzbuckelte und wie ein Sklave alles tat, was die von ihr verlangte.

Henriks Seitenhieb traf deshalb genau ins Schwarze.

„Tantchen, so kann ich das nicht stehen lassen. Wie ihr alle sehr wohl wisst, habe ich meine Tätigkeit als Physiotherapeutin aufgegeben, als ich zu dir gezogen bin, um für dich da zu sein und dich zu pflegen!", empörte sich Anette.

Pflegen? Olga bezahlte eine ausgebildete Krankenschwester und zig Dienstmädchen, die sich um ihre Pflege kümmerten.

„Ich habe mich nie über die finanziellen Einbußen beklagt, die ich dadurch erlitten habe", lamentiere Anette weiter. „Darf ich mir keine Sorgen machen, wenn Henrik uns eine Verlobte präsentiert, die aus einer angeblich gut situierten und einflussreichen Familie stammt, von der nie jemand etwas gehört hat? Schließlich ist er schon einmal auf eine Heiratsschwindlerin hereingefallen."

„Ich bin über Evas finanzielle Situation informiert. Sie ist keine Heiratsschwindlerin, mein Ehrenwort", antwortete Henrik kühl und kein Wort davon war gelogen.

„Warum haben wir dann noch nie etwas von der angeblich ach so wohlhabenden Unternehmerfamilie Namens Lazarus gehört? In unseren Kreisen begegnet man sich doch ständig bei entsprechenden Events", hielt Anette ihm entgegen.

Tante Olga hätte es gerne gesehen, wenn er und Anette zusammengekommen wären. Aber nicht einmal vor 15 Jahren, als Anette noch jung und ein klein wenig kurviger und er noch kein Frauenhasser gewesen war, hatte sie ihn interessiert. Henrik hatte keine Ahnung, was andere Männer an solchen fleischlosen Skeletten wie Anette anziehend fanden, aber er hätte schwören können, dass der Sex zwischen ihr und Jürgen lebensgefährlich für beide sein musste. Nein, die beiden konnten einfach keinen Sex haben. Warum drifteten seine Gedanken eigentlich schon wieder in diese Richtung ab? Vielleicht weil er Eva gerade fest an sich gedrückt hielt und sie ihren Hintern gegen seine Hosenfront presste?

„Evas Eltern leben sehr zurückgezogen auf einem Schloss in Irland. Sie verkehren nicht in den Kreisen, die du als Hautevolee bezeichnest."

„Wie überaus praktisch", trällerte Anette. „Rein zufällig hast du plötzlich eine reiche Verlobte, deren Namen noch nie jemand gehört hat, die nicht über Google zu finden ist und deren Familie abgeschieden von der Welt im

Hochmoor lebt."

„Mir kommt ihr Gesicht bekannt vor!", mischte sich Olga plötzlich ein und tockerte nachdenklich mit ihrem Stock auf dem Boden, wie jemand anders vielleicht mit einem Finger auf den Tisch trommeln würde, während er nachdenkt. „Wir sind uns schon begegnet, da bin ich sicher!"

„Ich denke nicht, Tante Olga", wandte Henrik ein. „Die Wege der Familie Lazarus haben sich nie mit unseren gekreuzt. Eva lebte jahrelang in der Schweiz, dann hat sie in Rom Kunstgeschichte studiert, wo wir uns begegnet sind."

„Ach, jetzt weiß ich es wieder!" Der Stock schnellte vor und zeigte auf Eva. „Wir sind uns bei der Neustädter Hengstparade begegnet, 2002."

Eva zuckte vor dem Stock zurück und drängte sich noch fester in Henriks Arme. Kein Problem, er hielt sie gerne, stellte er fest. Sie war wenigstens weich und herrlich üppig an genau den richtigen Stellen.

„Aber Tantchen, das redest du dir ein. Du bist doch jedes Jahr in Redefin bei der Hengstparade! Und außerdem wäre Henriks angebliche Verlobte da ja noch ein Kind gewesen", mischte sich Anette ein.

„2002 war ich in Neustadt an der Dosse." Tock, tock, tock. „Ich vergesse nie ein Gesicht, schon gar nicht so eins wie ihres. Ihr Mund ist viel zu breit, wie ein Froschmaul. Und ihre Wangenknochen sind zu hoch. Außerdem hätte man diese Himmelfahrtsnase längst korrigieren lassen sollen." Ihr Stock schnellte schon wieder in Evas Richtung.

„Eva war noch nie bei einer Hengstparade, Tante Olga, und ich finde ihr Gesicht sehr schön!", sagte Henrik.

„Und was sagst du dazu, Mädchen? Kannst du nicht selbst reden?"

„Falls wir uns begegnet sind, kann ich mich leider nicht mehr daran erinnern, und ich war 2002 tatsächlich gerade erst zwölf", antwortete Eva diplomatisch. *Gute Antwort, sehr gut.* Henrik atmete innerlich erleichtert auf, aber da trat sie plötzlich aus seiner Umarmung heraus, machte einen unerschrockenen Schritt auf Olgas Ohrensessel zu und reckte ihre Nase in die Luft: „Ja, und was mein Gesicht angeht, da kann ich nur sagen: Lieber ein hässliches Gesicht als einen gehässigen Charakter."

Ach du lieber Gott, jetzt stemmte sie auch noch ihre Fäuste in die Hüften, und ihre Körpersprache brüllte ganz laut: *Na los! Leg dich doch mit mir an, du alte Hexe. Du wirst schon sehen, was du davon hast!* Was interessierte sie sich für die Absprachen, die er vorher im Auto noch ganz akribisch dargelegt hatte.

Für ein paar Augenblicke hätte man eine Stecknadel fallen hören können. Alle hielten die Luft an, nur Olga nicht. Die legte ihre Stirn in tiefe Furchen und beugte sich auf ihren Stock gestützt weit vor, um Eva noch genauer in Augenschein nehmen zu können, dabei spitzte sie ihre Lippen und die Falten um ihren Mund sahen aus wie eine Karstlandschaft.

„Ich hab nicht gesagt, dass dein Gesicht hässlich ist!"

„Und ich hab nicht gesagt, dass Ihr Charakter gehässig ist!", antwortete Eva.

Man hörte Anette und Jürgen gleichzeitig nach Luft schnappen, und das war der Moment, in dem Henrik beschloss, seine ungebärdige Aushilfsverlobte an der Hand zu nehmen und sie nach Berlin zurück zu schaffen.

Das Wochenende war hiermit erledigt.

Aber da fing Olga plötzlich an zu lachen wie ein altersschwacher Rabe: „Krähähä!" Tock, tock, tock. „Hähähääkräh! Wenigstens hat sie Mumm! Mehr Mumm als ihr alle zusammen!" Tock, tock, tock! „Hast du dieser Heiratsschwindlerin wirklich die Nase blutig geschlagen, Mädchen?"

„Aus Versehen! Ich wollte eigentlich Henrik treffen, aber er hat sich weggeduckt", gestand Eva freiheraus und erntete doch tatsächlich eine weitere Lachsalve von Olga.

„Krähähä!" Tock, tock, tock. „Das nenn ich wahre Liebe! Krähähä!"

Henrik traute seinen Ohren nicht. Das musste der berüchtigte Moment sein, an dem üblicherweise die Hölle zufror oder Weihnachten und Ostern zusammenfielen. Tante Olga, der alte Drachen, lachte aus vollem Hals.

Anette schlug fassungslos die Hände vor ihrem Gesicht zusammen. „Tantchen, denk an deinen Blutdruck und an deinen Magen. Du sollst dich nicht aufregen!"

„Ach, sei still. Sie gefällt mir!" Olgas Stock schnellte wieder nach vorn, dieses Mal aber nicht in Evas Richtung, sondern jetzt zeigte die Spitze auf Henriks Brust. „Trotzdem rate ich dir, das vorlaute Frauenzimmer zur Raison zu bringen, bevor du sie heiratest. Leg sie übers Knie. Hähähäkräh!"

Henriks Kiefer klappte herunter. Er war einfach sprachlos.

„Verschwindet jetzt, ihr beiden! Ihr habt das blaue Zimmer und macht euch in Gottes Namen frisch. Wir sehen uns wieder zum Abendessen Punkt 20:00, und ich erwarte, dass ihr dann angemessen gekleidet seid."

~

Das blaue Zimmer war eigentlich ein weißes Zimmer mit ein paar marineblauen Farbtupfern an den Gardinen, Tapeten und Möbeln. Genau genommen war es ein Apartment mit Luxusbad und einem großen Schlafzimmer, in dem ein Himmelbett und eine blau-weiß gestreifte Sitz-ecke stand. Vom Schlafzimmer aus gelangte man auf den weiß gestrichenen, verglasten Holzbalkon – Doc H nannte es Veranda –, von dort aus hatte man einen atemberaubenden Blick zur fünfzig Meter entfernten Steilküste und zur Ostsee. Lisa wäre am liebsten hinausgegangen und noch eine halbe Stunde am Strand entlanggelaufen, um nach der langen Autofahrt und dem aufregenden Zusammentreffen mit dieser alten Meckerkuh ein bisschen herunterzukommen.

Aber jetzt war „frisch machen" angesagt, und sie wagte es nicht, Doc H noch mehr zu verärgern. Irgendwie befand er sich gerade in einer ziemlich seltsamen Stimmung. Kaum hatte er ihre beiden Koffer auf das Bett gelegt, warf er die Zimmertür mit einem lauten Krachen zu, riss sich sein ebenfalls blutiges Oberhemd vom Leib und schleuderte es mit einer schwungvollen Geste auf die blau-weiß gestreifte Sitzbank, die unten quer am Bett stand.

„Erinnerst du dich, was ich dir im Auto über Zurückhaltung, Höflichkeit und Demut erklärt habe?", fragte er sie und nebenher wühlte er in seinem Koffer nach einem frischen Hemd.

„Ja, aber diese gehässige, alte Kuh hat mich belei…"

„Kein Aber! Du hast dich nicht an das gehalten, was wir verabredet hatten."

„Es tut mir wirklich leid", sagte Lisa zu seinem nackten Rücken, denn er wühlte immer noch in seinem Koffer herum. Obwohl es ihr kein bisschen leidtat, und wenn sie noch einmal in der gleichen Situation wäre, würde sie es auch noch einmal ganz genauso machen. Ja! Scheiß auf Demut und Höflichkeit, die Alte war ja auch nicht höflich gewesen. Als hätte er ihre aufmüpfigen Gedanken gehört, drehte er sich blitzschnell zu ihr herum, schaute sie mit großen Augen an und schüttelte dann fassungslos den Kopf.

„Sie hat gesagt, dass du ihr gefällst! Und das ist … Es ist sehr überraschend. Ich weiß nicht genau, was da vorhin passiert ist, aber aus irgendeinem Grund hast du etwas in ihr erreicht, von dem niemand dachte, dass es vorhanden wäre. Womöglich hat sie doch ein Herz, wenn auch nur eines in Erbsengröße. Und deine Ausrede mit der Sargfabrik war schlicht genial. Ich gestehe offen und ehrlich: Ich bin von dir beeindruckt, Eva Lazarus!"

Er nahm sie an ihren Schultern und schaute auf sie hinab mit einem Blick, der tatsächlich nicht mehr ganz so eisig war.

„Du bist nicht sauer auf mich, oder so?"

„Natürlich bin ich unzufrieden, weil du dich nicht an meine Anweisungen gehalten hast, aber ich habe kein Problem zuzugeben, dass du das Richtige getan hast und meine Anweisungen womöglich falsch waren. Ich hatte fest damit gerechnet, dass Anette dich auf Herz und Nieren ausfragen wird. Aber ich dachte, sie würde sich auf das Thema Kunstgeschichte einschießen. Stattdessen hat sie diese unselige Sargfabrik gegoogelt, die Philipp sich ausgedacht hat. Was für ein Glück, dass du dich offensichtlich vorher ein wenig über Sargfabriken informiert hast."

„Meine Mutter ist in einem Bruno-Sarg bestattet worden." Der Geschäftsführer der Bruno GmbH war ein großer Fan ihrer Mutter gewesen, noch aus der Zeit, als sie Elisabeth Hoppe hieß und eine gefeierte Sopranistin war. Das war, bevor sie Lisas Vater geheiratet, ihre Karriere als Opernsängerin an den Nagel gehängt hatte und als Leadsängerin bei den *Gallowguys* aufgetreten war. Der Geschäftsführer hatte jedenfalls den unerschwinglich teuren Sarg gesponsert, und daher wusste Lisa, dass die Bruno GmbH von einem Geschäftsführer und nicht vom Unternehmer selbst geführt wurde.

„Entschuldigung, das war taktlos. Wie ist sie gestorben?"

Nein, es war nicht taktlos, woher hätte er es wissen sollen? Ganz im Gegenteil, es war nett, dass er sich entschuldigte und fragte. Irgendwie süßnett.

„Bei einem Autounfall!"

„War das der Unfall, bei dem dein Arm so schlimm verletzt wurde?"

„Ich habe versucht, sie aus dem brennenden Auto zu zerren, als das Innere schon in Flammen stand. Sie war irgendwie eingeklemmt, und ich kam nicht an den Sicherheitsgurt ran, konnte sie einfach nicht abschnallen, und das Feuer griff so schnell um sich." Auch nach so vielen Jahren war das schreckliche Bild von damals noch ziemlich klar vor ihren Augen: ihre Mutter eingeklemmt hinter dem Steuer, überall das Blut, in ihrem Gesicht, an ihren Händen, an ihrem roten Haar … und Lisa hatte es einfach nicht geschafft, diesen gottverdammten Sicherheitsgurt zu lösen, dann hatte das Feuer nach ihrer Hand und ihrem Arm gegriffen, der Schmerz war unbeschreiblich gewesen und sie war schreiend vor Angst und Schmerz aus dem brennenden Auto geflohen.

„Und dabei hast du dich selbst verbrannt?", fragte Doc H mit echtem Interesse und klang keineswegs wie ein emotionsloser Roboter.

„Mhm." Sie hatte ihre Mutter im brennenden Auto zurückgelassen.

„Wie schrecklich", flüsterte Doc H nahe an ihrem Haar, und sie schaute zu ihm hinauf, in seine Augen, die kein bisschen kalt waren, sondern voller Anteilnahme. Aber dann war der kurze Moment, das Aufflackern von Emotionen, schon wieder vorbei und plötzlich drehte er sich ruckartig um und wandte ihr erneut seinen nackten Rücken zu. Er griff in seine Hosentasche und zerrte sein Smartphone heraus.

„Ähm ... ich muss noch ein paar dringende Telefonate führen."

Halb enttäuscht und halb verwirrt hörte sie ihm zu, wie er seine Assistentin Frau Lange anrief und ausgiebig mit ihr über das PR-Projekt mit dem Parteivorsitzenden sprach. Sie sollte den abgesagten Termin auf Montag verschieben und dem Mann, verflixt noch mal, klarmachen, dass es sich nicht um eine Verschwörung der Opposition, sondern um ein schlichtes Terminproblem handelte. Herrje, es war Freitagnachmittag 16:00 Uhr, Frau Lange hatte bestimmt längst Feierabend, aber das schien Doc H nicht zu interessieren. Er ging vor dem Fenster auf und ab und telefonierte laut und kümmerte sich nicht darum, dass er immer noch kein Hemd trug. Seine Anzughose hing irgendwie seltsam tief auf seinen Hüften, und Lisas Blick wanderte leider immer wieder zu dem kleinen Pfad von dunklen Haaren, der hinter seinem Hosenbund verschwand, und zu der ziemlich ausgeprägten Bauchmuskulatur an dieser Stelle. Hannes war nicht so schlank und sehnig. Er war viel wuchtiger und kräftiger gebaut, wie ein Footballer, und er hatte einen kleinen Ansatz von einem Bierbauch.

Bumm! Der Gedanke an Hannes war wie ein Blitzschlag aus heiterem Himmel in ihren Kopf hineingefahren und schockierte sie. Sie hatte seit ihrem Telefonat mit Otmar heute Morgen nicht mehr an Hannes gedacht. Hatte total vergessen, dass es ihn gab und dass sie eigentlich fürchterlichen Liebeskummer hatte. Haben müsste.

War das gut oder war das schlecht?

Sie versuchte Doc Hs Oberkörper zu ignorieren und wandte ihm jetzt ebenfalls demonstrativ den Rücken zu. Sie packte ihren Koffer aus, den Frau Frey so liebevoll für sie hergerichtet hatte. Die gute Frau hatte sogar an ihren Laptop und das Ladekabel gedacht, den kleinen Kuschelteddy hatte sie obenauf gelegt und dazu noch ein Päckchen Zwieback mit einem gelben Post-it-Zettel versehen: *„Gegen die morgendliche Übelkeit ;)"*. Lieber Himmel, die Frau war ja wirklich herzallerliebst, aber so was von auf dem Holzweg.

Als der Koffer ausgeräumt war, zog Lisa sich um. Doc H war inzwischen hinaus auf die Veranda gewandert und telefonierte dort weiter, seinen Blick aufs Meer gerichtet. Lisa zog schnell ihr blutbesudeltes Kleid aus und nahm die einzige Hose, die sie besaß. Philipp hatte passend zu der dunkelblauen Hose ein ganzes Set im Marinelook ausgewählt und gesagt: „Das ist für die Strandpromenade."

Zu der dunkelblauen Röhrenhose gehörte eine passende, enge Seidenbluse und ein weißer Blazer mit blauen Bordüren, eine Sonnenbrille, blauweiß gepunktete Ballerinas, große Ohrstecker mit einem weißen Mondstein und ein blütenweißer Spitzenstring mit passendem BH. Aber Lisa ersparte sich den ganzen Accessoire-Schnickschnack und zog nur Hose, Bluse und Ballerinas an und dann ging sie nach draußen. Bis zu diesem seltsamen Abendessen war es noch eine ganze Weile hin, und da Doc H offensichtlich nicht die Absicht hatte, sein Coaching fortzusetzen, konnte sie sich auch mit angenehmeren Dingen die Zeit vertreiben, als ihm beim Telefonieren zuzuhören und auf seine superstraffe Bauchmuskulatur zu starren.

„Ich geh am Strand spazieren!", rief sie in die Veranda hinein, aber Doc H schien sie gar nicht zu hören, sondern zählte seiner verehrten Frau Lange gerade eine Litanei an Dingen auf, die sie heute (!) noch erledigen musste.

Lisa hatte vom Fenster aus gesehen, dass direkt hinter der Gartenmauer der Villa das Hochufer lag und vielleicht fand sie ja einen Weg hinab zum Strand. Sie konnte sich kaum noch daran erinnern, wann sie das letzte Mal in ihrem Leben am Meer gewesen war. Damals war sie noch zur Grundschule gegangen und ihre Eltern hatten einen Kurzurlaub auf Sylt gemacht. Sie hatte Muscheln gesammelt und ein Einweckglas mit Sand gefüllt und es Patti, der besten Freundin aller Zeiten, als Andenken mitgebracht.

Scheiß auf die beste Freundin aller Zeiten, die größte Verräterin aller Zeiten!

~

Der Spaziergang tat Lisa wirklich gut. Jetzt erst wurde ihr bewusst, dass sie seit vorgestern Abend gar nicht mehr richtig zur Ruhe gekommen war, weil ein verrücktes Ereignis das nächste gejagt hatte. In ihrem Innern war alles unklar und verworren. Ihr Hormonhaushalt spielte verrückt, und ihre Gefühle fuhren Achterbahn. Mal tat ihr Herz furchtbar weh, wenn sie an Hannes dachte, mal ballte die Wut ihren Magen zu einem Klumpen zusammen. Und dann war da noch Doc H, den sie eigentlich ü-ber-haupt nicht ausstehen konnte, aber irgendwie wurde ihre Vagina in seiner Nähe ziemlich oft ziemlich feucht. Wenn sie hingegen an Hannes dachte oder gar an Sex mit ihm, dann dachte sie nur … na ja, dass sie ihn liebte und dass alles andere eben nicht so wichtig war, wenn man jemanden liebte.

Normalerweise, wenn sie so aufgewühlt war, dann setzte sie sich für zwei Stunden ans Klavier und tauchte in der Musik weg, aber da ein Musikinstrument fehlte, war ein Strandspaziergang an diesem sonnigen Nachmittag auf jeden Fall eine gute Alternative.

Tante Olgas Luxusvilla lag etwas abgeschieden vom Touristentrubel an einem einsamen, bewaldeten Stück der Steilküste und ein enger, abschüssiger Pfad, der garantiert allen deutschen Sicherheitsvorschriften widersprach, schlängelte sich hinunter zu einem schmalen Stück des Strandes.

Als Lisa unten am Strand angekommen war, zog sie die Schuhe aus, krempelte ihre Luxushose etwas nach oben und ging barfuß durch das Wasser. Ab und zu blieb sie stehen und schaute zu, wie ihre Füße sich in den Sand vergruben, während das Wasser zurückfloss. Sie bückte sich nach schönen Muscheln und Steinen mit Löchern, und als sie einen braunen Kieselstein entdeckte, war sie sich sicher, dass sie einen rohen Bernstein gefunden hatte, aber es stellte sich nur als ein Stück Holz heraus. Sie schleuderte es hinaus auf die Wellen und hüpfte ein paar Schritte rückwärts, als das Meer mit vollem Schwung heranrauschte. Oh Shit, jetzt war ihre Luxushose nass. Aber ihr Herz wurde von Minute zu Minute leichter und ihr Kopf sehr viel klarer, und Hannes rutschte dabei auf der Beliebtheitsskala in ihrem Kopf Stück für Stück immer weiter nach unten.

Nimm's nicht persönlich! Pah, was sollte ein Mädchen denn sonst persönlich nehmen, wenn nicht das Ende einer Beziehung. Was für ein Riesen-Arschgeigen-Spruch! Warum hatte sie ihm eigentlich nicht gleich eine gepfefferte Ohrfeige verpasst?

Lisa schlenderte versonnen weiter, immer mit den Füßen im Wasser. Sie folgte den zurückweichenden Wellen und hüpfte quietschend rückwärts, wenn die wieder zum Strand hin wogten. Sie hätte in diesem Spiel ewig am Strand entlanggehen können (auf Kosten ihrer Hose), aber als sie gerade einen der Felsen umrundet hatte, stieß sie leider auf ein Liebespaar. Da wucherten ein paar magere Büsche am Fuß der Felswand und im Schutz eines dieser Sträucher lag ein junges Pärchen, das heftig miteinander fummelte. Das T-Shirt des Mädchens war schon ziemlich weit oben und die Hände des jungen Mannes in ihrer Jeans vergraben. Ihre Zungen hatten sie sich gegenseitig tief in den Hals gesteckt, und Lisa wollte gerade auf dem Absatz kehrtmachen und in die andere Richtung davongehen, als das knutschende Mädchen aufschaute und direkt in Lisas Richtung blickte.

Es war Carolin!

Lisa war im ersten Moment so geschockt, dass sie nicht wusste, was sie tun sollte: einfach weglaufen und die beiden ignorieren oder zu den beiden hinüberstürmen, Carolin unter diesem langen, dünnen Elend hervorzerren, das sich da auf sie gelegt hatte, und ihr gehörig die Leviten lesen.

Liebe Güte, Caro war gerade mal 14 und der Junge, mit dem sie da rummachte, konnte kaum älter sein. Boah, wenn sie Caros Mutter wäre, sie würde das Fräulein an ihren schwarz gefärbten Haaren packen und ihr ein paar Takte zu so einem ... so einem verantwortungslosen Verhalten sagen. Aber sie war ja nicht Caros Mutter, noch nicht mal ihre Stiefmutter. Außerdem hatten Stiefmütter sowieso keine Ahnung, was in ihren Stieftöchtern vor sich ging. Wo war überhaupt Philipp? Hatte der nicht eine Aufsichtspflicht gegenüber seiner Nichte? Schließlich waren die beiden gemeinsam hier in Binz angekommen. Wie hatte Caro überhaupt so schnell einen Typen aufreißen können?

Scheiße! Das ging sie alles gar nichts an. Sie war als Schauspielerin engagiert, nicht als moralische Mutter-Überinstanz für einen entgleisten Teenager. Lisa wirbelte herum und stapfte in die Richtung davon, aus der sie gekommen war. Nichts wie weg.

„Eva! Warte!", hörte sie Caros Stimme hinter sich, aber Lisa ging nur noch schneller. Sie wollte nichts mit dem Problem zu tun haben. Lisa war schon halb den Pfad wieder hinauf gekraxelt, als Caro sie einholte und am Arm packte.

„Eva! Du petzt es doch nicht Papa, oder? Bitte!" Caro war ganz außer Atem und hatte noch nicht mal Zeit gehabt, ihre Hose zuzuknöpfen.

„Warum sollte ich petzen?", schnappte sie das Mädchen an und verschränkte die Arme vor der Brust.

„Na ja, weil du ja jetzt bald meine neue Mutter bist."

„Es geht mich nichts an, Caro, und ich will mich auch nicht als Möchtegern-Stiefmutter aufspielen, aber ich sage dir das als Frau: Ich finde es nicht okay, dass du in deinem Alter bereits solche ... solche Sachen machst. Du bist vierzehn und wie alt ist er?" Sie zeigte irgendwo vage nach unten zum Strand, wo der dünne Riesenknabe vermutlich irgendwo auch gerade seine Hose zuknöpfte. Gott, das waren doch Kinder!

„Er ist achtzehn, aber das ist doch total unwichtig. Da war sowieso nichts. Nur 'n bisschen rumknutschen und fummeln. Ich kann ihn ja nicht mal leiden. Er hat es eben drauf. Falls du weißt, was ich meine. Ich will mich nicht von einem Stümper entjungfern lassen."

„What the fuck, Caro!", keuchte Lisa entsetzt. „Mit so etwas Wichtigem und ... und Einschneidendem wie Sex solltest du dir Zeit lassen. Und da muss doch auch Liebe im Spiel sein. Sex, einfach nur so, das ist doch nicht gut. Das ist billig. Ich ... ich weiß nicht, wie ich sagen soll. Das ist nur ficken. Damit würdigst du dich doch selbst herab. Du bist erst vierzehn."

„Ey, wie verklemmt bist du denn? In welchem Alter soll ich denn sonst Sex haben? Vielleicht wenn ich schon steinalt bin, so wie du und Papa?"

„WIE BITTE?" Lisa holte empört Luft, stemmte die Fäuste in die Hüften und kam sich plötzlich vor wie ihre eigene Mutter.

„Komm jetzt! Kein Mensch ist mit 15 noch Jungfrau. Das ist doch voll peinlich!"

„Ich war zweiundzwanzig bei meinem ersten Sex!"

Allerdings musste Lisa zugeben, dass sie damals – vor dem Unfall – auch ziemlich heftig in einen Jungen aus ihrer Klasse verknallt war und dass sie an manchen Tagen an nichts anderes denken konnte als an ihn, an Küssen und Fummeln und auch an Sex mit ihm. Aber kurz darauf hatten sich ihre Träume von Knutschen und Sex erledigt.

Ihre Mutter hatte früher immer zu ihr gesagt: *Der erste Sex einer Frau sollte etwas ganz Besonderes sein. Ein Fest.*

Leider war ihr erstes Mal mit Hannes bei der Party gar nichts Besonderes gewesen. Die Party hatte in der Wohnung von Pattis Freundin stattgefunden und die Entjungferung dort im Badezimmer auf der Bademmatte. Sie waren beide schon ziemlich angetrunken gewesen, und Hannes war richtig heiß auf sie gewesen und deshalb hatte er auch gar nicht lange gebraucht. Es hatte scheißwehgetan und die braune Bademmatte hatte mit ihren Kunstfasern Lisas Wange feuerrot gekratzt. Die würde ihr ewig in Erinnerung bleiben, ebenso wie der Uringeruch aus der Toilette, die zwanzig Zentimeter von ihrer Nase entfernt war. Ihr erstes Mal war wirklich kein Fest gewesen. Das zweite und dritte Mal auch nicht. Hannes brauchte im Prinzip nie lange. Bis Lisa überhaupt feucht wurde oder anfing, irgendetwas zu empfinden, was auch nur annähernd an Erregung grenzte, war Hannes meist schon fertig. Na ja, Sex wurde überbewertet und Feuchtigkeit auch. Sie schüttelte den Kopf und konzentrierte sich wieder auf Caro, die nach Lisas Geständnis spöttisch auflachte.

„Was? Zweiundzwanzig?", prustete Caro los. „Oh Mann! Das ist ja so peinlich! Dann bist du ja genauso verklemmt wie Papa. Ihr beide passt total zusammen. Echt."

„Caro. Das hat doch nichts mit verklemmt zu tun. Lass dir doch Zeit damit. Und dann mach es doch nicht mit einem Typen, in den du angeblich nicht mal verliebt bist, und auch noch hier am Strand. Ich meine, das ist doch ..." *... nicht annähernd so unromantisch wie auf einer ekelhaften Bademmatte in einem fremden Badezimmer.* „Was ist mit Verhütung? Pille? Kondome?"

„Ey, ich bin kein Kind mehr. Ich hätte schon aufgepasst!"

„DU hättest aufgepasst? Caro, ich fass es nicht! Wenn überhaupt, dann ist es der Mann, der aufpassen muss, und außerdem ist das die allerbeschissenste Verhütungsmethode überhaupt." Grrr, wenn sie Caros Mutter wäre, sie würde … sie würde diesem Burschen da unten am Strand die Eier herausdrehen. Ach shit, sie war ja nicht mal die echte Verlobte von Caros Vater.

„Jaaa, weiß ich selbst. Aber er ist so heiß", sagte Caro.

„Du findest ihn nicht mehr halb so heiß, wenn du demnächst auf einen Schwangerschaftstest pinkeln musst oder wenn du so eine Scheiß-Pille-Danach schlucken musst und dich tagelang beschissen fühlst. Glaub mir!" Sie hatte das einmal gemacht: die Pille danach geschluckt und einen heiligen Eid geleistet, lieber schwanger zu sein, als dieses dreckige Gift noch einmal zu schlucken.

„Bitte! Sag es nicht Papa", flehte Caro.

Und ob sie es Papa sagen würde, es war höchste Zeit, dass der Mann mal mit seinen väterlichen Pflichten nachkam und mit seiner Tochter sprach, und es würde gar nichts schaden, wenn er diesen Kerl da unten am Strand gleich noch kastrierte.

„Wer ist der Typ überhaupt? Wo hast du so schnell einen Kerl aufgerissen? Du bist doch gerade mal zwei Stunden vor uns hier angekommen." Sie wedelte wutentbrannt in Richtung Steilhang und spürte, wie ihr Temperament anfing zu brodeln. Am liebsten würde sie da noch mal hinuntergehen und diesem Bubi ihre Killerhandtasche auf die Nase hauen.

„Er ist Klausi Pickelfresse, also eigentlich heißt er Nikolaus Wurzler und ist der Sohn von Anette, und Papa hasst Anette. Wenn er was mitkriegt, gibt es ein Blutbad an Olgas Geburtstag. Ich wollte zum Strand gehen und Klaus wollte mich unbedingt begleiten, und da hab ich halt Ja gesagt, weil Philipp noch mal losgefahren ist, um Olgas Geschenk in Bergen abzuholen."

„Oh Shit! Das ist der Sohn von Anette? Du hast mit dem Feind fraternisiert?!"

„Zuerst haben wir uns nur angegiftet und er hat mich andauernd verarscht, von wegen Emo-Tussi und so, aber auf einmal haben wir uns geküsst und dann ist es halt irgendwie passiert. Plötzlich war seine Hand in meiner Hose und mein BH war offen und es war so geil. Er hat es echt drauf."

Lisa fuhr sich in ihrer Ratlosigkeit mit ihren Händen ins Haar und stellte fest, dass sie mit dieser Geste mal wieder ihre sorgsam zusammengesteckte Frisur ruiniert hatte und die Locken plötzlich aus allen Haarnadeln heraussprangen.

„Und jetzt bist du verliebt? Wie Romeo und Julia?"

„Quatsch, ich bin doch nicht verliebt. Ich hasse den Arsch. Er ist ein eingebildeter, arroganter, klugscheißender Aufreißer."

Lisa war wirklich keine Meisterin im Lesen anderer Menschen, aber selbst sie hörte aus Caros übertrieben lässiger Stimme heraus, dass das gelogen war. Sie war verliebt! Definitiv.

„Aber wenn du nicht verliebt bist, warum lässt du dann zu, dass er seine Hand in deine Hose schiebt?"

„Keine Ahnung!", zischte Caro sie jetzt bissig an. „Es ist halt passiert. Sagst du's jetzt Papa oder nicht?" Sie verschränkte abwartend die Arme, dabei hatte sie die Unterlippe vorgeschoben und seltsam glitzernde Augen. Na, bitte schön! Eindeutig ein Zeichen von Verliebtsein – ausgerechnet in Anettes Sohn Klausi Pickelfresse.

„Nein! Ich bin keine Petze, aber versprichst du mir, dass du dir wenigstens Kondome besorgst, bevor du deinen ersten Sex hast?"

Caro zuckte die Schultern.

„Schwör es mir, dann sage ich nichts!"

„Na gut. Ich schwör's. Du bist echt eine totale Nervensäge, weißt du das? Ich hab keinen Bock auf eine Stiefmutter wie dich. Echt nicht!", maulte Caro, drängte sich an Lisa vorbei und rannte schnaubend und stampfend voraus, den Pfad zur Villa hinauf.

8. Etüden

Henrik hatte von der Veranda aus zugesehen, wie Eva durch den Garten zur Steilküste hinüberspaziert war. Als sie endlich außer Sichtweite war, beendete er das Telefonat mit Frau Lange und stöhnte erst mal aus vollem Hals. Gott sei Dank, sie war weg!

Sollte er den Begriff „Herausforderung" jemals neu definieren müssen, dann würde diese Definition lauten: *ein Wochenende mit Eva verbringen und dabei nicht deinen Verstand verlieren oder in deine Hose ejakulieren!* Das war eine echte Herausforderung. Tante Olga war dagegen ein Kinderspiel. Dabei regte Eva ihn mit ihrer Impulsivität ganz furchtbar auf …

… und bezauberte ihn. Leider.

Und wenn sie ihm vorhin noch eine Minute länger in die Augen geschaut hätte, dann hätte er sie womöglich einfach aufs Bett geworfen und es mit ihr getan. Sie genommen, begattet, besprungen, geliebt, egal welchen Ausdruck man auch verwendete, es traf nicht annähernd das, was er in dem Moment alles mit ihr hatte tun wollen. Was für ein Glück, dass sie gegangen war und er die Gelegenheit hatte, sich wieder zu sammeln. Erst kalt duschen, dann etwas meditieren und zur Sicherheit auch masturbieren. Liebe Güte, er konnte seine Gedanken ja selbst kaum ertragen, so triebgesteuert klangen die. Er hatte schon lange nicht mehr masturbiert – vergangene Nacht das erste Mal seit über einem Jahr. Normalerweise stand bei Bedarf irgendeine willige Frau zur Verfügung und wenn nicht, dann übte er sich in mönchischer Selbstbeherrschung – was bisher problemlos funktioniert hatte. Aber Eva war nicht irgendeine Frau, und ob sie willig war, das wusste er leider nicht. In den Momenten, in denen sie seine Verlobte spielte, wirkte sie unsagbar willig. Und das war genau das Problem.

Als sie eine Stunde später vom Strand zurückkehrte, war er jedenfalls wieder entspannt und fühlte sich der Herausforderung gewachsen.

~

Lisa trug ein apricotfarbenes Cocktailkleid und drehte sich vor dem hohen Spiegel hin und her. Erst besah sie sich von vorne, dann von hinten und dann noch von der Seite.

„Und so was zieht man bei euch zum Abendessen an, echt?"

Doc H stand ein paar Schritte hinter ihr und begutachtete sie ebenfalls. Vielleicht war es ein Fehler gewesen, ihn zu fragen, was sie anziehen sollte, denn er hatte sehr zielsicher in den Schrank gegriffen und das engste, kürzeste und am tiefsten dekolletierte Kleid von allen ausgesucht. Das Kleid war ihr gestern schon beim Anprobieren in der Boutique viel zu schick vorgekommen, und sie hatte sich gefragt, wann eine normale Frau so etwas jemals tragen konnte. Jetzt wusste sie es: zum Abendessen bei Olga der Schrecklichen.

„Die eigentliche Feier findet morgen Abend statt, da wirst du förmliche Abendgarderobe tragen müssen. Heute Abend gibt es nur ein familiäres Abendbrot, kleiner Kreis. Da reicht ein einfaches Cocktailkleid", sagte er.

„Ein einfaches Cocktailkleid?" Aber hallo! Sie sah aus wie Fräulein Morgenröte von der Margarinewerbung. Nur ihre Frisur sah so schrecklich aus wie immer. Kaum waren die Haarnadeln raus, hüpften ihre Locken in alle Richtungen. Lisa seufzte und zerrte an den verbliebenen Haarklammern herum.

„Du bist genau richtig gekleidet. Ich sagte dir doch, dass Olga sehr viel Wert auf Etikette legt!", erklärte er und beobachtete ihren Kampf gegen den Wildwuchs auf ihrem Kopf mit verschränkten Armen. Den Zeigefinger hatte er an seine Lippen gelegt und die Augenbrauen hochgezogen. Nach einer Weile schüttelte er den Kopf und schob die breite Sitzbank vor den hohen Spiegel.

„Setz dich!", befahl er, und irgendetwas in seiner dunklen Stimme ließ sie widerspruchslos auf der Bank Platz nehmen. Sie plumpste quasi richtig darauf, auch wenn sie keine Ahnung hatte, was er beabsichtigte. Er verschwand im Badezimmer und kehrte mit dem Lockenkamm zurück, den Jeffrey ihr gestern zu dem Haarpflegeset mitgegeben hatte, dann stellte er sich hinter sie, griff in ihr Haar und löste die restlichen Haarklammern vorsichtig heraus.

„Was machst du da?", fragte sie atemlos.

„Wonach sieht es aus? Ich frisiere dich."

„Kannst du das denn überhaupt?"

„Kannst du es denn besser? Außerdem habe ich Caro früher jeden Morgen die Haare gemacht, bevor sie zur Schule ging."

„Echt?" Wow, das war irgendwie süß, obwohl sie sich das eigentlich gar nicht vorstellen konnte, wie Mister Robodoc seiner Tochter die Haare frisierte. „Dann bist du ja vielleicht doch nicht so ein Idiotenvater."

„Zum Idiotenvater bin ich erst geworden, seit Caro in der Pubertät ist. Früher kamen wir gut miteinander aus, aber in den letzten beiden Jahren habe ich das Gefühl, dass irgendjemand meine Tochter gegen einen Wechselbalg ausgetauscht hat. Egal was ich sage, ich erreiche sie nicht mehr."

„Sie sucht noch ihren Platz in der Erwachsenenwelt. Sie testet alles aus und schreit nach jemandem, der ihr Grenzen setzt und ihr gleichzeitig ein Vorbild ist."

Sie hatte Caro versprochen, ihm nichts zu verraten, aber irgendwie war ihr jetzt doch nicht richtig wohl dabei. Jemand musste ganz dringend mal mit Caro reden, von Frau zu Frau, und ihr ein paar deutliche Ratschläge geben. Nicht dass Lisa jemals selbst auf die Ratschläge ihrer Mutter gehört hätte, als sie noch ein Teenager war. Oh nein, sie hatte sich rebellisch gegeben und immer das Gegenteil von dem getan, was ihre Mutter für richtig hielt. Aber wenn es darauf angekommen war, wenn es wirklich um Gewissensentscheidungen gegangen war, dann hatte sie sich doch immer nach dem gerichtet, was ihre Eltern ihr beigebracht hatten.

„Du meinst so etwas wie eine Mutter?" Er lachte spöttisch auf. „Nein danke!"

„Na ja, eine Mutter zum Vorbild zu haben, ist jedenfalls besser als, Germanys Next Supermodel nachzueifern oder gar so einer abgehalfterten Dschungelkönigin."

„Du hörst dich an wie Tante Olga. Valerie ist jedenfalls das denkbar schlechteste Vorbild, das ein Kind haben kann."

„Caro braucht eine erwachsene Frau, mit der sie …"

„Hier! Halt die mal fest, und gib sie mir einzeln, wenn ich es sage!", unterbrach er sie und drückte ihr die Haarklammern in die Hand. Dann nahm er die erste Haarsträhne und kämmte sie vorsichtig aus. „Ich möchte nicht mit dir über die Erziehung meiner Tochter reden." Er teilte die nächste Strähne aus dem Haar und zog den Kamm langsam durch die Locken. „Geht es so, oder zieht es?"

Hmmm! Das war wundervoll. Er machte das ganz sanft und langsam. Er nahm Strähne für Strähne und kämmte sie vorsichtig. Das war ziemlich sinnlich. Vermutlich hatte sie dabei ein- oder zweimal zufrieden geseufzt, wenn ja, dann war es allerdings keine Absicht, und vielleicht war es auch keine Absicht, dass seine Finger zärtlich ihren Hals hinaufglitten, als er das Haar zu einem Knoten zusammenraffte und es an ihrem Hinterkopf feststeckte. Seine Berührung spürte sie jedenfalls ganz unabsichtlich unten in ihrer Scheide, die sich gierig zusammenzog und vorsorglich schon mal in froher Erwartung etwas Feuchtigkeit produzierte.

„Du … du machst das sehr gut", flüsterte sie und schaute ihn über den Spiegel hinweg an. Sein Blick war ernst und konzentriert, aber seine Finger waren unendlich zärtlich … ah, verdammt!

„Dein Haar ist so weich", antwortete er mit rauer Stimme, und seine Hände legten sich auf ihre Schultern, dort, wo sie in den Hals übergingen, dann glitten sie langsam nach oben, und das sah im Spiegel aus, als wolle er sie erwürgen, aber auf ihrer Haut fühlte es sich an, als wolle er sie verbrennen. Ihre Brustwarzen wurden so hart, dass sie wehtaten, und ihre Scheide krampfte sich zusammen, wie ein leerer Magen, der nach Inhalt lechzte. Sie schloss die Augen. Es war unerträglich, was da gerade mit ihrem ganzen Körper passierte.

„Oh Gooott." Hatte sie das wirklich leise gewispert, wie einen Kosenamen? Oh Mann, sie war ja so was von unprofessionell. Auf einmal spürte sie seinen Atem nahe an ihrem Gesicht, es fühlte sich an, als würde er mit seiner Nasenspitze ganz sanft an ihrem Ohr entlang über ihre Wange streichen, während seine Hände immer noch ihren Hals umfassten. Sie legte unwillkürlich ihren Kopf zurück und öffnete ihre Beine, soweit das enge Kleid es überhaupt zuließ … Rrrrrr.

Da klimperte plötzlich der *Entertainer* aus ihrer Handtasche, die irgendwo rechts neben dem Spiegel auf dem Boden stand. Sie schreckte hoch, schlug mit ihrem Kopf gegen sein Kinn, sodass er vor Schmerz keuchte und zurücktaumelte.

„Oh Sorry! Äh Verzeihung!" Sie zerrte mit zitternden Fingern ihr Handy aus der Tasche. „Ich schau nur, wer dran ist, ja?"

Einerseits war sie erleichtert über die Störung, weil sie sich sicher war, dass sie in den nächsten Sekunden ihre Professionalität über Bord geworfen und sich auf Doc H gestürzt hätte. Andererseits war sie aber herb enttäuscht, weil sie noch nie in ihrem Leben so erregt gewesen war, und das nur von einer Berührung.

Ihr Vater war am Telefon, was irgendwie seltsam und beängstigend war, denn er hatte seit eineinhalb Jahren nicht mehr mit ihr telefoniert oder sie mit ihm.

„Papa? Was ist passiert?", fragte sie in einer Mischung aus Panik und Misstrauen.

„Das frag ich dich, Lissy", kam seine raue Altrocker-Stimme aus dem Hörer. „Da stehen deine beiden Freunde vor der Tür und verlangen, dass ich die Polizei rufe und dich als vermisst melde. Die denken, du bist von einem Mädchenhändlerring entführt worden."

Lisa musste laut lachen.

„Du lachst. Es geht dir also gut. Du bist nicht in den Puff nach Nischni

Tagil verkauft worden?"

„Ich bin lediglich übers Wochenende verreist. Kein Grund, gleich den Bundesgrenzschutz zu benachrichtigen", antwortete sie ein wenig von oben herab und versuchte dabei den arroganten Tonfall von Doc H nachzuahmen. Nebenher beobachtete sie über den Spiegel, wie der besagte Doc im Badezimmer verschwand. Er hatte es tatsächlich geschafft, ihre Locken zu bändigen und sie in einem Knoten auf ihrem Kopf festzustecken. Sie drehte den Kopf hin und her und war hingerissen von seinem Werk. Auf der anderen Seite des Telefons räusperte sich ihr Vater ein wenig verlegen.

„Okay, alles klar. Ääähm, ich will mich nicht in dein Leben einmischen, aber warum hast du deinen Freunden nicht Bescheid gegeben, dass du weg bist? Die machen sich Sorgen um dich. Und ich auch."

„Sie sind nicht meine Freunde."

„Ooookay!" Ihr Vater schwieg eine ganze Weile. „Du hast also Schluss gemacht mit dem Loser. Und wo bist du übers Wochenende, wenn ich fragen darf?"

Loser? Ihr Vater kannte Hannes doch gar nicht. Die beiden waren sich nur ein Mal begegnet, und das war auch nur Zufall gewesen. Woher wollte der denn wissen, ob Hannes ein Loser war? „Hannes hat die Beziehung beendet, nicht ich. Und ich bin auf Rügen."

„Gibst du ein Konzert?"

„Nein! Du weißt ganz genau, dass ich das seit acht Jahren nicht mehr mache!", schnauzte sie ihn bissig an. Was sollte diese blöde Frage?

„Das ist ein Fehler, Lissy. Du kannst so viel mehr als in Kellerbars tingeln."

Ja klar, da rief dieser Mensch nach anderthalb Jahren Schweigen an und meinte, er könnte sich als Ratgeber aufspielen. Hallo! Dieselbe Diskussion hatten sie beim letzten Gespräch auch schon gehabt, und das war der Grund gewesen, warum sie das Gespräch mittendrin abgebrochen hatte, weil er ihr einen Vortrag gehalten hatte, dass sie endlich etwas mit ihrem Leben anfangen sollte. Dass sie ihren Schulabschluss nachholen und dann ihr Studium an der Musikhochschule beginnen solle, dass sie ihren Traum von der Karriere als Konzertpianistin endlich weiterverfolgen sollte und dass Mamas Tod nach so langer Zeit keine Ausrede mehr sei, sich gehen zu lassen. Dummes Blabla. Ihr Vater hatte doch echt keine Ahnung.

Die Ärzte und die Physiotherapeuten hatten ihr gesagt, dass ihre linke Hand nie wieder zu hundert Prozent funktionieren würde und dass sie sich damit abfinden müsse, nie wieder Weltklasseniveau als Pianistin zu erreichen. Sie hatte ziemlich lange gebraucht, um sich damit abzufinden, aber jetzt war es gut. Sie war mit ihrem Leben zufrieden, genau so, wie es war. Sie hatte von dem Traum mit dem Weltruhm Abschied genommen und sich neu organisiert. Sie ließ sich überhaupt nicht gehen, ganz im Gegenteil, sie hatte sich aufgerafft und eben eine andere Richtung eingeschlagen.

„Ich hab jetzt keine Zeit mehr, Papa. Und den beiden kannst du ausrichten, sie sollen es nicht persönlich nehmen. Tschüss und schönen Abend."

Sie beendete das Gespräch und schleuderte das Handy mit einem „Gottverfickte Scheiße!" in ihre Killerhandtasche zurück. Doc H kam wieder aus dem Badezimmer. Er hatte ihr Telefonat genutzt, um sich ebenfalls für das Dinner umzuziehen. Jetzt trug er einen dunklen Anzug, darunter ein blütenweißes Hemd und eine apricotfarbene Krawatte. Wow! War das eigentlich Absicht, dass seine Krawatte schon wieder perfekt zu ihrem Kleid passte?

„Eva flucht nicht, gleichgültig, wie verärgert sie auch sein mag!", belehrte er sie ernst und setzte sich auf die Bettkante ihr gegenüber.

Toll, jetzt auch noch einen überflüssigen Ratschlag vom Imagepapst! „Sorry, aber mir platzt echt gleich der Hals. Ich kann nicht glauben, dass Hannes zu meinem Vater rennt und so tut, als würde er sich Sorgen um mich machen. Dann hätte er gefälligst nicht Schluss machen sollen, wenn er sich Sorgen macht."

„Hat er einen Grund genannt, warum er Schluss machte?"

„Er sagt, dass er meine beste Freundin liebt, aber ich glaube, es war wegen dem schlechten Sex. Ich bin so schlecht im Bett." Sie schlug die Hand vor ihr Gesicht, weil sie Doc H nicht dabei ansehen konnte, wenn sie es laut aussprach. „Ich habe nie einen Orgasmus gehabt. Ich habe sie vorgetäuscht, damit er nicht merkt, was ich für eine Versagerin bin. Er war immer ziemlich schnell fertig, und ich dachte, er merkt es nicht, aber …"

„Er war schnell fertig? Wie meinst du das?", unterbrach Doc H sie.

Sie spreizte die Finger und linste dazwischen hindurch. Oh my god! Redete sie gerade wirklich mit Doc H über ihr Sexualleben?

„Ich bin dein Imageberater und Coach, also musst du ganz offen zu mir sein", drängte er und beugte sich nach vorn, noch näher zu ihr hin. „Ich habe dir versichert, dass dieser Mann zu dir zurückkehrt und dir einen Antrag macht, wenn ich mit dem Coaching fertig bin, und umso wichtiger ist es für mich, die Ursachen für die Beziehungskrise zu kennen."

„Es ist, wie du gesagt hast, er hat mich verlassen, weil ich ihn nicht befriedigt habe. Kannst du mir beibringen, wie guter Sex geht? Wie man als Frau einen Orgasmus haben kann, also einen echten meine ich, so wie diese Dschungelkönigin, die du so richtig …"

„Du hattest wirklich noch nie einen Orgasmus?", fragte er streng.

„Na ja, also wenn ich mich selbst …" Sie traute sich kaum, ihn anzusehen, andererseits hatte er heute Nachmittag im Auto gesagt, dass sie unbefangen mit Sexualität umgehen sollte. „Wenn ich es mir selbst mache, dann klappt es gut mit dem Orgasmus."

Seine Mundwinkel hoben sich ganz schwach nach oben in einer Art arrogantem Lächeln. „Mir scheint, dein Freund hatte ein paar Orientierungsprobleme, was das Auffinden deiner erogenen Zonen anbelangt. Wie war das bei den anderen Männern?"

„Es gab keine anderen Männer."

Seine Augen wurden groß vor Überraschung, und sie zuckte entschuldigend die Schultern. „Ich bin nun mal nicht der feuchte Traum eines jeden Mannes, hast du doch selbst gesagt."

„Ich habe mich geirrt, als ich das gesagt habe. Du bist durchaus ein feuchter Traum. Ein sehr feuchter, wenn ich es genau nehme." Er räusperte sich ein paarmal, bevor er etwas krächzend weitersprach. „Was habt ihr üblicherweise miteinander gemacht im Bett?"

„Wie jetzt? Du willst wissen, wie wir Sex hatten?"

„Ja, wie und wie oft. Du musst ganz offen und ohne Beschönigung darüber sprechen. Wie soll ich dich sonst beraten? Das Gespräch unterliegt natürlich der Schweigepflicht und ist eine rein professionelle Unterhaltung."

„Professionell! Natürlich! Okay!" Sie nickte. „Wir hatten zwei, drei Mal in der Woche Sex, wenn er nicht gerade zum Angeln, genauer gesagt bei Patti war. Meist war er oben, manchmal ich."

„Und weiter?"

„Was weiter?"

„Andere Stellungen? Anal? Oral? Hat er dich geleckt? Hast du ihn geleckt? Habt ihr irgendwelche Spielzeuge verwendet, irgendwelche anderen Praktiken ausprobiert?"

„Du meinst so … so was, was du mit der Dschungeltussi gemacht hast. Hintern versohlen, und so."

Obwohl seine direkten Fragen ihr die Schamesröte in die Wangen trieben, sodass ihr ganzes Gesicht schon brannte, konnte sie ein albernes Grinsen trotzdem nicht unterdrücken.

„Genau so etwas meine ich. Die Bandbreite der Spielarten ist unendlich, du musst herausfinden, was ihm und dir gefällt. Hat es dir gefallen, was ich mit Marianne gemacht habe?"

„Du meinst das Arsch versohlen?", fragte sie leise, als würde sie etwas Verbotenes aussprechen.

„Es ist der *Hintern,* nicht der *Arsch,* aber ja, das meine ich. Das Spanking und auch der Sex von hinten, das Zuschauen! Hat es dich erregt?"

„Also ich weiß nicht, ob es mir gefallen würde, den Hintern versohlt zu bekommen …" Oh Gott, und ob ihr das gefallen würde. Ihre Vagina wurde alleine von der Vorstellung feucht, wie es wäre, wenn sie sich so wie die Dschungelqueen auf einen Tisch legen würde und Doc H würde sie so sehen und dann mit seiner Hand weit ausholen … wooooha. Sie schnappte nach Luft. „Ich sollte das vielleicht mal ausprobieren."

„Ja, natürlich. Du solltest alles ausprobieren, um herauszufinden, was du gerne magst und was dich besonders erregt."

„Hannes ist jetzt nicht so furchtbar experimentierfreudig."

„Was ist mit Fellatio? Habt ihr euch denn gelegentlich oral befriedigt?

„Oral?"

„Im Volksmund auch Blowjob genannt! Du nimmst den Penis eines Mannes in den Mund und reizt ihn mit der Zunge und mit Saugen so lange, bis er einen Erguss hat."

„Ich weiß, was ein Blowjob ist, Herr Oberlehrer, aber ich dachte … ich weiß nicht … mir hat das irgendwie nichts gegeben. Wir haben es ein, zwei Mal probiert. Aber ich hatte immer das Gefühl, Hannes mag das nicht so sehr."

Doc H schüttelte ungläubig den Kopf. „Meine verehrte Verlobte und Schülerin, glaub mir, jeder Mann mag das, und im Falle des Blowjobs geht es nicht darum, was es *dir* gibt, sondern darum, dass du *ihm* dabei etwas schenkst, und wenn du einen Mann wirklich liebst, dann ist es dir ein Bedürfnis, ihn auf diese Weise zu beglücken, und wenn du gut darin bist, wird er wie Wachs in deinen Händen."

„Wahrscheinlich habe ich immer alles falsch gemacht."

„Eine Frau kann bei einem Blowjob fast nichts falsch machen, das

Ganze ist eigentlich selbsterklärend. Vermutlich brauchst du nur ein bisschen Übung." Er seufzte laut. „Wir sollten den Ablauf mal durchgehen, obwohl ich jetzt eigentlich mit dir über Tischmanieren reden wollte."

„Oh ja, lass uns den Ablauf durchgehen!", rief Lisa und leckte gierig ihre Lippen. Tischmanieren konnten ihr aber so was von gestohlen bleiben.

„In der Theorie, natürlich."

„Natürlich!"

Er räusperte sich und rutschte unruhig auf dem Bett herum, setzte sich breitbeinig hin und holte sehr tief Luft. „Ja also, zuerst musst du natürlich seine Hose öffnen, um ungehindert an das Objekt deiner Begierde heranzukommen."

„Versteht sich von selbst!" Ihre Blicke begegneten sich kurz, dann schaute er an ihr vorbei irgendwo nach rechts oben und dozierte weiter.

„Ja, und ähm, wenn du den Penis erst einmal aus der Unterhose herausgeholt hast, solltest du ihn ohne Scheu und beherzt anfassen."

„Mhm. Beherzt anfassen!" Bildete sie sich das nur ein oder schob er seinen Unterkörper unweigerlich weiter nach vorn an die Bettkante? Nein, das war definitiv keine Einbildung: Er saß breitbeinig vorne am Bett, genau ihr gegenüber, und in seiner Hose zeichnete sich eine beachtliche Beule ab. Sein Penis war extrem professionell erigiert.

„Am besten, du wechselst zwischen Saugen, Lecken und Streicheln. Umspiele seine Eichel mit der Zunge, mal saugst du sanft, mal hart an ihr. Schau den Mann ab und zu an, wie er reagiert. An seinem Gesichtsausdruck wirst du ganz leicht erkennen, was ihm gefällt. Lass ihn deinen Kopf festhalten und ihn ein wenig steuern, damit er dir zeigen kann, was er mag. Nimm dabei ruhig seinen Hoden in die Hand. Schließe deine Lippen um seinen Penis und gleite mit festem Lippendruck auf und ab, mit deinen Händen kannst du ihn auch an seiner Wurzel festhalten und ebenfalls Auf- und Abwärtsbewegungen machen …"

„Nicht so schnell. Das … das mit dem Hoden verstehe ich nicht."

„Zweifellos wäre es in der Praxis etwas anschaulicher."

„Du hast recht!" Sie rutschte wie ein Wiesel von der Bank herunter und kniete sich – schwupp – zwischen seine Beine. „Also, wie geht das? Ich knie mich erst mal vor dich hin und mache ganz langsam den Hosenstall auf."

Der Gürtel und der Knopf seiner Hose waren ruckzuck offen, ebenso wie der Reißverschluss. Wow, seine Erektion war noch viel härter und größer, als die Beule in Anzughose es hatte vermuten lassen.

„Eva! Nein!", wisperte er, aber sie war sich nicht sicher, ob er das Nein nicht als Ja meinte.

„Was soll ich jetzt tun? Herausnehmen und beherzt anfassen." Sie griff vorsichtig in seine Unterhose und spürte seine seidige Härte. Es fühlte sich so gut an. Wie ein großer, harter Knüppel mit Seidenüberzug. Sie spürte ihre Vagina pulsieren wie ein gigantisches Herz aus Feuer. Als sie zu ihm aufschaute, sah sie seinen verkniffenen Gesichtsausdruck. Seine Lippen waren zusammengepresst, als hätte er Schmerzen, und die Augen glasig in die Ferne gerichtet. Shit, das schien ihm nicht zu gefallen.

„Wir sollten jetzt lieber über Tischmanieren reden", stöhnte er.

„Tut es dir weh?" Sie hielt seinen Penis jetzt mit einer Hand umfasst, die andere hatte sie auf seinen Oberschenkel gelegt, um sich abzustützen, und nun platzierte sie vorsichtig einen Kuss auf die feuerrote seidenweiche Spitze seiner Eichel.

„Neiiiin, es tut nicht weh. Du machst das … er… erstaunlich professionell!", presste er heraus, während sie langsam mit der Zunge über seine Eichel leckte. Er schmeckte gut, stellte sie erstaunt fest. Richtig gut, sauber, aber nicht zu sehr nach Seife, sondern nach Mann, nach Salz, nach Haut, nach weicher, heißer Haut. Lieber Gott, sie hätte nie gedacht, dass ihr das schmecken könnte.

„Du darfst nicht so gucken wie ein emotionsloser Roboter, sonst kann ich an deinem Gesichtsausdruck nicht erkennen, ob ich es richtig mache", sagte sie und schaute erneut zu Doc H hinauf. Jetzt hatte er die Augen geschlossen und sein Adamsapfel hüpfte aufgeregt an seinem Hals auf und ab. Hm, das sah aus, als ob es ihm gefallen würde. Sie nahm seinen Penis jetzt ganz in den Mund und saugte vorsichtig daran.

„Ge-nau-so!", ächzte es von oben.

Ihre andere Hand schob sich jetzt ganz von selbst in seine Unterhose hinunter zu seinen Hoden. Eigentlich müsste er die Hose ausziehen, damit sie besser rankam. Als sie ihn dort berührte, gab er ein Knurren von sich, wie ein Raubtier. Das hieß übersetzt eindeutig: *Gut!* Dieses Geräusch ging ihr durch und durch. Ihre Vagina tropfte förmlich, und ihr Gehirn verabschiedete sich und dann lief irgendwie alles ganz automatisch ab. Sie saugte, leckte und bewegte ihre Lippen auf seinem Penis auf und ab, er gab Geräusche von sich, von denen keines wie eine Ablehnung klang; wenn sie sanft mit seinen Hoden spielte, krächzte er ein lautes „Ja!", und wenn sie über seine Eichel leckte, schnurrte er wie ein Kater: „Rrrrr!" Und als sie an ihm saugte, stöhnte er leise ihren Vornamen.

„Evi, oh Gott, Evi!", sagte er, und das klang so unsäglich zärtlich und schön in ihren Ohren – auch wenn es nicht ihr richtiger Name war –, dass sie dabei selbst immer heißer wurde und noch fester an ihm saugte, und dann plötzlich packte er ihren Kopf mit beiden Händen, grub seine Finger beinahe grob in ihr Haar, das er gerade eben noch so hübsch frisiert hatte.

„Tiefer jetzt! Schluck es!", keuchte er und hielt ihren Kopf fest, stieß sein Becken nach oben und seinen Penis tief in ihren Rachen. Sie hatte gar keine Zeit, über einen Würgereflex nachzudenken oder darüber, ob sie sein Sperma überhaupt schlucken wollte, da spürte sie schon, wie er in ihrem Mund kontrahierte und zuckte und einen warmen Schwall nach dem anderen in ihren Rachen spritzte. Sie schluckte einfach, und er stöhnte laut „Aaaaah Eviiiii!".

Sie spürte, wie brennender Lustschmerz ihre Scheide durchzuckte. Wenn sie sich jetzt da unten anfassen würde, nur ein, zwei Mal über ihre Klit streicheln würde ... sie würde selbst kommen, so viel war sicher.

~

Doc H gab ihren Kopf langsam wieder aus seinem festen Griff frei und ließ sich dann mit einem erschöpft, aber zufrieden klingenden „Ah Evi!" rückwärts aufs Bett fallen.

„Ich finde, Tischmanieren werden überschätzt", sagte sie und bettete ihren Kopf einfach in seinen Schoß. Er lachte leise von irgendwo da hinten auf dem Bett, und dann legte er seine Hand an ihre Wange, wie selbstverständlich, als ob sie da hingehören würde.

„Es gibt rein gar nichts an deinen Tischmanieren auszusetzen, Evi!", sagte er mit einer so rauen Stimme, als ob er die ganze Nacht durchzecht hätte. „Das war perfekt! Ab-so-lut perfekt!"

„Ehrlich? Habe ich die Übung bestanden?"

„Mit eins plus, mein Herz." Sein Daumen streichelte sanft ihren Hals. Wie war das noch mal? Was hatte er ihr vor wenigen Stunden im Auto noch gepredigt? *Ich mache nur Sex. Keine Gefühle, keine Erotik, keine Küsserei und vor allem keine Gespräche vorher oder nachher.*

Lisa lächelte glücklich. Hannes hatte noch nie zu ihr gesagt, dass sie gut war. Er hatte sie auch nie „mein Herz" genannt, sondern „Gummibärchen". Wenn er gekommen war, hatte er immer ziemlich gegrunzt und gekeucht, und wenn er fertig war, hatte er ihren Hintern getätschelt, als wäre sie ein Pferd, dann hatte er sich auf die Seite gedreht und war ruckzuck eingeschlafen. Sie war dann ins Badezimmer geschlichen, hatte sich das Sperma abgewaschen und eine Salbe gegen das Wundsein aufgetragen, und manchmal hatte sie sich dabei auch selbst befriedigt, aber meist war sie gar nicht erregt genug gewesen, nicht so wie jetzt. Jetzt fühlte sich ihre Vagina an, als würde sie kochen, und unwillkürlich schob Lisa ihre Hand unter ihr Kleid und tastete nach oben. Sie trug nur einen hauchdünnen String, und sie brauchte ihren Finger nicht einmal unter den Stoff zu schieben, wenn sie sich nur ganz leicht dort berührte, da wo ihre Klitoris dick und geschwollen nach Berührung lechzte, dann spürte sie schon, wie die Elektrizität ihren Rücken hinauf- und in ihr Gehirn hineinschoss.

„Was machst du da?" Henrik richtete sich blitzschnell wieder auf und bedachte sie mit einem ziemlich strengen *Doc H*-Blick.

„Ich … ich … wollte nur. Ich dachte, dass ich vielleicht auch kommen könnte." Shit, jetzt wurde sie auch noch rot.

„Ich kann nicht glauben, was ich da sehe. Nimm sofort deine Finger da weg. Eva befriedigt sich nicht auf diese Weise selbst. Auf gar keinen Fall!"

„Aber ist es denn so unnatürlich? Ich bin total heiß im Augenblick, und du hast selbst gesagt, dass Masturbieren …"

„Evas Lust gehört ganz alleine ihrem Verlobten. Sie fasst sich dort nur an, wenn er es ihr erlaubt oder wenn er sie darum bittet, sich anzufassen, vielleicht weil er ihr dabei zusehen möchte, aber ansonsten gibt sie ihren Orgasmus in seine Hände, verstehst du?"

„Ähm, nein!"

„Tante Olgas Traum-Eva ist unterwürfig und gehorsam, erinnerst du dich?"

Sie nickte und kaute auf ihrer Lippe herum, sie hatte wirklich keine Lust, jetzt an Tante Olga zu denken.

„Dann nimm deine Hand da weg, und zwar sofort." Seine Stimme klang herrisch und bedrohlich, und sie riss ihre Hand vor lauter Schreck förmlich unter ihrem Kleid hervor.

„Gut so! Und jetzt zieh das Kleid hoch, bis über deine Hüften. Ich möchte sehen, ob du darunter korrekt gekleidet bist."

Oh Gott, was immer er damit bezweckte, dass er sie mit seiner dunklen Chef-Stimme herumkommandierte, es half jedenfalls nicht gegen die gierige Lust, die zwischen ihren Beinen pochte. Ganz im Gegenteil, falls das möglich war, wurde Lisa nur noch lüsterner beim Klang dieser Stimme, und sie gehorchte, wie es sich für Tante Olgas Traum-Eva gehörte. Sie stand auf und zog das enge Cocktailkleid an beiden Seiten langsam nach oben, bis es sich auf ihren Hüften bauschte, und präsentierte ihm ihre Dessous. Die Strapse, welche die hauchzarten Strümpfe hielten, und der dazugehörige Spitzenstring. Doc H stand jetzt ebenfalls vom Bett auf, und während er seinen leckeren, aber erschlafften Penis gerade wieder in seine Unterhose zurück packte, begutachtete er Eva ganz ungeniert mit diesem Mienenspiel, das sie noch von gestern Morgen kannte, den Sklavenhalter-Prüfblick. Doch plötzlich, so schnell, dass Lisa gar nicht begriff, was er tat, griff er nach dem Stringtanga und zerrte daran. Der kräftige Zug und das Reiben des schmalen Streifens über ihre Klitoris war so schmerzhaft schön, dass Lisa vor Wollust ganz laut aufschrie, als er ein zweites und auch noch ein drittes Mal an dem Tanga zog. Dann riss die Spitze mit einem leisen Ratsch und er hielt ihren Slip in der Hand. Der hatte mindestens 50 Euro gekostet. Zwei Spitzenblüten und ein dünner Strang, das war alles, und der Strang hatte ihre Klit so sehr gereizt, dass die Wollust sie jetzt schier umbrachte. Eine Berührung nur und sie würde explodieren und kommen.

„Das Höschen ist ganz feucht, Evi. Das kannst du nicht anbehalten", konstatierte Doc H mit kühler Stimme, nur sein Blick brannte in ihrem. „Der Blowjob hat dir anscheinend Spaß gemacht!"

„Ja." *Und wie.* Es hatte ihr so sehr Spaß gemacht, dass sie sich unwillkürlich über die Lippen leckte bei dem Gedanken, wie er geschmeckt und wie er sich in ihrem Mund angefühlt hatte. Wie er gezuckt und gespritzt hatte und dabei ihren Namen gestöhnt hatte.

Doc H hielt das bisschen Stoff, das er erbeutet hatte, an seine Nase und atmete ihren Geruch ein, das war eigentlich eine total schweinische Geste, und Lisa hätte sich, wenn Hannes das getan hätte, irgendwie sogar geekelt, aber bei Doc H wirkte das kein bisschen ekelig auf sie, sondern aufreizend. Dann steckte er die Reste ihres Tangas in seine Hosentasche, während er mit seinem Fuß die Bank, auf der Lisa zum Frisieren gesessen hatte, so zurechtrückte, dass die lange Seite jetzt halb schräg zum Spiegel stand.

„Leg dich quer über die Bank!", herrschte er sie an. „Den Bauch auf die lange Seite der Bank, deinen Hintern in meine Richtung und dein Kopf zeigt in die andere und schau in den Spiegel dabei."

„Du willst mir den Hintern versohlen?", rief sie erfreut.

„Fünf Schläge, weil du dich selbst berührt hast und weil du dich nicht an das gehalten hast, was ich dir ausdrücklich gesagt habe."

„Fünf Schläge?"

„Es werden mehr, wenn du nicht gehorchst. Und mache deine Beine so weit wie möglich auseinander, ich will sehen, was die Schläge an deiner Scheide bewirken."

Sie gehorchte ohne den geringsten Widerspruch. Eigentlich konnte es ihr gar nicht schnell genug gehen. Alleine seine Worte bewirkten an ihrer Scheide schon schrecklich schöne Dinge. Sie machte ihre Beine so breit, wie es die etwas unbequeme Liegehaltung überhaupt zuließ, und hörte ihn hinter sich laut aufstöhnen.

„Evi, du bist so schön und glänzt richtig vor Feuchtigkeit. Du bist sehr erregt, nicht wahr?"

„Ja!"

„Du siehst ein, dass ich dich bestrafen muss?" Seine Hand lag jetzt auf ihrer Pobacke. Er berührte sie kaum, es war nur der Hauch eines Kontaktes zu spüren, aber die Muskeln in ihrer Scheide zogen sich bereits hungrig zusammen.

„Jaa!"

Der erste Schlag kam so hart und so schnell, dass sie vor Schmerz und Schreck laut aufschrie. Boah, hatte er etwa einen Gürtel verwendet? Das hatte höllisch wehgetan und brannte richtig auf ihren Pobacken. Oh Shit, wahrscheinlich würde man jetzt schon jeden einzelnen seiner Finger als roten Abdruck darauf erkennen können. Apropos Finger, jetzt fuhr er mit seinem Finger langsam von hinten ihre Scheide entlang und strich über ihre Klitoris. Die Berührung ließ sie aufheulen vor Lust.

„Feuerfeuchte Kirsche!", hörte sie ihn leise wispern, dann war sein Finger plötzlich wieder verschwunden und der zweite Schlag klatschte mit aller Brutalität auf ihren nackten Po. Sie konnte den zweiten lauten Schrei genauso wenig unterdrücken wie ihr lang gezogenes „Oh Goooooooott!", als er mit seinem Finger erneut ihre Klit berührte, dieses Mal ein wenig länger und ein wenig fester. *Bitte weitermachen! Nur noch ein Mal! Nur ein bisschen fester!* Sie war kurz davor zu kommen, aber da peitschte schon der dritte Schlag auf ihre andere Pobacke. Sie schrie schrill und wartete doch ganz gierig darauf, dass er zum Trost ihre Klitoris wieder verwöhnen würde, aber die Berührung blieb aus.

„Wirst du dich noch einmal selbst berühren, ohne die Erlaubnis deines Verlobten?"

„Nein, nie wieder!", wimmerte sie. „Bitte!"

„Bitte was? Sag den Namen deines Verlobten, als würdest du ihn unendlich lieben."

„Bitte Henrik, fass mich an." Und da war sie endlich, die Berührung seiner Finger! Dieses Mal rieb er ihre Klitoris mit dem Handballen und dann schob er seine Finger zwischen ihre Schamlippen und tief in ihre Scheide hinein, ein Mal, zwei Mal – hmmmm, so schön – und dann kam der vierte Schlag.

Sie schrie und wusste nicht, ob vor Schmerz oder Lust. Seine Finger waren immer noch in ihr und ihre Vagina zuckte bereits lüstern, gleich war es so weit, sie spürte, wie sich der Orgasmus in ihr aufbaute wie Überdruck in einem Dampfkochtopf, doch dann zog er seine Finger wieder aus ihrer Scheide und ließ sie leer und schmerzend zurück.

„Wirst du dich künftig an das halten, was ich mit dir verabrede?"

„Ja, an jedes Wort!", rief sie inbrünstig und glaubte es in diesem Moment auch selbst. Wenn er ihr befehlen würde, nackt vor dem Brandenburger Tor Hula-Hoop zu tanzen, sie würde es tun, wenn er nur seine Finger wieder zurück an diese Stelle zwischen ihre Beine schieben und ihre Klitoris anfassen würde.

„Wirst du eine brave und unterwürfige Traum-Eva sein?"

„Jaaaa, oh Gott ja, ich bin alles, was du willst!"

Der fünfte Schlag traf sie nicht auf ihre Pobacken, sondern etwas tiefer, direkt auf ihre schmerzenden, nassen und geschwollenen Schamlippen. Der Schlag war genauso hart wie die anderen Schläge, aber er tat nicht weh, oder doch? Er brannte wie ein Messerstich auf ihrer Klitoris und katapultierte sie mit einem heißen Zucken direkt in den Orgasmus hinein. Sie spürte seine Hand irgendwo da unten, zwei oder drei seiner Finger stießen tief in ihre Scheide, immer schneller, und ihre Vagina krampfte sich in seliger Erlösung um seine Finger zusammen, während Lisa laut aufschluchzte vor lauter Glück. Der Orgasmus hörte gar nicht auf und in ihrem Kopf brauste ein Sturm. Oh Gott, sie hatte noch nie so etwas erlebt.

Plötzlich packte Henrik sie an ihrem Haardutt und zog ihren Kopf nach hinten.

„Schau in den Spiegel, wenn du kommst. Sieh dich an, wie unglaublich schön du bist." Seine Stimme war jetzt ganz nahe an ihrem Ohr, er war von hinten weit über sie gebeugt, und während seine rechte Hand noch zwischen ihren Beinen und seine Finger noch in ihr waren, rieb er seine Nase sanft an ihrer Ohrmuschel, dann begegneten sich ihre Blicke über den Spiegel. Er hatte die Augenlider halb geschlossen, und seine Lippen saugten an ihrem Hals, während aus ihren Augen die Glückstränen herausströmten, und aus ihrem Mund tropfte Speichel. Sie hörte sich selbst stöhnen, immer wieder: „Oh Gooott, Henrik!", während ihre Vagina ihren Hammerorgasmus auf seinen Fingern ausritt.

„Lektion Nummer drei", wisperte er heißer in ihr Ohr, als sie aufgehört hatte zu schreien. „Wenn ein Mann dich wirklich liebt, dann gibt er dir jeden Orgasmus, den du ihm schenkst, tausendfach zurück. Sonst ist er ein egoistisches Arschloch."

~

Als Philipp sah, wie Eva am Arm von Henrik das Esszimmer betrat, beglückwünschte er sich selbst zu seiner genialen Idee mit der gefälschten Verlobten. Seine Kunst-Eva sah einfach hinreißend aus, und alle Anwesenden gafften sie an, als wäre sie tatsächlich die auferstandene Rita Hayworth. Jede Minute, die er gestern in das Mädchen investiert hatte, machte sich jetzt durch ihr vollendetes Aussehen bezahlt. Ach, und das Kleid, das er für sie ausgesucht hatte! Es sah atemberaubend an ihr aus, es ließ ihre Wangen förmlich glühen, ihre Augen glitzern und ihr Haar brennen, und es saß wie angegossen, brachte ihre Kurven zur Geltung und vermutlich alle anwesenden Heteromänner in Schwulitäten – da waren außer Henrik noch drei weitere Kandidaten. Jürgen, dessen Augen fast die Brillengläser wegsprengten, Doktor Keller, Olgas Anwalt, der nur unmerklich jünger war als Olga, und ihr Steuerberater Schulz, der immerhin noch im zeugungsfähigen Alter war und bei Evas Anblick ebenfalls große Augen bekam. Was sonst noch bei ihm größer wurde, wollte Philipp lieber nicht wissen.

Der Auftritt von Henrik und Eva war perfekt inszeniert. Die beiden mussten das bis zum Exzess geübt haben. Sie mimten das verliebte Paar so glaubwürdig, dass sogar Philipp für ein paar Sekunden darauf hereinfiel. Eva schaute mit schmachtendem Blick zu Henrik hinauf und in ihren Augen lag bewundernde Hingabe, und Henrik stolzierte mit ihr an seiner Seite durch den Raum wie ein siegreicher Gockel. Niemand würde auch nur eine Sekunde daran zweifeln, dass Eva Lazarus seine ergebene Gefährtin war. Genau das Traumpaar, das sich Olga gewünscht hatte.

Na bitte! Das klappte doch alles perfekt. Henrik konnte ihm dankbar sein, dass er diesen supergnten Einfall mit der Scheinverlobten gehabt hatte. Damit war Anette eindeutig aus dem Ren-nen. Philipp klopfte sich in Gedanken selbst auf die Schulter, während er seinem aufgeplusterten Bruder kurz die Hand zur Begrüßung drückte und seiner gefälschten Schwägerin in spe ein Küsschen links und rechts auf die Wange hauchte.

„Wo wart ihr so lange? Olga wartet schon voller Ungeduld!", fragte er und klang wie ein aufgeregtes Kind, das am Heiligen Abend die Bescherung nicht erwarten konnte. Er konnte es eigentlich auch kaum noch erwarten, Anette den virtuellen Stinkefinger zu zeigen.

„Wir haben Tischmanieren geübt", antwortete Henrik mit rauer Stimme, hob Evas Hand an seine Lippen und küsste sie mit einem hintergründigen Lächeln.

„Ah, Tischmanieren! Sehr gut! Olga ist überaus penibel, was das angeht. Du denkst einfach an alles." Eva würde so gut ankommen!

Tante Olga saß wie immer am Kopf der Tafel. Zu ihrer Rechten hatte Anette ihren Stammplatz und links neben Olga saß ihr Anwalt, der ihr treu ergeben war wie ein Schoßhund und halbjährlich ihr Testament für sie überarbeitete. Als Henrik Eva an ihren Platz führte und den Stuhl für sie zurechtrückte, landete Olgas Raubvogelblick sofort auf den beiden, und sie nickte wohlwollend.

Einfach perfekt!

Philipp ließ in Gedanken schon die Sektkorken knallen. Er war zwar nicht da gewesen, als Henrik und Eva angekommen waren, aber wenn er Anettes Gewitterziegenblick als Indiz für den Punktestand nahm, dann war die erste Begegnung zwischen Olga und Eva gut verlaufen. Da konnte Anette noch so viel um Olga herumscharwenzeln und die besorgte Nichte mimen, gegen die perfekt gestylte und gecoachte Designer-Eva hatte diese dumme Schleimerin einfach keine Chance.

Eva verzog ein wenig ihr Gesicht, als sie sich langsam und vorsichtig auf den Stuhl setzte, und Philipp wollte sie gerade scherzhaft fragen, ob ihr jemand den Hintern versohlt hätte, da zeigte Olga mit ihrem Stock über den Tisch auf Eva.

„Nein! Sie sitzt neben mir. Hierher!", kommandierte sie und deutete auf den Stuhl, auf dem Anette saß.

„Aber Tantchen, das ist doch mein Platz!", protestierte Anette.

„Heute nicht. Eva! Henrik! Hierher! Los! Ihr sitzt bei mir!" Olga hämmerte mit ihrem Stock auf den Boden, und Anette machte ein böses Gesicht, als sie ihren Platz räumte. Das Essen wurde serviert, der Wein ausgeschenkt und dann nahm die Katastrophe ihren Lauf.

Zuerst waren es nur kleine Sachen, Eva griff nach ihrem Weinglas und sagte mit einem strahlenden Lächeln „Prost!". Henrik legte seine Hand auf ihren Arm und drückte ihn diskret zurück auf den Tisch, bevor sie trinken konnte. Dann flüsterte er ihr etwas zu. Vermutlich erklärte er ihr, dass die Gäste erst dann trinken durften, wenn der Gastgeber das Glas erhoben und einen Trinkspruch ausgebracht hatte, und dass man das Glas immer am Stiel und auf gar keinen Fall am Kelch anfasste und dass man nie, aber auch niemals „Prost" sagte.

Olga hatte den Lapsus offenbar nicht bemerkt oder ließ ihn großzügig durchgehen, aber Anette, die Eva die ganze Zeit mit Adleraugen beobachtete, registrierte die Entgleisung mit einem hämischen Feixen.

Dann, als das Essen serviert wurde, ging es mit den Schnitzern leider weiter. Eva benutzte das Tafelmesser für das Horsd'œuvre, bis Henrik es ihr vorsichtig entzog und ihr unauffällig das richtige Messer in die Hand drückte. Herrgott, das Mädchen arbeitete als Cateringkraft, konnte sie ein Brotmesser denn nicht von einem Tafelmesser unterscheiden? Als die Suppe kam, fing sie sofort an zu essen, noch bevor alle versorgt waren oder gar bevor Olga ihren Löffel in die Suppentasse getaucht hatte. Und mal ganz abgesehen davon war sie viel zu weit über die Suppentasse gebeugt und schaufelte dabei hektisch riesige Portionen in ihren Mund, als wäre sie hungrig wie ein Wolf. Philipp warf seinem Bruder verzweifelte Blicke zu, mit denen er ihn stumm fragte: *Habt ihr nicht angeblich Tischmanieren geübt?*

Henrik beantwortete seine Blicke mit einem hilflosen Schulterzucken. Fand er das etwa in Ordnung, dass seine Verlobte wie ein Bauer aß?

„Du scheinst sehr hungrig zu sein, Eva!", spöttelte Anette schräg über den Tisch. Sie hatte sich zwischen den Steuerberater und Caro setzen müssen und hatte von dort aus einen umso besseren Blick auf jede Bewegung, die Eva machte. Tante Olga unterbrach ihr Gespräch mit ihrem Anwalt und wandte sich nun auch Eva zu, und die schien endlich zu begreifen, dass sie etwas falsch machte. Sie hielt mitten in der Bewegung inne, den Löffel mit einem Brocken Dorsch beladen, auf halbem Weg zum Mund. Sie sah Anette verdutzt an, warf dann einen Hilfe suchenden Blick zu Henrik, der nicht einmal einen winzigen Muskel in seinem versteinerten Gesicht verzog, und dann richtete sie sich kerzengerade auf. Immerhin.

„Ähm, ja, äh, Entschuldigung ...", stammelte sie und balancierte ihren Löffel vorsichtig zurück in Richtung Suppentasse, natürlich flutschte der Fischbrocken herunter und plumpste in die Suppe. Platsch! Philipp hielt vor Schreck die Luft an, als die Suppe in alle Richtungen spritzte. „Ich ... ich habe seit vorgestern nicht mehr richtig gegessen."

Evas Gesicht glühte jetzt, und wäre die ganze Situation nicht so peinlich gewesen, dann hätte Philipp ihre geröteten Wangen sogar anmutig gefunden. Olgas Augenbrauen schnellten in die Höhe, und Anette hielt sich die Serviette vor den Mund, wahrscheinlich verbarg sie dahinter ihr schadenfrohes Grinsen. Und schon hämmerte der gefürchtete Stock unerbittlich auf den Boden und Olgas Krähenstimme schallte erbost über den Tisch.

„Was soll das heißen? Machst du etwa so eine neumodische Diät?"

„Eva hat es nicht nötig, eine Diät zu machen", sagte Henrik, aber

Philipp bezweifelte, dass sein Bruder die Situation noch retten konnte, nicht, wenn er Olgas Kampfpanzer-Blick richtig deutete. „Wenn du dich erinnerst, Eva ist auf deinen ausdrücklichen Wunsch kurzfristig aus Rom hergeflogen. Sie hat einen anstrengenden Flug hinter sich und hat sich dabei eine Magenverstimmung zugezogen. Sie kann das Fliegen absolut nicht vertragen." Er streichelte liebevoll mit seinem Handrücken über Evas glühende Wange.

„Lass dich nicht einschüchtern, mein armer Schatz!", sagte er mit warmer Stimme. „Ich bin froh, dass es dir wieder schmeckt. Greif zu und halte dich bitte nicht zurück. Hier gibt es niemanden am Tisch, der nicht Verständnis für deinen Heißhunger aufbringen würde."

Er bedachte Anette mit einem herablassenden Blick, nahm seine Serviette von seinem Schoß und tupfte damit sanft einen Spritzer der Fischsuppe von Evas Kinn. Dann strich er mit seinem Daumen langsam und sehr liebevoll über ihre Unterlippe, und den anwesenden Männern fielen beinahe die Zungen aus dem Mund, als sie diese erotische Geste beobachteten, und irgendjemand ächzte sehnsuchtsvoll. Philipp konnte nicht sagen, wer es war, denn im Grunde gafften alle Eva an, als wäre sie das Pin-up-Girl des Monats. Henrik indessen legte die Serviette auf seinen Schoß zurück und wandte sich wieder seiner Suppentasse zu und begann zu essen, als wäre nichts gewesen.

„Ach wie süß!", spöttelte Anette. „Die große Liebe, Knall auf Fall. Vor sechs Wochen warst du noch Single."

„Wie habt ihr beiden euch überhaupt kennengelernt?", wollte jetzt Jürgen wissen.

„Das war ganz unspektakulär", sagte Eva, und Henrik sagte genau zur gleichen Zeit: „Das war unglaublich romantisch."

„Es war bei einer Besprechung. Ich war total fasziniert von seiner Rhetorik", ergänzte Eva ganz hastig und gleichzeitig sagte Henrik: „Es war in den Katakomben, das Licht fiel für ein paar Minuten aus und ich habe sie einfach geküsst."

„Was jetzt? Besprechung oder Katakomben?", hakte Olga nach.

„Eine Besprechung in den Katakomben!", antworteten beide gleichzeitig und kicherten. Philipp traute seinen Ohren nicht, aber sie kicherten wirklich, wie zwei Teenager! Na ja, Eva kicherte wie ein Teenager, Henrik gab ein unterdrücktes Glucksen von sich. Philipp schaute über den Tisch zu Caro hinüber, die ihren Vater ebenfalls mit ungläubigem Blick anstarrte, als hätte er sich gerade vor ihren Augen in Mick Jagger verwandelt.

„Romantisch, aber unspektakulär!", fasste Henrik die Erzählung zusammen und aß dann einfach ganz unspektakulär weiter.

Tante Olga nickte zufrieden und setzte die Unterhaltung mit ihrem Anwalt fort. Eva hingegen schien es den Appetit verschlagen zu haben. Sie ließ ihr Weinglas stehen, von der Suppe aß sie gar nichts mehr, vom Fleischgang nahm sie nur zwei winzige Gabeln voll, den Käsegang rührte sie nicht an, und am Dessert nippelte sie lustlos herum. Insgesamt wirkte sich ihre Zurückhaltung sehr vorteilhaft auf ihre Tischmanieren aus, sie konnte quasi nichts falsch machen. Nur einmal richtete Olga das Wort an Eva, als die den Espresso ablehnte.

„Mir scheint, diese Magenverstimmung hat nichts mit dem Fliegen, aber sehr viel mit Vögeln zu tun. Ha, ha, ha! Hat die Frey, diese Klatschbase, am Ende auch noch recht? Sie hat meiner Köchin erzählt, dass ihr beide Nachwuchs erwartet?"

Henrik verschluckte sich an seinem Wein, Eva lachte schallend los, und Caro fiel vor Schreck der Dessertlöffel mit einem lauten Klimpern aus der Hand, aber Anette war so geschockt (sei es von der Neuigkeit oder von Olgas vulgärer Ausdrucksweise), dass sie heftig zurückzuckte und beinahe rückwärts von ihrem Stuhl gekippt wäre, wenn sie sich nicht an Jürgens Stuhllehne festgehalten hätte. So viel zu den Tischmanieren der anderen.

Nach dem Essen, als die Familie sich dann im Salon versammelte, um einen Digestif zu trinken und um Olga die Geschenke zu überreichen, wagte Anette einen neuen Angriff.

Olga saß wie immer in ihrem Ohrensessel, den Stock in ihrer rechten Hand, und empfing ihre Geburtstagsgeschenke. Anette überreichte ihr wie üblich einen Geschenkkorb mit Gesundheitszeugs und Stärkungspräparaten. Von Anwalt Keller bekam sie, wie jedes Jahr, einen Geschenkkorb mit verschiedenen Weinsorten. Der Steuerberater überreichte ihr den obligatorischen Korb mit einheimischen Fischspezialitäten, und Philipp war dieses Jahr auch nichts anderes eingefallen als im vergangenen Jahr. Von ihm bekam sie einen Korb mit Confiserie und Blumen. Henrik war als Letzter an der Reihe, und auch er blieb seiner Gewohnheit treu und übergab den Korb mit Luxusdelikatessen wie Kaviar, Champagner und Kopi Luwak. Natürlich reagierte Olga genauso wie jedes Jahr. Sie ignorierte die opulenten Geschenkkörbe, schaute nicht mal hinein, was enthalten war, und bedankte sich auch nicht dafür. Sie tockte stattdessen mit ihrem Stock und machte ein unzufriedenes Gesicht – Mundwinkel noch weiter nach unten gezogen als sonst und die Falten zwischen ihren nachgemalten Augenbrauen noch tiefer eingegraben. Liebe Güte, was erwartete eine Frau, die 87 wurde, denn sonst noch für Geschenke? Etwa Dessous oder einen

Wellnessgutschein?

„Nun bin ich aber gespannt, was unsere Eva dir Schönes mitgebracht hat, liebes Tantchen", trällerte Anette und tänzelte an Olgas Ohrensessel heran, nicht ohne Philipp vorher mit einem galligen Blick zu bedenken. Ein Blick, der ihm sagen sollte, dass das letzte Wort in Sachen Erbstreit noch lange nicht gesprochen war.

„Ja, ich bin auch gespannt!", sagte Olga und deutete mit ihrem Stock auf Eva, die sich mit einem Glas Wasser auf das helle Ledersofa neben den Steuerberater gesetzt hatte. „Sie könnte mir ja einen von ihren teuren Särgen zum Geburtstag schenken. Diese Bestattungsleute ziehen einem sterbenden Menschen ja noch das letzte Hemd aus! Profitieren vom Tod anderer Leute wie die Geier vom Fleisch der Erhängten."

„Tante Olga", sagte Henrik. „Eva hat sich selbstverständlich an meinem Geschenk beteiligt. Du wirst doch wohl nicht allen Ernstes verlangen, dass sie …"

„Kann sie nicht einmal für sich selbst reden?", stichelte Anette. „Ich finde Tante Olgas Idee sehr gut. Es ist sicher eine Kleinigkeit für deine Verlobte, einen Anruf bei ihrem Geschäftsführer zu tätigen, und Tante Olga könnte sich einen hübschen Sarg zu ihrem Geburtstag aussuchen."

„Mach dich nicht lächerlich, Anette."

„Ich finde das keineswegs lächerlich, aber du hast deiner Verlobten ja offenbar den Mund verboten. Vielleicht hast du ja Angst, dass sie sich verplappert und etwas Falsches sagt, sich verrät, oder irre ich mich?"

„Du leidest an Paranoia, Anette." Henrik wirkte äußerlich gelassen.

„Wenn sie keine Geheimnisse hat, dann kann sie Olga doch den Sarg zum Geburtstag schenken", forderte Anette.

„Das mache ich ganz bestimmt nicht. Das ist total geschmacklos!", rief Eva und sprang auf die Beine. „Tante Olga sollte dankbar sein, dass sie noch am Leben ist." Sie drückte dem Steuerberater ihr Glas in die Hand, lief um das Sofa herum und baute sich direkt vor Olgas Ohrensessel auf – die Fäuste in die Hüften gestemmt. Hilfe! Was hatte das denn zu bedeuten? Wollte sie sich etwa allen Ernstes mit Olga anlegen? Was hatte sie an der Beschreibung *unterwürfige Verlobte* nicht verstanden?

„Jeder Tag Ihres Lebens ist ein Geschenk, und anstatt sich Gedanken über einen Sarg zu machen, sollten Sie lieber Dinge in Angriff nehmen, die Sie in all den Jahren versäumt haben, zum Beispiel Frieden mit Ihrer Familie schließen. Oder wie wäre es damit, mal ein gutes Werk zu tun. Es gibt in diesem Land Menschen, die wirklich Geld brauchen. Ich kenne da zum Beispiel ein Pflegeheim in Berlin, das unter chronischem Personalmangel leidet."

Plötzlich herrschte Totenstille im Raum. Selbst die Stubenfliegen schienen im Flug innezuhalten, und Olgas Stock verharrte zehn Zentimeter über dem Boden mitten in der angefangenen Klopfbewegung. Garantiert hatte noch nie jemand so mit ihr gesprochen. Nur Henrik hörte man tief Luft holen, aber er sagte nichts zu dieser verrückten Frau, sondern stellte sich neben sie und griff in ihren Nacken. Philipp hatte keine Ahnung, was diese seltsame Geste bedeutete. War das ein Versuch, sie zum Schweigen zu bringen? Packte er sie am Nacken, wie man ein aufmüpfiges junges Kätzchen packt? Aber was er auch damit bezweckte, es war zu spät. Philipp hakte im Geiste soeben das Erbe ab. Olga würde sich diese Frechheit nicht bieten lassen.

„Und außerdem habe ich sehr wohl ein Geschenk für Sie. Eine Kleinigkeit jedenfalls!", sagte Eva unbeeindruckt von dem finanziellen Desaster, das sie gerade angerichtet hatte. Sie ignorierte auch Henriks Hand in ihrem Nacken und griff stattdessen in ihre Clutch. Da zog sie etwas heraus, das sie in ein Papiertaschentuch gewickelt hatte, und überreichte es Olga. Die wickelte das Taschentuch auf und furchte ihre Stirn noch tiefer, als ein ganz normaler Stein zum Vorschein kam. Ein Stein mit Loch in der Mitte. Olga nahm ihn mit ihren knorrigen Fingern hoch und schaute missmutig durch das Loch. Mannomann, demnächst würde sie Eva mit ihrem Stock in der Mitte spalten, dessen war Philipp sich sicher.

Aber nichts dergleichen geschah.

„Das ist ein Hühnergott!", erklärte Eva und lächelte. „Ich habe ihn vorhin am Strand gefunden und dabei sofort an Sie gedacht. Es heißt, dass er Hexen abwehrt!" Bei diesen Worten schaute sie Anette an. Die hatte schon ganz schadenfroh auf Olgas Reaktion gelauert, aber jetzt fror ihr Grinsen ein, und zu Philipps totaler Verblüffung fing Olga plötzlich an zu lachen, so laut und schrill wie eine alte Sägemühle.

„Krähähähääää!"

Henrik warf seinen Blick zur Zimmerdecke, als wollte er den Herrn um Beistand anflehen, aber um seine Mundwinkel zuckte ein schwaches Lächeln. Seine Hand war übrigens immer noch in Evas Nacken, herrisch, besitzergreifend, liebkosend – seltsam. Was, verdammt noch mal, war hier eigentlich in den letzten Stunden passiert, während Philipp in Bergen einen Geschenkkorb mit Pralinen und Lilien hatte füllen lassen?

„Du vorlautes Frauenzimmer!", schimpfte Olga, lachte aber dabei so herzhaft, dass man nicht mal das Klopfen ihres Stocks hören konnte, den sie auf den Boden wetterte.

„Was für ein schäbiges Geschenk!", quäkte Anette. „Ein Stein! Von der Erbin einer Sargfabrik. Und ausgerechnet die macht dir Vorhaltungen wegen mangelnder Wohltätigkeit, Tantchen."

„Der Stein gefällt mir!", antwortete Olga und klopfte mit dem Stock. „Er ist nicht halb so schäbig wie die Geschenkkörbe, die ihr mir jedes Jahr bringt. Ich bin früher stundenlang am Strand auf- und abgelaufen, um nach diesen Dingern zu suchen. Dachte, ich hätte sie alle weggesammelt."

Echt jetzt? Philipp traute seine Ohren nicht und riss seine Augen so weit auf, dass sie fast aus den Augenhöhlen hüpften. Da gab er jedes Jahr 300 Euro für einen Geschenkkorb aus und Olga liebte Steine mit Löchern. Wenn er das gewusst hätte!

„Apropos schäbig, ich möchte jetzt mein Geburtstagsständchen hören. Was hast du dieses Jahr eingeübt, Nikolaus?" Olga zeigte mit ihrem Stock auf Klausi Pickelfresse, der ganz hinten an der Tür stand, als würde er nur auf eine Möglichkeit zur Flucht warten. Er stöhnte laut und verdrehte die Augen, und alle anderen Gäste verdrehten ebenfalls die Augen, denn eigentlich wollte niemand Klausis musikalische Darbietungen hören – außer Anette natürlich, die schleimte sich bei Olga auf jede erdenkliche Art ein. Deshalb zwang sie ihren völlig unbegabten und lustlosen Sohn Jahr für Jahr dazu, dieses dämliche Klavierstück „Für Elise" als Geburtstagsständchen zu spielen, nur weil Olga eine Schwäche für Klavierstücke und klassische Musik hatte.

Anette winkte ihrem Sprössling zu und deutete auf den weiß lackierten Bechstein-Flügel, der am gegenüberliegenden Fenster stand und nur an Feiertagen und an Olgas Geburtstag benutzt wurde. Klausi stampfte unwillig mit seinen langen Beinen hinüber. Philipp folgte ihm mit wohlwollenden Blicken. In ein paar Jahren würde er zweifellos ein sehr attraktiver Mann sein und die Mädchen würden auf ihn fliegen – vorausgesetzt, er war nicht schwul, und vorausgesetzt, er würde nie versuchen, die Frauen mit seinen Klavierkünsten zu betören.

Er öffnete den Deckel und die Tastaturklappe, rückte sich den Hocker zurecht und warf einen letzten unglücklichen Blick in die Runde der Zuschauer. Täuschte Philipp sich oder hielt Caro dem Burschen gerade ihren Mittelfinger entgegen? Na, egal, Klausi holte tief Luft und alle anderen Anwesenden taten dasselbe, nur Eva nicht, aber die wusste ja noch nicht, was sie erwartete, die schaute total fasziniert zu und ging sogar zu Klausi hinüber, um möglichst nahe an dem Flügel zu sein. Henrik musste ihr notgedrungen folgen, denn aus irgendeinem total schrägen Grund hatte er seine Hand immer noch in ihrem Nacken. Das wirkte irgendwie herrisch, aber auch unglaublich erotisch, selbst auf einen homosexuellen Mann hatte diese dominante Geste etwas ... nun ja, etwas, das ein heißes Kribbeln auslöste. Diese beiden waren wirklich gut. Ob Henrik wohl wusste, wie sie auf die anderen wirkten? Vermutlich schon, sonst würde er nicht so selbstgefällig mit geblähter Brust dastehen wie der Obergockel vom Hühnerhof.

Philipps Träumereien verpufften in dem Moment, als Klausi mit den Fingern die Tasten berührte und Beethovens Elise herunterleierte. Als er endlich fertig war, seufzten alle erleichtert, nur Anette applaudierte und Olga klopfte mit ihrem Stock, wobei nicht klar war, ob das ein zustimmendes oder ein unzufriedenes Klopfen war.

„Kann er nicht mal was anderes spielen?", rief Olga und zeigte mit ihrem Stock nicht auf Klausi, sondern auf Anette. „Ich bezahle seit drei Jahren Klavierunterricht für den Kerl und das Stück klingt jedes Jahr schlimmer."

Klausi bekam einen roten Kopf, und Anette wurde – falls das möglich war – noch bleicher. Olga hatte sich noch nie über Klausis Ständchen beschwert, sondern es jedes Jahr mit ihrer typisch missmutigen Miene zur Kenntnis genommen. Ausgerechnet Eva war es jetzt, die Partei für Klausi ergriff.

„Der Flügel ist ein wenig verstimmt, vielleicht liegt es daran, dass es so seltsam klang", sagte sie zu niemand Bestimmtem, aber ihre gut gemeinten Worte wurden von Anette völlig falsch aufgefasst.

„Das klang gar nicht seltsam. Klaus, lass dich nicht entmutigen. Du hast wundervoll gespielt. Die Verlobte von Henrik muss anscheinend zu allem ihre Meinung kundtun. Ich nehme an, sie hat auf ihrem sagenumwobenen Schweizer Internat eine perfekte musikalische Erziehung genossen."

Philipp hätte gerne eingeworfen, dass das Problem mit Klausis Klavierspiel nicht am Lehrer, sondern am mangelnden Talent lag, aber selbst wenn er gewollt hätte, er kam nicht zu Wort, denn Anette fühlte sich, was Klausi anging, an ihrer Achillesferse getroffen und schnappte aggressiv um sich. „Vielleicht möchte die unfehlbare Eva Lazarus uns ebenfalls mit einem Ständchen erfreuen." Sie schaute nicht Eva, sondern Olga an.

„Was ist? Kannst du Klavier spielen, Mädchen?", wollte Olga sofort wissen und hatte jetzt wieder ihren lauernden Habichtsblick aufgesetzt.

„Ein bisschen."

„Das erwarte ich auch von einer guten Erziehung. Leute, die kein

Musikinstrument beherrschen, stehen auf der Evolutionsstufe kaum höher als Paviane. Los, spiel mir was vor. Lass hören, was sie dir auf deinem Internat beigebracht haben!" Tock, tock, tock!

„Eva ist aus der Übung!", ging Henrik energisch dazwischen. „Ich dulde nicht, dass sie hier bloßgestellt wird, nur um Anettes ..."

„Den Flohwalzer wird sie wohl noch auf die Reihe bringen!", beharrte Anette und bleckte die Zähne, wie ein Terrier, der sich in einem Hosenbein verbissen hatte.

„Soll ich wirklich den Flohwalzer spielen, oder wollen Sie vielleicht lieber was anderes hören?", fragte Eva an Olga gewandt, drehte sich bereits aus Henriks Nackengriff heraus und ging hinüber zum Flügel. Doch als Klausi von der Klavierbank aufstehen und ihr Platz machen wollte, hielt sie ihn am Arm zurück. „Wir versuchen etwas, zu vier Händen, keine Angst, ich zeig dir wie!"

„Ich soll mir was wünschen?", fragte Olga verblüfft. „Egal was?"

„Egal was!"

„Brauchst du keine Noten?"

„Ach, ich denke, es wird schon gehen, wenn es nicht gerade Rachmaninoff ist", gab sie schulterzuckend zurück und ließ sich ganz vorsichtig auf die Klavierbank nieder. Irgendwas stimmte mit ihrem Hinterteil nicht, das schien ihr wehzutun.

„Na dann ... dann spiel halt irgendeinen Walzer, was weiß ich ..." Olga wedelte mit ihrem Stock in Evas Richtung. Philipp trat neben Henrik, der nun gar nicht mehr wie ein aufgeplusterter Gockel wirkte, sondern ein finsteres Gesicht zog und sich offensichtlich Sorgen machte, was passierte, wenn Eva versagte.

„Schlimmer als Klausi kann sie kaum spielen", wisperte er seinem Bruder zu.

„Dreivierteltakt!", sagte Eva zu Klausi und schien die anderen gar nicht mehr wahrzunehmen. „Versuch mal das in der unteren Oktave zu spielen." Sie spielte ihm eine kleine, einfache Walzermelodie vor, die recht eingängig und schwungvoll klang. Klausi spielte die Melodie zuerst etwas widerwillig nach, doch als er merkte, wie einfach sie ging und wie gut sie klang, veränderte sich sein Gesichtsausdruck und auch seine Bereitschaft. „Versuch es mal allegro, das ist ja keine Beerdigung, sondern ein Geburtstag", schlug Eva vor, und Klausi legte tatsächlich etwas mehr an Tempo zu. Inzwischen hatte er sogar ein schwaches Lächeln auf den Lippen.

„Walzer Nummer 2 von Schostakowitsch", sagte sie in die Runde und dann fing sie an zu spielen, und was bisher ein beschwingtes Liedchen war, wurde mit einem Mal zu einem kraftvollen Walzer, den sie so beflügelt spielte, dass es Philipp richtig in den Beinen juckte. Der Steuerberater tappte mit dem Fuß im Takt und Anwalt Keller wogte mit seinem dicken Bierbauch frohgemuht hin und her. Selbst Jürgen schunkelte unauffällig hinter seiner Frau, und Klausis Lächeln wurde zu einem Grinsen, als er feststellte, wie gut das Stück zu vier Händen klang. Irgendwie schaffte Eva es, sich auf Klausis Tempo einzustimmen, und dabei improvisierte sie die Melodie sehr gekonnt, sodass der Walzer immer temperamentvoller wurde. Als das Stück mit einem letzten Crescendo zu Ende ging, applaudierten alle, nur Anette nicht. Philipp hatte keine Ahnung, ob das Stück schwer oder einfach gewesen war, es hatte jedenfalls fantastisch geklungen, und Olga klopfte mit ihrem Stock, was eindeutig als Applaus zu werten war. Eva reichte Klausi die Hand, zog ihn auf die Beine und verneigte sich mit ihm zusammen vor ihrem Publikum, wie ein echter Pianist das tat.

„Spiel noch etwas!", rief Tante Olga, als Eva gerade an Henriks Seite zurückkehren wollte. „Kannst du was von Chopin?" Olga wedelte aufgeregt mit ihrem Stock in Evas Richtung.

„Vielleicht eine Nocturne", sagte Eva, ging wieder zurück an den Flügel und setzte sich. Irgendjemand dimmte das Licht im Raum, sodass nur noch der Strahler über dem Flügel Licht spendete und Eva von oben beleuchtete, als wäre sie auf einer echten Bühne bei einem Konzert. Philipp griff unweigerlich zu seinem Handy und filmte sie: wie sie dasaß, vor dem Flügel, angestrahlt von oben, ihre Hände schwebten über der Tastatur und sie hatte den Kopf leicht gesenkt, wie um sich zu sammeln.

„Nocturne in Es-Dur Opus 9 Nummer 2", sagte sie und fing an zu spielen, und dann stand die Zeit auf einmal still, als wären alle mit einem Zauber belegt. Das Stück dauerte kaum länger als vier Minuten, aber Philipp hatte irgendwie das Gefühl, zeitlos in der Musik zu versinken. Er starrte auf Evas Finger, die so behände über die Tasten glitten, als würden sie sie kaum berühren, und doch dem Instrument wunderschöne, traurige Klänge entlockten. Dabei wogte ihr Körper mit dem Klang der Musik.

In dem Moment war sie eine Göttin.

Als der letzte Ton verklungen war und Eva die Hände von der Tastatur nahm und in ihren Schoß legte, war es mucksmäuschenstill im Salon, man hörte nur die Uhr an der Wand ticken und jemand schniefte. Philipp schaute über seine Schulter zurück, und zu seinem blanken Entsetzen stellte er fest, dass Tante Olga sich mit einer mürrischen Geste eine sentimentale Träne aus den Augen wischte.

9. Nächtliche Eskapaden

Doc H hielt für Lisa die Tür zum Schlafzimmer auf und ließ sie vorgehen. Endlich war dieser Abend überstanden, aber Lisa hatte das ungute Gefühl, dass ihr das Schlimmste jetzt erst bevorstand. Sie hatte es irgendwie vermasselt, obwohl sie es wirklich gut gemeint hatte. Dabei hatte der Abend so gut angefangen mit dem allergeilsten Orgasmus ihres Lebens. Nachdem dieser Wahnsinnshöhepunkt langsam abgeebbt war, hatte Doc H ihr die Hand gereicht und ihr von der Bank heruntergeholfen – ungefähr mit der gleichen Nonchalance, wie wenn er ihr beim Aussteigen aus dem Auto helfen würde.

„Wir wollen nicht zu spät zum Abendessen kommen!", hatte er ganz kühl gesagt. Das war total schräg: Lisa hätte es nie für möglich gehalten, dass ihr so ein Spanking gefallen würde, ganz zu schweigen davon, dass man dabei überhaupt einen Orgasmus bekommen könnte. Aber Doc H war eindeutig der beste Super-Erotiklehrmeister aller Zeiten.

Der große Lehrmeister hatte dann einmal kurz über ihren nackten Hintern gestreichelt, der jetzt ganz schön brannte und garantiert feuerrot war, und dann hatte er ihr Kleid vorsichtig wieder nach unten gezogen. Ihre Knie hatten noch geschlottert von der Intensität ihres Höhepunkts. Sie hatte kurz davorgestanden, ihn anzubetteln, richtigen Sex mit ihr zu haben. War das peinlich! Sie war nicht besser als die Dschungelkönigin. Sie war genauso lüstern und genauso laut und schamlos gewesen – und kein bisschen professionell.

„Du hast diese beiden Lektionen sehr gut gemeistert, Eva!", hatte er gesagt und sich wieder wie der professionelle Imagecoach angehört; vorbei war's mit seinem „Oh Gott, Evi".

„Beim Essen beobachtest du einfach, wie ich es mache, welches Besteck ich verwende, wie ich das Glas halte, wann und wie ich trinke. Mehr kann ich im Augenblick leider nicht für deine Tischmanieren tun." Er schaute auf die Uhr und räusperte sich.

„Wir mussten andere Prioritäten setzen!"

„Du sagst es, mein Herz." Zuckte da etwa gerade einer seiner Mundwinkel nach oben? „Und vergiss nicht, deine Rolle zu spielen. Du bist meine unterwürfige, zurückhaltende, kleine Frau. Keine Frechheiten mehr gegenüber Tante Olga! Sie besitzt nur ein begrenztes Maß an Humor, und ich schätze, du hast das Pensum für heute bereits mehr als ausgeschöpft. Lass mich reden, du nickst nur und lächelst."

„Ja, mein Liebster!", hatte sie geantwortet und es halb im Spaß und halb im Ernst gemeint.

Sie liebte dieses Rollenspiel mit ihm. Es machte sie total an, trotzdem war ihr mutmaßlich schlechtes Benehmen bei Tisch keine Absicht gewesen. Lieber Gott, solche verkrusteten Benimmregeln waren doch total bescheuert und machten überhaupt keinen Sinn, außer dass sich ein paar elitäre Idioten dabei noch elitärer vorkamen, nur weil sie diese dämlichen Verhaltensregeln beherrschten und wussten, wie man ein Glas halten musste oder welches Messer man für welches Essen verwendete. Auch ihr Klavierständchen war scheinbar in die Hose gegangen. Als sie mit der Nocturne fertig war und aufblickte, schaute sie in lauter entsetzte Gesichter – na ja, vielleicht waren es auch staunende Gesichter, das war schwer zu sagen, aber Olga sah auf jeden Fall nicht glücklich aus. Eher im Gegenteil. Ihr Blick war noch finsterer als zuvor, ihre Augen verengt und ihre Lippen waren so fest zusammengepresst, dass man sie gar nicht mehr sehen konnte.

„Der Abend ist beendet. Macht, dass ihr in eure Betten kommt! Aber dalli!", rief sie verärgert und knallte den Stock gegen Anettes Schienbein, als die herbeieilte, um ihr aus dem Sessel zu helfen. „Morgen um neun Uhr ist Frühstück; wer zu spät kommt, kriegt nichts!", bellte Olga und ließ sich von Anette aus dem Raum führen.

„Wenn ich geahnt hätte, dass dich das so aufregt, dann hätte ich verhindert, dass sie sich an deinen Flügel setzt. Glaub mir, Tantchen", hörte man Anettes aufgesetztes Geschnatter noch aus dem Foyer schallen, und das war dann das unrühmliche Ende des Abends.

Philipp nuschelte etwas von einem nächtlichen Strandspaziergang, den er machen wollte, weil er dringend mit Gustavo telefonieren musste, und Caro war schon vor der Nocturne klammheimlich aus dem Salon geschlichen. Wahrscheinlich hatte sie sich mit ihrem Handy bewaffnet in ihr Zimmer zurückgezogen, und Klausi war auch nicht mehr in Sicht. Jürgen brachte den Anwalt und den Steuerberater zur Tür und verabschiedete sich von ihnen mit wortreichen Entschuldigungen, man wisse ja, wie die Stimmungen von Tantchen schwanken würden. Man würde sich ja zum großen Empfang morgen Abend wiedersehen, da ginge es dem Tantchen bestimmt wieder besser, und gute Nacht und danke für den Besuch. Laberlaber!

Auf einmal war Lisa mit Doc H alleine und ihnen blieb nur noch der Rückzug in ihr Schlafzimmer. Lisa war sich nicht sicher, was sie dort erwarten würde. Als Doc H die Tür hinter ihnen schloss, schleuderte sie erst mal die mörderischen Pumps von ihren Füßen quer durch das Zimmer.

Plötzlich packte Henrik sie von hinten und drückte sie nicht gerade sanft gegen die Wand. Es ging ganz schnell, sie wusste kaum, was da eigentlich geschah, da hielt er sie schon unbeweglich fest, wie einen Schwerverbrecher, der einer Polizeirazzia zum Opfer gefallen war. Seine linke Hand griff zielstrebig in ihren Nacken.

„Erinnerst du dich noch, was wir vor dem Dinner über dein Betragen besprochen haben, mein Herz?", zischte er mit heißem Atem in ihr Ohr.

„Ich sollte dich beim Essen beobachten und es genauso machen", stöhnte sie an die Wand und versuchte sich mit beiden Händen etwas wegzudrücken, denn ihre Wange rieb am Putz und ihre Brüste wurden flach gequetscht.

„Das hast du aber nicht getan, mein Herz."

„Ich ... ich hatte so einen Riesenhunger."

„Ich glaube, du wolltest mich mit deinem Ungehorsam absichtlich provozieren. Möchtest du etwa, dass ich dich noch einmal bestrafe?" Plötzlich glitt seine Hand über ihren Rücken hinab, zeichnete die Kontur ihrer Hüften nach, streichelte über ihren brennenden Hintern an ihren Oberschenkeln hinunter und wanderte unter ihr Kleid. Sie vergaß, was er gefragt hatte, stöhnte lüstern und öffnete ihre Beine für ihn.

„Willst du mich manipulieren, Evi?", fragte er. Seine Lippen waren an ihrem Hals, sanft und feucht, und seine Hand strich an der Innenseite ihres Schenkels hinauf und war jetzt beinahe bei ihrer nassen Scheide angekommen.

„Nein! Ehrlich nicht. Das war keine Absicht!" Oh Gott, war das schön.

„Erinnerst du dich, was wir über Zurückhaltung und Bescheidenheit besprochen haben?"

„Ich sollte nur lächeln und nicht reden", hauchte sie atemlos vor Erregung. „Aber ... aber wer, bitte schön, verschenkt denn einen Sarg zum Geburtstag? Ich vertrage bei dem Thema echt keinen Spaß, weißt du. Diese magersüchtige Schnepfe hat mich doch absichtlich provoziert, und dann habe ich einfach ..."

„Pst! Rede nicht so viel. Hör mir zu. Der Gedanke, dass ich dich im Anschluss an diesen Abend für deinen Ungehorsam bestrafen muss, hat mich sehr, ähm, inspiriert. Willst du spüren, wie sich diese Inspiration anfühlt, Evi?" Jetzt presste er sich mit seinem Körper von hinten gegen sie, und sie spürte seine Inspiration groß und hart.

„Tut dein Hintern noch weh?" Seine Lippen saugten jetzt an ihrem Hals und seine Finger schoben sich von hinten zwischen ihre Schamlippen, glitten vor und zurück.

„Hmja!" Sie nickte.

„Und deine rote, kleine Knospe? Glüht sie?"

„Jaaa!" Sie konnte nur mit Mühe einen Lustschrei unterdrücken, denn seine Finger spielten jetzt mit der besagten Knospe, die so über-hyperempfindlich war, als würde sie in Flammen stehen. Er presste sich noch fester gegen sie, während er spielte. Wenn er jetzt seinen Penis auspacken würde und sie direkt hier im Stehen vögeln würde, sie würde es sofort mit sich machen lassen. Nein, sie würde vor Freude jubeln. Liebe Güte, sie war von jetzt auf nachher zur Schlampe mutiert, oder wie ließ sich diese schamlose Lüsternheit sonst erklären?

„Ich werde dich sehr hart bestrafen, meine Evi."

„Oh Gott, ja!" *Fick mich! Beiß mich! Küss mich! Versohl mir noch mal den Hintern! Lass mich noch einmal kommen!*

„Du hast mich angeschwindelt." Plötzlich zog er seine Hand aus ihrer Scheide zurück und sie miaute frustriert.

„Nein, hab ich gar nicht. Bitte!"

„Was meinst du mit bitte?" Seine beiden Hände packten jetzt ihre Handgelenke und hielten sie seitlich über ihrem Kopf an der Wand fest, als wäre sie in einem Kerker angekettet oder an ein Kreuz genagelt.

„Bestraf mich, mach irgendwas mit mir, alles, was du willst, aber ich habe nicht geschwindelt."

Ihre Brustwarzen waren so hart, dass sie Löcher in den Wandputz hätten drücken können, und sie konnte durch ihr dünnes Kleid spüren, wie die raue Oberfläche über ihre harten Nippel rubbelte – es machte sie nur noch mehr an. Ihre Scheide floss über.

„Du hast mich in dem Glauben gelassen, du seist eine einfache Küchenhilfe."

„Bin ich doch auch!", jammerte Lisa und bog ihren Rücken durch, bog sich ihm entgegen und rieb ihre Brüste an der Wand. *Wie eine läufige Hündin*, dachte sie, aber es war ihr egal. Er bräuchte nur wenig in die Knie gehen und sich von hinten in sie hineinschieben. Sie war so feucht wie in ihrem ganzen Leben noch nie, und sie war sich sicher, dass sie dieses Mal vom Sex nicht wund werden würde wie bei Hannes.

Wer war gleich noch mal Hannes?

„Wenn du eine Küchenhilfe bist, dann bin ich ein Müllmann. Wer so Klavier spielen kann, hat es nicht nötig, Lachshäppchen und Fingerfood zuzubereiten. Du spielst wie ein Profi, und das war beileibe nicht dein erster Auftritt vor Zuhörern."

„Olga hat es nicht gefallen. Jetzt hasst sie mich."

„Wenn sie heute Abend jemanden von all ihren Gäste nicht gehasst hat, dann warst du das, Evi. Und dein Klavierspiel hat ihr sehr gut gefallen. Zu gut. Sie hat sich für ihren Gefühlsausbruch geschämt, deshalb hat sie den Abend so abrupt beendet. Sag mir, Evi, warum arbeitest du in meiner Küche, anstatt Klavierkonzerte zu geben?"

„Oh Gott, können wir ein anderes Mal darüber reden und jetzt lieber bestrafen spielen?"

„Ich spiele bereits, Evi", sagte er mit heiserer und zittriger Stimme. „Du könntest eine gefeierte Pianistin sein." Er bewegte sein Becken vor und zurück und stieß seine Erregung gegen ihr Hinterteil.

„Nicht mehr. Seit dem Unfall bin ich nur noch Mittelmaß", stöhnte sie.

„Nichts an dir ist Mittelmaß." Jetzt ließ er ihr rechtes Handgelenk los, aber sie ließ ihre Handfläche oberhalb ihres Kopfes an der Wand, tat so, als hielte er sie da immer noch fest. Sie spürte, wie er mit seiner Hand zwischen ihrem Hintern und seiner Hose nestelte, hörte, wie er den Reißverschluss der Hose aufmachte, und spürte plötzlich das zarte, harte, warme Etwas auf ihrer nackten Haut, zwischen ihre Pobacken gepresst.

„Ich liebe Chopin und du hast ihn wie Horowitz gespielt. Du bist voller Leidenschaft, Evi, und deine Art Klavier zu spielen ist der Spiegel deiner Seele." Seine Hand wanderte nun zu ihrem Bauch und schob sich über ihren perfekt enthaarten Venushügel nach unten, und schon spielten seine Finger wieder mit ihrer Klit, dieses Mal von vorne, während sein Penis von hinten gegen ihre Schamlippen stieß.

„Jaaa!" Mehr konnte sie nicht sagen. Sie konnte sich nur noch ein wenig breitbeiniger hinstellen, damit er sein Ziel möglichst ungehindert erreichte.

„Aaah, Evi, rein gar nichts an dir ist Mittelmaß!"

Plötzlich biss er in ihren Hals und gab dabei ein Geräusch von sich, das sehr nach einem wölfischen Knurren klang. Sie gab auch ein Geräusch von sich, das sehr nach einem sich aufbauenden Orgasmus klang. Jetzt nahm er ihre Klitoris zwischen seinen Zeigefinger und Daumen und presste sie fest, bis sie aufschrie. Ihre Knie wurden weich und in ihrer Vagina baute sich die Wollust auf, wie in einer Tesla-Spule die Energie. Sie würde gleich kommen, gleich … der Mann war ein Orgasmus-Gott!

Plötzlich ließ er sie los und trat einen Schritt zurück, und aus dem schmerzhaft süßen Druck gegen ihren Hintern und der harten Liebkosung ihrer Klit wurde kühle Leere.

„Wie soll ich dich bestrafen?"

„Egal wie, bitte bestraf mich! Ich will … ich brauche …"

„Möchtest du, dass ich dich nehme?" *Nehmen?* Man nimmt sich etwas, weil man es besitzen will oder weil es einem schon gehört.

„Oh Gott, ja bitte. Nimm mich!" Es war unfassbar, aber jetzt wurde sie sogar schon von ein paar Worten geil.

„Soll ich dich im Stehen nehmen, von hinten?" Seine Stimme klang so emotionslos, als würde er die Börsenkurse vorlesen, aber sein Atem ging schnell und er war knüppelhart.

„Jaaaa!"

„Ich habe keine Kondome dabei."

„Ich … ich hab eine Latexallergie, aber ich nehme die Pille, und ich bin clean." Patti hatte erst letzte Woche einen Aidstest für sie in der Klinik machen lassen. Inzwischen war ihr auch klar warum.

„Ich bin auch clean! Ich habe es schon seit 14 Jahren nicht mehr ohne Kondom gemacht."

„Oh Gott! Oh Gooooott! Dann mach es jetzt ohne."

„Du bist einverstanden?"

Sie spürte ihn in sie eindringen, noch bevor sie „Jaaa!" gestöhnt hatte.

~

Eva war so unglaublich sexy, dass Henrik sich beim besten Willen nicht hätte zurückhalten können, selbst wenn sie Nein gesagt hätte. Seine Triebe hatten sich in den letzten paar Stunden sowieso von seinem Gehirn losgesagt.

Zuerst der Blowjob seines Lebens und dann ihr Hinterteil, über das er fast ein zweites Mal gekommen wäre, nachdem er es so richtig herzhaft versohlt hatte. Dabei war er absolut kein BDSM-Anhänger, aber dieses Rollenspiel mit dem Spanking war so viel mehr gewesen, oder redete er sich das nur ein? Im Augenblick fiel ihm das Denken schwer, oder genauer gesagt hatte sein Fortpflanzungsapparat das Denken für ihn übernommen.

Er war sich durchaus bewusst, dass das nichts mehr mit Professionalität zu tun hatte, was er jetzt gerade tat: seine angeheuerte Verlobte gegen die Wand zu pressen und sie mehr oder weniger zu verführen. Und sein Vorwand, er müsse ihren Ungehorsam bestrafen, der war an den Haaren herbeigezogen. Sie hätte es längst merken müssen, dass es ihm nur darum ging, mit ihr zu kopulieren. Sie war die verführerischste Frau der Welt, und er war der unprofessionellste und schwanzgesteuertste Imagecoach des Universums. Zweifellos.

„Beug dich weiter nach vorn!" Er hätte es ihr nicht zu befehlen brauchen, sie wusste instinktiv, was sie tun musste, um einen Mann in den Wahnsinn zu treiben, mit den Geräuschen, die sie machte, und wie sie ihm ihren Hintern entgegenreckte. Er durfte es sich nur nicht anmerken lassen, wie wahnsinnig sie ihn machte. Sie stützte sich an der Wand ab und nun bildete ihr Oberkörper beinahe einen rechten Winkel zu ihrem Unterbau und er glitt nur umso tiefer in sie hinein.

„Gott, Evi!" Er hielt sie an ihren Hüften fest, um sie ein wenig zu bremsen; wenn sie noch einmal mit ihrem Hinterteil vor und zurück schaukelte, würde er in sie hineinspritzen wie ein Teenager, dem es gar nicht schnell genug gehen konnte. Er wollte sie zuerst zum Höhepunkt bringen mit qualvoll langsamen, tiefen Stößen. Er würde seine gesamte Selbstbeherrschung zusammenkratzen und sie so ausdauernd von innen und außen streicheln, bis sie kam, erst dann würde er selbst kommen. Er zog sich langsam aus ihr zurück, bis seine Spitze fast wieder aus ihrer Scheide herausgeglitten war, sah dabei zu, wie sein Penis und ihre Schamlippen eine wunderschöne Einheit aus feucht glitzerndem Fleisch bildeten. Er konnte ein lustvolles Stöhnen nicht länger zurückhalten. Langsam, ganz langsam schob er sich wieder in sie hinein und bekam zur Belohnung ein lang gezogenes Seufzen von ihr zu hören. Er musste sich auf die Lippen beißen, um selbst kein Geräusch zu machen. Dann zog er sich wieder langsam aus ihr zurück, viel zu langsam, viel zu intensiv. Sie bot so einen prachtvollen Anblick von hinten, das Kleid, das sich um ihre Hüften bauschte, die Strapse, ihr roter Po, ihre nackte, haarlose Scheide und die feurigen Blätter ihrer Rosenknospe, die ihn umschmeichelten. Himmlisch! Er nahm seinen Penis in die Hand und rieb mit seiner Spitze über ihre feucht glitzernden Schamlippen.

„Oh Gooott, ich halte das nicht mehr aus!", schrie sie auf. „Fick mich endlich!"

„Oh Evi, verdammt noch mal!", stöhnte er und rammte sich wieder in ihren Bauch. Tief, wunderbar tief. Wie war es möglich, dass drei ordinäre Worte ihn so hilflos machten und er all seine Vorsätze über Bord warf? Er fickte sie im wahrsten Sinne des Wortes. Hart und schnell. Genau so, wie er es am liebsten mochte, nur dass dieses Mal seltsame Worte und Geräusche über seine Lippen kamen.

Sie hörte vermutlich sowieso nichts von seinem dummen Gestammel und Gestöhne, denn sie schrie die ganze Zeit: „Oh Gooott!" Manchmal rief sie auch: „Ja, fester, härter!" Und einmal schrie sie: „Gooooott, du bist so gut!" Besonders gut hatte ihm gefallen, als sie: „Du bist der Wahnsinn!", gestöhnt hatte. Da war es doch nicht schlimm, dass er versehentlich auch ein paar Geräusche gemacht hatte.

„Oh Gott, ich komme. Oh Henrik!", rief sie und kam. Und wie. Er spürte, wie sich ihre Vagina um ihn zusammenzog, wie sie ihn massierte und knetete, und das war's dann. Ein letzter tiefer Stoß und er ließ sich mit einem lauten Aufschrei gehen und ergoss sich in sie.

Ah, Evi, Evi!

Er hörte sie aufschluchzen, dann spürte er, wie sie wankte und entkräftet in die Knie ging. Er umfasste sie von hinten, hielt sie fest und ging zusammen mit ihr in die Hocke. Da blieb er auf dem Boden kniend in ihr, solange er noch hart war und sein Herz noch wie verrückt raste. Sie zitterte am ganzen Körper, und er hielt sie von hinten fest umfangen und zitterte auch.

Vielleicht lag es daran, dass er zum ersten Mal seit so langer Zeit kein Kondom verwendet hatte, vielleicht hatte sie auch eine Supervagina, er hatte jedenfalls den Orgasmus einer Frau noch nie so intensiv gespürt wie gerade eben, und er hatte selbst noch nie so einen brutalen Orgasmus gehabt. Sie legte den Kopf zurück und er pflanzte seine Lippen auf ihren Hals. Und so verharrten sie noch eine ganze Weile. Eine zeitlose Ewigkeit. Er in ihr und sie zitternd in seinen Armen. Perfekt.

Irgendwann wand sie sich mit einem erschöpften Seufzen aus seiner Umarmung heraus und stand auf. Sie schwankte etwas und tastete sich an der Wand entlang in Richtung Badezimmer.

„Wo willst du hin?"

„Mich waschen!", murmelte sie und klang verlegen. Sie versuchte das Cocktailkleid wieder über ihre Hüften nach unten zu ziehen, aber entweder waren ihre Hände zu fahrig oder das Kleid war zu eng. Er sprang eilig auf die Beine und merkte, dass er auch noch ein wenig schwankte. An der Badezimmertür holte er sie ein und stellte sich ihr in den Weg.

„Ich mach das", sagte er. Dann nahm er sie an der Schulter, drehte sie um und öffnete vorsichtig den Reißverschluss ihres Kleides. Er schob das apricotfarbene Wunder aus Wildseide von ihren Schultern und streifte es herunter. Sie stieg mit einem Schritt heraus. Er nahm es vorsichtig vom Boden und hängte es über den Stuhl. Es war ein Kleid von Dolce und Gabbana und hatte jetzt hinten leider einen großen nassen Fleck, der sehr nach Sperma aussah. Hm … egal, der Anblick von Eva in diesen teuflischen Dessous entschädigte ihn hundertfach für das ruinierte Kleid. Tausendfach.

„Leg dich auf das Bett!"

„Auf's Bett?" Ihre Augen waren groß und ihre Pupillen geweitet, ihre Wangen glühten noch von ihrer Wollust und ihr Mund stand halb offen vor Erstaunen. Ein überirdischer Anblick. „Aber ich …"

„Kein Aber. Leg dich auf das Bett! Ich wasche dich." Er liebte es, ihr Befehle zu erteilen, stellte er zu seiner eigenen Verwunderung fest, und er liebte es noch mehr, wenn sie ihm widerspruchslos gehorchte.

„Okay!", seufzte sie und stolperte hinüber zum Bett.

Er hatte noch nie eine Frau nach dem Sex gewaschen. Bekanntlich benutzte er Kondome und bekanntlich versuchte er die Ladys danach so schnell wie möglich wieder loszuwerden, um gar nicht erst irgendein romantisches Nachspiel mitsamt Unterhaltung zu riskieren. Und mit dieser Maxime war er bisher immer sehr gut gefahren. Er hatte absolut keine Ahnung, warum er ausgerechnet jetzt das Bedürfnis nach dem besagten romantischen Nachspiel verspürte, aber er wollte ihre Scheide sehen, aus der seine Flüssigkeit herausfloss. Er wollte es sein, der sie säuberte. Als er mit einem feuchten Lappen aus dem Badezimmer zurückkam, lag sie auf dem Bett, hatte die Augen geschlossen, die Arme um sich geschlungen und sich zusammengerollt.

„Dreh dich auf den Rücken und öffne deine Beine für mich."

„Ist das auch noch Bestandteil der Bestrafung?", wollte sie wissen und drehte sich nur langsam auf den Rücken.

„Nein, das ist eine neue Lektion."

Als sie zögerlich ihre Beine öffnete und ihm einen Blick ins Paradies darbot, stockte ihm der Atem. Er glotzte auf die dunkelroten Rosenblätter ihrer Vagina, die jetzt in seinem Samen badeten, und fühlte sich mächtig und männlich. Eine Frau zu schwängern, war durchaus ein Zeichen von Männlichkeit und Dominanz, dachte er jetzt auf einmal, sie mit seinem Kind zu füllen, zu sehen, wie ihr Bauch schwillt, und damit der ganzen Welt zu zeigen, dass er es ihr gegeben hatte! Allen zu zeigen, dass er fertil war, ein ganzer Mann war. Ihr Gebieter.

Lieber Himmel, was war nur mit ihm los? Wo kamen bloß all diese lachhaften Gedanken her? Vorgestern war diese Frau noch eine Serviererin von Lachshäppchen gewesen, und jetzt träumte er davon, sie zu schwängern? Tickte er eigentlich noch ganz richtig? Außerdem war er ein ganzer Mann! Er brauchte einer Frau keinen dicken Bauch zu verpassen, um das der Welt zu beweisen. Evas seliges Lächeln war Beweis genug. Er fuhr mit dem Waschlappen vorsichtig über ihre Schamlippen und wusch die Innenseite ihrer Schenkel.

„Ist es gut so?", fragte er und legte den Waschlappen zur Seite, ohne den Blick von ihrer Scheide abwenden zu können. Sie war so unsagbar schön.

„Was habe ich denn bei der Lektion gelernt?", wollte sie wissen und lächelte verzückt.

„Sag du's mir." Er legte sich jetzt neben sie auf das Bett, stützte den Ellbogen auf und ließ seine Augen über ihren perfekten Körper gleiten. Sie war genau so gebaut, wie eine Frau nach seinem Geschmack sein sollte: rund an den richtigen Stellen, bloß nicht zu mager, aber doch schlank, wo sie schlank sein musste: an der Taille und an den Oberschenkeln. Er hasste dicke Oberschenkel, wobei ihr opulenter Hintern ihn total verzückte. Aber am meisten mochte er ihren Hals, der war schlank und weiß und unendlich erotisch.

„Dass du der beste Liebhaber aller Zeiten bist?"

Bester Liebhaber aller Zeiten? Er wusste, dass er gut war, und dennoch streichelten ihre Worte sein Ego. Frauen sollten das viel öfter zu ihren Männern sagen oder zu ihren Verlobten, oder Schein-Verlobten.

„Nein, mein Herz, du hast bei dieser Lektion gelernt, dass du einen Mann spielend leicht dazu bringen kannst, völlig die Beherrschung zu verlieren."

„Echt? Hat es dir gefallen?"

„Allerdings." Und dieser Hannes, der zu dumm war, ihr auch nur einen einzigen Orgasmus zu schenken, der hatte eine Feuergöttin wie Eva gar nicht verdient.

„Du bist eigentlich gar nicht so ein emotionsloser Roboter, wie ich dachte."

„Nein, ich bin dein treusorgender Verlobter, der dich anbetet."

„Zumindest für dieses Wochenende", sagte sie und ihre Stimme klang ein wenig traurig.

„Für dieses Wochenende", bestätigte er und fühlte sich auch ein wenig traurig.

„Ich bin dein braves Mädchen und du umsorgst mich dafür und erfüllst mir jeden Wunsch. Ist das unsere Beziehungskonstellation?"

„Es gibt wahrlich sehr viel schlechtere Konstellationen." Jetzt erst begegneten sich ihre Blicke in einer intensiven Berührung.

~

Es gab solche Momente, da fehlte nur ein Wort oder eine winzige Berührung zwischen zwei Menschen und alles könnte sich ändern – oder eben auch nicht. Lisa wartete darauf, dass er sie küssen würde. Seine eisigen Augen waren gar nicht mehr eisig, sondern warm und ruhten auf ihren Lippen, und seine Finger fuhren gerade sanft über ihre Stirn und strichen eine Locke zur Seite, während er sich langsam über sie beugte und ihren Lippen immer näher kam.

Er würde sie küssen und sie wollte den Kuss. Dies würde kein Filmkuss werden, nicht nach dem, was sie beide gerade erlebt hatten. Der Kuss kam leider nicht.

Seine Lippen waren nur noch einen Atemzug von ihren entfernt, seine Fingerspitzen strichen kaum merklich über ihre Stirn, da klimperte ihr Handy laut vom Nachtschrank herüber und sie beide fuhren erschrocken auseinander – wie schon einmal an diesem Tag.

„Hannes!", hauchte sie entsetzt und sprang vom Bett herunter. Oh Gott, wie hatte sie Hannes nur vergessen können? Was wäre, wenn Hannes jetzt anrief, um ihr zu sagen, dass er sie doch noch liebte und dass er es bereute und wieder mit ihr zusammen sein wollte? Und sie hatte nichts Besseres zu tun gehabt, als mit einem anderen zu schlafen … zu ficken. Nicht etwa, weil sie diesen anderen liebte, nein, ganz bestimmt nicht. Man konnte sich nicht innerhalb von zwei Tagen von der Liebe seines Lebens verabschieden und sich dann Hals über Kopf in einen anderen aufregenden Mann verlieben, oder? Nein, sie hatte bestimmt nur deshalb mit einem anderen geschlafen, weil sie sich unterbewusst an Hannes rächen wollte …

… und weil Doc H ihr zwei Orgasmen innerhalb von wenigen Stunden geschenkt hatte.

… und weil er ihr Unterricht in Sex gab.

… und weil er der beste Liebhaber des Universums war.

… und weil er bei näherer Betrachtung ziemlich nett war.

Shiiitt!

Sie stürzte sich wie ein Geier auf das Handy und war fest davon überzeugt, dass es Hannes sein musste. Sie wusste, wie dumm ihre Reaktion war – aber frage mal dein Unterbewusstsein, was für ein schlechtes Gewissen du plötzlich hast, wenn du den allerbesten Sex deines Lebens hattest, aber nicht mit dem Mann, den du angeblich liebst.

Der Anrufer war nicht Hannes, sondern eine fremde Handynummer, die sie nicht kannte. Lisa meldete sich mit einem misstrauischen „Hallo?" und schaute Henrik zu, wie der ebenfalls wieder vom Bett aufstand. Er rückte seine Hose zurecht und hob dann den Waschlappen, mit dem er sie so liebevoll gesäubert hatte, vom Boden auf. Hannes hatte sie nie gewaschen nach dem Sex. Doppelshit. Als ob das jetzt eine Rolle spielen würde.

„Eva?"

War das etwa Caros hysterische Stimme, die sie da durch das Telefon hörte?

„Carolin? Wie kommst du an meine Handynummer?" Es hätte zweifellos klügere Fragen gegeben, die sie hätte stellen können angesichts der Tatsache, dass die Tochter ihres Scheinverlobten sie nachts um – Wie spät war es? – halb zwölf auf ihrem Handy anrief.

„Dein Handy lag heute Morgen in der Küche, und da hab ich die Nummer gespeichert, aber das ist jetzt nicht wichtig", antwortete Caro ungeduldig. „Eva, wo bist du gerade? Bist du allein? Kannst du reden?"

„Ähm, nein, nicht wirklich, wir sind ... also wir haben gerade ..." Dreifach Shit: Sie trug Reizwäsche und Strapse, ihr Hintern tat noch weh von Henriks Schlägen und ihre Vagina glühte immer noch vor Wollust, und da war seine Tochter am Telefon und klang so, als ob sie bis zum Hals in Schwierigkeiten stecken würde. „Was ist passiert?"

Caro schluchzte ins Telefon. „Bitte sag es nicht Papa, bitte, aber ich weiß nicht, wie ich hier wegkommen soll. Ich will nicht mit Klaus fahren."

„Um Himmels willen, wo bist du? Bist du nicht hier im Haus?"

Henrik hatte natürlich längst mitbekommen, dass sie mit seiner Tochter telefonierte, und war direkt vor sie hingetreten, mit tief gefurchter Stirn und ausgestreckten Händen, als wollte er ihr gleich das Telefon aus der Hand reißen.

„Was ist mit ihr? Warum ruft sie dich an?", fuhr er Lisa an, während Caro gleichzeitig aus dem Handy herausschluchzte.

„Carolin, bleib ganz ruhig!", sagte sie und winkte Henrik beschwichtigend ab. „Wo bist du und was ist passiert?"

„Ich bin hier in einem Nachtklub am Strand und Klaus hat irgendwas geraucht und jetzt ist er total zugedröhnt, und er hat zwei Tussis aufgerissen und will, dass wir alle eine Spritztour nach Kap Arkona machen." Ihre Stimme wurde immer schriller. „Aber ich hab keinen Bock darauf. Jetzt macht er andauernd mit diesen zwei Frutten rum und lässt mich links liegen. Ich hätte auf dich hören sollen. Dieser Scheißkerl! Hätte ich doch auf dich gehört ..." Sie schluchzte wieder laut auf.

„Wo ist Carolin? Mit wem ist sie da unterwegs?", fragte Henrik dazwischen. Er starrte Lisa mit düsterer Miene an und hatte vermutlich jedes Wort verstanden.

„Carolin, bleib ganz ruhig", sagte Lisa und versuchte das Dazwischenquasseln von Henrik zu ignorieren. Sie war innerlich gerade eiskalt. „Du fährst auf keinen Fall mit Klaus."

„Aber, dann fährt er ohne mich los und ich häng hier alleine in diesem Schuppen rum."

„Bleib, wo du bist, wir kommen dich holen! Schwör mir, dass du nicht zu Klausi ins Auto steigst."

„Nein, Papa soll mich nicht holen. Nicht er. Ihm ist doch sowieso scheißegal, was mit mir ist", schniefte sie und klang jetzt gar nicht mehr wie ein aufsässiger Teenager, sondern wie ein kleines vierzehnjähriges Mädchen, das ganz dringend seinen Vater brauchte. „Er kritisiert nur rum, von oben herab, und weiß immer alles besser, dabei hat er überhaupt keine Ahnung."

„Wir holen dich, Caro! Sag mir, wie der Nachtklub heißt und wo er ist." Lisa versuchte nicht panisch zu klingen und zu ignorieren, dass ihr der kalte Angstschweiß ausgebrochen war. „Und schwör mir bei allem, was dir heilig ist, dass du nicht mit Klaus fährst."

„Ich bin hier in Prora im *Santa Monica*, das ist da am Strand", schniefte Carolin. Jetzt erst nahm Lisa im Hintergrund das ferne Wummern von Bässen und die schrillen Stimmen von Leuten wahr, die offenbar hemmungslos Party machten. „Aber ich will nicht, dass Papa kommt und mich holt! Kannst du das nicht so machen, dass er es nicht merkt?"

Wie stellte sie sich das denn vor? Dass sie mitten in der Nacht bei der Verlobten ihres Vaters anrufen konnte, ohne dass der etwas davon mitbekam?

„Gib mir das Handy!", verlangte Henrik und seine berüchtigte stoische Ruhe bröckelte ein ganz klein wenig, als er versuchte, nach ihrem Handy zu greifen. „Ich will sofort mit ihr sprechen!", bellte er, als Lisa sich wegdrehte.

„Caro, wir kommen so schnell wie möglich. Bleib genau da, wo du bist. Und bitte, versuche Klausi davon abzuhalten, Auto zu fahren. Nimm ihm den Autoschlüssel weg, oder brate ihm meinetwegen eine Flasche über den Kopf, aber lass nicht zu, dass er sich hinters Steuer setzt, dass er …" Ihre Stimme brach ab.

Plötzlich war alles wieder da, als wäre es gerade eben erst passiert:

Die einsame Landstraße in der Nacht, leise Musik aus dem Radio, die ernste Stimme ihrer Mutter. Sie hatten sich mit einem Musikproduzenten getroffen, der Lisa einen Vertrag angeboten hatte. Er hatte ihr eine schillernde Zukunft gezeichnet, hatte ihr volle Konzertsäle in den großen Städten dieser Welt prophezeit und ihr schon im nächsten Jahr eine Welttournee in Aussicht gestellt. Lisa war Feuer und Flamme gewesen und hatte auf den Wolken geschwebt. Während der 60 Kilometer langen Fahrt nach Hause hatte sie von der Tournee geträumt. Ihre Mama hatte sie wieder auf den Boden heruntergeholt. Sie solle zuerst ihr Abitur machen und studieren, und dann könne sie immer noch nach Weltruhm streben. Man könne schließlich nie wissen, was das Leben für einen bereithielt, und ein vernünftiger Schulabschluss sei das A und O, um in dieser Welt bestehen zu können – besonders wenn man Musiker werden wolle. Lisa hatte das nicht einsehen wollen und mit ihrer Mutter herumgezankt. Sie hatten nicht richtig gestritten, aber Lisa hatte geschmollt und genervt, wie ein normaler Teenager eben. Wozu brauchte sie denn einen Schulabschluss und ein Studium zu machen, wenn sie schon bald an der Met oder in der Scala auftreten würde? Wie hätte sie denn wissen können, dass schon wenige Sekunden später alles anders sein würde?

Plötzlich waren da die Scheinwerfer eines entgegenkommenden Autos, alles ging so rasend schnell und doch wie in Zeitlupe. Lisa wollte schreien und ihre Mutter warnen, aber so viel Zeit blieb gar nicht. Sie hörte den fürchterlichen Knall, noch bevor sie die Wucht des Aufpralls und den grausamen Schmerz spürte. Der Fahrer des entgegenkommenden Autos war betrunken gewesen, hatte die Polizei später gesagt, und er hatte mindestens 100 Stundenkilometer drauf gehabt. Da war er in einer Kurve auf die andere Straßenseite geraten und ungebremst in Mamas Auto hineingebrettert.

„Ja! Ja gut, ich versuche ihm den Schlüssel abzunehmen, aber er ist so ein Megaarschloch", weinte Caro, doch sie klang bei Weitem nicht mehr so hysterisch wie noch vor einer Minute. Lisa brauchte Henrik gar nicht zu sagen, was zu tun war.

„Wir fahren sofort los!", sagte er, nachdem Lisa das Gespräch beendet hatte. Für weitere Details war während der Fahrt noch Zeit. „Zieh dich an!"

Er schnappte sein Jackett vom Stuhl und lief schon zur Tür hinaus, bevor Lisa überhaupt das Bett umrundet hatte. Sie zerrte ihre Sportsachen heraus und schlüpfte hektisch in die Jogginghose. Das Bustier zog sie sich über, während sie die Treppe hinunterlief und versuchte, Doc H zu folgen. Ihre Turnschuhe klemmte sie sich unter den Arm, die konnte sie noch im Auto anziehen. Im Haus war alles still. Man hatte den Eindruck, dass alle Bewohner bereits friedlich in ihren Betten lagen und schliefen, wenn sie nicht gerade zufällig gigantischen Sex hatten oder sich heimlich davongeschlichen hatten, um Party zu machen.

„Sie ist in Prora in einem Klub namens *Santa Monica*. Ist es weit bis dahin?", sagte sie, als sie Henrik endlich bei seinem Auto eingeholt hatte.

„Nur ein paar Kilometer. In zehn Minuten sind wir dort. Ich kenne diesen Schuppen. Drogen, laute Musik, Alkohol und Sex in jeder dunklen Nische." Sein Adamsapfel zuckte beim Sprechen hektisch auf und ab und er fuhr sich nervös durch seine Haare, dann stieg er in sein Auto und ließ es schon anlaufen, noch bevor Lisa überhaupt die Beifahrertür geöffnet hatte. Ja tatsächlich: Doktor Snob hatte vergessen, den Kavalier zu spielen, und es machte ihr überhaupt nichts aus. Kaum saß sie neben ihm, gab er so kräftig Gas, dass der Motor laut aufröhrte, als er anfuhr, und dann bretterte er die Anliegerstraße hinunter und schwieg düster vor sich hin. Sie konnte sein Gesicht in der Dunkelheit im Auto nicht richtig erkennen, aber sie war sich sicher, dass es *Doc H*-mäßig versteinert war.

„Wir holen sie da raus", sagte sie, als er beharrlich schwieg.

„Sie ist erst 14!" Seine Stimme war nur ein Flüstern, und Lisa war sich nicht sicher, ob es Sorge oder Wut oder Entsetzen war, die ihm die Kraft zum Sprechen raubte.

„Ihr passiert nichts!", beteuerte sie, auch wenn sie selbst nicht ganz daran glauben konnte.

Was hatte das Mädchen nur geritten, sich zusammen mit Klausi Pickelfresse einfach davonzustehlen? Außerdem, musste man nicht mindestens 18 sein, um in Nachtklubs überhaupt reingelassen zu werden? Sie wusste das aus eigener Erfahrung. Da gab es normalerweise eine Ausweiskontrolle, um die sich ein gewieftes Mädchen allerdings ganz leicht herumschummeln konnte. Das wusste sie ebenfalls aus eigener Erfahrung. Und sie wusste leider auch zu gut, welche Alkohol- und Drogenexzesse dort passierten. Und was den besagten Sex in den dunklen Nischen anging, so hatte sie zwar nie selbst welchen dort gehabt, aber beobachtet hatte sie solche Aktionen mehr als einmal.

Lieber Gott, hoffentlich war Caro nicht so dumm.

„Warum ruft sie dich an und nicht mich?", platzte es plötzlich aus Doc H heraus. „Ich bin ihr Vater! Sie kennt dich doch gar nicht. Einer Fremden vertraut sie mehr als mir!"

„Sei froh, dass sie überhaupt angerufen hat und nicht einfach leichtsinnig zu diesem Dummkopf ins Auto gestiegen ist. Das war ihre Art von Hilferuf an dich!"

„An mich? Sie ruft eine wildfremde Frau an, um mir einen Hilferuf zuzuleiten? Dümmer geht es wohl kaum", schnaubte er.

„Für Caro bin ich deine Verlobte, ihre künftige Stiefmutter, und nicht wildfremd. Sie traut sich nicht, direkt mit dir zu sprechen, sie hat Angst vor deiner Reaktion, deiner Ablehnung. Deshalb macht sie mich mit dem Anruf zu ihrer Verbündeten und hofft, dass ich es dir schonend beibringe und deinen Zorn etwas besänftigt habe, bis wir dort angekommen sind."

„Danke für deine psychologischen Erläuterungen, aber ich bin nicht zornig. Ich bin ganz ruhig", sagte er abweisend. „Ich habe allerdings kein Verständnis für solche Aktionen und sie wird die Konsequenzen für diese Dummheit tragen müssen!" Es herrschte eine Weile Schweigen, weil Lisa nicht wusste, was sie darauf sagen sollte. Falls er sich Sorgen um seine Tochter machte, war es jedenfalls eine beschissene Art, das zu zeigen.

„Konsequenzen sind wichtig, aber lass uns das Kind doch erst mal nach Hause holen und sie in den Arm nehmen und trösten. Wenn sie weiß, dass du sie trotz allem noch liebst, kannst du ihr immer noch mit Taschengeldentzug und Klosterschule drohen", sagte sie und legte jetzt ihre Hand auf seinen Oberschenkel – zur Beschwichtigung. Sie wusste nicht, woher sie das Selbstbewusstsein nahm, Doc H so vertraulich anzufassen oder sich einzubilden, ausgerechnet sie hätte die richtige Methode parat, um ihren Sexguru zu besänftigen, aber sie wusste ganz genau, was Caro jetzt im Augenblick am dringendsten brauchte, und das war kein emotionsloser Vater, der eine Litanei an Strafandrohungen herunterleierte, sondern ein Papa, der sie einfach nur tröstete und ihr das Gefühl gab, trotz allem geliebt zu werden.

Doc H antwortete ihr nicht.

~

Henrik hatte nicht vorgehabt, Caros Fehlverhalten auch noch mit Kuscheleinheiten zu belohnen. Während der Fahrt nach Prora hatte er darüber nachgedacht, welche Strafe Carolin am härtesten treffen würde. Taschengeldentzug und Stubenarrest, und wenn er sie zwingen würde, all ihre ekelhaften Piercings zu entfernen und sich ihre Haare wieder in der Farbe zu färben, mit der sie geboren worden war. Und Klausi, diesen Nichtsnutz, den würde er an den Ohren nach Hause zerren und ihn seiner feinen Mutter vorführen, oder noch besser: Er würde Tante Olga darüber aufklären, was für ein Früchtchen sie da finanzierte. Und gegen diesen Nachtklubbesitzer würde er Strafanzeige erstatten und ihn so fertigmachen, dass er sein Bumslokal schließen konnte. Aber Eva bildete sich ein, er müsse seine Tochter nur in den Arm nehmen und alles wäre gut. Zuerst war er auch verärgert über Eva, oder vielmehr über die Tatsache, dass Caro ihr mehr vertraute als ihm und dass Eva sich wieder mal in seine Erziehung einmischte. Herrje, sie war eine gemietete Schauspielerin. Obwohl rein gar nichts an ihr ein Schauspiel war, weder ihr Auftreten Tante Olga gegenüber noch ihre Orgasmen und auch nicht ihre Sorgen um seine Tochter. Alles echt und impulsiv. Direkt aus ihrem Herzen heraus an die Oberfläche katapultiert.

Und auch jetzt, als sie neben ihm saß und die Hand auf seinen Schenkel legte, tat sie das nicht, weil sie etwas vorspielte, sondern weil sie ihm ernsthaft helfen wollte. Und es half wirklich. Ihre Hand auf seinem Schenkel stimmte ihn tatsächlich irgendwie etwas milder und versöhnlicher, und so schwer es ihm fiel, das zuzugeben, aber vielleicht hatte sie mit ihrem psychologischen Geschwafel ja sogar ein klein wenig recht.

Vielleicht war Caros Anruf ja wirklich ein Hilferuf an ihn gewesen. Er hatte das Mädchen alleine großgezogen und nie den Rat einer Frau gebraucht. Seine Mutter hatte das Kind ab und zu mal in den Ferien zu sich geholt und ihm hinterher Empfehlungen gegeben, welche homöopathischen Arzneimittel für welche Kinderkrankheiten richtig waren. Angelika Frey hatte ihm Belehrungen hinsichtlich der Kleidung und der Spielsachen für Caro erteilt, und Tante Olga hatte ihm regelmäßig Vorträge über Prügelstrafe gehalten, wenn Caro sich mal wieder danebenbenommen hatte, aber in allen anderen Dingen, in Mädchenfragen, Herzensangelegenheiten und bei dem ganzen emotionalen Kram, da war er auf sich alleine gestellt, und womöglich war Caro dabei wirklich etwas zu kurz gekommen.

Als er vor der Baracke, in der sich der Nachtklub befand, anhielt, sah er Carolin schon von Weitem. Sie hockte draußen vor dem Haupteingang auf der Betontreppe. Um sie herum war ein Gewusel von Menschen, manche, die gerade hineindrängelten, andere, die herausströmten, dazu Grüppchen, die draußen vor dem Klub herumgammelten, rauchten oder kifften oder auch nur fummelten, und mitten unter diesem Gewoge und Gewühle von Leuten hockte Caro, zusammengekauert wie ein verlorenes Wesen, das auf einer einsamen Insel gestrandet war.

„Weiber!", stöhnte er und sprang aus dem Auto. Er legte die Strecke bis zum Eingang mit drei großen Schritten zurück, und als er dann bei Caro angekommen war und ihre verheulten Augen sah, sah, wie die Wimperntusche in schwarzen Rinnsalen über ihre Wangen lief und wie sie ihre Arme schützend um sich selbst geschlungen hatte, da kam sie ihm so unglaublich jung und hilflos und zerbrechlich vor.

„Papa, ich wollte gar nicht …"

„Kein Wort! Wir reden zu Hause darüber!", sagte er eisig, doch als sie aufstand, sich die Tränen von der Nase wischte und diesen typischen, trotzigen Gesichtsausdruck aufsetzte, da knackste es irgendwie in seinem Innern, und er streckte die Hand nach ihr aus, zog sie zu sich heran und umarmte sie. Hielt sie einfach fest, ohne etwas zu sagen, und da spürte er, wie ihr magerer Körper in seinen Armen zitterte, weil sie vom Weinen geschüttelt wurde.

Wann hatte er seine Tochter eigentlich das letzte Mal in den Armen gehalten? Vor zwei oder drei Jahren? Oder war es noch länger her?

∼

Als Lisa sah, wie Doc H seine Tochter in die Arme zog, schossen ihr die Tränen in die Augen. Sie spürte Rührung und Frustration auf einmal und hielt sich beide Hände vor den Mund, um nicht auch aufzuschluchzen. Wenn doch ihr Vater sie in den schrecklichsten Momenten ihres Lebens einmal so in den Arm genommen hätte. Vielleicht wäre sie dann gar nie so abgerutscht. Aber nein, er hatte sich lieber seiner neuen Frau und seinem neuen Kind zugewandt. Natürlich hatte er sie jeden Tag im Krankenhaus besucht – am Anfang jedenfalls. Aber was, verdammt noch mal, hätte sie mit dem Arschloch von einem Vater reden sollen, der scheinbar nur darauf gewartet hatte, dass ihre Mutter starb, um schleunigst ein neues Leben beginnen zu können. Sie hatte ihn und seine Besuche einfach ignoriert. Bis er immer seltener gekommen war. Gut so. Sie wollte sein Gesicht sowieso nicht mehr sehen.

Oh Mann, sie wusste ganz genau, wie Caro sich fühlte und wie sich der Hilferuf eines verlassenen jungen Menschen anhörte: *Bleib weg von mir!* Das hieß eigentlich übersetzt: *Hilf mir bitte! Liebe mich! Lass mich jetzt nicht allein!*

Henrik tat genau das Richtige. Er umarmte sie einfach und zeigte ihr, dass sie nicht allein war. Er tat zwar nach außen hin so, als wäre er ein eiskalter Steinbrocken, aber in Wahrheit war er viel sensibler, als er zugeben wollte. Lisas Herz tat beim Anblick der beiden richtig weh, aber gleichzeitig ging es auch weit auf und flog Doc H entgegen.

„Wo ist Klausi?", fragte sie, als Henrik mit Caro im Schlepptau zum Auto zurückkam.

„Nikolaus Wurzler interessiert mich nicht im Mindesten." Er hielt ihr die Beifahrertür auf, nachdem er Caro mit einer stummen Geste auf den Rücksitz beordert hatte.

„Wir können nicht zulassen, dass er besoffen Auto fährt!", widersprach Lisa und weigerte sich einzusteigen.

„Ich bin nicht für Anettes Sohn verantwortlich, außer vielleicht, dass ich ihn für sein Verhalten zur Rechenschaft ziehen werde", sagte Doc H und tippte ungeduldig mit dem Fuß, als Zeichen, dass er keine Lust hatte, noch länger mit ihr zu diskutieren.

„Doch, dafür sind wir sehr wohl verantwortlich. Stell dir vor, er fährt sich oder jemand anderen tot." Lisa war nicht bereit, in dem Punkt nachzugeben. Sie hatten sich zwar auf eine Wochenend-Beziehungskonstellation geeinigt, bei der sie den unterwürfigen und gehorsamen Part mimen sollte, aber das galt nicht, wenn es um ein Menschenleben ging.

„Wo ist er?", rief er nach hinten zu seiner Tochter und die zeigte vage in eine Richtung.

„Da vorne. Macht mit irgendwelchen Schlampen rum!"

Doc H schnaubte und preschte dann hinüber zu einem roten BMW-Roadster, der nur ein paar Meter entfernt in einer anderen Parklücke stand. Lisa konnte in der Dunkelheit nicht genau erkennen, was er da drüben bei Klausis Auto tat. Sie sah nur seinen Schatten und wie er den Kopf durch das Fenster auf der Fahrerseite streckte. Nach nur wenigen Augenblicken kam er schon wieder zurück und warf ihr etwas zu, das im hohen Bogen über das Autodach segelte und dann sehr treffsicher in ihrer Hand landete. Es war ein BMW-Autoschlüssel.

„Steig jetzt ein!", schnappte er Lisa an und verzichtete darauf, ihr dabei zu helfen.

„Danke, Henrik! Vielleicht hast du damit ein Leben gerettet", sagte sie und meinte es von ganzem Herzen.

„Kein Wort mehr dazu!"

Eine Viertelstunde später waren sie schon wieder zurück in Tante Olgas Villa. Henrik hatte sich wieder in Doc H verwandelt und während der Fahrt kein Wort mehr gesprochen. Als sie in Richtung Treppe schlichen, hielt Doc H seine Tochter am Arm zurück und zeigte auf die Wohnzimmertür.

„Hier hinein! Wir reden jetzt." Dann wandte er sich an Lisa. „Und du, geh zu Bett, der Tag war anstrengend genug für uns alle."

„Aber soll ich nicht …" … *Caro den Rücken stärken, wenn du sie zur Schnecke machst?*

„Wenn ich nachher in unser Zimmer komme, will ich dich im Bett vorfinden! Verstanden?" Mit diesen Worten verschwand Doc H mit seiner Tochter im Salon, und Lisa lief, zwei Stufen auf einmal nehmend, die Treppe hinauf in ihr Schlafzimmer. Hektisch kramte sie nach dem durchsichtigen Negligé, das ihr Philipp aufgeschwatzt hatte und das sie doch eigentlich als Zumutung empfunden hatte, aber jetzt wollte sie das Ding unbedingt anziehen. Ach, da fiel ihr wieder ein, dass Doc H es heute Mittag eingesteckt hatte, genauso wie ihren zerrissenen String.

Sie zog einfach gar nichts an. Sie trug sogar nochmal Lippenstift und Wimperntusche auf und einen Hauch von Parfum. Oh Mann, was war eigentlich mit ihrer Vernunft und mit ihrer unendlichen Liebe zu Hannes passiert? Irgendwie verschollen auf dem Meer der Lust. Sie legte sich ins Bett und wartete. Sie stellte sich vor, was Doc H alles mit ihr tun würde und was sie alles mit sich machen lassen würde. Sie hatte in ihrem ganzen Leben noch nie so viele erotische Gedanken gehabt wie in den Minuten, während denen sie auf ihn wartete.

… und wartete …

… und wartete.

Als sie das letzte Mal auf ihrem Handy nach der Uhrzeit schaute, war es Viertel nach zwei und es waren bestimmt schon zwei Stunden seit ihrer Rückkehr vergangen. *Ich möchte echt nicht in Caros Haut stecken*, dachte sie noch und dann schlief sie ein.

10. In der guten alten Zeit

Als Lisa wieder aufwachte, schien ihr die Morgensonne direkt in die Augen, ihre Bettdecke war auf den Boden gerutscht, und der Platz neben ihr im Bett war leer und unberührt. Irgendwie hatte sie Doc H und seine Absichten wohl krass missverstanden.

Okay, es war nicht schlimm, dass er nicht bei ihr geschlafen hatte. Er hatte sicher seine Gründe dafür, und schließlich waren sie kein echtes Paar, und der Sex gestern, das waren ja nur Coachingübungen gewesen, das bedeutete schließlich nicht, dass sie von jetzt an rund um die Uhr üben mussten. Lisa versuchte nicht allzu enttäuscht darüber zu sein.

Ein Blick auf ihr Handy sagte ihr, dass es erst kurz vor sechs war und dass Hannes ihr in der Nacht noch eine Textnachricht geschrieben hatte. Sie stand auf und warf einen vorsichtigen Blick in den Spiegel. Zu ihrer eigenen Verwunderung sah sie ausgeruht aus – von ein paar Kleinigkeiten abgesehen. Sie hatte einen großen, dunkelroten Knutschfleck am Hals und ihre Frisur sah wie jeden Morgen aus: wie Holzwolle. Aber ihre Haut wirkte frisch und rosig und die geschwollenen Tränensäcke von vorgestern waren völlig verschwunden. Samiras teure Pflegecremes schienen zu helfen. Sie schlenderte ins Badezimmer, um Zähne zu putzen und ihre Haare zu bändigen, und nebenher las sie die Nachricht von Hannes:

„Wenn du uns mit dieser total verrückten Reaktion ein schlechtes Gewissen verursachen wolltest, dann warst du erfolgreich. Da hast du's! Wir haben zwei Nächte kein Auge zugetan, deinetwegen! Ich hätte nicht gedacht, dass du so unerwachsen mit der Situation umgehst. Wir machen uns Sorgen um dich und du genießt es offensichtlich."

Blöder Wichser! *Wir und uns*! Damit meinte er Patti und sich selbst. Wenn er geschrieben hätte: *Ich bereue es, dass ich mit dir Schluss gemacht habe!* Ja dann … dann hätte sie ihm vielleicht geantwortet, aber diese dämlichen Vorwürfe, dass er ihretwegen nicht schlafen konnte? Was sollte das? Hoffentlich hatte er vor lauter Sorgen um sie erst gar keinen hochgekriegt. Schade wäre es nicht drum. Diese Karnickelrammelei, die Hannes im Bett veranstaltet hatte, war es nicht wert, Sex genannt zu werden. Das wusste sie seit gestern.

Die ganze Zeit hatte sie gedacht, dass der miese Sex ihre Schuld war, aber nach nur zwei Coachingübungen mit Doc H war ihr klar: Hannes war ein beschissener Liebhaber und – wie hatte Doc H es so treffend formuliert? – ein egoistisches Arschloch. Jawohl!

Sie blockierte Hannes auf ihrer WhatsApp-Liste und zog sich ihre Joggingklamotten an. Die lagen noch in der Ecke, wo sie sie heute Nacht hingeschleudert hatte, weil sie sich gar nicht schnell genug für Doc H hatte ausziehen können.

Das Frühstück war erst um neun, also hatte Lisa noch genügend Zeit, um am Strand entlangzujoggen. Vor dem Unfall hatte sie Sport gehasst und neben der Schule und den stundenlangen Klavierübungen auch gar keine Zeit dafür gehabt. Aber dann war plötzlich alles weggebrochen: die Schule, die Klavierstunden und ihr Traum vom Weltruhm. Die Ärzte in der Reha hatten ihr dringend geraten, Sport zu machen, mehr für ihr seelisches als für ihr körperliches Wohl, hatten sie gesagt. Aber natürlich hatte sie nicht auf die Ärzte gehört, sondern sich lieber im Selbstmitleid gebadet und sich gehen lassen, bis sie Resi kennengelernt hatte. Resi hatte ihr eine verbale Ohrfeige verpasst und sie richtig wachgerüttelt.

„Du gefällst dir wohl in deiner Rolle als gescheiterte Existenz!", hatte Resi ihr vorgehalten. „Hör auf, anderen die Schuld an deinem Versagen zu geben. Im Leben tritt nicht immer das ein, was wir uns ersehnen, aber das ist keine Rechtfertigung, sich gehen zu lassen. Du hast nur dieses eine Leben, vergeude es nicht an Selbstmitleid."

Anfänglich war Lisa sauer auf Resi gewesen, aber irgendwie war ihre Standpauke doch zu ihr durchgedrungen und hatte gewirkt. Zuerst hatte sie wieder angefangen, Klavier zu üben, dann hatte sie sich einen Job gesucht, und schließlich hatte sie begonnen, Sport zu treiben.

Das Laufen hatte ihr geholfen, mit ihrem beschädigten Körper wieder ins Reine zu kommen, und inzwischen konnte sie es kaum ohne ihr morgendliches Jogging aushalten. Bis gestern war sie auch der festen Meinung gewesen, dass das Joggen viel besser war als Sex. Na ja, besser als Sex mit Hannes, aber schlechter als Sex mit Doc H. Tatsächlich würde sie ihr Morgen-Jogging sehr gerne gegen eine weitere Lektion von ihm eintauschen.

Warum war er nicht ins Bett gekommen heute Nacht? Wo war er nur?

Alle im Haus schienen noch zu schlafen, als Lisa auf leisen Sohlen aus dem Zimmer schlich. Unten im Foyer blieb sie kurz stehen und bestaunte noch einmal die Blumenpracht, für die Olga angeblich jede Woche Hunderte von Euros ausgab – Geld, das besser in der Tasche von Jürgen Wurzler wandern sollte, wie der meinte. Wenn es nach Lisa ginge, könnte Tante Olga das Geld aber auch an ein bestimmtes Altenpflegeheim in Berlin spenden, in dem ihre Freundin Resi dement und mit Medikamenten zugeknallt vor sich hin vegetierte.

Lisa wurde traurig, wenn sie an ihren letzten Besuch bei Resi dachte. Sie hatte ihr eine Schwarzwälder Kirschtorte mitgebracht, selbst gemacht nach einem Geheimrezept, das sie von Resi gelernt hatte. Aber sie hatte an diesem Tag nicht einmal ohne fremde Hilfe essen können. Lisa hatte sie gefüttert, sich mit ihr unterhalten und ihr dabei von ihrem neuen YouTube-Video erzählt, aber Resi hatte sie nicht erkannt. Nur ein Schwarz-Weiß-Foto aus den fünfziger Jahren, das auf Resis Nachtschrank stand, war ihre mentale Verbindung zu ihrem vergangenen Leben, alles andere hatte sie vergessen. Es zeigte Resi und ihre Schwester, die neben einem VW-Käfer standen. Beide Frauen, etwa um die dreißig, trugen blumige Kleider mit Petticoats, große Sonnenbrillen und bunte Schals, die im Wind flatterten. Sie waren ganz alleine mit dem Käfer über Frankreich, quer durch Spanien, bis nach Marokko gefahren, wo Resis Schwester einen Einheimischen kennengelernt und vom Stand weg geheiratet hatte. Das war für damalige Verhältnisse ein unfassbares Abenteuer gewesen und für Resi offenbar die eine unvergessliche Erinnerung geblieben. Diese Geschichte erzählte sie immer wieder, wenn Lisa zu Besuch kam, und Lisa stellte immer die gleichen Fragen, nur um überhaupt eine Kommunikation mit Resi zustande zu bringen. Es war manchmal richtig gruselig, eine andere Art von Tod, bei dem sich die Seele eines Menschen mitsamt den Erinnerungen schon längst verabschiedet hatte, aber der Körper immer noch funktionierte.

Apropos Erinnerungsfotos: Auf dem Weg zur Haustür fiel Lisas Blick auf eine große Bilderwand direkt neben der Garderobe. Zwischen zwei üppigen Gestecken mit Sonnenblumen hatte Tante Olga ihren eigenen Schrein der Erinnerungen errichtet. Dort hingen akkurat angeordnet an die fünfzig Schwarz-Weiß-Fotografien, alle gerahmt in edle Holz- und Metallrahmen und so aufgehängt, dass jedes Foto in genau dem gleichen Abstand neben dem anderen hing, auch wenn sie unterschiedlich groß waren. Lisa trat unwillkürlich näher an die Bilderwand heran und betrachtete die alten Fotografien. Die meisten waren Portraits oder Studiofotografien aus unterschiedlichen Epochen. Viele schienen aus Zeiten vor dem Ersten Weltkrieg zu stammen, manche stammten vielleicht sogar noch aus dem 19. Jahrhundert. Sie zeigten Leute in altmodischer Kleidung, eine Frau mit großem Hut und einem langen Rock, ein Mann mit Kaiser-Wilhelm-Bart und verkniffenen Lippen. Andere Fotografien stammten aus den 20er Jahren und strahlten die Leichtlebigkeit und Lebensfreude der Epoche aus. Schöne Frauen mit Pagenköpfen, knielange Kleider in Chiffon, Herren mit gruseligen Schnauzbärten und Knickerbocker, Bilder wie aus einem alten Charly-Chaplin-Film. Und dann gab es ein paar, die um die Zeit des Zweiten Weltkriegs herum entstanden waren. Auf einem dieser Fotos erkannte sie Tante Olga wieder. Sie war damals ein hübscher Teenager gewesen.

Es war ein Gruppenfoto, eine korpulente Matrone, drei Mädchen und drei Männer standen aufgereiht vor dem Fotografen. Die Mädchen waren in der vorderen Reihe, Olga war die Größte und die Älteste von ihnen, die anderen beiden waren noch Kinder. Die dicke, erwachsene Frau stand zusammen mit den Männern hinter den Mädchen. Es könnten Olgas Eltern und ihre älteren Brüder sein. Das war schwer zu sagen. Einer von den drei Männern trug jedenfalls eine Wehrmachtsuniform, die anderen beiden Typen waren sehr einfach gekleidet und blickten eher unfreundlich drein.

Was Lisa bei der Fotografie am meisten ins Auge stach, war der Hintergrund. Die Gruppe stand vor einem Reetdachhaus, eine bescheidene Bauern- oder Fischerkate, wie sie typisch für die Insel Rügen war, zumindest für die Zeit vor dem Zweiten Weltkrieg und vor der Heimsuchung durch Nazi- und DDR-Baukunst. Lisa ging mit dem Gesicht etwas näher an das relativ kleine Foto heran, um es genauer anschauen zu können, und fragte sich, ob das wohl Olgas Elternhaus war. Irgendwie hatte sie angenommen, dass eine Multimillionärin wie Olga schon mit einem goldenen Löffel im Mund geboren worden sein musste. Hatte Henrik nicht behauptet, sie sei ebenfalls auf einem Schweizer Internat gewesen?

„Ich sehe, du hast das einzige Foto aufgespürt, auf dem ich abgebildet bin."

Olgas kratzige Stimme ließ sie zusammenzucken, obwohl sie ja eigentlich nichts Falsches getan hatte. Hatte sie Olga etwa geweckt? Sie war doch ganz leise gewesen und war auf Zehenspitzen durch das Foyer geschlichen. Aber nein, Olga war bereits elegant angekleidet wie die Queen Mom und akkurat frisiert, ach nein, das war ja ihre Perücke. Auf jeden Fall erweckte sie den Eindruck, als wäre sie schon seit Stunden wach und würde durchs Haus patrouillieren. An diesem Morgen wirkte sie nicht wie jemand, der krebskrank und gebrechlich war. Olga lauerte direkt hinter Lisa, auf ihren Stock gestützt und leicht gebeugt, ein bisschen wie ein Aasgeier.

„Wie alt waren Sie damals?"

„Siebzehn. Hübsch, nicht wahr?"

Sie war wirklich hübsch gewesen. Sehr hübsch sogar. Sie hatte ihr dichtes Haar zu zwei Zöpfen geflochten, die unten jeweils mit großen hellen Schleifen zusammengebunden waren, und trotz des einfachen, dunklen Kleides, trotz der klobigen Schuhe und der hässlichen Kniestrümpfe sah sie irgendwie aus wie eine überirdische Elfe. Zierlich und auf eine sphärische Weise schön.

„Hatte auch mal rote Haare!", sagte sie und deutete mit ihrem knorrigen Zeigefinger jetzt an Lisa vorbei auf das Mädchen in der Bildmitte. „Konnte mich vor Verehrern nicht retten."

„Sind das Ihre Brüder oder Verehrer von Ihnen?", wollte Lisa wissen und meinte die drei Männer. Sie wusste, wie gerne alte Menschen von „Früher" erzählten, und deshalb wunderte sie sich auch gar nicht, als Olga ein wenig näher an sie herantrat und gleich loslegte:

„Das Foto wurde im Mai '44 aufgenommen, ein Jahr vor Kriegsende. Hier, der mit der Uniform, das ist mein Bruder Konrad, war auf Heimaturlaub zu Hause. Ist ein Jahr später gefallen, zwei Tage vor der Kapitulation. Die Frau neben ihm ist Barbara. War aus Berlin evakuiert und bei uns einquartiert. Die Kleine vorne mit der Zahnlücke, das ist meine Schwester Greta, ist im Winter '45/'46 an Gelbsucht gestorben. Die andere ist Barbaras Tochter Sigrid. Mein Vater ist schon im Winter '41 gestorben, Lungenentzündung, hat den schlimmsten Teil des Krieges gar nicht mehr mitbekommen, und meine Mutter war an dem Tag im Dienst, hat nicht freibekommen, obwohl Konrad zu Besuch war."

„Im Dienst?"

„Als Dienstmädchen im Haushalt vom Ortsgruppenleiter. Der war auch der Tierarzt bei uns in der Gegend. Einflussreicher Drecksack."

„Und die anderen beiden Männer?"

„Adam und Karol. Waren als Zwangsarbeiter bei uns!"

„Zwangsarbeiter?" Lisa wandte sich erstaunt zu Tante Olga um. Hatte es so was echt mal gegeben? Offensichtlich hatte sie in der Schule mehr als nur Englisch und Mathe verpasst, als sie in der elften Klasse abgebrochen hatte.

„Aus Polen. Der Ortsgruppenleiter hat sie meiner Mutter zugewiesen. Sie mussten uns in der Landwirtschaft helfen, weil wir keinen Mann mehr ihm Haus hatten. Mein ältester Bruder war gerade gefallen und Konrad war an die Ostfront versetzt worden."

„Und ich hab gedacht, so was gibt's nur im Film oder im Mittelalter. Warum sind die denn nicht geflohen? Ich meine, die sind doch nicht gefesselt, oder so?"

Tante Olga lachte bitter und klopfte mit ihrem Stock auf den weiß gefliesten Boden.

„Sie hatten alle ein gelbes Abzeichen an der Kleidung, so ähnlich wie ein Judenstern. Die wären standrechtlich erschossen worden, wenn man sie erwischt hätte. Sie sollten im Stall schlafen und nur Wasser und Brot zu essen bekommen, und der Ortsgruppenleiter hat angeordnet, dass sie arbeiten sollen, bis sie umfallen. Es war verboten, dass sie zusammen mit uns Deutschen an einem Tisch sitzen und essen. Wir Mädchen hätten nicht einmal mit ihnen reden dürfen. Auf den engen Umgang mit deutschen Frauen stand die Todesstrafe, falls du weißt, was ich meine."

„Sex?"

„Todesstrafe!", bestätigte Olga nickend.

Lisa spürte eine Gänsehaut ihren Rücken hinaufkrabbeln.

„Ich habe mich nicht um diesen Nazi-Schwachsinn geschert. Die beiden haben zusammen mit uns auf dem Feld gerackert, also haben sie auch zusammen mit uns an einem Tisch gegessen und unter unserem Dach geschlafen. Nicht im Stall."

„Der Linke sieht noch so jung aus und so hübsch." Lisa nahm den Bilderrahmen von der Wand, um das Foto genauer ansehen zu können.

„Das ist Adam. Er war gerade mal zwanzig und eine Seele von einem Menschen. Fröhlich, immer hilfsbereit und unglaublich charmant. Ich habe ihm Deutsch beigebracht und er mir Polnisch." Irgendetwas an Tante Olgas Stimme ließ Lisa aufhorchen, sie konnte nicht einmal genau sagen, was es war, vielleicht die betonte Beiläufigkeit, mit der sie es sagte, oder die Art, wie ihre Stimme vibrierte. Sie blickte von dem Bild auf und fixierte Olga lächelnd.

„Waren Sie in ihn verliebt?"

Tante Olgas Mundwinkel bogen sich nach unten, doch sie antwortete nicht.

„Was ist aus ihm geworden? Nach dem Krieg, meine ich?", bohrte Lisa weiter, aber Olga gab immer noch keine Antwort, nur ihr Stock trommelte ganz leise, wie ein nervöses Zittern.

„Ich weiß es nicht. Wir haben uns aus den Augen verloren", sagte Olga schließlich, nachdem ihr Schweigen beinahe erdrückend geworden war. „Die Russen kamen und haben die Zwangsarbeiter befreit. Später, als der eiserne Vorhang gebaut wurde, sind wir in den Westen geflohen, meine Mutter, mein Stiefvater und ich, der Rest meiner Familie war tot. Dann fing der kalte Krieg an, DDR, eiserner Vorhang, 40 Jahre lang war kein Durchkommen. Ich habe nie wieder was von Adam gehört. Wahrscheinlich lebt er längst nicht mehr."

„Er wäre jetzt 90, oder?"

„Du hast mir gestern vorgeworfen, ich solle Dinge in Angriff nehmen, die ich in all den Jahren versäumt habe", sagte Olga und wechselte unvermittelt das Thema.

„Es tut mir leid, ich wollte nicht unhöflich sein", murmelte Lisa.

„Du hast mich vor meinen Gästen angegriffen. Wie eine Wildkatze hast du dich mit gezückten Krallen auf mich gestürzt. Und es tut dir kein bisschen leid." Olgas Stimme klang eher amüsiert als vorwurfsvoll. Lisa wusste nicht, was sie darauf erwidern sollte, ohne wieder frech zu erscheinen, also sagte sie lieber mal nichts. „Du bist impertinent und vorlaut, und Henrik täte wirklich gut daran, dir gehörig den Hintern zu versohlen."

„Vielleicht hat er das ja bereits getan!", murmelte Lisa und senkte den Blick, aber sie konnte ein schwaches Grinsen beim besten Willen nicht unterdrücken.

„Ach papperlapapp! Der frisst dir doch aus der Hand wie ein zahmes Kätzchen. Ich hab doch Augen im Kopf und seh, wie du ihn um den Finger wickelst. Du bist ein ausgemachtes Luder und lässt die Männer nach deiner Pfeife tanzen."

„Was ich?" Lisa prustete ein Lachen heraus und schüttelte den Kopf. „Schön wär's!"

„Ich mag deine Art: ehrlich und graderaus, kein falsches Getue. Kann die ganze Heuchelei um mich herum nicht mehr ertragen, dabei warten alle nur darauf, dass ich endlich abkratze."

Geradeheraus? Ja vielleicht. Aber ehrlich? Von wegen!

„Sie sind so reich, Sie könnten Ihr Vermögen doch leicht in drei Teile teilen, sodass jeder etwas davon abbekommt. Philipp, Henrik und Anette. Dann wären alle zufrieden und niemand müsste Arschkriechen oder auf Ihren Tod lauern."

„Ich kann das Alderat-Imperium nicht in drei Teile zerschlagen, du anmaßendes Frauenzimmer, dann sind wir nicht mehr konkurrenzfähig."

„Dann geben Sie es Henrik und zahlen den anderen beiden Geld aus."

„Willst du mir jetzt auch noch Ratschläge erteilen, was ich mit meinem Vermögen machen soll?"

„Henrik ist ein hervorragender Geschäftsmann, und er hat den Job doch von der Pike auf gelernt. Er ist der Richtige dafür", beharrte Lisa unnachgiebig, und sie meinte es in dem Moment auch von ganzem Herzen. Sie kannte sich in der Geschäftswelt zwar überhaupt nicht aus, aber Henrik Henriksen war für sie der Inbegriff eines erfolgreichen Managers.

Olga schüttelte schwach ihren Kopf. „Er könnte schon längst alles haben, mein ganzes Vermögen, jeden Cent. Aber er spielt beleidigt und widersetzt sich mir in allem."

„Er ist ein erwachsener Mann und trifft seine eigenen Entscheidungen. Ich finde es gut, dass er sich nicht schikanieren lässt!" Die Worte waren ihr über die Lippen geflutscht, bevor sie darüber nachdenken konnte, ob es wirklich so klug war, Olga der Schikane zu bezichtigen. Aber offenbar war sie nicht sauer, sondern nickte sogar.

„Sobald ich sicher sein kann, dass er nicht noch einmal auf diese geldgeile Hure Vandalie hereinfällt, setze ich ihn wieder in mein Testament ein."

„Aber er ist doch jetzt mit mir verlobt und Valerie ist Geschichte."

„Ach ja? Ist das so? Wann werdet ihr beide heiraten?"

„Bald", murmelte Lisa. Sie war eine miese Lügnerin, und sie bewegte sich mit dieser Unterhaltung auf dünnem Eis. Wahrscheinlich wäre Doc H stinksauer, wenn er erfuhr, dass sie sich überhaupt mit Olga unterhielt, ohne dass er dabei war und aufpasste, was sie sagte.

„Dann bist du also wirklich schwanger?"

„Quatsch! Nein!", rief sie schockiert. „Das hat Frau Frey völlig falsch verstanden."

„Ich hätte sofort meinen Anwalt angerufen, wenn du Ja gesagt hättest. Etwas Besseres kann dem Jungen nicht passieren: eine Frau wie du, die ihn nachts beschäftigt, und ein Stall voller Kinder, die ihm jeden Tag bewusst machen, wofür er arbeitet."

„Henrik hat doch ein Kind", antwortete sie verwirrt. Die alte Frau tat ja gerade so, als gäbe es Carolin gar nicht.

„Dieses verzogene Gör! Fünfzig Prozent von deren Erbgut stammen von Vandalie."

„Das ist doch absoluter Bullshit!", brauste Lisa laut auf. „Wie kann man nur so ein dummes Vorurteil pflegen? Erbgut! So eine Gülle! Caro ist einfach nur sehr sensibel, genau wie ihr Vater." Lisa konnte es selbst kaum glauben, dass sie das gerade gesagt hatte, aber es war doch so. Caro hatte aus Angst davor, verletzt zu werden, einen abstoßenden Gothic-Panzer um sich errichtet, und Doc H tat mit seinem emotionslosen Robotergetue genau dasselbe, gab sich nach außen hin total kalt, aber manchmal, wenn seine Robotermaske brüchig wurde, dann zeigte er, wie sensibel er in Wirklichkeit war.

„Bullshit? Was ist das für ein neumodisches Wort? Lernt man das auf den teuren Internaten in der Schweiz? Du hast wohl etwas gegen dumme

Vorurteile, hä?"

„Alle Vorurteile sind dumm!", schnappte sie Tante Olga bissig an. *Kannst du nicht deine vorlaute Klappe halten, du dusslige Kuh?*, mahnte ihr zurückgebliebenes Vernunftzentrum. *Was denkst du wohl, was die alte Hexe mit ihrem Testament macht, wenn Henriks unterwürfige Verlobte sie so anzickt?*

„Hast du ihr wirklich die dicke Nase so richtig platt und blutig geschlagen? Dieser geldgeilen Hure?", fragte Olga mit gierigem Blick.

Lisa nickte und wusste nicht, ob sie lachen oder beschämt sein sollte. So stolz war sie nun auch wieder nicht auf diese Aktion.

„Und der verklemmte Snob? Was hat er dazu gesagt?"

„Sie meinen Henrik?"

„Hat er seine geliebte Vandalie nicht gleich getröstet und verteidigt, wie er das seit Jahren immer tut?"

„Ähm, nein. Sie lag auf dem Boden, und als ich ihr helfen wollte, hat er mich weggezogen und gesagt, dass sie schon alleine klarkommt, und dann sind wir quasi vom Tatort geflohen. Einfach ins Auto gehechtet und davongefahren."

Olga lachte, dann wedelte sie mit ihrem Stock in Richtung Wohnzimmer. „Komm mit, ich will dir was zeigen!"

„Ähm, ich wollte eigentlich joggen gehen!" Es war jetzt höchste Zeit, das Weite zu suchen, bevor sie noch mehr dumme Sachen sagte.

„Joggen? Bist du etwa eine von diesen Verrückten, die jedem Hirngespinst frönen, das die Dummköpfe im Fernsehen vormachen, nur damit du aussiehst wie ein klappriges Mannequin?"

„Bewegung ist gesund für Herz und Kreislauf. Wenn Sie wollen, können Sie auch mitkommen, dann gehen wir nur ein bisschen spazieren!"

„In meiner Jugendzeit haben wir 16 Stunden am Tag gerackert, zuerst morgens das Vieh gefüttert, dann aufs Feld und danach wieder in den Stall und dann hat man abends noch Handarbeiten gemacht, gestrickt und genäht und geflickt. Da wäre kein Mensch auf die Idee gekommen, seinen Kreislauf mit so einem absurden Schwachsinn wie Joggen in Gang zu bringen. Wir wären froh gewesen, wenn wir körperlich nicht so schwer hätten schuften müssen! Diese Welt ist doch krank und pervers heutzutage!" Tock, tock, tock.

„Jedenfalls ist es nicht kranker und perverser als Menschen als Zwangsarbeiter gefangen zu halten oder sie hinzurichten, nur weil sie einvernehmlichen Sex mit jemandem haben."

Olgas herabhängende Mundwinkel gruben sich noch tiefer nach unten, und die griesgrämige Furche zwischen ihren Augen sah inzwischen aus wie der Grand Canyon. *Oje.*

„Komm!", befahl sie erneut und hämmerte mit ihrem Stock auf den Boden, dann durchquerte sie das große Foyer in langsamen Tippelschritten und in gebeugter Haltung, schwer auf ihren Stock gestützt. Lisa folgte ihr widerwillig in den Salon, wo der berüchtigte Ohrensessel am Fenster stand und nur auf Olga zu warten schien. Aber sie setzte sich nicht, sondern ging hinüber zum Sideboard, das an der Wand stand. Dort öffnete sie eine der oberen Schubladen und stöberte darin herum. Als sie sich wieder zu Lisa umwandte, hielt sie einen Briefumschlag in der Hand.

„Kein Wort davon zu dem verklemmten Snob!", zischte Olga sie an, ohne dass Lisa eine Ahnung hatte, was sie eigentlich meinte. Dass sie von Doc H sprach, war natürlich klar, denn die Beschreibung verklemmter Snob passte wohl sonst auf niemanden. Obwohl Doc H eine ziemlich unverklemmte Seite hatte, aber das konnte Olga natürlich nicht wissen.

Lisa nickte, nahm den unverschlossenen Umschlag entgegen und schaute neugierig hinein. Da waren noch ein paar weitere Schwarz-Weiß-Fotos enthalten, die sie herausholte und der Reihe nach anschaute. Alle zeigten Olga. Eines war ein professionelles Portrait, das damals bestimmt ein Fotograf gemacht hatte, und es zeigte das Gesicht eines schönen, jungen, aber traurigen Mädchens, die anderen drei Bilder waren zwar auch gestellt, aber sie stammten aus dem Alltag, einmal sah man die junge Olga, wie sie vor dem Reetdach-Haus auf der Bank saß und etwas in eine große Schüssel auf ihrem Schoß schnippelte, vielleicht Bohnen. Einmal war Olga neben einem kleinen Hund in die Hocke gegangen und einmal stand sie neben einem Schneemann mit Möhrennase und Kohleknöpfen.

„Hier, da sieht man's am besten!", sagte Olga und zeigte auf das Bild mit dem Schneemann, aber Lisa sah eigentlich nichts, außer Olga in schlichter, dunkler Kleidung, knöchelhohen Halbschuhen und dicken Wollstrümpfen, eingewickelt in ein großes dunkles Dreieckstuch.

„Ich seh nichts. Was meinen Sie? Das Tuch oder den Schneemann?"

Olgas knorrige Hand griff nach dem Bild und zog es aus Lisas Fingern. „Ich war schwanger. Neunter Monat. Niemand hat was davon gewusst. Nur Barbara wusste es. Sonst wären die gekommen und hätten Adam erschossen. Jeden Tag hab ich gebetet, dass der Krieg endlich vorbei ist und die Russen kommen."

„Was? Aber wie … man sieht ja gar nichts!" Lisa starrte fassungslos auf das Foto, das jetzt in Olgas zittriger Hand wackelte.

„Die Kleider waren nicht eng anliegend und freizügig damals!", fuhr Tante Olga fort, ohne Lisas Frage zu beachten. „Ich konnte die Schwangerschaft gut kaschieren, weite Schürzen, einen Schal, ich habe keinen sehr dicken Bauch gehabt, es gab sowieso nichts zu essen zu der Zeit, und bei manchen Frauen setzten die Blutungen vor lauter Hunger aus. Ich habe kaum zugenommen."

„Und ... und was hat Adam gesagt? Hat er es gewusst?"

„Was hätte er sagen sollen? Wenn jemand davon erfahren hätte, wäre er erschossen worden. Glaub mir, das war nicht nur eine leere Drohung von denen. Hab das mit eigenen Augen mit ansehen müssen, wie die einem polnischen Jungen in den Kopf geschossen haben, nur weil er ein deutsches Mädchen geküsst hat. Adam und ich, wir haben geheiratet. Nicht richtig natürlich, sondern nur so eine Zeremonie für uns, ein Versprechen ewiger Liebe, von dem wir schon von Anfang an wussten, dass es zum Scheitern verurteilt war. Adam hat aus einem alten Draht zwei Ringe zusammengebogen und wir haben sie uns gegenseitig an die Finger gesteckt!"

Olga lachte bitter auf, während Lisa eine Gänsehaut bekam und mit aller Macht gegen die Tränen ankämpfte. „Was ist mit Ihrem Kind passiert? Ist es gestorben?"

„Hab's im Stall zur Welt gebracht, wie Maria." Olga lachte wieder dieses grausige Krähenlachen. „Es war Winter und bitterkalt. Nur Barbara war dabei, meine Mutter war den ganzen Tag beim Ortsgruppenleiter, der feierte ironischerweise seinen 50. Geburtstag. Adam und Karol waren auf dem Feld, Rosenkohl ernten; als sie morgens nach der Dämmerung raus sind, haben meine Wehen eingesetzt, als sie abends bei der Dämmerung zurückkamen, war der Junge da."

„Ein Junge!" Lisa schlug sich die Hand auf den Mund. Sie wusste nicht, ob sie weinen oder schreien oder einfach nur genauso hysterisch lachen sollte, wie Olga es gerade tat.

„Dieter! Ein anderer Name ist mir nicht eingefallen, und es war auch egal, wie er hieß, ich durfte ihn sowieso nicht behalten, niemand durfte erfahren, dass ich ein Kind entbunden hatte."

„Aber wie geht das denn? Hat es denn niemand gemerkt? Nichts von der Schwangerschaft und nichts von der Geburt? Ich meine, so eine Entbindung und all das Blut und das Geschrei, das kann doch nicht sein, dass kein Mensch was davon mitkriegt. Und was ist aus dem Baby geworden? Haben Sie das etwa ... etwa ...?" Sie dachte an ähnliche Fälle, die immer wieder als Horrormeldungen durch die Presse geisterten. Babys in Müllcontainern und Blumenkästen. Lisa konnte vor Schreck kaum atmen.

„Falls es einer gemerkt hat, dann haben sie alle den Mund gehalten. Barbara hat behauptet, es sei ihr Kind, dass sie den Säugling im Stall zur Welt gebracht hätte. Sie hätte von der Schwangerschaft gar nichts gemerkt, Sturzgeburt und da war er. Sie war sowieso ziemlich dick, da hat sich niemand gewundert, und früher, als es noch keine Frauenärzte gab, da kam so was öfter vor, als du denkst."

„Und das ging, einfach so?"

„Einfach war es nicht, das kannst du mir glauben, aber besser so, als das Kind und seinen Vater dem Tod auszuliefern." Tante Olga ging langsam zu ihrem Ohrensessel, und Lisa lief ihr schnell hinterher, um ihr zu helfen, aber Olga scheuchte sie mit einer rüden Geste weg, setzte sich umständlich und starrte dann stumm und düster aus dem Fenster. Vielleicht war sie mit ihren Gedanken in der Vergangenheit.

„Und was ist aus Ihrem Kind geworden? Lebt es noch?"

„Wenn es noch lebt, ist es kein Kind mehr, sondern es würde in diesem Jahr im Dezember 70 Jahre alt werden. Aber er ist nicht mein Kind. Barbara ist auf dem Standesamt als Dieters Mutter eingetragen, und Fritz, ihr Mann, der damals vor Moskau vermisst gemeldet wurde, ist als sein Vater eingetragen. Barbaras Mann ist drei Wochen später als Kriegsversehrter heimgekehrt und sie ist mit Dieter und Sigrid zurück nach Berlin. Habe Dieter nie wiedergesehen, weiß nicht, was aus denen wurde."

„Haben Sie denn nie versucht, Ihr Kind zu finden?"

„Mein Leben ist weitergegangen. Nach dem Krieg ging alles drunter und drüber und jeder hat um sein eigenes Überleben gekämpft. Was hätte ich mit einem unehelichen Kind anfangen sollen? Barbara war eine gute und anständige Frau. Er hat es bestimmt gut bei ihr gehabt. Das Kind war ohne mich besser dran und ich ohne Dieter. Meine Mutter hat ein halbes Jahr nach Kriegsende wieder geheiratet und noch zwei Kinder mit meinem Stiefvater bekommen, Henriks Großmutter Erna, die schon vor dreißig Jahren an Brustkrebs starb, und Werner. Der ist so dumm, du würdest es nicht merken, wenn er dement wird. Mein Stiefvater hat es im Westen zu Wohlstand gebracht. Er hatte eine Schuhfabrik gegründet für Hausschuhe. Dort habe ich eine kaufmännische Lehre gemacht und gearbeitet und meinen ersten Mann kennengelernt. War ein alter Kerl, Papierfabrikant. Als er starb, hat er mir seine Fabrik, ein dickes Bankkonto und ein paar Häuser hinterlassen. He, he, he!" Tock, tock, tock! „Mein zweiter Mann war der Großonkel von Anette. Er hatte eine Maschinenfabrik, die weltweit Druckmaschinen exportiert hat. Er war schon über siebzig, als ich ihn geheiratet habe. Ein Pflegefall, mehr nicht. Zwei Jahre hat die Ehe gedauert, dann war er hin. Aber er hat mir alles hinterlassen. Mein dritter Mann war der berühmte Egon Alderat. Seit seinem Tod vor fünfundzwanzig Jahren gehören mir all seine Hotels."

„Sie haben sich auf reiche, ältere Herren spezialisiert", konstatierte Lisa, und Olga schmunzelte, während ihr Stock auf den Boden klopfte. „Eigentlich müssten Sie viel mehr Verständnis für Valerie aufbringen."

„Willst du mich etwa mit dieser Heiratsschwindlerin vergleichen? Ich war vielleicht hinter dem Geld meiner Ehemänner her, aber ich habe sie nicht belogen und betrogen oder gar sitzen lassen. Ich bin ihnen treu geblieben bis zu ihrem Tod und meinen zweiten Mann habe ich bis zu seinem letzten Atemzug gepflegt. Du bist ein impertinentes und aufsässiges Frauenzimmer." Olga starrte Lisa an, als wollte sie deren Gehirn mit einem Röntgenblick durchleuchten, dann schüttelte sie ihren Kopf. „Weiß der Teufel, was mich geritten hat, dass ich dir das erzählt habe."

„Wollen Sie denn nicht wissen, was aus Ihrem Sohn geworden ist, ob Sie vielleicht sogar Enkelkinder und Urenkel haben? Hat denn niemand sonst nach ihm geforscht? Henrik oder Anette? Ihr Anwalt?"

„Natürlich nicht. Glaubst du, ich posaune diese Geschichte durch die Welt? Niemand weiß etwas davon."

„Soll ich vielleicht mal nach Ihrem Sohn recherchieren? Ich könnte über das Internet und über die ganzen sozialen Netzwerke womöglich was herausfinden!" Lisa konnte es nicht fassen, dass sich Olga kein bisschen dafür interessierte, was aus ihrem Baby geworden war. „Wie war der Nachname von Barbara? Vielleicht finde ich ja was."

„Wenn ich Dieter hätte finden wollen, hätte ich schon vor fünfundzwanzig Jahren einen Privatdetektiv beauftragen können!", zischte Olga und haute ihren Stock auf den Boden. „Was glaubst du wohl, was passiert, wenn ich ihn oder eines seiner Kinder finden würde? Hast du keine Angst, dass ich dann mein eigenes Fleisch und Blut in mein Testament einsetze und dein geliebter Henrik leer ausgeht?"

„Darüber habe ich jetzt echt nicht nachgedacht!", sagte sie etwas beklommen. „Aber das Erbe ist doch unbedeutend, wenn es um so ein Thema geht."

„Hört, hört. Denkst du so? Bist du denn gar nicht an meinen Millionen interessiert?"

„Vergessen Sie doch mal das verdammte Geld! Möchten Sie vor Ihrem Tod denn nicht wissen, was aus Dieter wurde?"

„Ach, halt den Mund, du unverfrorenes Weib!", krächzte Olga und klopfte mit ihrem Stock wie ein verrückter Specht. „Ich will kein Wort mehr davon hören! Gib mir das Kuvert zurück und mach, dass du zu deinem dummen Joggen kommst."

„Ich könnte doch zumindest mal nach seinem Namen googeln oder bei Facebook suchen."

„Raus jetzt!" Tock, tock, tock!

Lisa nickte und traute sich nicht, noch etwas zu sagen, die ersten paar Schritte ging sie sogar rückwärts, als würde sie sich von einer königlichen Audienz zurückziehen, erst kurz vor der Tür wandte sie Olga den Rücken zu und stolperte hinaus.

„Bis zum Frühstück nachher", murmelte sie.

„Pünktlich neun Uhr!" Tock, tock, tock.

„Ja!"

„Hagedorn!", hörte sie Tante Olga plötzlich krächzen, als sie gerade die Tür hinter sich zuziehen wollte. „Sie hieß Hagedorn. Barbara Hagedorn."

~

Kurz vor neun kehrte Henrik zurück, um sich frisch zu machen und sich für das Frühstück umzuziehen. Eva saß in ihrer schäbigen Joggingkluft im Schneidersitz auf dem Bett und war tief über ihren Laptop gebeugt. Ihr Haar stand in alle Richtungen ab, die Sonne tauchte ihre Locken in eine Art rote Korona und sie sah einfach furchtbar aus.

Furchtbar schön.

Sie klappte schnell ihren Laptop zu und hüpfte aus dem Bett.

„Guten Morgen, wo warst du denn die ganze Nacht?", begrüßte sie ihn und klang dabei so sehr nach einer echten Verlobten, dass sich seine Eingeweide schmerzhaft zusammenzogen und sein dummes Gehirn sagte: *Na und? Wäre das so schlimm, morgens neben einem Mädchen aufzuwachen, das so aussieht?* Natürlich ignorierte er diese Gedanken, denn seine Maxime lautete ja bekanntlich: keine Frauen! Und außerdem war er seit über 14 Jahren nicht mehr neben einer Frau aufgewacht – der Hechtsprung gestern Morgen zählte nicht –, es gab keinen vernünftigen Grund, warum er sich plötzlich etwas anderes wünschen sollte.

„Warum bist du noch nicht angezogen? Beeil dich, es ist gleich neun!", sagte er, ohne ihren Gruß zu erwidern. „Ich hoffe, du hast heute Nacht nicht allzu lange auf mich gewartet."

„Nein, ich bin gleich eingeschlafen."

Und warum verspürte er bei dieser Antwort eigentlich diesen kleinen Stich der Enttäuschung?

„Wir holen die versäumten Lektionen selbstverständlich nach!" Er versuchte ganz beiläufig zu klingen. Nebenher suchte er aus dem Kleiderschrank das weiße Versace-Sommerkleid mit dem Blätterdekor heraus und legte es für sie auf dem Bett bereit.

„Welche versäumten Lektionen?"

„Die Lektionen im Zusammenhang mit Stufe 5 des Coachings." Sex, Sex und noch mal Sex.

„Aha, okay, gut", sagte sie. „Ist mit Carolin alles in Ordnung? Hoffentlich hast du nicht so sehr mit ihr geschimpft."

„Ja. Dein Ratschlag hat sich als gut erwiesen. Sie in den Arm zu nehmen, meine ich!" Tatsächlich hatte Caro zu seiner Verwunderung nicht einmal gegen seine Standpauke aufbegehrt, sondern ganz im Gegenteil, sie hatte sich sogar entschuldigt und geweint, und da hatte sie ihm auf einmal leidgetan, und er hatte seine Strafpredigt mittendrin abgebrochen.

„Geh jetzt schlafen, Kleines, für heute reicht es", hatte er zu ihr gesagt und ihr einen Kuss auf die Stirn gegeben. „Ich hab dich lieb." Das hätte er schon längst mal zu ihr sagen sollen.

„Ich hab dich auch lieb, Papa!", hatte Caro genuschelt und ihre Nase an sein Hemd gepresst, wie früher, wenn er sie trösten musste. Das war so ein inniger Moment gewesen, und er hatte dabei an Eva gedacht, an ihre Art, geradeheraus und wohltuend ehrlich.

„Dann habt ihr euch also ausgesprochen?", fragte Eva ihn jetzt. „Das ist cool. Hast du ihr die Wahrheit gesagt, über mich, meine ich?"

„Wir kamen nicht dazu, ausgiebig zu reden. Tatsächlich habe ich den Rest der Nacht auf dem Polizeirevier in Stralsund verbracht."

„Was? Ich meine: Wie bitte?" Eva war gerade dabei, ihre Jogginghose auszuziehen, und verharrte mitten in der Bewegung, halb nach vorn gebeugt. „Aber warum hast du das denn nicht gleich gesagt? Was ist passiert? War es wegen dem Nachtklub?"

Jetzt zog sie ihre Jogginghose hastig wieder hoch, sprang auf das Bett und stakste über die Matratzen auf seine Seite herüber, trampelte auf das Versace-Kleid und auf sein frisches Oberhemd und hüpfte auf der anderen

Seite wieder herunter, direkt in seine Arme hinein.

„Es heißt: wegen *des* Nachtklub*s* und eine Dame hüpft nicht über das Bett, sondern geht außen herum." Trotzdem zog er sie an sich und hielt sie fest, während sein Blick an ihrem Hals hängen blieb, wo ein leuchtend roter Knutschfleck blühte. Eigentlich müsste er ihr als ihr Coach erklären, dass derartige Markierungen sich für eine erwachsene Frau, die ernst genommen werden wollte, gar nicht ziemten. Er müsste sie dazu anhalten, dass sie sich ein Halstuch umbinden sollte, aber als der Mann, der ihr diese Markierung höchstpersönlich verpasst hatte, empfand er eine seltsame Genugtuung bei deren Anblick und dachte bei sich: *Sollen es ruhig alle sehen!*

„Zieh dich jetzt an. Olga sitzt bestimmt schon am Tisch und hämmert Löcher in den Boden. Ich kann es kaum erwarten, Anettes Gesicht zu sehen, wenn ich ihr erzähle, dass ihr feiner Sohn heute Nacht wegen illegalen Drogenbesitzes verhaftet wurde."

„Was? Klausi wurde verhaftet? In Prora etwa?"

„Mit 200 Gramm Marihuana in der Tasche!", sagte er hochzufrieden.

„Das ist viel, oder?"

„Das sind Mengen, wie ein Dealer sie bei sich hat. Mehr als ein paar Gramm sind strafbar!" Innerlich triumphierte er über diesen Dummkopf. „Ich war gestern Nacht noch unten im Salon, als Klausi anrief. Er saß auf dem Revier in Stralsund und verlangte, dass ich ihn dort abholen solle, weil ich ihm ja seinen Autoschlüssel abgenommen hatte. Er hatte natürlich Angst, seine Eltern anzurufen, und wenn Tante Olga erst davon erfährt, dann wirft sie ihn hochkant raus. Er behauptet, diese beiden Mädchen, mit denen er zusammen war, hätten ihm das Gras untergejubelt. Er hat mich während der gesamten Rückfahrt angebettelt, seiner Mama und Olga nichts zu verraten, dieser Weichling."

„Vielleicht stimmt das ja, und er ist wirklich unschuldig."

Henrik hatte inzwischen eine andere Hose und ein sauberes Oberhemd angezogen, während Eva immer noch in ihrer Joggingkluft, ungeschminkt und mit wilder Haarmähne vor ihm stand – nein, an ihn geschmiegt war. Ihre Wimpern hatten ohne Wimperntusche einen rötlichen Schimmer und ihre freche Nase ohne Make-up eine Million Sommersprossen und irgendwie wirkte ihr Gesicht ein wenig nackt und blass, aber gleichzeitig jung und frisch und rein und auf eine ursprüngliche Weise beinahe noch schöner als mit Make-up.

„Er hat meine Tochter da hineingezogen, und schon dafür werde ich ihn um einen Kopf kürzer machen. Aber im Grunde ist es völlig belanglos, ob er unschuldig ist oder nicht. Ich beabsichtige, Klausis Dummheit auszunutzen und die Wurzler-Sippschaft ein für alle Mal aus dem Alderat-Imperium hinauszufegen." Jetzt griff er nach ihrem Hosenbund und zog die hässliche graue Jogginghose langsam über ihre Hüften nach unten. Sie ließ sich widerstandslos ausziehen. Und als er das Bustier über ihren Kopf zog, reckte sie brav die Arme in die Höhe, aber nebenher hielt sie ihm eine Moralpredigt:

„Ich finde diesen Erbstreit zwischen dir und Anette einfach abartig. Könnt ihr nicht wenigstens eure Kinder da raushalten? In eurem Krieg werden die beiden ja förmlich zermalmt. Warum regelt ihr das nicht friedlich untereinander und teilt das Vermögen irgendwie gerecht auf? Da ist doch genug für alle da. Merkst du denn nicht, dass Tante Olga euch gegeneinander ausspielt?"

„Es geht dich eigentlich nichts an, aber nur zu deiner Information: Anette wird sich nicht mit einem Drittel zufriedengeben, wenn sie alles haben kann. Und ich übrigens auch nicht. So und jetzt, noch mal Arme hoch und Kleid anziehen ..." Er nahm das Versace-Kleid vom Bett und zog es ihr über den Kopf, während sie brav mit ihren Armen durch die dünnen Spaghettiträger schlüpfte. „Noch ein wenig Wimperntusche und etwas Make-up, aber nicht zu viel, du hast das gar nicht nötig. Und dann werden die Wurzlers geschlachtet."

„Henrik?" Die Art, wie sie seinen Namen aussprach und wie sie zu ihm aufblickte, hätte ihm eine Warnung sein müssen.

„Was noch?"

„Stell dir vor, wir hätten Caro nicht rechtzeitig von dort weggeholt, dann wäre sie vielleicht auch auf dem Polizeirevier gelandet, und Anette würde jetzt garantiert triumphieren und deine Tochter bei Olga als eine Drogendealerin hinstellen, nur weil sie mal eine harmlose, jugendliche Dummheit begangen hat. Würdest du das wollen?"

„Natürlich würde ich das nicht wollen, und ich bin dir unendlich dankbar dafür, dass du das verhindert hast, aber das ändert nichts an meinen Plänen Klausi betreffend! Anette würde Carolin nicht schonen, wenn die Rollen vertauscht wären, das kannst du mir glauben."

„Aber du bist doch nicht so niederträchtig wie Anette."

„Ach wirklich? Bin ich das nicht?", fragte er süffisant. Diese ... diese kleine Kantinenhilfe hatte doch keine Ahnung, ob er niederträchtig war oder nicht. Sie sollte ihn bloß nicht auf ein Podest stellen. „Ich verstehe ehrlich gesagt nicht, warum du dich so für diesen Taugenichts ins Zeug legst, du kennst ihn doch gar nicht."

„Eigentlich mache ich das für Caro!", murmelte sie, und dann ging sie ins Badezimmer um sich zu schminken.

11. Lektionen dazwischengeschoben

Gemessen an den vorangegangenen Mahlzeiten war das Frühstück lächerlich einfach zu bewältigen. Die Menge an Besteck, das man verwenden durfte, war so übersichtlich, dass Lisa gut damit klarkam. Das Brötchen durfte sie sogar ungestraft mit der Hand anfassen. Man konnte bei einem Frühstück eigentlich kaum etwas falsch machen, und vor allem hatte Lisa zum ersten Mal seit Tagen die Gelegenheit, sich richtig satt zu essen, ohne dass jemand sie anmeckerte. Sie aß so viel nur in sie reinpasste, und Doc H ließ sie gewähren. Er war viel zu sehr damit beschäftigt, Klausi mit mörderischen Blicken nieder zu starren, und Klausi wiederum schien nur darauf zu warten, bis Doc H die Bombe vor den Ohren aller platzen lassen würde. Er wirkte total fertig und übermüdet und wagte kaum den Blick von seinem Teller zu heben, aber wenn er aufschaute, dann blickte er jedes Mal verstohlen zu Doc H.

Niemand außer Olga sprach. Die anderen waren mit sich selbst beschäftigt. Jürgen blätterte geräuschvoll durch die Tageszeitung. Philipp und Caro scrollten mit tief gesenkten Köpfen durch ihre Handys, und Anette schnippelte an einem Stück Honigmelone herum, während Tante Olga ihre Post durchsah und die Glückwunschkarten aus der Geschäftspost heraussortierte. Lisa bezweifelte, dass Olga ihr Hotelimperium immer noch selbst führte. Philipp hatte ja angedeutet, dass sie sich auf Rügen zur Ruhe gesetzt habe, aber er hatte nicht gesagt, wer sich stattdessen um ihre Hotels kümmerte. Sicher gab es einen oder mehrere Geschäftsführer, oder etwa nicht? Hin und wieder machte Olga eine garstige Bemerkung, wenn sie in eine Glückwunschkarte hineinschaute oder den Absender las.

„Dieser scheinheilige Lügner!", meckerte sie, oder: „Die eingebildete Ziege!", oder: „Der größte Dummkopf in ganz Deutschland!", und: „Wie? Dieser schwachsinnige Affe! Lebt der etwa immer noch?", und so weiter. Alles in allem ließ Olga an keinem Gratulanten einen guten Faden, und Lisa fragte sich, ob sie wohl schon immer so ein gehässiger Mensch gewesen war. Bestimmt war sie damals, als sie in Adam verliebt war, ein fröhlicher Teenager voller Träume und Hoffnungen gewesen, und erst als all die schlimmen Dinge passiert waren, war sie so bitter geworden. Niemand wurde als Griesgram und Menschenhasser geboren.

„Wer von euch hat Lust, heute Vormittag mit an den Strand zu gehen?", rief Philipp ganz unvermittelt und blickte von seinem Handy auf. Er hatte nichts von Olgas bissigem Gemecker mitbekommen und strahlte fröhlich in die Runde. „Es hat jetzt schon über zwanzig Grad und es soll heute der heißeste Tag des Sommers werden."

„Wir sollten lieber alle zusammen eine Kutschfahrt zum Jagdschloss machen. Wie denkst du darüber, Tantchen?", schlug Anette im Gegenzug vor. „Wir wickeln dich in eine warme Decke und setzen dich in die Kutsche? Du warst schon so lange nicht mehr draußen an der frischen Luft."

„Und wer kümmert sich darum, dass der Empfang heute Abend läuft und das Hotelpersonal anständig arbeitet?", nörgelte Tante Olga. „Wozu wohnst du unter meinem Dach, wenn du an solchen Tagen wie heute lieber Kutschfahrten machst? Ich möchte, dass du dich im Kurhotel persönlich um die Dekorationen und den Aufbau der Tische im Festsaal kümmerst."

„Aber Tantchen, du hast doch dein eigenes Hotel mit allem beauftragt und einen Veranstaltungsmanager engagiert."

„Einen Manager zu haben, heißt nicht, dass man faulenzen kann!" Tock, tock, tock. „Bildest du dir ein, du könntest meine Hotels führen, wenn du unfähig bist, ein paar Kellner und Köche zu beaufsichtigen, die einen Empfang vorbereiten?"

Auch wenn Lisa Anette ziemlich unsympathisch fand, diese Kritik hatte sie nicht verdient. Lisa wollte gerade sagen, dass sie die Idee mit der Kutschfahrt klasse fand, da ergriff Henrik das Wort.

„Ihr könnt gerne an den Strand gehen oder Kutsche fahren, Eva und ich machen nach dem Frühstück einen Spaziergang am Hochufer."

„Spaziert ihr zum Schwarzen See? Dann komme ich mit!", rief Jürgen und faltete geräuschvoll seine Zeitung zusammen.

„Kommt nicht infrage!", antworteten Henrik und Anette beinahe gleichzeitig. Immerhin herrschte wenigstens in dieser Sache Eintracht zwischen den beiden. Aber schon einen Augenblick später war es mit der Eintracht vorbei.

„Was stimmt mit dir nicht, Nikolaus?", rief Olga über den Tisch, weil Klausis Kopf sich beinahe im Müsli versenkt hatte, während alle anderen voller Eifer über die Tagesplanung diskutierten. Klausi zuckte sofort schuldbewusst zusammen. „Du siehst aus, als ob du die ganze Nacht in einer Ausnüchterungszelle verbracht hättest!"

Olga hatte den Nagel natürlich auf den Kopf getroffen, und während Henrik ein abfälliges Schnauben von sich gab, wurde Klausis Kopf krebsrot. Natürlich brauchte man keine Lupe, um zu sehen, dass er die vergangene Nacht nicht in seinem eigenen Bett verbracht hatte. Er trug noch die gleiche Kleidung wie gestern Abend, nur sah sie jetzt zerknittert aus, und er selbst sah auch zerknittert aus. Seine lachhafte Justin-Biber-Frisur war auf Sturm gekämmt und seine Augen waren blutunterlaufen und geschwollen. Jap, Lisa kannte dieses Phänomen. Klausi war gewissermaßen reif für Samiras Schönheitssalon.

Anette knallte ihr Obstmesser empört auf ihren Teller zurück.

„Also Tantchen, ich muss doch sehr bitten. Ich finde es nicht fair, meinem armen Klaus etwas Derartiges zu unterstellen. Du weißt doch genau, dass er manchmal unter Schlafstörungen leidet und morgens dann diese Brechattacken hat. Der Arzt kann nicht erklären, woher das kommt."

„Schlafstörungen?", schnaubte Henrik abfällig. „Ich kann dir genau erklären, woher die Schlaflosigkeit und seine Brechattacken kom..."

Lisa legte beschwichtigend ihre Hand auf Henriks Oberschenkel, ziemlich weit oben, und wollte ihm damit sagen: *Bitte, tu es nicht!*, und er verstummte schlagartig. Na ja, genau genommen verschluckte er sich beinahe an seinem Satz und japste nach Luft. Dann legte er seine Hand über ihre und schob sie mit einem unbehaglichen Räuspern ein klein wenig weiter nach unten, weiter weg von der Stelle, die sie ganz arglos gedrückt hatte. Ups! Jetzt war Lisas Gesicht aber auch rot. Henrik hingegen war damit beschäftigt, sich den Frosch aus dem Hals zu räuspern, die Beine zu lockern und ihre Hand zu pressen.

Linksträger! *Oh sorry, woher soll ich denn wissen, dass du auf dieser Seite deine schlafende Rakete verstaut hast?*

„Der arme Klaus möchte vielleicht selbst erzählen, wie er die vergangene Nacht verbracht hat", sagte Henrik mit einem Krächzen in der Stimme.

Manometer, dieser Mann war hartnäckig wie ein Bullterrier. Sah er denn nicht Caros schreckensgeweitete Augen? Oder gar Klausis abgrundverzweifelten Blick, mit dem der arme Kerl seiner eigenen Hinrichtung entgegenblickte. So schaute kein kaltschnäuziger Drogendealer drein, sondern jemand, der wusste, dass er Mist gebaut hatte, und es bereute.

„Oh Gott, ich glaube, mir ist schlecht!", rief Lisa und sprang auf. Das Geschirr klirrte, weil sie bei ihrer hektischen Bewegung an den Tisch gestoßen war, die Kaffeekanne aus Porzellan schwankte bedenklich, und Lisas Stuhl scharrte laut über den Boden und kippte beinahe nach hinten um. Sie presste sich die Hände auf den Magen, krümmte sich nach vorn und erweckte den Eindruck, als würde sie gleich herzhaft auf das Meißner-Frühstücksgedeck brechen.

Doc H hatte die Reaktionsgeschwindigkeit eines Shaolinmönchs. Er schnellte ebenfalls aus seinem Stuhl hoch wie der Rote Blitz, riss Lisa vom

Tisch zurück, brüllte dabei „Neiiiin! Nicht!", als müsste er einen Attentäter zurückhalten. Vermutlich erinnerte er sich an den Bronze-Buddha mit Bleistift. Ja, eindeutig. „Du hast schon wieder zu viel gegessen!"

„Nein, ich brauch nur frische Luft!", stöhnte Lisa, lehnte sich gegen ihn und machte sich extraschwer, und was dann geschah, war einfach filmreif – hollywoodreif – liebesromanreif. Er hob sie mit einer einzigen schwungvollen Bewegung auf seine Arme und lief mit ihr aus dem Frühstückszimmer hinaus vor die Haustür. Wie Rhett Butler auf dem Cover von „Vom Winde verweht", als er Scarlett auf seinen Armen aus dem brennenden New Orleans hinaus-trägt.

Oh Gott, wie superromantisch war das denn? Sie meinte natürlich Henrik, nicht Rhett.

Henrik Rhett Butler wurde allerdings ziemlich unromantisch, als er feststellte, dass Lisas Morgenübelkeit ihm sein geplantes Wurzler-Schlachtfest verdorben hatte. Als sie beide nämlich fünf Minuten später in den Frühstücksraum zurückkehrten, war niemand mehr da.

Philipp und Caro seien zusammen an den Strand gegangen, erklärte das Dienstmädchen, das gerade den Frühstückstisch abräumte. Nikolaus habe sich in sein Zimmer zurückgezogen, Herr Wurzler sei ins Kurhotel gefahren, um dort nach dem Rechten zu sehen, und Frau Wurzler sei mit Frau Alderat in deren Büro gegangen, um organisatorische Angelegenheiten der heutigen Abendveranstaltung zu besprechen.

„Warum werde ich das Gefühl nicht los, dass ich wieder einmal das Opfer weiblicher Heimtücke geworden bin?", zischte Henrik. „Aber glaub bloß nicht, dass du Klausi damit gerettet hast. Aufgeschoben ist nicht aufgehoben. Wir gehen jetzt spazieren, wie besprochen. Das wird deinem Kreislauf und deiner Verdauung guttun. Ich hoffe, du bist nicht ernsthaft krank; ich möchte heute ungern im Krankenhaus mit dir landen."

Sie brauchten nicht weit zu gehen, der Wald am Hochufer begann direkt hinter dem Haus. Ein schmaler Wanderweg führte am Haus vorbei. Er war durchzogen von dicken Wurzeln und bedeckt mit Laub von vielen vergangenen Herbsttagen. Ein hölzernes Hinweisschild besagte, dass der Schwarze See 1,5 Kilometer entfernt war.

„Es ist sehr romantisch dort", sagte Henrik in unromantisch-frostigem Tonfall und preschte voran. Lisa hatte Mühe ihm zu folgen, denn sie trug nur Flipflops.

Der Wald war herrlich, voller Gerüche und Geräusche. Irgendwann in der Nacht musste es ein wenig geregnet haben, denn der Waldboden verströmte einen betörenden Duft von Tannennadeln und feuchtem Laub, von Moos und Pilzen, und über ihnen zwitscherten sich hundert gut gelaunte Vögel die Seele aus dem Leib. Das Sonnenlicht fiel in dicken Strahlen durch das Blätterdach und spielte mit den Grün- und Brauntönen der Natur. Lisa schloss für einen Moment die Augen und holte tief Luft. Es war so ein schöner Moment, den sie in ihrer Erinnerung festhalten wollte. Am liebsten hätte sie einfach ihre Arme um Henrik geschlungen, sich an ihn geschmiegt und die Zeit angehalten, weil es so schön war: er und sie, eng umschlungen in diesem stillen Wald, aber er hielt nicht mal ihre Hand, sondern marschierte mit mindestens zwei Metern Abstand voraus.

„Vielleicht hättest du dich besser hinlegen und ein wenig schlafen sollen, damit du ausgeglichener bist", rief sie ihm nach. „Schließlich warst du die ganze Nacht auf den Beinen! Sollen wir lieber wieder umkehren?"

Er blieb abrupt stehen, drehte sich zu ihr um. „Ich bin völlig ausgeglichen!", sagte er, nachdem sie ihn eingeholt hatte. „Ich werde mich ausschlafen, sobald dieses Wochenende vorbei ist. Und wir kehren auf keinen Fall um. Wir müssen irgendwo üben, und ich will nicht, dass Jürgen oder Anette mit ihren Ohren an unserer Schlafzimmertür kleben."

„Üben? Du meinst Lektionen zu Stufe fünf?" Ihre Augen wurden riesig vor lauter Vorfreude.

„Nein, meine lernbegierige Schülerin, so etwas werden wir ganz gewiss nicht hier draußen im Wald tun. Zu nass, zu schmutzig, zu viele Zecken und andere Insekten und möglicherweise auch noch unerwünschte Zuschauer." Sein rechter Mundwinkel hob sich ein klein wenig, dann griff er nach ihrer Hand und zog sie durch seine Armbeuge, sodass sie bei ihm untergehakt war. Das wirkte zwar altmodisch, aber als er jetzt weiterging, verlangsamte er seinen Schritt, und sie verfielen in eine harmonische Gangart.

„Wir üben deine gesellschaftlichen Fähigkeiten. Olgas Empfang heute Abend ist wichtig. Da sind viele bedeutende und einflussreiche Leute eingeladen, und der Eindruck, den wir beide dort als verlobtes Paar hinterlassen, wird vielleicht darüber entscheiden, ob Tante Olga ihr Testament ändert oder nicht. Rechne es dir nicht zu hoch an, dass du Olga ein paarmal zum Lachen gebracht hast oder sie dir ein paar Frechheiten durchgelassen hat, die sie sonst niemandem gestattet. Sie beobachtet dich wie eine Löwin aus dem Hinterhalt. Zweifle bitte nicht daran, dass sie dich mit Haut und Haaren verspeisen wird, wenn sie genug von dir hat."

„Ich habe mich heute früh ziemlich lange mit Olga unterhalten, und sie hat gar nicht den Eindruck einer hinterhältigen Löwin erweckt."

„Merksatz: Alle Frauen sind hinterhältig, aber Olga ist die Königin der

Hinterhältigkeit."

„Merksatz zurück: Nur weil eine Frau dich mal verarscht hat, sind noch lange nicht alle Frauen schlecht. Die meisten Frauen sind ganz normal und nett. Wir sehnen uns nach Liebe und Geborgenheit, genau wie du, mein großer Lehrmeister."

Er schaute sie an, als hätte sie japanisch mit ihm gesprochen, hochgezogene Augenbrauen und zusammengekniffene Lippen.

„Wir üben, wie du dich in einer Gesellschaft bewegen und unterhalten musst und dabei einen perfekten Eindruck machst", sagte er und ignorierte ihren vorherigen Satz einfach. „Du lernst, wie man eine Gesellschaft bearbeitet."

„Eine Gesellschaft bearbeiten? Wie einen Hefeteig?" Es hatte keinen Sinn, auf dem Thema mit seiner Exfrau herumzureiten. Wer so lange einen Groll mit sich herumschleppte wie Doc H, der konnte nicht mit ein paar Worten vom Gegenteil überzeugt werden.

„Ich nenne es so, weil du die Menschen in einem Raum der Reihe nach abarbeitest. Wir üben ein einfaches Schema, das sich immer anwenden lässt. Heute Abend soll man uns beide als ein glückliches und seriöses Paar wahrnehmen. Bei einem anderen Anlass möchtest du vielleicht Geschäftspartner von deiner Kompetenz überzeugen oder du willst Kontakte knüpfen und erreichen, dass möglichst viele Männer dich ansprechen – potenzielle Kandidaten für einen späteren Heiratsantrag. Das Schema ist jedes Mal dasselbe."

„Ich wusste gar nicht, dass man das üben kann, von Männern angesprochen zu werden. Mich haben Männer noch nie angesprochen."

„Oh, das werden sie, vertrau mir. Frauen überschätzen das Selbstbewusstsein von Männern meist. Sie denken, der Mann muss derjenige sein, der die Initiative ergreift und auf sie zugeht, aber hier ist eine kleine Information für dich und für alle anderen Frauen: Männer haben Angst, sich zum Narren zu machen oder sich vor ihren Freunden zu blamieren, wenn sie bei einer Frau abblitzen. Deshalb kann es sein, dass sie eine Frau aus der Ferne zwar anschmachten und heiß begehren, aber es nicht wagen, sie anzusprechen. Sie hoffen auf ein Signal von ihr, das ihnen sagt: *Komm nur! Sprich mich an!* Es muss allerdings ein eindeutiges Signal sein, denn die meisten Männer sind nicht gut darin, Körpersprache zu interpretieren. Direkter Augenkontakt und ein freundliches Lächeln sind genau die richtigen Signale. Kommt er erst mal auf dich zu, hast du einen Kandidaten für einen Heiratsantrag schon fast sicher!"

„Aber ich will ja eigentlich nur einen bestimmten Heiratsantrag haben." Obwohl ... je öfter sie darüber nachdachte, desto mehr verlor dieser besagte Heiratsantragskandidat seinen Reiz.

„Ich weiß, du möchtest diesen Dummkopf heiraten, der eine Klitoris offensichtlich nicht von einem Blinddarm unterscheiden kann. Ich kann dir versichern, das wird kein Problem für dich werden, wenn du tust, was ich dir sage. Wenn wir mit dem Coaching fertig sind, wirst du die Auswahl aus einem breit gefächerten Sortiment an Männern haben."

„Sind Sie das wirklich, Doktor Henriksen? Wo ist der Mann geblieben, der vorgestern noch zu mir gesagt hat: *Was ich sage, ist wie das Wort Gottes. Ich habe gar nicht die Zeit, alles zu erklären und endlos wiederzukäuen.*" Sie verstellte ihre Stimme und sprach mit dem herablassenden Snob-Tonfall, den er an jenem Morgen an sich gehabt hatte.

„Dieser Mann hat erkannt, dass du ein eigensinniges Geschöpf bist und grundsätzlich das Gegenteil von dem tust, was er dir sagt, wenn er dir zuvor nicht ausführlich erklärt, warum du etwas tun sollst."

Ein Lächeln stahl sich auf ihr Gesicht und breitete sich von einem Ohr zum anderen aus.

„Lieber Gott, Evi, die Schlange der potenziellen Heiratsantragskandidaten wird von hier bis Altglienicke reichen, wenn du heute Abend so lächelst." Sein Blick verfing sich in ihrem, und für eine winzige Ewigkeit liebkosten sie sich ohne Worte und Berührungen, dann riss er seine Augen von ihr los.

„Hast du denn gar keine Angst, dass wir heute Abend auffliegen, bei so einer großen Veranstaltung mit lauter wichtigen Leuten?", fragte sie. „Es ist ja wohl ein Unterschied, ob man einer alten Frau etwas vorgaukelt oder ob man gleich einen ganzen Ballsaal voller Leute betrügt. Da braucht doch nur einer von denen zu seinem Smartphone zu greifen und den Namen Lazarus googeln und am Ende ..."

„Pst! Keine Zweifel jetzt." Er legte seinen Finger auf ihre Lippen, und irgendein dummer Einfall brachte sie dazu, die Lippen zu öffnen und mit ihrer Zungenspitze über seine Fingerkuppe zu streicheln. Er zog seinen Finger hastig weg. „Eva, wenn du nicht artig bist, dann endet diese Lektion wie unsere gestrige Übung mit den Tischsitten. Aber das hier ist wirklich zu wichtig, als dass wir uns durch andere, äh, Übungen ablenken lassen dürfen. Verstehst du?"

„Wir üben heute keine Tischsitten. Habe ich voll verstanden, Sir!" Sie salutierte brav, und er schenkte ihr schon wieder so sexy ein Mundwinkelzucken. Im Grunde war er ein ziemlich humorvoller Mensch. Ein schwaches Zucken seiner Mundwinkel bedeutete bei ihm ungefähr das Gleiche wie bei einem anderen ein Lachanfall. Eindeutig.

Er reichte ihr die Hand, weil ein großer Ast den Weg versperrte, und obwohl sie leicht alleine darüber weghüpfen könnte, ließ sie sich von ihm helfen. Sie stützte sich sogar extra schwer auf ihn, sodass er den Arm um ihre Hüfte legen musste. Schließlich hatte er ihr vorgestern eingetrichtert, dass ein Mann das Gefühl brauchte, für eine Frau sorgen zu dürfen. Wenn das also das ganze Geheimnis war, um einen Kerl zu betören, dann würde sie Doc H so sehr für sich sorgen lassen, bis ihm die Fürsorglichkeit zu den Ohren wieder herauskam. Im Augenblick schien ihm aber nichts zu den Ohren herauszukommen. Er machte einen recht zufriedenen Eindruck, als sie weitergingen.

„Mir scheint, du trägst die falschen Schuhe", sagte der Mann, der spiegelblank polierte, schwarze Slipper anhatte, die wahrscheinlich noch nie zuvor einen Waldboden berührt hatten. „Und hab keine Angst, niemand wird es wagen, während des Empfangs deine Identität infrage zu stellen oder dich offen anzugehen, dazu haben alle Anwesenden zu viel Respekt vor Tante Olga. Aber falls doch der schlimmste Fall eintreten sollte und jemand dich als Schwindlerin enttarnt, dann werde ich einfach die Wahrheit sagen."

„Dass du Tante Olga hereinlegen wolltest?"

„Nein, dass du meine Klientin bist. Ich bin immerhin ein renommierter Imageberater, und es ist mein täglich Brot, meine Kunden für genau solche High-Class-Events zu coachen. Ich werde einfach sagen, du bist mein Pygmalion-Projekt."

„Pygmalion? Wie die kleinen Leute in Afrika?"

„Das sind Pygmäen. Pygmalion war ein Bildhauer auf Zypern, der seine Traumfrau aus einem Block Marmor heraus gemeißelt und sich dann unsterblich in sie verliebt hat. Kennst du die Erzählung von Ovid nicht?"

„Nope! Ovid? Klingt irgendwie nach einem Schwangerschaftstest."

Ha! Sein Mundwinkel zuckte schon wieder. War das geil, dass sie ihn zum Lachen bringen konnte – ohne dass er lachte natürlich.

„Es heißt: *nein* und nicht *nope*. Dann kennst du vielleicht die Komödie von George Bernard Shaw?"

„Nein und nicht nope, und Shaw stand nicht auf der Top-100-Liste. Ist das denn die Wahrheit? Ich meine, dass ich der Block aus Marmor bin und du der Bildhauer, der sich unsterblich verliebt?"

„Es ist eine sehr passende Metapher, finde ich, weil ich gerade dabei bin, aus einer unbehauenen Kostbarkeit ein großes Kunstwerk zu formen, auch wenn ich mich selbstverständlich nicht unsterblich in dich verlieben werde."

„Ich weiß schon. Das alles ist rein professionell. Projekt Pygmalion! Ich Kunstwerk, du Künstler! Ich hab's verstanden. Aber was ist, wenn wir doch auffliegen? Pygmalion hin oder her, das Testament kannst du dann aber knicken und froh sein, wenn Olga dir nicht die Eier amputiert."

Er blieb abrupt stehen, nahm sie an ihren beiden Schultern und schaute sie sehr ernst an.

„Das wäre wirklich sehr schade um meine Testikel, findest du nicht auch? Deshalb ist es wichtig, dass du überzeugend bist und niemand auf die Idee kommt, überhaupt an dir zu zweifeln." Er wandte sich um und ging weiter, seine Hände auf dem Rücken. Eine ganze Weile war er in Gedanken versunken und schwieg vor sich hin, während das einzige Geräusch das Rascheln der Laubblätter unter ihren Füßen und das Trillern der Vögel in den Zweigen über ihnen war. Lisa fragte sich, ob sie etwas Falsches gesagt oder getan hatte. Er war doch hoffentlich nicht verschnupft, weil sie seine heiligen Hoden Eier genannt hatte, oder?

„Lass uns mit dem Coaching beginnen!", sagte er unvermittelt. „Versetzen wir uns an den Moment, in dem du den Raum betrittst. Was machst du normalerweise, wenn du bei einem Empfang bist?"

„Ich war noch nie bei einem Empfang."

„Bei einer Party, in einer Bar, bei irgendeiner Veranstaltung, an der mehr als vier Leute teilnehmen. Du betrittst den Raum, was tust du?"

„Ich schaue, ob meine Freunde da sind. Wenn ja, dann gehe ich zu denen, aber wenn ich die Einzigste bin, dann suche ich mir eine Ecke, in der ich möglichst nicht auffalle."

„Zunächst einmal, merke es dir bitte für alle Ewigkeit und darüber hinaus: Das Wort *Einzigste* gibt es nicht. Das ist die grausamste Form von Unterschichtensprache. Entweder du bist die Einzige oder du bist es nicht. Es gibt keine Steigerungsmöglichkeit bei einem Absolutadjektiv."

„Alle Leute benützen das Wort *Einzigste*."

„Nein, mein Herz, das tun sie eben nicht. Leute, die die deutsche Sprache beherrschen, machen sich lieber einen Knoten in die Zunge, als dieses Wort auszusprechen, und das gilt ganz besonders für eine erstklassige Frau wie Eva Lazarus. Aber lass uns zu dem Empfang zurückkehren. Du betrittst den Raum und versteckst dich? Warum?"

„Weil ich schüchtern bin und nicht weiß, was ich mit fremden Leuten reden soll, weil ich Angst habe, mich lächerlich zu machen, weil ich eben nicht so ein toller Hecht bin wie du."

„Das hat nichts mit mir zu tun. Jeder kann lernen, sich in Gesellschaft souverän zu bewegen. Wenn du den Raum betrittst, bleibst zu stehen, siehst dich um und stellst schon in den ersten Momenten zu möglichst vielen Leuten Augenkontakt her, und dabei lächelst du. Dann gehst du auf die Leute zu, der Reihe nach. Wechselst einen kurzen Begrüßungssatz mit jedem und fragst nach dessen Namen und danach gehst du zum Nächsten weiter."

„Die werden mich für einen bekloppten Politiker halten, der auf Stimmenfang ist."

„Nein, die werden dich für eine selbstbewusste Frau halten und sich fragen, was ihnen die Ehre verschafft, dass du sie persönlich begrüßt. Und vergiss dabei nicht: Dein Lächeln ist eine mächtige Waffe. Du hast das doch bei Caros Theateraufführung und gestern Morgen beim Joggen auch schon ganz gut gemeistert."

„Ja, aber das waren auch normale Leute, die ich angesprochen habe, nicht so überkandidelte Golfklub-Schnepfen und Rotary-Klugscheißer-Heinis."

Er räusperte sich und verdrehte die Augen.

„Du bekommst demnächst eine Extra-Unterrichtsstunde in zurückhaltendem Einsatz der deutschen Sprache, aber jetzt üben wir die Begrüßungszeremonie mit einem kleinen Rollenspiel." Er blieb plötzlich stehen und schaute sich um, als würde er nach irgendetwas Bestimmtem suchen. Aber hier war nichts. Der Weg führte nun so dicht am Hochufer entlang, dass man auf die Ostsee hinunterblicken konnte. Das Meer war ruhig und glatt wie ein seidenes Tuch, und es glitzerte in der Sonne, als würden Tausende von Sternen auf seinen Wellen schwimmen. Auf dem Waldboden wuchs weiches Moos. Ein paar Farne, Brombeersträucher und Felsbrocken ragten aus dem grünen Teppich heraus. Direkt vorne am Felsabbruch stand eine Bank. Eigentlich war es ein in der Mitte durchgesägter Baumstamm, der schon reichlich verwittert und bemoost aussah. Daneben wuchs eine Buche so windschief über den Abhang, als könnte sie jeden Moment da hinabrutschen. Fast genauso schief wie die Buche ragte ein Pfosten aus dem Boden, an dem ein rot-weißes Hinweisschild festgenagelt war: *Achtung Lebensgefahr, Küstenabbrüche!*

„Hier!" Doc H bückte sich und hob einen morschen Ast vom Boden auf, den er in der Mitte durchbrach und die Hälfte davon Lisa reichte. Die andere Hälfte behielt er selbst.

„Das stellt die Champagnerflöte dar. Du hast soeben den Raum betreten und dir vom Tablett eines vorbeieilenden Kellners ein Glas Champagner heruntergenommen. Du nimmst das Glas in die linke Hand, weil du deine rechte für den Händedruck benötigst. Bitte ein Glas immer am Stiel anfassen, nie am Kelch. Du nippst einmal dran, und jetzt bleibst du stehen und verschaffst dir ein Bild von den Anwesenden. Lass deinen Blick schweifen, stelle kurzen Augenkontakt mit möglichst vielen her, lächle nett und dann arbeitest du jeden einzelnen Anwesenden der Reihe nach ab. Ich stehe dir am Nächsten. Sagen wir, ich wäre ein älterer Herr, der Vorsitzende vom Landesjagdverband oder meinetwegen eine erfolgreiche Geschäftsfrau mittleren Alters. Du stellst erneut Augenkontakt her, kommst auf mich zu, sprichst mich unverbindlich an und reichst mir die Hand. Du hast keinerlei Hintergedanken. Du willst einfach nur freundlich sein, etwa so, als wärest du die Gastgeberin, und du möchtest wissen, ob ich mich wohlfühle."

„Muss ich echt Hände schütteln? Das ist doch total affig und altmodisch."

„Es ist keine Pflicht, aber wenn du jemandem die Hand reichst, ist das eine Aufforderung zu einem Gespräch. Und noch ein paar Feinheiten, die du dir merken solltest. Frauen reichen zuerst den Männern die Hand. Bei gleichem Geschlecht bietet zuerst der Ältere dem Jüngeren den Handschlag an. Der Höherrangige reicht dem Nachrangigeren die Hand und der Gastgeber seinen Gästen zuerst. Und jetzt leg los."

Er stellte sich lässig zwischen zwei Farnwedel, hielt den Holzstock in die Höhe und blickte versonnen aufs Meer hinaus, und Lisa musste einfach loslachen. Er schien Rollenspiele wirklich sehr zu lieben. Sie eigentlich auch.

„Okay, dann spielst du die Geschäftsfrau, und ich komme jetzt zur Tür herein und schnappe mir den Schampus!" Sie hielt den Holzstock in die Höhe und tat so, als würde sie daran nippen.

„Bitte nimm eine aufrechte Körperhaltung an. Du hast eine traumhafte Figur, zeige sie der Welt. Kein runder Rücken, gerade Wirbelsäule."

Lisa drückte die Brüste heraus und den Rücken durch und machte einen beherzten Schritt ins Unterholz, also quasi in den imaginären Raum hinein. Dann tat sie so, als würde sie sich umschauen, stellte Blickkontakt mit Doc H alias Geschäftsfrau her und lächelte ihn strahlend an, aber er erwiderte ihren Blick gar nicht freundlich, sondern starrte so finster zurück, als wolle er sie am liebsten gleich erwürgen.

„Hä? Warum schaust du so böse?"

„Die Geschäftsfrau ist schlecht gelaunt. Sie hasst dich, weil du jung und schön bist und weil du Henrik Henriksen so leicht erobern konntest. Sie hingegen versucht schon seit Jahr und Tag mit ihm anzubandeln und ist bisher immer abgeblitzt."

„Boah! Das ist doch saudoof! So eine blöde Übung. Du machst es ja extraschwer."

„Ich mache es realistisch. Du weißt nicht, warum die Frau dich nicht leiden kann, und es interessiert dich auch nicht. Bei dieser Übung geht es nicht um Konfliktbewältigung, sondern darum, allen Widrigkeiten zum Trotz ein tadelloses Gesamtbild abzugeben. Du arbeitest so viele Leute wie möglich ab und bist immer gleichbleibend freundlich und souverän, wie sie über dich denken ist unwichtig."

„Pfffff! Na gut." Sie machte noch einen Schritt auf Henrik zu und noch tiefer in das Brombeergestrüpp hinein. Sie versuchte zu lächeln, auch wenn es ihr jetzt richtig schwerfiel. „Guten Abend, wie schön, dass Sie da sind. Wie geht es Ihnen?"

„Das war gut, Eva, genau so meinte ich es. Und jetzt ein kurzer, fester Händedruck – und keine feuchten Hände, bitte." Er reichte ihr kurz die Hand, und dann sprach er mit verstellter Fistelstimme weiter. „Es geht mir gut. Sind Sie nicht die Begleiterin von Doktor Henriksen?"

„Ja."

„Ja? Und weiter? Da muss noch ein unverbindlicher Satz folgen."

„Nichts weiter, ich kann die blöde Schnepfe nicht leiden."

Er räusperte sich, als müsste er ein Lachen unterdrücken, aber sein Gesicht blieb ernst.

„Du stellst dich der Dame kurz vor, fragst sie nach ihrem Namen, wünschst ihr noch einen schönen Abend, und dann gehst zum nächsten Gast weiter und so weiter. Es ist gleichgültig, ob dein Gegenüber wegen deines Lächelns eine Erektion bekommt oder ob er dich verabscheut. Es geht nur darum, kultivierte Freundlichkeit auszustrahlen."

„Das ist doch Kacke! Wenn jemand mich hasst, dann will ich nicht auch noch freundlich zu ihm sein müssen, und wenn einer 'nen Ständer kriegt, nur weil ich ihn anlächle, dann renn ich, was das Zeug hält, und zwar in die andere Richtung."

„Eva!" Er seufzte und warf den Holzstock, alias Champagnerflöte in einer überdrüssigen Geste zu Boden. „Benutze bitte nicht solche Wörter wie *Kacke*. Und das Thema *Ständer* haben wir doch gestern schon besprochen."

„Dann eben Erektion! Aber trotzdem, wer kriegt denn eine Erektion, nur weil ich lächle?"

„Du würdest dich wundern. Aber bei dieser Übung geht es darum, einen bestimmten Eindruck von dir zu erzeugen, und zwar den einer …"

„… souveränen, selbstbewussten Frau, die zu allen Leuten gleich freundlich ist und nur hohle Floskeln absondert, während sie an einer dämlichen Champagnerflöte schlürft. Ich habe es verstanden."

„Also, dann versuch es noch mal!"

„Ja, ich bin mit Doktor Henriksen hier. Ich bin seine Verlobte. Wie war Ihr Name gleich noch mal?", sagte sie mit gestelzter Stimmlage.

„Helga Schmidt!"

„Es freut mich, Sie kennenzulernen. Ich wünsche Ihnen noch einen schönen Abend. Und dann gehe ich weg zum nächsten Gast und zeige der Alten in Gedanken den Mittelfinger."

„Na bitte, wenn du nur willst, dann geht es sehr gut."

„Wenn die wirklich hinter dir her wäre und du wirklich mein Verlobter wärst, dann würde ich ihr sagen, dass ich Hackfleisch aus ihren Möpsen mache, wenn sie dich auch nur …"

„Sprich bitte nicht weiter, das hört sich an, als würdest du etwas sehr Vulgäres sagen wollen!" Sein Mundwinkel zuckte allerdings ziemlich weit nach oben.

„Wo bist du überhaupt, während ich diese Unterhaltung mit Helga führe? Sollte ich nicht lieber an deinem Arm hängen und das brave Frauchen spielen und immer nur sagen: *Wie denkst du darüber, mein liebster Henrik?* Oder: *Ich bewundere deine Bildung und deine Intelligenz!* Obwohl so ein unterwürfiges Verhalten gar nicht zu einer selbstbewussten Frau passt? Das ist voll der Widerspruch."

„Oh, da irrst du dich aber. Das passt ganz hervorragend zusammen, denn das ist genau das, wovon jeder Mann insgeheim träumt: eine Frau, die unabhängig und stark und erfolgreich ist, aber ihm gegenüber soll sie dennoch zärtlich und anschmiegsam sein wie ein Kätzchen. Sie braucht ein gewisses Maß an Verspieltheit, dazu eine erotische Ausstrahlung und eine satte Prise Humor, und ab und zu darf sie sich auch gerne ein wenig hilflos geben."

„Ganz schön hohe Ansprüche, die du an deine Frau stellst!"

„Nicht an *meine* Frau, Eva, denn ich suche ja keine Frau. Aber wenn du einen anderen Mann dazu bringen willst, sich hoffnungslos in dich zu verlieben, dann hast du mit dieser Kombination die besten Chancen. Lass uns mal kurz auf der Bank dort Platz nehmen. Wir machen am besten gleich mit der nächsten Übung weiter, wie man eine qualitative Unterhaltung führt, eine, die dem Gesprächspartner für immer in Erinnerung … Eva?"

Sie wollte ihm zu der Bank folgen und dabei den imaginären Schampus nicht verschütten, also stelzte sie über die Farne und die Brombeeren wie der Storch über die Feuchtwiese und blieb mit ihrem Fuß an einer dieser stachligen Brombeerranken hängen. Sie schrie und stolperte zwei Schritte rückwärts, verfing sich in der nächsten Brombeerranke und landete hart auf ihrem Rücken. Die Flipflops flogen in Richtung Waldweg und die hölzerne Champagnerflöte flog in Richtung Steilhang. Dass ihre Frisur sich bei dem Sturz in Wohlgefallen auflöste und ihr die Haare ins Gesicht fielen, war eigentlich unbedeutend, gemessen an dem Umstand, dass sie plötzlich keine Luft mehr bekam. Ihre Lunge wollte einfach nicht atmen, egal wie sehr sie auch japste und röchelte.

So viel zum Thema Hilflosigkeit!

Andauernd passierten ihr solche Sachen. Lachshäppchen auf dem Boden oder Erbrochenes auf dem Buddha, Gucci-Tasche auf der Nase der Exfrau und Atemstillstand am Küstenabbruch …

~

Henrik hörte ihren schrillen Aufschrei und wirbelte erschrocken herum, und da lag sie schon im Brombeergesträuch auf dem Rücken und streckte alle viere von sich wie ein Maikäfer, der vom Baum gefallen war.

Herrlich! Unbezahlbar süß!

„Eva?" Er unterdrückte ein Auflachen, weil er merkte, dass sie keine Luft mehr bekam, und sprang an ihre Seite. Er zerrte sie mit einem Ruck in eine aufrechte Sitzposition. Sie versuchte voller Panik Luft zu holen, ihre Augen quollen vor Schreck aus den Augenhöhlen und schwammen in Tränen.

„Ganz ruhig, Evi!", rief er und kniete sich hinter sie, um ihr Halt zu geben. „Das ist ein Zwerchfellspasmus, das geht gleich vorbei!" Er kannte das von Caro, die als kleines Mädchen andauernd irgendwo heruntergefallen und auf dem Rücken gelandet war. Die Atemnot ging von alleine weg, das Schlimmste war immer die Panik.

„Bleib ruhig, entspann dich!", raunte er ihr zu, schlang seine Arme von hinten um sie und wiegte sie vor und zurück. Sie japste noch ein paarmal, und dann plötzlich entspannte sich ihr Zwerchfell wieder und sie sog die Luft mit einem lauten Pfeifen ein.

„Siehst du? Es ist schon vorbei! Ist ja gut. Ist gut", murmelte er sanft und beruhigend in ihr Ohr, während sie in seinen Armen zitterte. Er redete noch eine ganze Weile auf sie ein und merkte zuerst gar nicht, wie er dabei zig Küsse auf ihren Hals platzierte.

„Mein Rat mit der Hilfsbedürftigkeitsmaske war keine Aufforderung, das Szenario sofort live durchzuspielen", sagte er, aber eigentlich war ihm gar nicht so spaßig zumute, denn Eva, in ihrer Notlage, raubte ihm schlicht den Atem. Die beiden dünnen Träger ihres Kleides waren von ihren Schultern heruntergerutscht, und er hatte von hinten einen perfekten Blick auf ihre halb nackten Brüste. Im Grunde war dieses Oberteil nur noch Millimeter davon entfernt, ihre Brustwarzen zu entblößen. Der Rock war zurückgerutscht und zeigte ihre Schenkel, die von den Brombeerdornen ein paar ordentliche Kratzer abbekommen hatten. Und ja, sein triebgesteuertes Es brauchte ihn nicht daran zu erinnern, dass sie ja nichts unter ihrem Kleid trug. Er wusste es, denn er hatte sie ja schließlich höchstpersönlich angezogen.

„Das war doch keine Absicht", murmelte sie und zog die Nase hoch.

„Ich weiß, mein Herz. Obwohl du es nicht besser hättest inszenieren können." Er hievte sich etwas umständlich auf die Beine und streckte ihr die Hand hin. „Kannst du aufstehen oder brauchst du noch weitere Erste-Hilfe-Maßnahmen?"

Er hatte die Frage eigentlich spöttisch gemeint, aber dieses kleine rothaarige Luder zog den zerfetzten Rock ihres Kleides zurück, spreizte ihre Beine und begutachtete den langen blutigen Kratzer an der Innenseite ihres Schenkels.

„Das blutet. Sieh mal! Dieses Scheißbrombeergestrüpp!" Sie öffnete ihre Beine noch ein wenig mehr, damit er es auch wirklich sehen konnte. Er sah nicht nur den langen Kratzer, den die Dornen in ihre Haut geritzt hatten, sondern er sah verflixt noch mal alles, wirklich alles.

Gut, das war's dann!

Sein Penis übernahm jetzt die Regierungsgeschäfte, während seine Selbstdisziplin, sein Gehirn und sein Schamgefühl sich in den Urlaub verabschiedeten.

„Ja, ich sehe! Du brauchst dringend Erste Hilfe!", konstatierte er mit rauer Stimme und hob sie in einer geschmeidigen Bewegung hoch, und bevor sie noch etwas sagen konnte, hatte er sie schon die paar Schritte hinüber zu der Bank am Abhang getragen und sie darauf abgesetzt. Dann ging er vor ihr in die Hocke. Eva starrte ihn mit großen Augen an, den Mund halb offen. Sie sollte sich jetzt bloß nicht über das beschweren, was nun passieren würde. Sie hatte es schließlich provoziert. Er schob ihren Rock zurück, indem er mit beiden Händen an ihren Schenkeln hinaufstrich. Ihre Haut war so zart wie Seide. Dann drückte er ihre Schenkel weit auseinander und kniete sich zwischen ihre Beine. Nebenbei erwähnt, er musste dabei nicht viel Kraft aufwenden. Nachdem Eva nämlich gemerkt hatte, was er vorhatte, hatte sie ihre Beine von ganz alleine für ihn geöffnet. Ganz weit. Und somit hatte er einen ungehinderten Blick auf das Paradies, und natürlich konnte er auch den langen Kratzer sehen, aus dem ein paar winzige Blutströpflein heraussickerten.

„Mhm, das sieht wirklich sehr schlimm aus. Ich fürchte, ich muss lebensrettende Sofortmaßnahmen einleiten."

„Mit Herzdruckmassage und Beatmung?"

In Sachen Humor brauchte sie definitiv kein Coaching.

„Zunächst Blutstillen, dann Schockbekämpfung!" Er zog das akkurat gebügelte, weiße Taschentuch, das Frau Frey für ihn in jeder Hose platzierte, hervor und tupfte den Kratzer vorsichtig ab. Sie schloss die Augen und summte ein leises „Hmmmm!" vor sich hin.

„Und jetzt die Schockbekämpfung!", raunte er und platzierte einen sanften Kuss auf die Stelle, wo die Schramme begann, ein paar Zentimeter oberhalb ihres Knies. Und dann folgte er mit seinen Lippen und seiner Zunge der roten Linie nach oben, hauchte kurze, feuchte Küsse auf die Wunde, kitzelte sie mit seiner Zungenspitze, bis er dort angelangt war, wo der Kratzer endete: zwei Handbreit vom Paradies entfernt. Er hörte sie leise „Oh Gooott!" stöhnen und stellte fest, dass er diesen Kosenamen wirklich sehr gern mochte, wenn sie ihn aussprach.

„Das klingt, als hättest du immer noch große Schmerzen." Er glitt mit seinen Fingern zielsicher zwischen ihre Schamlippen, spreizte sie ein wenig, sodass ihre Klitoris freigelegt und für ihn zugänglich war, für seine Zunge und für seine Lippen. „Hier zum Beispiel. Tut es da weh?"

„Ja, da … da tut es ganz schrecklich weh!", keuchte sie und nahm automatisch die richtige Position ein, schob ihren Unterkörper ein wenig nach vorn, seinem Gesicht entgegen und lehnte ihren Oberkörper zurück, indem sie sich auf ihre Hände abstützte. Und schon war seine Zunge an Ort und Stelle. Sie schmeckte wie Ambrosia und er leckte jeden Zentimeter ihres

Fleisches. Sie stöhnte und seufzte von oberhalb, atmete laut und schnell und rief seinen Namen, genauer gesagt seinen Kosenamen: „Oh Gott, oh Gott, oh lieber Gott! Du machst das so gut, du machst mich verrückt."

„Ein Mann mag es, wenn eine Frau ihm sagt, dass er gut ist", murmelte er auf ihre Schamlippen, und dann nahm er ihre Klitoris in den Mund und saugte mit aller Kraft an ihr. Sie war groß und geschwollen wie eine Muschel und schmeckte wie die köstlichste Delikatesse, die er je genossen hatte. Er saugte immer stärker an ihr, weil er an ihren lauten und hemmungslosen Geräuschen hörte, dass sie kurz vor dem Orgasmus stand. „Sag mir, wenn du kommst, mein Herz!"

„Oh Henrik, ich … ich sterbe gleich!"

Er biss auf ihre Klit und schob zwei seiner Finger tief in ihre Vagina, weil er spüren wollte, wenn sie kam, und dann fing sie an zu schreien. Sie schrie, als würde sie den Abhang hinunterstürzen oder als ob sie gerade den härtesten Orgasmus ihres Lebens hätte. Er spürte, wie sie seine Finger massierte. Oh Gott, ja!

Diese Frau war wirklich viel zu leidenschaftlich für einen gediegenen Stoiker. Das war nicht zum Aushalten! Er ließ seinen Kopf noch eine ganze Weile in ihrem Schoß liegen, denn in seinen Ohren brauste es, und er fühlte sich so benommen, als hätte er drei Gläser Whiskey hintereinander weggetrunken. Dabei atmete er den betörenden Geruch von Frau und Erregung tief ein, während sie ihre Hände in sein Haar vergraben hatte und ihn festhielt.

„Hier ist ein weiterer akuter Notfall, der Erste Hilfe benötigt, mein Herz!", sagte er und stand auf. Dann öffnete er seine Hose und befreite seinen harten Penis mit hektischen Bewegungen aus dem Gefängnis. Der schoss auch gleich ganz ungebärdig an die frische Luft und reckte sich Eva aufrecht entgegen.

„Wie schön er aussieht!", wisperte sie und streckte die Hand nach dem geschätzten Herrn aus.

„Siehst du, was du mit ihm gemacht hast? Siehst du, welche Macht du über einen Mann besitzt?" Sie lächelte nur, und das war besser als tausend Worte. „Möchtest du gerne zusehen, wie ich masturbiere, Evi, mein Schatz?"

Heiliges Kanonenrohr, hatte er sie gerade wirklich *Evi, mein Schatz* genannt? Was war nur mit seinem Gehirn passiert? Vertrocknet? *Du willst das doch nicht allen Ernstes tun? Dir hier mitten im Wald einen runterholen, wie damals, als du vierzehn warst. Wo ist deine berühmte stoische Ruhe geblieben?*, meldete sich sein Gehirn jetzt leise zu Wort.

„Ist dir das denn nicht unangenehm, wenn ich dir dabei zusehe?" Evas Stimme klang sehr begierig.

„Ganz im Gegenteil, es stachelt mich auf. Bei dieser Lektion lernst du, dass nichts, was zwischen zwei Liebenden passiert, ihnen peinlich oder unangenehm sein muss."

„Sind wir denn zwei Liebende?"

„Wir tun für eine Weile so."

„Okay!" Sie nickte und schmunzelte. „Soll ich ihn anfassen oder in den Mund nehmen, so wie gestern?"

„Nein, ich will, dass du zusiehst, wie ich es mache. Wenn du für einen Mann einen Handjob machst, lass dir beim ersten Mal von ihm helfen. Er soll deine Hand halten und sie führen und dir genau zeigen, was ihm gefällt. Aber jetzt, mein Herz, habe ich leider nicht mehr die Selbstbeherrschung, um diese Übung, ähm, professionell mit dir zu absolvieren. Ich möchte, dass du deine wundervollen Brüste entblößt und sie streichelst, während ich masturbiere."

„Ich soll an meinen eigenen Brüsten rummachen?", fragte sie, aber sie brauchte keine weitere Aufforderung, sondern streifte die Träger ihres Kleides herunter und nahm ihre beiden prallen Brüste in ihre Hände, hob sie hoch und presste sie zusammen, sodass ihm ihre rosigen Brustwarzen straff aufgerichtet entgegenlachten. Er spuckte in seine Hand, packte seinen Penis und bewegte sie in einem gleichbleibenden Rhythmus auf und ab.

„Fass deine Brustwarzen an!", befahl er. „Ich will zusehen, wie du damit spielst. Du schaust mir zu und ich schaue dir zu. Soll ich dir zeigen, wie du dich anfassen sollst?" Er griff mit seiner freien Hand nach einer ihrer Brustwarzen und während seine Rechte weiterhin im ursprünglichsten aller Rhythmen seinen Penis bearbeitete, drehte er Evas Brustwarze zwischen seinen Fingern und zwickte sie so hart, dass sie vor Schmerz und Lust aufschrie.

„Aaaah Henrik. Oh ja, mach weiter! Mehr! Härter, fester!"

„Versuch es selbst, finde heraus, was dir gefällt, meine Süße, und wenn deine Brustwarzen richtig schön rot und hart und lang sind, dann komme ich auf deinen Brüsten."

„Oh ja!"

Oh ja, und wenn irgendjemand das, was er gerade da tat und sagte, mitschneiden würde, dann konnte er seine Sachen packen und auf die

Osterinseln auswandern, aber zu seiner eigenen Verblüffung war ihm sein Image gerade völlig schnuppe. Im Augenblick gab es nur noch Eva und ihre weißen Brüste mit den rosigen Spitzen. Sie gehorchte und liebkoste ihre Brüste, rieb mit der Handfläche über die harten Knospen, drehte sie und zog an ihnen und dabei bog sie ihren Rücken durch, lehnte sich zurück und stöhnte vor Lust, während sie sich immer mehr erregte. „Oh Gott, Henrik, es ist so geil. Macht es dich auch so an?"

Oh ja, und wie. Er liebte sie und ihre unverstellte Leidenschaft. Hatte er das gerade wirklich gedacht? Nein! Das war nur der Bursche in seiner Hand, der solche Gedanken in seinen Kopf schickte. Das alles war nur ein Rollenspiel.

Evas lüsterne Laute, ihr „Ah Henrik" und „Oh Gott" gaben ihm den letzten Kick. Noch ein letztes Mal reiben, noch etwas schneller, sein Becken ein wenig nach vorn schieben und auf die schönsten Brüste der Welt zielen und da kam er. Er entlud sich in kräftigen Zuckungen und einem erlösenden Stöhnen tief aus seiner Kehle und sein Erguss landete ziemlich zielgenau auf ihren Brüsten. Und genau in dem Moment sah er den Jogger aus Richtung Sellin herantraben, und dann geschah alles wie in einem Actionfilm! Er stürzte sich auf Eva, riss sie in einem filmreifen Sprung von der Bank herunter und warf sich mit ihr hinter der Bank auf den Boden, in der Hoffnung, dass die Bank und die spärlichen Farnwedel ihnen genügend Sichtschutz bieten würden.

„Hey! Was tust du? Lass das!", keuchte Eva, die er mit seiner Attacke zweifellos völlig überrumpelt hatte, denn sie waren nicht gerade sehr sanft und nur eine Handbreit vom Abhang entfernt auf dem Boden gelandet. Sie beide gaben vermutlich das abstruseste Bild ab, das man sich nur vorstellen konnte. Er lag auf Eva mit heruntergelassener Hose und nacktem Hintern, und sie fauchte und schimpfte unter ihm, ihre Brüste nackt und voller Sperma.

„Was ist denn das für eine Übung? Kamikaze-Wichsen, oder was?", ächzte sie unter ihm.

Unfassbar! Wenn ihm jemand vorgestern prophezeit hätte, dass er jemals in einer derartig peinlichen Situation landen würde, dann hätte er den für verrückt erklärt. Für komplett und total und absolut übergeschnappt.

„Sei bitte still, da kommt jemand!", wisperte er und linste vorsichtig durch die Farne, um zu sehen, wie weit der Jogger noch entfernt war, und da fing sie an zu lachen.

Dieses unmögliche, rebellische, halb nackte, verrückte Frauenzimmer begann doch tatsächlich zu lachen. Nicht einfach nur leise zu kichern oder zu giggeln, nein, sie hatte einen richtigen Lachanfall. Je mehr sie versuchte, ihr Lachen zu unterdrücken, desto schlimmer wurde es. Ihm war so etwas das letzte Mal passiert, als er zwölf war, beim Abendessen mit dem Pfarrer, und dafür hatte er von seinem Vater zwei Tage Hausarrest bekommen. Er konnte also auf 23 Jahre ohne infantilen Lachflash zurückblicken.

„Pst!", zischte er ungehalten, aber sie lachte nur noch mehr. „Sei doch still! Gott, du verrücktes Weib. Sei leise!" Aber nein, seine ungebärdige Verlobte scherte sich einen Teufel um seine Befehle. Sie grunzte und prustete und schepperte so sehr vor Lachen unter ihm, dass ihr ganzer Körper bebte.

„Eva!", begann er noch einmal mit ernster fester Stimme. „Sei doch in Gottes Namen leise; wenn wir entdeckt werden, dann ... dann ..." Und dann perlte das Lachen plötzlich auch aus ihm heraus. Zuerst leise und mühsam unterdrückt und dann immer hemmungsloser und lauter. Unmöglich, es noch aufzuhalten! Er lachte, als wäre ein Staudamm gebrochen, hinter dem sich jahrzehntelang sein ganzes ungelachtes Lachen angesammelt hatte.

[*Anmerkung des Autors: Der Jogger, der jeden Morgen um die gleiche Zeit seine übliche Strecke zwischen Sellin und Binz joggte, bemerkte von den haarsträubenden Ereignissen, die sich nur wenige Meter vom Weg entfernt abspielten, rein gar nichts. Er hatte, wie es sich für einen erfolgreichen Unternehmer gehörte, den Blick geradeaus auf das Ziel gerichtet. In seinen Ohren steckten kleine Ohrstöpsel und über einen iPod hörte er ein Lied von Herbert Grönemeyer: „Bist du taub?"*]

12. Dumm gelaufen

Henrik und seine Pseudo-Verlobte schlichen durch den eingefriedeten Kräutergarten zur Verandatür, die in die Küche führte. Sie wirkten wie zwei Einbrecher, die hofften, niemand würde sie sehen. Aber da irrten sich die beiden. Anette hatte sie im Blick, und mehr als das: Sie wusste alles.

Sie stand hinter dem Vorhang von Olgas Schlafzimmer und hatte die beiden schon eine ganze Weile beobachtet, wie sie aus dem Wald gekommen und in geduckter Haltung aufs Haus zugehuscht waren. Diese Frau, die sich Eva nannte, trug Henriks weißes Oberhemd, und der stolzierte mit nacktem Oberkörper neben ihr her.

War das widerlich! Wie konnte sich ein erwachsener Mann nur dermaßen albern aufführen? Zuerst diese lächerliche Scharade mit der falschen Verlobten und dann auch noch sein hormonverblödetes Geplänkel mit ihr. Dabei konnte jeder sehen, dass Eva eine Hochstaplerin war, nur Olga wollte nichts davon wissen, obwohl sie sonst eine intelligente und klar denkende Geschäftsfrau war. Wenn es darauf ankam, konnte sie skrupelloser sein als ein Mafiosi, und Anette hatte es noch nie erlebt, dass die alte Frau sich von irgendjemandem hereinlegen ließ, aber seit dem Moment, als diese rothaarige Hexe gestern Nachmittag den Salon betreten hatte, schien Olga irgendwie blind zu sein. Absichtlich blind.

Doch Anette würde Olga die Augen öffnen. Wenn sie nicht freiwillig sehen wollte, dann eben zwangsweise. Sie hatte die ganze vergangene Nacht im Internet recherchiert und eine wunderbare Entdeckung gemacht. Sie hatte auch schon den richtigen Moment, um diese Entdeckung preiszugeben und die Bombe platzen zu lassen: heute Abend vor Olgas 250 versammelten Gästen, die Presse nicht mitgerechnet.

Ah, das würde ein Schlachtfest werden. Ein herrliches Blutbad.

„Die sehen aus, als hätten sie sich stundenlang auf dem Waldboden gewälzt wie die Tiere", sprach sie in den Vorhang hinein, wohl wissend, dass Olga sie vom Bett aus nicht hören konnte.

„Was sagst du?", rief Olga und richtete sich mühsam auf. Sie hatte sich für eine Stunde hingelegt, denn der ganze Trubel um ihren Geburtstag, der bevorstehende Empfang und die vielen Gäste im Haus strengten sie mehr an, als sie nach außen zeigen wollte. Olgas Krankenpflegerin hatte ihre Dosis an Schmerzmitteln erhöht und ihr Bettruhe befohlen. Die Veranstaltung am Abend würde noch genug an ihren Kräften zehren, und die Tatsache, dass Olga ohne Meckern gehorcht hatte, zeigte nur, wie schlecht es ihr in Wahrheit ging.

Anette ließ den dünnen Store wieder vor das Fenster fallen und kam zu Olga ans Bett, um ihr beim Aufstehen zu helfen.

„Ich sagte, Henrik und Eva sind endlich von ihrem Spaziergang zurück."

Man hatte Punkt zwölf Uhr vergeblich mit dem Mittagessen auf die beiden gewartet, und Jürgen hatte obszöne Andeutungen darüber gemacht, was das verliebte Pärchen wohl so lange im Wald treiben würde. Olga, die für schlüpfriges Geschwätz ansonsten überhaupt nichts übrig hatte und Jürgen bei jeder Gelegenheit einen unfähigen Dummkopf nannte, hatte zur Verwunderung aller herzhaft über Jürgens zweideutige Scherze gelacht. Leider war Olga ziemlich hingerissen gewesen von der Art, wie Henrik beim Frühstück die rothaarige Schlampe aus dem Zimmer getragen hatte.

„Hä, hä, hä! Das nenne ich wahre Liebe!", hatte sie den beiden hinterhergebrüllt und ihren Stock geschwungen wie jemand, der bei einer Parade voranmarschiert. Dabei war diese alte Gewitterziege noch nie romantisch veranlagt gewesen. Ganz im Gegenteil, sie spuckte doch auf jede Form von Liebe.

„Ich habe dir ja gesagt, dass Henriks Verlobte perfekt ist", hatte Philipp dazwischen gerufen und ebenfalls herzhaft über Henriks skurrile Heldenaktion gelacht. Anette wäre beinahe das Frühstück wieder hochgekommen. Die Vorstellung, dass auch nur ein Funke Wahrheit in diesen Worten stecken könnte, jagte ihr einen eifersüchtigen Stich in den Magen. Es gab keine Frau, die Henriks Eishülle aus Gleichgültigkeit und Frauenhass durchbrechen konnte, und wenn doch, dann hätte Anette diese Frau sein sollen. Nach seinem Desaster mit Valerie hatte sie sich damals voller Freundschaft um ihn und sein Baby gekümmert, und Olga hatte es sehr gern gesehen, als sie beide sich nähergekommen waren. Sie hatte Anette ziemlich deutlich gesagt, dass sie Jürgen den Laufpass geben solle.

Aber Henrik hatte all ihre Versuche abgewehrt, mehr aus ihrer Freundschaft zu machen. Bis auf ein einziges Mal, und das war die erniedrigendste Erfahrung ihres Lebens gewesen. Leider war es auch der beste Sex ihres Lebens gewesen, dabei hatte er nicht mal die Hose oder die Schuhe ausgezogen, dieser kalte Hundesohn. Er hatte sie in ihrem eigenen ehelichen Schlafzimmer auf die Knie vor sich genötigt und sie von hinten genommen wie ein Hengst eine Stute nimmt. Er hatte kein einziges Geräusch dabei gemacht, sie nicht gestreichelt oder geküsst. Nur ihren Hintern gepackt und in sie gestoßen wie ein brünstiges Tier, aber sie hatte in ihrer grenzenlosen Dämlichkeit andauernd seinen Namen gestöhnt und war gekommen wie eine billige Nutte. Als es vorbei war, hatte er wortlos seine Hose zugemacht und war einfach wieder hinausgegangen. Sie hatte ihn am anderen Tag natürlich zur Rede gestellt und von ihm verlangt, sich zu ihnen beiden zu bekennen und Konsequenzen aus dem zu ziehen, was sie getan hatten. Sie hatte sich so lächerlich gemacht, als sie ihm weinend und bettelnd angeboten hatte, sie würde sofort die Scheidung einreichen. Er und sie und Klaus und Caro wären doch die perfekte Familie. Aber er hatte auf ihre Gefühle gespuckt und gesagt, dass sie eine Ehebrecherin sei, und wenn jemand Konsequenzen ziehen müsse, dann wäre es Jürgen.

Für diese Demütigung hasste sie Henrik von ganzem Herzen, und schon deshalb würde sie seine Scharade auffliegen lassen und ihn bis auf die Knochen blamieren.

„Gib mir meine Perücke und meinen Stock. Und schick das Dienstmädchen zu Henrik. Ich will dich und ihn in einer halben Stunde in meinem Büro sprechen", schnappte Olga sie an und riss Anette aus ihren bösen Gedanken.

Anette nahm die weiße Perücke von dem Perückenkopf, der neben Olgas Bett stand, und kämmte sie gedankenverloren durch, bevor sie sie auf Olgas beinahe kahlem Kopf zog und sie dort noch einmal zurechtzupfte.

„Worum geht es denn, Tantchen?"

„Na, was denkst du wohl?", fuhr Olga sie an und zeigte ungeduldig auf den Handspiegel, der neben dem Perückenkopf lag. Es war immer die gleiche Prozedur. Olga verließ ihr Schlafzimmer nicht, bevor sie nicht tadellos aussah, auch wenn das bedeutete, dass irgendjemand fünfzigmal am Tag ihren Lippenstift erneuern oder ihre kahlen Augenbrauen nachzeichnen musste. Meistens tat das Olgas Krankenschwester oder ein Dienstmädchen, aber wenn sonst niemand in der Nähe war, musste auch Anette schon mal für solche Dienste herhalten, denn Olga war viel zu zittrig, um sich selbst schminken zu können.

„Ich werde Henrik sagen, dass ich mit seiner Wahl sehr zufrieden bin und dass ich wie versprochen mein Testament ändern werde. Ich habe Doktor Keller bereits instruiert. Er ist in 30 Minuten hier und bringt einen geänderten Entwurf des Testaments mit."

„Das ist doch ein Scherz, oder?", fragte Anette und malte nebenher sorgsam Olgas faltige Lippen nach. Gut sah das nicht aus, aber bitte, wenn sie meinte. „Du bist vielleicht beeindruckt von dieser Eva, weil sie gut Klavierspielen kann, aber das ist kein Zeichen für eine exquisite Erziehung. In jedem U-Bahnhof hockt ein Bettler, der Klavier spielt. Ich schwöre dir, wenn du Eva über ihr angebliches Kunststudium befragen würdest, dann würde sie dir nicht mal sagen können, wie man das schreibt. Sie weiß weder wie man ein Weinglas hält noch wie man isst oder sich angemessen ausdrückt. Ihr Sprachschatz ist alles andere als erlesen. Soll ich dir mal sagen, wie sie ihre Serviette …"

„Ach papperlapapp. Sie ist perfekt für Henrik, und sie sind ineinander verliebt. Sie werden eine wunderbare Ehe haben. Ein perfektes Team, um mein Imperium zu führen."

„Tantchen, ich bitte dich!" Anette rang die Hände. „Henrik hat die Frau engagiert, in der einzigen Absicht, dich zu hintergehen. Er hat eine gescheiterte Existenz von der Straße aufgesammelt, sie in hübsche Kleider gesteckt und präsentiert sie dir ganz dreist als seine Braut. Morgen, wenn er wieder zu Hause ist, klatscht er ihr hundert Euro auf die Hand, und sie kriecht wieder zurück in den Gully, aus dem er sie herausgezogen hat."

„Nein!", kam es trotzig von der alten Hexe, und das war der Moment, als Anettes Geduldsfaden riss.

„Du willst also einfach so dein Testament ändern, nachdem du die angebliche Verlobte noch nicht mal einen Tag lang kennst?"

„Nicht einfach so. Es wird ein paar Bedingungen in meinem neuen Testament geben, und ich werde es erst unterschreiben, wenn sie erfüllt sind."

„Welche Bedingungen?" Anette griff gierig nach diesem letzten Strohhalm der Hoffnung.

„Die wichtigste Bedingung wird sein, dass Henrik und Eva umgehend heiraten."

„Guter Gott!" Jetzt konnte Anette ein höhnisches Lachen einfach nicht länger zurückhalten. „Henrik ist ein Frauenhasser. Er wird niemals wieder heiraten. Und glaub mir, wenn du erst mal die Wahrheit über Eva kennst, wirst du auch nicht mehr wollen, dass dein geliebter Henrik sie heiratet."

„Ich werde das Thema Ehe nicht mit dir, sondern mit Henrik besprechen, sobald Doktor Keller eingetroffen ist. Und den Empfang heute Abend werde ich nutzen, um allen zu verkünden, dass ich mich wieder mit ihm versöhnt habe und dass er mein Erbe wird, außerdem werde ich Eva der Öffentlichkeit als seine zukünftige Frau präsentieren."

„Und was ist mit mir?"

„Du darfst an dem Gespräch mit Doktor Keller teilnehmen, damit du Klarheit über deine finanzielle Zukunft hast. Das Haus hier werde ich dir wohl oder übel lassen müssen, und für das Studium und die Ausbildung von Nikolaus wird es eine Rücklage geben, auf die du und dein unterbelichteter Mann allerdings keinen Zugriff haben werden."

„Das Haus? Das ist alles? Der Mohr hat seine Schuldigkeit getan, der Mohr kann gehen!"

Anette schüttelte den Kopf. Wenn sie nicht bereits Henriks Todesurteil (oder genauer gesagt einen Speicherstick) sicher in der Tasche hätte und seine Demütigung heute Abend nicht bereits perfekt geplant hätte, dann würde sie jetzt vermutlich komplett ausrasten und die böse Alte eigenhändig erwürgen.

„Du hast von Anfang an gewusst, dass Henrik meine erste Wahl ist", sagte Olga ungerührt. „Ich habe dir immer geraten, dass du dich finanziell nicht von mir abhängig machst und dass du deinen Taugenichts von einem Mann in die Wüste schicken sollst. Also tu jetzt nicht so überrascht. Du hast gekatzbuckelt und taktiert und gehofft, dass ich sterbe, bevor Henrik zu mir zurückkehrt, aber nun hat der Junge endlich einmal alles richtig gemacht. So, und jetzt gib mir meine Uhr, und hilf mir, diese verdammten Ohrringe anzustecken." Olga wedelte in Richtung ihres Schmuckkästchens.

„Wie du meinst, Tantchen. Aber sag hinterher nicht, ich hätte dich nicht gewarnt."

Es war ein gutes Gefühl, sich das Gesicht der alten Hexe auszumalen, wenn heute Abend die Wahrheit ans Licht käme. Und zweifellos wäre Henriks Gesicht noch viel sehenswerter, in dem Moment, wo er begriff, dass er verloren hatte – ein für alle Mal.

~

Henrik war verschwunden.

Als Lisa aus der Dusche kam, war das Schlafzimmer leer. Sie hatte keine Ahnung, wo er war oder warum er weg war, aber eigentlich wunderte sie sich auch nicht über seine Abwesenheit. Das passte irgendwie zu seinem seltsamen Verhalten der vergangenen Stunde.

Nachdem der ominöse Jogger außerhalb der Sichtweite und Doc Hs Lachanfall wieder abgeflaut war, hatte der sein schneeweißes Taschentuch gezückt und das Sperma von ihren Brüsten gewischt, sehr zärtlich und fürsorglich, allerdings auch sehr einsilbig. Sie hatte sich auf die Lippen gebissen, weil diese Geste unerträglich sinnlich war, aber er hatte dabei ein todernstes Gesicht gemacht. Dann hatte er ihr, wie ein vollendeter Gentleman, auf die Beine geholfen und die Träger ihres Kleides wieder über ihre Arme nach oben geschoben. Aus irgendeinem Grund, den sie nicht verstand, hatte er dann sein Hemd ausgezogen und es ihr um die Schultern gelegt.

Das war es dann gewesen: die Lektion zum Thema *gesellschaftliche Fähigkeiten*.

Sie waren nicht etwa weitergegangen bis zum See, sondern hatten den Rückweg angetreten und nicht mehr miteinander geredet. Henrik hatte ihre Hand gehalten, als er ihr über den quer liegenden Ast half, und als sie über die halbhohe Mauer in Olgas Kräutergarten kletterten, hatte er sie vorsichtig an ihrem Hinterteil hinübergeschoben, aber über seine Lippen war nicht ein Wort gekommen. Vielleicht war es ihm peinlich, dass er hatte lachen müssen oder dass er sich von seiner ach so wichtigen Übung durch schnöde Wollust hatte ablenken lassen, vielleicht war das aber auch einfach seine superprofessionelle Art, mit der er jede Lektion absolvierte. Gelassen und schweigend.

Eigentlich hatte sie tausend Fragen, die sie ihm stellen wollte, aber ein weiblicher Instinkt sagte ihr, dass sie besser nichts fragte und nichts sagte, sondern einfach … ja … die Klappe hielt und ihn grübeln ließ oder professionell sein ließ – oder was auch immer er eben gerade tat, wenn er schwieg und aussah wie die Marmorbüste von Kaiser Nero.

Sie schlichen ins Haus und ins Schlafzimmer und dort angekommen beorderte er sie in die Dusche. „Geh duschen und zieh dir etwas Sauberes an. Dein Kleid hat überall Grasflecken."

Er könnte ihr ja beim Duschen Gesellschaft leisten. In der Dusche war Platz für eine halbe Fußballmannschaft, und außerdem hätte sie ihn wirklich gerne mal völlig nackt gesehen, aber sie verkniff sich die Einladung angesichts seiner professionellen Schweigsamkeit. Nur zehn Minuten später schlenderte sie eingewickelt in dieses große, flauschige Badetuch zurück ins Schlafzimmer. Sie war bereit, noch ein paar weitere Lektionen von Doc H zu lernen, aber er war weg. Keine Spur von ihm, keine Nachricht von ihm. Nichts. Geflüchtet oder von Aliens entführt. Oh Mann, der Typ war manchmal echt kompliziert.

Sie seufzte und stöberte durch den Kleiderschrank auf der Suche nach einem Ersatz für das ruinierte Sommerkleid: Versace mit sehr auffälligen Grasflecken (Ladenpreis unbekannt). Das hängte sie zwischen Valentino mit Blutflecken und dem Cocktailkleid mit … ups, was waren denn das für seltsame Flecken? Die konnten eigentlich nur vom Sex der vergangenen Nacht stammen. Oh lieber Gott, bestimmt war das Sperma wie bei Monica Lewinsky. Jetzt gab es im Prinzip nur noch zwei Kleider ohne Flecken: ein Etuikleid Marke Gucci und das schlichte schwarze Abendkleid, das Philipp für den Empfang heute Abend ausgesucht hatte. Wenigstens trug das kein berühmtes Label – oder genauer gesagt trug es ein Label, das Lisa überhaupt nichts sagte, was aber eigentlich nichts besagte, weil sie sich mit Modelabels nicht wirklich auskannte.

In einem Anfall von Kleidernot-Verzweiflung zog sie einfach ihre Joggingsachen an. Das waren die einzigen Klamotten, die nie schmutzig wurden und nicht mehr wert waren als 20 Euro. Dann band sie ihr nasses Haar zusammen, und schon sah sie aus wie Mata Hari kurz vor der Hinrichtung, aber das machte nichts, sie fühlte sich wenigstens wohl in ihrer Haut und wartete auf Henrik ... Er war ja vielleicht nur was Trinken gegangen oder in den Fitnessraum im Keller ... oder vielleicht hatte er auch einen Zwerchfellriss, weil er seit 30 Jahren zum ersten Mal gelacht hatte, weiß der Kuckuck. Er hätte ja wenigstens einen Zettel schreiben können.

Als er nach 20 Minuten, die sich anfühlten wie vier Wochen, immer noch nicht von seinem Ausflug zurück war, setzte sie sich mit ihrem Laptop auf's Bett und trieb sich bei Facebook herum. Sie wollte nur nachsehen, ob schon jemand auf ihre diversen Nachrichten von heute Morgen geantwortet hatte.

Natürlich hatte sie es nicht lassen können und war heute früh nach dem Gespräch mit Olga sofort wieder ins blaue Zimmer zurückgelaufen und hatte gleich bei Facebook und Google nach den Hagedorns recherchiert und an alle Berliner Hagedorns, die einen Facebook-Account hatten, eine PN geschickt:

„Hi, ich heiße Lisa und recherchiere für eine alte Freundin. Sie sucht einen Herrn, der Dieter Hagedorn heißt und im Dezember 1944 auf Rügen geboren wurde. Bist du zufällig mit ihm verwandt?"

Als sie jetzt nachschaute, waren schon drei Antworten da. Das war ja der Wahnsinn. Eine Sina Hagedorn schrieb: *„Kenn ich nicht!"*, ein Ralf Hagedorn forderte sie auf, seine Bodybuilding-Seite zu liken, aber ein gewisser André Hagedorn hatte ihr sehr freundlich zurückgeschrieben:

„Hi, ich heiße André. Ich hab nen Opa, der Dieter heißt. Er wurde irgendwann im Zweiten Weltkrieg geboren im Dezember. Ich glaub auf Rügen. Sehr süßes Foto von dir, übrigens. Wie alt bist du?"

Sie antwortete ihm gleich. *„Ich bin 25 und du? Kannst du mir ein wenig mehr über deinen Opa erzählen? Wie hieß deine Urgroßmutter? Hast du Lust, dich mal mit mir zu treffen für mehr Informationen?"* Sie hängte einen Smiley hinten dran, weil André ein sehr sympathisches Profilbild hatte, und sie war richtig stolz auf sich selbst. Olga hätte ihr Dieters Nachnamen nicht genannt, wenn sie nicht insgeheim gewollt hätte, dass Lisa recherchierte. Und wie es schien, hatte sie auf Anhieb einen Volltreffer gelandet. Sie hüpfte voll Feuereifer vom Bett, um nach Olga zu suchen, das musste sie ihr gleich erzählen. Aber da trudelte plötzlich ein neuer Kommentar in ihrer Facebook-Chronik herein.

Er war von Hannes, der soeben ihren geänderten Beziehungsstatus kommentiert hatte.

„Du und verlobt? Wer's glaubt, wird selig. Das ist doch nur eine alberne Masche. Du denkst, dass du mich damit eifersüchtig machen kannst. Warum kannst du es nicht einfach wie eine erwachsene Frau akzeptieren, dass ich dich nicht liebe?"

Boah, dieser Mistkerl! Sie spürte einen schmerzhaften Stich bis in ihren Magen. Ohne noch lange zu überlegen, löschte sie den Kommentar und entfernte Hannes als Freund aus ihrer Liste, aber sein Kommentar tat trotzdem weh. Kaum zu glauben, dass sie vor drei Tagen noch ernsthaft gedacht hatte, dieser Mann würde sie unendlich lieben und heiraten wollen. Hatte er sie überhaupt je geliebt, oder war das von Anfang an einseitig gewesen und nur sie hatte an die wahre Liebe geglaubt, so wie Doc H damals bei seiner Valerie?

Sie beide hatten etwas gemeinsam: Sie waren mit ihrem verblödeten, romantischen Traum von wahrer Liebe volle Rohre gegen die Wand gefahren. Sie konnte Henrik gut verstehen, wenn er nichts mehr mit Gefühlen zu tun haben wollte.

Ohne Liebe ging es auch, und der Sex war scheinbar viel besser.

Unten im Erdgeschoss war es gespenstisch ruhig. Obwohl Olga über so viel Personal verfügte und so viele Leute im Haus wohnten, begegnete Lisa bei ihrer Suche nach Olga niemandem. Sie öffnete zig Türen zu Räumen, die sie noch nicht kannte und deren Funktion sich ihr auch nicht auf Anhieb erschlossen, außer vielleicht: noch ein Wohnzimmer, noch ein Aufenthaltsraum, noch eine Essecke, noch eine Sitzgruppe, noch mehr Bücher, noch mehr Regale, und dann hörte sie plötzlich Stimmen hinter einer der Türen, die laut und aufgeregt miteinander diskutierten. Sie hörte Olgas krächzende Stimme am lautesten, und deshalb öffnete sie die Tür einfach, ohne lange zu überlegen oder gar anzuklopfen, und stand plötzlich in einem bedrückend dunklen Arbeitszimmer. Während der Rest des Hauses hell möbliert und dekoriert war, war dieser Raum mit dunklen, schweren Möbeln ausgestattet und die dichten Vorhänge waren zugezogen. Die Luft roch muffig und verqualmt, irgendwie passend zu den vier Personen, die sich im Raum befanden: Olga, Anette, Doc H und Olgas Anwalt. Sie sahen erhitzt und verärgert aus, als würden sie gerade heftig miteinander streiten, und offenbar ging es um Olgas Testament. Da lagen jede Menge Papiere auf dem Schreibtisch, hinter dem Olga saß, und der Anwalt hatte noch eine Akte in der Hand, ein paar Blätter schienen in hundert Teile zerrissen worden zu sein und lagen auf dem Boden. Anette stand am Fenster und rauchte eine Zigarette, dabei hatte Lisa immer gedacht, dass Feine-Pinkel-

Leute niemals rauchen würden, weil sie dazu viel zu gesundheitsbewusst waren.

Plötzlich wurde es mucksmäuschenstill in dem Arbeitszimmer und alle starrten Lisa an. *So sehen Leute aus, die gerade eben noch herzhaft über dich geredet haben.*

„Oh sorry!", sagte Lisa. „Ich wollte Frau Alderat nur was erzählen!"

Henrik sprang aus seinem Sessel auf und kam auf sie zu, nahm sie am Arm und zerrte sie wieder zur Tür hinaus.

„Nicht jetzt. Warte in unserem Schlafzimmer auf mich. Das wird hier noch eine Weile dauern", herrschte er sie an.

„Aber da habe ich schon gewartet. Stundenlang!", maulte Lisa, wohl wissend, dass sie gerade ziemlich kindisch klang.

„Olga hat ein paar sehr kuriose Bedingungen an ihre Testamentsänderung geknüpft", flüsterte er ihr zu. „Und das Letzte, was ich jetzt gebrauchen kann, ist, dass sie dich in dieses Gespräch miteinbezieht, womöglich auch noch nach deiner Meinung fragt und du etwas Dummes sagst. Also verschwinde. Geh Klavier spielen oder lies ein gutes Buch aus Olgas Bibliothek, aber mach, dass du wegkommst."

Na toll, der altbekannte, garstige Doc H war wieder vollständig in den Körper von Henrik Henriksen zurückgekehrt. Lisa schnaubte, machte auf dem Absatz kehrt und stampfte davon. Klavier spielen hatte er gesagt. Bitte schön! Dann spielte sie eben Klavier, das war jedenfalls tausendmal besser, als dort oben im Schlafzimmer zu sitzen und sich vorzustellen, welche Lektionen sie gerade verpasste, nur weil Doc H keine Zeit für sie hatte.

Der Flügel war noch offen von gestern Abend und sogar die Tastenklappe war noch hochgeklappt. Sie brauchte sich nur zu setzen und loszuklimpern. Na ja, klimpern war kaum die richtige Bezeichnung, wenn man als Pianist die unfassbare Ehre hatte, auf einem echten Bechsteinflügel zu spielen. Auch wenn er ein klein wenig verstimmt war, für sie war das purer Luxus. Wie ein Bad in Stutenmilch für Schönheitsfetischisten.

Zum Warmwerden spielte sie das Stück *River flows in you* von Yiruma und dann noch ein paar Stücke von Einaudi. Bei Einaudis Musik wurde sie innerlich immer ganz ruhig und konnte ihren Kopf von allen Sorgen ausklinken. Und tatsächlich vergaß sie allmählich den ganzen Wahnsinn, der über sie hereingebrochen war, seit Hannes am Mittwoch Schluss gemacht hatte. Als sie anfing, *Hallelujah* von Leonard Cohen zu spielen, war ihr gar nicht wirklich bewusst, dass sie dabei auch sang. Das lief ganz automatisch ab. Sie hatte eine solide Altstimme mit einem rauen Timbre, und im Jazzkeller sang sie sehr oft, wenn es zu einem Klavierstück passte. Zwar war ihre Stimme nicht gut genug für eine richtige Karriere als Sängerin und lange nicht so gut wie die Stimme ihrer Mutter, aber die Gäste im Keller schienen ihren Gesang zu mögen. Meist wünschten sie sich sogar Stücke, bei denen sie singen sollte. Und *Hallelujah* war das beliebteste, obwohl es nichts mit Jazz zu tun hatte.

Als sie mit dem Stück fertig war, klatschte jemand langsam und laut und holte sie damit zurück in die Gegenwart. Zuerst dachte sie, es wäre Henrik, der seine Testamentsdebatte endlich beendet hatte, aber es war das lange dünne Elend, genannt Klausi Pickelfresse. Er hatte offenbar schon eine ganze Weile im Raum gestanden und ihr zugehört. Sie war sich nicht sicher, ob er den Beifall ehrlich oder höhnisch meinte.

„Das war voll krass. Sie sollten sich mal bei Deutschland sucht das Supertalent bewerben", sagte er und kam langsam näher. Er klang nicht höhnisch. „Aber eine reiche Erbin macht so was vermutlich nicht, oder?"

„Du kannst mich duzen! Und danke für das Kompliment."

„Ich hab dich gesucht und dann hab ich die Klaviermusik gehört und deine coole Stimme. Wow, du klingst fast wie Alicia Keys." Das war jetzt aber echt geschleimt.

„Und warum hast du mich gesucht?" Sie hatte ihn zwar vor Henriks Rachefeldzug beschützt, aber das hieß noch lange nicht, dass sie beide jetzt plötzlich Freunde waren. Ganz im Gegenteil, eigentlich hatte sie noch ein Hühnchen mit dem Kerl zu rupfen wegen Caro.

„Ich weiß, was du heute Morgen getan hast."

„Du hast uns gesehen?", keuchte sie und dachte natürlich an den Waldspaziergang.

„Beim Frühstück!", stellte er richtig. „Henrik war gerade dabei, alles zu erzählen, was heute Nacht passiert ist, und du hast so getan, als würde dir schlecht werden. Ich wollte mich bei dir dafür bedanken, denn wenn Tante Olga jemals etwas davon erfährt, dann bin ich tot. Sie wirft mich raus oder sie schickt mich als Liftboy in irgend so ein Oma-Wellness-Hotel im Harz, wo sich Fuchs und Hase Gute Nacht sagen."

„Schaden würde es dir nichts! Jemand, der bekifft und besoffen Auto fahren möchte, sollte nicht mal ein Fahrrad besitzen dürfen!" Sie sprang auf und ging angriffslustig auf ihn los.

„Ich wollte nur … ich … Ich gebe zu, das war blöd, und es tut mir auch echt leid. Ich danke dir jedenfalls, dass du verhindert hast, dass Henrik mich an Tante Olga ausliefert."

Es war durchaus möglich, dass Henrik genau in diesem Augenblick alles über Klausis Drogenexzesse erzählte. Das würde erklären, warum Anette ihre Zigarette beinahe in einem Zug inhaliert hatte und warum die Stimmung in Olgas Arbeitszimmer förmlich geknistert hatte vor Aggression und Frust.

„Ich habe das nicht für dich getan, sondern für Caro. Dass du sie da mit reingezogen hast, ist wirklich das Allerletzte, weißt du das?" Er wich unwillkürlich ein paar Schritte vor ihr zurück, obwohl er beinahe zwei Köpfe größer war als sie.

„Ich schwöre dir, ich weiß nicht, woher das Gras kam."

„Ha, ha, und ich bin Alicia Keys!"

„Glaub mir bitte, ich kiffe fast nie. Und an diesem Abend waren es wirklich nur ein paar Züge aus dem Joint. Den Rucksack mit dem Gras müssen die beiden Tussis mir untergejubelt haben, als sie die Polizeisirenen gehört haben."

„Überzeug mal lieber die Bullen von deiner Unschuld, nicht mich. Und was soll die Scheiße mit Caro überhaupt? Warum spielst du mit ihr und verarschst sie? Nur weil du es kannst und dich für einen tollen Aufreißer hältst? Und erzähl mir jetzt bloß nicht, dass du irgendwelche Gefühle für sie hast, dann hättest du dich nämlich gar nicht so arschig ihr gegenüber verhalten!"

Er hob jetzt abwehrend beide Hände, als hätte er Angst, dass sie ihn gleich verprügeln würde.

„Das mit Caro ist kompliziert. Ich mag sie. Echt. Ziemlich sogar." Er räusperte sich ein paarmal verlegen, schaute auf seine Sneakers und hielt den Blick gesenkt, während er weitersprach. „Aber Mann, sie ist so lächerlich geworden mit ihrem blöden Gothic- und Emo-Getue. Und dann diese bescheuerte Frisur und die Piercings und ihre schwarzen Klamotten! Dabei war sie früher richtig cool. Wir waren eigentlich immer gute Freunde und haben viel zusammen angestellt. Nachdem Caros Mutter weg war, hat sich Mama oft um Henrik und Caro gekümmert. Wir haben uns häufig besucht, und ich bin mit Caro auf den Spielplatz und später ins Kino oder ins Eiscafé gegangen, aber dann ist Streit zwischen Mama und Henrik ausgebrochen, und plötzlich hat sie keinen guten Faden mehr an den beiden gelassen, und wir haben uns nur noch gesehen, wenn sie hier zu Besuch bei Olga waren, kaum noch gegrüßt, nichts mehr miteinander geredet. Voll abartig."

„Und dann habt ihr beide diesen sinnlosen Streit eurer Eltern einfach übernommen?"

Er zuckte nur die Schultern und schaute immer noch nicht auf. „Es tut mir leid."

„Ich will, dass du dich bei Caro entschuldigst."

„Wie bitte?"

„Das ist das Mindeste. Du gehst zu Caro und sagst ihr, dass es dir ehrlich leidtut, und dann lädst du sie auf ein Date ein. Ein echtes Date. Aber wehe, du hast Sex mit ihr!"

„Waaas?" Er verschluckte sich vor Schreck und wurde sogar rot. „Wie kommst du denn auf so was?"

„Ich hab euch am Strand gesehen gestern Nachmittag."

„Oh … also, das war … also wir …"

„Sie ist gerade mal vierzehn. Knutschen und Fummeln ist ja okay, aber wehe, du steckst dein Ding in …"

Lisa konnte ihre Drohung leider nicht zu Ende sprechen, denn jemand räusperte sich laut im Hintergrund und sie beide fuhren erschrocken zusammen und wirbelten in einer beinahe simultan choreografierten Bewegung zur Tür herum. Da stand ein junger Mann, den Lisa noch nie gesehen hatte. Er trug einen dunklen Anzug, hielt die Hände hinter dem Rücken und stand aufrecht wie ein Soldat. Seine rabenschwarzen Haare waren kurz geschnitten und sein kantiges Gesicht hatte einen ernsten Ausdruck. Seine Augen waren kohlschwarz und seine Augenbrauen dicht und ebenfalls rabenschwarz. Sein Kinn hingegen war so glatt rasiert, dass es wie ein geölter Babypopo glänzte.

„Frau Lazarus?", sagte der Mann, der kaum älter als Lisa sein konnte. „Ich bin Karan Candemir, der Assistent von Frau Alderat. Frau Alderat hat mich beauftragt, den Schmuck, den Sie heute Abend tragen sollen, zu kaufen. Ich möchte Sie bitten, mich zu begleiten."

„Was denn für Schmuck?" Lisa lachte und schüttelte den Kopf.

„Das Verlobungsgeschenk von Frau Alderat. Collier, Ohrringe und Armband. Danach haben Sie einen Termin im Spa und bei der Kosmetikerin. Frau Alderat möchte, dass Sie heute Abend perfekt aussehen."

„Quatsch, ich will keinen Schmuck geschenkt haben", quakte Lisa und hatte das Gefühl, als würde sich eine Spalte im Boden öffnen, und sie würde in eine unendliche Tiefe, direkt in die Hölle hinabstürzen.

„Frau Alderat lässt Ihnen ausrichten, dass Sie als künftige Ehefrau von Herrn Doktor Henriksen ein moralisches Anrecht auf dieses Geschenk haben."

Das gefühlte Loch, in das sie stürzte, wurde gerade noch mal um 10 000 Kilometer tiefer.

~

„Ich will, dass ihr umgehend heiratet. Ich will Eheringe an euren Fingern und einen Trauschein auf meinem Tisch sehen", sagte Olga und legte Henrik den Entwurf ihres neuen Testaments vor. Henrik brauchte sich das Schriftstück gar nicht anzusehen, er wusste, dass es juristisch niet- und nagelfest war, wie alles, was Doktor Keller für Olga machte.

Auf dem Papier stand jetzt sein Name wieder ganz oben und unten fehlte nur Olgas Unterschrift. Aber es war natürlich unmöglich, sich auf ihre Bedingungen einzulassen. Zum einen würde auf dem Trauschein nicht der Name Eva Lazarus stehen, sondern Lisa Irgendwas, und zum anderen ließ Henrik sich von niemandem zu einer Ehe nötigen – am allerwenigsten von Olga.

Überdies wuchs ihm dieses Schauspiel gerade gewaltig über den Kopf. Das Ganze hatte als sogenannte Herausforderung angefangen, und mehr als eine harmlose Scharade sollte nie daraus werden. Aber jetzt drohte alles völlig zu entgleisen, und es war höchste Zeit, Olga reinen Wein einzuschenken. Trotzdem hatte er es nicht getan, ganz im Gegenteil. Er hatte sich sogar noch tiefer in sein Lügengebilde verstrickt.

„Liebst du dieses Mädchen? Ist es dir ernst mit ihr?", wollte Olga wissen, als er zögerte.

„Natürlich liebe ich sie!", log er. „Sonst wäre ich wohl kaum mit ihr verlobt."

„Warum liebst du sie? Was liebst du an ihr?", bohrte Olga nach, während Anette vom Fenster aus ein Grunzen hören ließ und ihre zweite Zigarette anzündete.

„Ich liebe ihre natürliche Schönheit, ihr Temperament und ihre direkte Art", sagte er schließlich. Anette grunzte schon wieder, noch lauter und abfälliger als zuvor, und blies dabei dicke Rauchschwaden in die Luft.

„Ich mag ihren vorwitzigen Humor und ihre Echtheit. In allem, was sie sagt und tut, ist sie aufrichtig. Und manchmal ist sie so furchtbar hilflos, dass ich sie am liebsten auf meinen Armen durch das Leben tragen möchte, damit sie nicht andauernd über irgendetwas stolpert oder irgendwo herunterfällt." Ja, er war selbst ein wenig erstaunt, wie leicht ihm diese Worte über die Lippen kamen und wie ehrlich er sie meinte.

„Gut!" Olga nickte knapp. „Das klingt für mich ausreichend. Ich mache keinen Hehl daraus, dass ich dieses Frauenzimmer trotz ihres vorlauten Mundwerks sehr mag. Sie hat etwas, das wenige Menschen besitzen, und ich will, dass du sie heiratest!"

Henrik zögerte eine winzige Sekunde, während der sein schlechtes Gewissen gegen seinen falschen Stolz kämpfte. *Sag ihr die Wahrheit! Jetzt!*, sagte sein Gewissen.

Nein, ich gebe mir auf keinen Fall vor Anette eine Blöße, sagte sein Stolz, der letzten Endes den Sieg davontrug. „Aber natürlich, Tante Olga, das ist ja der Hintergedanke bei einer Verlobung, dass sie über kurz oder lang in eine Ehe mündet", antwortete er kühl.

„Heirate sie sofort, dann bist du mein Alleinerbe. Doktor Keller hat sich erkundigt." Ihr Stock schnellte jetzt in Richtung ihres Anwalts, der neben ihrem Schreibtisch stand und ein neues Schriftstück aus seiner Aktentasche hervorzauberte: Testamentsentwurf, Gesellschafterverträge, Grundstücksübertragung an Anette, Studienbeihilfe für Nikolaus und Caro, eidesstattliche Erklärung von Henrik, Personenstandsgesetz …

„Es ist heutzutage kein Problem, innerhalb weniger Tage zu heiraten", erläuterte Doktor Keller jetzt in seiner typisch behäbigen und lang gezogenen Redeweise. „Sobald Sie und Ihre Verlobte die notwendigen Papiere vorliegen haben, können wir binnen weniger Tage einen Standesamtstermin anberaumen. Mit etwas finanziellem Nachdruck sogar binnen weniger Stunden, möchte ich meinen." Er überreichte Henrik einen Flyer. „Hier ist alles aufgelistet, was Sie beide für eine gültige Eheschließung benötigen. Wie Sie sehen, es ist kein großer Aufwand."

„Die Testamentsänderung ist bereits veranlasst, sie wartet nur auf meine Unterschrift und auf eure Trauung", setzte Olga nach und hielt noch einmal demonstrativ das Stück Papier hoch, auf dem sie mit ihrer Unterschrift Henrik zu ihrem Alleinerben machen würde.

Für ein paar Sekunden fehlten ihm die Worte und auch die Ideen. Wie sollte er sich jetzt noch aus der Affäre ziehen? *Sag ihr die Wahrheit,* beschwor ihn sein Über-Ich erneut. *Du hast immer noch Klausis Drogenaffäre als Ass im Ärmel. Wenn du untergehst, geht Anette mit dir unter,* sagte der eitle und geldgierige Teil seines Ichs.

„Gib mir Zeit, darüber nachzudenken", sprach sein Mund laut aus. „Ich muss mit Eva darüber reden. Sie wünscht sich eine Traumhochzeit in Weiß, in der Kirche und im Kreis ihrer Familie."

„Du hast Zeit bis heute Abend", sagte Olga und zeigte mit ihrem Stock auf sein Gesicht. „Beim Empfang will ich eine klare Antwort von euch beiden. Ich lebe nicht mehr lange, und eure alberne Traumhochzeit könnt ihr feiern, wenn ich tot bin."

„Oh, da bin ich aber sehr gespannt auf den heutigen Abend!", zischelte Anette begleitet vom Rauch ihrer Zigarette. Irgendetwas an ihrem schadenfrohen Tonfall und ihrem Grinsen bereitete Henrik Unbehagen.

~

Lisa sah Henrik den ganzen Nachmittag nicht wieder, und je näher der Abend rückte, desto verlorener fühlte sie sich. Sie hatte sich nicht dagegen wehren können, dass Olgas Assistent sie zum besten Juwelier auf der Insel gefahren und ihr den Schmuck quasi aufgenötigt hatte. Der Schmuck lag schon in einem Hinterzimmer beim Juwelier bereit. Olga hatte dort angerufen und Anweisungen erteilt, und Lisa musste nur noch zwischen drei unterschiedlichen Sets wählen. Zwei waren mit Hunderten von glitzernden Brillanten besetzt und eines war mit großen, protzigen und dunkelgrünen Smaragden in Tropfenform gemacht. Lisa konnte sich nicht entscheiden oder genauer gesagt: Sie wollte den Schmuck nicht annehmen. Aber davon wollte Karan nichts wissen.

„Welches ist das teuerste Set?", fragte er, und der Juwelier zeigte auf das Smaragdtrio. Karan nickte und die Klunker wurden gekauft. Der Juwelier machte ein zufriedenes Gesicht, Karan hingegen schaute bitterernst drein, und Lisa war todunglücklich. So wie sie sich selbst kannte, würde ihr das Armband wahrscheinlich bei der erstbesten Gelegenheit ins Klo fallen, die Halskette würde abreißen und einen von zwei Ohrringen würde sie bestimmt irgendwo auf der Straße verlieren. Aber Karan interessierten ihre Bedenken nicht. Auch interessierte er sich nicht für ihre Abneigung gegen Beautysalons. Er blieb stur und kutschierte sie zurück nach Binz ins Alderat-Kurhotel. Da gab es nämlich ein luxuriöses Spa, und dort hatte man bereits einen Termin für sie freigehalten und die Kurhotel-Haremssklavinnen warteten schon auf Lisa. Als ob man sie vorgestern nicht schon genug im Namen der Schönheit gefoltert hätte. Jetzt musste sie das Ganze noch einmal durchmachen, nur im Zeitraffer und ohne Enthaarung. Aber sie hatte keine Chance, dem zu entkommen. Karan lungerte im Wartebereich vor dem Schönheitssalon herum wie ein Wachhund, der den Fluchtweg versperrte.

Wenn man Doc H mit einem emotionslosen Roboter vergleichen konnte, so war Karan die Cyborg-Variante davon. Er war wie eine Kampfmaschine gebaut, viel größer und breiter als Doc H, und schien nur aus Muskeln zu bestehen. Dabei machte er so ein unfreundliches Gesicht, als wäre er bereit, jedem das Genick zu brechen, der bei Rot über die Ampel ging ... oder wahlweise einen bestimmten Schmuck nicht geschenkt haben wollte ... oder sich etwa weigerte, im Spa zu bleiben. Im Vergleich zu Karan war Henrik geradezu ein Komiker, Karan verzog nicht mal seinen Mundwinkel, wenn Lisa versuchte, einen Scherz zu machen oder mit ihm zu reden. Sie fragte sich, ob Karan wirklich ein normaler Assistent war oder nicht vielmehr Tante Olgas Haus-und-Hof-Meuchelmörder.

Natürlich hatte sie ihn während der Fahrt mit Fragen gelöchert – oder es zumindest versucht. „Seit wann arbeiten Sie für Frau Alderat?", „Wo kommen Sie her?", „Was haben Sie vorher gemacht?", „Was haben Sie gelernt?", „Wie alt sind Sie eigentlich?", aber die einzige Reaktion, die sie von ihm bekam, war ein unbewegtes Cyborg-Gesicht und immer die gleiche doofe Antwort: „Ich kann nicht darüber reden."

So ein Angeber! Der tat gerade so, als ob er für einen Geheimdienst arbeiten würde ... oder wahlweise für eine kriminelle Vereinigung (was womöglich das Gleiche war, wenn man bei Olga engagiert war). Nach ungefähr zwanzig Fragen und mehreren vergeblichen Versuchen, ihn zum Lachen zu bringen, hielt sie ihren Mund und ließ sich schweigend von ihm zurück in die Villa fahren, wo eines von Olgas Dienstmädchen sie bereits an der Haustür erwartete. Um ihr beim Ankleiden zu helfen, wie sie behauptete.

Wirklich wahr! Als ob Lisa zu doof wäre, ohne fremde Hilfe in ein schlichtes schwarzes Kleid zu schlüpfen, das den Reißverschluss auch noch auf der Seite hatte. Aber nein, das waren nun mal die Olga-Alderat-Mindeststandards: eine Zofe für Frau Lazarus. Das Mädchen trug sogar eine Uniform und nahm Lisa wirklich jede Bewegung ab, streifte ihr das Kleid über den Kopf, machte den Reißverschluss zu, reichte ihr die Stilettos und legte ihr auch noch die Smaragdklunker um den Hals. In diesem Moment begriff Lisa das ganze Ausmaß von Olgas Reichtum. Sie war nicht nur ein reiches, altes Tantchen, oh nein, sie war die Queen Mum von Rügen und vielleicht von ganz Deutschland.

Aber das Schlimmste war, dass Henrik einfach nicht mehr auftauchte. Als ob er sich absichtlich von ihr fernhalten würde oder von jemand anderem ferngehalten würde, dabei bekam Lisa jetzt langsam Panik, je näher es auf 20:00 Uhr zuging. Sie konnte unmöglich ohne Henrik bei dem Empfang auftauchen. Sie machte ja schon genug Fehler, wenn er dabei war und auf sie aufpasste, aber ohne ihn fühlte sie sich, als ob man sie in eine Löwengrube stoßen würde, mit der Aufforderung an die Löwen: Lasst's euch schmecken!

„Wissen Sie, wo Do... wo mein Verlobter ist?", fragte sie das Dienstmädchen, während die ihr noch den letzten Schliff verpasste, indem sie ein paar verirrte Locken noch einmal an ihrem Kopf feststeckte. Lisa zitterte innerlich, denn in dem Moment kamen ihr die verrücktesten Ideen. Womöglich hatte Doc H die Nase voll von ihr und dem unprofessionellen Coaching, und er war einfach nach Hause gefahren. So unfreundlich, wie er heute Nachmittag war, als er sie aus Olgas Büro hinausgeworfen hatte, war das doch durchaus denkbar, oder? „Was ist denn mit Carolin und Philipp? Sind die etwa alle nach Hause gefahren?", fragte sie besorgt.

„Fräulein Carolin und Philipp Henriksen sind bereits vor zehn Minuten zu Fuß hinüber ins Kurhotel gegangen. Ist ja nur ein Katzensprung. Und Herr Doktor Henriksen erwartet Sie unten an seinem Auto."

Der Stein, der von Lisas Seele rollte, hätte die Ostsee zum Überlaufen bringen können. Er war da und wartete auf sie, Gott sei Dank! Dem würde sie aber die Meinung sagen. Er konnte sie doch nicht einfach so im Stich lassen, ohne ihr zu sagen, was los war und wo er war.

Für ein paar Augenblicke fehlten ihr allerdings die Worte, als sie Henrik draußen vor der Tür an seinem Auto stehen und warten sah. Er trug einen schwarzen Anzug mit Fliege, vielleicht war es auch ein Smoking, Lisa kannte sich nicht wirklich aus mit den feinen Unterschieden und den Dresscodes der gehobenen Kreise, aber auf jeden Fall sah er aus wie Daniel Craig in Sky Fall. Henrik ließ sie kavaliermäßig auf der Beifahrerseite einsteigen und hielt dabei sogar den Saum ihres langen Chiffonkleides, damit er nicht über den Boden streifte oder in die Autotür eingeklemmt wurde. Ihr fiel auf, dass er einen dicken Siegelring an seinem kleinen Finger trug. Das wirkte doch total schwul, oder? Na gut, wenn sie genauer drüber nachdachte, sah der Ring an seinem kleinen Finger cool aus, sexy, um noch genauer zu sein. Puh, sie wurde ja langsam selbst zur Schickimicki-Tussi.

„Du siehst atemberaubend aus", sagte er, bevor er die Autotür zumachte, aber er klang so, als würde er irgendeinen Standardtext abspulen und wäre in Gedanken weit weg.

„Wo warst du den ganzen Nachmittag?", fauchte sie ihn an, kaum dass er hinter dem Steuer saß. „Weißt du, das nervt echt langsam, dein *Doc H*-Verhalten."

„*Doc H*-Verhalten?" Er hob die Augenbrauen, verzog aber sonst keine Miene.

„Herablassend und kalt. Plötzlich aus heiterem Himmel kein Wort mehr reden, sodass ich immer denke, ich habe was falsch gemacht, und dann bist du einfach weg. Ich dachte, du hast mich im Stich gelassen und bist nach Hause gefahren, weil ich zu doof für diese Rolle bin."

„Ich bitte dich! Du hast gar nichts falsch gemacht. Wie kommst du darauf? Und warum sollte ich so etwas Absurdes tun und dich hier zurücklassen? Olga hat mich zu sich beordert, um mit mir und Anette über ihr Testament zu reden, und als sie endlich fertig war, hattest du dich ins Spa verabschiedet!"

„Ich habe mich gar nicht verabschiedet!", brauste Lisa auf und stellte fest, dass ihre Stimme schrill und zickig klang. „Ich hasse Spa und Wellnesskacke, und ich hasse es, wenn irgendjemand an meinem Körper rumfummelt …" Er räusperte sich leise und Lisa wurde rot. „… mit Ausnahme von dir, da hasse ich es nicht. Aber ich hätte echt auf diese blöden Massagen und Moorpackungen und den ganzen Peeling-Mist verzichten können."

„Ich bedaure sehr, dass man dich so furchtbar gequält hat!", sagte er trocken.

„Viel schlimmer ist ja, dass ich dann auch noch diesen Schmuck aussuchen musste." Sie zeigte ihm den riesigen Smaragd, der an einem protzigen Collier hing und auf dem schwarzen Stoff des hochgeschlossenen Kleides noch krasser zur Geltung kam als auf der blanken Haut. „Weiß der Geier, was das Zeug wert ist! So wie ich mich kenne, verliere ich bestimmt was davon, und dann komme ich noch wegen Diebstahl oder so in den Knast. Überhaupt, ist das denn in Ordnung, wenn man Schmuck geschenkt bekommt, weil man für jemand anderen gehalten wird?"

„Man nennt es gemeinhin Veruntreuung oder Betrug, wenn man sich aufgrund einer falschen Identität Geld oder wertvolle Geschenke erschleicht."

„Na toll! Supertoll. Ich habe mir gar nichts erschlichen. Dieser Cyborg-Karan hat mir die Juwelen ja förmlich aufgedrängt."

Inzwischen waren sie beim Kurhotel angekommen und Henrik parkte in der Tiefgarage auf einem reservierten Parkplatz. Es war wirklich nur ein Katzensprung gewesen, zwei Straßen entfernt, aber sie war froh, dass er mit dem Auto gefahren war, sie hätte mit den abartig hohen Stöckelschuhen nie so weit gehen können.

„Möglicherweise versucht man dir tatsächlich etwas anzuhängen", murmelte er und strich sich nachdenklich über sein glatt rasiertes Kinn.

„Henriiiik. Du wirst doch nicht zulassen, dass ich ins Gefängnis muss, oder?"

Sein Mundwinkel zuckte und er legte beschwichtigend seine warme Hand auf ihren Schenkel.

„Sei unbesorgt, wenn du ins Gefängnis musst, dann werde ich dich einmal wöchentlich besuchen, um dich weiterhin coachen zu können."

„War das etwa gerade ein Scherz?" Trotz der Angst, die auf ihren Magen drückte, musste sie doch lachen.

„Nennen wir es Galgenhumor. Ich muss dir nämlich noch etwas viel Schlimmeres mitteilen."

„Was ist denn schlimmer als Gefängnis?"

„Ehe!"

„Hä?"

„Das heißt ‚Wie bitte', mein Herz. Ich wollte damit sagen, dass unsere Scharade im Prinzip gescheitert ist. Olga verlangt nämlich, dass wir sofort heiraten, nur dann unterschreibt sie ihr geändertes Testament. Sie will sobald wie möglich einen Trauschein von uns sehen, und sie will diese Neuigkeit heute Abend offiziell verkünden."

„Ach du Scheiße! Wir sollten nach Hause fahren, Henrik. Das geht jetzt echt zu weit."

„Nein, ich bin niemand, der die Flucht ergreift, nur weil es brenzlig wird. Wir haben dieses Täuschungsmanöver begonnen, und wir ziehen das heute Abend noch ganz konsequent und souverän durch. Vor dieser dürren Hure Anette werde ich mich ganz bestimmt nicht geschlagen zeigen."

„Und was ist mit Olga? Willst du sie in dem Glauben lassen, das wir tatsächlich heiraten?

„Willst du ihr vielleicht die Wahrheit sagen?"

„Shit!"

„Ich hätte zwar ein anderes Wort gewählt, aber das trifft es ziemlich genau. Ich gebe zu, ich habe die Tragweite unseres vermeintlich harmlosen Schwindels unterschätzt. Doch so leid es mir tut, jetzt gibt es kein Zurück mehr. Heute Abend können wir uns keinen Skandal leisten, es sind zu viele bedeutende Persönlichkeiten und etliche Presseleute anwesend. Nächste Woche, wenn das vorbei ist, werde ich Olga anrufen und ihr reinen Wein einschenken und das Erbe damit abhaken. Sie wird mich hassen und verfluchen, aber das beruht schließlich auf Gegenseitigkeit."

„Du willst diese Lüge heute also wirklich bis zum bitteren Ende durchziehen?"

„Wir haben kaum eine andere Wahl."

„Oh Gott, hoffentlich geht das nicht in die Hose. Ich habe Angst,

Henrik."

„Ach Unfug. Betrachte den Abend einfach als ein Übungsfeld für dein Coaching." Er nickte ihr zu und tätschelte ein letztes Mal aufmunternd ihren Schenkel. „Und gleichgültig was passiert, bleib freundlich und souverän und versuche, wenn es dir irgendwie möglich ist, auf derbe Schimpfworte wie *Kacke* oder *Shit* oder *Scheiß* und *Mist* zu verzichten."

„Wie schön, dass du ausgerechnet jetzt deine humorvolle Ader entdeckt hast."

13. Erstens kommt es anders ...

Lisa hatte Lampenfieber.

Ihre Hände waren feucht und ihre Knie schlotterten aus Angst vor all den überkandidelten Snobs in dem großen Festsaal, dabei musste sie nichts weiter tun, als zu lächeln und zu sagen „Wie geht es Ihnen?" und „Schön, Sie kennengelernt zu haben!". Henrik war an ihrer Seite und stellte sie den Leuten als seine Verlobte vor. Sie lächelte und schüttelte Hände und sagte ihren dämlichen Satz, und dann gingen sie weiter zu den nächsten Gästen und so weiter.

Ihr Lampenfieber wurde dadurch allerdings nicht besser und ihre feuchten Hände auch nicht. Sie wischte sie vor jedem Händedruck unauffällig an ihrem Kleid ab und trank viel zu viel Champagner, aber Henrik schien sehr zufrieden mit dem Verlauf des Abends zu sein. Er hielt den Kopf hocherhoben, den Brustkorb aufgebläht und wirkte wie ein echter, stolzer Verlobter, während er Lisa durch den Festsaal von einem Gast zum nächsten dirigierte. Einmal sprach ein älterer Herr sie direkt an und wollte wissen, wo sie Kunstgeschichte studiert habe. Sie sagte „In Rom!" und lächelte. Der Mann ratterte ein paar Sätze in Italienisch heraus und sah sie abwartend an. Lisa antwortete einfach mit „Si!" und nickte, und da brach der alte Herr in schallendes Lachen aus.

„Du sprichst italienisch?", fragte Henrik verwundert, als er Lisa kurz darauf zum nächsten Gast weiterführte.

„Nein, si und buongiorno sind die einzigen italienischen Wörter, die ich kenne!", wisperte sie zurück. „Aber ich hatte das Gefühl, dass er ein Ja hören wollte."

„Das ist nicht dein Ernst? Eva, du musst ..." Plötzlich unterbrach er sich mitten im Satz und stöhnte. „Ach du lieber Gott!"

Lisa war sich nicht sicher, ob sich sein entnervtes Stöhnen auf ihre Antwort bezog oder auf das nächste Paar, dem sie sich näherten. Es war eine blondierte Mittvierzigerin mit grellrot lackierten Fingernägeln und so viel Schmuck, dass sie wie ein Christbaum leuchtete, und neben ihr stand ein Mann mit Glatze und Bierbauch, der so eine Selbstgefälligkeit ausstrahlte, als ob er die ganze Welt mit einem Fingerschnippen kaufen könnte.

„Das ist Kagel, der Spediteur, und seine Frau Birgit."

„Warum werde ich das Gefühl nicht los, dass alle Frauen, denen du mich vorstellst, schon mal mit dir geschlafen haben, und alle Männer eine Erektion haben?", wisperte sie zurück. Hätte er doch dieses blöde Beispiel heute Morgen nicht gebracht! Sein Mundwinkel zuckte, und er blieb für einen Moment stehen, um sie anzusehen. Dann strich er mit seinen Fingerspitzen zärtlich ihren Hals hinunter, während seine Blicke ihren Mund fixierten. Das war wie ein Kuss mit den Augen.

„Leider verhält es sich bei den beiden da, so wie du sagst", antwortete er. „Birgit ist überdies Valeries Busenfreundin."

„WAS? Du hast es mit der Freundin deiner Frau getrieben? Das finde ich absolut scheiße, ehrlich."

„Das war, nachdem ich von Valerie geschieden war und bevor sie Kagel geheiratet hat."

„Müssen wir die beiden unbedingt begrüßen? Garantiert hasst sie mich." Sie hielt ihn am Arm zurück, als er weitergehen wollte.

„Sei unbesorgt, wir absolvieren nur das übliche Begrüßungsritual. Du lächelst einfach, schaust mich vielleicht ein wenig verliebt an und bleibst ansonsten souverän, egal was die beiden zu dir sagen. Birgit hat allen Grund, neidisch auf dich zu sein. Sie ist eine falsche Schlange und billig, verglichen mit dir. Du bist eine Frau voller Feuer und hochkarätiger als der Smaragd an deinem Hals."

Wow, hatte er das gerade wirklich zu ihr gesagt? *Hochkarätiger als der Smaragd? Frau voller Feuer?* Leider verpuffte ihr Glücksgefühl über dieses bombastische Kompliment schlagartig, als sie auf das Paar zusteuerten und sie den Neid in den Augen der Blondine sah. Doch das Begrüßungsritual lief überraschend reibungslos ab. Henrik spulte sein übliches Blabla ab. Der Spediteur Kagel laberte zurück, die Frauen wurden einander vorgestellt und lächelten sich an.

Birgit sagte mit ihren Blicken: *Du Schlampe, was findet er nur an dir? Dein Mund ist viel zu groß, du hast hässliche Sommersprossen und einen fetten Arsch und dein Kleid ist langweilig.* Und Lisa antwortete mit ihren Blicken: *Du aufgetakelte Hure. Denk nicht mal dran, ihn auch nur anzufassen, sonst hau ich dir deine Botoxlippen blutig.* Laut sagte sie: „Es war schön, Sie kennengelernt zu haben!"

Henrik zog sie weiter, küsste im Weggehen Lisas Hand und sagte: „Na siehst du, der Abend läuft einfach perfekt."

Aber das war natürlich ein Irrtum.

Anette kämpfte sich durch die Gäste und kam zielstrebig auf sie zu, und Lisas weibliche Instinkte brüllten ganz laut „Alarm!", als sie Anettes seltsames Lächeln sah. So lächelte jemand, der ein Messer hinter dem Rücken versteckte. Doch Anette hatte ihre Hände nicht hinter dem Rücken, sondern umarmte Lisa und gab ihr ein Küsschen links und rechts auf die Wange und tat so, als ob sie sie seit Tagen nicht gesehen hätte.

„Sie sehen sehr hübsch aus, Eva, und der Schmuck passt perfekt zu Ihrer Haarfarbe. Wie ich sehe, hat die Kosmetikerin noch einmal wahre Wunder bewirkt! Kaum eine Sommersprosse zu sehen."

„Äh danke!" Lisa wurde immer mulmiger zumute. Warum machte Anette plötzlich einen auf mütterliche Freundin? Irgendetwas stimmte da nicht. Aber Henrik schien keine Antenne für weibliche Intrigen zu haben, denn er blähte seinen Brustkorb nur noch mehr auf.

„Heute Abend gleicht sie einer Göttin unter lauter Sterblichen!", sagte er protzig und erntete von Anette ein Killerlächeln.

„Tantchen möchte euch beide in spätestens zehn Minuten bei sich haben. Sie wird dann ihre Eröffnungsrede halten und deine baldige Hochzeit und Inthronisation bekannt geben." Wieder stahl sich dieses Meuchelmörderlächeln über Anettes Gesicht, und in Lisas Magen stahl sich massive Übelkeit. Vielleicht lag es ja auch am Schampus, der in ihrem leeren Magen herumschwappte. Irgendwo war bestimmt ein Büfett aufgebaut – vermutlich dort hinten beim Notausgang, wo die Menschen wie die Trauben aufeinander hingen. Sie musste unbedingt etwas essen, dann ging dieses gruselige Gefühl in ihrem Magen bestimmt weg. Henrik würde es doch wissen, wenn Anette etwas Hinterhältiges plante, oder? Schließlich war er der klügste und gebildetste Mann, den Lisa kannte.

„Die anderen sind schon alle bei Olga!", sagte Anette und zeigte auf die gegenüberliegende Seite des Festsaals. Dort saß Olga auf einem Sessel und begrüßte ihre Gäste, die wie Höflinge an ihr vorbei defilierten. Philipp und Jürgen standen hinter Olgas Sessel, als wären sie Wachsfiguren, die man zur Dekoration da platziert hatte, und Caro war auch dort. Sie stand neben Olgas Sessel und trug ausnahmsweise mal keine schwarzen Gothic-Klamotten, sondern ein dunkelrotes langes Kleid. Ihr Haar hatte sie hochgesteckt und mit einem roten Band umschlungen, was ihre künstliche schwarze Haarfarbe noch künstlicher wirken ließ. Sie unterhielt sich mit Klausi, der den Kopf leicht zu ihr hinabgeneigt hatte. Klausi trug wie alle Herren im Raum so einen schwarzen Anzug mit dunkler Fliege, und wenn man sich seine Pickel wegdachte, sah er in diesem Fummel verdammt attraktiv aus. Er blickte kurz auf und ihre Blicke begegneten sich über hunderte Köpfe hinweg. Er nickte mit einem freundlichen Lächeln in Lisas Richtung, und sie dachte, dass dies das erste ehrliche Lächeln war, das sie an diesem Abend bekam.

„Henrik, ich habe noch eine Bitte!", sagte Anette plötzlich. „Vielleicht kannst du mir mal kurz mit dem Beamer helfen. Ich habe eine Diashow vorbereitet. Bilder der Alderat-Hotels in aller Welt, Olgas diverse Fabriken und Liegenschaften und einiges mehr. Du verstehst schon, eine Art Hommage an ihr Lebenswerk."

„Kann das nicht ein Techniker machen?", maulte Henrik, aber Anette hatte ihn schon am Arm genommen und mit sich gezogen.

Lisa blieb stehen und wusste nicht, ob sie den beiden einfach folgen, oder ob sie sich durch das Gedränge hinüber zu Olga kämpfen sollte. Oder noch besser: Wie wäre es mit einem kurzen Abstecher zum Büfett? Plötzlich schnitt ihr Birgit Kagel den Weg ab und hielt sie am Arm zurück.

„Ihnen ist hoffentlich klar, dass er Valerie immer noch liebt", sagte sie in vertraulichem Flüsterton. „Die beiden wären noch glücklich verheiratet, wenn der alte Drachen sich nicht eingemischt hätte. Sie hat Valerie gezwungen, ihn zu verlassen."

„Mir kommen gleich die Tränen vor lauter Mitleid mit der armen Valerie."

„Sie sollten sich selbst leidtun, denn er macht sich nichts aus Ihnen oder irgendeiner anderen Frau. Für ihn sind Sie nicht mehr als eine Sexpuppe – zur Abwechslung mal mit rotem Haar."

Nicht mehr als eine Sexpuppe? Was? Diese Giftnudel konnte froh sein, dass Lisas Handtasche heute so klein war, sonst hätte sie jetzt eine blutige Nase, aber Lisa musste ja souverän bleiben und lächeln wie eine Herzogin und so tun, als wären alle Leute ihre Freunde. Also lächelte sie und wandte sich zum Gehen. „Frau Alderat wartet auf mich."

Aber Birgit stellte sich ihr erneut in den Weg. „Den Sex macht er immer von hinten, damit er dir nicht ins Gesicht schauen muss und sich einreden kann, es wäre Valerie. Nie zieht er sich aus. Er sagt nicht ein Wort und macht kein einziges Geräusch dabei. Und kein Kuss …"

Leider versetzten ihr diese Worte einen ziemlichen Stich, auch wenn sie im Grunde an die falsche Adresse gerichtet waren. Schließlich war Lisa nicht Henriks echte Verlobte, sondern nur seine Miet-Braut und Erotik-Schülerin, und außerdem hatte sie nur zur Hälfte recht. Immerhin hatte Henrik beim Sex gestern Nacht jede Menge Geräusche gemacht und auch sonst … Pah, diese blöde Kuh!

„Vielleicht lag es ja an deinem hässlichen Gesicht, dass er dich von hinten gepimpert hat! Ich hab jedenfalls schon alle Stellungen mit ihm durch", fauchte sie und lief davon. Es war ihr schnuppe, dass mindestens fünf der umstehenden Gäste, einschließlich Spediteur Kagel, ihre

Gossensprache gehört hatten.

~

Für Anette war es unerträglich mit anzusehen, wie Henrik und seine verkleidete Schlampe von einem Gast zum anderen tingelten und sich in aller Öffentlichkeit als das Traumpaar des Abends feiern ließen. Und wie alle Leute auf diese kleine Betrügerin reagierten und von ihr schwärmten! Jeder, der bei Olga vorbeischarwenzelte, um ihr zu gratulieren, hatte ein Kompliment zu Henriks Braut parat. Wie schön sie sei und wie erstklassig und genau die Richtige für Henrik. Endlich! Seine Traumfrau! Und so elegant und so liebenswürdig, bla, bla, bla! Und Olga, diese böse, alte Hexe, genoss es auch noch, als ob man ihr selbst die Komplimente machen würde. Anette stand daneben und kochte vor Wut.

Natürlich sah diese Frau heute Abend schön aus, aber das war ja auch keine Kunst. Wenn man einen billigen Manta mit genug Spoilern und Felgen und Aufklebern versah, wirkte er auf den ersten Blick auch wie ein Sportwagen, und Henrik hatte offenbar keine Ausgaben gescheut, um seinen Manta aufzumotzen und ihn in Designerkleider zu stecken. Ihr schwarzes Kleid hatte zweifellos einen Batzen Geld gekostet und der Schnitt des Kleides – eng anliegend, hochgeschlossen, aber den Rücken frei fast bis zum Steißbein –, der verwandelte garantiert die meisten Männergehirne in Sülzwurst. *Wohlgeformt wie eine griechische Statue* hatte einer von Olgas Gästen die junge Braut genannt, und Olga hatte zustimmend mit ihrem Stock geklopft. Anette fand sie einfach nur fett, mit viel zu dicken Brüsten und einem Hintern wie ein Brauereipferd. Aber es gab ja Männer, die sich gerne in üppige Formen versenkten. Alleine schon die Vorstellung verursachte Anette Brechreiz. Eva trug schwarze Handschuhe bis über die Ellbogen. Zweifellos wollte sie damit die Narben an ihrem Arm kaschieren, aber für Anettes Geschmack sah das anstößig aus. Da nützte das Smaragdarmband an ihrem Handgelenk auch nichts mehr, um ihr Klasse zu verleihen. Nur das Wissen, dass diese widerwärtige Darbietung demnächst enden würde und Henriks Manta als das enttarnt würde, was er wirklich war, ein billiges Modell, dieses Wissen tröstete Anette und brachte sie sogar dazu zu lächeln, auch wenn ihr eigentlich zum Schreien zumute war.

„Ich sehe kein Problem an dem Beamer. Er funktioniert einwandfrei!", sagte Henrik. „War das etwa nur ein Vorwand, um mich von Eva wegzulocken? Was soll das, Anette, bist du nicht langsam zu alt für dieses alberne Intrigenspiel?"

„Ich möchte dir unserer alten Freundschaft zuliebe eine letzte Chance einräumen", antwortete Anette und meinte es ernst. Im Gegensatz zu ihm spielte sie kein Theater.

„Wir hatten nie eine Freundschaft. Du hast dich mir aufgedrängt und mich um Sex angebettelt, und ich habe dir vorher gesagt, dass es nur eine einmalige Angelegenheit wird."

„Wir hätten heiraten und zusammen das Alderat-Imperium regieren können. Ich bin vielleicht nicht so jung wie deine Schauspielerin, aber dafür bin ich auch nicht so hässlich und fett wie sie, und ich habe immerhin eine gute Kinderstube. Olgas Vermögen hätte uns zusammen gehören können, und wir müssten heute nicht darum streiten. Wir wären ein wundervolles Team gewesen. Auch im Bett."

„Du weißt nicht, was wundervoll ist, Anette."

„Diese rothaarige Peinlichkeit aus dem Prekariat, vielleicht?"

„Eva kommt dem, was ich unter wundervoll verstehe, erstaunlich nahe, ganz besonders im Bett."

Sie versuchte zu lächeln, damit er nicht merkte, wie tief er sie mit diesem Satz verletzt hatte. Sie würde ihre Rache bekommen, und dann würde er schon merken, was wundervoll war. Bald.

„Gott, du beleidigst wirklich meinen und auch Olgas Verstand, wenn du denkst, dass du mit einer Schauspielerin hier auftauchen kannst, und jeder kauft dir das Theater ab. Ich gebe dir eine letzte Chance, dein Gesicht zu wahren. Du gehst jetzt zu Olga und gestehst ihr die Wahrheit über diese Frau. Damit ersparst du euch beiden eine Blamage. Und vielleicht, wenn Olga tot ist und ich bin die Alleinerbin, ja vielleicht mache ich dir dann sogar einen Heiratsantrag."

„Du bist lächerlich, Anette", sagte er, machte auf dem Absatz kehrt und stolzierte davon, hinüber zu Olga und seiner billigen Hauptdarstellerin. *Bitte schön, selbst schuld.* Sie hatte ihn gewarnt. Sie schaltete den Beamer an, steckte ihren Stick in den Laptop und bereitete alles für ihren Enthüllungsmoment vor.

Olga erhob sich soeben von ihrem Stuhl. Jürgen brüllte mit seiner Auerochsenstimme „Ruhe bitte! Ruhe!" in den Saal und das war Anettes Signal. Ihr Moment war gekommen. Zuerst hatte sie vorgehabt, mit der Enthüllung zu warten, bis Olga ihre Ansprache gehalten hatte und bis sie Henrik als ihren neuen alten Erben vorgestellt hatte, aber nach reiflichem Überlegen hatte Anette beschlossen, vor Olgas Rede zu handeln, sonst würde sie auch Olga blamieren, und das würde die ihr bis in alle Ewigkeit verübeln.

Also war der richtige Moment jetzt.

„Bevor meine liebe Tante das Wort ergreift ...", rief sie in den Festsaal. Das Geplapper und Klirren von Gläsern und Geschirr verstummte nur langsam. „... möchte ich noch eine ganz kurze Laudatio auf die Verlobte meines lieben Cousins Henrik halten."

Das war der Moment, an dem Henrik endlich begriff, dass er aufgeflogen war. Sie sah es an seinen aufgerissenen Augen. Aber jetzt war es zu spät. Sie grinste ihn an, dann drückte sie mit ihrer Fernbedienung auf „Start" und ließ das kleine YouTube-Video laufen, das sie eigens für diesen Moment auf den Speicherstick gezogen hatte und das jetzt von dem Beamer direkt auf die große Leinwand des Festsaales gestrahlt wurde.

Anette hätte gerne einen Film gedreht, um sich hinterher an den schockierten Gesichtern eines jeden einzelnen Gasts zu erfreuen, natürlich besonders an Henriks Gesichtsausdruck und auch an dem seiner Eva, aber für die ersten 30 Sekunden des Videos gehörte Anettes Aufmerksamkeit ganz und gar Olgas Reaktion, und die war einfach unbezahlbar.

Das Video war überschrieben mit dem Titel: „Lisas Musikblog – Rock-Tocata", und es begann damit, dass man unvermittelt in Evas Gesicht schaute, die ziemlich nah vor einer Videokamera saß. Sie hatte dicke, schwarze Kopfhörer auf, die aus dem roten Wildwuchs auf ihrem Kopf herausschauten wie Geschwüre. Ein großes Mikrofon ragte mitten ins Bild hinein, und im Hintergrund erkannte man eine kahle Wand, ein E-Piano und einen unordentlichen Schreibtisch, der mit technischem Equipment überladen war. Eva war ungeschminkt und unfrisiert und trug ein schäbiges T-Shirt mit dem Aufdruck: *Imitation is Limitation*. Auf den ersten Blick war Eva kaum wiederzuerkennen. Natürlich war da ihr Markenzeichen, das krause rote Haar und ihr viel zu großer Mund, aber man hätte sie durchaus für eine jüngere und verwahrloste Cousine von Eva Lazarus halten können. Erst als die Eva im Video anfing zu sprechen, war es nicht mehr zu leugnen: Es war ihre Stimme, ein kraftvolles Alt mit dem rauchigen Timbre.

„*Hi, Leute!*", sagte das rothaarige Mädchen in dem Video und winkte in die Kamera. Anette genoss jede Sekunde dieser Enthüllung und grinste über das ganze Gesicht. Das dumme Kind wirkte so peinlich.

„*Ich bin's wieder, Lisa!*" Sie kicherte ein wenig, und Olgas Gesicht war jetzt richtig schön versteinert – beinahe wächsern.

„*Heute habe ich ein Stück von Bach. Die Tocata und Fuge in D-Moll. Also, ähm, das ist der Versuch einer Crossover-Variante mit Orgel und Schlagzeug. Ich wollte einfach mal meine neue Loopstation einweihen. Über eure Likes freue ich mich.*"

Tante Olga schnappte hörbar nach Luft und die rothaarige Eva im Video drehte sich jetzt von der Kamera weg und setzte sich an das E-Piano. Die Kamera war auf die Tastatur fokussiert und Eva spielte die ersten Takte in furioser Geschwindigkeit, bis ein synthetisches Schlagzeug einsetzte, das das Ganze noch viel wilder klingen ließ. Der Rest war eine grauenvolle Entstellung eines klassischen Meisterwerks. Jeder kultivierte Mensch konnte sich nur mit Entsetzen die Ohren zuhalten, wenn er das mit anhören musste.

Es war im Prinzip gar nicht schwer gewesen, dieses Mädchen zu enttarnen. Alles, was Anette gebraucht hatte, war ein bisschen Intuition. Nachdem Eva gestern Abend ihre Darbietung am Flügel beendet hatte, war Anette eigentlich erst auf die Idee gekommen, noch einmal gründlich im Netz nach ihr zu recherchieren. Kaum war Jürgen eingeschlafen, hatte sie sich an den PC gesetzt und angefangen zu googeln. Dieses Mal hatte sie allerdings nicht den Namen *Eva Lazarus* eingegeben, sondern andere Suchbegriffe, wie zum Beispiel *Rothaarige* und *Redhead* und *Ginger*, *Piano*, *Klavier*, *Chopin*, *Pianistin*. Denn sie war sich sicher, dass jemand, der so professionell Klavier spielte, irgendwo im Netz zu finden war. Und tatsächlich hatte ihre Mischung aus Jagdinstinkt und Intuition sie ans Ziel geführt. Sie hatte sich von einem Hinweis zum nächsten gehangelt und nicht mal eine halbe Stunde gebraucht, und, bingo, da war sie auf „Lisas Musikblog" gestoßen.

Insgesamt hatte dieses Mädchen 20 Musikvideos bei YouTube hochgeladen, auf manchen sang sie sogar. Zwei ihrer älteren Videos hatten um die 100 000 Aufrufe, aber die anderen lebten ein bescheidenes Dasein in der Masse von Millionen anderer lächerlicher Musikvideos. Anette war das freilich egal. Von ihr aus konnte Eva-Lisa 1 000 Musikvideos produzieren, für die sich niemand interessierte. Wichtig war nur zu beweisen, dass das dumme Ding nie und nimmer die Erbin einer Sargfabrik war und erst recht nicht Henriks Verlobte, und jeder, der gerade auf die Leinwand schaute, erkannte das. Einige der Gäste kicherten bereits, andere waren starr vor Schreck und ratlos, wie sie sich verhalten sollten.

Anette schwelgte in Schadenfreude. Sie konnte den Blick einfach nicht von Olgas steinernem Gesicht nehmen, denn dort stand ganz deutlich das Schicksal von Henrik Henriksen geschrieben. Sein Untergang! Vor lauter Freude hatte Anette nicht bemerkt, wie Klaus mit einem Fluch zum Laptop gelaufen war und das Video ausgeschaltet hatte. Nach ungefähr 4 Minuten herrlicher Blamage war die Leinwand wieder weiß und die Kraushaar-Lisa mit ihrer albernen Rock-Tocata war wieder stumm. Das Video dauerte eigentlich 9 Minuten, aber Olga und alle anderen hatten genug gesehen und gehört.

Der Vernichtungsschlag war gelungen.

Jetzt erst warf Anette einen Blick auf Henrik. Sie war sich nicht sicher, welche Reaktion sie erhofft hatte. Vielleicht dass er endlich einmal – ein einziges Mal – Emotionen zeigte. Aber er blieb so unbewegt wie eine Echse in der Kältestarre.

„Damit hast du dich nur selbst desavouiert, Anette!", sagte er. Dieser Mistkerl! Konnte er nicht ein Mal aus der Fassung geraten? „Meine Verlobte und ich ziehen uns jetzt zurück. Gute Nacht." Er bedachte Tante Olga mit einem knappen Kopfnicken, zog die Hand seiner Schauspielerin durch seinen angewinkelten Arm und führte sie an den Gästen vorbei, die sich vor ihm teilten und eine Gasse bildeten, wie einst das Rote Meer sich vor Moses teilte. Dabei wirkten die beiden keineswegs besiegt, ganz im Gegenteil, seine Pseudo-Eva reckte sogar den Kopf hoch und lächelte alle an, als würde sie über den Laufsteg flanieren.

„Ruf ihn zurück! Stelle ihn zur Rede!", blaffte Anette Olga an. „Du kannst ihn doch nicht so davonkommen lassen", verlangte sie und wollte nach Olgas Arm greifen, aber die schüttelte sie unwirsch ab. Henrik verschwand soeben durch die Eingangstür, gefolgt von leisem Raunen und Murmeln der Gäste. Olga blieb unbewegt. Sie zitterte zwar, aber ihr Gesicht war genauso reglos wie das von Henrik.

„Ich habe dich ja vor ihr gewarnt, Tantchen", sagte Anette und wollte Olga erneut am Arm festhalten, weil die sich kaum auf den Beinen halten konnte.

„Fass mich nicht an, du Verräterin!", zischte Olga und stützte sich schwer auf ihren Stock.

„Wie bitte? Jetzt bin ich die Verräterin? Hast du nicht gehört und gesehen, was Henriks angebliche Verlobte für eine ... eine ... Kreatur ist?", rief Anette so schrill, dass man sie vermutlich auch in der hintersten Ecke des Festsaals noch hören konnte. Wie konnte Olga einfach den Spieß umdrehen? Jürgen legte seine Pranke auf Anettes Schulter, aber sie schlug wütend nach ihm. Sie brauchte niemand, der sie beruhigte. Sie wollte ihren Triumph feiern und begriff nicht, warum Jürgen und Klaus sie so mitleidig anstarrten.

„Ich habe alles sehr genau gesehen!", sagte Olga. „Ich mag zwar diese neumodische Rockmusik nicht, aber das Mädchen ist begabt. Hab selten so flinke Finger gesehen, und sie legt ihr ganzes Herzblut in ihre Musik – wie in alle Dinge, die sie tut."

„Tantchen?" Anettes Stimme überschlug sich. „Ist dir denn nicht klar, dass sie dich hereingelegt haben? Ihr Name ist nicht Eva. Hast du das nicht verstanden? Wahrscheinlich heißt sie Lisa Müller und spielt in irgendwelchen U-Bahnhöfen oder Jazz-Spelunken."

„Natürlich heißt sie Lisa", bestätigte Olga ruhig. „Das hat sie ja selbst gesagt, und ganz ungeschminkt und mit dieser ungepflegten Frisur sieht sie aus, als wäre sie nicht mal 18. Aber soweit ich weiß, ist sie volljährig. Das wäre sonst sehr kompliziert mit der Eheschließung."

„Eheschließung?", kreischte Anette. „Ich bitte dich. Die beiden sind nicht verlobt und sie haben auch nicht die Absicht zu heiraten."

„Das werden wir ja sehen!", sagte Olga. „Karan soll den Wagen vorfahren! Du bleibst hier und kümmerst dich um meine Gäste!"

„Aber wo willst du denn hin, Tantchen?"

„Ich werde mit Henrik und seiner Braut reden und versuchen zu retten, was zu retten ist!" Sie setzte sich langsam in Bewegung und marschierte auf den Ausgang zu.

„Tante Olga, du machst dich lächerlich. Diese Frau hat sich unter Vorspiegelung eines falschen Namens teuren Schmuck von dir erschwindelt. Dafür gehört sie hinter Gitter." Anette lief Olga hinterher und wollte sie zurückhalten.

„Unfug!", sagte Olga und haute ihren Stock auf den Boden. „Ich kannte von Anfang an Lisas richtigen Namen, und jetzt ist Schluss mit deinem Theater." Jetzt sprach Olga so laut, dass alle Umstehenden sie gut verstehen konnten.

„Nein!" Anette hatte das Gefühl, dass ihr jemand gerade die Kehle zudrückte. „Nein! Nein! Nein! Warum nimmst du Henrik auch noch in Schutz?" Oh Gott, sie musste aufpassen, dass sie sich selbst nicht der Lächerlichkeit preisgab, wenn sie nicht aufhörte zu schreien. Gerade eben noch hatte sie die Zügel in der Hand und die Situation auf dem Schlachtfeld beherrscht, und plötzlich drehte der alte Drachen den Spieß um.

„Komm mit, Mama, bevor es zu peinlich wird!", hörte sie die Stimme ihres Sohnes durch das wütende Brausen in ihren Ohren. Er nahm sie bei der Hand und führte sie weg. Sie war sich nicht sicher, ob das hysterische, schrille Lachen, das durch den ganzen Festsaal hallte, wirklich von ihr stammte.

~

Zuerst hatte Henrik gar nicht gemerkt, dass sie weinte.

Im Auto hatte er gedacht, Eva würde vielleicht wegen der Klimaanlage schniefen, aber als sie im Schlafzimmer waren, riss sie sich ihre High-Heel-

Sandaletten von den Füßen und schleuderte sie – wie sollte es anders sein? – im hohen Bogen durch das Zimmer. Dann ließ sie sich auf die Bettkante plumpsen und schniefte weiter.

Er konnte es nicht länger leugnen: Eva weinte. Das Schlimme war, dass sie versuchte, es sich nicht anmerken zu lassen. Sie nestelte wie wild an dem Armband um es abzumachen. Offenbar wusste sie nicht, dass es eine Sicherheitsschließe besaß wie jeder teure Schmuck, und nebenher wischte sie sich immer wieder verstohlen über die Augen.

„Kruzitürken, hör doch auf zu weinen!" Frauen weinten nur aus einem Grund: weil Männer wie dressierte Hunde darauf ansprangen und sofort versuchten, alle Probleme für sie zu lösen. Aber leider fühlte Henrik sich im Augenblick mit einer Problemlösung völlig überfordert, denn er wusste nicht, was er tun konnte, damit sie sich besser fühlte … oder er.

„Ich wein überhaupt nicht." Sie hatte endlich die Sicherheitsschließe am Armband entdeckt und riss es sich vom Handgelenk, dann zerrte sie die langen Handschuhe von ihren Armen und wischte sich nebenher unwirsch über die Nase.

„Du hättest mich vielleicht vorwarnen können, dass da ein paar Musikvideos von dir durchs Netz geistern", blaffte er. *Fällt dir nichts Besseres ein*, meckerte sein Unterbewusstsein mit ihm. *Du bist ungerecht. Sie hat diese unsägliche Situation souverän gemeistert.* Sie hatte das Video mit hochgerecktem Kinn angeschaut und gelächelt. Absolut erstklassig. Eine andere Frau wäre schon nach 30 Sekunden schluchzend aus dem Festsaal gelaufen. Aber Eva hatte sogar noch gelächelt, als er sie an den gaffenden Gästen vorbei nach draußen geführt hatte. Erst im Auto hatte sie angefangen zu schniefen.

„Was soll das denn heißen?", brauste sie auf und wischte noch einmal ihre Nase mit dem schwarzen Satinhandschuh ab. „Wenn ich mich recht erinnere, hast du dich vorgestern nur für meine Haarfarbe und nicht für meinen Lebenslauf interessiert. Du konntest mich gar nicht schnell genug in eine aufgetakelte Tussi verwandeln und wolltest nicht mal meinen richtigen Namen hören. Und falls du denkst, ich schäme mich für dieses Video, dann hast du dich aber geschnitten. Es hat mich sehr viel Mühe und Zeit gekostet, und ich habe über 3 000 Likes dafür bekommen. Mir tut es nur leid, dass ich bei dieser Lüge mitgemacht und Olga hintergangen habe. Hast du ihr Gesicht gesehen?"

„Du weinst wegen Olga?", rief er verblüfft. „Ich bitte dich! Du verschwendest deine Sympathien an die Falsche. Olga ist eine böse, verbitterte Frau, die nur an sich selbst denkt und für ihre Ziele über Leichen geht. Sie will alles und jeden kontrollieren. Sie ist nur verärgert, weil Anette es gewagt hat, ohne ihre Erlaubnis einen Eklat zu verursachen."

Dabei war es im Grunde seine Schuld, dass es überhaupt zu dem Eklat gekommen war. Er hätte wissen müssen, dass Anette irgendetwas im Schilde führte. Aber er war zu abgelenkt gewesen. Abgelenkt von Eva. Sie hatte, ohne es überhaupt zu bemerken, die ganze Festgesellschaft in Staunen versetzt. Schon als er mit ihr am Arm den Saal betreten hatte, waren die Gespräche in ihrer Nähe verstummt, und alle hatten sie angestarrt. Er hatte das Gefühl gehabt, dass mindestens 300 Männeraugen auf ihr perfekt sitzendes Kleid und ihre Brüste glotzten, ganz zu schweigen davon, dass den Herren die Unterkiefer herunterklappten, wenn sie einen Blick auf Evas Rückendekolleté warfen.

Ein- oder zweimal hatte er wie zufällig seine Hand auf ihren nackten Rücken gelegt und war dann mit seinen Fingerkuppen diese kleine Vertiefung nachgefahren, die ihr Rückgrat bildete. Er hatte sie nur ganz leicht gestreichelt, bis hinunter zu der Stelle, wo der Stoff des Kleides ein weiteres Vordringen verhinderte, und erfreut festgestellt, dass sich ihre Brustwarzen verhärteten und aufrichteten. Kein Wunder also, dass er gelegentlich vergessen hatte, wo er war, und vor allem, dass er Anette vergessen hatte und stattdessen ziemlich häufig darüber nachgedacht hatte, wie es wäre, wenn er einfach mit Eva in die Villa zurückfahren und ihr ein paar neue Lektionen beibringen würde, bei denen ihr samtweicher Rücken und ihre Brüste mit diesen rosigen Brustwarzen eine sehr wichtige Rolle spielen würden.

„Ich hätte mich nicht auf so ein Schauspiel einlassen dürfen, bei dem es darum geht, eine alte Frau zu hintergehen. Nur für Geld", schniefte sie. Oje, konnte sie nicht endlich aufhören zu weinen? „Ich wünschte, Olga hätte dieses Video nicht gesehen."

„Dieses Video war doch gar nicht so schlecht." Er setzte sich neben sie auf die Bettkante und reichte ihr sein weißes Taschentuch. Sie schaute das Taschentuch skeptisch an, bevor sie es nahm und hineinschnäuzte.

„Echt, findest du?"

„Es hat Potenzial. *Du* hast Potenzial. Bei dem Video fehlt nur das gewisse Etwas. Diese Aufnahme in deinem Zimmer wirkt sehr primitiv, aber die Musik klang fantastisch. Du könntest richtig erfolgreich sein mit diesem Crossover-Style, wenn du in einem richtigen Studio aufnehmen und einen Profi engagieren würdest, der den Film macht. Ich stelle mir etwas Düsteres, Mystisches vor. Ich wette, das Video wäre binnen weniger Tage viral."

Jetzt wurde aus ihrem kleinen Lächeln ein großes Lächeln.

„Wie konnte ich nur meine Aufnahmestudios und mein Filmteam

vergessen?", sagte sie und klatschte sich in einer theaterreifen Geste den Handrücken auf die Stirn. „Was meinst du? Vielleicht sollte ich diesen cremefarbenen Nuttenfummel von Chantal anziehen, wenn ich mein nächstes Musikvideo aufnehme, dann geht es garantiert viral."

„Ich könnte dich natürlich promoten, allerdings muss ich als dein Coach und Lehrer den besagten Fummel zuerst einmal genau in Augenschein nehmen. Lass mich mal sehen!" Seine Finger krabbelten ihren Rücken hinunter und sie kicherte.

„Nein! Nicht! Das kitzelt!", quietschte sie und versuchte sich von ihm weg-zudrehen, aber das war der Todesstoß für seine Gelassenheit. Er packte sie am Fußgelenk, als sie gerade davonkrabbeln wollte.

„Ich muss deine Dessous inspizieren. So leid es mir tut, aber ich kann dich unmöglich promoten, bevor ich mir ein Bild davon gemacht habe", sagte er, und mit einem einzigen Ruck zerrte er sie wieder zurück und ... er hatte keine Ahnung, wie er das gemacht hatte, aber plötzlich lag sie unter ihm, und er kitzelte sie so richtig durch. Sie kicherte und wehrte sich, strampelte, zappelte und schlug nach ihm, bis er sie an ihren beiden Handgelenken packte und sein ganzes Körpergewicht auf sie verlagerte, um sie zu bändigen.

„Nicht! Nein! Hör auf!", flehte sie und kicherte dabei, und eigentlich war er seit 25 Jahren aus dem Alter herausgewachsen, wo man so etwas Affiges trieb und es auch noch toll fand, außerdem hatte er soeben ein gewaltiges Vermögen an Anette verloren und keinen Grund herumzualbern wie ein Teenager, aber ihr Lachen war ...

... zum Verrücktwerden.

„Sag: Mein liebster Henrik, hör bitte auf!", neckte er sie mit strengem Tonfall.

„Du verklemmter Snob, hör bitte auf!", gluckste sie und versuchte ihn von sich herunterzudrücken, aber er machte sich nur noch schwerer und schob sein Knie zwischen ihre Beine.

„Wie nennst du mich?" Jetzt kitzelte er sie nicht mehr, sondern – ja, zugegeben – er hatte irgendwie plötzlich ihre Brüste in den Händen, herrlich schwer und fest. Ihre harten Brustwarzen piekten durch den Stoff ihres Kleids direkt in seine Handflächen, und sie quietschte wie ein kleines Ferkel, das man durch den Stall jagt.

„Snob!"

„Ich fürchte, für diese Frechheit muss ich dich bestrafen!" Er schob sein Knie weiter nach oben und knabberte an ihrem Hals. Ach, er liebte ihren

Hals und könnte sich ewig daran festsaugen, so lecker schmeckte sie.

„Hilfeeeeee!", kreischte sie und öffnete gleichzeitig ihre Beine für sein Knie. Das war der Moment, als die Tür aufflog und mit einem lauten Krachen gegen den Schrank rumste. Karan preschte mit gezückter Pistole in den Raum, dicht gefolgt von Olga, die für ihr Alter und gemessen an ihrem Gesundheitszustand unglaublich flink war. Sie stürmte in das Schlafzimmer mit erhobenem Stock, als wollte sie jemanden verprügeln.

Henrik, um genau zu sein.

~

Es dauerte eine ganze Weile, bis alle Missverständnisse geklärt waren und Karan die Waffe wieder wegsteckte.

„Wir dachten, Sie würden das Mädchen schlagen", entschuldigte sich Olgas Superassistent, als er allmählich begriff, dass er keine Misshandlung gestört hatte. Olga hatte sich bei der Überfallaktion so sehr ins Zeug gelegt, dass sie sich neben Eva auf das Bett setzen musste und um Atem rang, während Eva mit hochrotem Kopf ihr Kleid wieder nach unten zog. Eine Entschuldigung für die Störung kam freilich nicht über Olgas Lippen.

Henrik war richtig sauer und hätte am liebsten alle angebrüllt, besonders diesen Gorilla mit der Waffe. Es war nicht gerade eine lustige Erfahrung, mit einer Erektion in der Hose in eine Pistolenmündung zu starren oder beinahe den Arm ausgekugelt zu bekommen, nur weil er sich schützend vor Eva gestellt hatte. Zuerst hatte er gar nicht begriffen, was dieser Angriff überhaupt sollte. Es war nämlich nicht ganz ausgeschlossen, dass Olga so verärgert auf Eva oder auf ihn war und beschlossen hatte, sie beide auf irgendeine krude Weise zu bestrafen.

„Ein vorheriges Anklopfen hätte uns allen eine ausgesprochen peinliche Situation erspart", sagte er jetzt mit Eiseskälte in der Stimme.

„Aber nicht doch!", wehrte Olga ab und machte ein überaus zufriedenes Gesicht, nachdem sie endlich wieder Luft bekam. „Ich bin sehr froh, dass ich das gesehen habe, was ich gesehen habe. So weiß ich, dass zwar ihr Name falsch ist, aber eure Gefühle füreinander sind echt."

„Ich sehe keinen Grund, warum ich meine Gefühle mit dir erörtern sollte." Olga war der allerletzte Mensch in diesem Universum, mit dem er jemals über seine Gefühle reden würde.

„Das wirst du aber müssen, wenn dir noch etwas an deinem Erbe liegt. Ich bin hergekommen, weil ich wissen will, was ich von euch zwei zu halten habe. Und was ich soeben gesehen habe, hat mich sehr zufriedengestellt. Hä, hä, häää!" Tock! Tock! Tock! „Es ist mir völlig gleichgültig, ob ihr Name Eva Lazarus oder Lieschen Müller lautet. Es ist mir auch gleichgültig, ob sie vermoderte Fresken von den Wänden kratzt oder ob sie mit komischen Musikfilmen ihr Geld verdient. Es wäre mir sogar gleichgültig, wenn sie überhaupt kein Geld verdienen würde. Ich will genau dieses Mädchen an deiner Seite sehen. Hast du das jetzt endlich verstanden?"

„Hast du keine Angst, dass sie wie Valerie nur hinter meinem Geld her ist?", zischte er Olga bissig an.

„Wenn sie so wäre wie Vandalie, dann hätte ich sie am Freitagnachmittag schon hochkant vor die Tür gesetzt und dich mitsamt ihr, aber die da …" Sie deutete mit dem Knauf ihres Stocks nach links auf Eva. „… die ist nicht hinter deinem Geld her. Die ist geradeheraus und hat mehr Herz als die ganze übrige Verwandtschaft zusammen. Ihr zwei heiratet und du erbst. Ganz einfach!"

Für ein paar Sekunden starrte er Olga fassungslos an. Er hatte wirklich mit allem Möglichen gerechnet, vor allem mit Vorwürfen und Beschuldigungen, aber nicht damit.

„Ganz einfach?", wiederholte er benommen.

„Nein, verdammt noch mal, jetzt ist aber endgültig Schluss mit dem Scheißtheater!" Eva sprang vom Bett auf.

„Scheißtheater? Wenn ich das richtig gesehen habe, lag er gerade auf dir, und ein paar Minuten später wärt ihr beide nackt gewesen", polterte Olga und haute ihren Stock auf den Boden. „Da gibt es nichts mehr zu diskutieren. Ende. Aus. Amen."

Plötzlich fasste Olga sich ans Herz, schnappte nach Luft und stöhnte. Dann krümmte sie sich, keuchte und röchelte und kippte zur Seite auf das Bett.

~

Die folgenden Stunden waren ein chaotisches Durcheinander.

Obwohl Henrik sofort zu seinem Handy griff und den Notarzt anrief, schien es ewig zu dauern, bis endlich ein Krankenwagen kam. Karan und Henrik hatten die alte Frau auf das Bett gelegt, und dann hatte Karan Olgas Haushalt mobilisiert, und schon war das Tohuwabohu perfekt. Plötzlich war das Schlafzimmer voll mit Menschen, die aufgeregt herumschwirrten. Alle schrien sich gegenseitig an, standen sich im Weg oder rempelten sich um. Es herrschte kopflose Hektik wie nach einem Bombenattentat. Da war plötzlich Anette im Zimmer und zwei Dienstmädchen und Olgas Krankenpflegerin, und irgendwann tauchte sogar Jürgen auf. Allerdings war der schon ziemlich angetrunken.

Anette machte Henrik lautstark Vorwürfe, er sei für Olgas Herzanfall verantwortlich, und die Krankenpflegerin brüllte die Dienstmädchen an und kommandierte sie herum, verlangte, die sollten diese und jene Medikamente aus Olgas Schlafzimmer holen, und zwar schnell, und das Blutdruckmessgerät und wo blieb nur der Notarzt? Jürgen paradierte mit riesigen Schritten vor dem Bett auf und ab und telefonierte lauter als ein Marktschreier. Er war bereits dabei, alle möglichen Leute anzurufen und die Neuigkeit herumzuerzählen, als wäre es etwas Erfreuliches, wie zum Beispiel die Geburt eines Kindes.

In Lisa war alles eiskalt und betäubt. Sie hatte das Gefühl, ihre Ohren wären mit Holzwolle verstopft und ihre Augen mit einem Schmierfilm verschleiert. Sie kauerte in einer Ecke des Zimmers auf dem blau-weiß gestreiften Fußschemel und beobachtete den Wahnsinn aus der Ferne. Sie fror und fühlte sich wie gelähmt, auch ihr Gehirn arbeitete nicht mehr richtig. Es dachte immer nur den gleichen Satz: *Bitte lass sie nicht sterben!*

Dann kam endlich der Notarzt und nahm Olga mit ins Krankenhaus, und Anette machte ein großes Trara, weil sie im Krankenwagen mitfahren und unbedingt bei ihrem „Tantchen" bleiben wollte. Es gab erneut ein aufgeregtes Hin und Her zwischen den Rettungskräften und Anette, bis die Sanitäter sich endlich geschlagen gaben. Jürgen hingegen telefonierte weiterhin unverzagt und verkündete der halben Welt frohgemut, dass es mit dem alten Drachen nun zu Ende ging.

Als endlich der Letzte aus dem Zimmer verschwunden war und eines der Dienstmädchen Olgas Stock und ihren Schal vom Boden aufgehoben hatte und mit einem Knicks nach draußen verschwunden war, kauerte Lisa immer noch ganz verkrampft auf dem Fußschemel, und da merkte sie erst, dass sie zitterte. Genau genommen merkte sie es erst, als Doc H vor ihrem Schemel in die Hocke ging und ihre beiden Hände nahm.

„Sieh mich an und hör auf zu zittern", sagte er streng und suchte Blickkontakt zu ihr. Bisher hatte sie nur ins Leere gestarrt und vor sich hingeschlottert.

„Sorry!" Sie blickte auf und sah Henriks zusammengekniffene Augen und seine gefurchte Stirn. Also wenn er nicht gerade stinksauer war, dann war er besorgt. So oder so, ihr Zittern hatte in dem Moment nachgelassen, als er ihre Hände genommen hatte.

„Du hast dich vermutlich an deinen Unfall zurückerinnert", sagte er.

„Ich weiß nicht, ja, wahrscheinlich schon, irgendwie." Der Mann schien sie besser zu kennen als sie sich selbst. „Oh Henrik, es war meine Schuld, dass Olga diesen Herzanfall hatte."

„Nein!", sagte er forsch, ging zum Schrank, hob seinen Koffer herunter und fing an, seine Unterwäsche einzupacken.

„Ich hätte nicht so aufbrausend sein sollen."

„In der Tat! Manchmal wäre es schön, wenn du zuerst nachdenken würdest, bevor du aus der Haut fährst, doch für Olgas Herzanfall kannst du nun wirklich nichts. Sehr wahrscheinlich war das einfach alles zu viel für sie. Sie ist alt und krank und hätte diesen Empfang heute Abend gar nicht veranstalten sollen, und Anettes dumme Intrige ist ganz sicher nicht spurlos an ihr vorbeigegangen." Er pickte seine Socken der Reihe nach aus dem Schrank und legte sie akkurat neben seine Unterhosen in den Koffer.

„Und unsere Lügen sind auch nicht spurlos an ihr vorbeigegangen. Halt mal, was machst du da? Warum packst du die Koffer?"

„Du solltest auch packen. Das Wochenende ist gelaufen. Olga wird ihr Testament nicht mehr ändern können, selbst wenn sie es wollte. Ich habe schon mit Philipp gesprochen. Wir fahren so schnell wie möglich nach Hause. Er und Caro kommen morgen nach."

„Wie bitte?" Lisa traute ihren Ohren nicht. „Aber sollen wir denn nicht ins Krankenhaus fahren und nach Olga sehen?"

Henrik legte sein letztes Paar Socken in den Koffer, dann blickte er auf und schaute Lisa verdutzt an. Als hätte sie mal wieder japanisch gesprochen und er musste noch auf die Übersetzung warten.

„Ich bewundere dein mitfühlendes Herz. Wirklich. Aber du hast gehört, was der Sanitäter gesagt hat. Sie wird diese Nacht nicht überstehen." Er wandte ihr den Rücken zu und suchte in seinem Schrank nach den Oberhemden. „Pack deine Sachen. Ich möchte in einer halben Stunde losfahren."

„Nein!"

~

„Nein?"

Henrik wirbelte herum und wunderte sich kein bisschen, dass Eva jetzt auf einmal nicht mehr auf dem Hocker kauerte, sondern breitbeinig hinter ihm stand, die Arme hatte sie vor der Brust verschränkt, ihre Wangen waren rot, die Haare standen in alle Himmelsrichtungen ab und die Augen glühten vor Kampfeseifer. Das war ihre typische Streithammel-Haltung, kurz bevor ihr Temperament mit ihr durchging. Einfach schrecklich.

Und schön.

„Nein! Wir hauen jetzt nicht ab und lassen Olga im Stich. Nicht, wenn sie im Sterben liegt. Wir müssen uns verabschieden, und es ist mir scheißegal, ob du in ihrem Testament stehst oder nicht. Ende der Durchsage!"

„Ende der Durchsage?" Seine Augen drohten, demnächst aus seinem Kopf herauszuhüpfen. Hatte sie das gerade wirklich zu ihm gesagt in einem Tonfall, der wie eine Kriegserklärung klang? Er wusste nicht, ob er einfach loslachen oder sie von oben herab zurechtweisen sollte – oder sie vielleicht küssen.

„Ende der Durchsage bedeutet, dass wir ins Krankenhaus fahren müssen", fauchte sie.

„Wir können sowieso nichts mehr für Olga tun und würden dort nur unsere Zeit vergeuden."

„Zeit vergeuden?"

Ach du liebe Güte, jetzt schnaubte sie wie eine wild gewordene Stute, und er verspürte den Drang, sie zu zähmen – Olga war sofort vergessen.

„Weißt du, was Zeit vergeuden ist?", brauste sie auf. „Wenn man scheinheilige Begrüßungsrituale einstudiert, anstatt sich endlich einmal mit einem Menschen auszusprechen, mit dem man seit Jahren in Streit und Missverständnissen lebt und der vielleicht bald stirbt."

„Hältst du mir gerade vor, ich hätte mich heute Morgen lieber mit Olga aussprechen sollen, anstatt dich auf diesen Abend vorzubereiten?" Sie zuckte trotzig die Schultern, was eindeutig *Ja!* bedeutete. Ach, verflixt noch mal! Diese Frau war unfassbar! „Ist dir eigentlich klar, dass du dank meines Coachings heute Abend ein Riesenerfolg warst? Die Gäste würden dir jetzt alle zu Füßen liegen, wenn Anette nicht dazwischengefunkt hätte."

„Und was glaubst du wohl, wie wenig mir die Anerkennung von diesen heuchlerischen, geldgeilen Bonzen im Augenblick bedeutet?"

„In Gottes Namen", platzte es aus ihm heraus. Er warf die Hände in die Luft und ergab sich mit einem Seufzen seinem Schicksal. „Dann fahren wir eben ins Krankenhaus."

~

Sie saßen im Wartebereich der Rettungsstation in Bergen. Olga wurde immer noch behandelt und keiner der Ärzte oder Schwestern wollte sich über ihren Zustand äußern. Anette ging mit schnellen Schritten und klackernden Absätzen im Flur auf und ab.

Auf und ab, auf und ab.

Man wurde verrückt, wenn man ihr nur dabei zusah. Sie erweckte auf jeden Fall den Eindruck, als würde sie sich große Sorgen um Olga machen. Und zumindest dafür musste Lisa ihr Respekt zollen, auch wenn sie dieser dürren und frustrierten Schreckschraube gerne die Haare ausgerissen und ihr ein paar Takte zu ihrer hinterhältigen Bloßstellungsaktion gesagt hätte, und zwar in einer leicht verständlichen Umgangssprache und nicht im *Doc H-Großbürgertum-Gelaber*. Sie würde der dummen Kuh nämlich klarmachen, dass sie sich kein bisschen für ihr Video schämte, auch wenn ein paar Leute blöd gelacht hatten. Das waren engstirnige und scheinheilige Lackaffen wie Anette selbst und viel zu doof, um überhaupt zu kapieren, was gute Musik war.

Okay, wenn Lisa ganz ehrlich zu sich selbst war, dann fiel ihr das Respektzollen doch etwas schwer. Ehrlich gesagt, würde sie Anette sehr gerne ein blaues Auge verpassen … oder eine blutige Nase mit ihrer bewährten Gucci-Kampfhandtasche. Henrik war übrigens im Augenblick auch nicht gerade der Sonnenschein des Tages. Er befand sich mal wieder in seinem Schweigemodus, aber inzwischen hatte sie etwas Wichtiges über ihn dazugelernt. Er setzte zwar immer seine eisige Maske auf und hüllte sich in philosophische Schweigsamkeit, wenn ihm irgendeine Laus über die Leber gelaufen war, aber wenn es darauf ankam, gab er nach, und zwar nicht, weil er ein Weichei war, sondern weil er einsah, dass sie recht hatte. Es fiel ihm halt schwer, das offen zu zeigen.

Lisa rutschte ein wenig näher an ihn heran und lächelte zu ihm hinauf, ohne etwas zu sagen. Ihr Lächeln sprach aber zu ihm: *Danke, dass du mit mir hergekommen bist,* und falls er wirklich so ein großartiger Beziehungsexperte war, wie er behauptete, dann würde er die Worte auch verstehen, ohne dass sie sie laut aussprach.

„Was ist mit dir? Ist dir kalt?", wisperte er. Sieh an! Er sprach wieder. Er hatte ihr gelächeltes Dankeschön also doch irgendwie verstanden.

„Ja, kalt, und ich bin müde", sagte sie, obwohl ihr kein bisschen kalt war.

„Soll ich dir eine Tasse Kaffee aus dem Automaten bringen?", fragte er, und als sie stumm den Kopf schüttelte, zog er sein Smoking-Jackett aus und legte es ihr um die Schultern. Es war eine Hochsommernacht, und draußen hatte es bestimmt noch 20 Grad und ein vor männlicher Hitze knisterndes Jackett, das war eigentlich das Letzte, wonach sie sich jetzt sehnte, aber er sah in dem Moment, als er ihr das Ding umhängte, so zufrieden aus, dass sie lieber einen Hitzeschlag erlitten hätte, als ihm die Freude zu verderben. Jetzt legte er auch noch seinen Arm um sie und zog sie ein wenig näher zu sich heran. Ach, eigentlich war es wirklich ganz einfach, einen Mann glücklich zu machen, wenn man erst einmal seine schlichten Bedürfnisse und Denkweisen durchschaut hatte.

Ob es an der Hitze oder der Aufregung lag oder daran, dass sie in der vergangenen Nacht zu wenig Schlaf bekommen hatte, irgendwie musste sie, so an Henrik gekuschelt, ein wenig weggedöst sein, und er war auch eingenickt, denn als die Stimme der Krankenschwester durch den Flur schallte, zuckte er zusammen und gab ein erschrecktes Schnauben von sich.

„Herr Doktor Henriksen?", rief die Krankenschwester noch mal. „Frau Alderat möchte Sie und Ihre Verlobte jetzt sprechen. Aber machen Sie es kurz, die Patientin ist schwach."

„Und was ist mit mir?", rief Anette aufgebracht. Sie war scheinbar die ganze Zeit wie ein unseliger Geist die Flure auf und ab patrouilliert. „Ich bin Frau Alderats Nichte, ihre Erbin, ich wohne bei ihr. Bin wie eine Tochter für sie!"

„Tut mir leid!", sagte die Schwester und lächelte unverbindlich. Sie hielt die Tür für Henrik und Lisa auf, während sie den Zutritt für Anette blockierte. „Das war der ausdrückliche Wunsch der Patientin: nur der Neffe und seine Verlobte, sonst niemanden. Wir dürfen Frau Alderat im Augenblick nicht überfordern."

„Wie geht es ihr? Wird sie es schaffen?", fragte Lisa. Offenbar schien sich sonst keiner für die naheliegendste aller Fragen zu interessieren.

„Das wird Ihnen der Doktor nachher darlegen. Bitte wechseln Sie nur ein paar Sätze mit der Patientin und nichts Aufregendes", sagte die Krankenschwester.

Lisa erschrak beinahe zu Tode, als sie Olga an piepsenden Monitoren und Kathedern angeschlossen vorfand. Ihre faltige Haut war noch faltiger, ihr Gesicht käsegelb – wie eine einbalsamierte Mumie sah sie aus. In ihrer Nase steckten zwei Plastikröhren von der sogenannten Sauerstoffbrille und ihre Augenlider flatterten unruhig, als wäre sie nicht wirklich bei Bewusstsein.

„Tante Olga?", schluchzte Lisa leise, trat an das Bett und griff nach ihrer Hand. Sie streichelte mit ihrem Daumen über die wächserne Haut. Die alte Frau schlug die Augen auf und sah Lisa eine Weile schweigend an, dann blickte sie zu Henrik hinüber und wieder zurück zu Lisa. Schließlich schüttelte sie schwach den Kopf. Lisa hatte keine Ahnung, was diese Geste bedeuten mochte.

„Wie geht es Ihnen?", fragte Lisa, aber die Frage hätte sie sich schenken können. Das sah ja selbst ein Blinder ohne medizinischen Sachverstand, was mit ihr los war. Olga schloss die Augen und antwortete nicht gleich, und Lisa dachte schon, sie wäre eingeschlafen, als sie plötzlich wieder aufschaute und ihren glasigen Blick erneut zwischen Henrik und Lisa hin und her wandern ließ, bis sie ihre Augen schließlich auf Henrik fixierte.

„Es war mein Ernst! Ich will, dass du sie heiratest! Sie wird dich glücklich machen!"

Lieber Gott, für jemanden, der um sein Leben kämpfte, ritt sie aber ganz schön hartnäckig auf diesem Thema herum.

„Das ist doch jetzt total unwichtig, Frau Alderat", sagte Lisa und streichelte erneut deren Hand. „Sie dürfen sich nicht aufregen, dann kommen Sie bald wieder auf die Beine."

„Blödsinn! Schwört mir, dass ihr heiratet!", verlangte Olga und der Monitor, der offenbar ihren Herzrhythmus überwachte, begann bedenklich zu piepsen.

„Frau Alderat, so etwas …" Sie spürte plötzlich Henriks Hand in ihrem Nacken.

„Wir heiraten, wenn du hier wieder draußen bist. Versprochen!", unterbrach er Lisa. Sie wandte sich erschrocken zu ihm um. Hatte er das etwa als Spott gemeint? Aber sein Gesichtsausdruck war ernst und sein Griff in ihrem Nacken fest. Olgas Monitor piepste noch schneller und schriller, und bevor Lisa noch etwas sagen oder richtigstellen konnte, kam die Schwester herein und warf sie beide hochkant hinaus.

~

Eigentlich wollte Henrik es gar nicht wissen …

… was Eva jetzt gerade so eifrig in ihr Handy tippte. Seit er auf die Autobahn gefahren war, pflegte sie einen wilden WhatsApp-Nachrichtentransfer mit irgendjemandem. Kaum hatte sie ihre Nachricht eingetippt und abgeschickt, kam schon die Antwort mit einem „Sst, sst" und einem „Piep" und jedes Mal, wenn sie die Nachricht las, lachte Eva leise und zufrieden auf und tippte sofort den nächsten Text ein.

Henrik war natürlich weit davon entfernt, eifersüchtig zu sein, aber er fragte sich mehr als einmal, ob sie wohl mit diesem Dummkopf von einem Exfreund kommunizierte. Und wenn ja, ob es nicht in ihrem eigenen Interesse wäre, wenn er ihr das verfluchte Handy einfach abnehmen und es aus dem Fenster werfen würde. Eva war viel zu erstklassig, um sich an einen Versager wie diesen Hannes zu verschwenden. Das würde er ihr noch irgendwie klarmachen müssen, wenn sie es nicht von alleine begriff, schließlich war sein Coaching noch nicht abgeschlossen.

Nachdem sie beide von der Krankenschwester aus Olgas Zimmer hinausgeworfen worden waren und der Arzt Eva ungefähr zehnmal beteuert hatte, dass er im Augenblick noch nichts über Olgas Zustand sagen könne, hatte Henrik es endlich geschafft, sie zur Heimreise zu bewegen. Sie waren nach Binz zurückgefahren, hatten ihre Koffer eingeladen und waren mitten in der Nacht abgereist, ohne sich von irgendjemandem zu verabschieden. Anette war im Krankenhaus geblieben, Jürgen war völlig von der Bildfläche verschwunden und Klausi war noch beim Empfang, wo er als letzter Repräsentant der Familie Wurzler für seine Mutter eingesprungen war. Ein toller Repräsentant, wirklich! Partyhengst und Drogendealer. Henrik bedauerte nur, dass er Olga nicht die Augen über dieses Früchtchen geöffnet hatte. Aber jetzt war es zu spät.

Evas Handy surrte und piepte schon wieder, und sie grinste übers ganze Gesicht, als sie ihre neueste Nachricht las. Da reichte es ihm. Er griff zu ihr hinüber und riss ihr das Handy aus den Fingern. Er warf nur einen flüchtigen Blick auf das Display, von wo aus ihm ein bärtiges Gesicht mit dem Namen *Otmar* entgegengrinste, dann schleuderte er das Gerät absichtlich schwungvoll in die Ablage der Mittelkonsole. Eva schnappte empört nach Luft, aber bevor sie etwas sagen konnte, deutete er schon mit dem Zeigefinger anklagend auf sie.

„Es ist ausgesprochen unhöflich, andauernd mit dem Handy herumzuspielen, während man sich unterhält."

„Wir unterhalten uns?", fragte sie verblüfft.

Nun gut, zugegeben, seit sie in Binz losgefahren waren, hatten sie eigentlich nicht viel miteinander geredet. Genau genommen gar nicht. Ja, er war vielleicht etwas zu zugeknöpft gewesen, als sie ihn angesprochen hatte.

„Ich fand es sehr lieb von dir, dass du zu Olga gesagt hast, wir würden heiraten, wenn sie gesund wird. Aber jetzt mal im Ernst, wie geht es denn nun weiter mit uns? Du musst mir natürlich keine Gage bezahlen, nachdem alles schiefgelaufen ist, aber was ist mit dem Coaching?", hatte sie gefragt, als er noch nicht mal die Ortsausfahrt von Binz erreicht hatte, und er hatte keine Ahnung gehabt, was er ihr auf diese Frage antworten sollte.

Absolut. Überhaupt. Keine. Ahnung.

Also hatte er geschwiegen, sein gelassenes Gesicht aufgesetzt und das Radio angedreht. Nicht aufdringlich, aber laut genug, um ein Gespräch vorerst zu unterbinden, Es lief klassische Musik, Klaviermusik von Chopin, um genau zu sein, und er hatte versucht, trotz der Musik seine Gedanken zu sortieren. Sein Gehirn hatte an diesem Wochenende ja nicht unbedingt durch herausragende Leistungen geglänzt. Außerdem war er müde und erschöpft und gleichzeitig konstant erregt, wenn er an gewisse Begebenheiten der vergangenen 24 Stunden dachte. In der Summe war das Wochenende ein einziges Desaster gewesen, eine Art Vernichtungsschlag für all seine unerschütterlichen Maximen, und es bedeutete das Ende seines Traums, jemals die Alderat-Hotels zu besitzen und zu führen. Kurz und gut, er hatte ein Recht darauf, sich ein wenig exzentrisch zu verhalten und zu schweigen, zumindest so lange, bis er wusste, was er denken oder sagen oder gar fühlen sollte. Während er also geschwiegen und gegrübelt hatte, hatte sie plötzlich angefangen, mit ihrem Handy herumzuspielen und sich zu amüsieren. Jetzt, nachdem er ihr Handy in die Mittelkonsole verfrachtet hatte, ergriff er endlich das Wort. Er räusperte sich und sagte dann das, was er schon seit ungefähr 60 Kilometern in seinem Kopf hin und her gewälzt hatte.

„Es ist nicht deine Schuld, dass dieses Wochenende gescheitert ist. Du hättest manches zweifellos besser machen können, wenn du dich wenigstens ein oder zwei Mal an meine Anweisungen gehalten hättest, aber Anette wäre uns trotzdem auf die Schliche gekommen. Deshalb erhältst du selbstverständlich die vereinbarte Gage."

„Aber ich dachte, du bist jetzt völlig pleite."

„So pleite bin ich nun auch wieder nicht. Deine Gage kann ich mir gerade noch leisten."

„Ooookay!"

„Und was das Coaching angeht, so habe ich dir versprochen, dich zu coachen, und ich stehe zu meinem Wort. Ich mache dich zu einer Traumfrau."

„Dann bin ich aber erleichtert!"

„Wir könnten uns zwei- oder dreimal in der Woche treffen. Ich schätze, dass wir nicht mehr 20 Übungsstunden brauchen werden. Wir werden noch ein paar Feldversuche machen, aber bei deiner Begabung und deinem Aussehen ist es ein Kinderspiel, dich zu transformieren. Ich verspreche dir, in wenigen Monaten wird dein Exfreund zu dir zurückkriechen, falls du ihn noch haben willst."

„Super!"

Er wusste nicht genau, welche Reaktion er eigentlich von ihr erwartet hatte, er wusste nur, dass ihre Reaktion ihn ärgerte. Er sagte gar nichts mehr, musste erst mal nachdenken, was ihn konkret ärgerte, und bis dahin machte er seinem Frust Luft, indem er einen schleichenden Idioten mit Lichthupe und dichtem Auffahren von der Überholspur abdrängte.

„Kann ich denn am Montag wieder bei Image4U arbeiten?", fragte sie fünf Kilometer später leise und bedächtig.

„Du willst wieder als gewöhnliche Saftschubse arbeiten?" Es fiel ihm schwer, sich vorzustellen, wie die hochkarätige Frau, die gerade neben ihm saß, wieder in schmuddelige schwarze Kantinenkleidung schlüpfen und Lachshäppchen servieren würde. Das kam ihm vor wie die Schändung eines Kunstwerks.

„Nicht als Saftschubse, sondern als deine Cateringfachkraft."

„Nun gut, wie du möchtest", sagte er frostig. „Selbstverständlich kannst du wieder das Catering für meine Veranstaltungen machen. Wir werden uns dann allerdings wieder siezen müssen."

„Kein Problem, Herr Doktor Henriksen."

„Ich meine doch nicht jetzt. Nur wenn wir uns bei Image4U begegnen. Du verstehst das hoffentlich. Ich möchte nicht den Eindruck erwecken, als würde ich mit meiner Cateringkraft eine intime Beziehung unterhalten." Verflixt! Was redete er da eigentlich? Eine intime Beziehung? War es das, was sie beide im Augenblick miteinander hatten? Er hatte absolut keine Ahnung, was für eine Beziehung er zu Eva hatte. Es war jedenfalls keine Sexbeziehung, wie er sie sonst mit seinen Kurzzeitgeliebten pflegte. Ihre Beziehung hatte eigentlich überhaupt nichts mit Sex zu tun, bis auf die Tatsache, dass er mit ihr unbestritten den besten Sex seines Lebens hatte.

„Verstanden! Wir siezen uns in deiner Firma!"

Noch mal verflucht! Er hatte überhaupt keine Lust, sie zu siezen. Und was kümmerte es ihn, was andere über seine Beziehung zu ihr dachten? Sie war die Frau, die seinen Penis in ihrem Mund gehabt und ihm einen intergalaktischen Blowjob verpasst hatte.

„Sobald ich mit Frau Lange meine Termine für die nächste Woche geklärt habe, gebe ich dir Bescheid, wann wir mit dem Coaching fortfahren können."

„Gut!" Sie griff schon wieder nach ihrem verfluchten Handy, und er stand kurz davor, rechts ranzufahren, sie anzuschreien, zu schütteln, zu küssen und dann zu f… Nein, dieses Wort würde er nicht einmal denken.

„Ich gebe dir noch einen wichtigen Ratschlag. Nein, im Grunde ist es eine Anweisung bezüglich des Coaching-Programms."

„Die wäre?" Sie war schon wieder in ihr Handy vertieft und schaute nicht mal auf.

„Ich muss dich dringend bitten, nicht in deine Wohnung zu deinem Exfreund zurückzukehren. Ihr beide solltet euch auf keinen Fall sehen, bevor wir das Coaching-Programm abgeschlossen haben. Erst wenn du perfekt bist, werden wir eine Begegnung arrangieren, aber bis dahin muss ich dir jeden Kontakt mit ihm untersagen."

„Kein Problem. Ich habe nicht vor, ihn so schnell wiederzusehen oder mich mit ihm zu unterhalten."

„Hast du nicht?" Puh, er hörte die Erleichterung in seiner eigenen Stimme. Sie hingegen zuckte nur die Schultern und lächelte.

„Nein, ich tue ganz brav alles, was du mir befiehlst, mein großer Coach und Sensei."

Er unterdrückte ein zufriedenes Brummen. „Also, ähm, falls du nicht weißt, wo du wohnen sollst, du könntest vorübergehend bei mir wohnen, bis du etwas anderes gefunden hast."

Jetzt schaute sie doch von ihrem Handy auf und sah ihn an, als ob er eine Platzwunde an der Stirn hätte.

„Nein, auf keinen Fall. Ich würde mich da nicht wohlfühlen. Wir haben Frau Frey und Carolin angelogen und ... und ich schäme mich dafür. Ich könnte den beiden im Augenblick nicht unter die Augen treten."

„Das ist albern. Du hast keinen Grund, dich für irgendetwas zu schämen. Das war keine Lüge, sondern eine geschäftliche Abmachung zwischen uns."

„Dann solltest du das deiner Tochter genau so erklären", kam es knapp von nebenan. „Du musst mit Caro über das reden, was da heute Abend passiert ist. Sie hat wie alle anderen das Video gesehen und weiß, dass wir sie verarscht haben. Ich an deiner Stelle würde mich bei ihr entschuldigen."

„Wie ich das mit Caro handhabe, kannst du getrost mir überlassen." Warum spielte sie sich schon wieder als Moralapostel auf und redete ihm ein schlechtes Gewissen ein? „Ich sehe nicht ein, warum ich mich bei meiner 14-jährigen Tochter rechtfertigen soll."

„Dann wundere dich nicht, wenn du deine 14-jährige Tochter immer mehr verlierst, weil sie dir nicht mehr vertraut."

„Herrgott, ich habe dir großzügig angeboten, bei mir zu wohnen, und ein einfaches *Danke, lieber Henrik, dein Angebot ist sehr nett* hätte als Antwort gereicht", zischte er. „Ich möchte mit dir nicht über die Erziehung meiner Tochter diskutieren." Ihre Worte taten ihm weh, und er wollte den Gedanken gar nicht zulassen, dass sie vielleicht recht haben könnte.

„Danke, lieber Henrik, dein Angebot ist sehr nett, aber ich habe schon eine Unterkunft", sagte sie. „Es ist zwar nur ein winziges Appartement oberhalb des Jazzkellers, aber es kostet mich fast nichts und es gehört meinem Boss. Ich meine, meinem anderen Boss, Otmar, dem Betreiber vom Jazzkeller. Er schreibt, dass er schnell noch ein Bett und einen Schrank für mich da reinstellt."

Sie hielt ihr Handy hoch und signalisierte ihm, dass ihre nervige Texterei offensichtlich damit zu tun gehabt hatte. Und was sie ihm noch damit signalisierte, ohne es auszusprechen, war auch glasklar:

Das Rollenspiel war vorbei. Eva Lazarus hatte ausgedient. Ihre Verlobung war sozusagen gelöst, und er war sich nicht sicher, ob er traurig oder erleichtert darüber war.

14. Ferncoaching

Evas Apartment lag im Prenzlauer Berg in einer vergleichsweise gediegenen Wohn- und Geschäftsgegend. Das alte Gründerzeithaus war allerdings reichlich heruntergekommen. Ein Neonschild am Straßenrand wies auf die Existenz der Jazzkneipe im Keller hin, das leuchtend rote „J" vom „Jazz" war jedoch defekt, und das „a" flackerte bereits unruhig, als würde es demnächst auch den Geist aufgeben. Eine schmale, steile Außentreppe führte hinunter in den Jazzkeller, und so unscheinbar das auch von außen wirken mochte, so schien der Laden doch als eine Art Szenekneipe recht beliebt zu sein. Es war bereits halb drei Uhr in der Nacht und dennoch stiegen da soeben noch Gäste die Treppe hinunter und verschwanden in der Kneipe.

Als Henrik allerdings den Kneipenbesitzer am Straßenrand stehen sah, hätte er am liebsten den Rückwärtsgang eingelegt. Der Mann sah aus wie eine verlotterte Mischung zwischen einem Orang-Utan und Karl Marx mit einem Vollbart bis zur Brust. Er wanderte am Bürgersteig auf und ab, und kaum hatte Henrik den Motor abgestellt, kam er zur Beifahrertür gelaufen, riss sie auf und zog Eva zur Begrüßung in seine Arme.

„Heilige Scheiße, Layla! Du siehst ja verdammt heiß aus!", sagte Rauschebart und drückte Eva kräftig an sich. „Kannst du nicht noch im Keller spielen, ich wette, in diesem Fummel kriegst du in einer halben Stunde mehr Trinkgeld als sonst in einer ganzen Woche."

Eva trug noch das Abendkleid vom Empfang und darüber sein Jackett, ihre Locken probten mal wieder den Aufstand gegen die Haarklammern und ihr Make-up mitsamt Lippenstift klebte inzwischen an Henriks Smokinghemd. Sie sah nicht heiß, sondern erschöpft aus, und es war schlicht eine Unverschämtheit, dass dieser Halbaffe sie überhaupt fragte.

„Nein, heute nicht mehr", stöhnte Eva und befreite sich aus der Gorillaumarmung.

„Ach komm, Layla, nur eine halbe Stunde. Ich leg auch noch 30 Euro drauf!", drängte er weiter. Dann ging er an den Kofferraum und öffnete ihn einfach, als würde das Auto ihm gehören. „Welcher ist dein Koffer?", wollte er wissen und hievte das erstbeste Gepäckstück heraus. Dieser Herr hatte offenbar ein Problem damit, persönliche Grenzen einzuhalten.

„Sie hat Nein gesagt", fuhr Henrik ihn an. „Sie ist müde und will jetzt schlafen, und im Übrigen trage ich ihren Koffer!" Henrik griff nach dem Koffer und zog so kräftig daran, dass der Orang-Utan ein paar Schritte vorwärtsstolperte, bevor er den Griff freigab.

Eva war so erschöpft, sie hatte nichts von dem stummen Machtkampf mitbekommen. Sie stieg langsam die niedrige Treppe hinauf, die zum Hauseingang führte, und wartete dort an die Wand gelehnt, bis Otmar die Tür aufschloss. Ihre neue Wohnung lag im Hochparterre. Wobei Wohnung ein echter Euphemismus für dieses Rattenloch war. Es war ein kleines Ein-Zimmer-Apartment mit einer Kochnische, die diesen Namen nicht verdient hatte. Das war ein hässlicher Block, der aus einem verkalkten Spülbecken und zwei dreckverkrusteten Herdplatten bestand. Eine Dusche oder ein WC schien es gar nicht zu geben. Nur ein ehemals weißes Waschbecken zierte die Wand, und ein trüber kleiner Spiegel hing darüber. Das Bett selbst war nicht mehr als eine Matratze. Es gab weder eine Decke noch ein Kissen und schon gar keine Bettwäsche, und der Kleiderschrank sah aus wie ein zusammengenageltes Erbstück vom DDR-Sperrmüll.

„Hier willst du wohnen?", fragte Henrik mit schriller Stimme.

„Nur, bis ich was Richtiges gefunden habe", murmelte Eva und schaute sich in dem Raum um. Der Kneipenbesitzer schaute sich ebenfalls um, während er nachdenklich über den Wildwuchs an seinem Kinn strich.

„Ich konnte auf die Schnelle nicht mehr machen", sagte er. „Habe ja erst vor drei Stunden deine Nachricht bekommen, dass du heute schon hier einziehen willst. Aber am Dienstag fahr ich mit dir zum Baumarkt, wenn du magst, Layla-Schatz. Ich spendiere dir ein neues Waschbecken."

Layla-Schatz? Waschbecken? Wie bitte? Zunächst mal war „Layla-Schatz" kein angemessener Name für Eva, schließlich war sie keine Prostituierte und erst recht keine Schlangenbeschwörerin vom Zirkus, und zweitens war dieses Loch noch lange nicht bewohnbar, nur weil der Gorilla ein neues Waschbecken installierte. Hier musste man ja einen Kammerjäger durchjagen und wahrscheinlich krochen im Kühlschrank bereits neue Lebensformen aus dem Dreck in den Ritzen.

Unmöglich. Nein! „Eva, sei nicht albern. Du kannst hier nicht bleiben."

„Solltest du nicht langsam aufhören, mich Eva zu nennen? Mein Name ist eigentlich Lisa … oder Elisabeth, falls dir Lisa nicht vornehm genug ist. Und mach dir keine Sorgen, ich werde hier schon klarkommen, ist ja nur vorübergehend. Wir sehen uns am Montag."

„Am Montag?"

„Du hast dein Meeting mit dem Vorsitzenden der Reformpartei auf Montag verschoben, und ich mache das Catering. Frau Lange hat mir am Freitagabend noch eine SMS geschrieben und mir den neuen Termin mitgeteilt."

Was interessierte ihn jetzt dieses dumme Meeting? „Evi...lisabeth! Dein Verhalten ist kindisch und nur aus deinem unfassbaren Widerspruchsgeist heraus geboren. Aber bitte! Wenn du partout keine Vernunft annehmen willst, dann sei es so. Bis Montag also."

„Bis Montag, Henrik! Tschüss!"

Sie kam auf ihn zu, hielt ihn an seinen Armen fest und stellte sich auf die Zehenspitzen. Sie wollte ihm einen Abschiedskuss auf die Wange geben, und er war hin- und hergerissen zwischen dem Wunsch, still zu halten und sich abküssen zu lassen, und dem Drang, ihr zu zeigen, wer der Boss war, indem er sie sich einfach über die Schultern warf, sie hinaus in sein Auto trug und sie zwangsweise von hier wegschaffte. Verflixtes, starrsinniges Frauenzimmer! Er knurrte, nahm ihr Gesicht in seine Hände und umfasste es unnachgiebig. Dann küsste er sie – nicht auf die Wange, oh nein, auf ihren Mund, und zwar richtig!

Dieses Mal war es kein Schauspielerkuss, sondern ein Weltuntergangs-Hölle-zufrier-Himmel-auf-den-Kopf-fall-Kuss. Er küsste sie mit allem, was ihm zu Gebote stand. Er streichelte mit seinen Daumen ihre Wange und vergrub seine Zunge in ihrem Mund. Seine Lippen liebkosten ihre und verschlangen sie. Ihre Zungen streichelten sich gegenseitig in einem wilden Tanz. Sie öffnete ihren Mund für sein Eindringen, gab ihm ihre Zunge zum Spielen, und vor allem gab sie ihm ihr Stöhnen und Seufzen und ihre Weichheit und Nachgiebigkeit. Sie schmolz an ihn hin und schlang ihre Arme um seinen Hals. Als er sich endlich von ihr löste, japste sie nach Luft und ihre Wangen glühten rosig.

„Bis dann, Elisabeth", sagte er und war froh, dass seine Stimme ruhig klang. Er nickte dem haarigen Pavian von oben herab zu, als er etwas steif hinausstakste.

~

Zugegeben, die Bude war suboptimal.

Zum Glück war es Hochsommer und Lisa konnte die Fenster offen lassen, denn der Raum muffelte nach Feuchtigkeit und Moder und nach ... ach, sie wollte lieber nicht wissen, wonach sonst noch.

Otmar hatte das Zimmer ja nur als Lagerraum genutzt, und Lisa war ihm dankbar, dass er es in so kurzer Zeit für sie leer geräumt hatte und dass er sogar an eine Matratze und einen Schrank gedacht hatte. Außerdem war es ja wirklich nur vorrübergehend. Sie würde gleich morgen früh im Internet nach einer neuen Wohnung suchen, und da sie ja nun ihren alten Job behalten durfte und Otmar ihre Gage deutlich erhöht hatte, würde sie sich auch eine vernünftige Wohnung leisten können. Dennoch war sie versucht gewesen, Henriks Angebot einfach anzunehmen. Sie war schließlich nur ein Mensch und keine Heilige, und bei Doc H würde jetzt ein geblümtes, frisch duftendes Gästebett mit der weltbesten Matratze auf sie warten und ein eigenes Badezimmer. Ganz zu schweigen von Doktor Henrik Henriksen höchstpersönlich, der sie mit einem einzigen Kuss mehr erregen konnte als Hannes mit seinen gesamten Fummelversuchen in den vergangenen Jahren.

Warum, verdammt noch mal, hatte er sie zum Abschied auch so küssen müssen? So zärtlich, so lüstern, so liebevoll, so verflucht unprofessionell.

Otmar hatte nur dagestanden wie ein ausgestopfter Teddybär und sie beide angestarrt, als hätte er noch nie zwei Leute gesehen, die sich küssen. Nachdem Henrik hinausmarschiert war wie Blücher nach der Schlacht von Waterloo, siegreich und selbstbewusst, hatte Otmar sich verlegen an seinem Bart gekrault.

„Jetzt ist mir klar, warum du dem Laber-Typen den Laufpass gegeben hast. Wenn das die Alternative ist: ein reicher Typ mit Megahammer hinterm Hosenstall."

Lisa hatte den Kopf geschüttelt und ihm stumm den Vogel gezeigt. Sie hätte ihm ja erklären können, dass nicht sie Hannes den Laufpass gegeben hatte, sondern umgekehrt, aber sie war viel zu müde für eine weitere Unterhaltung, und außerdem war sie sich gar nicht mehr so sicher ... Im Augenblick hatte sie nämlich das seltsame Gefühl, dass sie Hannes auch den Laufpass gegeben hatte, auf eine symbolische Weise zwar nur, aber dennoch. In dem Moment, als Henrik ihr den geilsten Orgasmus ihres Lebens geschenkt hatte, hatte sich ihr Kopf von Hannes verabschiedet, und irgendwie nahm auch ihr Herz immer mehr Abstand von ihm.

Das war schon beinahe beängstigend, wie schnell das gegangen war. Am Mittwoch hatte Hannes mit ihr Schluss gemacht, und ihre Welt war zusammengefallen wie ein Kartenhaus, doch heute konnte sie sich kaum noch erinnern, wie Hannes an diesem Abend ausgesehen hatte. Bei Doc H hingegen kannte sie jedes Detail seines Gesichts, die kleinen Geheimratsecken an der Stirn, die Falten um seine Augen, der schmale, arrogante Mund und die etwas zu lang geratene Nase, nicht zu vergessen: sein sehniger Rücken. Sie wusste haargenau, wie lang und gepflegt seine Finger waren, wie er roch, wie er den Kopf hielt, wie sein Mundwinkel zuckte, wenn er nicht lachen wollte, und kannte seinen herablassenden Blick, wenn er Oberlehrer-Vorträge hielt. Er war vielleicht kein Supermuskelprotz, aber er war trotzdem gut proportioniert und auf eine eigene Weise sehr attraktiv.

Im Prinzip hätte sie gar nicht so enttäuscht sein dürfen, als er auf ihre Frage, wie es nun mit ihnen beiden weiterging, ganz sachlich geantwortet hatte. Sie wusste nicht, was sie für eine Antwort erwartet hatte. Sicher nicht, dass er sagen würde: *Ich habe mich in dich verliebt und möchte für den Rest meines Lebens dein Lehrmeister sein.*

Nein, ganz im Gegenteil. Sie war nicht verliebt und von Liebesgesülze hatte sie vorerst die Nase voll, aber insgeheim hatte sie sich doch eine andere Antwort erhofft, eine, die nicht so unnahbar klang. Geschäftliche Abmachung hin oder her, sie hatten immerhin unvergesslichen Sex miteinander gehabt und waren sich auch sonst nähergekommen. Doc H hatte sich ihr geöffnet und sie sich ihm. Sie hatten verrückte Sachen angestellt und herzlich miteinander gelacht, und dieser Einklang war besser als alle verlogenen Liebesschwüre der Welt.

„Mensch, Layla, warum willst du denn nicht noch auftreten im Keller? Nur ein oder zwei Stücke spielen, es ist noch so voll. Bitte!", drängte Otmar und riss sie aus ihren Gedanken. „Du siehst im Augenblick so dermaßen heiß aus. Gib deinem Herzen doch einen Stoß. Komm!"

Sie schüttelte nur den Kopf. Sie hatten vereinbart, dass sie an zwei Abenden in der Woche je drei Stunden spielen würde, donnerstags und samstags, und wenn sie jetzt nachgab, dann würde es nicht lange dauern, bis Otmar sie wieder schamlos ausnützte. Henrik hatte gesagt, dass sie selbstbewusst und stark auftreten sollte, nur beim Mann ihrer Träume durfte sie sich auch mal hilfsbedürftig zeigen. Eigentlich war das gar nicht so schwer.

„Ich trete am Donnerstag auf, wie versprochen, und ich möchte, dass du mich bei der Sozialversicherung anmeldest. Keine Schwarzarbeit mehr."

„Aber Layla-Schatz, das kann ich mir nicht leisten ... "

„Dann such dir eine andere Pianistin." Sie hielt die Wohnungstür für ihn auf, und zu ihrer größten Verwunderung ging er tatsächlich. *Selbstbewusst* war gar nicht so schwer.

~

Lisa hasste ihre neue Wohnung von ganzem Herzen, und sie hasste diesen Sonntagmorgen.

Es war der erste Sonntag ohne Hannes, und dabei kam es ihr eigentlich so vor, als wäre es Jahre her, seit er mit ihr Schluss gemacht hatte. Sonntags hatte Hannes immer lange geschlafen, manchmal bis in den Nachmittag. Lisa andererseits war immer früh aufgestanden und joggen gegangen, dann hatte sie geduscht, ausgiebig gefrühstückt und Musik gehört oder selbst

Musik gemacht und an ihren YouTube-Videos gearbeitet. Patti hatte sie ab und zu geneckt und sie gefragt, warum sie nicht bei Hannes im Bett geblieben war, es gebe schließlich so tolle Dinge, die man mit einem attraktiven Mann an einem langen Sonntagvormittag in einem Bett tun könne.

Im Grunde verstand sie erst jetzt die Bedeutung von Pattis Frage. Sie musste zugeben, dass die Vorstellung sie nie gereizt hatte: mit Hannes kuscheln und fummeln, einen kleinen Sonntagmorgen-Fick, danach Frühstück im Bett? Nein, echt nicht! Schon der Gedanke hatte sie jeden Sonntag pünktlich um halb sieben aus dem Bett getrieben und zu sportlichen Höchstleistungen motiviert.

An diesem Sonntagmorgen war das allerdings anders.

Sie hatte überhaupt keine Lust aufzustehen und joggen zu gehen. Sie lag seit halb sieben wach und starrte Löcher in die Luft und dachte an Doc H, an sein großes Bett und an seine Lektionen. Sie stellte sich vor, sie würde sich von hinten an ihn schmiegen und über seinen Rücken und seinen Bauch streicheln. Sie malte sich aus, wie sie nach seinem Penis greifen würde … und in ihrer morgendlichen Fantasie drehte er sich dann zu ihr herum, schaute ihr tief in die Augen und tastete zielstrebig zwischen ihre Beine. Er küsste sie natürlich auch, so wie vergangene Nacht, heiß und fordernd. Und selbstverständlich hatten sie auch Sex, zuerst harten und schnellen Sex von hinten, dann langsamen und zärtlichen Sex, bei dem sich ihre Blicke miteinander verbanden und er oben war. Und selbstverständlich war er splitterfasernackt. Er brachte ihr auch neue Stellungen bei, zeigte ihr, was ihm gefiel, wie sie ihn berühren und küssen oder lecken musste. Zwischendurch legten sie eine Pause ein und frühstückten im Bett, und danach spielten sie weiter bis in den Nachmittag hinein. Es war der schönste Sonntagvormittag, von dem sie je geträumt hatte.

Leider sah die Realität anders aus.

Henrik war weit weg, und Hannes wälzte sich garantiert mit Patti im Bett und vermutlich gab es Kakerlaken in diesem Apartment. Sie hatte jedenfalls etwas Schwarzes über den Boden krabbeln und unter dem Türspalt in den Hausflur verschwinden sehen.

Außerdem musste sie dringend aufs Klo. Die Toilette lag draußen im Hausflur eine halbe Etage höher, und die musste sie gemeinsam mit anderen Mietern nutzen. Also hatte sie beschlossen, gar nicht zur Toilette zu gehen. Aber leider meldete ihre Blase, dass sie entweder gleich ins Bett pinkeln würde oder dass Lisa gefälligst sofort aufstehen sollte. Als sie die Toilettentür öffnete und ihr ein messerscharfer Geruch entgegenschlug, überkam sie bittere Reue. Warum hatte sie gleich noch mal Doc Hs großzügiges Angebot abgelehnt? Oh Mann, selbst ein ukrainisches Plumpsklo konnte nicht so stinken. Da gehörte ein Hinweisschild an die Tür: „Achtung, Biowaffen!" Sie setzte sich weder hin noch wollte sie irgendetwas dort mit den Händen anfassen. Vielleicht war es Sehnsucht nach Doc H oder die Sehnsucht nach einer heißen Dusche mit Desinfektionsmittel, aber als sie wieder in ihrer Wohnung war, schrieb sie eine SMS an Henrik:

„Guten Morgen! Hast du gut geschlafen? Gibt es etwas Neues von Olga?

Sie wartete eine ganze Weile, ob er antworten würde, nein, sie hoffte inständig, dass er antworten würde und dass er sie im Gegenzug vielleicht fragen würde, wie sie geschlafen hatte. Ja, und dann würde sie ihm von dem Etagenklo des Grauens erzählen, und er würde ihr in seiner typisch unterkühlten Fürsorglichkeit natürlich noch einmal anbieten, dass sie bei ihm wohnen könnte, und sie würde auf alle ihre unlogischen Bedenken wegen Caro und Frau Frey pfeifen und sofort Ja sagen. In etwa so: „*Danke, lieber Henrik, dein Angebot ist sehr nett.*"

Aber er antwortete nicht. Bestimmt schlief er noch, schließlich musste er zwei durchwachte Nächte nachholen, und außerdem war ja Sonntag, da schliefen alle Kerle scheinbar endlos. Trotzdem schaute sie immer wieder mal mit wachsender Ungeduld auf ihr Handy, und als nach einer halben Stunde immer noch keine Reaktion von Doc H kam, beschloss sie, sich jetzt ernsthaft um eine Wohnung zu kümmern. Sie nahm ihren Laptop und kauerte sich auf ihr Bett, das bekanntlich nur eine Matratze war. Sie war fest entschlossen, alle Berliner Immobilienwebsites abzuklappern. Aber bei diesem Plan hatte sie wohl ihr Unterbewusstsein unterschätzt, denn tatsächlich gelangte sie nie auf eine Immobilienwebsite.

Nur mal kurz auf meinem YouTube-Kanal vorbeischauen, sagte ihr Unterbewusstsein. *Nachschauen, ob eines meiner Videos einen neuen Kommentar oder ein paar Likes bekommen hat.* Und so nahm das Schicksal seinen Lauf. Denn jetzt fiel ihr plötzlich wieder das Video ein, das sie am Freitagmorgen in Doc Hs Gästezimmer aufgenommen hatte: wie sie mit fliegendem Valentino-Kleid auf dem geblümten Gästebett hüpfte.

Sie sah sich die Aufnahme an und fand sie richtig genial. Und schon begann sie den kleinen Film zu bearbeiten, schneiden, kürzen, verlangsamen, Musik unterlegen, noch mal schneiden, so lange, bis es perfekt zu der Musiksequenz passte, die sie ausgesucht hatte. Sie hatte *Love Runs Out* von One Republic schon vor Längerem mal gecovert und war sich bisher nicht sicher gewesen, wie sie ihre Coverversion optisch untermalen sollte. Bis jetzt. Das Video passte einfach perfekt, und es hatte definitiv das „gewisse Etwas", das bei ihrer Tocata angeblich fehlte.

Sie sah sich das fertige Video an und war glücklich mit dem Ergebnis. Ja, das sah richtig geil aus. Vielleicht ein bisschen zu freizügig, weil der Rock des Kleides beim Hüpfen manchmal ziemlich weit nach oben wirbelte, und einmal konnte man sogar ihre Unterhose sehen – oder das, was Chantal für eine Unterhose hielt: ein durchsichtiger Hauch cremefarbener Spitze, gehalten von zwei dünnen Fäden und eigentlich verbarg dieser Hauch gar nichts, ganz im Gegenteil. Aber das war okay, denn die Sequenz mit dem gut sichtbaren String war einfach ein perfekter Kontrapunkt zur Textstelle des Songs, wo sie selbst gerade mit rauer Stimme sang: „*... meine Mama hat mich rechtschaffen erzogen ...*"

So geil!

Die Musik verklang genau in dem Moment, in dem sie vom Bett herunterstolperte und direkt in den Armen von Doc H landete, den man nur von hinten sah, was ihm etwas Geheimnisvolles verlieh. Als sie mit kratziger Altstimme den letzten Takt „*... bis die Liebe endet!*" sang, zog er ganz langsam und in einer sehr lasziven Geste das Spitzen-Negligé von ihrem Hals.

Dann ein fade out!

Peeeeerfekt!

Sie schaute sich die letzte Szene gleich zweimal hintereinander an, so cool fand sie die. Wie Henrik sie an sich drückte und wie er das Negligé an ihrem Hals und ihrem Dekolleté entlanggleiten ließ, es dann zusammenknüllte und in seine Hosentasche steckte. Er wirkte in der Szene, als wäre er hammermäßig geil auf sie. Sein knackiger Hintern von hinten, sein gut proportionierter Rücken, und sie an ihn hingeworfen, den Kopf leicht in den Nacken gelegt, fast wie bei einem Tango. Hammerheiß!

Sie wollte das Video gerade hochladen, als das Surren der Türglocke sie störte. Draußen rief jemand durch das offene Fenster ihren Namen. „Eva? Bist du da?"

Das war Philipp Henriksen! Oh Gott, wahrscheinlich wollte er ihr mitteilen, dass Olga gestorben war. Oh nein, bitte nicht! Sie drückte hektisch auf den Button „Upload Video" und klappte dann schnell ihren Laptop zu.

„Moment, ich komme gleich!", rief sie durch das offene Fenster hinaus. Wie spät war es eigentlich? Elf! Hatte sie wirklich beinahe vier Stunden an ihrem Video gewerkt und nicht gemerkt, wie die Zeit vergangen war? Mist! Dabei hatte sie doch unbedingt nach einer Wohnung suchen wollen, und außerdem musste sie sich ganz schnell etwas anziehen, sie war nämlich nackt (Es sei denn, man zählte das durchsichtige Negligé, das sie trug, als

Bekleidung). Sie zog einfach das nächstbeste Kleid aus dem Koffer und schlüpfte hinein.

~

Eva öffnete schwungvoll die Tür und machte kein freundliches Gesicht.

„Hey, Philipp. Was willst du?" Eine Frage, die eigentlich überflüssig war, wenn man bedachte, wie er aussah: beladen mit Bettzeug bis zur Nasenspitze, Daunendecke, Federkissen, rosarot geblümte Bettbezüge, Bettlaken und nicht zu vergessen, der Korb mit Essen und Getränken, der an seinem Arm baumelte, einschließlich ihrer Reisetasche, gefüllt mit dem Rest ihrer Habseligkeiten, die er auch noch mitgebracht hatte, ganz zu schweigen von der Umzugskiste, die Henrik kurzerhand mit allerlei Krimskrams für sie gefüllt hatte, Badetücher, Kerzen, Raumduftspray, Schere, ein paar Schreibutensilien, eine Taschenlampe, Desinfektionsmittel, einen Handstaubsauger, einen Schraubenzieher, ein Verlängerungskabel mit Mehrfachsteckdose und sogar einen Schuhabtreter. Ach ja und zwei Bücher hatte er ebenfalls für sie mitgeschickt und sie sogar höchstpersönlich in Geschenkpapier eingepackt.

Henrik war schon immer ein Perfektionist gewesen.

„Was ist mit Olga? Wie geht es ihr?", fragte Eva aufgeregt und ignorierte die Tatsache, dass Philipp hinter einem Berg Bettzeug versank.

„Keine Ahnung", murmelte er in das Kopfkissen.

„Aber bist du nicht deswegen hier? Hast du nicht im Krankenhaus angerufen und gefragt, wie es ihr heute Morgen geht?"

Konnte sie denn nicht sehen, weswegen er hier war? Er lieferte ein Riesencarepaket von Frau Frey und ihrem Scheinverlobten aus.

„Äh, nein. Warum sollte ich mich nach Olga erkundigen?" Das Bettzeug wurde allmählich schwer auf seinem Arm, und das Laken fing an zu rutschen. Er konnte es nur mit dem Kinn irgendwie am Wegflutschen hindern. Lisa war unbeeindruckt von Philipps Notlage. Sie stemmte die Fäuste in die Hüften und blähte ihren Brustkorb auf.

„Weil sie deine Tante ist und im Sterben liegt", regte sie sich auf.

„Sie ist eine böse Frau, die mich wegen meiner Homosexualität diskriminiert und schikaniert. Denkst du, ich werde eine Träne weinen, wenn sie stirbt? Kannst du mir bitte mal etwas von dem Zeug hier abnehmen?"

Sie schüttelte den Kopf, er wusste nicht, ob sie das Helfen oder Olga meinte. „Das Leben hat sie verbittert, und als es um ihr Geld ging, hast du dich noch sehr für sie interessiert."

Herrje, jetzt diskutierte sie wirklich mit ihm über Olga, während er hinter den Daunen kaum noch Luft bekam. Außerdem hatte er überhaupt kein schlechtes Gewissen wegen Olga. Sollte sich doch Anette um die Alte kümmern, schließlich hatte die sich ja nach ihrer miesen Aktion mit dem Video das Vermögen gesichert.

„Ich kann mich ja mal nach Olga erkundigen", brummte er und hob das Knie ein wenig an, um zu verhindern, dass sich die Bettdecke nach unten verabschiedete.

„Ja, und schreib mir eine SMS, wenn du etwas Neues weißt. Versprochen?"

„Versprochen. Kann ich jetzt vielleicht hereinkommen?"

Sie trat zögerlich zur Seite und gewährte ihm einen Blick in den dunklen, muffigen Hausflur.

„Hier! Mit den besten Grüßen von meinem Bruder und von Frau Frey." Er drückte ihr das Bettzeug in den Arm. Endlich! Dann hängte er sich die Reisetasche um, hob die Umzugskiste auf und folgte ihr in ihre Wohnung … Bude … Rattenloch.

„Hey, wow! Wie nett von Henrik, mir all diese Sachen zu schicken", rief sie über die Schulter zu ihm zurück, während sie das gespendete Bettzeug auf die Matratze warf und gleich anfing, die mitgelieferten Bezüge aufzuziehen. Wozu brauchte man eigentlich im Hochsommer zwei Daunendecken und eine Tagesdecke?

„Das Bettzeug und den Korb mit magenfreundlichem Essen schickt dir Frau Frey und das hier schickt dir Henrik", schnaufte er und schleppte die Umzugskiste über die Türschwelle. Was hatte Henrik nur in den Karton gepackt? Eine Taucherausrüstung? Philipp schaute sich mit gerümpfter Nase in dem Raum um. Ihre Wohnung in Oberschöneweide war ja schon schlicht gewesen, aber das hier war noch um zwei Kategorien schlechter.

„Hier gibt es doch hoffentlich keine Kakerlaken!" Er meinte es im Spaß, aber irgendwie ließ ihr Blick eine böse Ahnung in ihm aufkommen, und schon juckte es ihn am Rücken und an den Armen und vor allem auf der Kopfhaut. „Anstatt seinen halben Hausrat hierherzuschicken, hätte Henrik dir lieber sein Gästezimmer anbieten sollen."

„Er hat es mir ja angeboten, aber ich … also, ich habe abgelehnt."

„Aber warum denn?" Hatte Henrik ihr etwa Vorhaltungen gemacht wegen des Videos? Das würde ihm ja ähnlich sehen, dass er ihr die Schuld in die Schuhe geschoben hatte, allerdings hatte Henrik nicht den Eindruck erweckt, als ob ihm der Misserfolg besonders viel ausmachen würde. Ganz im Gegenteil, Henrik hatte einen überraschend entspannten Eindruck gemacht.

„Das ganze Projekt war von Anfang an zum Scheitern verurteilt", hatte Henrik ihm vorhin erklärt. „Finde dich damit ab, dass von Olga kein Geld mehr fließt, und lass uns diese peinliche Niederlage so schnell wie möglich vergessen."

Philipp konnte die Niederlage leider nicht so locker abhaken wie sein Bruder. Er brauchte das Geld, das Olga ihm regelmäßig hatte zukommen lassen. Sein Lebensgefährte Gustavo war Kunstmaler. Er hatte sich beim Aufbau seines Ateliers ziemlich verschuldet, doch leider lief es nicht annähernd so gut, wie er gehofft hatte. Die laufenden Kosten fraßen die Einnahmen, und für seine nächste Vernissage fehlte ihm das Geld. Bisher hatte Philipp ihn so gut es ging finanziell unterstützt, aber jetzt, ohne Olgas regelmäßige Zuschüsse, musste Gustavo sein Atelier vielleicht bald schließen. Philipp wusste nicht, wie er Gustavo klarmachen sollte, dass er seine Vernissage auf unbestimmte Zeit verschieben musste. Er machte Henrik und Lisa keinen Vorwurf. Es war von Anfang an ein Vabanquespiel gewesen, aber irgendwie war er sich so sicher gewesen, dass seine Wunder-Eva Olgas volle Zustimmung finden würde. Und das hätte sie auch, wäre Anette mit ihrer miesen Intrige nicht dazwischengekommen.

„Hat Henrik dir etwa Stress gemacht wegen des Videos?"

„Nein, gar nicht", beteuerte Lisa. „Ich reagiere vielleicht unlogisch, keine Ahnung, aber ich habe mich so mies gefühlt, weil wir allen etwas vorgespielt haben, und jetzt, wo es aufgeflogen ist, fühle ich mich irgendwie noch mieser. Ich traue mich echt nicht, Frau Frey oder Caro gegenüberzutreten und ihnen in die Augen schauen."

„Ähm, also die beiden wissen nichts davon. Ich meine, sie wissen zwar, dass du in Wahrheit Lisa und nicht Eva heißt, aber sie denken beide, dass du und Henrik … dass ihr echt verlobt seid. Caro geht im Augenblick davon aus, dass ihre künftige Stiefmutter eine Frau mit fragwürdigem Musikgeschmack ist."

„Er hat Caro immer noch nicht die Wahrheit über uns gesagt? Warum nicht?"

„Ich weiß es nicht. Caro und ich sind erst vor anderthalb Stunden aus Rügen angekommen. ‚Wo ist denn deine YouTuberin abgeblieben?', hat sie Henrik gleich zur Begrüßung gefragt. Er sagte nur, dass ihr beide euch gestritten hättet, mehr nicht. Caro hat ihren Rucksack in die Ecke geschleudert, ist an ihm vorbeigerauscht und hat sich in ihr Zimmer eingeschlossen. Musik ganz laut aufgedreht. Fertig. Ich habe keine Ahnung, was in Caro vor sich geht. Sie ist ein Teenager und damit das größte Rätsel der Menschheit."

Caro hatte während der Fahrt nach Berlin nur über Lisa geschimpft und keinen guten Faden an ihr gelassen, wobei die Sache mit dem peinlichen YouTube-Video für sie nur die Spitze des Eisbergs war, am meisten stank es ihr, dass demnächst eine Stiefmutter bei ihr zu Hause rumhängen und sich überall breit machen würde …

„Die aufgetakelte Tussi mischt sich in alles ein und kann's kaum erwarten, bis sie sich endlich als meine Mutter aufspielen darf", hatte Caro gemosert. „Hoffentlich machen die beiden keinen Krach, wenn sie Sex haben. Bäh! Igitt! Das wäre echt das Allerletzte, wenn ich das auch noch mit anhören muss. Und Papa tanzt voll nach ihrer Pfeife. Du hättest den mal Freitagnacht erleben sollen, als ich echt dachte, er killt mich, da hat sie ihn nur so um den kleinen Finger gewickelt." Und dann erzählte sie von ihrer Nachtklub-Eskapade nach Prora, und plötzlich stellte sich heraus, dass die besagte aufgetakelte Tussi ihr eigentlich ja die Haut gerettet hatte und dass Lisa den besagten Papa auf mystische Weise dazu gebracht hatte, sich nicht so arschig wie sonst zu verhalten, aber das bedeutete noch lange nicht, dass Caro diese Tussi jetzt plötzlich Mama nennen und sie nett finden würde.

„Frau Frey schickt dir übrigens einen selbst gemachten Erdbeerjoghurt, eine Frischhaltebox mit Rinderbrühe, fettfreie Schinkentaschen und rosarote Bettwäsche und hofft, dass du und Henrik euch ganz schnell wieder versöhnt, damit sie dich umsorgen kann."

Lisa warf einen Blick in den opulent bestückten Weidenkorb von Frau Frey und lachte.

„Du bist also echt hier, weil Frau Frey mir ein Fresspaket geschickt hat? Nicht, um mir die Hölle heißzumachen, weil ich das Projekt vermasselt und die Klamotten ruiniert habe?"

„Die Klamotten ruiniert?", wiederholte er. Es konnte sein, dass er es falsch verstanden hatte oder dass sie es anders gemeint hatte. Denn *Klamotten ruiniert* konnte ja nicht das bedeuten, was es eigentlich bedeutete, oder?

„Oh, sieh mal, da ist ja auch eine Flasche Rote-Beete-Saft!" Lisa zog die Flasche aus dem Fresskorb und hielt sie in die Höhe.

„Henrik hatte eine Flasche Rheingau Riesling in den Korb gesteckt, sein Lieblingswein. Du hättest hören sollen, was Frau Frey ihm für einen Vortrag gehalten hat über Alkoholgenuss während der Schwangerschaft. Sie wollte seine Beteuerungen, dass du nicht schwanger bist, einfach nicht glauben, dann hat sie die Weinflasche unter Grummeln wieder aus dem Korb herausgenommen und ins Weinregal zurückgelegt und stattdessen eine Flasche Rote-Beete-Saft eingepackt, wegen des Eisengehalts."

„Frau Frey ist echt schräg. Aber süß ist es trotzdem von ihr. Wusstest du, dass die Flecken von Rote Beete niemals mehr beim Waschen rausgehen? Blutflecken gehen da viel leichter raus, vorausgesetzt, man kann das Kleidungsstück in der Waschmaschine waschen. Da bin ich mir eben nicht sicher."

„Wovon redest du?" Philipp bekam eine Gänsehaut.

„Also ich hab ja gerade sowieso keine Waschmaschine, aber nur mal so gefragt: Denkst du, man könnte versuchen, das Kleid von Valentino vielleicht in die Waschmaschine zu stecken? Bei 30 Grad oder so. Feinwäsche?"

„Eva, ich meine, Lisa? Was meinst du damit? Ein Kleid von Valentino in die Waschmaschine stecken?" Er konnte nicht verhindern, dass seine Stimme hysterisch klang, denn falls es kein makabrer Scherz von ihr war, dann wäre es der absolute Horror.

Sie spitzte die Lippen und zeigte auf den dunkelblauen Koffer, der noch nicht ausgepackt neben ihrer Matratze stand. Es war einer von Henriks Koffern, und Philipp graute es davor, ihn zu öffnen. Irgendetwas ganz Schreckliches verbarg sich da drin, und er war sich nicht sicher, ob er den Schock ertragen konnte. Er öffnete den Koffer mit zitternden Fingern, und als ihm gleich obenauf das wundervolle Valentinokleid mit Blutflecken entgegenblickte, blieb ihm vor Schreck die Luft weg. Wenn er die zerstückelte Leiche von Jürgen in diesem Koffer gefunden hätte, er hätte nicht schockierter sein können.

„Oh! Mein! Gott! Was hast du mit dem Kleid gemacht?", kreischte er.

„Es war eigentlich Henriks Schuld", murmelte sie. „Ich wollte im Prinzip Henrik schlagen, aber er hat sich weggeduckt und die Tasche ist voll auf Vandalies Nase geklatscht."

„Vandalie? Du meinst Valerie?"

„Ja, aber ihre Nase ist so potthässlich. So richtig knubbelig, fast wie eine Säufernase. Also wenn ich so eine Nase hätte, dann …"

„Lisaaaa?" Er nahm das blutbesudelte Kleid zwischen Zeigefinger und Daumen und zog es vorsichtig aus dem Koffer, dann legte er es über seinen Arm, als wäre es ein kleines Baby. Lieber Himmel, wie sollte er das nur

Nicole beibringen? In diesem Moment fiel sein Blick auf die marineblaue Hose von Chanel. Sie hatte breite weiße Salzwasserränder am Saum. Hatte er schon erwähnt, dass es eine Hose von Chanel war? Er heulte auf wie ein Hund, dem man auf den Schwanz getreten war. Und er fühlte sich auch genauso gepeinigt. „Was ist das?"

„Ähm … also, das war ein Strandspaziergang. Ich … ich hab die Wellen unterschätzt!"

„Gooott, ich brauche Riechsalz." Er fächelte sich mit der Hand Luft zu, weil er das Gefühl hatte, er würde gleich ohnmächtig werden. Aber das war ja nur die Spitze des Eisbergs, denn unter Chanel kam Versace zum Vorschein, und das war noch viel schlimmer.

Viel, viel schlimmer.

„Ich brauche eine Pistole!", schrie Philipp. „Um mich zu erschießen, bevor Nicole das tut. Was, in aller Welt, hast du mit diesem Kleid gemacht? Das. War. Kein. Strandspaziergang."

„Waldspaziergang", schniefte sie, aber ihr Schniefen würde ihr gar nichts nützen, wenn Nicole erst einmal sah, was sie mit den Kleidern angerichtet hatte.

„Hast du denn nicht begriffen, als ich dir sagte, dass das geliehene und sehr exklusive Modelle sind? Jedes ist eine Einzelanfertigung! Nichts von der Stange oder vom Fließband. Die gibt es nur einmal auf der Welt."

„Ja, ich weiß, aber ich … diese Kleider sind einfach nicht alltagstauglich. Ehrlich."

Er zerrte das apricotfarbene Cocktailkleid unter Versace hervor und hielt es in die Höhe. Getrieben von einer schrecklichen Vorahnung, wusste er, dass ihre Zerstörungswut auch hier nicht Halt gemacht hatte. Womöglich hatte sie Guccis Meisterwerk in der Mitte zerrissen.

„Das hier ist kein Alltagskleid!" Er schwenkte das Kleid demonstrativ durch die Luft. „Man trägt es nur am Abend, bei gediegenen Anlässen und im Grunde ist es unmöglich, es mit Blut-, Gras- oder Salzwasserflecken zu zerstören!", schrie er und dann sah er die seltsamen Flecken am Saum. „Was ist das? Was hast du damit gemacht? Was sind das für Flecken?"

„Sprmmmmh."

„Wie bitte?"

„Spermmmmh."

„Sperma?" Philipp fiel das Kleid aus der Hand und seine Kinnlade klappte auf seine Brust, nein, bis zu seiner Gürtelschnalle herunter. Sie zuckte die Schultern und bohrte ihren Zeigefinger durch die blau-weiß karierte Dekoschleife von Frau Freys Fresskorb.

„Aber wie, in Gottes Namen, kommt denn Sperma an den Kleidersaum deines Cock... Ihr hattet Sex? Du und Henrik, ihr hattet Sex?" Jetzt brüllte er so laut, dass die Putzfrauen unten im Jazzkeller garantiert mithören konnten.

„Es waren Übungslektionen!", nuschelte sie und kramte sehr hingebungsvoll in Frau Freys Fresskorb herum, zog die verschlossene Plastikschüssel mit dem Erdbeerjoghurt unter den Schinkentaschen heraus und öffnete den Deckel mit einem lauten „Plopp" und einem zufriedenen Lächeln. Dann tauchte sie ihren Zeigefinger tief in die cremige Masse, schob ihn in den Mund und lutschte ihn genüsslich ab.

„Übungslektionen?" Was, um Himmels willen, meinte sie?

„Coaching eben!"

„Ach so, alles klar." Überhaupt nichts war klar. Nullkommanull war klar. Das hätte ein rein geschäftliches Arrangement zwischen ihr und Henrik sein sollen, und die beiden hatten Sex gehabt? Was in aller Welt hatte Henrik sich dabei nur gedacht?

„Was soll ich denn jetzt wegen der Klamotten machen?", fragte sie unglücklich und steckte ihren langen Pianisten-Zeigefinger schon wieder tief in den Joghurt. „Ich habe nicht so viel Geld, um den Schaden zu bezahlen, und Henrik sagt, dass ich das sowieso niemals abstottern kann, weil die Kleider viel zu teuer sind. Aber jetzt ist doch das mit dem Testament in die Hosen gegangen, und Henrik ist pleite, und ich weiß nicht, wie ..."

„Henrik ist pleite?"

„Total pleite!" Sie leckte ihren Finger erneut ab, und schon steckte er wieder in der Creme.

Vielleicht lag es an ihrer Art, ein Dessert zu essen, auf jeden Fall war irgendetwas mit Henriks Gehirn nicht mehr ganz in Ordnung. Ganz und gar nicht. Zuerst sein untypisches Verhalten das ganze Wochenende über, dann das totale Scheitern des Projekts, dazu die ruinierten Kleidungsstücke – Philipp wollte lieber gar nicht wissen, wie die Flecke in Chanel und Versace gelangt waren –, und jetzt auch noch die Mär, Henrik sei pleite. Was in drei Teufels Namen hatte das alles zu bedeuten?

„Ich ... ich weiß nicht, Lisa", hörte er sich selbst gackern. „Behalte die Sachen erst mal, du hast ja sonst nichts anzuziehen. Ich muss mit Nicole über das Problem sprechen. Sie wird die Reinigungskosten und den Schaden natürlich Image4U in Rechnung stellen, nachdem sie mich geteert und gefedert hat. Was Henrik dann mit der Rechnung macht ..." Er zuckte die Schultern. „... ich weiß es wirklich nicht. Vielleicht wird er dich auch teeren und federn!"

Lieber Gott, er wünschte es sich sogar. Wie konnte eine Frau nur so achtlos mit solchen Kostbarkeiten umgehen?

Sie schöpfte noch einen Finger voll mit Joghurt aus der Schüssel und führte ihn zum Mund. Philipp wollte sie eigentlich warnen und ihr sagen, dass eine Dame erstens nie mit den Fingern aß und zweitens, dass eine Dame den Finger nicht so voll beladen durfte, als wäre er eine Mistgabel, aber da war es schon zu spät. Die rosarote Creme flutschte von ihrem Finger herunter und Philipp schrie verzweifelt: „Neiiiin!"

Er konnte beinahe in Zeitlupe beobachten, wie der große Klecks heruntertropfte und – wie sollte es anders sein? – genau auf dem Oberteil von Dolce und Gabbana landete.

~

„*Lieben Dank für alles!*", schrieb sie per WhatsApp an Doc H, nachdem Philipp sich beinahe fluchtartig von ihr verabschiedet hatte. Sie meinte natürlich Henriks Carepaket, das tatsächlich etwas von einem Survival-Kit an sich hatte, besonders wenn sie an das Desinfektionsmittel dachte. Sie hatte es auch kaum erwarten können, seine beiden Geschenke auszupacken, und war dann ziemlich enttäuscht gewesen, als nur zwei dünne Taschenbücher zum Vorschein kamen. Bücher! Echt jetzt? Sie wusste nicht, was sie erwartet hatte – ganz bestimmt nichts Romantisches, aber das? Pf!

Das eine Buch hieß „Pygmalion" und war von George Bernard Shaw und auf dem anderen stand der Titel „Der Widerspenstigen Zähmung" und es war von William Shakespeare. Na toll. War das etwa ein Wink mit dem Zaunpfahl oder die besondere Art von *Doc H*-Humor?

„*Keine Ursache!*", kam seine postwendende Antwort.

„*Wie geht es Olga? Weißt du was Neues? Ist sie noch am Leben?*"

„*Ihr Zustand ist unverändert.*" Boah, der Mann konnte sogar bei einer Textnachricht noch frostig klingen.

„*Willst du mir etwas Bestimmtes mit den Büchern sagen? ;-)*", schrieb sie und hängte extra ein unfrostiges Zwinkermännchen hinten dran.

„Bis zu unserem nächsten Coachingtermin solltest du beide Bücher gelesen haben. Wir werden darüber reden."

„Du willst mit mir über Bücher reden? Echt?" Falls man Enttäuschung irgendwie beim Texten übertragen konnte, dann würde er jetzt eine geballte Ladung davon auf seinem Handy empfangen.

„Deine Allgemeinbildung bedarf eines scharfen Schliffs."

Blöder, aufgeblasener, bossiger Angeber, der zugegebenermaßen manchmal auch ein ziemlich zärtlicher und fürsorglicher Angeber sein konnte.

„Gut, dann les ich eben die blöden Bücher. Schönen Sonntag noch. Bis morgen!" Sie war beleidigt und wollte das Handy schon weglegen, aber da nahm sie es doch noch mal zur Hand und schrieb noch einen letzten Satz an ihn.

„Ich könnte im Augenblick wirklich ein wenig Ferncoaching vertragen."

„Ferncoaching?"

„Für die Stufe fünf des Programms."

„Sexuelle Interaktion???"

Mehr als ein Fragezeichen hinter einem Satz war angeblich Ausdruck eines retardierten Verstandes oder eines Gehirns, das gerade Purzelbäume schlägt.

„Genau :)"

„Übers Handy?????"

„Na klar, hast du das noch nie gemacht? Sexting!"

„Nein!!!!!!"

Sie konnte sich richtig vorstellen, wie seine Augenbrauen in die Höhe schossen und er dieses typische *Doc H*-Gesicht aufsetzte, bei dem er versuchte, möglichst cool auszusehen, obwohl er es gar nicht war.

„Ich auch noch nie, aber ich könnte jetzt mein hauchdünnes Negligé nach oben schieben und meine Beine spreizen." Natürlich trug sie das Negligé nicht mehr, aber das musste er ja nicht wissen. *„Und du könntest mir schreiben, was ich tun soll, wie ich mich anfassen und was ich mit meinen Fingern machen soll. Dann könnte ich dir ein Foto schicken, wie feucht ich bin oder wie hart meine Brustwarzen sind."*

Es kam keine Antwort mehr, und die leichte Erregung, die sich beim Schreiben in ihr aufgebaut hatte, ging in leichten Frust über. Mann! Hatte er nicht gesagt, sie sollte offen für alles sein?

„Hallo, mein Meister?", schrieb sie nach ein oder zwei stummen Minuten, aber sie bekam nur Schweigen zur Antwort. Mist. Sie war eindeutig zu weit

gegangen. Mister verklemmter Super-Pygmalion-Snob hatte keine Ahnung von Sexting und keine Lust auf ein sonntägliches Rollenspiel per Ferncoaching.

„Okay, Entschuldigung, ich wollte Ihnen nicht zu nahetreten, Herr Doktor Henriksen." Sie hatte sowieso vorgehabt, Resi im Pflegeheim zu besuchen. Es war zwar noch ein bisschen früh, aber wenn er nicht mit ihr spielen wollte, dann eben nicht. *„Ich lese dann mal das Buch, das Sie mir geschenkt haben, über die Zähmung der Widerspenstigen. Tschüss dann."*

Plötzlich surrte und piepte ihr Handy und lud ein Foto hoch, das Doc H ihr geschickt hatte. Es war ein Penis. Nein, es war SEIN Penis. Woooooow! Groß und schön und steil aufragend aus einem Nest von dunklem, aber sehr dezent getrimmtem Schamhaar, vor dem Hintergrund seiner straffen, glatten Bauchmuskulatur. Sie vergaß das Atmen und starrte wie gebannt auf das Bild, da kam sein Anruf. Kein Text, sondern seine raue, dunkle Stimme tief in ihrem Ohr.

„Nimm deine Finger, stelle dir vor, er ist es und streichle in Kreisbewegungen über deine Klitoris, nicht fest, sondern ganz langsam und leicht, sodass du es kaum spürst. Zögere es hinaus, halte dich selbst hin, bis du es kaum noch ertragen kannst. Du darfst nicht kommen, bevor ich es dir gestatte. Wir kommen zusammen."

Leider oder zum Glück konnte er nicht sehen, wie ihre Augen riesig wurden und ihr die Zunge beinahe aus dem Mund herausplumpste. Es ging ganz schnell: Kleid hochschieben, flach auf die Matratze legen, Beine auseinander und schon waren ihre Finger unter das Höschen und zwischen ihre Schamlippen gewandert. Langsame Kreisbewegungen. Oh ja, wie schön. Genau so, wie sie es liebte. Sie stellte sich vor, er würde sie dort streicheln. Langsam kreisend und dann auf und ab und wieder kreisend …

„Ich komme gleich." Es fehlte nur noch ein kleiner scharfer Kick, ein festerer Druck, ein kräftigeres Ziehen, sie würde so dermaßen hart kommen.

„Nein, noch nicht! Schick mir zuerst ein Foto!"

Sie machte zwei Fotos. Eines davon, wie sie ihre Klitoris zwischen Zeigefinger und Daumen geklemmt hatte, und eines von ihrem geöffneten Mund, wie sie mit ihrer Zunge über ihre Oberlippe leckte. Sie drückte auf Senden, und während sie wartete, setzte sie ihre quälend langsamen Kreisbewegungen fort.

„Komm jetzt!", rief er plötzlich ins Telefon. Ha, von wegen, er machte angeblich keine Geräusche beim Sex. Irrtum: Sie hörte ihn laut und lange und sehr lüstern stöhnen, und das Geräusch bohrte sich in ihr Ohr, tief in ihren Magen und fuhr heiß hinab in ihre Scheide.

Sie presste ihre Hand auf ihre überreizte Klit, und dann packte der Orgasmus ihren Körper mit einer Macht, die sie durchschüttelte. Kann sein, dass sie auch ein paar unschickliche Dinge ins Handy stöhnte, als sie kam, aber schließlich war es nur die Wahrheit. Sie wünschte sich, er wäre jetzt richtig tief in ihr und würde sie so hart ficken, bis sie ihren richtigen Namen vergessen hatte und nur noch seine Eva war. Seine Eva! Oh Gott, der Mann war sogar beim Fernsex noch ein Erotik-Gott.

Es war eine ganze Weile still, während sie wie ein Fisch an Land nach Luft schnappte. Auch er atmete hektisch in den Hörer. Dann, nach einer Unendlichkeit von Postorgasmus-Glücksgefühl, hörte sie seine raue Stimme leise in ihrem Handy.

„Hab einen schönen Sonntag, Elisabeth."

„Bis morgen, Pygmalion!", seufzte sie und grinste übers ganze Gesicht.

~

Resi war an diesem Nachmittag erstaunlich gut drauf. Lisa hatte auf das Essen zu Hause verzichtet und war stattdessen zu Resi ins Heim gefahren. Dort gab es eine kleine Cafeteria, in der auch Besucher etwas zu essen bekommen konnten, und vor allem gab es dort saubere Toiletten und blank geputzte Waschbecken mit Seifenspendern. Sie hatte Henriks geliebtes Pygmalion-Buch mitgenommen, Frau Freys selbst gebackene Schinkentaschen eingepackt und dann hatte sie Resi aus ihrem Zimmer geholt und war mit ihr in die Cafeteria gegangen, wo sie Resi einen Kaffee und sich selbst eine heiße Schokolade spendierte.

Resi war klarer als sonst. Vielleicht hatte sie heute noch nicht ihre Medikamente bekommen oder Lisa hatte Glück gehabt und einfach einen ihrer besseren Tage erwischt. Resi erkannte sie auf Anhieb und freute sich über ihren Besuch.

„Lissy, meine Schöne!", sagte Resi und nahm sie in den Arm. Die meisten Leute nannten sie Lisa, nur ihr Vater und Resi nannten sie Lissy. „Du warst seit Monaten nicht mehr hier."

Lisa war am vergangenen Montag das letzte Mal zu Besuch gewesen, aber da hatte Resi apathisch in ihrem Bett gelegen und sie nicht erkannt. Sie hatte gar nichts gesprochen, bis auf einen kurzen Moment, da hatte sie sie Sabine genannt und sie als hinterhältige Schlange beschimpft. Aber es war nutzlos, ihr das jetzt zu erzählen, das würde sie nur traurig machen. In den wenigen hellen Momenten, die sie hatte, musste man ihr nicht unbedingt aufs Butterbrot schmieren, wie krank sie war.

„Dafür habe ich heute viel Zeit für dich. Ich habe was zum Lesen mitgebracht und Schinkentaschen." Sie hielt das dünne Pygmalion-Heftchen hoch.

Während sie in der Cafeteria saßen, erzählte sie Resi von Hannes und Patti und von ihrem Wochenende mit Doc H. Sie würde in Kürze sowieso alles wieder vergessen haben, da konnte Lisa ruhig mit der Wahrheit herausrücken.

„… und dann hat er ihr auf dem Sterbebett versprochen, dass wir heiraten, falls sie wieder aus dem Krankenhaus rauskommt", erzählte sie Resi. „Und ich dachte nur: Oh Gott, was machen wir, wenn Olga nicht stirbt? Findest du das nicht furchtbar makaber?"

Aber just in dem Moment verabschiedete sich Resis Geist wieder ins Nirwana. Sie sah Lisa verärgert an und sagte: „Die haben meine Kreditkarte gestohlen. Ich schwöre dir, das waren die von der Geheimpolizei!"

Lisas ließ sich nichts anmerken und versprach Resi, gleich nachher mit der Polizei zu telefonieren. Sie hatte das Thema in zehn Minuten sowieso wieder vergessen. Nach dem Essen spazierte sie mit ihr ein wenig durch die kleine Grünanlage, die zu dem Pflegeheim gehörte, und sie setzte sich dann mit ihr auf eine der Parkbänke, die zwischen Sträucher und Büsche eingebettet waren, und Lisa zog den Pygmalion aus der Tasche, um Resi vorzulesen. Resi war es sowieso egal, was sie vorgelesen bekam. Sie liebte das Ritual und wurde immer ganz ruhig, wenn Lisa las. Den Inhalt der Geschichte hatte sie ja schnell wieder vergessen.

„Pygmalion. Eine Romanze in 5 Akten", begann sie zu lesen und da landete plötzlich Resis Hand auf ihrem Schenkel.

„Oh Lissy, diese Geschichte mag ich nicht hören, sie endet falsch. Shaw ist so ein Zyniker."

Lisa wunderte sich gar nicht darüber, dass Resis Geist plötzlich wieder da war, und sie wunderte sich auch kein bisschen, dass Resi die Geschichte kannte. Sie war einmal sehr gebildet gewesen, bevor das Vergessen sie zunichtegemacht hatte.

„Sie endet nicht richtig? Was meinst du damit? Ich dachte, es ist eine romantische Liebesgeschichte. Gibt es etwa kein Happy End?", fragte sie und wusste nicht, warum sie voller Angst auf Resis Antwort wartete.

„Es ist gar keine Liebesgeschichte und es gibt kein Happy End. Weißt du eigentlich, wo mein Geldbeutel hingekommen ist? Die Polizei unternimmt überhaupt nichts. Ich werde eine Dienstaufsichtsbeschwerde einleiten. Das darf man sich nicht bieten lassen."

Und schon war Resis Seele wieder untergetaucht. Verdammt und jetzt war Lisa doch neugierig auf das blöde Buch.

Kaum war sie abends wieder zu Hause, fing sie an zu lesen.

Clannon Miller

15. Alltagscoaching

Henrik wartete den ganzen Vormittag darauf, dass sie sich zufällig begegnen würden – auf dem Flur oder in seinem Vorzimmer, wenn Elisabeth mit Frau Lange ihre Cateringtermine abstimmte –, aber sie tauchte nicht auf. Als ihm die Ausreden ausgingen, warum er alle naselang an Frau Langes Schreibtisch auftauchte, machte er auf seinem Weg zur Toilette einen Umweg und schlenderte an der Küchenpantry vorbei, um zu sehen, ob Elisabeth vielleicht schon da war. Aber die Pantry war leer und erweckte den Eindruck, als wäre sie gar nicht in Gebrauch, also stellte er Frau Lange schließlich zur Rede.

„Ist das Catering für die Besprechung mit dem Parteivorsitzenden nicht beauftragt?"

„Selbstverständlich, Herr Doktor Henriksen."

„Und? Wer macht es?" Er überlegte sich, ob er womöglich vergessen hatte, Frau Lange zu informieren, dass die Cateringhilfe, die er am Donnerstag gefeuert hatte, nun doch nicht gefeuert war.

„Lisa natürlich!"

„Lisa? Welche Lisa? Ach Elisabeth. Gut. Gut so. Sie arbeitet also noch für mich?"

„Herr Doktor Henriksen, Sie haben mich gestern Abend angerufen, um mir zu sagen, dass Sie die Entlassung von Lisa zurücknehmen, und ich habe Sie gestern darauf aufmerksam gemacht, dass Sie mir diese Anweisung bereits am Donnerstagvormittag gegeben haben."

Ups! „Ich erinnere mich selbstverständlich. Aber ich wundere mich, wo sie ist."

„Ich vermute, sie deckt gerade den Besprechungsraum ein, vor zwei Minuten war sie noch hier und hat sich nach ihrem Einkaufsbudget für die nächste Woche erkundigt."

„Sie deckt den Besprechungsraum ein?" Und warum ging ihm diese Vorstellung so gegen den Strich? Eigentlich sollte er sich freuen, wenn seine Mitarbeiter fleißig arbeiteten. Er schaute auf die Uhr: Das Treffen war in zwanzig Minuten anberaumt. Er konnte ja mal im Besprechungsraum vorbeischauen und sie fragen, ob sie in ihrer seltsamen Wohnung gut geschlafen hatte, und dann könnte er auch gleich einen Termin für das nächste Coaching mit ihr vereinbaren – vielleicht für heute Abend. Obwohl … lieber nicht. Das wirkte sonst zu ungeduldig. Besser, er verlegte das

Coaching auf Freitag. Morgen musste er nach London fliegen und würde erst am Donnerstag zurückkommen, das wären drei sehr lange Tage, aber er wollte wirklich nicht den Eindruck erwecken, als könnte er es keine vierundzwanzig Stunden ohne sie aushalten. Ganz im Gegenteil, ein paar Tage Abstand würden bestimmt entspannend auf ihn wirken, denn um ehrlich zu sein: Diese Frau hatte ihn in drei Tagen mehr aufgeregt als alle anderen Frauen in den vergangenen vierzehn Jahren zusammen.

Er schlenderte in den kleinen Besprechungsraum, der für das Meeting vorgesehen war, und traf sie tatsächlich dabei an, wie sie soeben die Kaffeetassen sorgsam arrangierte und die Servietten zu irgendeinem Kunstwerk zusammenfaltete. Sie sah perfekt aus. Sie trug Marinelook Marke Chanel, und die dunkelblaue Hose schmiegte sich eng um ihr Hinterteil. Wenn sie ein Luxusauto wäre, dann wäre sie ein schwarz lackierter Bugatti mit 1200 PS. Er fand den Vergleich ausgesprochen passend und kein bisschen sexistisch. Unwillkürlich fasste er in seine Hosentasche, wo sein Handy ruhte. Alleine das Wissen, dass dort ein Foto von ihrer feucht glitzernden Scheide zu finden war, reichte aus, um sein Gehirn zu lobotomisieren. Gab es eigentlich keine Medikamente gegen zu viel Testosteron und unerwünschte Erektionen?

Wenn sie wenigstens ihr Haar unter einem Kopftuch verstaut hätte, aber nein, sie hatte das wilde Durcheinander mit einem blauen Samtband gebändigt, und die Frisur wirkte wie eine Mischung aus 20er-Jahre-Look und Ich-bin-gerade-aus-dem-Bett-aufgestanden-Frisur. Ihre Locken ringelten sich wild um ihr Gesicht, und er fragte sich, wozu eine Küchenhilfe eigentlich himbeerrot geschminkte Lippen haben musste.

„Guten Tag, Herr Doktor Henriksen!", sagte sie und lächelte ihn an.

„Guten Tag, ähm, Elisabeth!" Er nickte knapp. Was hatte ihn bloß geritten, als er von ihr verlangt hatte, sie sollten sich siezen? Wie blöd das klang. „Ist so weit alles in Ordnung, bei dir … bei Ihnen?" Und das war definitiv die dümmste Frage der Woche. Er, der Meister der Gesprächskultur, stand da wie ein Ölgötze und starrte auf ihre Lippen und ihr unsägliches Lockengeringel. Herrgott, dieses Haar!

Wie er sich danach sehnte, seine Finger in dieser Masse zu vergraben!

„Alles okay, danke. Ich bin hier gleich fertig." Sie raffte ihre restlichen Servietten zusammen und schob den Servierwagen an ihm vorbei in Richtung Tür.

„Wir treffen uns heute Abend für das nächste Coaching, bei mir zu Hause", rief er ihr hinterher. Das war's dann mit dem Vorsatz, bis zum

Freitag zu warten. „Wir üben die Prinzipien einer unvergesslichen Konversation."

Sie drehte sich noch einmal zu ihm um und schaute ihn schuldbewusst an. „Oh sorry, aber heute Abend kann ich leider nicht. Ich bin mit jemandem verabredet."

„Etwa mit Ihrem Exfreund?"

„Äh, nein. Mit einem anderen Mann!"

„Sie können sich nicht einfach beliebig mit Männern verabreden, ohne das vorher mit mir abzustimmen. Das bringt das ganze Coaching-Programm durcheinander."

„Das wusste ich nicht."

„Sie sind noch nicht bereit für ein erstes Rendezvous, und wenn es so weit ist, suche ich den passenden Mann dafür aus. Ich bin der Coach!"

„Das ist ja kein Date, sondern es ist jemand, den ich über Facebook angeschrieben habe."

„Über Facebook?", keuchte er.

„Also ich meine, ich will nichts von ihm oder so, nur mit ihm über ... über, ähm, eine alte Freundin reden. Wir treffen uns in einer Kneipe in Kreuzberg, und ich verspreche Ihnen, dass ich alles beachten werde, was Sie mir bisher beigebracht haben. Ich habe heute Morgen übrigens auch wieder drei neue Leute kennengelernt und ihre Namen erfahren. Wussten Sie, dass der Lieferant von ..."

„Das geht auf keinen Fall!", unterbrach er sie. „Ein solches Treffen muss vorher geplant und orchestriert sein, damit Sie nicht wieder in alte Verhaltensmuster zurück verfallen."

„Echt? Aber was soll ich denn jetzt machen? Er kommt extra aus Klein Machnow, und morgen früh fährt er für zwei Wochen mit dem Motorrad nach Spanien. Ich kann ihn nur heute Abend treffen, es gab keinen anderen Termin, und es ist wirklich wichtig."

„Dann werde ich Sie zu diesem Treffen begleiten, in Gottes Namen."

„Oje, das ist keine gute Idee."

„Wollen Sie, dass ich Sie coache, oder sollen wir das Programm beenden?" Er klang viel zu bissig für einen professionellen Coach, das wusste er selbst, aber er fühlte sich leider bissig.

„Nein, nicht beenden. Ich will unbedingt, dass Sie mich coachen, Herr Doktor Henriksen", wisperte sie, schlug die Augen zu ihm auf und schenkte ihm ein süßes Lächeln. Das verflixte Luder! In diesem Moment verspürte er den unstillbaren Drang, seine Hände um ihren Hals zu legen und zuzudrücken, oder wahlweise, sie so hart zu küssen, bis sie aufhörte, ihn zu siezen.

„Wie heißt dieses Restaurant? Welche Uhrzeit?"

„Acht Uhr, und es ist eigentlich kein richtiges Restaurant, mehr so eine Art Kneipe. Sie heißt *Easy Rider.*"

„Gut. Wir fahren nach der Besprechung zusammen da hin."

„Also, das geht wirklich nicht. Wir treffen uns lieber dort. Ich muss vorher noch duschen, auch wenn meine Dusche eigentlich ein schimmelpilz- und keimverseuchtes Loch ist. Und ich muss auf jeden Fall noch irgendwo ein paar normale Klamotten kaufen. Ich weiß nicht, ob Philipp es erzählt hat, aber diese Designerkleider sind leider ein wenig, ähm, schmutzig geworden."

„Ein wenig schmutzig?" Philipp hatte ihm selbstverständlich ausgiebig von der Katastrophe mit den Leihkleidern erzählt und fast dabei geweint wie ein Mädchen. Henrik hatte das Ganze so gut es ging heruntergespielt, schließlich hatte er den Schaden an ihren Kleidern mit zu verantworten.

„Ich zahle das irgendwie zurück. Jeden Monat ein bisschen, oder?"

„Vergessen Sie die Kleider, sagen Sie mir lieber, was Sie unter sogenannten normalen Klamotten verstehen. Ich möchte nicht erleben, dass Sie zu diesem Schlabberlook zurückkehren."

„Aber man kann in der Kneipe nicht mit Etepetete-Klamotten auftauchen."

„Man sollte immer gut angezogen sein, gleich, welches Lokal man betritt."

„Das gilt bestimmt nicht für das *Easy Rider*. Es kann sein, dass man da eins auf die Nase bekommt, wenn man einen Anzug anhat. Das ist nämlich eine Bikerkneipe."

„Um Himmels willen!" Hatte er schon erwähnt, dass diese Frau ihn seinen letzten Nerv kostete?

„André, also der Typ, mit dem ich mich treffe, ist ein Harley-Fahrer und er sagt, dass das *Easy Rider* eine der besten Biker-Treffs in Berlin ist. Sie müssten also eine Jeans und ein T-Shirt anziehen, wenn Sie mich unbedingt begleiten wollen."

„Wie wär es mit einer schwarzen Lederhose und Nietenjacke?"

„Echt? Das würden Sie tun? Das wäre total cool!" Sie strahlte übers ganze Gesicht und wandte sich ihrem Servierwagen zu, als wäre das Thema damit für sie erledigt.

„Wir treffen uns nach der Besprechung in meinem Büro!", rief er ihr hinterher. „Dann fahren wir zusammen los, um passende Kleidung für diese Kaschemme zu kaufen. Im Übrigen ist es absolut lächerlich, dass wir uns siezen."

„Das war ja wohl nicht meine Idee, sondern Ihre!"

„Weil du starrköpfig darauf bestanden hast, unbedingt weiterhin die Küchenhilfe spielen zu wollen."

„Ich spiele nicht die Küchenhilfe, ich bin es, und ich liebe diesen Job."

„Es ist ein Job, der weit unter deiner Klasse und deinen Fähigkeiten liegt", antwortete er mit gefletschten Zähnen.

„Boah ey, Sie sind ja so ein Snob, Herr Doktor Henriksen. Mit einem Standesdünkel so groß wie der Eiffelturm!"

„Himmelherrgott noch mal! Hör endlich auf, mich zu siezen! Ich habe ein Foto von deiner feuchten Vagina auf meinem Handy."

„Und ich habe eines von deiner harten Rakete!", schnaubte sie und preschte mit ihrem Servierwagen wütend zur Tür hinaus. Wundervoll! Sie schnaubte wie eine Stute und er fühlte sich wie ein Hengst.

Aber wenigstens duzten sie sich wieder.

Es war kurz vor 16:00 Uhr, und die Besprechung mit dem Parteivorsitzenden Siegbert Gabelmeier zog sich seit einer Stunde in die Länge. Henrik und sein Team kamen einfach auf keinen grünen Zweig mit diesem Mann. Er war so von seiner Unfehlbarkeit überzeugt, dass er mit Leichtigkeit den Papst auf seinem Heiligen Stuhl hätte ersetzen können, und sein Hofstaat, der aus zwei persönlichen Referenten, seiner blonden Büroleiterin, einer weiteren, blonden Assistentin und einer noch blonderen Pressesprecherin bestand, schleimten um ihn herum wie ein Rudel Nacktschnecken um den Kopfsalat, sofern Schnecken in Rudeln auftraten – das müsste man mal googeln.

Gabelmeier hatte Image4U mit einer Imagekampagne beauftragt, weil er bei der nächsten Wahl als Kanzlerkandidat für seine Partei antreten und zuvor seinen Ruf noch einmal gründlich aufpolieren wollte, und Henriks Werbeteam hatte eine Strategie entworfen, die sich über drei Phasen erstrecken sollte, bei der Schritt für Schritt ein neues, sympathisches und ehrliches Image für Gabelmeier aufgebaut werden sollte.

Und der Mann hatte wahrhaft eine Generalsanierung seines Ansehens nötig, wenn er wirklich als Kanzlerkandidat seiner Partei antreten und auch noch gewählt werden wollte. Nach diversen Korruptions- und Schmiergeldaffären in der Vergangenheit war er im Frühjahr dann auch noch wegen eines Sexskandals mit einer minderjährigen Zwangsprostituierten durch die Presse geschmiert worden. Er hatte natürlich alles bestritten, die Forderungen nach seinem Rücktritt ignoriert und war nach zähem Hin und Her sogar ungestraft davongekommen, weil plötzlich Beweismaterial verschwunden war und Zeugen ihre Aussagen zurückgezogen hatten. Kurz und gut, wenn Gabelmeier nicht hart an seinem Image arbeitete, dann würden ihn nicht mal Zuhälter und Drogendealer zum Kanzler wählen.

Aber jetzt meckerte er seit einer Stunde an dem Imagekonzept herum. Zugegeben, die Idee, dass ein Politiker einen liebenden Ehemann und fürsorglichen Vater spielen sollte, um Wählersympathien zu gewinnen, war nicht wirklich neu oder revolutionär, aber sie wirkte noch genauso positiv auf die Wähler wie schon vor 40 Jahren, besonders dann, wenn im Vorfeld ein dreckiger Sexskandal gelaufen war.

Die erste Phase der Kampagne legte ihren Schwerpunkt darauf, für Gabelmeier das Image eines soliden und zuverlässigen Familienmenschen zu erzeugen. Die zweite Phase sollte dazu dienen, Gabelmeier glaubwürdig und integer erscheinen zu lassen. Dann würde man ihn in Krankenhäusern, Schulen, Kirchen, Tierheimen und an sozialen Brennpunkten zu sehen bekommen und erst die dritte Phase war politischen Themen gewidmet. Aber politische Themen waren das kleinste Problem bei einer Imagekampagne für einen Politiker. Wenn man den Inhalt eines Wahlkampfes auf einen Satz herunterbrach, dann hatten am Ende alle Politiker das Gleiche auf ihren Plakaten stehen: *Wählt mich und alles wird besser.* Aber von Phase drei waren sie im Augenblick noch meilenweit entfernt, denn sie drehten sich zum Thema „solider Familienmensch" unentwegt im Kreis.

Offenbar war Frau Gabelmeier von den jüngsten Sexexzessen ihres Gatten gar nicht angetan und hatte ihn vor die Tür gesetzt, und Herrn Gabelmeier behagte es keineswegs, dass er für das Gelingen der Imagekampagne nun auf die Gunst seiner Ehefrau angewiesen war. Das bedeutete nämlich, er müsste seine gegenwärtige Geliebte (die blonde Pressesprecherin) abservieren und reumütig zu seiner Frau zurückkehren.

„Den Wählern ist es doch schnuppe, ob ich verheiratet bin oder mit zwanzig Weibern vögle. Das Wichtigste für den dummen Pöbel ist doch, dass das Programm in der Glotze stimmt, dass sie alle ein Smartphone haben und ein schnelles Internet, um sich Pornos reinzuziehen", trompetete Gabelmeier durch den Raum.

Wenn man den Mann im Fernsehen oder bei öffentlichen Auftritten erlebte, wirkte er dezent, wortgewandt und klug, aber nicht in dieser Runde. Seit er den Besprechungsraum betreten hatte, sprach er mit lauter Stimme und warf mit vulgären Ausdrücken nur so um sich. Dabei lästerte er ungehemmt über Gott und die Welt, hauptsächlich aber über seine eigenen, dummen Wähler, über Kapitalistenschweine genauso wie über die Kommunistenwichser, über Schwule, Lesben und Emanzen und natürlich schimpfte er auf Pfaffen, Richter, Beamte und Ausländer. Kurz und gut, er selbst war der Größte und der Rest der Welt war dummes Fußvolk.

„Dieses Familien-Trallala ist doch nichts als reaktionäre Scheiße!", rief Gabelmeier und haute mit seiner Faust auf den Tisch. Elisabeth, die gerade sein Glas nachschenkte, zuckte vor Schreck zusammen.

„Das ist der einzige Ansatz, der Ihr Image noch retten kann, Herr Gabelmeier", antwortete Jonas, Henriks Teamleiter, und zog ein Stück Papier aus einer Mappe, das er zu Gabelmeier über den Tisch schob. „Unser Konzept basiert auf neuesten Meinungsumfragen, wonach 85 % der Jungwähler die Familie für eine wichtige …"

„Jaaa, ist ja schon gut!", unterbrach Gabelmeier ihn und wedelte dabei mit der Hand. „Stecken Sie sich Ihre Scheißmeinungsumfragen sonst wohin. Zu Deutsch heißt das, dass ich vor meiner Frau kriechen und sie um Verzeihung bitten muss, damit sie für mich in der Öffentlichkeit das liebende Weibchen spielt." Er leckte sich über die Lippen, während er Elisabeth beobachtete, wie die nun Platten mit Appetithäppchen auf dem langen Besprechungstisch verteilte. Henrik war sich nicht ganz klar, ob Gabelmeiers Lippenlecken und sein gieriger Blick dem Essen oder Elisabeth galten.

„Zumindest bis nach der Wahl!", bestätigte Jonas mit einem Kopfnicken. An diesem Punkt des Gesprächs waren sie jetzt schon zum dritten Mal angekommen.

„Die Alte wird mich auf Knien rutschen lassen und unverschämte Forderungen stellen, und ich glaube einfach nicht, dass die Wähler sich für meine Ehe interessieren. Ich verspreche soziale Gerechtigkeit, Arbeitsplätze und Steuersenkungen, und das ist es, was zieht."

Henrik fragte sich inzwischen auch schon zum dritten Mal, warum der Mensch überhaupt eine PR-Firma beauftragt hatte, wenn er es sowieso alles besser wusste.

„Ihr politischer Gegner wird den Wählern genau dasselbe versprechen, nur der hat eine junge attraktive Frau und zwei entzückende Kinder", sagte Jonas.

„Dieser geschniegelte Lackaffe ist doch zu blöde, um geradeaus zu pissen!" Er haute schon wieder auf den Tisch, sodass die Gläser hopsten.

„Sie müssen sich mit Ihrer Frau versöhnen, oder Sie können Ihre Kandidatur abhaken", mischte sich jetzt Henrik in das Gespräch. Er nagelte Gabelmeier mit einem unerbittlichen Blick fest und der riss endlich seine Augen von Elisabeth los und wandte sich Henrik zu. „Zumindest nach außen müssen Sie ein intaktes Familienleben simulieren! Ihre Frau muss Sie bei Ihren öffentlichen Auftritten begleiten und dabei wirken, als würde sie trotz Ihres jüngsten Skandals voll hinter Ihnen stehen, So wie Hilary einst hinter Bill Clinton stand, trotz der Lewinsky-Affäre."

Der Vergleich mit dem ehemaligen US-Präsidenten schien Gabelmeier zu schmeicheln, denn nun nickte er bedächtig.

„Anstatt mich wegen dieser Lappalie vor die Tür zu setzen, hätte meine Alte mir dankbar sein sollen. Sie verdankt mir alles. Ohne mich wäre sie nur eine dumme Provinznudel, aber durch mich ist sie bekannt geworden. Die Leute grüßen sie, wohin sie auch geht. Sie wird überall bevorzugt behandelt, wird mit meinem Dienstwagen durch die Republik kutschiert, und jeder küsst ihr den fetten Arsch. Natürlich wird sie hinter mir stehen und lächeln, wenn sie weiß, dass sie dadurch Kanzlergattin werden kann."

„Gut!" Henrik nickte, ohne eine Miene zu verziehen.

„Aber ich sehe immer noch nicht ein, warum ich unbedingt auf dieser Familienschiene fahren muss!", nörgelte Gabelmeier und schon begann die ganze Debatte von Neuem.

„Herr Gabelmeier", seufzte Henrik, „die neue Botschaft, die Sie vermitteln werden, lautet: Seht her! Ich mache Fehler wie jeder andere Mensch, aber ich arbeite an mir. Ich habe meine Ehe wieder in den Griff bekommen, obwohl es ziemlich schlecht um uns stand. Ich bekomme auch Deutschland wieder in den Griff."

„Bis nach der Wahl und keinen Tag länger!", schnaubte Gabelmeier, leckte sich erneut über die Lippen und schon hingen seine Augen wieder an Elisabeth, die zu ihrem Servierwagen hinüberging und die nächste Platte mit Appetithäppchen herbeiholte.

„Und Sie sollten Ihre außerehelichen Affären überdenken", fügte Jonas mit einem vorsichtigen Blick auf Gabelmeiers Pressesprecherin hinzu. Es war ein offenes Geheimnis in den einschlägigen Kreisen, dass die beiden ein

Techtelmechtel hatten, und vermutlich trieb er es auch mit den anderen beiden Blondinen, die hier am Tisch saßen – zumindest würde das die Giftblicke erklären, die die drei sich gegenseitig und vor allem Elisabeth zuwarfen.

„Ein Mann muss ja irgendwie auf seine Kosten kommen, oder etwa nicht? Ho, ho, ho!" Gabelmeier lachte aus voller Kehle und klatschte in die Hände, wie um sich selbst zu applaudieren. „Aber ich verspreche Ihnen, ich werde das Thema sehr diskret handhaben."

„Nein, Sie müssen Ihre außerehelichen Affären ganz beenden! Sofort!", befahl Henrik. Er hatte langsam die Nase voll, von dem Gespräch, von diesem Widerling und vor allem von der lüsternen Art, wie er Elisabeth anglotzte. Langsam wurde ihm klar, dass es nicht nur an Gabelmeiers Selbstüberschätzung lag, wenn sich das Gespräch seit einer Stunde im Kreis drehte, sondern auch an Elisabeth. Sie war einfach viel zu präsent in diesem Raum und lenkte alle ab, ganz besonders aber den Herrn Parteivorsitzenden, und der bildete sich zweifellos ein, er könnte ihr imponieren, indem er sich als großer Macker der Republik aufspielte.

Elisabeth hatte zunächst Kaffee ausgeschenkt und eine selbst gebackene Apfeltarte serviert, und die Gäste hatten ihr Meisterwerk der Patisserie abgekahlt wie ein Heuschreckenschwarm einen Laubbaum kahl fraß.

„Sehr lecker!", hatte Gabelmeier zu ihr gesagt und ihr dabei gönnerhaft den Hintern getätschelt. Sie hatte ihn angelächelt und nicht weiter darauf reagiert. Aber jetzt, wo Elisabeth die Platten mit den Appetithäppchen auftischte, hingen Gabelmeiers Augen schon wieder an ihrem Hintern, und seine Aufmerksamkeit war längst nicht mehr bei der Werbekampagne.

In der Regel war so eine kleine kulinarische Unterbrechung genau das Richtige, um eine festgefahrene Gesprächssituation zu entspannen, sich noch einmal neu zu sortieren, und Elisabeth hatte auch wahre Delikatessen zubereitet. Da waren Garnelen mit Feigen, Minihähnchenspieße in Honig, Canapés mit Gänseleberpastete, Himbeer-Pannacotta und verschiedene Petits Fours, aber wenn man es genau nahm, waren Elisabeths Köstlichkeiten wie Perlen vor die Säue geworfen, vor eine ganz spezielle Sau, die Gabelmeier hieß. Der stopfte nämlich alles wahllos in sich hinein und taxierte nebenher Elisabeth mit immer eindeutigeren Blicken.

„Sie maßen sich aber echt was an, Henriksen!", ließ die spezielle Sau sich jetzt mit vollem Mund vernehmen. „Dafür, dass ich einen Haufen Geld für Sie hinblättern muss, sollten Sie verdammt noch mal in meinen Arsch kriechen und mir nicht Befehle erteilen, als wären *Sie* der Kanzler und nicht ich."

Einmal abgesehen davon, dass Gabelmeier noch lange nicht Kanzler war und dass seine Partei die Kampagne bezahlte, hatte er ansonsten natürlich recht, und normalerweise behandelte Henrik selbst die übelsten Kunden mit ausgesuchter Höflichkeit und Diplomatie, aber normalerweise sabberten seine Kunden auch nicht Elisabeths Hinterteil ein.

„Sie können sich keinen weiteren Sexskandal leisten, Herr Gabelmeier", antwortete Henrik und mahnte sich selbst zur Ruhe. Ja, er lächelte sogar, allerdings hätte man das Lächeln bei kritischer Betrachtung auch als ein Zähnefletschen deuten können. „Kehren Sie zu Ihrer Frau zurück und spielen Sie den braven Gatten."

Elisabeth brachte das letzte Tablett und platzierte es mit ihrem betörenden Eva-Lazarus-Lächeln auf den Tisch, direkt neben Gabelmeier. Als sie zurück zu ihrem Servierwagen huschen wollte, drehte der sich schnell wie ein Wiesel zu ihr um und packte sie am Handgelenk.

„Wie denken Sie darüber, wunderschönes Kind? Würden Sie mich wählen, auch wenn ich kein vorbildlicher Ehemann wäre?"

Elisabeth wurde rot bis zum Haaransatz und sah dadurch nur umso entzückender aus. So entzückend, dass nicht nur Henrik nach Luft schnappte. Sie zuckte nur stumm die Schulter und versuchte, ihre Hand aus Gabelmeiers Griff zu befreien, aber der ließ sie nicht los.

„Ich bitte Sie. Sie werden doch eine Meinung haben. Sie sind eine junge, weibliche Wählerin. Sagen Sie mir einfach frei von der Leber weg, wie Sie über dieses altmodische Familienmensch-Konzept denken."

Henrik blieb fast die Luft weg. Er wünschte sich ein Messer, um diesem Typen die Hand abzuhacken. Er hielt nämlich Elisabeths vernarbte Hand so fest umklammert, dass sich sogar seine Fingerknöchel weiß abzeichneten. Das tat ihr bestimmt weh, und außerdem hatte Elisabeth überhaupt keine Ahnung von Marketing oder Image, und sie hatte auch kein Recht, sich diesbezüglich zu äußern. Herrgott, am Mittwoch hätte noch keiner seiner Kunden sie überhaupt in diesem Raum wahrgenommen, geschweige denn, sich für ihre Meinung interessiert. Und jetzt das! Unfassbar! Obwohl es natürlich sein Verdienst war oder seine eigene Schuld (je nachdem, wie man es betrachtete). Gabelmeiers Geliebte, die Pressesprecherin, witterte offenbar eine Konkurrenz und ergriff das Wort.

„Ja, mich würde allerdings auch die neutrale Meinung einer jungen, weiblichen Wählerin zu diesem Imagekonzept interessieren", sagte sie und bedachte Elisabeth mit einem hochnäsigen Lächeln. „Ist es für Sie entscheidend, ob Ihr neuer Kanzler getrennt von seiner Frau und Familie lebt oder ein vorbildlicher Familienvater ist?"

Henrik versuchte Elisabeths Blick aufzufangen, um ihr klarzumachen, dass sie nichts sagen sollte, absolut nichts, aber da öffnete sie bereits ihren rot geschminkten Mund.

„Ähm, nein!"

„Und was bedeutet ‚ähm nein'?", fragte die blonde Pressesprecherin.

„Dass es keinen Einfluss auf meine Stimme hätte, ob der Bundeskanzler getrennt von seiner Frau lebt."

„Na, bitte schön, diese kleine Schönheit würde mich sofort wählen!", posaunte Gabelmeier heraus und zwinkerte Elisabeth zu. „Nicht wahr, mein rotes Teufelchen?"

Henrik überlegte, ob er nicht einen der Minihähnchenspieße nehmen und ihn seinem Kunden ins Auge stechen sollte.

„Nein, ich würde Sie im Leben nicht wählen, selbst wenn Sie mir einen glücklich verheirateten Familienvater vorgaukeln würden", hörte er da Elisabeth antworten. Sie zerrte an ihrer Hand und Gabelmeier ließ sie vor lauter Schreck sogar los. „Sie sind für mich der Inbegriff eines korrupten und verlogenen Politikers, und ich glaube nicht, dass irgendeine Imagekampagne etwas an meiner Auffassung über Sie ändern würde."

„Elisabeth!", mahnte Henrik und wusste doch, dass es zu spät war und er sie nicht mehr bremsen konnte.

„Sie halten Ihre Wähler scheinbar für Dummköpfe, die man nach Herzenslust verarschen kann! Aber ich gehöre nicht dazu." Und schon begann sie sich zu ereifern, ihre Stimme kratzte vor Leidenschaft und ihr Busen bebte. „Sie hätten zurücktreten sollen, als Sie den Sexskandal hatten. Das wäre mal konsequent und glaubwürdig gewesen, anstatt Ihren politischen Einfluss spielen zu lassen und die Ermittlungen zu manipulieren."

„Das sind doch alles Presselügen!", brauste Gabelmeier auf. „Ich habe die Ermittlungen nicht manipuliert. Ich verbiete Ihnen, so etwas zu behaupten. Ich könnte Sie für diese Äußerung verklagen!"

„Verklagen Sie mich doch, Herr Möchtegern-Kanzler!" Elisabeth stemmte jetzt ihre Fäuste in die Hüften und baute sich breitbeinig vor Gabelmeier auf. Oje, Henrik kannte diese Körperhaltung. Nichts würde sie jetzt noch von der Dummheit abhalten können, die gerade in ihrem Kopf herumspukte. „Korrupte, verlogene und selbstgefällige Politiker wie Sie sind der Grund, warum Leute wie ich nicht mehr zur Wahl gehen wollen. Einem Betrüger wie Ihnen gebe ich meine Stimme jedenfalls nicht."

Schlagartig brach eine Art Tumult am Tisch aus.

„Das ist ja der Gipfel!", brüllte Gabelmeier und schnellte aus seinem Stuhl heraus. Seine drei Blondinen schnatterten empört durcheinander und seine beiden persönlichen Referenten standen auf und wussten nicht so recht, wie sie sich verhalten sollten, während Jonas Faller mit einem lauten „Ach du Scheiße!" beide Hände vor sein Gesicht schlug und seine Teamkollegen auf die Tischplatte starrten und offensichtlich versuchten, ihr Grinsen zu verbergen und ihr Kichern zu unterdrücken.

„Wenn Sie den Auftrag für diese Kampagne behalten wollen, dann setzen Sie diese kleine rothaarige Nutte sofort vor die Tür!", brüllte Gabelmeier und zeigte anklagend auf Henrik. Der stand jetzt ebenfalls von seinem Stuhl auf. Er wusste nicht einmal genau, warum er das tat, was er tat, er wusste nur, dass es die einzig mögliche und richtige Reaktion war. Er ging um den Tisch herum, stellte sich neben Elisabeth und legte seinen Arm besitzergreifend um ihre Hüfte. Dann drückte er ihr einen sanften Kuss auf die Schläfe und sagte zu Gabelmeier:

„Sie haben meine Verlobte soeben eine Nutte genannt, Herr Gabelmeier. Ich denke, damit ist unsere geschäftliche Beziehung beendet. Suchen Sie sich bitte eine andere PR-Firma."

Später wusste er nicht einmal mehr genau, wie er Gabelmeier und seine Leute losgeworden war. Es war alles sehr laut und unverschämt zugegangen, und Frau Lange hatte irgendwann sogar den Sicherheitsdienst verständigt. Aber erst als Jonas damit gedroht hatte, die Presse zu informieren, war Gabelmeier schließlich abgezogen, nicht ohne noch ein paar vage Drohungen auszustoßen von wegen, er würde Image4U fertigmachen. Aber der ganze Tumult war an Henrik abgeperlt, denn er hatte mit einem eigenen Tumult in seinem Innern zu kämpfen. Er war stinkwütend auf Elisabeth und gleichzeitig auch unsagbar stolz auf sie.

Was für ein Weib!

~

Doc H hatte wirklich keinen Grund, sauer auf sie zu sein. Es war nicht ihre Schuld, dass dieser blöde Politiker-Arsch sie angesprochen hatte, oder? Und Lisa hatte Doc H schließlich auch nicht darum gebeten, dass er sich vor sie stellen und sie in Schutz nehmen sollte, obwohl das ziemlich ritterlich von ihm gewesen war, die Art und Weise, wie er besitzergreifend den Arm um sie gelegt und sie seine Verlobte genannt hatte. Ach, was heißt ritterlich? Es war oberhammercool gewesen. Gabelmeier hatte es schlicht die Sprache verschlagen. Er war kreidebleich geworden und hatte nach Luft geschnappt wie eine Nonne im Puff, während Lisas Herz richtig heiß geworden war und sie ebenfalls nach Luft geschnappt hatte.

Jetzt saß sie mit Doc H im Auto, und sie befanden sich auf dem Weg zur Einkaufsmall am Leipziger Platz, um passende Kleidung für die Biker-Kneipe zu kaufen, und Doc H war mal wieder in seinen Power-Schweigemodus verfallen.

„Danke, dass du mich vor dem Widerling in Schutz genommen hast", sagte sie zu ihm, nachdem sie losgefahren waren. „Jetzt denken alle in deiner Firma, dass wir was miteinander haben, und genau das wolltest du doch vermeiden."

„Es ist mir gleichgültig, was alle denken", antwortete er und trat das Gaspedal durch. „Und außerdem haben wir ja etwas miteinander. Eine sehr intensive und, äh, professionelle Coachingbeziehung."

Nachdem er ungefähr fünf Querstraßen lang mit düsterem Blick vor sich hin geschwiegen hatte, ergriff Lisa wieder das Wort. „Dieser Gabelmeier hat mich doch nach meiner Meinung gefragt. Was hätte ich denn sagen sollen? Hätte ich lügen sollen und ihm sagen, dass ich ihn toll finde?"

„Nein!", kam es frostig von nebenan.

„Er ist ein frauenfeindlicher, korrupter und größenwahnsinniger Drecksack", maulte sie.

„Mag sein, aber er war in erster Linie mein Kunde."

„Sei froh, dass du für den keine Wahlwerbung mehr machen musst. Das wären alles nur dreiste Lügen gewesen."

„Das ist mein Beruf, Elisabeth", antwortete er zwischen zusammengebissenen Lippen. „Ich verdiene mein Geld damit, dass ich den Leuten hübsch verpackte Lügen verkaufe."

„Es tut mir leid, dass ich dir dein Geschäft vermasselt habe, aber es tut mir nicht leid, was ich zu diesem Ar… Armleuchter gesagt habe. So einer wie der gehört hinter Gitter und nicht auf den Chefsessel im Kanzleramt."

„Ja."

„Ja? Du gibst mir recht?" Eigentlich hatte sie erwartet, dass er ihr vorrechnen würde, wie hoch sich seine Verluste durch das geplatzte Geschäft belaufen würden, aber ein einfaches Ja, das war doch irgendwie total untypisch für Doc H und total irritierend.

„Ja, ich gebe dir recht", wiederholte er. „Und eine Dame starrt nicht mit offenem Mund. Das wirkt debil."

„Echt jetzt?" Sie ignorierte seine Kritik, klappte aber ihren Mund ganz schnell wieder zu. „Dann bist du gar nicht wütend auf mich?"

„Ich bin niemals wütend, sondern stets gelassen. Allerdings muss ich zugeben, dass es einen Moment während dieser unsäglichen Besprechung gab, an dem ich am liebsten die Augen verdreht und ganz laut gestöhnt hätte."

„Als ich ihn einen Ehebrecher und Möchtegern-Kanzler genannt habe?"

„Nein, als ich deine Pannacotta probiert habe, sie war einfach himmlisch."

„Wie jetzt? Verarschst du mich gerade?" Eindeutig, denn aus seiner Kehle kam ein leises Geräusch, das man bei wohlwollender Betrachtung durchaus als Lachen interpretieren konnte.

„Nein, ich meinte es ernst. Ich habe noch nie eine so gute Pannacotta gegessen, und ich war sehr stolz auf dich."

„Du warst stolz auf mich? Wegen meiner Kochkünste?"

„Wegen deines Auftretens. Dein gesamtes Erscheinungsbild, deine Körperhaltung, deine Gesten, dein Lächeln, alles war vollkommen. Du hast im Vergleich zum vergangenen Mittwoch unfassbare Fortschritte gemacht, Elisabeth, überleg mal. Gabelmeier hätte dich doch nie nach deiner Meinung gefragt oder dich überhaupt als Anwesende im Raum wahrgenommen, wenn du nicht so eine erstklassige Ausstrahlung hättest. Ich bin überwältigt, wie du dich in so kurzer Zeit verändert hast – was wir beide erreicht haben."

„Ach so. Jetzt verstehe ich. Das ist so eine Art von Stolz, wie ihn dieser blöde Henry Higgins auch hatte, als er mit Eliza Dolittle Eindruck schinden konnte. Aber ansonsten trampelt er nur auf ihren Gefühlen herum und behandelt sie wie Dreck."

„Sag bloß, du hast Pygmalion gelesen?"

„Ja, die ganze Nacht, und ich fand den Schluss blöd. Eliza Doolittle hätte es verdient, dass er sie liebt, aber er ist so ein arroganter, selbstverliebter Idiot."

„Er ist zufrieden mit seinem Leben, so wie es ist."

„Nein, er ist einsam und bärbeißig, genau wie du. Und Valerie ist keine gute Ausrede für deinen Frauenhass."

„Ich hasse Frauen nicht. Ich vergesse nur nicht, dass Frauen falsch und habgierig sind."

„Das ist doch absoluter Chauvinisten-Bullshit, und das weißt du ganz genau. Frauen sind nicht falscher und habgieriger als Männer. Ich sage nur: *Gabelmeier*! Dein Problem ist, dass du Angst hast, wieder verletzt zu werden, aber dein Verhalten ist einfach nur feige."

„Klugscheißerin!"

„Heißt das nicht: *Ich bewundere deine Klugheit und deine Bildung, mein Herz?*"

Sein Mundwinkel zuckte, wenn auch nur schwach. „Jetzt mal im Ernst, Henrik Henriksen: Unterstellst du etwa allen Frauen, dass sie nur hinterm Geld her sind? Ich hätte Hannes sofort geheiratet, selbst wenn er Postbote oder Müllmann wäre."

„Ich bestreite nicht, dass es Ausnahmen gibt, wie dich zum Beispiel, und nach dem Coaching wirst du einzigartig sein, Elisabeth Machnig."

„Dein Superkunstwerk?"

„Diese Besprechung heute war nur der Anfang. Wenn ich mit dir fertig bin, wirst du eine Ikone sein, und jeder heterosexuelle Mann wird sich hoffnungslos in dich verlieben."

„Du auch?"

„Wenn ich es zulassen würde, dann könnte mir dieses Unheil durchaus widerfahren." Hätte sie in diesem Moment nicht zu ihm hinübergeblickt und gesehen, dass sein berüchtigter Mundwinkel ganz schwach nach oben zuckte, sie hätte seine fiesen Worte ernst genommen. Aber jetzt musste sie einfach loslachen.

„He, du Spaßvogel!" Sie ballte ihre Faust und haute mit voller Wucht gegen seinen Oberarm. Autsch! War der aus Stahl, oder was? „Das ist ja mal wieder typisch Doktor Frostbeule: ein Kompliment in eine Beleidigung verpacken! Warts nur ab, Henry Higgins, wenn ich nämlich mit *dir* fertig bin, dann wirst du so liebenswert sein, dass ich mich vielleicht sogar selbst in dich verlieben könnte."

„Also ich muss doch sehr bitten. Ich bin dein Lehrmeister und Coach, und ich würde es bevorzugen, wenn du mich Henrik und nicht Spaßvogel nennen würdest."

„Oder Ohgooott."

Er antwortete mit einem seltsamen Geräusch, das sie nicht genau einordnen konnte, es klang aber sehr sexy. Apropos sexy: Inzwischen waren sie in der Mall angekommen, und Henrik war mit ein paar Kleidern in der Umkleidekabine verschwunden. Als er wieder herauskam, machte er eine Miene wie ein Grabredner bei seiner eigenen Beerdigung.

„Oh wooooow!", rief Lisa. „Du siehst in der Hose ja so affengeil aus, äh, affenimposant, meine ich! Du siehst aus wie James Dean höchstpersönlich."

Er hatte zwar keine schwarze Biker-Lederhose anprobiert, aber eine enge dunkle Jeans und dazu ein genauso enges schwarzes T-Shirt mit einem Eagle-Aufdruck, das seine Brustmuskulatur und seinen sehnigen Oberkörper ziemlich gut zur Geltung brachte. Falls auf seiner Sexy-Skala nach oben hin überhaupt noch Platz war, so hatte er in seinem Outfit gerade eben Lisas persönlichen höchstzulässigen Richtwert überschritten.

Die Verkäuferin fand das offenbar auch, denn sie gaffte Henrik mit riesigen Augen an. Sie hatte Tattoos an allen sichtbaren Stellen ihres Körpers (und das waren sehr viele) und geschätzte hundert Piercings an Lippen, Zunge, Nase, Augenbrauen und Ohren. Lisa wollte lieber nicht wissen, wo sonst noch. Auf jeden Fall checkte die Piercing-Queen Doc H ziemlich unverhohlen ab. Normalerweise waren in den Läden, in denen Lisa einkaufte, nie irgendwelche hilfsbereiten Verkäuferinnen zur Stelle. Ganz im Gegenteil, die nahmen meist Reißaus, wenn ein Kunde in der Nähe war, aber auf einmal waren gleich drei dienstbeflissene Beraterinnen anwesend. Eine mit lila Strähnen im Haar fasste jetzt sogar ganz ungeniert nach dem Hosenbund der Jeans und zog kräftig daran, als müsste sie die Belastbarkeit prüfen, und dann verkündete sie Kaugummi kauend:

„Voll krass gute Passform, ey!"

Lisa trat zwischen ihn und die Verkäuferin und setzte ihr perfektes Eva-Lazarus-Lächeln auf. „Nur deine Frisur ist voll scheiße, ey!", ahmte sie die Stimme der Verkäuferin nach. Dann fuhr sie mit ihren Händen in Henriks geschniegelte Doktor-Snob-Frisur und wuschelte sie richtig wild durch, und jetzt, wo seine Strähnen plötzlich in alle Richtungen abstanden, sah er auf einmal gar nicht mehr etepetete aus. Aber natürlich passte es Doc H überhaupt nicht, dass sie seine Frisur verwüstet hatte. Er packte sie an ihren Handgelenken, um sie von weiteren Wuschelangriffen abzuhalten.

„Untersteh dich!", zischte er.

„Deine Frisur ist noch lange nicht hübsch genug, du Angeber", kicherte sie und versuchte sich aus seinem Griff zu befreien, und schon ging das Gerangel los. Sie zappelte wild herum, und er hielt sie eisern fest.

„Treibe es nicht zu weit, sonst muss ich dir den Hintern versohlen!"

„Versuchs doch!", kicherte sie, aber kaum hatte er eine ihrer Hände losgelassen, um tatsächlich auf ihren Hintern zu klatschen, da wuschelte sie schon wieder wild sein Haar.

„Hör auf damit, Lissy!", knurrte er und klang gar nicht amüsiert.

„Lissy?" Oh Mann, dafür, dass er so sauer klang, sprach er ihren Namen aber ziemlich zärtlich aus. Wo war denn auf einmal sein verknöchertes „Elisabeth" hingekommen?

„Aber du siehst mit deiner neuen Frisur so geil aus, Henry!" Sie konnte nicht anders, sie musste einfach lachen, und er verlor jetzt vollends seine stoische Ruhe.

„Zur Hölle mit dir, du Satansbraten!", knurrte er wie ein wütender Löwe, und dann griff er ebenfalls in ihr Haar, hinten am Nacken, wo sie es mit dem blauen Samtband zu einer Art lockerem Dutt zusammengewurstelt hatte, da grub er seine Finger tief in den Knoten, packte sie daran und zog ihren Kopf weit nach hinten, sodass sie beinahe mit dem Gesicht zur Decke schaute. Diese Geste hatte einen Hauch von Brutalität, bis zu dem Moment, wo er ganz sanft mit seinen Lippen ihren Hals berührte, sie dort küsste und seinen Mund dann federleicht an ihrem Hals hinaufgleiten ließ, über ihr Kinn bis zu ihrem Mund.

Sie konnte nicht anders, sie ächzte laut und lüstern. War ihr doch egal, dass die drei Kaugummi kauenden Verkäuferinnen bei diesem Akt von bittersüßer Brutalität zusahen. Na ja, es war ja nicht wirklich brutal, es war eher ein hammergeiles Vorspiel in der Öffentlichkeit. Und das Wort „Öffentlichkeit" hatte dabei null abschreckende Wirkung auf sie. Vielleicht eher im Gegenteil.

„Ohgooott", stöhnte sie und dann verschloss er ihren Mund mit seinen Lippen, und die drei Verkaufsberaterinnen schnappten nach Luft, hielten den Atem an und stoppten das Kaugummikauen für mindestens eine Minute und 45 Sekunden – während der Henrik Lisa küsste. Obwohl das eigentlich kein Kuss war, sondern das war Hintern versohlen mit dem Mund. Hart und so erregend, dass es wehtat.

Sie hatte plötzlich wieder beide Hände frei, und während er immer noch ihren Haarknoten gepackt hielt und ihren Kopf nach hinten gebogen hatte, war seine andere Hand …

Definitiv auf ihrer Brust. Yeaaaah!

Und ihre Hände verselbstständigten sich jetzt auch. Die rechte wuschelte langsam und zärtlich durch sein Haar und die linke schlängelte sich über seinen Oberarm hinunter zu seinem Bauch und unaufhaltsam zu seinem Hosenbund. Sie versuchte den Knopf der Hose zu öffnen und fummelte mit fahrigen Fingern daran herum, aber die Hose war viel zu eng, und Lisa blieb erfolglos. Er machte ein Geräusch, das wie „Grrrmm!" klang, und sie machte ein Geräusch, das mehr nach „Aaaahmmm!" klang, irgendjemand machte ein Foto mit dem Handy, es blitzte jedenfalls, und ein paar Zuschauer klatschten Beifall und machten Geräusche, die nach „Wuuuuhuuu!" und „Zugabe!" klangen. Dann erst brach er seinen hammergeilen Exhibitionisten-Kuss abrupt ab.

Danach ließ Doc H wieder den aufgeblasenen Obersnob heraushängen. Er rückte die jetzt noch viel engere Jeanshose zurecht, klatschte der Verkäuferin seine Kreditkarte in die Hand und sagte mit kratziger Stimme: „Ich kaufe dieses Bekleidungsarrangement und behalte es gleich an. Außerdem möchte ich, dass meine Verlobte genau die gleichen Sachen trägt, selbstverständlich in ihrer eigenen Größe."

Und so kam es, dass Lisa jetzt auch eine Jeans und ein T-Shirt mit Eagle-Aufdruck besaß und nicht zu vergessen: eine grottenhässliche Kunstlederjacke mit Nieten.

„Alle sechs Teile zusammen nicht mal 300 Euro", verkündete sie voller Stolz, als sie beide sich im Aufzug befanden und in die Tiefgarage der Mall hinunterfuhren. „Wahrscheinlich war die Leihgebühr für das Valentino-Kleid doppelt so hoch."

„Jetzt fahren wir zu mir!", sagte er und hielt ihr die Autotür auf. „Und ich will kein einziges Wort des Widerspruchs von dir hören. Verstanden?"

„Ja Sir!"

Irgendwie waren sie beide ganz automatisch in ihr geliebtes Rollenspiel zurückgefallen, ohne viele Worte darüber zu verlieren oder es abgesprochen zu haben. Auf einmal war sie wieder die brave Eva, und er war ihr dominanter Herr Verlobter. Der Umschwung in ihren Verhaltensweisen hatte während seines Hardcore-Bestrafungskusses stattgefunden, und es war einfach genial, wie perfekt sie aufeinander eingestimmt waren.

„Und warum fahren wir zu dir?", fragte sie ihn in sehr devotem Tonfall. Ah, sie liebte dieses Rollenspiel, und „zu ihm fahren" fand sie im Augenblick auch voll in Ordnung.

„Du wirst dich ja wohl nicht in deiner Schimmelpilzdusche duschen wollen!", kam es herrisch von links. Als Besitzer einer perfekt funktionierenden und blitzsauberen Dusche hatte er eindeutig die Oberhand, und da ordnete man sich als Frau doch gerne unter. Ehrlich.

„Nein, das will ich wirklich nicht!", gab sie zu. „Duschen bei dir wäre toll. Danke, lieber Henrik, dein Angebot ist sehr nett."

Sein Mundwinkel wackelte ein bisschen. „Danach begeben wir uns in diese Motorradfahrer-Kaschemme. Aber glaube bloß nicht, dass du um das

Konversations-Coaching herumkommst."

„Du möchtest in einer Biker-Kneipe Konversation mit mir üben, im Ernst?" Ha, ha, ha! Der Mann war einfach hammermäßig witzig!

„Das Begrüßungsritual, das wir am Sonnabend geübt haben, war nur der erste Schritt, um das Interesse eines Mannes zu wecken und mit ihm ins Gespräch zu kommen, der nächste und viel wichtigere Schritt ist es, sein Interesse auch zu halten. Und das geschieht nicht, indem man nur gehaltlose Standardphrasen drischt."

„Was verstehst du denn unter Standardphrasen?"

„Kannst du dich noch an deine erste Unterhaltung mit deinem Exfreund und künftigen Ehemann erinnern?"

„Hannes?" Künftiger Ehemann? Hatte sie den Typen wirklich mal heiraten wollen? Am Mittwoch noch? „Wir waren auf einer Party, und er hat mich angesprochen und mich gefragt, was ich beruflich so mache."

Doc H schnaubte nur, sagte aber nichts, und Lisa erzählte weiter.

„Na ja, ich mache ja nichts, womit man angeben kann, also habe ich nur gesagt: ‚Ich mache hungrige Männer satt, und was machst du so?' Und dann hat er angefangen, von sich zu erzählen. Er ist Hochbauingenieur und Hobbyangler, und nach einer halben Stunde hatte ich das Gefühl, dass ich alles über die Beschaffenheit von Beton weiß und alle Angelstellen rund um Berlin besser kenne als meinen Balkon. Hannes kann unglaublich viel erzählen."

Doc H schüttelte den Kopf und gab ein weiteres Schnauben von sich.

„Ich habe langsam das Gefühl, dass ich nicht dich, sondern diesen Trottel coachen muss. Also zum Ersten: Wenn man jemanden kennengelernt hat und ein denkwürdiges Gespräch führen möchte, dann stellt man keine Fragen wie bei einem Vorstellungsgespräch. *Was machst du beruflich? Wie alt bist du? Wo wohnst du?* Das ist trivial, zeugt von Geistlosigkeit und verrät dir gar nichts über den Charakter deines Gesprächspartners. Und das ist es letzten Endes, worauf es ankommt: Du willst dir ein erstes Bild von seinem Charakter und von möglichen Gemeinsamkeiten machen und nicht von seinem Beruf."

„Na, das sag ich doch die ganze Zeit, dass es nicht auf das Geld ankommt."

„Ich habe dir nie widersprochen, mein Herz. Weil es also um Charakter und nicht um Geld geht, ist es viel besser, wenn du jemanden in einem ersten Gespräch nach seiner Meinung zu irgendeinem Thema fragst. Zum Beispiel: *Wie denkst du über das Flüchtlingsproblem?* Oder wenn du dich nicht für Politik interessierst, fragst du nach seiner Meinung über einen Film, der gerade im Kino läuft, oder über einen Bestseller, den du gelesen hast. Und wenn du mit einem sehr gebildeten und kultivierten Menschen unterwegs bist …"

„So jemand wie du?"

„Jemand wie ich würde sich mit einer Frau gerne über Musik, Literatur oder Kunst unterhalten wollen, und ich würde ein Gespräch als ausgesprochen anregend und denkwürdig empfinden, wenn ich feststelle, dass diese Frau kluge und witzige Dinge dazu äußert."

„Ich rede am liebsten über Musik oder neue Kochrezepte."

„Na, siehst du, das sind schon zwei Dinge, die wir gemeinsam haben, über die wir uns unendlich unterhalten und näherkommen könnten."

„Du liebst Kochrezepte?"

„Und ob. Ich kann sehr gut kochen. Eines Tages musst du mir unbedingt dein Pannacotta-Rezept verraten."

„Das ist pipieinfach, ich kann dir zeigen, wie es geht."

„Wir sollten mal zusammen kochen, ich mache meine weltberühmte Ente in Orangensoße und du machst deine sinnliche Pannacotta."

„Oh wow, ja! Das ist eine coole Idee." Sie strahlte von einem Ohr zum anderen und ihr Herz hüpfte glücklich.

„Siehst du, so einfach geht ein denkwürdiges Gespräch: Nur wenige Sätze über ein Thema, das uns beiden am Herzen liegt, und schon haben wir einen Draht zueinander gefunden und eine Verabredung."

„Ach so, das war nur eine Übung, und ich habe gedacht, du meinst es ernst. Aber wie fange ich denn ein denkwürdiges Gespräch an, wenn ich den Typen noch gar nicht kenne und keine Ahnung habe, welche Hobbys oder Vorlieben er hat?"

„Wenn du dir unsicher bist, welches Thema deinem Gegenüber gefällt, dann machst du es genauso, wie du es bei deinem ersten Gespräch mit diesem Hannes gemacht hast, und sagst etwas Unerwartetes und Witziges. Etwas, das einen Touch von Doppeldeutigkeit und Erotik hat, aber ohne plump und ordinär zu klingen. Ein pfiffiger Einleitungssatz wird einen Mann unendlich neugierig auf dich machen. *Ich mache hungrige Männer satt.* Das klingt für mich genial. Ich wäre dir sofort verfallen."

„Du findest den Spruch gut? Ich dachte, er ist total platt."

„Er ist der perfekte Anfang für ein denkwürdiges Gespräch, Elisabeth, und ich kann gut verstehen, warum er sich in dich verliebt hat. Ich kann nur nicht verstehen, was eine bezaubernde Frau wie du an so einem Simpel findet."

„Er war der erste Mann, der sich für mich interessiert hat, nach dem Unfall, meine ich. Ich fand mich damals so entstellt und unfähig, und er hat mir zum ersten Mal seit langer Zeit wieder das Gefühl gegeben, hübsch und begehrenswert zu sein. Das hat mich richtig von den Füßen gehauen! Ich bin noch am gleichen Abend mit ihm ins Bett, so verliebt war ich. Na ja, wir waren nicht wirklich in einem Bett, aber wir hatten Sex."

„Dein erstes Mal?"

„Ja, und es war grauenvoll!" Sie lachte bei der peinlichen Erinnerung daran. „Ich dachte, er meldet sich nie wieder."

„Hätte er es doch besser nicht getan!", murmelte Doc H muffig. „Du hättest vermutlich an jeder Straßenecke einen besseren Liebhaber finden können!"

„Man kann es sich nicht aussuchen, in wen man sich verliebt. Dir ist es doch mit deiner Vandalie auch so ergangen."

„Oh, aber Valerie war gut im Bett. Beinahe zu gut. Manchmal denke ich, dass der Sex das Einzige war, was uns verbunden hat. Ansonsten hatten wir nicht viele Gemeinsamkeiten."

„Keine Musik und keine Kochrezepte oder hochtrabende Gespräche über Kunstgeschichte und Weltliteratur?", fragte sie ein wenig bissig. Sie fand es doof, dass Valerie anscheinend so eine gute Liebhaberin war und sie selbst nur eine dusslige Amateurin.

„Valerie ist eine selbstverliebte Egoistin. Sie war immer nur mit sich selbst beschäftigt: Fitnessstudio, Solarium, Sauna, Squash und Aerobic. Dauernd war sie im Rudel unterwegs, von zig Freunden und Verehrern umgeben. Auf Partys und Events und Sessions. Sie hat mich natürlich überallhin mitgenommen und mich ihren Tausenden von Freunden vorgestellt und damit angegeben, dass sie so einen jungen Liebhaber hat. Bezahlt habe immer ich." Er schüttelte den Kopf. „Ich war wirklich blind."

„Eigentlich solltest du Olga dankbar sein, dass sie dich von Valerie befreit hat!"

„Oh, ich bin ihr dankbar. Inzwischen. Damals hat Olga mir das Herz gebrochen, aber rückblickend muss ich zugeben, dass sie recht hatte, wie leider immer. Sie ist eine unglaublich scharfsinnige Frau, weißt du, mit einer beängstigend guten Menschenkenntnis. Manchmal denke ich, sie kann

Gedanken lesen."

„Und obwohl du sie so gut kennst, hast du versucht, ihr ein billiges Theater mit einer falschen Verlobten vorzuspielen."

„Nenn es einen dummen Akt der Verzweiflung, aber Tatsache ist auch, dass sie hingerissen war von dir."

Lisa lachte auf. „Ja, so sehr, dass sie dich dazu zwingen wollte, mich zu heiraten. So viel zu ihrer Menschenkenntnis."

Darauf antwortete Doc H gar nichts mehr. Power-Schweigen die Zweite, und sie wusste nicht mal, was sie jetzt schon wieder Falsches gesagt hatte. Erst als er in die Seitenstraße einbog, die zum Paul-Linke-Ufer führte, sprach er wieder.

„Frau Frey und Caro gehen davon aus, dass wir verlobt sind und uns lediglich ein wenig gezankt haben. Ich wäre dir dankbar, wenn du die beiden in dem Glauben lassen würdest! Ich habe keine Lust, ein unnötiges Gespräch mit Caro oder gar mit der Frey zu führen."

„Ich find's zwar nicht gut, aber es ist deine Familie. Du musst selbst wissen, wie du sie anlügen willst!" In Wahrheit war ihr die Moral im Augenblick shitegal. Sie würde alles für eine heiße Dusche tun. Sie würde sogar seine bucklige Großmutter spielen, wenn er es verlangen würde. Trotzdem war Lisa ziemlich erleichtert, als sie in seine Wohnung kamen und niemand da war. Frau Frey hatte wahrscheinlich längst Feierabend gemacht, und Caro war vielleicht noch auf Achse. Es war ja erst kurz vor sechs am Abend.

„Sturmfreie Bude!", stellte Doc H mit heiserer Stimme fest.

„Sollen wir vielleicht zusammen duschen?", fragte sie. Ihre Stimme war auch sehr rau. „Du kannst mir zeigen, wie ich dich einseifen soll!"

Sie hatte das mal mit Hannes zusammen versucht, aber die Dusche in ihrer Wohnung war so eng und glitschig gewesen, und sie selbst hatte sich scheinbar so dusslig angestellt, dass Hannes ausgerutscht war und sich dabei den Musikantenknochen an seinem Ellbogen angestoßen hatte. Sein Gejaule und seine Flüche hatten sogar die Mieter über ihnen gehört, und seither duschte jeder für sich. Aber bei Doc H hatte Lisa überhaupt keine Bedenken, dass irgendetwas schiefgehen könnte, ganz im Gegenteil, sie konnte gar nichts falsch machen, wenn er dabei war, weil er ihr Lehrmeister war und sie anleitete und ihr genau zeigen würde, was ihm gefiel. Plötzlich presste er sie mit seinem ganzen Körper gegen die Wand im Flur. Herrisch, besitzergreifend und heiß und zischte ihr ein verärgertes „Nein!" ins Ohr.

„Nein?" Nicht zusammen duschen? „Warum nicht?"

„Du warst wieder einmal gar nicht brav, und dafür kann ich dich nicht auch noch belohnen." Er streichelte mit seinen Fingerspitzen langsam ihren Hals hinauf und hinunter.

„Hä, aber was hab ich denn falsch gemacht?"

Jetzt legte er in einer bedrohlichen Geste seine Hand um ihren Hals. Sie liebte diese dominante Berührung.

„Zuerst einmal hast du das falsche Fragewort verwendet. Es heißt nicht *hä*, sondern …?"

„Wie bitte, liebster Henrik." Shit, er spielte den Lehrer, und sie wurde sofort feucht, nur vom Klang seiner Stimme und seiner Hand an ihrem Hals. Das Fleisch zwischen ihren Beinen pulsierte bereits vor lauter Verlangen.

„Na also. Ich weiß genau, dass du es nicht vergessen hast, sondern dass du mich mit deinem Ungehorsam nur provozieren willst." Jetzt strich er mit seinem Daumen langsam über ihre Unterlippe, während sein Gesicht ihrem immer näher kam. „Du magst es, wenn ich dich bestrafe, stimmt's?"

„Ein bisschen!"

Seine Hand legte sich noch ein wenig enger um ihren Hals. „Du nennst mich nie wieder Spaßvogel oder untergräbst meine Würde in der Öffentlichkeit, indem du durch meine Haare wuschelst!"

„Nie wieder. Versprochen. Obwohl deine Frisur jetzt sehr hübsch ist." Sie hätte ja gekichert, wenn sie nicht so unsäglich erregt gewesen wäre, aber jetzt war das Rollenspiel Realität, und sie hatte nur noch den einen Wunsch: sein braves Mädchen zu sein und ihm zu gefallen.

„Ich werde dich trotzdem bestrafen müssen!" Jetzt waren seine Lippen so dicht an ihren, dass sie seinen Atem in ihrem Mund spüren konnte.

„Hart?"

„Sehr, sehr hart!" Er presste seinen Unterkörper kräftig gegen ihren Bauch, und sie spürte genau, was er meinte.

„Ohgooott!"

„Papa?" Das war Caros Stimme, und sie wirkte wie ein Guss Eiswasser auf die beiden. „Wir warten schon auf dich."

Henrik ließ Lisas Hals abrupt los und wirbelte auf dem Absatz herum. Im Flur stand Caro mit entsetztem Gesicht. Ihre weit aufgerissenen Augen glitten über ihren ungewöhnlich gekleideten Vater, von Kopf bis Fuß und wieder zurück. Lisa hatte keine Ahnung, wie lange Caro schon dagestanden und sie beide beobachtet hatte, aber es war unmöglich, diese seltsame Situation und die noch seltsamere Unterhaltung irgendwie zu erklären.

Ach du Scheiße!

Da fiel ihr Blick auf die offene Tür des Wohnzimmers. Da stand noch jemand. Es war ein älteres Pärchen, die Frau war klein und rund mit grauschwarzem Haar, und der Herr war groß, schlank und attraktiv, das gealterte Abbild von Philipp.

„Guten Abend, Mama. Papa", sagte Henrik und seufzte leise.

16. Familienbande

Henriks Mutter predigte nun schon seit 15 Minuten, ohne Luft zu holen. Sie saßen im Wohnzimmer, Henrik und Elisabeth auf der Couch nebeneinander wie zwei Schulkinder, die etwas ausgefressen hatten, und seine Eltern saßen auf den Sesseln gegenüber. Seine Mutter gestikulierte wild, während sein Vater ganz entspannt im Sessel lungerte und seine langen Beine weit von sich gestreckt hatte. Caro hockte auf Mutters Armlehne.

Henrik hatte Elisabeth als seine Verlobte vorgestellt (ja!), und seine Eltern hatten verständlicherweise etwas ablehnend auf die unbekannte Schwiegertochter in spe reagiert. Er hatte die beiden notgedrungen ins Wohnzimmer gebeten, aber ihnen nichts zu trinken angeboten, in der Hoffnung, sie würden dann nicht so lange bleiben. Andererseits wusste er nur zu genau, dass der Elternbesuch bei ihm meist mit einer Übernachtung verbunden war. Wenn sich die beiden schon die Mühe machten und ihre Mecklenburger Einöde verließen, um nach Berlin zu kommen, dann wollten sie auch Zeit mit ihrem Sohn und ihrem Enkelkind verbringen. Seltsamerweise ergriff Caro bei den Oma-Besuchen regelmäßig die Flucht und hatte plötzlich wichtige Verabredungen mit ihren Freundinnen, bei denen sie angeblich für Klassenarbeiten lernen oder an Schulprojekten und Referaten arbeiten mussten.

„Ich muss es von anderen erfahren, dass du eine Verlobte hast", regte sich seine Mutter auf. „Diese alte Hexe braucht nur mit dem Finger zu schnippen, und schon fährst du zu ihr. Aber deine eigenen Eltern müssen es von fremden Leuten erfahren. Hätte Onkel Werner mich nicht angerufen, dann wüsste ich immer noch nichts. Wann hattest du denn vor, deinen Vater und mich einzuweihen und uns deine Braut vorzustellen? Und wann hast du die Hochzeit geplant? Hoffentlich nicht im September, du weißt, dass wir den ganzen September über verreist sind ..." Und so ging es weiter, noch mal 10 Minuten lang, und inzwischen wiederholte sich der Inhalt von Mutters Moralpredigt.

„Mama, wir müssen jetzt gleich los. Elisabeth und ich haben noch einen wichtigen Termin. Wir reden ein anderes Mal darüber." Henrik stand auf, als Zeichen dafür, dass das Gespräch beendet war. In Wahrheit war ihm bange vor dem, was Elisabeth anstellen könnte, wenn das so weiterging. Sie hatte bereits zweimal tief Luft geholt, um zu sprechen, und bei ihrer drastischen Ehrlichkeit stand zu befürchten, dass sie freiheraus die Wahrheit über ihre „Beziehung" ausplappern würde, und *das* konnte er nicht zulassen.

„Dachtest du, dass wir mit der Wahl deiner Braut nicht einverstanden wären?", ging die Leier seiner Mutter weiter. „War das der Grund, warum du sie bei dem Empfang unter einem falschen Namen vorgestellt hast? Werner sagte, dass man ein Video von ihr gezeigt hat. Das war natürlich sehr unschön, aber deshalb musst du sie nicht vor uns verstecken. Wir würden sie doch deshalb nicht ablehnen." Leider sagte die Körpersprache seiner Mutter etwas anderes: Ihre stocksteife Haltung war ganz klar auf Ablehnung getrimmt.

„Wir sind doch froh und dankbar, wenn überhaupt mal wieder eine Frau für dich sorgt. Auch ein einfaches Mädchen reicht uns schon, wenn es anständig ist."

Bei dem Wort „anständig" ließ sie ihren Mutterblick über Elisabeth gleiten. Eigentlich machte sie einen guten Eindruck, wenn man außer Acht ließ, dass seine Eltern gerade eben im Flur vielleicht mehr gehört und gesehen hatten, als für Eltern gut war, und sie dadurch einen ganz falschen Eindruck gewonnen hatten.

„Wir wünschen uns doch nur, dass du glücklich wirst, mein Junge. Natürlich hätte ich auch nichts gegen ein oder zwei weitere Enkelkinder. Bei Philipp habe ich die Hoffnung ja schon fast aufgegeben. Stimmt es denn, was Onkel Werner gesagt hat? Ist da wirklich etwas Kleines bei euch im Anmarsch? Nicht dass es mich stören würde, versteh mich nicht falsch …" Seine Mutter zückte nun ihr Taschentuch und tupfte sich die Augen trocken. „… aber dass ich es von Werner erfahren muss, das hat mir sehr wehgetan."

Henrik hätte wirklich zu gerne gewusst, wo Onkel Werner eigentlich immer seine Informationen herbekam, zumal der seit zwei Jahrzenten nicht mehr mit Olga redete.

„Nun, das ist natürlich alleine eure Entscheidung, wann ihr Kinder haben wollt, ich bin die Letzte, die sich in so etwas einmischt", ging es weiter. „Ich nehme an, du gibst der armen Frau Frey dann die Kündigung. Eine Haushälterin ist sowieso kein Ersatz für eine Ehefrau."

„Dem möchte ich von ganzem Herzen zustimmen!", warf sein Vater in das Gespräch ein.

„Ach Gerhard, nicht, was du nun wieder meinst", sagte Mama. „Ich meine, eine Ehefrau, die sich um unseren Jungen kümmert, wenn er mal krank ist, und die dafür sorgt, dass er regelmäßig etwas isst und ausreichend Schlaf bekommt und nicht zu viel Alkohol trinkt!"

„Wir müssen jetzt wirklich los", verkündete Henrik ein zweites Mal. Es brachte nichts, mit seiner Mutter über den Sinn einer Haushälterin und den

Unsinn einer Ehe zu diskutieren, das Thema hatte sie bereits so oft widergekäut, dass er es aufgegeben hatte, darauf zu antworten.

„Ganz abgesehen davon, dass unsere Carolin eine Mutterfigur in ihrem Leben braucht", fuhr seine Mutter fort, als hätte sie ihn gar nicht gehört. „Ich kann das nicht ewig übernehmen. Ich bin nicht mehr die Jüngste." Ihr Sermon ging weiter und weiter, und während Carolin ein abfälliges Prusten von sich gab, holte die avisierte Mutterfigur erneut tief Luft, um nun auch zu sprechen.

„Also, Frau Henriksen, ich muss jetzt wirklich etwas klarstellen", begann Elisabeth, strich sich eine Locke aus den Augen und schaute Henrik an. Der Blick diente zweifellos als Vorwarnung und sagte ihm: *Ich habe jetzt genug von dem Schwindel. Ich werde die Wahrheit sagen.* „Eigentlich sind wir beide gar nicht …"

„Eigentlich sind wir beide gerade verkracht", fiel Henrik ihr ins Wort. „Elisabeth und ich waren gerade dabei, uns, ähm, wieder zu versöhnen, als ihr uns gestört habt. Wir können uns nicht auf einen Hochzeitstermin einigen. Wenn es nach mir ginge, würde ich am liebsten gleich nächste Woche heiraten, aber Elisabeth möchte unbedingt eine kirchliche Trauung und eine große Feier, und wir haben jetzt einen Termin mit dem Pfarrer!"

„Pfarrer?", rief seine Mutter und bekam glänzende Augen wie ein Mops, der eine Bratwurst riecht.

Vielleicht war es ja betrügerisch, dass er seine Eltern anschwindelte und seine Mutter gleich noch mit Reizworten wie „kirchliche Hochzeit" und „Pfarrer" köderte, aber es war die einzige Chance, um sich endlich von ihr loszueisen.

„Nun dann, lasst euch nicht aufhalten, Kinder!", sagte sein Vater, weil seine Mutter anscheinend kurz vor einer Glücksohnmacht stand und keine Luft mehr bekam. „Wir beide warten hier auf eure Rückkehr. Deine Mutter kennt sich ja aus in deiner Wohnung."

~

André Hagedorn verspätete sich.

Inzwischen war es halb neun. Henrik schaute alle paar Augenblicke auf die Uhr und trommelte mit den Fingern auf den Biertisch. Lisa suchte mit ihren Blicken die Tische ab, vielleicht hatte sie André unter den vielen Gästen übersehen, und er saß bereits irgendwo und wartete. Die Biker-Kneipe war gut besucht, obwohl es nur ein schlichter Biergarten in einem verwahrlosten Hinterhof war. Ein paar Oldtimer-Motorräder standen zur Dekoration auf dem Hof herum, und die Gäste, alle im typischen Biker-

Outfit, saßen an wackligen Biertischen, tranken alkoholfreies Weißbier und aßen das einzige Essen, das auf der Speisekarte stand: Boulette mit Brot und Senf. Aus einem Lautsprecher dudelte eine E-Gitarre und der Wirt, ein dürrer Mittsechziger mit Glatze auf dem Oberkopf und einem dünnen, grauen Haarschwänzchen am Hinterkopf, bediente seine Gäste im Schneckentempo.

Als sie den Hinterhof mit dem Biergarten betreten hatte, hatte Lisa es genauso gemacht, wie Doc H es ihr erklärt hatte: Sie war stehen geblieben, hatte sich einen Überblick verschafft und nach André Ausschau gehalten und dabei fast allen Gästen kurz in die Augen geschaut und sie angelächelt, und alle hatten ihren Blick mit einem Lächeln erwidert. Der Trick funktionierte sogar bei hartgesottenen Bikern; sie war auf einmal das Zentrum des Interesses. Letzte Woche hatte niemand sie beachtet, wenn sie eine Kneipe betreten hatte, und jetzt folgten ihr die neugierigen und wohlwollenden Blicke der meisten Anwesenden bis zu ihrem Platz an einer der Bierbänke.

Henrik hatte völlig recht, Lächeln war eine mächtige Waffe.

Aber abgesehen von ihrem Lächeln fielen sie unter den anderen Gästen überhaupt nicht auf. Lisa fand es echt stark von Henrik, dass er sich für sie als Rocker verkleidet hatte, und dabei hatte er sogar den Tadel seiner Mutter und den Spott seiner Tochter in Kauf genommen.

„Ach du lieber Gott, Junge. Du musst dich umziehen und eine Krawatte anziehen. So kannst du doch nicht zum Pfarrer gehen", hatte seine Mutter gesagt. „Ist es denn ein katholischer oder ein evangelischer Pfarrer?"

„Ist doch piepegal, was der ist, es ist auf jeden Fall total peinlich, wie Papa aussieht", hatte Caro sich aufgeregt. Dann war sie in ihr Zimmer verschwunden und hatte die Tür mit einem gewaltigen Rums zugeschlagen. Ihre Oma war ihr gefolgt, vermutlich, um ihr einen sehr langen Vortrag über unangebrachte Wutausbrüche und zugeschlagene Türen zu halten.

Sie hatten das gemeinsame Duschen leider ausfallen lassen, und Lisa war schnell alleine unter die Dusche gesprungen, und danach hatten sie sich auf leisen Sohlen aus dem Staub gemacht, bevor Henriks Mutter ihnen noch mehr Ratschläge erteilen konnte.

„Ich finde nicht, dass du peinlich aussiehst", sagte sie jetzt zu Henrik. Sie nahm einen kräftigen Schluck aus der Bierflasche. Wein gab es nicht im *Easy Rider*, und Gläser bekam man nur, wenn man Weißbier bestellte. Henrik hatte ihr zwar einen Oberlehrer-Vortrag gehalten, dass eine Dame niemals aus der Flasche trank, aber er sollte ihr erst mal zeigen, wie sie es anders machen sollte.

„Sonst hält Caro mir vor, ich sei uncool, und jetzt ist es ihr plötzlich peinlich, wenn ich cool aussehe", sagte er und nahm ebenfalls einen Schluck aus der Flasche. *Na, bitte schön, Mister Snob, es ist doch gar nicht so schlimm, mal unversnobt zu sein.*

„Sie meint nicht dein Aussehen, wenn sie sagt, dass du uncool bist. Sie will keinen Biker, sondern einen Vater, der sie ernst nimmt und ehrlich zu ihr ist. Das, was du von deiner Tochter erwartest, musst du ihr auch vorleben. Du würdest nicht wollen, dass Caro dich in einer wichtigen Angelegenheit belügt, und dasselbe gilt auch umgekehrt."

„Du kannst es einfach nicht lassen, mir Erziehungsratschläge zu erteilen und mir bei jeder Gelegenheit meine kleine Notlüge unter die Nase zu reiben."

„Du siehst ja, was aus deiner kleinen Notlüge geworden ist! Jetzt hast du auch noch deine Eltern angelogen. Ich dachte, ich höre nicht recht: kirchliche Trauung und Pfarrer! Echt jetzt? Ich möchte jedenfalls ganz weit weg sein, wenn du deiner Mama die Wahrheit gestehst."

„Ich hatte gar keine andere Wahl, als mich in eine weitere Notlüge zu flüchten. Und ich werde meinen Eltern ganz gewiss nie die Wahrheit über unser Wochenendprojekt verraten."

„Du willst ihnen lieber die nächste Lüge auftischen? Und was willst du ihnen erzählen?"

„Ich lasse etwas Zeit verstreichen und dann gebe ich unsere Trennung bekannt."

„Na, es ist ja deine Familie, die du anlügst. Erwarte nur nicht, dass ich dabei mitspiele."

„Meine Eltern bleiben nur diese eine Nacht. Sie reisen morgen nach dem Frühstück wieder ab. So lange musst du noch meine Verlobte mimen. Das bist du mir schuldig."

„Und natürlich muss ich dann bei dir übernachten und in deinem Bett schlafen und zusammen mit dir und deinen Eltern frühstücken."

„Wohl oder übel. Denkst du denn, die beiden hätten mir geglaubt, wenn ich ihnen gesagt hätte, dass wir nur eine rein geschäftliche Beziehung unterhalten, nachdem sie uns im Flur bei einer mehr als eindeutigen Szene überrascht haben?"

„Mist!" Er hatte recht. Ihre Beziehung war alles Mögliche, aber ganz bestimmt nicht rein geschäftlich. „Verdammte Scheiße!"

„Eine Dame flucht nicht!"

„Okay, ich spiele mit, aber wirklich nur diese eine Nacht. Morgen schlafe ich wieder auf meiner Matratze."

„Wenn dein Facebook-Freund in fünf Minuten nicht da ist, dann gehen wir", sagte er plötzlich völlig aus dem Zusammenhang. „Unpünktlichkeit ist gelebte Arroganz, und eine erstklassige Frau wie du hat es nicht nötig, ihre Zeit an unpünktliche Männer zu vergeuden."

Gelebte Arroganz? Ha, ha, das sagte ausgerechnet der Mann, der sie am Donnerstag noch als Spüllappen bezeichnet hatte. Aber andererseits hasste sie Unpünktlichkeit auch wie die Pest, und jetzt ertappte sie sich dabei, dass sie ebenfalls ihr Handy herausholte, um nach der Uhrzeit zu schauen. Auf ihrem Handy war übrigens ein entgangener Anruf von Patti (um 16:06 Uhr, als sie gerade dem Möchtegern-Kanzler ihre Stimme verweigert hatte) und eine Textnachricht von Philipp: *Sachschaden laut Nicole zirka 4 500 €!* Oje, spätestens jetzt war sie Henrik wirklich etwas schuldig.

„Er ist nicht mein Freund. Ich kenne ihn eigentlich gar nicht, nur seinen Namen und sein Bild bei Facebook!", murmelte sie, während sie Philipps Nachricht las. Plötzlich griff Doc H nach ihrem Handy, zog es ihr aus der Hand und knallte es ruppig auf den Biertisch.

„Man spielt während einer Unterhaltung nicht mit dem Handy herum! Und im Übrigen halte ich überhaupt nichts von Blind Dates", meckerte er weiter und klang ein wenig wie seine besserwisserische Mutter. „Und du bist keineswegs auf so eine beschränkte Form der Partnerwahl angewiesen. Du kannst jeden haben, den du willst, und du kannst sein, was immer du dir wünschst!"

„Ich möchte nichts Besonderes sein, einfach nur glücklich."

„Natürlich, das wollen wir alle, aber du bist doch wohl über das Alter hinaus, in dem man Allgemeinplätzchen dieser Art absondert. Du solltest langsam klar wissen, was du unter Glück verstehst und wo dein Leben hingehen soll."

„Warum habe ich gerade das Gefühl, ich höre meine Freundin Patti reden? Ist dir mal der Gedanke gekommen, dass man nicht alles im Leben vorausplanen kann, Glück am allerwenigsten? Bis zu meinem Unfall dachte ich, eine Karriere als weltberühmte Pianistin wäre mein größtes Glück, nach dem Unfall dachte ich, wenn ich je wieder ein ärmelloses Shirt tragen und meine Finger wieder bewegen kann, dann wäre ich der glücklichste Mensch auf Erden. Bis zum Mittwochabend habe ich mir eingebildet, dass eine Ehe mit Hannes und Kinder mit ihm alles ist, was ich mir je ersehnt habe. Und seit Kurzem denke ich, dass deine Lektionen in Sachen Sex das größte Glück sind, das ich bisher erlebt habe. Vielleicht sollte ich einfach nur deine Sexsklavin werden."

Er hatte gerade die Bierflasche zum Trinken angesetzt, aber auf einmal spritzte das Bier aus seinem Mund, am Flaschenhals vorbei in alle Richtungen und in vollem Strahl auf den Tisch auf Lisas Eagle-T-Shirt und natürlich in ihr Gesicht. Sie war gewissermaßen mit Berliner Kindel geduscht. Und da sollte noch einer behaupten, es wäre ihre Schuld, wenn sie dauernd Flecken auf der Kleidung hatte. Doc H haute die Bierflasche mit einem lauten Rums auf den Tisch und sprang auf die Beine.

„Wir haben lange genug gewartet!", verkündete er und trocknete mit seinem Taschentuch das Bier von seinen Fingern. „Dieser Herr hat seine Chance auf ein Rendezvous mit dir verspielt. Ich bezahle und wir gehen. Entweder zu dir oder in ein Hotel."

„Du meinst, wir üben eine neue Lektion?"

„Mindestens eine, vielleicht auch zwei!" Er winkte ungeduldig nach dem Wirt, und Lisa schaute ein letztes Mal verzweifelt zum Torbogen, der den Eingang zum Biergarten bildete, und da stand Valerie Steingass. Nein jetzt, oder? Ihr blondes Haar war hoch toupiert, und weil das Sonnenlicht von hinten durch das dünne Haar hindurchstrahlte, wirkte ihre Frisur ein wenig wie ein leuchtender Heiligenschein. *Ach du Scheiße!* Lisa kniff die Augen zu und schnappte erschrocken nach Luft. Verfolgte die sie etwa?

„Schau mal da!", sagte sie zu Henrik und zupfte am Ärmel seiner Kunstlederjacke, aber als sie sich wieder zum Tor wandte, war Valerie plötzlich verschwunden und stattdessen stand da ein korpulenter Kerl, so dick und groß wie ein Braunbär. Lisa kniff noch mal die Augen zu. Hatte sie jetzt etwa schon Halluzinationen?

„Ist er das?", fragte Henrik. Offenbar hatte er Valerie nicht gesehen. Womöglich hatte sie sich die seltsame Erscheinung tatsächlich nur eingebildet. *Das liegt bestimmt an Frau Freys bescheuertem Frauenmanteltee. Weiß der Geier, was das Zeug mit dem Gehirn einer gesunden, nicht schwangeren Frau anstellt.*

Der besagte Braunbär war jedenfalls keine Einbildung, denn er walzte wie eine bärige Naturgewalt auf ihre Bierbank zu. Er trug nur eine ärmellose Lederweste, aber ansonsten war sein Oberkörper nackt und sehr behaart. Zwei Männer flankierten ihn wie seine Leibwächter. Sie trugen ebenfalls ärmellose Lederwesten und nichts darunter, aber sie waren wenigstens gut gebaut und schlank. Der Braunbär in der Lederweste baute sich jetzt direkt vor Lisa auf. Seine Oberarme waren mit einer Flut an schwarzen Tattoos übersät, mit Totenschädeln, dicken schwarzen Streifen und Linien und vielen kryptischen Zeichen. Aber dieser halb nackte Fleischberg konnte unmöglich André Hagedorn sein. Sein Foto bei Facebook hatte jedenfalls ganz anders ausgesehen. So, als wäre André ein Doppelgänger von Charlie Hunnam aus der Serie „Sons of Anarchy".

„Hi, Süße! Bist du die rothaarige Lisa vom Facebook? Du bist ja noch viel geiler im Original als aufm Foto. Ich kann mein Glück nicht fassen."

Ach du Scheiße, das war wirklich André Hagedorn, und er war leider nicht geiler als sein Foto bei Facebook, ganz im Gegenteil. Sie hatte selten einen ungeileren Mann gesehen, und jetzt, wo sie darüber nachdachte, wurde ihr klar, dass sein Facebookfoto sehr wahrscheinlich den echten Charlie Hunnam zeigte, nur sie war zu dämlich gewesen, um es zu kapieren.

~

Zuerst fing alles ganz harmlos an.

Elisabeth lächelte den Biker an und reichte ihm die Hand, und der Dicke verfiel natürlich sofort ihrem Charme, setzte sich dicht neben sie und sabberte sie an, während seine beiden Freunde Abstand hielten und der Unterhaltung aus der Ferne folgten. Sie sahen sich selbst offenbar als Bodyguards. Henrik kannte sich in der Berliner Rockerszene nicht aus, aber irgendwie wirkten die drei wie die kleinen Brüder der Hells Angels. Vielleicht war das ein Grund dafür, dass das Gespräch schließlich in einem Desaster endete.

Der Hauptgrund für die Schlägerei war natürlich Elisabeth höchstpersönlich, denn plötzlich machte sie aus der scheinbar zwanglosen Unterhaltung ein Verhör. Sie erkundigte sich unerbittlich nach einem Mann namens Dieter Hagedorn, und der übergewichtige Motorradfahrer, der den gleichen Nachnamen trug, rückte nur ungern Informationen über den besagten Dieter heraus. Es handelte sich anscheinend um seinen Großvater, der angeblich ein kleinkarierter, spießiger Meckersack sei. Er habe einen Schlaganfall erlitten und war seither in einem Pflegeheim untergebracht, aber dem Biker war es schnuppe, wie es seinem Großvater ging. Aus seiner Sicht war der Mann dort gut aufgehoben, und eigentlich wollte er gar nicht über den „alten Geizkragen" reden, sondern vielmehr über Elisabeth und ihr Liebesleben.

„Ist der Spargeltarzan da dein Freund?", fragte der Biker. Dabei legte er seine Pranke auf Elisabeths Oberschenkel und nickte in Henriks Richtung. Henrik hatte sich bisher bewusst zurückgehalten und das Gespräch zwischen Elisabeth und dem Biker als neutraler Beobachter mitverfolgt, wie es sich für einen guten Coach gehörte. Später dann wollte er mit ihr über die Stärken und Schwächen ihrer Unterhaltung reden, das war zumindest sein Plan gewesen.

„Nein, er ist mein Lehrer", erklärte Elisabeth. „Hör mal, André, ich brauche unbedingt noch mehr Informationen über deinen Großvater", drängte sie und schien gar nicht zu merken, dass der Biker ganz andere Interessen hatte und sein Großvater nicht auf der Prioritätenliste stand. Sie überhäufte ihn mit einer Flut von Fragen über die Geburt seines Großvaters, dessen Kindheit und Familie. Sie wollte wissen, wie seine Urgroßmutter hieß und ob sein Großvater je etwas über sie erzählt hatte, ob es Fotos von ihr gebe, ob es Fotos von dem Großvater gebe und so weiter. Sie trieb den Mann mit ihren zig Fragen richtiggehend in die Enge.

„Ich hab keine Ahnung, wie meine Urgroßmutter mit Vornamen heißt, aber ich hab langsam das Gefühl, dass du mir hier irgendwie an die Karre fahren willst. Wozu musst du das alles wissen? Wer schickt dich überhaupt?", fragte der bärige Biker.

„Hieß deine Urgroßmutter Barbara?", fragte Elisabeth weiter, ohne seinen Einwurf zu beachten.

„Schon möglich. Kann aber auch sein, dass sie Angela hieß. Wen juckt's? Die Frau ist bestimmt schon seit hundert Jahren tot, und warum willst du das alles wissen? Bist du vielleicht von den Bullen, oder was?" Und auf einmal wirkte der Mann gar nicht mehr betört, sondern ausgesprochen aggressiv, und Henrik fragte sich plötzlich mit Bangen, wie wohl dessen Vorstrafenregister aussah.

„Nein, ich bin nicht von der Polizei, ich frage nur im Auftrag einer Freundin. Hast du vielleicht noch Geschwister oder Cousins? Hatte dein Großvater noch andere Kinder außer deinem Vater? Lebt deine Großmutter noch? Was ist mit deinen Eltern?"

„Jetzt ist aber Schluss mit Rumquatschen! Was soll das? Wenn du von den Bullen bist, dann hau ich dir aufs Maul. Ich lass mich nicht verarschen." Er stand auf, packte Elisabeth am Arm und zerrte sie mit sich auf die Beine. „Los, sag mir sofort, wer dich schickt? Ist es Stinkfisch oder Kalle? Sag dem Arsch, dass er sein Geld schon rechtzeitig bekommt." Er packte sie an den Schultern und schüttelte sie so kräftig, dass ihr Kopf vor und zurück kippelte wie bei einem Wackeldackel. Und das war der Moment, als Henrik beschloss, dass er seine neutrale Haltung als Coach aufgeben und in das Gespräch eingreifen musste.

Er stand langsam auf, stellte sich in Boxerposition, die Fäuste geballt vor dem Körper, die Arme angewinkelt, Beine etwas breiter, und dann holte er aus und platzierte einen Fausthieb direkt unter das Kinn von Biker-André.

Der zuckte wie von einem Stromschlag getroffen nach hinten und prallte mit voller Wucht gegen das Oldtimermotorrad, riss es um und begrub die Maschine unter seinen Fleischmassen. Verständlicherweise löste Henriks Angriff ein wenig Tumult unter den anderen Gästen aus. Manche sprangen auf die Beine, einige riefen Warnungen aus, andere riefen nach dem Wirt, aber keiner mischte sich ein. Ganz im Gegenteil, ein paar klatschten Henrik für seinen Uppercut sogar Beifall (das zweite Mal an diesem Tag, dass er Applaus bekam). Andrés Freunde fanden den rechten Haken allerdings weniger lustig und stürzten sich auf Henrik. Einer hielt ihn von hinten fest, der andere holte aus, um ihm die Faust in den Magen zu rammen – der klassische Fall eben, zwei gegen einen. Er hörte Elisabeths schrillen Angstschrei und wusste nicht, was ihn mehr nervte: dass er jetzt gleich mächtig Prügel einstecken würde oder dass sie dabei zusehen musste. Er knurrte wütend, wehrte sich gegen den eisernen Griff von hinten, straffte seine Bauchmuskulatur und wappnete sich für den unvermeidlichen Fausthieb, der die himmlische Pannacotta vermutlich aus seinem Magen wieder heraus und zurück in das Gesicht seines Gegenübers befördern würde.

Aber plötzlich war Karan Candemir da. Er war aufgetaucht wie ein Ninja aus dem Nichts und sorgte mit einem phänomenalen Chuck-Norris-Roundhouse-Kick schlagartig für ein ausgeglichenes Kräfteverhältnis, so schnell, dass man es mit bloßem Auge kaum nachvollziehen konnte. Der Biker, der zum Schlag gegen Henrik ausgeholt hatte, wurde von den Füßen gerissen, als wäre eine Druckwelle über ihn weggefegt. Er landete mit einem Aufjaulen auf dem Biertisch, der unter ihm zusammenbrach. Henrik nutzte die Schrecksekunde und befreite sich mit einem Ellbogenschlag nach hinten von der Umklammerung durch den anderen, wirbelte auf dem Absatz herum und holte aus, aber inzwischen war auch Elisabeths Facebookfreund wieder auf die Beine gekommen, schnaubte und scharrte mit dem Fuß und stürmte wie ein wütender Stier auf Henrik los.

„Aufhören!", brüllte Elisabeth und warf sich genau in die Frontlinie und lief damit exakt in Andrés Faustschlag hinein.

Henrik hörte ihren schrillen Schmerzensschrei, sah, wie sie taumelte und zurückprallte, und in dem Moment vergaß er alle Gesetze der Fairness. Er ging auf André los. Er traktierte sein Gesicht mit einer Salve von Boxhieben, als wäre es ein Boxsack. Links, rechts, links und noch mal dasselbe, André wich mit jedem Schlag einen Schritt zurück, und Henrik bestürmte ihn Schritt um Schritt mit weiteren Hieben. Wäre der Wirt nicht eingeschritten und hätte mit der Polizei gedroht, wer weiß, was Henrik dann aus dem Gesicht von André Hagedorn gemacht hätte. Bouletten mit Ketchup vielleicht. Kaum hatten André und seine Freunde das Wort

„Polizei" gehört, da suchten sie das Weite und waren schneller verschwunden, als man bis drei zählen konnte. Draußen auf der Straße hörte man das Dröhnen, als sie ihre Motorräder starteten, und schon sah man sie mit ihren Maschinen am Torbogen vorbeizischen – weg waren sie. Zurück blieben eine lädierte Elisabeth, ein siegreicher Karan Candemir und ein wütender Kneipenwirt, der laut herumbrüllte und sich gar nicht wieder einkriegen konnte.

Noch am Mittwoch der vergangenen Woche hätte Henrik den Mann mit besonnenen und eloquenten Worten beschwichtigt. Er hätte sich höflich bei ihm für den Aufruhr entschuldigt und ihm eine angemessene Entschädigung angeboten, aber an diesem denkwürdigen Juliabend war irgendetwas Schreckliches mit Henrik passiert, denn er tat genau das Gegenteil.

„Halt doch einfach den Mund!", hörte Henrik Henriksen, das Muster an stoischer Gelassenheit und gutem Benehmen, sich selbst brüllen, dabei ballte er erneut die Fäuste und war entschlossen, den Kneipenwirt zur Not auch mit einem Faustschlag zum Schweigen zu bringen. Aber diese verbale Entgleisung war noch lange nicht das Schlimmste, viel schlimmer war, dass ihm das alles auch noch Spaß machte und er geradezu danach lechzte, die Schlägerei fortzusetzen. Zum Glück mischte sich Karan Candemir ein, bevor es zu weiteren Handgreiflichkeiten kommen konnte.

„Meine Chefin bezahlt Ihren Schaden", sagte Karan mit ruhiger Bassstimme und stellte sich zwischen Henrik und den empörten Wirt. Dann griff er in sein Jackett und zog drei 500-Euro-Scheine heraus.

Henrik hatte keine Ahnung, wo Karan plötzlich hergekommen war, aber offensichtlich war er ihm und Elisabeth schon eine ganze Weile gefolgt und hatte nur darauf gelauert, dass er seine Fähigkeiten als Bodyguard einmal so richtig unter Beweis stellen konnte. Kein Mensch wusste, warum Olga überhaupt einen Bodyguard engagiert hatte, wo sie seit Jahren kaum noch das Haus verließ. Sie nannte Karan zwar ihren Assistenten, aber natürlich war er eine perfekt trainierte Kampfmaschine. Vermutlich trug er neben einem dicken Packen mit 500-Euro-Scheinen auch noch eine dicke Pistole in der Innentasche seines Jacketts, und zweifellos besaß er einen Hundeführerschein, ein Personenschutzzertifikat, einen Waffenschein und vermutlich konnte er auch Panzer fahren, Fallschirm springen und Kampfflugzeuge fliegen. Karan war bestimmt der beste Leibwächter, den man für Geld bekommen konnte. Er beschwichtigte den Wirt mit seiner ruhigen, unnachgiebigen Art und mit den fetten Geldscheinen im Nullkommanichts. Nachdem sich der Tumult gelegt hatte und der Wirt zufrieden abgezogen war, wandte Karan sich auf seine typisch nüchterne Art an Elisabeth und stellte die Frage, die auch Henrik schon die ganze Zeit auf der Zunge lag.

„Darf ich fragen, wer Ihr Bekannter war und warum Sie ihn zu diesen Handgreiflichkeiten provoziert haben?"

Elisabeth saß auf der Bierbank und drückte eine Kühlkompresse gegen ihr Kinn. Die hatte ihr der Wirt im Austausch gegen die 1 500 Euro Schadensersatz gebracht, und dabei war es nur ihr Glück, dass dieser André wie ein Mädchen zugeschlagen hatte und nicht wie ein Mann, sonst wäre sie jetzt wahrscheinlich auf dem Weg ins Krankenhaus.

„Ich habe ihn ja gar nicht provoziert!", murmelte Elisabeth kleinlaut in die Kompresse. „Er ist Olgas Urenkel, und ich wollte nur Informationen über Olgas Sohn von ihm haben …" … und dann erzählte sie mit dem unschuldigsten Gesichtsausdruck, dem je ein Mann ausgesetzt war, was es mit diesem Treffen überhaupt auf sich gehabt hatte, und Henriks arg strapazierte innere Ruhe crashte komplett gegen die Wand – wie ein D-Zug gegen eine Betonmauer.

„Das! Ist! Unfassbar!", krächzte er und starrte Elisabeth an, als wären ihre Haare plötzlich grün geworden. Sie hatte einfach auf eigene Faust eine bizarre Familienzusammenführung geplant, ohne irgendjemanden von der besagten Familie überhaupt darüber zu informieren? „Ich kann es nicht fassen, dass du mir so eine essenzielle Information über dieses Treffen einfach vorenthalten hast!"

„Ich habe Olga versprochen, niemandem etwas zu verraten."

„Du bist verrückt! Verrückt und dreist und aufsässig und unglaublich … unglaublich …" Er unterbrach sich, holte ganz tief Luft und senkte dann seine Stimme, die mit jedem Wort lauter geworden war. Nein, er würde auf keinen Fall herumschreien wegen einer Frau, wegen *dieser* Frau. „Glaubst du denn, Olga will erfahren, dass ihr angeblicher Sohn in einem Pflegeheim vegetiert? Oder denkst du, sie freut sich, wenn sie erfährt, dass ihr mutmaßlicher Urenkel ein unterbelichteter Schlägertyp ist, der zweifellos auch noch in kriminelle Machenschaften verstrickt ist? Glaubst du, sie möchte einen wie den in ihr Testament einsetzen, damit er ihre Hotels führt?" Er warf die Arme in die Luft wie ein ratloser Prophet vor einem Heer von Heiden. Er musste sich mit aller Macht zusammenreißen, um sie nicht zu packen und zu schütteln.

„Es geht doch gar nicht um das Testament, sondern um die Familie", sagte Elisabeth kleinlaut. „Und außerdem ist Olgas Sohn im gleichen Pflegeheim, in dem auch meine Freundin Resi ist. Ist das nicht ein verrückter Zufall?"

„Was hat das denn damit zu tun?", zischte er sie an.

„Nichts. Ich sag ja nur." Jetzt schniefte sie auch noch. Hilfe!

„E-li-sa-beth!" Er zählte innerlich langsam von zehn herunter und versuchte ganz gelassen zu bleiben. So ruhig wie ein glatter, spiegelblanker See – nur unter der Wasseroberfläche lauerte ein wütendes Monster.

„Ich habe gedacht, dass Olga vor ihrem Tod wenigstens noch erfahren möchte, was aus ihrem Baby geworden ist."

„Du mischst dich in alles ein, weil du dir einbildest, du musst die ganze Welt retten!" Er klang immer noch ruhig. Seine Stimme verhielt sich umgekehrt proportional zu dem wütenden Röhren seines inneren Monsters. „Sag mir bitte nur noch eines."

„Hm?"

„Warum noch mal musstest du dich zwischen zwei Männer werfen, die sich verprügeln?" Jetzt ging er vor ihr in die Hocke, zog ihre Hand, mit der sie die Kühlkompresse hielt, von ihrem Gesicht weg, um ihre geplatzte Lippe genauer zu inspizieren.

„Ich wollte doch nur verhindern, dass er dir wehtut."

„MIR? Wie bitte?", keuchte er. „Elisabeth, ich boxe, seit ich 16 Jahre alt bin, und ich bin ziemlich gut darin. Hast du gesehen, was ich mit seinem Gesicht gemacht habe?"

Er hatte dem Burschen ein blaues Auge verpasst, aber Elisabeth hatte natürlich keine Zeit gehabt, um sich Andrés Gesicht in Ruhe anzusehen, schließlich war sie ja damit beschäftigt gewesen, ihr eigenes Gesicht vor dessen Faust zu halten. Kein Mann konnte mit so einer wilden Frau zusammen sein und nicht verrückt werden. Das wurde auf Dauer einfach zu anstrengend ... und viel zu aufregend und unsagbar lustig. Es half nichts, wenn er es länger leugnete: Es hatte ihm Spaß gemacht, diesen Kerl zu vermöbeln.

„Du hättest André ja nicht gleich zu Brei schlagen müssen", schmollte sie jetzt. „Als ich gesagt habe, dass die dich verprügeln würden, wenn du nicht wie ein Biker aussiehst, habe ich nicht gemeint, dass du *sie* verprügeln sollst, wenn du wie einer aussiehst."

Karan lachte leise im Hintergrund und Henrik schnaubte laut.

„Grrr! Hmpf! Pscha! Pff!" *Noch einmal langsam von zehn herunterzählen und auf keinen Fall schreien. Lass dir bloß nicht anmerken, dass du gleich platzt.*

„Ich hatte doch noch so viele Fragen an André, und jetzt ist alles verdorben, weil du ihn k. o. geschlagen hast." Sie leckte sich vorsichtig das Blut von ihrer Unterlippe, und sein Magen verkrampfte sich, als er das sah.

Toll! Sie spielte so virtuos mit seinem Beschützerinstinkt, wie sie auch auf dem Klavier spielte. „Er wird sich bestimmt nie wieder bei mir melden."

„Himmelherrgottkruzitürkennochmal! Lissy!" Jetzt war es passiert. Er sprang auf die Beine, ging wie ein Knallfrosch in die Luft und brüllte. Richtig, richtig laut. „Du bist verrückt! Unbelehrbar! Unbezähmbar! Du bist einfach ... einfach unmöglich!"

„Es besteht kein Grund, Ihre Verlobte so anzuschreien", mischte sich Karan plötzlich ein und stellte sich sogar schützend vor Elisabeth.

„Ich schreie nicht!", schrie Henrik. „Und selbst wenn, was geht Sie das an? Was wollen Sie überhaupt hier! Sind Sie uns etwa hierher gefolgt?"

„Ich folge Ihnen, seit Sie die Einkaufsmall verlassen haben", sagte Karan. „Frau Alderat schickt mich. Ich soll Sie an das Versprechen erinnern, welches Sie ihr auf dem Sterbebett gegeben haben."

„Oh Gott! Ist Olga etwa tot?", rief Elisabeth. Vor lauter Schreck flutschte ihr die Kühlkompresse aus der Hand.

„Nein, Frau Alderat geht es gut. Sie wird bald wieder aus dem Krankenhaus entlassen, und sie möchte wissen, wann sie mit der Vorlage Ihrer Heiratsurkunde rechnen kann."

~

Einfach super, wie sich die Dinge entwickelten!

Eine kleine Notlüge führte zur der nächsten und zu einer weiteren und wuchs sich nach und nach zu einem epischen Lügenmärchen mit der Eigendynamik einer Dampfwalze aus. Inzwischen warteten nicht nur Henriks Eltern auf dessen bevorstehende Heirat, sondern nun wollte auch noch Karan eine Heiratsurkunde sehen, und zu diesem Zweck hatte er sich sogar ein Hotelzimmer in Berlin genommen.

Bis zur Trauung.

Er war angeblich von Olga beauftragt, die Hochzeitsvorbereitungen zu unterstützen. Sie hatte einen guten Draht zum Bezirksbürgermeister, und laut Karan war es überhaupt kein Problem, alles noch diese Woche über die Bühne zu bringen. Und mit „alles" meinte er eine reale Trauung vor einem realen Standesbeamten.

Ha, ha! Jetzt bist du aber richtig angearscht, Doc H!

Mister Pygmalion hatte nämlich bei seinem superschlauen Lügenplan nicht mit Olgas Genesung gerechnet, und jetzt hatte er ein Versprechen gegeben, das er nicht halten konnte. Der besagte Mister Pygmalion war übrigens nach seinem plötzlichen Wutanfall zu einer völlig neuen Dimension des Schweigens übergegangen. Er redete mit allen, nur nicht mit Lisa. Dabei hatte sie es wirklich nur gut gemeint – sowohl ihr Treffen mit André als auch ihre Einmischung in diese testosterongeschwängerte Schlägerei.

„Du setzt dich ins Auto und wartest, bis ich komme!", befahl er ihr, nachdem sie die Kneipe verlassen hatten.

Lisa traute sich nicht, ihm zu widersprechen. Wirklich nicht. Sie war noch nie so gescholten worden, nicht mal von ihren Eltern. Patti würde sich schlapp lachen, wenn sie zusehen könnte, wie Lisa sich tatsächlich brav auf die Beifahrerseite setzte und sitzen blieb, während Doc H in einiger Entfernung auf dem Gehweg stand und gestenreich mit Karan diskutierte. Zugegeben, sie hätte ihm vielleicht vorher sagen sollen, dass André Olgas Urenkel war, und sie konnte sogar verstehen, dass er deswegen verärgert war. Rückblickend betrachtet, hätte sie sich das Treffen mit André schenken können. Der Typ hatte weniger Ahnung von seinen Urgroßeltern als sie von frühchristlicher Kunst (nur mal so als Beispiel).

Bis auf die Tatsache, dass Doc H ihr mit seinen Boxkünsten ziemlich imponiert hatte. Mannomann, er hatte ausgesehen wie der leibhaftige Muhammad Ali, als er seinen Fausthieb auf Andrés Kinn platzierte und damit diesen 150-Kilo-Mann gefällt hatte. Das war mal wieder ziemlich romantisch von ihm gewesen, wie er sie vor André verteidigt hatte. Auf eine etwas rustikale Art zwar, aber trotzdem, wer hätte gedacht, dass der versnobte Doktor Henriksen so einen Presslufthammer als Rechte hatte? Und wer hätte gedacht, dass er so ausrasten konnte?

Dieser kleine Ausrutscher machte ihn irgendwie nur noch sympathischer. Allerdings war es kein bisschen sympathisch, dass sie jetzt in seinem Auto sitzen sollte wie ein unartiges, kleines Mädchen, während er sich draußen auf der Straße mit Karan unterhielt. Warum durfte sie nicht dabei sein, wenn er mit Karan redete? Sie hatte ein Recht, zu erfahren, was mit Olga los war und wie es ihr ging. Karan hatte nämlich ziemlich geheimnisvoll getan und gesagt, er müsse unbedingt mit Doc H unter vier Augen reden, es ginge um Olgas Gesundheit und um den Vorfall am Samstag, und dass es bei ihrem Herzanfall nicht mit rechten Dingen zugegangen sei. Aber alles, was Lisa tun konnte, war, sehnsüchtig aus dem Autofenster zu schauen und den beiden beim Gestikulieren zuzusehen. Endlich verabschiedete sich Karan mit einem Handschlag von Doc H, stieg in eine schwarze Limousine mit Rügener Autokennzeichen und brauste davon.

„Was habt ihr denn so lange geredet?", fragte sie, kaum dass Henrik sich hinter das Lenkrad gesetzt hatte, aber der antwortete nicht.

„Was hat Karan gesagt? Wie geht es Olga? Was ist mit ihr?"

Keine Antwort.

„Was hat Karan damit gemeint, als er gesagt hat, dass Olgas Herzanfall beabsichtigt war?"

Wieder keine Antwort.

„Und was hast du zu Karan wegen unserer vorgespielten Verlobung gesagt? Hast du ihm wenigstens die Wahrheit über uns gesagt, dass wir nicht heiraten?"

Schweigen.

„Mann! Das ist doch total albern, einfach nicht zu reden. Dann schrei mich lieber an, damit ich zurückschreien kann. Ich will wissen, was du mit Karan besprochen hast."

Statt ihr zu antworten, griff er nach seinem Handy und telefonierte. Er rief seine Assistentin, Frau Lange, an und vergaß anscheinend, dass es bereits nach zehn Uhr war. Sie ging nicht ans Telefon, also sprach er mit überaus freundlicher Stimme auf ihre Mailbox.

„Frau Lange, entschuldigen Sie, wenn ich so spät noch anrufe, können Sie versuchen, meinen morgigen Flug nach London auf den Nachmittag zu verschieben? Meine Eltern sind überraschend zu Besuch gekommen. Danke. Ich werde nicht vor zwölf fliegen können."

„Du fliegst nach London?", fragte Lisa. „Bleibst du lange weg?"

Natürlich kam wieder keine Antwort. Nicht mal ein Blick. Nein, der Super-Kampf-Schweiger rief bereits den nächsten Kontakt an. Jetzt telefonierte er mit seinem Bruder, und zu Philipp war er sogar noch freundlicher als zu Frau Lange.

„Ich wollte dir nur sagen, dass unsere Eltern bei mir eingefallen sind. Du bist herzlich eingeladen, morgen um neun mit uns zusammen zu frühstücken. Du kennst sie ja, also stell dich auf eine anstrengende Unterhaltung und viele Ratschläge von Mama ein."

Er schwieg eine Weile und hörte der Antwort seines Bruders zu, dann nickte er. „Elisabeth wird selbstverständlich dabei sein und meine mich liebende Braut mimen, auch wenn sie es nicht gerne tut."

„Toll, lass dich nicht stören. Rede nur über mich!", meckerte sie und verschränkte trotzig die Arme. „Ich sitze hier. Direkt neben dir." Aber Herr Pygmalion würdigte sie keines Blickes, sondern jonglierte sein Handy zwischen Ohr und Schulter und manövrierte sein Auto nebenher aus der Parklücke heraus, während seine Einparkhilfe leise piepte.

„Nein, ich denke nicht, dass ich diese Dienstleistung extra bezahlen muss", sprach Henrik in sein Telefon. „Quid pro quo!"

„Boah, jetzt labert er auch noch Latein! Was heißt das überhaupt?", maulte Lisa noch lauter, aber Doc H ignorierte sie selbstverständlich.

„Das geht dich gar nichts an, Philipp. Wir haben eine spezielle Beziehung, aber mehr musst du darüber nicht wissen."

„Waa...?", schrie Lisa und verschluckte sich am Rest ihres Aufschreis. Redeten die beiden etwa über ihre Sexlektionen?

„Ja, ich weiß! Richte Nicole bitte aus, dass ich das Malheur mit den Kleidern sehr bedaure. Dir wird schon etwas einfallen, wie du das wiedergutmachen kannst."

Lisa zog die Nase kraus und schnitt ihm eine Grimasse.

~

Doc H sprach zwar offiziell immer noch nicht mit ihr, aber bevor er die Wohnungstür aufschloss, legte er den Zeigefinger auf seine Lippen und nickte ihr zu, und nach Lisas Interpretation der männlichen Zeichensprache hieß das, dass sie ganz leise in die Wohnung schleichen würden, um bloß seine Eltern nicht zu wecken. Lisa hatte nichts gegen das Schleichen. Ganz im Gegenteil, sie hoffte, dass Henriks Eltern zu der Sorte von älteren Menschen gehörten, die abends pünktlich um zehn Uhr im Bett lagen und schliefen, denn sie hatte echt keine Lust auf eine weitere Begegnung mit den beiden. Aber sie hoffte vergeblich.

Henrik drehte den Schlüssel ganz langsam um und schob die Tür vorsichtig auf. Sie gingen auf Zehenspitzen in die Wohnung, und da trafen sie auf das wildeste Rentner-Nachtleben, das man sich nur ausmalen konnte. Aus der Bibliothek schallte Beethovens Eroica-Sinfonie so laut, als gäbe es keine anderen Bewohner in dem Haus, und Henriks Mutter wartete bereits im hell erleuchteten Flur mit Henriks Hausschuhen in der Hand, als hätte sie nur auf das Geräusch des Schlüssels gelauert.

„Nun, was hat der Pfarrer gesagt?", wollte sie sofort wissen.

„Er wurde handgreiflich!", antwortete Henrik und verzog dabei keine Miene. Lisa musste mit aller Macht ein Kichern unterdrücken. Wenn Doc H nicht gerade einen auf schweigende Urgewalt machte, hatte er wirklich einen sagenhaften Humor.

Jetzt fiel der Blick seiner Mutter auf Lisas Gesicht, und sie schlug vor Schreck die Hände vor den Mund. Lisa hatte ihre Verletzung im Schminkspiegel des Autos untersucht und fand, dass das nicht halb so schlimm aussah, wie es wehtat. Eigentlich war nur ihre Lippe geschwollen und hatte einen kleinen Riss, der nicht einmal arg geblutet hatte. Na ja, die dicke Unterlippe sah nicht gerade hübsch aus, aber hübscher als das blaue Auge von André.

„Ach du lieber Herrgott!", schrie Henriks Mutter, als sie Lisas geschwollene Lippe sah. „Ich dachte, die Kirche hätte das im Mittelalter abgeschafft!" Ihr Schrei der Empörung war so schrill, dass er sogar die Pauken und Trompeten der Eroica übertönte und Henriks Vater dazu brachte, den Kopf aus der Bibliothek herauszustrecken, um nachzusehen, was los war.

„Was haben sie im Mittelalter abgeschafft?", fragte er neugierig.

„Na, dass die Kirche Hetzjagd auf rothaarige Frauen veranstaltet!", antwortete Henriks Mutter. „Lassen Sie mich mal diese Lippe sehen, mein Kind." Henriks Mutter fand Lisas albernes Kichern offenbar gar nicht lustig und spitzte pikiert den Mund. „Ich bin Tierärztin, wenn auch in Ruhestand, aber schließlich verlernt man das Handwerk nicht, nur weil man nicht mehr praktiziert."

Und dann gab es für Lisa kein Entrinnen mehr. Henriks Mutter untersuchte sie, als wäre sie ein krankes Karnickel. Lisa musste sich auf den Stuhl an den Esstisch setzen, still halten und sich die aufgeplatzte Lippe mit einer ekligen Jodtinktur abtupfen lassen, obwohl sie schon lange nicht mehr blutete.

„Das ist sehr nett von Ihnen!", bedankte sich Lisa, obwohl sie es eigentlich eher aufdringlich fand. Denn nach der Behandlung tat ihre Lippe noch mehr weh.

„Nicht reden jetzt! Husch!", befahl Henriks Mutter.

„Du musst den Pfarrer natürlich anzeigen und dich beim Dekan beschweren!", sagte sie zu ihrem Sohn, während sie Lisas Kinn mit einer stinkenden Salbe einschmierte, aber bevor er antworten konnte, wandte sie sich schon wieder an Lisa.

„Sie schlucken jetzt noch zwei Paracetamol-Tabletten, und dann ab ins Bett mit Ihnen!" Lisa hatte keine Chance, sich gegen die tierärztliche Erste Hilfe zu wehren, denn Frau Doktor Henriksen hatte eindeutig die Hosen an. Sie warf mit Ratschlägen und Anweisungen um sich, und es gab sowieso nichts, was Lisa im Augenblick lieber tun würde, als sich so schnell wie möglich ins Bett zu verdrücken. Henrik konnte gerne noch mit seinen Eltern abhängen und für die beiden sein Lügenmärchen von der baldigen Hochzeit nach Herzenslust fortspinnen.

Sie verschwand wie ein geölter Blitz in Henriks Schlafzimmer und vergaß in ihrer Eile sogar „Gute Nacht" zu sagen. Sie war so erschöpft, dass sie sich lang gestreckt in Henriks Bett fallen ließ, aber kaum lag sie da, tief eingesunken in seine weichen Kissen, da fing ihr Gehirn an zu arbeiten, und ihre Gedanken drehten sich wie ein verrücktes Mühlrad im Kreis.

Sie konnte nicht einschlafen.

Wo war Henrik nur so lange? Irgendwie hatte sie gehofft, er würde ihr bald ins Bett folgen, und sie könnten dann noch einmal in Ruhe über alles reden, was heute vorgefallen war. Angefangen bei dem missglückten Treffen mit André Hagedorn, über Karans überraschendes Auftauchen und seine kryptischen Andeutungen, was Olga betraf. Ganz zu schweigen von der reichlich verzwickten Lage, in die Henrik sich mit all seinen Notlügen hineinmanövriert hatte. Schließlich konnten sie ja nicht einfach heiraten, um das Problem aus der Welt zu schaffen.

Die Zeit verging einfach nicht.

Alle paar Minuten schaute sie auf die Uhr ihres Handys und wunderte sich, warum Henrik nicht auftauchte. Sie wälzte sich in dem riesigen Bett von der linken zur rechten Seite und wieder zurück, und ihre Gefühlswelt wälzte sich auch hin und her. Zuerst wartete sie noch voller Ungeduld: *Er wird ja bestimmt bald kommen.* Dann wurde sie wütend und dachte, dass sie ihm ganz schön die Meinung geigen würde, wenn er endlich käme, und dann wurde sie wieder ungeduldig und auch ein wenig lüstern und malte sich aus, was sie miteinander tun könnten, wenn er überhaupt noch irgendwann mal auftauchen würde.

Und dann kam er endlich und schlich auf leisen Sohlen ins Zimmer, dabei machte er noch nicht mal Licht an. Lisa stellte sich schlafend und lauschte angespannt auf die Geräusche, die er verursachte. Er fand sich im Dunkeln ganz gut zurecht, denn von der Großstadt draußen fiel genügend Licht ins Zimmer. Er kramte in seinem Schrank, fand im Halbdunkel, wonach er suchte, verschwand im Badezimmer nebenan und kehrte nach endlos langen Minuten endlich wieder zurück. Er roch frisch gewaschen und ein Duft von herber Seife und Zahnpasta schwappte zu Lisa herüber, als er sich auf die freie Seite des Bettes setzte und offenbar seine Pyjamahose anzog. Lisa hielt automatisch die Luft an, bis er unter die Decke gekrochen war. Sie hatte ihm den Rücken zugekehrt und sich eingerollt wie ein Embryo, und als sie spürte, dass er sich zu ihr herumdrehte und sich über sie beugte, kniff sie ganz schnell die Augen zu.

Er verharrte eine ganze Weile so, über sie gebeugt, als würde er sie anschauen, und sie war sich sicher, wenn sie jetzt die Augen öffnen würde, dann wäre sein Gesicht direkt über ihr. Da spürte sie seine Finger mit ihrem Haar spielen, spürte, wie er sehr zärtlich eine Haarsträhne von ihrer Stirn strich, wie seine Fingerkuppen mit dem Hauch einer Berührung an ihrer Wange hinabwanderten und noch viel zärtlicher die verletzte Stelle an ihrer Lippe berührten. Dann schnaufte er leise und wandte sich ab – die Matratze wackelte jedenfalls noch ein paarmal kräftig, bis er endlich still lag. Auch er hatte ihr jetzt den Rücken zugedreht, und es wurde ruhig, nur der ferne Lärm der nächtlichen Stadt war noch dumpf zu hören.

Lisa wartete, bis sie seine gleichmäßigen Atemzüge hörte, dann nahm sie ihr Handy vom Nachtschrank und schrieb ihm eine Textnachricht. Sie wusste selbst, dass das nicht gerade die beste Methode war, um sich mit ihm zu unterhalten, aber wenn er ihre Nachricht morgen früh vielleicht gleich als Erstes lesen würde, dann wäre er bestimmt nicht mehr so sauer wie jetzt gerade, und das wäre dann sozusagen der Einstieg in ein vernünftiges Gespräch. Und unterhalten mussten sie beide sich, so viel war sicher. Sie mussten über alles reden. Er konnte sie schließlich nicht ewig anschweigen.

„Das mit André tut mir wirklich sehr, sehr, sehr leid. Bitte sei nicht mehr wütend auf mich", schrieb sie und drückte auf senden. Danach fühlte sie sich schon viel wohler, und nachdem sie das Handy wieder leise auf den Nachtschrank zurückgelegt hatte, fielen ihr sogar die Augen zu, aber ein Surren und ein Piepen weckte sie schnell wieder. Ihr Handy meldete, dass soeben eine Textnachricht eingegangen war.

„Ich bin nie wütend. Ich bin völlig gelassen", stand da, gesendet von Henrik, drei Minuten, nachdem sie ihre Nachricht abgeschickt hatte. Hä? War er etwa auch noch wach? Er hatte ihr den Rücken zugekehrt und bewegte sich nicht, aber sie konnte den schwachen Lichtschein seines Handydisplays leuchten sehen, und sie musste unwillkürlich lachen – natürlich nur ganz leise, das Spiel war zu schön, um es durch laute Geräusche zu verderben.

„Können wir uns denn wieder vertragen?", schrieb sie und hörte das leise Dingeling seines Handys, als ihre Nachricht bei ihm eintraf.

„Jetzt?"

„Ich kann jedenfalls nicht schlafen, und du?" Sssst. Dingeling.

Er lachte auch leise und die Matratze wackelte ganz schwach. Sie hörte das „Sst, sst, sst" der Tastentöne, während er eine Antwort verfasste. Eine lange Antwort, wie es schien.

„*Ich kann auch nicht schlafen. Meine Mutter hat mir eine einstündige Strafpredigt über häusliche Gewalt gehalten, weil sie denkt, ich hätte dich misshandelt. Alle Indizien sprechen gegen mich. Und mein Vater hat mir die Adressen von zwei Therapeuten gegeben, die mir helfen sollen, meine perversen Neigungen in den Griff zu bekommen.*"

„*Du hast perverse Neigungen? Echt? ;-)*"

„*Ganz und gar abartige. Willst du mal sehen?*"

„*!*"

„*Kannst du versuchen, nicht so laut zu schreien, wenn wir pervers werden?*"

„*Hängt davon ab, wie schlimm du mich misshandelst.*"

Wieder kippelte die Matratze von seinem unterdrückten Lachen. „*Andernfalls muss ich dich knebeln. Es ist nämlich nicht ausgeschlossen, dass meine Eltern an der Tür lauschen, weil sie sich Sorgen um dich machen!*"

„*Schwiegereltern sind die reinste Pest. Bin ich froh, dass ich keine habe.*"

„*Noch nicht, aber wir werden heiraten müssen.*"

Jetzt lachte sie in ihr Kissen, so sehr, dass das Bett wackelte.

„*Ja klar, am Freitag zwischen 10 und 12 habe ich noch nichts vor. Treffen wir uns doch vor dem Standesamt.*"

Die Matratze bewegte sich jetzt kräftig, und sie spürte, wie er sich zu ihr herumdrehte und dann näher an sie heranrückte, bis er dicht hinter ihr lag.

„Ich meine es ernst", flüsterte er ihr zu. „Angesichts von Olgas überraschender Genesung ist das die einzig logische Option. Wir heiraten, Olga unterschreibt das Testament, und wenn sie tot ist, lassen wir uns wieder scheiden."

„Genau wie ich mir eine Traumehe vorstelle", flüsterte sie zurück. Seltsamerweise fand sie seinen Vorschlag nicht annähernd so geschmacklos, wie er sich anhörte.

„Wir hätten beide etwas davon: Ich werde Alleinerbe und du bekommst von mir bei der Scheidung eine großzügige Abfindung. Wir regeln das vorab in einem Ehevertrag. Einziger Nachteil: Dein Exfreund muss bis nach unserer Scheidung warten, bis er zu dir zurückkriechen kann."

„Du meinst es wirklich ernst?", rief sie verblüfft. „Ich dachte, du willst nie wieder heiraten, weil du alle Frauen für falsch und habgierig hältst."

„Von allen Frauen, die Olga mir hätte aufnötigen können, bist du das kleinste Übel."

„Boah, danke für dein neuestes Beleidigungskompliment, du Charmebolzen. Und was ist mit der Tatsache, dass ich angeblich verrückt bin und unmöglich und unbelehrbar? Habe ich noch was vergessen? Ach ja, unbezähmbar!"

Er knurrte leise, oder war es ein Lachen? „Ich werde versuchen, dich zu zähmen." Das klang nicht wie eine Drohung, sondern eher wie ein erotisches Versprechen. „Glaub mir, mein Herz, du wirst es nicht bereuen."

„Und du auch nicht."

„Du würdest über mich viele einflussreiche Leute kennenlernen, und ich könnte deine Musikerkarriere promoten. Ich könnte dich zu einem YouTube-Star machen oder dir helfen, ein Gourmetrestaurant zu eröffnen."

„Ganz zu schweigen von deiner geilen Dusche, die ich jeden Tag benutzen könnte."

„Das wäre nicht das einzig Geile, das du jeden Tag benutzen könntest!", flüsterte er nun superleise, und dann drückte er sich so eng an sie, dass sie seine Härte direkt an ihrem Hintern spüren konnte. Seine Hand krabbelte unter die Decke, strich vorsichtig ihren Arm hinunter und wanderte über ihre Hüfte auf ihren Bauch, wo sie knapp oberhalb ihres Schambeins liegen blieb – mit sanftem Druck.

„Also wird es keine Scheinehe?" Sie bog automatisch ihren Rücken etwas durch und ihr Hinterteil seiner Erektion entgegen, die sich nun wunderbar in ihre Gesäßfalte einbettete.

„Auf gar keinen Fall! Wir werden selbstverständlich Sex miteinander haben und Untreue ist natürlich ein absolutes Tabu während der Ehe. Der Sex ist Bestandteil des Coaching-Programms, das wir selbstverständlich auch während unserer Ehe fortführen werden, noch viel ausgeprägter."

„Das ist ein verdammt gutes Argument!", seufzte sie. Seine Hand war übrigens auch ein ziemlich gutes Argument, denn die wanderte nun über ihre (bekanntlich völlig haarlose) Vulva hinunter und seine Finger tasteten sich zielsicher zu ihrer Klitoris vor. Sie stöhnte, als seine kühlen Finger ihr heißes Fleisch an genau der richtigen Stelle berührten und das langsame und zärtliche Spiel begannen.

„Pst! Ganz leise. Stöhne in dein Kopfkissen, wenn du unbedingt stöhnen musst", wisperte er mit heißem Atem an ihrem Ohr, und gleichzeitig machten seine Finger Sachen mit ihr, die keine Frau einfach leise ertragen konnte. Jetzt grub er auch noch seine Nase in ihr Haar und platzierte seine Lippen an ihrem Hals, genau an der Stelle unterhalb des

Ohrs, wo ihre Halsschlagader wie verrückt pulsierte.

„Ohgooott!" Das war ihre absolute Lieblingsstelle. Konnte man auch einen Orgasmus bekommen, nur weil jemand sie an dieser Stelle knabberte?

„Zudem funktioniert es fantastisch zwischen uns", sagte er zu ihrem Hals.

„Ehrlich?" Seine Finger waren unbeschreiblich zart, sie spürte die Berührung kaum. Es war, als würde er sie mit Schmetterlingsflügeln streicheln. Eigentlich wollte sie mehr, wollte ihn härter und tief in sich, aber andererseits fühlte sich das, was er tat, ehrerbietig und innig an. Die heiße Spitze seines Penis drückte bereits gegen den Eingang ihrer Scheide, während seine Lippen sich an ihrem Hals festsaugten, und sie schrie in ihr Kopfkissen hinein.

„Was den Sex angeht, sind wir ein Traumpaar, mein Herz."

„Und was ist mit allem anderen? Denkst du, wir halten es überhaupt miteinander aus? Du bist so ein arroganter Snob und Klugscheißer, obwohl ich zugeben muss, dass du manchmal auch sehr romantisch und sensibel bist."

„Und du bist eine unberechenbare Dramaqueen und nicht gerade die Frau, die zu einem Stoiker passt, obwohl ich zugeben muss, dass ich deine Ehrlichkeit und Herzensgüte über alle Maßen schätze. Außerdem sind wir erwachsen, und wenn wir die ganze verlogene Gefühlsduselei außen vor lassen, können wir jeden Konflikt überwinden und ihn sachlich ausdiskutieren." Wie zum Beweis seiner Zungenfertigkeit kitzelte er jetzt mit seiner Zungenspitze ihr Ohrläppchen. Oh Mann, wie sollte sie das aushalten, ohne vor Lust laut zu schreien? Sie keuchte erneut ins Kopfkissen, während Doc H munter weiter über Beziehungsfragen dozierte. „Probleme gibt es in einer Beziehung immer nur dann, wenn Emotionen ins Spiel kommen. Liebe, Hass, Eifersucht und so weiter. Außerdem wird unsere Ehe ja nur eine überschaubare Zeit dauern, ein paar Monate, ein halbes Jahr maximal. Es wäre eine Beziehung ohne schmalziges Liebesgetue, aber dafür mit erstklassigem Sex, humorvollen Gesprächen, geistiger Harmonie und vorzüglichem Essen."

„Aber keine Gefühle?", ächzte sie lüstern ins Kissen.

„Nicht von meiner Seite, und wenn ich es recht verstanden habe, gehört dein Herz doch sowieso einem anderen."

„Auf jeden Fall habe ich keinen Bock auf eine Beziehung, die auf vorgetäuschter Liebe und Lügen beruht, ebenso wenig wie du. Geistige Harmonie, guter Sex und gutes Essen hört sich dagegen toll an."

„Na bitte, dann sagst du also Ja?" Jetzt schob er sich langsam und tief in sie hinein und stöhnte sehr zufrieden, als er am Ziel angekommen war. Aber anstatt jetzt endlich richtig loszulegen, blieb er ganz ruhig und unbewegt in ihr und füllte sie so vollkommen aus, als wären sie nur ein einziger Körper, in dem zwei Seelen wohnten.

„Hrrrmmm!" Keine Frau kann besonders klar denken, während ein Mann ihre Klitoris zwischen seinen Fingern rollt, seinen Penis in ihr verankert hat und gleichzeitig auch noch ganz nebenbei an ihrer zweiterogensten Zone saugt.

„Ich spreche mit meinem Anwalt, damit er den Ehevertrag aufsetzt. Und wegen Olga habe ich schon alles mit Karan geklärt."

„Wie bitte? Du hast mit Karan … mit … Aaah, jaaa. Mach weiter!" Jetzt hatte er seine andere Hand auch noch im Einsatz und schob sie in ihr Haar und kämmte mit aufgefächerten Fingern langsam und vorsichtig durch ihre Locken. War das schön! Sie spürte nichts anderes mehr, nur ihn. Bis in ihren innersten Kern war sie ausgefüllt von ihm. Sie wusste nicht, wo er aufhörte und wo ihr Körper anfing, seine Lippen waren feucht an ihrem Hals. Er hätte auch ein Vampir sein können, der ihr Blut trank, so warm fühlte sich das an. Seine Finger spielten sanft mit ihrer Klitoris, und seine andere Hand liebkoste ihr Haar auf eine Weise, die ihre Kopfhaut zum Kribbeln brachte und wohlige Schauder ihren Rücken hinunterrieseln ließ. Wenn das Wort Vereinigung je eine wahre Bedeutung hatte, dann war das dieser Moment, in dem sie ihn bis in jede ihrer Körperzellen spürte.

„Oh-oh-oooh, Henrik, so schön!"

„Das ist eine Lektion, bei der es nicht um den Orgasmus geht, sondern um das Verbundensein. Es ist eine wichtige Übung für dich, wenn es dir und deinem künftigen Partner nicht nur um Sex und Fortpflanzung geht, sondern um das Praktizieren von Liebe. Es stammt ursprünglich aus dem Tantra und wird auch Karezza genannt."

„Shit, du klingst wie ein Professor. Zeig es mir einfach", ächzte sie.

„Ich muss es dir erklären, damit du verstehst, was wir beide da tun." Seine Stimme zitterte ein wenig, während seine Fingerkuppen sie sanft berührten. „Der Mann, also ich, unterdrückt die Ejakulation und behält die Kontrolle über seinen Orgasmus. Das Paar, also wir, bleiben dabei nahezu bewegungslos und halten uns mit zurückhaltenden Liebkosungen in einem latenten Erregungszustand, und so baut sich langsam eine Art Sinnenrausch auf, ohne dass es zu einem abschließenden Höhepunkt kommt."

„Wir haben keinen Orgasmus?", stöhnte sie enttäuscht.

„Irgendwann erreicht der Liebesakt ein orgasmisches Ausmaß und durchdringt den ganzen Körper in warmen Wellen. Es soll die seelische Verbundenheit zwischen Mann und Frau fördern."

„Das klingt, als hättest du es noch nie probiert."

„Natürlich nicht. Es gibt keine Frau, mit der ich seelische Verbundenheit praktizieren will, aber ich möchte dir dennoch die Grundprinzipien dieser Liebestechnik beibringen. Sie ist Bestandteil des fundierten Coaching-Programms. Und es hat den Vorteil, dass du nicht so laut schreist und alle aufweckst, wenn wir Sex haben."

„Ich liebe fundierte Programme, wenn sie sich so wundervoll anfühlen", stöhnte sie.

„Wir können stundenlang so zusammen bleiben, falls ich es schaffe, eine Ejakulation zu verhindern. Angeblich soll es ein geradezu spirituelles Erlebnis sein."

„Stundenlang? Ohgooott."

„Nur noch eine letzte Frage?" Er bewegte sich ein ganz klein wenig in ihr. Ein Hauch von Reibung, so unsäglich schön und kostbar, dann hielt er wieder still.

„Hm?"

„Wie lautet deine Antwort? Heiraten wir?"

„Hmmmmmpf!" War so eine Abmachung überhaupt gültig, wenn sie im Zustand extremer sexueller Erregung zustande kam?

„Hmpf-ja oder Hmpf-nein, mein Herz?"

„Na gut, ich sage Ja. Aber das wird bestimmt eine schreckliche Ehe."

„Es wird zweifellos eine schreckliche Ehe werden, meine süße Lissy!", raunte er mit rauer Stimme, die sie bis in die Tiefen ihrer Vagina spürte.

Clannon Miller

17. Die gelehrige Braut

Eine Maxime ist eine persönliche Lebensregel, ein oberster Grundsatz des Wollens und Handelns und Ausdruck des Strebens nach Vernunft. So jedenfalls lautet die offizielle Definition, aber wer denkt schon an Vernunft, wenn es um ein Millionenerbe geht oder gar um Elisabeth?

Es war jetzt genau sechs Stunden her, seit Henrik seine oberste Maxime gebrochen und Elisabeth einen Heiratsantrag gemacht hatte. Wobei die Bezeichnung Heiratsantrag nicht wirklich zu dem Vorgang passte, mit dem er sie zum Jawort überredet hatte. Jedenfalls hatte er sie nicht in ein Nobelrestaurant ausgeführt, keinen Kniefall gemacht oder ihr einen Brillantring an den Finger gesteckt, sondern ... nun ja, der Rest ist ja bekannt.

Auch wenn er persönlich den Sex mit einem explosiven Orgasmus lieber mochte, weil nichts süßer in seinen Ohren klang als Elisabeths Schreie, wenn sie kam, so war es doch eine sehr innige Erfahrung gewesen, und als sie sich gegen Morgen wieder voneinander gelöst hatten, hielt er eine überaus euphorische angehende Ehefrau in seinen Armen und war selbst sehr euphorisch. Elisabeth hatte sich tatsächlich auf seinen Vorschlag eingelassen, und er sah seiner Ehe mit ihr voller Vorfreude und Hoffnung entgegen, vorausgesetzt, sie schaffte es, ihr unberechenbares Temperament ein wenig zu zügeln. Leider stellte schon das gemeinsame Frühstück mit seinen Eltern die erste Prüfung zum Thema „unberechenbares Temperament" dar.

„Philipp, warum hast du Gustavo denn nicht mitgebracht?", fragte Elisabeth und riss seine Mutter aus ihren seligen Schwiegermutterträumen, die sich gewiss um Hochzeitsbrauchtum und künftige Enkelkinder drehten.

„Wir reden nicht bei Tisch, Liebes", sagte Mama und bedachte Elisabeth mit einem nachsichtigen Lächeln.

„Was meinst du damit, Ursel?" Seine Eltern hatten Elisabeth vor wenigen Minuten erst das Du angeboten, sie umarmt und ihr Glück gewünscht, und Henrik war erleichtert gewesen, dass sie so unkompliziert mit der Situation umgingen.

„Darf ich gar nicht reden oder nur nicht über Schwule?", wollte Elisabeth wissen, und das war dann das Ende der Unkompliziertheit, denn mit diesem einen Wort – Schwule – hatte Elisabeth eine verbale Handgranate mitten auf den Frühstückstisch geworfen. Henriks Mutter hielt die Luft an, sein Vater schaute verblüfft hinter seiner Zeitung hervor, Frau Frey, die Henrik gerade Kaffee einschenkte, vergaß abzusetzen und verursachte ein Fußbad, und Philipp ließ vor Schreck sogar sein Handy fallen, das zielsicher auf sein Marmeladenbrötchen flutschte. Mutters Gesichtsausdruck verwandelte sich jäh von mütterlich-freundlich in pikiert, und es war klar, Elisabeth hatte sich mit diesem einen Wort die Schwiegermuttergunst für die nächsten 20 Jahre verscherzt.

Erstaunlicherweise war seine Mutter mit Valerie immer bestens zurechtgekommen. Er wusste nicht, wie Valerie es geschafft hatte, sie um den Finger zu wickeln, aber natürlich hatte sie vor den Ohren ihrer Schwiegermutter nie das Wort *schwul* in den Mund genommen. Valerie war nie unberechenbar oder widerspenstig gewesen, so wie Elisabeth. Nein, sie hatte seiner Mutter bei jeder Gelegenheit geschmeichelt und zu Munde geredet.

„Das ist kein angemessenes Thema bei Tisch, Elisabeth!", sagte seine Mutter.

„Entschuldigung, das wusste ich nicht. Ich hatte gestern Abend den Eindruck, dass dir das Glück deiner Söhne wichtig ist. Gilt das nur für Henrik oder auch für Philipp?"

„Natürlich gilt das auch für Philipp!" Seine Mutter lächelte Philipp über den Tisch hinweg zu. „Ich behandle meine beiden Söhne genau gleich."

„Dann verstehe ich das nicht. Philipp ist todunglücklich, weil ihr seinen Freund nicht kennenlernen wollt, dabei liebt er ihn. Und schließlich kann man sich doch nicht aussuchen, wie man gestrickt ist. Selbst im Tierreich gibt es schwule Beziehungen. Da habe ich erst neulich einen Bericht im Fernsehen gesehen: Bonobos, Pinguine und sogar Schafe können homosexuell sein."

Henriks Vater lachte leise hinter seiner Zeitung, aber Mama fand das gar nicht lustig. Sie schnappte nach Luft und ignorierte Elisabeth einfach. Sie würde weder bei Tisch streiten, dazu war sie viel zu gut erzogen, noch würde sie laut werden, allerdings bedachte sie Henrik mit einem vorwurfsvollen Blick, der ihm sagte, dass sie gar nicht mit der Situation zufrieden war. Henrik legte seine Hand auf Elisabeths Schenkel und versuchte ihr damit zu verstehen zu geben, dass sie das Thema besser auf sich beruhen ließ, aber natürlich tat sie genau das Gegenteil.

„Nur weil man ein Problem totschweigt, ist es noch lange nicht weg", sagte Elisabeth und biss herzhaft in den Zwieback, den Frau Frey ihr aufgenötigt hatte. „Ich verstehe noch nicht mal, was das Problem eigentlich ist. Wir leben im 21. Jahrhundert mitten in Europa, und da ist es doch voll okay, schwul zu sein. Sogar unser ehemaliger Bürgermeister … "

„Reichst du mir mal bitte die Butter, Gerhard!", rief seine Mutter laut über den Tisch, und plötzlich wallte Ärger in Henrik auf.

„Elisabeth hat recht!", hörte er sich selbst sagen. „Und es wird Zeit, dass ihr beide es akzeptiert. Philipp ist homosexuell, und das ist kein Stigma, sondern es ist das, was Philipp ist! Ganz abgesehen davon, dass es offenbar auch homosexuelle Pinguine gibt. Ihr solltet Gustavo endlich kennenlernen und damit klarkommen."

Für die Unendlichkeit von ein paar Sekunden herrschte Stille bei Tisch, dann schniefte seine Mutter beleidigt, begann ihr Brötchen aufzuschneiden und es mit großer Hingabe zu schmieren. Für den Rest des Frühstücks sprach sie kein weiteres Wort mehr, und Henrik wusste nicht, was ihn mehr verblüffte: ihre Reaktion oder seine eigene Reaktion.

„Irgendetwas macht Lisa mit dir, ich weiß nicht, was das ist, aber es ist etwas Gutes, und ich hoffe, sie hört nicht damit auf", flüsterte Philipp ihm zu, als er sich nach dem Frühstück wieder von ihm verabschiedete.

Das Problem war, Henrik wusste es selbst nicht so genau, was da gerade mit ihm passierte, aber es gefiel ihm ausnehmend gut.

~

Lisa war im siebten Himmel für frisch Verlobte, aber Nichtverliebte.

Sie hatte tatsächlich zugestimmt, seine Hoheit Doktor Henrik Henriksen zu heiraten, und seither schwelgte sie in einer Art Glücksrausch. Das hatte allerdings gar nichts damit zu tun, dass sie besonders scharf auf eine Ehe mit ihm war, sondern es hatte etwas damit zu tun, dass er einfach ein genialer Lehrmeister war, der sie auf viele verschiedene Weisen spüren ließ, wie begehrenswert sie war. Sie hatte zwar zu ihm gesagt, dass ihre Ehe schrecklich werden würde, aber in Wahrheit war sie sicher, dass sie perfekt harmonieren würden. Henrik war unglaublich einfühlsam und klug und gebildet und männlich und romantisch und attraktiv und witzig und … eben einfach alles. Und wenn es mal zu einem Missverständnis zwischen ihnen käme, dann würden sie das wie Erwachsene ausdiskutieren, ganz emotionslos und sachlich. Apropos ausdiskutieren: Nach dem Frühstück reisten Henriks Eltern ziemlich eilig ab, und kaum waren sie weg, machte auch er sich mit seinem Koffer auf den Weg zum Flughafen.

„Ich komme am Donnerstagabend aus London zurück", sagte er und wandte sich zum Gehen. „Dann machen wir mit dem Coaching weiter. Bis dahin hat mein Anwalt auch den Ehevertrag unterschriftsreif. Wenn alles klappt, dann haben wir am Samstag vielleicht einen Termin auf dem Standesamt."

„Wie bitte? Diesen Samstag?" Ach du Scheiße, da hatte es aber jemand verdammt eilig. Wann hatte er denn Gelegenheit gehabt, mit seinem Anwalt über einen Ehevertrag zu sprechen? Etwa während sie heute früh beim Joggen war? Sie stellte sich ihm in den Weg, als er die Wohnungstür öffnete. „Du kannst jetzt nicht einfach abreisen, ohne mir zu sagen, wie es weitergeht."

„Was meinst du?", fragte er und schaute auf die Uhr.

„Na, unsere Hochzeit. Man braucht doch tausend Urkunden und Bescheinigungen und muss zum Einwohnermeldeamt und so. Wie funktioniert das denn alles so schnell?"

„Mach dir keine Sorgen. Karan kümmert sich um den Standesamtskram. Er wird heute noch bei dir vorbeikommen, sich eine Vollmacht von dir holen und ein paar Kleinigkeiten für dich vorbeibringen."

„Welche Kleinigkeiten?"

„Ich muss jetzt wirklich los, das Taxi wartet schon." Er ging hinaus ins Treppenhaus, aber sie folgte ihm. So leicht würde sie ihn nicht davonkommen lassen. „Was ist mit André? Sollen wir seine Existenz einfach ignorieren?"

Doc H verdrehte die Augen. „Karan wird die Hintergründe von André Hagedorn und seiner Familie diskret durchleuchten, und bis dahin werden wir Olga nichts davon sagen. Ich befehle dir ausdrücklich, dich so lange zurückzuhalten. Verstanden?"

„Ja Sir!"

„Versuche in den nächsten drei Tagen keine Katastrophe auszuhecken, Lissy!", sagte er leise und strich eine verirrte Locke aus ihren Augen. „Lies ein paar von den Büchern, die auf der Literaturliste stehen, befasse dich mit Theater und Kunst, und es wäre gut, wenn du einen Blick in den modernen Knigge wirfst. Meine Bibliothek steht dir zur freien Verfügung. Natürlich kannst du auch im Internet über all diese Themen recherchieren und …"

„Henrik, vergiss doch mal dieses blöde Coaching. Was ist mit der Andeutung, die Karan gemacht hat?" Theater und Knigge interessierte sie im Augenblick keinen Deut. „Dass es bei Olgas Herzanfall nicht mit rechten Dingen zugegangen ist?"

„Wir reden darüber, wenn ich zurück bin. Das ist jetzt weder der geeignete Ort noch der richtige Zeitpunkt, um das zu besprechen."

„Du kannst mich nicht bis Donnerstag warten lassen. Ich mache mir Sorgen um Olga!" Sie hüpfte wie ein junges Fohlen vor ihm herum und schlang ihre Arme um seinen Hals.

„Herrgott, ich verpasse noch mein Flugzeug", ächzte er, ließ aber sofort seinen Koffer los, legte seine Hände auf ihr Hinterteil und zog sie noch enger an sich. Na also. Sie hatte schon viel gelernt, zum Beispiel, wie man einen Mann mit ein bisschen Anschmiegsamkeit dazu bringen konnte, beinahe alles zu tun.

„Ich kann dir leider nichts Genaueres sagen, weil Karan sich sehr kryptisch ausgedrückt hat, aber ich vermute mal, dass jemand versucht hat, Olga umzubringen." Jetzt griff er an ihr vorbei, um auf den Aufzugsknopf zu drücken. Die Tür öffnete sich sofort und Henrik befreite sich mit einem Seufzen aus ihrer Umarmung. Lisa hüpfte ihm schnell hinterher.

„Ach komm, das ist doch albern."

„Nicht ganz so albern, wenn du darüber nachdenkst, wer einen Nutzen davon hat, falls Olga stirbt, bevor sie ihr Testament noch einmal zu meinen Gunsten ändern kann."

„Anette?"

Er nickte nur.

„Quatsch! Ich meine, die Frau ist zwar unsympathisch und so, aber wir reden hier immerhin von einem Mordversuch."

„Und wir reden von einem so gewaltigen Vermögen, dass manche Leute alles dafür tun würden."

„Sogar heiraten."

„Sogar heiraten!" Plötzlich drückte er sie gegen die verspiegelte Wand des Aufzugs und küsste sie, feucht und tief und hart, mit einer Hand hielt er ihren Nacken fest und mit der anderen fuhr er in ihr Haar, doch als es richtig gut wurde und Lisa vor Lust anfing zu seufzen, war der Aufzug unten angekommen und die Tür öffnete sich wieder. Henrik riss sich von ihr los und stürmte ohne ein weiteres Wort hinaus auf die Straße, wo schon sein Taxi wartete.

Wenig später stand tatsächlich Karan vor der Wohnungstür. Er hatte all ihre Sachen aus ihrem Übergangsapartment bei Otmar abgeholt und hergebracht.

„Wie haben Sie es geschafft, in das Apartment reinzukommen?", fragte sie Karan, der das ganze Zeug, das Philipp erst am Sonntag bei ihr vorbeigebracht hatte, jetzt wieder zurückschleppte. Aber Karan zuckte nur die Schultern und ließ sich von Frau Frey zeigen, wo er alles hinschaffen sollte: ihren Koffer mit den Kleidern und Kosmetik in das Schlafzimmer des Herrn Doktor, und das technische Equipment in die Bibliothek, wo bereits ein zweiter Schreibtisch für Fräulein Elisabeth bereitstand, und der Rest in die Küche.

Entweder hatte Karan Otmar in aller Frühe aus dem Bett geklingelt, um an den Zweitschlüssel zu kommen, oder er hatte einfach das Schloss geknackt. Das würde sie ihm durchaus zutrauen. Jedenfalls hatte er gar nichts in ihrem Apartment zurückgelassen, sogar die Rolle mit Küchenpapier, die dort bereits gestanden hatte, hatte er mitgebracht. Ein Wunder, dass er das Waschbecken nicht von der Wand geschraubt hatte.

„Hat Henrik das etwa gestern Abend mit Ihnen besprochen, als ich im Auto warten musste?", wollte sie von Karan wissen.

„Ja!"

„Echt jetzt?" Doc H hatte also gestern schon geplant, sie zum Heiraten zu überreden, und er war sich offenbar auch ziemlich sicher gewesen, dass sie Ja sagen würde. Der Mann machte wirklich keine halben Sachen. Im Gegensatz zu Hannes; der verkündete immer nur, was er tun wollte oder irgendwann mal tun würde, aber das war's dann auch. Apropos Hannes: Karan kam jetzt mit einer weiteren Ladung Umzugsgut aus dem Aufzug heraus.

„Doktor Henriksen hat mich beauftragt, auch Ihre restlichen Sachen aus der anderen Wohnung zu holen und sie herzubringen", erklärte er und überreichte ihr beinahe feierlich ihren Geigenkasten und ihre alte Gitarre.

„Sie waren in Oberschöneweide?", rief Lisa völlig perplex. „In Pattis Wohnung?"

Karan hatte alles, was sie bei ihrem Blitzauszug am Donnerstag zurückgelassen hatte, dabei. Ihre alten Kleider, die Philipp als zu schäbig eingestuft hatte, ihre paar Bücher und all ihre Musikinstrumente, die Klarinette, die Querflöte und ihre Bongos, ganz zu schweigen von ihren Fotoalben, ja sogar die beiden Aktenordner mit all ihren wichtigen Urkunden, Zeugnissen und sonstigen Unterlagen hatte er mitgebracht.

„Aber wie … wie … Wann haben Sie das denn alles erledigt? War denn überhaupt jemand zu Hause?" Patti hatte diese Woche Frühschicht und würde nicht vor drei Uhr am Nachmittag nach Hause kommen, und Hannes war tagsüber bei der Arbeit.

„Ich war bereits gestern Abend in Oberschöneweide", sagte Karan. „Und ich habe Ihre beiden Freunde dort angetroffen."

„Ach du Scheiße!", platzte es aus Lisa heraus. „Ich meine: Ach du lieber Himmel. Gestern Abend? Nach unserem Besuch im *Easy Rider*? Was haben die beiden denn gesagt?"

„Ihre Freunde haben sich zunächst etwas dagegen gewehrt, die Sachen herauszugeben, aber ich konnte sie schließlich überzeugen."

„Überzeugen?" Oh Mann, sie wollte unbedingt alles ganz genau wissen. Sie wollte wissen, wie Hannes ausgesehen hatte, als plötzlich Karan die Kampfmaschine vor der Tür gestanden hatte, und was Patti gesagt hatte, als sie Lisas Sachen herausrücken musste. Hatte Karan ihnen vielleicht auch gleich erzählt, dass sie bald heiraten würde?

„Wie haben Sie die beiden denn überzeugt?" Sie lief Karan hinterher, während der einen Teil ihrer Sachen in die Bibliothek trug.

„Mit Nachdruck!"

„Haben Sie Hannes geschlagen?" Jetzt hielt sie Karan am Arm fest und zwang ihn so, stehen zu bleiben. Nachdem sie ihn gestern bei der Schlägerei mit André Hagedorn beobachtet hatte, traute sie Karan schlichtweg alles zu. Und ehrlich gesagt fand sie die Vorstellung gar nicht mal so schrecklich, dass Hannes jetzt vielleicht auch ein hübsches, blaues Auge hatte.

„Selbstverständlich nicht!", kam es kühl von Karan.

„Was haben Sie dann gemacht?" Der Typ war wirklich wie ein Cyborg. „Lassen Sie sich doch nicht jedes einzelne Wort aus der Nase ziehen!"

„Doktor Henriksen hat mich angewiesen, mich weder auf Handgreiflichkeiten noch auf eine Unterhaltung mit dem Mann einzulassen."

„Dann haben Sie gar nicht mit ... mit Hannes geredet?"

„Ich habe die Tür aufgedrückt, als er sie mir vor der Nase zuschlagen wollte, und ich habe ihn mit großem Nachdruck zur Seite geschoben, als er sich mir in den Weg stellte. Mehr nicht. Als er damit gedroht hat, die Polizei zu rufen, habe ich ihm in aller Sachlichkeit dargelegt, was mit seiner Nase passiert, falls er es wagt, sein Handy anzufassen."

Lisa musste kichern, obwohl Karan ein ernstes Gesicht machte und er seine Worte eindeutig nicht als Spaß gemeint hatte. „Haben Sie ihm gesagt, wer Sie sind und dass ich bald heirate?"

„Natürlich nicht, Doktor Henriksen hat mir ausdrücklich gesagt, dass ich nichts über Sie preisgeben soll. Als der Bubi allerdings fragte, ob ich Ihr neuer Stecher sei, habe ich ihn freundlich darauf hingewiesen, dass der Ausdruck vielleicht auf ihn und seine derzeitige Freundin zutrifft, dass er allerdings ein paar Zahnimplantate benötigt, falls er das Wort noch einmal im Zusammenhang mit Ihnen verwendet. Frau Alderat mag Sie sehr, und sie würde es absolut nicht gutheißen, dass jemand Sie verbal durch den Schmutz zieht."

„Sie sind so cool, Karan!" Lisa hätte zu gerne Mäuschen gespielt, als Karan in Pattis Wohnung eingefallen war und Hannes mit Zahnimplantaten gedroht hatte.

„Ich tue nur, was Frau Alderat mir aufgetragen hat: Ich sorge dafür, dass diese Hochzeit stattfindet." Jetzt griff er in sein Jackett und zückte eine Visitenkarte. „Ich habe ein Zimmer im Hotel Alderat-Berlin – falls Sie meine Hilfe benötigen, ein Anruf genügt."

Lisa hatte keine Ahnung, welche Hilfe sie wohl von einer Kampfmaschine wie Karan benötigen sollte, aber sie las die Visitenkarte mit Interesse. Da stand nur *Karan Candemir, Persönlicher Assistent* und eine Handynummer, aber Karan hatte mit einem persönlichen Assistenten nicht mehr gemein als ein Nashorn mit einer Ballerina.

„Hat Olga denn keine anderen Sorgen? Ich dachte, sie liegt im Krankenhaus."

Karan zuckte nur die Schultern.

„Was ist, wenn sie entlassen wird? Wer holt sie ab? Wer passt auf sie auf?"

„Für die Sicherheit von Frau Alderat ist gesorgt! Es besteht kein Grund, dass Sie sich Sorgen machen müssen."

„Aber wenn es stimmt, dass jemand versucht hat, sie umzubringen, sollten Sie dann nicht in Binz sein und Olga beschützen und dafür sorgen, dass dieser jemand hinter Gitter kommt?"

„Ich muss jetzt gehen, habe noch einen Termin beim Bürgeramt."

„Was ist mit Anette? Hat Olga sie wenigstens vor die Tür gesetzt?"

„Ich kann leider nicht darüber reden."

„Olga kann doch unmöglich weiterhin unter einem Dach mit dieser Frau wohnen." Aber als Antwort bekam sie nur ein Schulterzucken. Toll! Der Typ war ja noch schlimmer als Doc H, wenn er sein Power-Schweigen praktizierte.

Am Nachmittag kam Caro aus der Schule nach Hause, und Lisa fing sie gleich an der Wohnungstür ab, denn sie wollte auf keinen Fall, dass Caro sich genauso mies fühlen sollte, wie sie sich damals gefühlt hatte, als die neue Frau ihres Vaters mitsamt ihrem neugeborenen Kind ohne Vorwarnung bei ihnen zu Hause eingezogen war.

„Caro, kann ich mit dir reden und dir erklären, wie das alles gekommen ist?", fragte sie, aber Caro bedachte sie mit dem typischen Teenieblick, der bedeutete: *Die ganze Welt ist scheiße und du bist die Königin der Scheiße.* Lisa kannte diesen Blick ziemlich gut und hatte sich fest vorgenommen, es für Caro so einfach wie möglich zu machen. Sie würde ihr weder ihr Reich noch die Liebe ihres Vaters streitig machen, und das wollte sie ihr nur sagen, aber es hatte nicht den Anschein, als ob Caro überhaupt mit Lisa reden oder ihr zuhören wollte.

„Ich hab jetzt echt keine Zeit, muss noch Hausaufgaben machen", antwortete Caro und verschwand in ihrem Zimmer. Sie drehte die Musik laut auf und kam nicht mehr zum Vorschein. Aber das mit den Hausaufgaben war natürlich eine Lüge, denn ab morgen waren Schulferien in Berlin, und es gab keinen einzigen Lehrer in Deutschland, der am Tag der Zeugnisausgabe noch Hausaufgaben austeilte. Einmal klopfte Lisa an Caros Tür und fragte, ob sie hereinkommen dürfe. Vielleicht hatte Caros miese Laune gar nichts mit Lisa zu tun, sondern war nur Zeugnisfrust.

„Caro, lass uns doch reden!", brüllte Lisa laut gegen die Tür. „Hast du schlechte Laune wegen deinem Zeugnis? Hast du vielleicht miese Noten?"

„Ich hab echt keine Zeit!", antwortete Caro von drinnen und drehte die Musik noch lauter.

Ob sich Lisas neue Stiefmutter damals auch so blöd vorgekommen war?

Als Frau Frey Feierabend machte, waren aus Caros Zimmer immer noch dumpfe Bassklänge zu hören, und Lisa fühlte sich auf einmal ganz einsam. Sie schrieb eine Mail an ihren Vater. Die erste seit langer Zeit. Sie wusste nicht, was sie schreiben sollte. Eigentlich wollte sie ihm schreiben: *Können wir über alles reden, was damals schiefgelaufen ist?* Aber ihr Vater hatte ihr diese Frage in der Vergangenheit immer wieder gestellt, und sie hatte genau wie Caro jeden seiner Annäherungsversuche abgeblockt.

„Da gibt es nichts zu reden, schließlich kann ich rechnen", hatte Lisa regelmäßig zu ihrem Vater gesagt. Sie meinte damit das Geburtsdatum ihres Halbbruders und den Todestag ihrer Mutter. Vaters heimliche Freundin hatte Jannik drei Monate nach Mutters Tod zur Welt gebracht, und dieser Verrat tat Lisa immer noch weh. Aber heute hatte sie zum ersten Mal begriffen, dass sie ihrem Vater zumindest die Chance geben musste, mit ihr darüber zu reden.

„*Hi, Papa, wie geht es dir?*", schrieb sie in der Mail. Nicht gerade einfallsreich, aber es war ein Anfang. „*Und wie geht es Jannik und Kati?*", hängte sie nach einer Weile des Grübelns noch hinter ihre einleitende Frage. Das war das erste Mal, dass sie den Namen ihrer Stiefmutter überhaupt benutzte, dabei war Papa mit der Frau schon fast acht Jahre verheiratet. „*Liebe Grüße Lissy.*" Mehr fiel ihr nicht ein, aber das war für sie ein

Riesenschritt, den sie auf ihren Vater zuging, und jetzt war er am Zug, falls er überhaupt noch mit ihr reden wollte.

Nachdem sie die Mail abgeschickt hatte, fühlte sie sich nicht mehr ganz so unglücklich und war außerdem müde. Wenn sie nachrechnete, hatte sie in den vergangenen Nächten nicht sehr viel Schlaf bekommen, und wenn Doc H erst mal aus London zurück war, dann würde sie (hoffentlich) auch weiterhin nicht viel Schlaf bekommen. Die Wohnung kam ihr leer und fremd vor ohne Henrik und ohne Frau Frey, also holte sie einfach das nächstbeste Buch aus Henriks Bibliothek und las es im Bett.

Es war ein Gedichtband von Rilke, und Doc H schien es ziemlich zu lieben, denn er hatte viele kleine, gelbe Zettel hineingeklebt, und bei bestimmten Gedichten hatte er auch Bemerkungen dahinter geschrieben wie „*Oh ja!*" oder „*Wunderbar!*" und damit war Lisas Neugier erwacht. Sie las zuerst alle Gedichte, die Doc H als seine Lieblingsgedichte gekennzeichnet hatte, und stellte zu ihrer eigenen Überraschung fest, dass sie bei manchen Gedichten eine richtige Gänsehaut bekam und alle Kommentare, die Doc H dazu gemacht hatte, eigentlich genau ihrem eigenen Geschmack entsprachen.

„*Ich lese gerade ein wunderbares Buch. Rate mal welches!*"

Sie musste Henrik einfach eine kurze Textnachricht schreiben und ihm sagen, wie gut ihr Rilke gefiel. Aber leider antwortete er nicht. Sie schaute auf die Uhr: Es war kurz vor zehn am Abend, und eigentlich sollte er doch längst in seinem Hotelzimmer sein, oder etwa nicht? Sie hatte nicht die geringste Ahnung, was er überhaupt in London trieb. Sie nahm an, dass es eine Geschäftsreise war, aber natürlich hatte Mister Power-Schweiger ihr nicht erzählt, worum es bei der Reise ging oder mit wem er sich traf. Zugegeben, sie hatten wichtigere Dinge zu bereden gehabt, aber er hätte ja zum Abschied wenigstens eine Andeutung machen können. Und jetzt antwortete er nicht mal auf ihre Nachricht. War er noch mit Geschäftspartnern unterwegs? Vielleicht ein Geschäftsessen? Oder traf er sich mit einer Frau? Nein! Henrik hatte ausdrücklich gesagt, dass Untreue ein absolutes Tabu in ihrer Ehe war, und obwohl sie erst letzte Woche so eine bittere Enttäuschung mit Hannes erlebt hatte, vertraute sie Henrik in diesem Punkt hundertprozentig. Seltsam, aber wahr.

Sie zog das schwarze Negligé an, das Philipp ihr aufgeschwatzt hatte. Es war aus hauchdünnem Tüll mit ein paar Samtbändern versehen und sonst nichts. Sie drapierte sich mitten auf Henriks Bett und machte ein Selfie. Sie nahm eine Pose ein, in der sie sich Hannes nie und nimmer gezeigt hätte, weil sie sich doof dabei vorgekommen wäre: sie auf allen vieren, ihren

Hintern einladend in die Höhe gereckt, den Rücken durchgebogen, schräg von vorne fotografiert, sodass man einen perfekten Blick auf ihre Brüste hatte, die beinahe das Bettlaken berührten, ihr Blick lüstern direkt in die Kamera gerichtet, ihre Haar seitlich über die Schulter geworfen. Er konnte all ihre Sommersprossen zählen, wenn er wollte, oder aber ihre weißen Brüste begutachten oder sich an dem schwarzen Tüll erfreuen, der ihren nackten Hintern nur noch zur Hälfte bedeckte, oder er konnte natürlich auch den Gedichtband von Rilke anschauen, der neben ihrem Ellbogen lag.

Also wenn er auf dieses Foto auch nicht reagierte, dann musste er tot sein.

„Melde mich nachher!", war seine postwendende Antwort. Na, bitte schön! Zumindest war er nicht tot, wenn auch nicht unbedingt sehr gesprächig. Also wartete Lisa, aber dieses *Nachher* zog sich eine halbe Stunde hin und schließlich eine ganze Stunde und irgendwann fielen ihr die Augen einfach zu. Gerade als sie davon träumte, wie Doc H seine nächste Unterrichtsstunde beginnen würde, surrte ihr Handy.

„Bei meiner nächsten Reise wirst du mich begleiten!"

Das bedeutete übersetzt, dass er Sehnsucht nach ihr hatte, oder etwa nicht?

„Was hast du so lange gemacht?", schrieb sie, und es kümmerte sie kein bisschen, dass sie klang wie eine kontrollsüchtige angehende Ehefrau.

„Dein Foto hat mich leider zu einem ungünstigen Zeitpunkt erreicht. Ich war gerade in Verhandlungen mit den Windgate-Filmstudios im Auftrag eines Klienten, und plötzlich konnte ich mich nicht mehr konzentrieren."

Ha! Klasse! Mehr wollte eine Frau doch gar nicht hören.

„Ich habe vorhin von dir geträumt, du hast mich gefesselt, weil ich sehr ungehorsam war."

„Ich werde versuchen, den Termin am Donnerstagnachmittag zu streichen und früher nach Hause kommen. Halte dich ab zehn Uhr bereit."

„Am Donnerstag ist Klavierabend im Jazzkeller. Da muss ich bis zwölf auftreten."

Henrik antwortete nicht gleich, und sie überlegte schon, ob sie Otmar vielleicht doch absagen sollte. Aber sie hatte es ihm fest versprochen als Gegenleistung für das Appartement, und er hatte es auch schon auf seiner Website veröffentlicht: „Jazzabend mit Layla!"

„Du kannst nicht länger in dieser Spelunke auftreten!!!" Diese herrische Anweisung kam zwei Minuten später, und dass sie herrisch war, sah man an den drei Ausrufezeichen hinter dem Text. Doc H war offenbar sauer.

„Der Keller ist keine Spelunke, und ich muss doch irgendwas tun, während wir verheiratet sind, sonst langweile ich mich zu Tode."

„Meine Ehefrau hat es nicht nötig, in einem zweitklassigen Musikschuppen aufzutreten."

„Ich soll kein Catering mehr machen, ich soll nicht mehr im Keller auftreten. Ich werde auf keinen Fall jeden Tag bei Samira herumhängen. Außerdem habe ich es Otmar versprochen."

„Du sollst dich in erster Linie auf das Coaching und die Erweiterung deiner Allgemeinbildung konzentrieren."

„Ich sage Otmar, dass er sich einen anderen Pianospieler suchen muss, aber den Auftritt am Donnerstag kann ich nicht mehr absagen. Ist das okay für dich?"

„Nein, aber ich respektiere, dass du dein Versprechen halten möchtest. Wann ist dein Auftritt?"

„Ich spiele von neun bis zwölf, mit Zugaben vielleicht noch ein wenig länger."

„Dann hole ich dich dort in diesem Keller ab. Bis Donnerstag!"

Bis Donnerstag? Bedeutete das, dass die Unterhaltung beendet war und er sich morgen gar nicht melden wollte? Dabei hatte sie insgeheim gehofft, dass sie noch ein bisschen miteinander Sex-texten würden.

„Henrik?" Keine Antwort.

„Henry?!" Null Reaktion.

„Henry Higgins!" Schweigen.

Boah, dieser sture, dominante Dauerschweiger! Der sollte mal mit Karan zusammen in eine Selbsthilfegruppe gehen. Sie brauchte eine ganze Weile, bis sie die erste Hälfte von Rilkes Liebeslied fehlerfrei und mit Satzzeichen in ihr Handy eingetippt hatte, und als sie endlich auf „Senden" drückte, waren beinahe fünf Minuten vergangen.

„Wie soll ich meine Seele halten, dass

sie nicht an deine rührt? Wie soll ich sie

hinheben über dich zu andern Dingen?

Ach gerne möcht ich sie bei irgendwas

Verlorenem im Dunkel unterbringen

an einer fremden stillen Stelle, die

nicht weiterschwingt, wenn deine Tiefen schwingen ..."

Sie rechnete eigentlich gar nicht mit einer Antwort von Mister Schweigsam, sondern streckte sich bereits, um zu schlafen, aber da trudelte tatsächlich eine Nachricht ein.

„Das ist eines meiner liebsten Gedichte von Rilke!!!"

Na klar, das wusste sie ja nach all den Anmerkungen und Unterstreichungen, die er bei diesem Gedicht hinterlassen hatte. Nachdem sie das Gedicht dreimal gelesen hatte, hatte sie sogar den tiefen Sinn verstanden und begriffen, wie wundervoll es von der Liebe zweier Seelenverwandter sprach, und plötzlich hatte sie sich unsterblich in das Gedicht verliebt. Sie tippte eilig den zweiten Teil des Gedichts ein.

„Doch alles, was uns anrührt, dich und mich,

nimmt uns zusammen wie ein Bogenstrich,

der aus zwei Saiten eine Stimme zieht.

Auf welches Instrument sind wir gespannt?

Und welcher Geiger hat uns in der Hand?

O süßes Lied."

„*O Lissy, schlaf süß.*" Na, bitte schön, wer sagt's denn?

~

Lisa schlief gar nicht süß.

Die laute Musik und die dumpfen Bassklänge aus Caros Zimmer dröhnten noch bis in die späte Nacht. Ja, Jugendliche nutzten heutzutage Kopfhörer, wenn sie ihre Mitmenschen nicht mit ihrem abartigen Musikgeschmack nerven wollten. Und was sagte es einem, wenn ein Jugendlicher bis zwei Uhr Gothic-Metal auf maximaler Lautstärke rauf und runter hörte? Ganz genau: *Dieser Jugendliche hasst dich von ganzem Herzen.*

Lisa versuchte Caros Provokation zu ignorieren, obwohl sie ein paarmal kurz davor stand, in Caros Zimmer zu stürmen und dem Fräulein mal so richtig die Meinung zu geigen, aber sie kämpfte ihren Ärger nieder, denn das wäre wirklich der denkbar beschissenste Einstieg als angehende Übergangs-Stiefmutter gewesen. Sie dachte einmal mehr an ihren Vater und überlegte sich, ob sie ihm nicht sagen sollte, dass sie bald heiraten würde. Er hatte auf ihre Mail von vorhin natürlich noch nicht geantwortet, aber das bedeutete nichts. Sehr wahrscheinlich war er mit seiner Rockgruppe auf Tour. Im Sommer trat er oft bei Open-Air-Konzerten auf und tingelte quer durch Deutschland, und da hatte er natürlich nicht so oft Gelegenheit, seine Mails zu checken oder sich um Familienangelegenheiten zu kümmern. Lisa fragte sich, was er wohl sagen würde, wenn er wüsste, dass sie sich auf so eine verrückte Ehe einließ. Wäre es ihm gleichgültig oder würde er es sogar cool finden? Oder würde er vielleicht wie ein „normaler" Vater reagieren und ihr sagen, dass eine Ehe nichts war, mit dem man Schindluder treiben sollte? Ihr Vater war noch nie ein Muster an Fürsorge gewesen, aber zu ihrer eigenen Verwunderung stellte sie fest, dass er ihr im Augenblick fehlte.

Am Ende wusste sie nicht mehr, ob sie wegen Caros Musik nicht einschlafen konnte oder weil ihr eine Million verrückte Gedanken an ihre Eltern und ihre Kindheit durch den Kopf wirbelten. Als sie klein war, waren sie so eine glückliche Familie gewesen. Sie erinnerte sich daran, dass sie viel gelacht hatten, dass ihre Eltern sich oft berührt und geküsst hatten, dass sie nie gestritten hatten und immer alles zusammen gemacht hatten. Sie dachte an die gemeinsamen Urlaube und Tourneen und wie glücklich und unbeschwert diese Zeit gewesen war. Warum nur war ihr Vater fremdgegangen?

Sie holte sich ein neues Buch aus Henriks Bibliothek, um nicht weitergrübeln zu müssen. Es war eines, aus dem ebenfalls etliche gelbe Merkzettel herausragten und das „Die Leute von Seldwyla" hieß. Es war ein alter Schinken und sah schon von außen so aus, als ob er todlangweilig wäre. Sie konnte sich dumpf erinnern, dass sie in der Schule mal die Novelle „Kleider machen Leute" aus dieser Sammlung lesen musste und sie doof fand, deshalb fing sie eher widerwillig an, sie noch einmal zu lesen, und war ganz überrascht, wie gut ihr die Geschichte gefiel. Sie handelte von einem armen Schneider, der wegen seiner eleganten Kleidung und seiner guten Manieren für einen Grafen gehalten wird, und irgendwie passte das perfekt auf Lisas eigene Situation. Natürlich war die Story nicht so heiß und schmalzig wie ihr Lieblings-Erotikroman-Achtteiler „Verführt und Entfesselt" oder so spannend und blutig wie der Vampir-Bestseller „Dunkelness", aber sie war romantisch, ohne kitschig zu sein, und gleichzeitig auch ironisch. Doc H hatte eigentlich einen guten Literaturgeschmack.

Während *Todesmonster* aus Caros Zimmer dröhnte und die E-Gitarren jaulten wie läufige Katzen, las Lisa mit wachsendem Vergnügen die alten Novellen von Gottfried Keller. Gegen zwei Uhr in der Nacht fielen ihr vor Müdigkeit die Augen zu und das Buch auf ihre Nase. Als sie wieder aufwachte, war es taghell und der Buchumschlag hatte ihr eine dicke rote Rille in ihre Wange gedrückt, aber immerhin war Caros Musik verstummt.

Sie beeilte sich, um aus dem Haus und zum Joggen zu kommen, bevor Frau Frey ihren Arbeitstag begann. Sie lief am Landwehrkanal entlang, und um diese Tageszeit war die Luft noch frisch und unverbraucht und die Uferstraße lag in einem frühmorgendlichen Halbschlummer. Selbst die Autos, die am Straßenrand parkten, schienen irgendwie noch zu schlafen, feucht vom Tau. Ein paar Berufspendler, die an einer Bushaltestelle warteten, waren die einzigen Menschen, denen Lisa auf ihrer Laufstrecke begegnete. Auf ihrem Weg zurück kam sie bei dem Bio-Türken vorbei, mit dessen Tochter Gülcin sie sich am Freitag schon angefreundet hatte, und sie beschloss spontan, dort zu frühstücken, bevor sie zu Hause von Frau Frey mit Schwangerschafts-Schonkost drangsaliert wurde. In dem Bioladen gab es eine kleine Backtheke und Kaffee to go und dazu zwei wacklige Stehtische. Gülcin begrüßte Lisa so überschwänglich, als wäre sie ihre beste Freundin. Sie konnte sich noch gut an ihren Namen erinnern und fragte, wie das Wochenende auf Rügen gewesen sei. Lisa hatte ihr am Freitagmorgen von dem geplanten Wochenendtrip erzählt, und das hatte Gülcin sich tatsächlich gemerkt, auch dass sie bei Doktor Henriksen wohnte. Gülcin kannte ihn nur vom Hörensagen, weil seine Haushälterin bei ihnen einkaufte und immer in den höchsten Tönen von ihrem Chef schwärmte. Eine Weile lästerten sie über Frau Frey und waren sich einig, dass die eine Schraube locker hatte, aber trotzdem unheimlich liebenswürdig war, dann bestellte Lisa sich ein Baguette mit einer doppelten Portion Schinken und Ei und ganz viel Extra-Mayonnaise und dazu einen großen Becher heiße Schokolade. Wer konnte schon sagen, wann sie das nächste Mal wieder etwas richtig Gutes zu essen bekam?

„Sag mal, kennst du die Frau da?", fragte Gülcin und nickte nach draußen. Lisa drehte sich verwundert um, denn im ersten Moment dachte sie, dass Patti ihr vielleicht irgendwie auflauerte. Aber da draußen war niemand.

„Als sie gemerkt hat, dass wir in ihre Richtung schauen, ist sie weggelaufen!", lachte Gülcin. „Sie ist dir schon von der Bushaltestelle her gefolgt."

„Wie sah sie denn aus? War sie groß, dünn und dunkelhaarig?" Patti konnte eigentlich nicht wissen, wo Lisa wohnte, aber andererseits war Berlin das reinste Dorf, und manchmal gab es ja auch verrückte Zufälle.

Gülcin zuckte lässig die Schultern. „Blond, dünn, so mittleres Alter, ein bisschen zu sehr auf jung getrimmt."

„Hm, komisch!" Eigentlich kam Lisa bei dieser Beschreibung nur eine Frau in den Sinn, und zwar Valerie Steingass. Erst diese seltsame Halluzination am Montagabend in der Bikerkneipe und jetzt das? Das war echt gruselig.

„Ach, wahrscheinlich war es nur einer deiner Fans!", sagte Gülcin und winkte ab.

„Ha, ha, was denn für Fans?" Lisa lachte schallend über den Spaß.

„Na, die Fans von deinem Redhead-Jump!"

„Waff?", rief Lisa, die gerade herzhaft in das Baguette gebissen und vor Schreck jetzt mitten im Biss innegehalten hatte, während sie Gülcin mit aufgerissenen Augen anstarrte, das Baguette noch im Mund.

„Na, ich meine das supergeile, megaheiße, hammerscharfe YouTube-Video, das zurzeit überall rumgeht. *Redhead-Jump*!"

Lisa biss ab und schluckte den Batzen beinahe unzerkaut hinunter, nur um möglichst schnell reden zu können. „Du meinst mein Betthüpf-Video?" Sie hatte es nicht Redhead-Jump genannt, aber die Bezeichnung passte ziemlich gut. „Es geht überall rum? Echt?"

„Klar, schau mal!" Gülcin zückte ihr Smartphone, kam um die Theke herum und zeigte Lisa ihr eigenes Video, das irgendjemand beim Teilen mit der Bezeichnung „Redhead-Jump" versehen hatte. „Es ist aber auch so süß und heiß und romantisch und dazu noch richtig gut gesungen. Du hast voll die geile Stimme!"

„WAS? Wow! Wow! Wow!" Lisa hörte kaum noch, was Gülcin zu ihr sagte. Ihr kleines, dummes Video war in den vergangenen beiden Tagen offenbar total abgegangen im Netz. Es hatte schon fast 3 Millionen Aufrufe, beinahe 300 000 Likes und sie hatte absolut nichts davon mitbekommen.

Als sie sich eine Viertelstunde später wieder von Gülcin verabschiedete, hatte sie zwei gigantische Baguettes gegessen, einen halben Liter heiße Schokolade getrunken und ihr eigenes Video ungefähr fünf Mal angeschaut. Ihre Gedanken waren absorbiert von diesem Überraschungserfolg, während sie am Paul-Linke-Ufer entlangjoggte und von einem Ohr zum anderen strahlte. Sie ließ sich all die Kommentare durch den Kopf gehen, die die Leute schon unter ihr Video geschrieben hatten.

Natürlich hatte es auch blöde Kommentare gegeben, wie „*Sexistischer Mist!*" und „*Billiger Porno!?*" oder „*Ich bin ja nicht prüde, aber das ist ekelhaft!*", doch diesen frigidenfotzigen Kommentaren stand eine Flut von Lob und Anerkennung entgegen: „*Was für eine geile Stimme!*", „*Tolle Performance!*", „*Jemand, der sein Handwerk versteht!*", „*Du bist so heiß!*", „*Lisa, I love you!*"

Sie war so in Gedanken versunken, dass sie beinahe mit vollem Karacho in Valerie hineingelaufen wäre. Die stand nämlich direkt vor der Haustür, breitbeinig wie ein Sumoringer, und versperrte ihr den Weg. Für einen

Moment überlegte Lisa, ob sie nicht einfach umkehren und zurück zu Gülcin laufen sollte, aber eigentlich machte Valerie ihr keine Angst, und außerdem war sie so in Hochstimmung, dass sie sogar überlegte, ob sie sich vielleicht bei Valerie für das dumme Missgeschick mit der Handtasche entschuldigen sollte. Sie ging jedenfalls freundlich lächelnd auf sie zu.

„Entschuldigung, darf ich bitte mal vorbei?", fragte sie, als sie bei der Haustür angekommen war und Valerie keine Anstalten machte, zur Seite zu gehen. Aus der Nähe betrachtet, sah man noch einige blaue und grüne Blutergüsse um Valeries Nase, die sich offenbar nicht wegschminken ließen.

„Du kannst nicht da rein", rief Valerie und hob abwehrend die Hände, als wollte sie Lisa wegschubsen, falls die es wagen sollte, näher zu kommen. „Geh weg! Geh weg von Henrik und Carolin. Die gehören mir. Du hast hier nichts zu suchen."

„Ich wohne hier", lachte Lisa.

„Du willst mir meinen Mann und meine Tochter wegnehmen!" Valerie machte einen bedrohlichen Schritt auf Lisa zu.

„Ich kann dir nichts wegnehmen, was dir schon lange nicht mehr gehört." Lisa lächelte immer noch, obwohl ihre gute Laune sich gerade in Luft auflöste.

„Henrik liebt nur mich. Mach dir das klar! Ich brauche nur mit dem Finger zu schnippen, dann kommt er zu mir zurück, schneller, als du zu ihm Lebewohl sagen kannst."

„Dann schnipp doch. Mal sehen, was passiert!" Lisa hatte jetzt genug von dieser Psychokacke und drängte sich an ihr vorbei. „Und beeil dich beim Fingerschnippen, denn Henrik und ich heiraten am Samstag!"

Valerie war plötzlich wie versteinert und presste ihre beiden Hände auf ihr Herz.

„Du Hure!", keuchte sie. „Du miese Hure! Das lasse ich nicht zu. Du schnappst ihn mir nicht vor der Nase weg! Nicht gerade jetzt. Nicht jetzt!" Dann wirbelte sie auf dem Absatz herum und rannte davon.

Mann, war das bizarr! Die Frau war doch nicht ganz bei Trost, oder war sie wirklich so verzweifelt verliebt? Vielleicht war sie ja doch nicht so geldgierig, wie alle behaupteten, sondern liebte Henrik wirklich. Was war, wenn sie tatsächlich das unschuldige Opfer einer hinterhältigen Intrige von Olga war? Was, wenn auch nur ein Funke Wahrheit in ihren Worten lag und ein Fingerschnippen von ihr ausreichte, um Henrik wieder in ihre Arme zurückzuführen? Lisa wäre ihr am liebsten hinterhergerannt und hätte sie zur Rede gestellt und sie gefragt, was das alles zu bedeuten hatte. Dieses kranke Stalken und dann dieses „Nicht gerade jetzt!". Was meinte sie damit? Was war jetzt anders als vor fünf oder vor zehn Jahren? Aber bis Lisa sich im Klaren war, was sie tun sollte, war Valerie längst außer Sichtweite.

Als Lisa in die Wohnung kam, wartete Frau Frey schon mit dem Frühstück auf sie. Frauenmanteltee, Zwieback und geriebener Apfel. Gott, oh Gott, waren denn alle Frauen in Henriks Leben durchgeknallt? Lisa hatte es aufgegeben, Frau Frey davon zu überzeugen, dass sie nicht schwanger war. Sie spielte einfach mit, solange sie nur irgendwie satt wurde – sollte die gute Frau Frey doch in ihren Baby-Träumen schwelgen. Während Lisa an dem Zwieback knabberte und den Tee in homöopathischen Mengen schlürfte, schwärmte Frau Frey dann auch schon wieder von ihrem Lieblingsromanhelden namens Lord Barnett, der offensichtlich der potenteste Mann aller Zeiten war, mit einem Geschlechtsorgan, das jeden Elefanten vor Neid erblassen ließ, und seine Ehefrau war die schönste Frau der Welt, so rein und gut wie die Jungfrau Maria und so versiert in den Liebeskünsten wie eine Kurtisane.

„Kennen Sie Frau Steingass eigentlich gut?", fragte Lisa unvermittelt. Sie war in Gedanken sowieso die ganze Zeit bei Valerie gewesen und hatte kaum auf das gehört, was Frau Frey nebenher plapperte.

„Nicht von Anfang an", antwortete sie und vergaß ihren Lord Barnett sofort. „Da war ich ja noch nicht bei Herrn Doktor Henriksen beschäftigt, aber als sie wieder zurückkam, vor fünf Jahren, da hatte ich das Vergnügen, sie kennenzulernen."

„Vergnügen?" Lisa spürte dumpfe Eifersucht und wusste nicht mal warum. Henrik hatte ihr gesagt, dass er Olga dankbar für ihre Einmischung war und froh sei, Valerie los zu sein. Aber vielleicht hatte er das ja auch nur gesagt, um sich selbst zu trösten und um sich das damalige Drama schönzureden. „Alle sagen immer, dass Valerie bloß hinter Olgas Erbe her war, aber ich weiß nicht, ob ich das glauben soll. Kann es nicht sein, dass sie das Opfer einer bösen Intrige wurde und sie Henrik in Wirklichkeit immer noch liebt?"

„Fräulein Elisabeth!", sagte Frau Frey streng und klang wie eine Lehrerin, deren Schülerin die einfachste Addition nicht kapiert hatte. „Diese angebliche Versöhnung damals hat nur drei Monate gedauert, aber es war eine schreckliche Zeit für Doktor Henriksen. Glauben Sie mir, da war keine Liebe zwischen den beiden, weder von ihrer noch von seiner Seite und auch kein … kein … kein bisschen Sex, nicht mal Küsse."

„Woher wollen Sie das so sicher wissen?" Lisa wünschte sich, Frau Frey hätte recht und würde es wirklich sicher wissen. Sie bibberte ihrer Antwort förmlich entgegen.

„Ich bin zwar alleinstehend, aber ich weiß doch, wie es zugeht, wenn zwei Menschen miteinander verkehren. Frau Steingass hat im Gästezimmer geschlafen und Doktor Henriksen in seinem Schlafzimmer und es gab keinerlei Anzeichen von ... von ... Sie wissen schon, was ich meine. Schließlich bin ich die Haushälterin und mache jeden Morgen die Betten und räume die Zimmer auf." Sie räusperte sich, und Lisa räusperte sich ebenfalls, weil sie richtig erleichtert war. Sie verstand selbst nicht warum. Herrgott, selbst wenn Doc H damals mit seiner Ex geschlafen hätte, das war fünf Jahre her und sagte gar nichts über seine heutigen Gefühle, ganz abgesehen davon, dass es ihr ja gar nicht um Gefühle ging.

„Er war immer kühl und distanziert zu ihr. Er hat sie nie so angeschaut, wie er Sie anschaut, Fräulein Elisabeth."

„Wie schaut er mich denn an?"

„Voller Bewunderung."

„Bewunderung? Quatsch!" Jetzt ging Frau Freys Liebesschnulzenfantasie aber total mit ihr durch. *Lisa* bewunderte *Henrik* und nicht umgekehrt.

„Ich weiß, was ich sehe!", beharrte Frau Frey. „Er verehrt Sie, Fräulein Elisabeth. Wie Sie beim Frühstück gestern seiner Mutter die Meinung gesagt haben, das hätte sich sonst niemand getraut. Und er war so stolz auf Sie. Aber auch sonst kann er die Augen gar nicht von Ihnen abwenden. Ich habe noch nie so einen verliebten Mann gesehen."

„Ja, haha!" Mit der kleinen Ausnahme, dass er eben nicht verliebt war. Sie ja auch nicht.

„Er hat seine Exfrau nur wegen Caro wieder bei sich aufgenommen, und die Blicke, die er für sie übrig hatte, waren voller Misstrauen und Verachtung."

„Ach, Frau Frey, Sie sind so süß." Lisa nahm aus lauter Dankbarkeit sogar einen kräftigen Schluck von dem ekligen Tee.

„Es ist nur die Wahrheit. Und falls Sie denken, dass diese Frau ihn je geliebt hat, dann vergessen Sie es gleich wieder. Ich hab zufällig heimlich mitgehört, wie sie mit ihrer Freundin telefoniert hat, und sie hat sich bei ihr beklagt, dass sie bei Doktor Henriksen einfach nicht vorankommt. Dass er jeden ihrer Verführungsversuche zurückweist und dass sie nicht weiß, was sie jetzt machen soll, damit er sie wieder heiratet. Sie hat sich überlegt, ob sie ihm so ein Mittel ins Essen mischen soll, damit er lüstern auf sie wird und sie dann vielleicht noch mal schwanger werden kann von ihm."

„Sie meinen ein Potenzmittel? Echt?" Oh Gott, als ob Henrik das nötig hätte.

„So wahr mir Gott helfe. Aber das habe ich verhindert."

„Haben Sie es etwa Henrik gesagt?" Lisa trank die ganze Tasse Tee leer, als wäre es hochprozentiger Alkohol.

„Natürlich! Ich musste es ihm doch sagen, aber er war sauer, hat gesagt, ich soll mich gefälligst aus seinem Privatleben heraushalten. Das ginge mich nichts an. Trotzdem hat meine Warnung etwas gewirkt. Er hat nichts gegessen oder getrunken, das die Frau angefasst hat."

Lisa lachte auf und schüttelte den Kopf, aber es war ein erschrockenes Lachen und kein belustigtes. „Das gibt es doch gar nicht. Ich habe das Gefühl, ich bin in einem Ihrer Kitschromane gelandet, Frau Frey! Wer kommt denn auf so eine abartige Idee, echt mal?"

Frau Frey verschränkte die Arme vor der Brust. „Alles nur wegen dem Geld. Als Frau Alderat mitbekommen hat, dass seine Exfrau wieder bei ihm lebt, da hat sie ihn sofort wieder aus ihrem Testament gestrichen, und kaum war es bekannt, da ist Frau Steingass wieder verschwunden. Über Nacht war sie weg. Und das Bargeld aus meiner Haushaltskasse war auch weg, und sogar das Sparschwein von Carolin hat sie mitgenommen."

„Nein! Was für eine Schlampe!"

„Frau Alderat hat Caro regelmäßig große Geldscheine ins Sparschwein gesteckt. Da waren mindestens tausend Euro drin. Doktor Henriksen hat genau das gleiche Schweinchen wieder gekauft und es gefüllt, damit Caro es nicht merken soll, aber das arme Kind hat trotzdem sehr gelitten, als ihre Mutter einfach weg war. In der Schule ist sie richtig eingebrochen, hat nur noch fünfen und sechsen nach Hause gebracht und hat angefangen zu stottern. Er musste mit ihr zum Logopäden, fast ein ganzes Jahr lang."

„Ach du Scheiße!" Kein Wunder, dass Caro so aggressiv und abweisend ihr gegenüber war. Das diente zu ihrem Selbstschutz.

Frau Frey kicherte. „Ich mag es, wenn Sie so direkt sind, Fräulein Eva. Sie sind so herrlich geradeheraus, da ist einfach nichts Unechtes an Ihnen."

„Nur meine Schwangerschaft!"

~

Caro schlief bis zum Nachmittag, und vielleicht wäre sie nie aus ihrem Zimmer herausgekommen, wenn nicht Philipp und Gustavo aufgetaucht wären. Philipp trug eine große rosafarbene Hochglanz-Schmuckschachtel mit einer protzigen roten Schleife oben auf dem Deckel und präsentierte sie Lisa mit den Worten: „Mit schönen Grüßen von meinem Bruder und der *A-Class*-Boutique!"

Gustavo folgte mit zwei weiteren, kleineren Schachteln, die er ihr ebenso feierlich überreichte mit den Worten: „Die Accessoires sind von Philipp und mir."

Gustavo war ein kleiner, etwas pummeliger Spanier mit einem riesigen, schwarzen Schnauzbart, einer glänzenden Halbglatze und den treuherzigsten schwarzen Augen, die man sich nur vorstellen konnte. Lisa fand ihn auf Anhieb zum Knuddeln sympathisch und sie knuddelten sich auch ausgiebig zur Begrüßung.

Sie war sich nicht sicher, ob Gustavo in das Lügentheater eingeweiht war, das sie am Wochenende für Olga veranstaltet hatten, aber falls ja, so ließ er sich jedenfalls vor Caro nichts anmerken. Während sie voller Aufregung die Schachteln direkt im Flur auf dem Boden auspackte, redete Gustavo ohne Unterlass über die bevorstehende Trauung, und er hörte sich dabei an, als würde er von der romantischsten Liebesheirat des Jahrzehnts schwärmen.

„Als ich das atemberaubende YouTube-Video von dir gesehen habe, wusste ich gleich Bescheid über euch zwei", sagte Gustavo mit verklärtem Blick. Auweia, er hatte das besagte Video also auch schon gesehen? „Als du vom Bett herunter in seine Arme hüpfst, oh my god, das ist sooo sinnlich und sooo romantisch. Man möchte am liebsten an seiner Stelle sein!"

„Oder an ihrer!", ergänzte Philipp mit einem Augenzwinkern in Gustavos Richtung. Philipp kannte das Video also auch? Na toll! Demnächst würde es Caro an all ihre Freundinnen verteilen und sich darüber lustig machen, und bestimmt dauerte es auch nicht mehr lange, bis eine neue Nachrichten-Flut von Patti und Hannes über sie hereinbrechen würde. Und was würde wohl Henrik dazu sagen? *Die Frau von Henrik Henriksen hat es nicht nötig, sich hüpfend auf einem YouTube-Kanal zu präsentieren.* Ups!

„Wie er Sie an sich zieht und Sie festhält. Ich habe die Stelle ungefähr hundertmal angeschaut. So viel Liebe in nur einer Geste!", seufzte Frau Frey und tupfte sich mit ihrer Rüschenschürze voller Rührung die Augen. Die Frey auch? Heilige Scheiße!

Lisa hätte allen gerne erklärt, dass das zwischen ihr und Henrik gar nichts mit Liebe zu tun hatte, doch in dem Moment öffnete sie den Deckel der großen Schmuckschachtel, und darin lag ein pfirsichfarbenes Cocktailkleid mit Perlenstickerei, das demjenigen vom Freitagabend ziemlich ähnlich sah, dazu hochhackige Pumps und ein Paar Ohrhänger im Jugendstildesign. Und oben auf dem Kleid lag eine Grußkarte: *„Deine größte Schönheit ist das Licht in deinem Herzen. Zieh es bitte morgen Abend bei deinem Auftritt im Jazzkeller an, Henrik."*

Oh! Wow! Wow! Wow! Woooow! Lisa blieb die Spucke weg. Sie nahm das Kleid vorsichtig heraus und hielt es an sich hin. Es war für einen Auftritt im Jazzkeller natürlich viel zu edel, und sie würde darin total overdressed und deplatziert wirken, aufgedonnert wie ein Hollywoodstar bei der Oscarverleihung, aber es war trotzdem wunderschön und die Karte war einfach … der Wahnsinn!

„Ach Gott, Doktor Henriksen ist ja so verliebt!", jubelte Frau Frey, und die anderen um sie herum seufzten ebenfalls vor lauter Verzückung, sogar Caro linste neugierig auf den Text, der auf der Karte stand.

„Na ja … also … " Lisa war sprachlos, und ihr Herz klopfte wild in ihrer Brust. Sie hatte keine Ahnung, wie Henrik es geschafft hatte, von London aus die Karte zu beschriften oder das Kleid auszusuchen, vermutlich hatte er Philipp damit beauftragt, aber das änderte nichts an der atemberaubenden Romantik seiner Geste. Aber wer sagte denn, dass man nur romantisch sein durfte, wenn man verliebt war? Sie drehte sich mit dem Kleid zu Caro um, die sie zum ersten Mal seit gestern überhaupt beachtete, genau genommen schaute sie Lisa mit großen Augen an, eine Mischung aus Unglaube und Verwunderung im Blick.

„Wie findest du es? Seh ich darin nicht aus wie ein Glitzerpfirsich auf zwei Beinen?", fragte sie Caro.

„Es sieht kitschig aus, aber es passt zu dir", murmelte Caro, und Lisa wusste nicht, ob diese Äußerung nun als Kompliment oder als Beleidigung gemeint war, aber auf jeden Fall war es wenigstens eine Reaktion und nicht bloß trotziges Schmollen.

„Wo wir gerade von passen reden: Henrik hat mich beauftragt, morgen für dich noch einmal einen Termin bei Samira zu machen", sagte nun Philipp. „Danach shoppen wir eine neue Komplettausstattung an Kleidung für dich, dieses Mal wird alles gekauft. Und dann …" Er warf die Arme in die Höhe und drehte sich im Kreis, wie ein Zirkusdirektor. „… und dann: tatatataaaaa, dann kaufen wir dein Brautkleid!"

„Was? Nein!" Lisa ließ das Pfirsichkleid fallen. „Ich werde auf keinen Fall ein weißes Kleid anziehen!", brauste sie auf und spürte, wie das Blut heiß in ihre Wangen schoss und ihr Puls anfing zu rasen, und dann schossen sogar noch Tränen in ihre Augen. Sie wusste wirklich nicht, warum sie so reagierte, aber weiße Brautkleider waren, verdammt noch mal, nur für echte Hochzeiten bestimmt. Eine Frau trug dann ein weißes Brautkleid, wenn sie die wahre Liebe gefunden hatte und bereit war, ewige Treue zu schwören. Aber wenn es sich bloß um die amtliche Dokumentation einer Ehe handelte, die nur befristet angelegt war, weil es um Geld und Erbe ging und sonst um nichts, dann war ein weißes Brautkleid einfach nur eine Lüge.

„Ach du liebe Güte! Weinen Sie doch nicht!", rief Frau Frey und umarmte Lisa mütterlich. „Das sind die Hormone. Ach, Sie armes Ding! Nicht weinen!"

Das hatte überhaupt nichts mit Hormonen zu tun, sondern mit verdammten Emotionen und damit, dass Lisa plötzlich bewusst geworden war, dass sie am Samstag heiraten würde und niemand von ihren Freunden oder ihrer Familie dabei war, niemand, der ihr Glück wünschte oder etwas Nettes zu ihr sagte.

„Ich werde ganz alleine sein an meiner Hochzeit", platzte es aus ihr heraus, und alle starrten sie an, als ob sie verkündet hätte, dass sie an einer unheilbaren Krankheit litt. „Kannst du mir nicht helfen, ein Brautkleid auszusuchen, Caro?"

Caro war durch ihre Frage so überrumpelt, dass sie noch nicht mal auf Anhieb „Nein!" sagen konnte, sondern Lisa nur verblüfft anstarrte.

„Bitte, Caro!" Lisa wischte sich schnell die Tränen weg. „Meine Mutter ist schon lange tot und meine beste Freundin hat mich betrogen. Ich habe niemanden, der mit mir das Brautkleid aussucht ... niemanden, der als Brautjungfer ..." Schnief, schnief.

„Ach, wie traurig!", hörte sie Frau Frey jammern, und Gustavo sagte irgendetwas auf Spanisch, das ebenfalls sehr traurig klang.

„Boa hey, ich habe keine Ahnung von Brautkleidern", stöhnte Caro und verdrehte die Augen.

„Ich doch auch nicht. Bitte hilf mir, du musst meine Brautjungfer sein, und außerdem hasse ich diesen Beautysalon. Lass mich bloß nicht alleine zu Samira gehen, die haben dort alle ein Rad ab. Du musst mich begleiten. Bitte!"

„Na gut, aber wehe, irgendjemand macht an meinen Haaren rum", sagte Caro und zuckte die Schultern, aber um ihre Lippen tänzelte ein schwaches Lächeln, ganz wie bei ihrem Vater, wenn er zufrieden war.

18. Überraschung! Überraschung!

Lisa und Caro kamen gerade aus Samiras Folterkammer und sahen aus, als ob man sie für die Babelsberger Filmstudios aufgebrezelt hätte. Lisa war wieder in eine Hollywood-Diva anno 1950 verwandelt worden, und Caro hatte sich noch viel mehr verändert. Sie hatte absolut keine Chance gegen Jeffreys und Samiras sogenannte *Personality Neudefinition* gehabt. Für Samira war ein junges Mädchen, das sich schminkte, wie die Hauptdarstellerin bei einer Beerdigung, ein Fall für den Psychologen. Sie hatte Caro anschaulich erklärt, wie sich eine 14-Jährige zu stylen hatte, wenn sie sich nicht lächerlich machen wollte, und Caro hatte Samiras Schönheitsfolter mit erstaunlich wenig Widerstand über sich ergehen lassen.

Lisa war es nicht viel besser ergangen. Die hatte sich von Jeffrey eine Strafpredigt anhören müssen, weil ihr Haar wieder genauso aussah wie vor einer Woche, da sie offenbar keinen einzigen seiner Pflege- und Frisiertipps beherzigt hatte und beratungsresistent sei. Lisa warf einen verzweifelten Blick in Caros Richtung und bekam einen genauso verzweifelten Blick zurück. Caro wurde gerade von Jeffreys Kollegin Nina in die Mangel genommen, und die erklärte dem armen Mädchen, dass sie wegen Verletzung der Gesetze der Haarschönheit eingesperrt werden müsste.

Oh ja, Starfriseure, sorry, Hairstylisten dürfen so mit ihren Kundinnen reden.

Lisa hatte Caro angeschaut und die Augen verdreht, was so viel bedeuten sollte wie: *Die nerven echt!* Caro hatte ihre Augen noch mehr verdreht, was so viel bedeutete wie: *Aber echt!* Und dann hatten sie beide gekichert.

„Sind das Erdölpipelines oder Drainage für dein Gehirnwasser?", lästerte Caro, als Lisa gigantische Lockenwickler auf dem Kopf hatte.

„Hast du da Antennen auf dem Kopf, um dein Raumschiff im Orbit zu verständigen?", fragte Lisa im Gegenzug, weil Caros Haare in Alufolie eingewickelt wurden, und schon ging das Gekicher weiter.

Oh ja, Kundinnen, die ihrem Stylisten 500 Euro pro Stunde bezahlen, dürfen sich so albern benehmen. Obwohl Lisa natürlich nicht wusste, wie hoch die Stundensätze von Starfriseuren waren, sonst wäre ihr das Lachen garantiert vergangen.

Nach dem Termin war Caro blond wie ihre Mutter. Ihr langes Haar war durchgestuft und glänzte. Ihre Augen waren dezent geschminkt, sodass das helle Blau ihrer Iris richtig strahlte (Sie hatte die gleiche Augenfarbe wie

Doc H), und ihre Lippen waren nicht mehr schwarz-lila wie bei einer Wasserleiche, sondern rosig wie eine Mandelblüte. Aus Caros Nickel-Nasenring war ein dezenter Stecker mit einem winzigen Glitzerstein geworden, und der schwarze Augenbrauenring war durch einen schmalen aus Silber ersetzt worden. Caro sah auf einmal aus wie ein hübsches, junges, leider viel zu mageres Mädchen, das in ein paar Jahren eine echte Schönheit sein würde, vorausgesetzt, sie würde sich von schwarzer Haarfarbe und Kajalstiften fernhalten.

„Deine Freundinnen werden dich nicht wiedererkennen!", kommentierte Samira ihr Werk, nachdem sie Caro von einem Emo-Kid in eine Homecoming-Queen verwandelt hatte.

„Das ist ja das Problem. Sie werden mich hassen", stöhnte Caro.

Kurz bevor Samira und Jeffrey mit ihnen fertig waren, kam eine Textnachricht von Philipp, der versprochen hatte, sie pünktlich wieder abzuholen, um mit ihnen im Anschluss zum Brautkleid-Shopping zu gehen. Aber jetzt steckte er auf der Straße des 17. Juni im Stau. *„Beide Richtungen dicht. Das kann noch dauern. Bin untröstlich!",* schrieb er.

„Nicht schlimm!", schrieb Lisa zurück. *„Wir gehen irgendwo ein Eis essen und warten auf euch."* Gustavo wollte unbedingt beim Brautkleid-Shopping dabei sein, und Philipp kannte natürlich das richtige Geschäft für solche Fälle, das ganz in der Nähe der Friedrichstraße lag. Dort hatte er bereits einen Termin vereinbart, und vermutlich warteten die Verkäuferinnen jetzt schon mit Pralinen und Champagner auf sie. Am liebsten hätte Lisa dieses ganze Brautkleid-Brimborium abgesagt und einfach irgendeines von den Kleidern angezogen, die sie heute Vormittag bereits gekauft hatten. Für das Standesamt würde eine hübsche Hose mit einer eleganten Bluse völlig ausreichen.

Aber davon wollte Philipp nichts wissen. „Der Kauf deines Brautkleids muss ein Ereignis sein, das du dein Leben lang nicht vergisst!"

Lisa war sich sicher, egal, was sie anziehen würde, sie würde dieses Ereignis ganz bestimmt nie vergessen. Aber Philipp und Gustavo wollten einen richtigen Shopping-Event daraus machen, also war sie mit Caro die Friedrichstraße hinaufgegangen in Richtung Café *Alter Fritz*, um ein Eis zu essen. Auf dem Weg dahin blieb Caro am Schaufenster eines Juweliers stehen und bestaunte sehnsüchtig die Auslage mit dem Piercingschmuck.

„Ich würde mir so gerne ein Tattoo machen lassen!", seufzte Caro die Schaufensterscheibe an. „Aber Papa hasst Tattoos und Piercings. Du hättest mal hören sollen, wie er wegen meinem Zungenpiercing abgegangen ist. Total am Rad gedreht hat er."

„Ich finde Tattoos cool. Vielleicht lasse ich mir auch mal eins machen, am Oberarm oder auf der Schulter, was meinst du?"

„Echt? Oh geil. Kannst *du* Papa nicht mal fragen, ob er es mir erlaubt, auf dich hört er wenigstens, so verknallt, wie der in dich ist."

„Haha! Woran erkennst du denn, dass dein Papa verknallt ist?" Lisa hätte nie so eine dämliche Frage gestellt, wenn sie heute früh nicht die Horrorbegegnung mit Valerie und das Gespräch mit Frau Frey gehabt hätte.

„Weil er dich vielleicht die ganze Zeit ansabbert wie ein Dackel seinen Hundekuchen."

„Gar nicht wahr!"

Caro setzte einen Schmachtblick auf und ließ sich vor Lisa auf ein Knie nieder, während sie die Hände flehend zu ihr erhob, wie bei einer Theateraufführung.

„Oh Elisabeth!", ahmte sie die tiefe, frostige Stimme ihres Vaters nach. „Ich werde dich sehr, sehr hart bestrafen müssen, mein Herz!"

Eigentlich hätte Lisa ja vor Scham in den Boden versinken sollen, aber stattdessen platzte das Lachen aus ihr heraus wie das Wiehern aus einem wilden Gaul.

„Ach und was ist mit dir und Klausi?" Lisa wischte sich die Lachtränen aus den Augen, dann ahmte sie Klausis schlaksige Körperhaltung nach, den Rücken leicht gebeugt, und die Arme baumelten herunter wie bei einem Affen. „Ey, Caro, Honey, es tut mir so leid, dass ich in Prora so 'n Arsch war", sagte sie in Klausis übercoolem Tonfall. „Hast du Lust auf 'n Date?"

Caro lachte leider nicht, sondern machte auf einmal ein total geschocktes Gesicht, und Lisa hätte sich am liebsten ihre vorlaute Zunge abgebissen.

„Klaus hat mir eine SMS geschrieben", sagte Caro plötzlich. „Er hat sich wirklich bei mir entschuldigt und mich zu einem Date eingeladen."

„Das ist cool." Lisa schlenderte schnell weiter, damit Caro nicht ihr Grinsen sehen sollte.

„Du findest ihn also nett?" Caros Frage klang beiläufig, aber sie lief ihr eilig hinterher, und der hoffnungsvolle Blick, mit dem sie Lisa bedachte, sagte mehr als 1 000 Worte: Sie wollte etwas Schönes über Klausi hören.

„Ja, ich finde ihn supernett und auch ziemlich süß und er ist ..." Und das war der Moment, als sie Patti entdeckte und auf dem Bürgersteig festfror – oder genauer gesagt von Panik ergriffen hinter Caros Rücken hechtete.

In dieser Stadt lebten dreieinhalb Millionen Leute, und jeden Tag tummelten sich noch mal zusätzlich 500 000 Touristen in den Straßen und Cafés, aber ausgerechnet jetzt und hier musste sie auf Patti stoßen.

Zugegeben, das Café *Alter Fritz* war schon immer Pattis Lieblingscafé gewesen. Wenn sie sich mit jemandem verabredete oder auch einfach nur ihre Pausen außerhalb der Krankenhauswände verbringen wollte, dann konnte man sie hier finden. Jetzt war Patti in Begleitung von zwei ihrer Arbeitskolleginnen aus der Klinik. Lisa kannte die beiden von diversen Krankenschwesternpartys. Sie saßen draußen vor dem Eiscafé unter einem wuchtigen Sonnenschirm, tranken Kaffee und lachten herzhaft miteinander. Aus der Ferne wirkten sie so, als würden sie sich köstlich über etwas oder jemanden amüsieren. Sie schauten immer wieder auf Pattis Handy, blickten auf und fingen dann an zu kichern und zu prusten und schauten dann wieder auf das Handy.

Zuerst kam der Schock, dann spürte Lisa die Eifersucht wie bittere Galle auf ihrer Zunge. Klar war ihre Freundschaft zu Ende, aber ihre Gefühle waren deswegen nicht einfach ausgeknipst. Wie oft hatte sie sich mit Patti genau hier getroffen? Hatte heiße Schokolade getrunken und sich mit ihr über dämliche YouTube-Filme lustig gemacht, oder sie hatten den Passanten zugeschaut und über die hergezogen, wie sie aussahen, was sie anhatten, wie sie gingen und redeten. Lästern war eines von Pattis Hobbys, und als Lisa sie jetzt dort am Tisch sitzen sah mit den beiden anderen Frauen, da hatte sie auf einmal das untrügliche Gefühl, dass die drei jetzt gerade das Redhead-Jump-Video anschauten und über Lisa herzogen.

Patti warf den Kopf zurück und lachte so laut, dass Lisa sich hastig wegduckte und hinter Caro versteckte, als ob deren magerer Körper irgendeinen Sichtschutz bieten würde.

„Was ist? Hast du Justin Bieber gesehen?", spottete Caro.

„Nein, viel schlimmer! Meine Ex-beste-Freundin, die mich mit meinem Versager-Exfreund betrogen hat", murmelte Lisa hinter Caros Rücken und hielt Ausschau nach einem Fluchtweg, am besten vielleicht hinter der nächsten Häuserecke links abbiegen und dann in die U-Bahn. Sie hatte wirklich keinen Bock auf eine Begegnung mit Patti.

Caro drehte sich erschrocken zu Lisa um, und da schaute Patti von ihrem Handy hoch und in Lisas Richtung. Ihr Blick streifte Caro und wanderte dann zu Lisa, blieb für eine Sekunde ohne das geringste Anzeichen von Wiedererkennen an ihr hängen und schweifte schließlich weiter, auf die andere Straßenseite hinüber. Erst dann, als wäre er von einem Gummiband zurückgezogen worden, schnellte Pattis Kopf noch einmal nach links und zu Lisa zurück, und jetzt zeichnete sich Erkennen und Staunen auf ihrem Gesicht ab. Sie wurde aschfahl und sprang von ihrem Stuhl hoch.

„Komm, lass uns schnell verschwinden", drängte Lisa und wollte Caro mit sich ziehen in die entgegengesetzte Richtung.

„Lisa? Lisa, bist du das?", rief Patti und rannte los, rempelte beinahe den Kellner um und kollidierte mit einer Gruppe von Passanten, die nicht schnell genug Platz machten, während sie sich einen Weg zu Lisa bahnte. Für eine würdevolle Flucht war es jetzt zu spät. Lisa blieb stehen, holte tief Luft, kniff den Mund zusammen und wappnete sich für den Streit ihres Lebens.

~

Natürlich überschüttete Patti sie sofort mit hundert überflüssigen Floskeln.

„Wie geht es dir? Wo wohnst du denn jetzt?"

„Wir haben uns solche Sorgen um dich gemacht! Du hättest wenigstens Bescheid geben können, wo du bist."

„Wer zur Hölle war der Schlägertyp, den du bei uns vorbeigeschickt hast?"

„Du siehst ja total verändert aus! Was ist mit dir passiert? Ich hätte dich beinahe nicht wiedererkannt!"

Lisa tat einfach so, als hätte sie all die überflüssigen Fragen gar nicht gehört. Die konnte sich Patti in den Allerwertesten oder in beliebige andere Körperöffnungen schieben.

„Wenn du reden willst, dann komm zur Sache. Ich habe nicht viel Zeit!", sagte Lisa und setzte einen hoheitsvollen Gesichtsausdruck auf. Ihr fehlte eigentlich nur noch der Stock, mit dem sie Patti vor der Nase herumfuchteln konnte, dann wäre sie ein perfektes Olga-Imitat.

„Lass uns doch wenigstens Platz nehmen und einen Kaffee trinken. Gib mir die Chance, es dir zu erklären!", bettelte Patti. „Ich brauche nur zehn Minuten. Wenn du dann immer noch sauer auf mich bist, kannst du ja aufstehen und gehen."

Lisa hatte absolut keinen Bock auf Pattis Rechtfertigungen. Am Ende erwartete die womöglich sogar noch Verständnis von ihr. Lisa schaute Caro Hilfe suchend an, als könnte ausgerechnet eine 14-Jährige ihr einen Rat in dieser Angelegenheit geben, aber Caro nickte ihr aufmunternd zu, und das gab tatsächlich den Ausschlag.

„Gut, ich höre dir zehn Minuten zu, aber Caro bleibt hier."

„Wer ist das?" Patti bedachte Caro mit einem Blick, der gleichzeitig Eifersucht und Verwunderung zeigte.

„Das geht dich nichts an. Setz dich und leg los!"

Patti verzog den Mund, aber sie nickte und gab nach. Sie winkte zu ihren Freundinnen hinüber als Zeichen, dass ihr Treffen zu Ende war, und setzte sich dann zusammen mit Lisa an den nächstbesten Tisch ein paar Meter entfernt. Patti bestellte Kaffee, Caro ließ sich einen Himbeer-Eisbecher kommen und Lisa brauchte Alkohol. Sie nahm das Angebot des Tages: Aperol-Spritz.

„Mit viel Prosecco und wenig Spritz, bitte!", sagte sie zum Kellner und lächelte Eva-Lazarus-mäßig.

„Was immer Sie wünschen, Madame", sagte der mit einem Augenzwinkern und einer kleinen Verbeugung. Es war wirklich phänomenal, aber das Lächeln funktionierte echt. Es öffnete Tür und Tor und alle Herzen.

„Ich habe das Gefühl, du bist eine völlig andere Person", sagte Patti kopfschüttelnd und folgte dem Kellner mit verwunderten Blicken. „Jemand, den ich nicht kenne! Die Frisur, die Kleidung, dein Tonfall und dann noch dieser unmögliche Kerl, der Hannes beinahe den Arm gebrochen hat. Sag mir bitte, dass du kein Doppelleben führst."

„Von deinen zehn Minuten sind schon drei um."

Patti prallte vor der Arroganz in Lisas Stimme und Körperhaltung förmlich zurück. Oh ja, das hatte sie sich von Doc H abgeguckt, wie man ohne herumzuschreien jemanden so richtig von ganz oben herab fertigmachen konnte.

„Also, ich …. ich fange vielleicht am besten von … von vorne an", stotterte Patti. Komisch war es schon, dass sie stotterte. Sie war sonst immer die Dominierende und Selbstbewusste in ihrer Freundschaft gewesen, aber auf einmal wirkte sie verängstigt.

„Am besten heute noch!" Lisa sah den imaginären Olga-Stock in Gedanken vor sich, wie sie – Tock, tock, tock – damit auf den Boden haute.

„Aber versprich mir, dass du nicht ausrastest und rumschreist, oder so?"

„Was verstehst du unter: oder so?"

„Dass du was Krasses machst. Zeug durch die Gegend wirfst, oder was du eben sonst immer machst, wenn du wütend bist."

„Fang endlich an!", sagte Lisa und spürte eine dumpfe Furcht in sich aufwallen. Welche Enthüllungen konnten noch schlimmer sein als die, die sie schon kannte? Patti holte tief Luft, und dann ließ sie die Bombe platzen.

„Ich war schon mit Hannes zusammen, bevor ihr beide euch kennengelernt habt."

„Ja klar!" Lisa versuchte, sich nicht anmerken zu lassen, wie sehr dieser eine Satz sie schockierte. War es wirklich möglich, dass die beiden sie schon seit Jahren verarschten? Pattis Augenlider flatterten, aber sie sprach einigermaßen ruhig weiter.

„Damals, bei der Party, als ihr beide euch kennengelernt habt, da waren Hannes und ich schon seit drei Wochen zusammen. Ich wollte, dass ihr beide euch endlich kennenlernt, und dachte, die Party ist genau der richtige Anlass dazu."

„Und warum hast du mir nicht einfach vorher gesagt, dass du einen Freund hast, dass Hannes dein Freund ist?" Die Vorstellung, dass Patti es nicht für nötig gehalten hatte, sie in so etwas Wichtiges wie eine neue Beziehung einzuweihen, war beinahe noch erniedrigender als alles andere. Sie waren doch beste Freundinnen gewesen, und Lisa hatte Patti immer alles erzählt, aber anscheinend war diese Freundschaft nur eine Einbahnstraße gewesen.

Patti zuckte die Schultern. „Ich weiß nicht, vielleicht hatte ich ja Angst, dass genau das passieren würde, was passiert ist, dass er sich in dich verknallt und mich sitzen lässt. Bei der Party habt ihr es dann gleich miteinander getrieben und …"

„Ich hätte niemals mit ihm geschlafen, wenn ich gewusst hätte, dass du mit ihm zusammen bist!", brauste Lisa auf und erntete neugierige Blicke von den Leuten an den Nachbartischen. Boah, sie kochte vor Wut.

„Ja, ich weiß", sagte Patti und senkte den Blick. „Am anderen Morgen war Hannes total zerknirscht und fertig mit den Nerven. Er hat mir alles gebeichtet und mir gesagt, dass er mich immer noch liebt, dass er zu viel getrunken hätte und nicht mehr gewusst hat, was er tat, und dass du noch Jungfrau warst, und deswegen hatte er ein total schlechtes Gewissen. Und da haben wir uns nicht getraut, dir die Wahrheit zu sagen."

„Was für ein Bullshit!", bellte Lisa. Ihr Herz brach gerade zum zweiten

Mal. Sie durfte sich dieses Szenario von damals gar nicht ausmalen, sonst könnte es passieren, dass sie Patti an die Gurgel ging. Hannes hatte sie an diesem Abend doch richtiggehend abgefüllt und verführt. Dann, am anderen Morgen, hatte er Patti die Ohren vollgeheult und bittere Reue geheuchelt? Was für ein Wichser! Wahrscheinlich hatten die beiden sich ausgiebig über Lisa, die dämliche Kuh, beraten, ob man ihr die Wahrheit zumuten konnte oder nicht.

„Du bist immer so unberechenbar und verrückt, Lisa. Ich hatte echt Angst, du könntest ihm was antun."

„Seinen schlappen Schwanz abschneiden, zum Beispiel?"

„Außerdem hattest du dich gerade erst wieder richtig gefangen und Tritt im Leben gefasst nach dem Unfall und dem Tod deiner Mutter. Wir wollten dir nicht wehtun."

„Wie rührend! Meine Mutter war da schon seit fünf Jahren tot, und es ging mir gut!" Lisa hatte einen Kloß in der Kehle so dick wie ein Semmelknödel und die Luft zum Atmen fehlte ihr auch irgendwie. Erwartete Patti etwa, dass sie jetzt auch noch dankbar für diese Art von Schonung war? „Das war keine Rücksichtnahme, das war eine Demütigung."

„Wir haben das doch für dich getan. Du warst am Tag nach der Party so selig und hast die ganze Zeit nur von ihm geredet. Ich habe es einfach nicht übers Herz gebracht, dir die Wahrheit zu sagen. Wir haben quasi Schluss miteinander gemacht, deinetwegen."

„Und mich drei Jahre lang angelogen? Aus Mitleid? Ich kotze gleich."

„Na ja, ich habe dann Nils kennengelernt und mich verliebt, und eine Zeit lang ging es dann ja auch gut. Hannes und du, ihr habt einen glücklichen Eindruck gemacht und Nils und ich ... das war schon ziemlich okay so. Ich dachte, ich komme über Hannes weg, aber dann haben Hannes und ich irgendwann festgestellt, dass wir doch noch etwas füreinander empfinden und dass wir einfach perfekt zusammenpassen."

„Ihr habt miteinander geschlafen, um das festzustellen, nehme ich an."

Patti blickte nicht von der Eiskarte auf, mit der sie nervös herumspielte.

„Es wurde immer schwieriger für uns, dieses Dreiecksverhältnis mit dir aufrechtzuerhalten und nicht dabei verrückt zu werden."

„Das tut mir aber wirklich leid für euch beide." Lisa nahm einen kräftigen Schluck von dem Aperol-Spritz.

„Lisa, ich ... wir ...", stammelte Patti. „Wir haben einfach nach der passenden Gelegenheit gesucht, es dir zu sagen. Du bist so sensibel und hast so viel durchgemacht, und du bist so launenhaft. Hannes hat mir zigmal versprochen, dass er mit dir reden wird und dir einfach reinen Wein einschenkt, aber nie hat er den richtigen Moment gefunden."

„Kann es sein, dass dein geliebter Schlappschwanz nicht genug Mumm dazu hatte?" Oh Mann, wenn sie jetzt einen Olga-Stock hätte, sie würde damit auf den Tisch hauen. Sie hatte nicht gedacht, dass die Demütigung, die sie letzte Woche erlitten hatte, noch steigerungsfähig wäre, aber hier saß ihre Ex-beste-Freundin, tat zerknirscht und erklärte ihr, dass sie sie jahrelang verarscht hatte.

„Also, wenn du mich fragst", mischte sich Caro unvermittelt in das Gespräch. „Der Typ wollte mit euch beiden gleichzeitig ficken und hat euch gegeneinander ausgespielt." Sie hatte bisher sehr diskret mit ihrem Handy hantiert, aber natürlich jedes Wort, das gesprochen wurde, neugierig mitverfolgt. „Was für 'n Flachwichser!"

Lisa bedachte Caro mit einem dankbaren Blick. „Auch wenn wir solche Worte wie ficken und Flachwichser nicht verwenden sollen, hast du hundert Prozent recht, Caro. Genau so ist es." Lisa hätte das Mädchen knuddeln und abknutschen können.

„Ich wollte nie dein verschissenes Mitleid, sondern deine Freundschaft!", sagte sie zu Patti und stellte fest, dass ihre Stimme bedrohlich laut wurde. Hatte sie versprochen, nicht auszurasten? „Aber weißt du, was ich absolut nicht verstehe? Wie du nach alledem, was Hannes mit dir und mir getrieben hat, immer noch mit diesem Ar... diesem Darmausgang zusammen sein kannst. Ich würde den nicht mal mehr anfassen, wenn sein Pimmel vergoldet wäre und er ein Kilo Diamanten scheißen würde."

„Es tut mir ja leid, Lisa, aber ich habe mir das schließlich nicht ausgesucht, in wen ich mich verliebe. Ich muss doch meinem Herzen folgen."

Lisa trank ihren Aperol in einem Zug leer, knallte das Glas auf den Tisch und stand auf.

„Das ist gequirlte Scheiße und noch lange keine Rechtfertigung für deinen Betrug."

Jap, sie schrie, und die Leute schauten alle in ihre Richtung. Sie wusste auch, dass ihr Verhalten ganz und gar nicht damenhaft war, und wenn Doc H sie so sehen würde, dann würde es bestimmt eine Zurechtweisung geben, aber ihre Wut war einfach nicht mehr auszuhalten. Sie ballte die Fäuste und fegte in Gedanken mit ihrem imaginären Stock gerade die Gläser und Tassen vom Tisch.

„Du glaubst gar nicht, wie ich unter der Situation gelitten habe. Kannst du mir denn nicht verzeihen, nachdem du das weißt?"

Patti hatte jetzt Tränen in den Augen, und für eine Sekunde war Lisa versucht, sie einfach in den Arm zu nehmen und sie schwesterlich an sich zu drücken. Aber diese eine Sekunde verging, und Lisa erinnerte sich an Pattis Hohngelächter, als sie vorhin mit ihren Kolleginnen über ihr Handy gebeugt war. Sie würde nie erfahren, ob Patti über ihr Video gelacht hatte oder ob sie sich vielleicht irgendein ganz anderes, dummes Video angesehen hatte, aber allein die Tatsache, dass sie Patti diese Bosheit zutraute, war ein klares Zeichen: Ihre Freundschaft war nichts mehr wert.

„Schick Hannes in die Wüste, dann kannst du dich wieder bei mir melden", sagte sie und wandte sich ab. „Komm, Caro, lass uns gehen."

Caro, die wirklich Schauspieltalent besaß, stand jetzt ebenfalls auf, obwohl ihr Eisbecher noch halb voll war. Demonstrativ schob sie das Eis in die Mitte des Tisches, als ob es irgendwie eklig schmecken würde.

„Ja Mann, ich hab gerade richtig Bock darauf, ein Brautkleid für dich zu kaufen!", sagte sie und ihr rechter Mundwinkel zuckte schwach nach oben.

Oh Gott, Caro lächelte genau wie Henrik.

„Ich auch, Caro!" Sie legte schwesterlich den Arm um Caros Schulter und winkte dem Kellner zu, weil sie bezahlen wollte.

~

„Deine Mutter ist also echt tot?", fragte Caro, nachdem sie ziemlich eilig eine Straßenseite und eine Häuserecke zwischen sich und das Café gebracht hatten. „Ich dachte, das sagst du nur, um Mitleid zu erregen, damit ich dich in diesen doofen Schönheitssalon begleite."

„Natürlich habe ich es gesagt, damit du mich begleitest, aber es ist trotzdem wahr. Wir hatten einen Unfall, als ich siebzehn war. Und sie fehlt mir immer noch jeden Tag, und an so einem Tag wie heute – Brautkleid kaufen und so –, da fehlt sie mir so sehr, dass es richtig wehtut."

„Besser eine Mutter, die gestorben ist, als eine, die abgehauen ist", murmelte Caro und blieb plötzlich stehen.

„Oh nein, sag doch so was nicht. Es fällt doch viel leichter, jemanden loszulassen, der dich verlassen hat, als jemanden an den Tod zu verlieren.

Das ist so endgültig."

„Loslassen kannst du aber nicht, solange du diesen jemanden hasst wie die Pest." Caro lehnte sich gegen die Hauswand und spielte mit ihrem Zungenpiercing. Sie wollte offenbar darüber reden, und Lisa wollte nichts lieber als zuhören.

„Ich kann mir nicht vorstellen, dass jemand seine eigene Mutter hasst."

„Sie hat mich im Stich gelassen, als ich ein Baby war. Als ich sie vor ein paar Jahren mal gefragt habe, warum sie das getan hat, da hat sie gesagt: ‚Das war eine spirituelle Entscheidung. Das würdest du nicht verstehen. Du bist noch zu jung.'"

„Du solltest noch mal mit ihr reden. Jetzt, wo du älter bist, verstehst du es vielleicht wirklich besser."

„So wie du deine Freundin jetzt besser verstehst, nachdem ihr geredet habt?"

„Eins zu null für dich!" Sie verstand Patti jetzt noch viel weniger als zuvor, und je mehr sie darüber nachdachte, desto mehr regte sie sich über deren Verrat auf.

„Deine Freundin ist nur eine dumme Kuh, die sich in den falschen Typen verknallt hat, aber meine Mutter ist eine Scheiß-Egotussi, die nur an sich selbst denkt und der alle anderen egal sind."

Lisa schaute Caro eine ganze Weile voller Verblüffung und mit offenem Mund an, während deren Worte langsam in ihr Gehirn sickerten. „Denkst du, ich sollte mich mit Patti versöhnen?"

„Musst du selbst wissen, aber es gibt schlimmere Freundinnen, finde ich. Was sie getan hat, war vielleicht dumm wie Brot, aber sie hat es für dich getan und nicht gegen dich."

„Du bist echt verdammt klug für dein Alter, weißt du das?"

„Und du bist eigentlich ganz nett für eine Stiefmutter, weißt du das?"

„High five!" Lisa hob die Hand und Caro klatschte ab.

~

Gab es eigentlich etwas Anstrengenderes auf der Welt, als in Begleitung eines schwulen überkritischen Shoppingberaters ein Brautkleid zu kaufen? Ja! Wenn der besagte Shoppingberater von dessen Lebensgefährten begleitet wurde, der ein kapriziöser Künstler war und 90 Prozent aller infrage kommenden Brautkleider schon deswegen verdammte, weil sie seinen hohen Ansprüchen an Ästhetik nicht genügten. Das war noch anstrengender. Ach ja und nicht zu vergessen, da war ja auch noch eine pubertierende, angehende Stieftochter, ehemals Emo-Kid, die unerbittlich die Meinung vertrat, dass Brautkleider spießige Tussifetzen sind, und jedes Kleid, das Lisa anprobierte, mit einem zynisch hochgezogenen Mundwinkel und einem kategorischen Kopfschütteln bedachte.

Lisa war es am Ende wirklich egal, was sie aufs Standesamt anziehen würde. Hauptsache, Caro, Philipp und Gustavo wurden sich endlich mal einig werden. Da gab es das cremefarbene im 20er-Jahre-Stil (Gustavos Wahl) oder das bodenlange in Taupe mit Rückendekolleté bis zum Arsch (Philipps Wahl) oder das mit dem schwarzen Korsagenoberteil und dem Rock aus blutrotem Tüll (Caros Wahl). Lisa schrieb eine verzweifelte Textnachricht an Henrik, während ihre drei Berater sich über die Vereinbarkeit von Coolness, Ästhetik und Stil stritten.

„Hilfeeee! Kann ich nicht einfach nackt auf dem Standesamt erscheinen?"

„Lissy!!! Lenk mich bitte nicht von der Arbeit ab."

Sie konnte sein verkniffenes Gesicht förmlich vor sich sehen oder besser gesagt, das Gesicht, das er zog, wenn er versuchte, besonders gelassen auszusehen, obwohl der Herr in seiner Hose sich gerade startklar machte. Immer wenn er sie Lissy nannte, war der besagte Herr ihr ganz besonders zugetan. Man musste nicht unbedingt viel Ahnung von Männern haben, um das zu merken.

„Ein Brautkleid ist reine Geldverschwendung und irgendwie ist es auch scheinheilig."

„Glaub mir, ich könnte auch sehr gut auf diesen Firlefanz verzichten, aber Tante Olga besteht darauf, und im Übrigen ist nichts an dir scheinheilig."

„Weißt du, dass mein neuestes YouTube-Video total viral gegangen ist im Netz? Willst du's mal sehen?" Sie wartete seine Antwort gar nicht ab, sondern schickte ihm das Video einfach auf sein Handy und wartete ungeduldig auf seine Reaktion. Falls er sauer wegen des Videos war, weil er auch mit drauf war – wenn auch nur von hinten –, dann konnte er sich gleich in London abreagieren, und bis heute Abend wäre dann der schlimmste Ärger schon verpufft.

Im Hintergrund gab Philipp endlich in der Diskussion nach und stimmte Gustavo zu, dass das Seidenkleid im 20er-Jahre-Look sehr gut zu Lisa passen würde, vorausgesetzt, irgendjemand würde sich darum kümmern, dass ihre Frisur nicht anachronistisch sei – was immer das heißen mochte. Caro verkündete, dass sie niemals ihren Onkel zum Brautkleidkauf mitnehmen würde, falls sie je so verrückt wäre, zu heiraten, und

Henriks Antwort erschien auf Lisas Handy.

„Liebe Güte, Lissy! Was für ein Video!" Mehr nicht.

„Heißt das liebe Güte: gut! Oder liebe Güte: schlecht? Gefällt es dir nicht?"

„Ich möchte, dass du heute Abend kein Höschen unter deinem Kleid trägst."

Aha, das Video hatte ihm also gefallen.

„Das geht nicht, ich muss doch arbeiten und Klavier spielen, da kann ich mich unmöglich konzentrieren, wenn ich nichts drunter anhabe."

„Dann weißt du, wie es mir gerade geht."

„Ich wollte dich nicht ablenken. Bist du denn nicht bald fertig mit all deinen Geschäftsterminen?"

„Wehe dir, wenn du ein Höschen anhast!"

Danach war Funkstille. Sie schickte ihm noch ein paar Smileys und Zwinkermännchen und fragte dreimal: *„Was dann?"*, aber es kam keine Antwort mehr, und außerdem kannte sie die Antwort ja schon und konnte es kaum erwarten.

Als Lisa kurz vor neun am Abend den Jazzkeller betrat, hatte sie tatsächlich keine Unterhose an. Sie war von Samiras Schönheitsfolter und von dem Brautkleidkauf total erschöpft, aber gleichzeitig war sie aufgekratzt, weil sie sich darauf freute, Henrik wiederzusehen. Man durfte sich ja wohl auf das Wiedersehen mit seinem Verlobten freuen, selbst wenn man nicht in ihn verliebt war. Einfach weil er nett und toll und heiß war.

Er hatte ihr sogar ein Taxi geschickt, das sie zu Hause abgeholt und in den Jazzkeller gefahren hatte. Der Mann saß irgendwo in Heathrow auf dem Flughafen und orderte ein Taxi für sie! Das musste man sich als normales Mädchen erst mal auf der Zunge zergehen lassen. Als sie angetan in ihrem Pfirsich-Cocktailkleid (ohne Höschen) vor die Haustür trat, sprang der Taxifahrer aus dem Auto und hielt ihr die hintere Wagentüre auf. Lisa kam sich vor wie ein Superstar, der zur Grammy-Verleihung gebracht wurde, und nicht wie eine schlecht bezahlte Kneipenmusikerin, die auf dem Weg zur Arbeit war.

Der Jazzkeller war unfassbar voll für einen Wochentag, und Lisa blieb erst mal eine ganze Weile abwartend in der Tür stehen, um sich umzusehen und Blickkontakt mit den Leuten herzustellen, so wie sie es mit Doc H geübt hatte. Sie suchte nach Henrik, hoffte, dass er vielleicht doch schon da war und irgendwo an einem Tisch saß oder an der Bar auf sie wartete. Aber das war natürlich reines Wunschdenken, denn er hatte ihr vor zwei Stunden noch eine Nachricht geschrieben, dass sein Flugzeug um halb elf in Tegel landen würde und er leider erst kurz vor zwölf im Jazzkeller sein könne. Schade, er würde sich bestimmt freuen, wenn er sehen könnte, was für ein gigantisches Aufsehen sie in diesem Moment erregte.

Vielleicht lag es am Kleid, vielleicht an ihren neu erworbenen, gesellschaftlichen Fähigkeiten und an ihrem Eva-Lazarus-Lächeln, oder vielleicht lag es auch daran, dass Otmar gleich zum Mikrofon griff, kaum dass er sie am Eingang entdeckt hatte. Er kündigte sie jedenfalls an, als wäre sie ein echter Superstar.

„Und hier kommt sie! Die wunderschöne Laylaaaa! Heute ein letztes Mal in Otmars Jaaaaazzkelleeeeer! Morgen vielleicht schon auf dem Broadway! Seht sie euch an! Ist sie nicht ein Megastar? Applaus! Applaus für Layla!"

Boah, dieser Spinner! Lisa musste kichern, während die Leute sie tatsächlich mit wildem Beifall und lauten Begeisterungsrufen begrüßten. Sie versuchte, dabei möglichst nicht rot zu werden, sondern ihren Weg bis zum Klavier mit aufrechter Körperhaltung zurückzulegen. Sie hatte mit Otmar telefoniert und ihm gesagt, dass dies heute ihr letzter Auftritt sei, weil sie heiraten würde, und er war gar nicht überrascht gewesen.

„War doch klar, dass es nicht mehr lange dauert, bis du 'n Ring am Finger hast, nachdem ich den Typen gesehen hab, mit dem du abhängst. Scheint ziemlich besitzergreifend zu sein."

So klar fand sie das gar nicht. Wenn sie genau darüber nachdachte, fand sie das absolut crazy. Sie würde übermorgen einen Mann heiraten, den sie letzte Woche noch mit „Sie" angesprochen hatte. So was Irres gab es ja nicht mal in einem Roman. Aber noch viel irrer war die Tatsache, dass sie es kaum erwarten konnte.

Normalerweise, wenn Lisa zur Arbeit kam, schlich sie unauffällig zur Bar, begrüßte Otmar und Viola, die Barfrau, dann setzte sie sich ans Klavier und spielte sich warm. Sie musizierte eine Stunde lang dezent, während die Gäste sich unterhielten und aßen und tranken und meist so viel Lärm machten, dass man ihre Klaviermusik dabei kaum hören konnte. Sie diente nur als Untermalung für das Ambiente. Dann, ab zehn Uhr, spielte Lisa ein kleines Programm, oft war es das gleiche Repertoire, auf das die Leute standen und das dem Jazzkeller schließlich auch seinen Namen gab. Manchmal, wenn sie viel Zeit zum Üben gehabt hatte, schob sie auch ein paar neue oder moderne Stücke dazwischen. Nach der Programmstunde, ab elf, spielte sie dann das sogenannte „Wunschkonzert".

Otmar versteigerte fünf Klavierstücke, und derjenige, der am meisten bot, durfte sich ein Lied von Lisa wünschen. Im Durchschnitt ersteigerte

Otmar etwa 10 Euro pro Stück, aber einmal hatte ein Besoffener sogar 100 Euro geboten und sich dann ausgerechnet so ein harmloses Kinderlied wie *Bruder Jakob* gewünscht. Nachdem Lisa das Stück einmal im Original heruntergespielt hatte, hatte sie als Zugabe für den armen Kerl noch eine fünfminütige Jazzimprovisation daraus gemacht. Seither war es zu einer nervigen Marotte der Leute geworden: „Improvisier doch mal *Alle meine Entchen* oder *Backe, backe Kuchen* oder *Ringel, Ringel, Reihe.*"

Oh Mann, sie würde diese Auftritte im Jazzkeller wirklich nicht vermissen, nur das Wissen, dass sie dann überhaupt keinen Job mehr hatte, machte sie unzufrieden. Sie würde den ganzen Tag zu Hause in Henriks Wohnung sitzen, Knigge und deutsche Literatur lesen und sich von Frau Frey mit Zwieback verwöhnen lassen, gelegentlich würde sie mal Samiras Folterkammer aufsuchen und sich von Jeffrey wegen ihrer Haare beschimpfen lassen, aber ansonsten wäre tödliche Langeweile angesagt.

Boah nein, so ein Leben konnte sie nicht aushalten. Sie musste unbedingt mit Henrik reden und ihm sagen, dass sie damit auf keinen Fall einverstanden war. Vielleicht konnte er ihr ja einen Job in der Küche eines guten Restaurants besorgen. Von einem erstklassigen Koch könnte sie noch jede Menge lernen, und wenn ihre Ehe vorbei war und sie die versprochene Abfindung bekäme, dann würde sie sich mit einer eigenen Cateringfirma selbstständig machen. Sie würde sich dann auch einen Flügel kaufen, und natürlich würde sie dann auch eine Wohnung mieten, die groß genug war, damit ein Flügel überhaupt hineinpasste.

Ihr Leben nach der Scheidung würde ziemlich cool werden. Das hatte Henriks Anwalt ihr jedenfalls erklärt, als der heute Morgen um zehn mit dem Ehevertrag vor der Tür gestanden und sie mit Paragrafen und juristischer Erbsenzählerei genervt hatte. Sie hatte den Vertrag gar nicht gelesen, sondern ihn einfach unterschrieben und gelächelt und versucht, den dicken Kloß in ihrer Kehle zu ignorieren.

Sie war noch nicht mal verheiratet und plante schon ihr Leben nach der Scheidung. Das war ganz schön abartig.

Obwohl sie während des Klavierspielens immer wieder mal in Richtung Eingang schaute, hatte sie doch nicht bemerkt, wann Henrik gekommen war. Plötzlich, als sie aufschaute, entdeckte sie ihn lässig an die Theke gelehnt mit einem Whiskeyglas in der Hand. Er unterhielt sich gerade mit einem anderen Gast, aber sein Blick war wie festgeklebt auf sie gerichtet. Unweigerlich stahl sich ein breites Grinsen über ihr Gesicht, und sie winkte mit wackelnden Fingern in seine Richtung, während sie das Stück einhändig weiterspielte. Sein Mundwinkel zuckte nur schwach, er hob dabei die Augenbrauen, als würde er eine stumme Frage an sie richten. Zum Beispiel: *Hast du ein Höschen an?* Aber abgesehen von diesem kleinen telepathischen

Gedankenaustausch unterhielt er sich sehr angeregt mit diesem anderen Typen, der neben ihm an der Theke lungerte.

War Henrik etwa mit dem Hubschrauber hergeflogen? Sie schaute auf die alte Bahnhofsuhr über der Bar, die einer von Otmars großen Schätzen war. Es war erst zehn nach elf und die Leute hatten sich gerade eben wie verrückt überboten, um das erste Wunschstück von ihr zu ersteigern. Genauer gesagt war es ein Vierertisch mit honorigen Herren gewesen, die sich gegenseitig überboten hatten, sodass das erste Stück für sage und schreibe 50 Euro an einen älteren Kerl mit Glatze und grauem Schnauzbart ging. Der kam nun zu ihr herüber an das kleine Podest, auf dem das Klavier stand, legte das Geld in bar auf die Tastatur und wünschte sich die Ray-Charles-Version von *Hit the Road Jack,* und ganz nebenbei fragte er sie, ob sie später, wenn sie Feierabend hatte, schon etwas vorhatte und ob er sie noch auf ein Glas Champagner in einem etwas intimeren Kreis einladen dürfe.

„Ich bin schon verabredet, mit meinem Verlobten!" Sie klang vielleicht ein wenig bissig, aber zum einen tat dieser Typ gerade so, als ob man sie kaufen könnte, und zum anderen stand ja der besagte Verlobte an der Theke und zog sie mit seinen Blicken nicht nur aus, sondern machte sie auch gleich dazu noch ziemlich heiß.

Er musste wirklich aus dem Flugzeug hinausgerannt sein, noch bevor die Triebwerke abgeschaltet waren, und dann, ohne auf sein Gepäck zu warten, in das erste Taxi gestürmt sein, das ihm vor die Füße gekommen war. Und vermutlich hatte er auch noch den Taxifahrer bestochen, damit der alle roten Ampeln überfuhr und jede Geschwindigkeitsbegrenzung missachtete. Anders ließ es sich nicht erklären, dass Henrik jetzt schon hier war. Und anders ließ es sich auch nicht erklären, dass er aussah wie ein Juwelendieb auf der Flucht. Seine akkurate Frisur war ein wenig zerzaust. Er hatte dunkle Schatten auf den Wangen und am Kinn, die davon kündeten, dass seine letzte Rasur schon lange zurücklag, und sein Anzug war total zerknittert, als ob er damit auf einer Parkbank übernachtet hätte, seine Krawatte war halb offen und hing schief.

Das war echt süß, irgendwie. Und besonders süß war der weiße Zipfel seines Hemds, der aus der Hose herausschaute.

Alles in allem sah der arme Mann ganz schön mitgenommen aus, und am liebsten wäre Lisa aufgestanden, zu ihm hinübergegangen und hätte ihm die Haarsträhnen aus seinen Augen geschoben, seinen Hemdzipfel in die Hose gestopft und seine Krawatte geradegerückt. Aber sie musste jetzt *Hit the Road Jack* spielen und noch vier weitere Versteigerungen von schlechtem

Musikgeschmack über sich ergehen lassen.

Henriks Nebenmann klopfte ihm auf die Schulter und verwickelte ihn in ein Gespräch, sodass er schließlich den Blickkontakt zu ihr abbrechen musste, und sie begann zu spielen. Lisa fragte sich, ob Henrik seinen Nebenmann gerade erst an der Bar kennengelernt hatte oder ob die beiden sich vorher schon gekannt hatten, denn sie wirkten ziemlich vertraut. Der andere war ungefähr in Henriks Alter, attraktiv wie der Teufel und seine ganze Körperhaltung und Gestik waren so großkotzig wie die eines Superstars. Außerdem schien er sich kein bisschen für Jazz oder gar für Lisas Klavierspiel zu interessieren, denn er redete so laut, als wollte er sie mit seiner Stimme unbedingt übertönen. Nebenher flirtete er mit Viola und brüllte seine Bestellung über die Theke, dann schlug er wieder kameradschaftlich auf Henriks Schulter und lachte so herzhaft, dass die anderen Gäste um ihn herum schon „Pst!" und „Leise!" zischten, was diesen Idioten allerdings nicht zur Ruhe brachte. Ganz im Gegenteil, als Otmar ihn bat, etwas leiser zu sein, wurde er nur noch lauter.

Lisa fand es anstrengend, zu spielen und zu singen, dabei diesen Typen zu ignorieren und sich nicht über Doc H zu ärgern. Der blieb nämlich viel zu gelassen für ihren Geschmack. Er sollte diesem Proleten lieber mal die Faust auf die Nase hauen, so wie er das mit André Hagedorn gemacht hatte, anstatt sich auch noch angeregt mit ihm zu unterhalten. Und wenn er ihn dann zum Schweigen gebracht hatte, sollte er gefälligst zu ihr herüberkommen und sie begrüßen. Und warum ersteigerte er sich eigentlich keinen Musikwunsch von ihr? Er blieb wie angewachsen neben diesem Rabauken stehen und unterhielt sich wahrscheinlich über lauter belanglosen Männerquark mit ihm. Dieser blöde … blöde … Ach Mist!

Sie verdrängte die Enttäuschung und versuchte sich auf das vorletzte Wunschstück zu konzentrieren. Das hatte schon wieder der Glatzenmann mit Schnauzbart ersteigert, dieses Mal für total verrückte 120 Euro. Sie spielte und sang eine poppige Variante von *What A Wonderful World*, und der riesige Applaus, den sie dafür bekam, übertönte endlich einmal das laute Organ von Henriks Prollfreund an der Theke.

Otmar machte sich bereit für die Versteigerung des letzten Musikstücks und klopfte ein paarmal auf das Mikrofon, um den lang anhaltenden Applaus zum Verstummen zu bringen und um auch Henriks Freund an der Theke zum Schweigen zu bringen, aber der laberte unbeeindruckt in Konzerthallenlautstärke weiter, ohne Otmar zu beachten.

„Hab ich eigentlich schon erzählt, wie ich mit meiner Jacht … bla, bla, bla!"

So, das reichte jetzt! Lisa stand auf und bahnte sich einen Weg durch die

Zuschauer zur Theke hinüber. *Lass das lieber! Du sollst dich doch wie eine Dame benehmen*, mahnte ihre innere Stimme. *Deinem Coaching-Meister wird es gar nicht gefallen, was du vorhast.* Aber Lisa zeigte ihrer inneren Stimme und ihrem Coaching-Meister gerade den imaginären Stinkefinger. Sie war jetzt richtig sauer. Als sie bei Henrik und seinem Laberfreund angekommen war, bedachte Henrik sie mit hochgezogenen Augenbrauen und weit aufgerissenen Augen. Er war alarmiert und ahnte Schreckliches.

Zu Recht.

Sie bedachte ihn im Gegenzug mit einem giftigen Blick und schenkte dafür seinem Freund ihr süßestes Eva-Lazarus-Lächeln. „Hi!"

„Hallo, meine Schöne!", begrüßte der Fremde sie und lächelte zurück.

„Gestatten Sie bitte, dass ich mir Ihren Cocktail einmal kurz ausleihe?", säuselte sie ihn an und klimperte sogar mit ihren Wimpern. Er überschlug sich fast vor Freundlichkeit.

„Sehr gerne! Einer schönen Frau könnte ich nie eine Bitte abschlagen."

Er reichte ihr seinen Cocktail mit einer leichten Verneigung. Das sah nach einem Mojito aus, wegen der vielen Pfefferminzblätter im Glas. Einfach perfekt! Die Minzblätter würden sich bestimmt prachtvoll auf seinem dämlichen Kopf ausmachen. Sie nahm das halb leere Glas, hielt es demonstrativ in die Höhe, stellte sich auf die Zehenspitzen und dann kippte sie es ganz, ganz langsam über seine Schmalzdackelfrisur und schüttelte noch ein wenig, damit auch ein paar Blätter, die am Glas klebten, auf seinen Kopf fielen. Sie gab ihm das leere Glas zurück, das er tatsächlich wieder in Empfang nahm.

„Ich spiele jetzt mein letztes Stück und Sie halten so lange gefälligst Ihre Klappe!" Dann drehte sie sich auf dem Absatz um und stolzierte zurück zu ihrem Klavier. Sie hörte ihn japsen und nach Luft schnappen und fluchen, aber es war ihr so was von schnuppe, dass sein Anzug offenbar von Armani stammte. Sie war schließlich Meisterin im Ruinieren von Markenklamotten.

Die anderen Zuschauer waren auf ihrer Seite und klatschten und feuerten sie auf ihrem Rückweg mit Bravo-Rufen an. In dem Moment war es ihr auch schnuppe, was Henrik zu ihrem Verhalten sagen würde. Sollte er eben meckern und power-schweigen oder sie bestrafen, weil sie so eine schlechte Schülerin war und all seine Lehren in den Wind geschossen hatte, aber er hätte diesem arroganten Arsch schließlich auch ein paar Takte zum Thema gutes Benehmen sagen können.

Otmar überspielte den ganzen Vorfall, indem er sofort zur Versteigerung ihres letzten Stücks überging. Und während der Krachmacher an der Bar gerade von Viola mit Servietten trockengerubbelt wurde, bot der Glatzkopf mit dem Schnauzbart gleich mal 200 Euro aus dem Stegreif. Diese horrende Summe für ein läppisches Musikstück würde wohl keiner überbieten, und das war auch gut so. Dann war dieser schreckliche Abend umso schneller vorbei. Schnauzbart würde sich ein weiteres Jazzstück wünschen und sie ein drittes Mal auf einen intimen Champagner einladen und dann, wenn sie endlich fertig war, dann würde sie einfach gehen und sich ein Taxi bestellen. Auf keinen Fall würde sie sich zu Henrik in ein Auto setzen und sich von ihm eine Standpauke anhören oder sich etwa schon wieder von ihm in Grund und Boden schweigen lassen. Sie war im Recht, und sie würde sich nicht bei Henrik oder bei diesem Armani-Affen entschuldigen. Wenn sie nur an den Typen dachte, kochte sie schon vor Wut.

Irgendein anderer Gast brüllte „210!" und ein dritter „215!", was ein vierter ganz großkotzig mit „250!" überbot. Wow, ihre Darbietung mit dem Mojito schien ihren Wert als Musikerin ganz schön gesteigert zu haben.

„300!", schrie Henrik plötzlich in das Lokal und hob den Arm in die Luft, damit Otmar ihn auch sehen sollte, und Lisas Wut schrumpfte schlagartig zusammen wie ein angepickter Luftballon. Genau genommen japste sie ähnlich schockiert wie seine Mutter, wenn sie das Wort „schwul" hörte.

„350!", rief da auf einmal Henriks Kumpel, der Krachmacher, noch viel lauter, und das raubte ihr vollends den Atem.

„400!", bot Henrik und bedachte seinen nassen Freund mit einem kühlen Blick, der Mojitos gefrieren lassen könnte.

„450!" Der Krachmacher mit gefletschten Zähnen.

„500!"

„550!"

„600!" Henrik knurrte jetzt richtig wie eine zornige Raubkatze.

„650!"

Ging es hier eigentlich noch um Lisas Musik oder machten die beiden gerade einen Contest, wer den Größten hatte oder genauer gesagt, wer den dicksten Geldbeutel hatte?

Sechshundertfünfzig Euro war unverschämt viel Geld für ein albernes Klavierstück, und während Otmar leuchtende Augen bekam, wurde Lisa beinahe schlecht bei der Vorstellung, dass Henrik so viel Geld für etwas bezahlen wollte, das er liebend gerne jeden Tag kostenlos von ihr haben konnte. Wer hatte das nur gesagt: Pass auf, was du dir wünschst, es könnte wahr werden?

Lisa schüttelte heftig ihren Kopf in Henriks Richtung, um ihm klarzumachen, dass er bitte unbedingt aufhören sollte, weiter zu bieten. Das war doch verrückt! Er sollte sich lieber mal genau überlegen, was man mit 650 Euro alles kaufen konnte. Manche Leute verdienten nicht mal so viel in einem Monat. Henrik sah ihr Kopfschütteln und ihren beschwörenden Gesichtsausdruck, aber er antwortete ihr nur mit einem Augenzwinkern.

„800!", brüllte sein Kumpel und übersprang damit gleich mal ein paar Stufen des Wettbietens. Auf einmal knallte Henrik sein Whiskeyglas auf die Theke, bedachte seinen Freund mit einem Wag-es-ja-nicht-Blick und brüllte: „1 000! Und Schluss jetzt!"

Seine Stimme hallte bis in die letzten Ritzen des Jazzkellers und brachte alles im Raum zum Verstummen, dann machte er sich auf den Weg zu Lisa, und die Leute wichen vor ihm zurück, um ihm Platz zu machen. Sie blinzelte ein paarmal, als er mit federnden Raubtierschritten auf sie zukam. Täuschte sie sich oder trug er eine schimmernde Rüstung? Vor ihrem Klavier blieb er stehen, beide Hände lässig in seine Hosentaschen gesteckt. Er ließ ein paar dramatische Sekunden vergehen, während denen er sie nur ansah und das atemlose Schweigen aller Gäste auskostete. Dann klatschte er Otmar seine Kreditkarte in die Hand, nahm Lisas Kinn, drehte ihren Kopf in einer sehr dominanten Geste zu sich her, beugte sich zu ihr hinunter und sprach ganz leise zu ihr. Er berührte beim Sprechen beinahe ihren Mund mit seinen Lippen, aber nur beinahe.

„Hast du ein Höschen an?"

„Nein!", hauchte sie atemlos.

„Dann spiel bitte: *You are so beautiful* von Joe Cocker für mich."

Oh Gott, konnte man eigentlich ohnmächtig werden vor lauter … ja, vor was eigentlich? Vor lauter Glück.

~

In gewisser Weise war Elisabeth sehr zuverlässig. Man konnte sich stets darauf verlassen, dass sie grundsätzlich das Gegenteil von dem tat, was man von ihr erwartete.

Es hatte Henrik einiges an Überzeugungsarbeit gekostet, bis er seinen Freund Andi überredet hatte, sich heute Abend mit ihm in diesem Jazzkeller zu treffen. Er hatte an ihre Freundschaft und ihre Geschäftsbeziehungen appelliert und ihn an die Zeiten im Internat erinnert. Er hatte alle Register gezogen, die man nur ziehen kann, wenn man von jemandem einen Gefallen einfordern möchte, von jemandem, der richtig groß im Musikbusiness war und es nicht nötig hatte, auf Talentsuche in stickige Kellerkneipen zu gehen.

Andis richtiger Name war übrigens Andreas Gottfried Trutz von Adelberg, aber weil der Name in seinem Business einfach nur lächerlich wirkte, betrieb er seine Geschäfte unter dem Pseudonym Andi Adelberger. Ihm gehörten zwei große Musiklabels und der Musikstreamingdienst *Songshare*, und rein zufällig hatte er auch ein paar der besten Musikproduzenten unter Vertrag. Und nicht nur rein zufällig hatte Henrik ihm von seiner angehenden Frau Elisabeth und von ihrem Talent erzählt und ihn so lange am Telefon bearbeitet, bis der schließlich widerwillig nachgegeben hatte.

„Ich habe aber nur eine halbe Stunde Zeit", hatte Andi lustlos eingewilligt. „Und ich mache das wirklich nur aus Freundschaft und Neugier, weil ich die Frau sehen will, die es geschafft hat, dich tatsächlich noch mal zum Heiraten zu motivieren. Ganz bestimmt nicht, weil ich auf der Suche nach einer weiteren YouTube-Möchtegern-Künstlerin bin. Davon hat die Welt schon viel zu viele."

Und jetzt war er von der YouTube-Möchtegern-Künstlerin mit Mojito begossen worden. Klar hatte Andi sich unverschämt verhalten, aber nur Elisabeth brachte es fertig, allen Anstandsregeln zum Trotz ihre eigene Karriere zu ruinieren, indem sie dem Urgestein der Musikszene Rum und zermatschte Pfefferminzblätter auf die Frisur kippte. Diese Frau machte ihn verrückt. Andi hatte über den Cocktailangriff geflucht, und Henrik hatte versucht, einigermaßen gelassen zu bleiben, während Elisabeths Chancen auf eine große Karriere in Form eines Mojitos an Andi herabtropften.

„Sie ist ein wenig temperamentvoll!", entschuldigte sich Henrik mit einem Schulterzucken.

„Ein wenig?", regte Andi sich auf. Die Barfrau bemühte sich nebenbei, dessen nasses Hemd und andere nicht nasse Regionen seines Körpers abzutupfen.

„Sie ist wild wie der Teufel! Absolut unbezähmbar!", gab Henrik mit einem Stöhnen zu. „Aber sie ist eine gute Musikerin."

Wider Erwarten lachte Andi und schüttelte den Kopf. Dann legte er in einer Geste des Mitleids den Arm um Henriks Schultern. „Offen gestanden habe ich ihrem Geklimper nicht zugehört, aber ich bin mir sicher, dass sie im Bett ein Knaller ist. Und sie hat dich voll am Wickel. Wie wirst du nur mit ihr fertig?" Er reckte die Arme in die Luft, damit die Barfrau ihn mit ihrem Serviettenbausch am besten auch noch unter den Armen abtrocknen konnte.

„Ich habe meine Methoden." Henrik versuchte nicht zu grinsen wie ein Affe.

„Sie ist ein verdammt heißer Ofen", konstatierte Andi und beobachtete Elisabeth jetzt mit ganz neuem Interesse, wie sie mit schwingenden Hüften zu ihrem Klavier zurückstelzte und sich hoheitsvoll wie eine Königin auf den Stuhl setzte. „Bist du nicht schon zu alt für sie?"

„Wir sind 10 Jahre auseinander, aber ich bin genau richtig für sie. Sie braucht jemanden, der ihr sagt, wo's lang geht", erklärte Henrik. Sosehr er sich vorhin auch gewünscht hatte, dass Andi endlich mal seinen Mund halten und Elisabeth beachten sollte, so sehr ärgerte er sich jetzt über die gierigen Blicke, mit denen Andi sie taxierte.

„Ich werde mir jetzt ein Lied von Lissy wünschen, und du wirst still sein und ihr zuhören, solange sie spielt. Verstanden?", befahl Henrik seinem Freund, dann hob er die Hand und bot gleich mal 300 Euro, damit die Sache ein für alle Mal erledigt wäre. Aber das war offenbar die falsche Taktik, denn jetzt war Andis Interesse erst richtig erwacht.

„350!", brüllte der plötzlich lauthals durch den Keller und leise fügte er hinzu: „Wenn ich den Zuschlag bekomme, dann werde ich mir zur Strafe für ihre Frechheit einen Kuss von ihr nehmen, und dabei werde ich sie richtig geil küssen, falls du weißt, was ich meine."

Und deshalb war Henrik jetzt um 1 000 Euro ärmer, und Elisabeth sang und spielte so wundervoll, dass es einem beim Zuhören das Innere nach außen stülpte. Im Keller war es mit einem Mal ganz still. Sogar Andi hielt seinen Mund. Die meisten Gäste waren näher an Elisabeth und ihn herangetreten, vielleicht wegen der Sensation, die diese Versteigerung war, oder aber einfach weil Elisabeth schlicht atemberaubend war. Die Farbe ihres Kleides ließ ihren Teint glühen, ihr Haar schimmerte kupfern, und als sie anfing zu singen, bekam er eine Gänsehaut.

Selbst ihre heißen Fotos und das Video hatten nicht solche Schauder durch seinen Körper gejagt wie jetzt ihre Stimme. Sie war rau und rockig, und Lissy sang kraftvoll und mit ganzer Seele. Sie schaute die ganze Zeit nur ihn an, während sie sang. Ihre Augen waren mit seinen Augen verbunden, unlösbar miteinander verschmolzen, und es gab nur noch sie und den Text … *Du bist alles, was ich mir je erhofft habe, alles, was ich brauche …* Sie sang, als würde sie jedes einzelne Wort genau so meinen.

„Heilige Scheiße, die ist ja der Wahnsinn!", rief plötzlich jemand nahe an seinem Ohr und brach den Bann, mit dem Lissy ihn belegt hatte.

Es war Andi, der neben ihm stand und wie hypnotisiert auf sie starrte.

19. Enthüllt, entlobt, enttäuscht

Die Tür zum Jazzkeller hatte sich noch nicht richtig hinter ihnen beiden geschlossen, da packte Henrik sie schon an den Schultern und drückte sie mit dem Rücken gegen die Wand.

„Hen…" Mehr brachte sie nicht heraus, bevor er sie mit seinem Kuss bestürmte.

Und das war die Mutter aller Küsse – hart und besitzergreifend, kein romantischer und zärtlicher Kuss, sondern eine Explosion aus Wut und Hunger. Seine Lippen verschlangen ihre und seine Zunge stieß unerbittlich in ihren Mund, während er mit fahrigen Händen versuchte, ihr Kleid nach oben zu schieben. Er zog und zerrte so lange daran, bis sie die kühle Nachtluft an ihrer Vagina spürte, und schon rammte er seine Finger tief in sie.

Sie schrie erschrocken auf. „Nicht hier!"

Da oben an der Straße hörte man die Schritte und Stimmen von Fußgängern, aber das schien Henrik nicht im Mindesten zu interessieren.

„Kein Höschen und sehr feucht!", stöhnte er zufrieden in ihren Mund und ergriff ihr rechtes Bein, schlang es um seine Hüften und hielt es in dieser Position fest, sodass sie den Stoff seiner Hose mitsamt der dicken Erektion dahinter an ihrer Klitoris spüren konnte.

„Wenn uns jemand sieht!"

„Das ist mir scheißegal!", raunte er. „Ich fick dich hier und jetzt! Zur Strafe. Scheiß auf Zuschauer!"

„Hast du gerade wirklich die Worte *fick* und *scheiß* gesagt?" War das überhaupt Henrik Henriksen, der da mit ihr sprach? Oder war das etwa Mister Hyde? (Ja, sie hatte ein neues Buch aus seiner Bibliothek angefangen: *Der seltsame Fall des Dr. Jekyll und Mr. Hyde*). Er knurrte und biss in ihren Hals. Jap, eindeutig Mister Hyde.

„Aaaaauah!"

Oh Mann, er war echt schlecht gelaunt.

Aber woher hätte sie denn wissen sollen, dass ausgerechnet dieser Krachmacher Andi Adelberger war. DER Andi Adelberger. Jeder, der irgendwann mal davon geträumt hatte, Musik für mehr als drei Personen zu machen, kannte seinen Namen, so wie jeder Katholik wusste, wie der Papst hieß. Aber natürlich kamen normalsterbliche Musiker nie an Andi Adelberger heran. Wenn überhaupt, dann unterhielt er sich nur mit den Megastars und zeigte sich mit ihnen bei den einschlägigen Events. Es war einfach undenkbar, dass Adelberger einen popeligen Jazzkeller betrat, ohne dass man vorher einen roten Teppich für ihn ausrollte und die Presse verständigte. Und es war noch undenkbarer, dass Henrik heute Abend einfach so, mal ganz nebenbei in Begleitung von Andi Adelberger auftauchte.

Nachdem Lisa ihr letztes Stück beendet hatte, hatte plötzlich dieser begossene Pudel vor ihr gestanden und hatte sie angesehen, als wäre sie ein Goldnugget, das er gerade aus dem Klondike River gewaschen hatte. Dann hatte er ihr seine leicht feuchte Visitenkarte überreicht und fast beiläufig gesagt: „Wir sollten über einen Plattenvertrag verhandeln."

So was Abgedrehtes passierte sonst nur in Filmen, und Lisa hatte erst mal dreißig Sekunden lang nicht gewusst, was sie sagen sollte, während sie auf seine Visitenkarte gestarrt und dort den Namen seiner Heiligkeit gelesen hatte. Sie hatte den Namen drei Mal gelesen, weil ihr Gehirn sich weigerte, das zu verarbeiten. Und dann hatte ihr Gehirn das ganze Dilemma in zwei Sätzen zusammengefasst: *Du hast Andi Adelberger einen Mojito auf den Kopf geschüttelt. Der lässt dich höchstens noch im Musikantenstadel auftreten.* Ihr Mund brachte immerhin ein paar Silben zustande: „Einen Pla… Pla… Pla…?"

„Plattenvertrag", sagte der Krachmacher, sorry, Seine Heiligkeit, und schmunzelte sie an.

„Und was ist mit dem Cocktail?", fragte sie dämlich. Eigentlich meinte sie: *Und Sie sind gar nicht sauer auf mich, weil ich einen Cocktail auf Sie gegossen habe?*, und natürlich meinte sie auch: *Es tut mir sehr leid, dass ich das getan habe*, und: *Wenn ich gewusst hätte, wer Sie sind, hätte ich es natürlich nie getan.*

Na ja, jeder Mensch ist an einem gewissen Punkt bestechlich.

„Den Cocktail werde ich mit deiner ersten Gage verrechnen!", sagte Andi und grinste so breit, dass sich zwei tiefe Grübchen an seinen Mundwinkeln abzeichneten. Dann wandte er sich an Henrik, haute dem auf die Schultern.

„Alter, sie ist so süß, dass ich ihr sogar einen Plattenvertrag anbieten würde, selbst wenn sie nicht singen könnte. Sie hat genau das, worauf die Leute voll abfahren: Naive Unschuld und temperamentvolle Erotik vereint in einem Luxuskörper." Und dann hatte er angefangen, Pläne zu schmieden, in denen er von Lisa als von seinem neuen Star träumte.

„Hättest du mir nicht eine kurze SMS schreiben und mich vorwarnen können, wen du da mit anschleppst?", sagte sie jetzt zu Mister Hyde Henriksen, der sie unerbittlich gegen die Kellermauer drängte.

„Du hast das, was jetzt kommt, selbst verschuldet, Lissy. Deine Textnachrichten, deine Fotos, dein Video, dein fortgesetzter Ungehorsam, dein Angriff gegen Andi, dein Flirt mit ihm …" Er nestelte hektisch an seinem Gürtel. Versuchte er etwa, seinen Penis auszupacken? Jetzt? HIER?

Tatsächlich, da war er. Steinhart und samtzart, in seiner ganzen Pracht. Sie sah ihn nicht, aber sie spürte ihn, wie er kurz über ihre Klitoris streifte und dann tief und schnell in sie hineinstieß – bis zum Anschlag. Wow. Und schon legte er los in einem schnellen, rücksichtslosen Rhythmus. Wenn sie nicht schon vorher so erregt gewesen wäre, hätte ihr sein brutales Eindringen und sein Hardcore-Sex sicher wehgetan, aber so war es eher schrecklich peinlich und auf eine schräge Weise gleichzeitig atemberaubend und erregend.

„Oh Mist! Verdammt! Oh verdammt!", schimpfte er, während er sie immer schneller und brutaler nahm. „Ich kann jetzt nicht auf dich warten, Lissy."

„Mach einfach!", stöhnte sie. Der Mann hatte vielleicht Probleme. Sie war total gelähmt von diesem stürmischen Sexüberfall und von der prickelnden Angst, dabei entdeckt zu werden, und er machte sich Sorgen um ihren Orgasmus? Sie befanden sich beinahe auf offener Straße, nur eine Kellertreppe und zwei Meter vom Gehweg entfernt, und hatten Sex, einfach so. Konnte man in Deutschland eigentlich wegen Erregung öffentlichen Ärgernisses ins Gefängnis kommen?

Er stöhnte laut. „Ich komme gleich!"

Holy Shit! Was wäre, wenn einer der Gäste jetzt plötzlich aus der Tür heraustreten würde? Der Schnauzbart, zum Beispiel, oder gar Andi Adelberger, der noch geblieben war, um Viola anzubaggern, oder irgendein anderer Gast, der nicht ahnte, dass sie beide gerade direkt neben dem Eingang kopulierten wie die Karnickel. Eigentlich kopulierte nur Henrik. Lisa versuchte auf einem Bein das Gleichgewicht zu halten und dabei keinen Krampf in das andere Bein zu bekommen, während er jetzt zum absoluten Sex-Prestissimo übergegangen war – der reinste Rachmaninoff im Stehsex.

„Jaaa! Oh Gott, Lissy! Fuck! Jaaaaa! Ohgoooooott! Du bist mein Untergang."

Da spürte sie schon, wie er kam, wie er in ihr pulsierte und zuckte und sie warm überflutete. Dann war es vorbei. Er ließ ihren Schenkel los und sank mit seiner schweißnassen Stirn langsam gegen ihre Schulter. Sie würde morgen bestimmt ein paar blaue Flecke am Schenkel haben, an der Stelle, wo er seine Finger so unerbittlich in ihr Fleisch gegraben hatte. Und an ihrem Hals würde bis morgen zweifellos mal wieder ein Abdruck seiner Zähne blühen. Man konnte mit Fug und Recht behaupten, dass Doc H total die Beherrschung verloren hatte und abgegangen war wie eine außer Kontrolle geratene Cruise-Missile. Hatte das Ganze überhaupt drei Minuten gedauert? Henrik war ja fast schneller gewesen als Hannes in seinen Rekordzeiten, und trotzdem empfand Lisa heißes Glück. Weil sie das bewirkt hatte. Dieses Mal war Henrik nicht der unterkühlte Professor und herablassende Oberlehrer gewesen, sondern nur ein stinknormaler Mann, der es vor lauter Wollust einfach nicht mehr länger ausgehalten hatte und sich hatte gehen lassen. Nur ihretwegen.

Es war ein süßes Machtgefühl, das Lisa gerade durchströmte, und es war fast genauso gut wie ein Orgasmus. Sie streichelte über seinen Rücken, seinen Nacken hinauf und über seinen Kopf. Er hielt still und ließ sich liebkosen wie ein zufriedener Kater. Schnurrte er etwa, oder war das nur ein Räuspern wegen seiner trockenen Kehle? Sie beide hätten wohl noch eine ganze Weile in dieser Pose verharrt – seine Stirn an ihren Hals gebettet, ihre Hände in rhythmischen Bewegungen über seinen Rücken streichelnd und ihr Kleid bis über die Hüften hochgeschoben –, wenn nicht oben an der Straße ein Auto angehalten hätte. Eine Autotür knallte und man hörte Schritte. Da erwachte Henrik aus seiner Träumerei und zerrte Lisas Kleid hektisch nach unten. Dann verstaute er seine nunmehr ziemlich müde aussehende Superrakete wieder in seiner Hose. Sein Hemdzipfel schaute immer noch heraus und seine Frisur war wilder denn je, aber sein verkniffener Gesichtsausdruck war weich geworden, und er lächelte sogar, als er an Lisa vorbei die Treppe hinaufschaute. Sie folgte seinem Blick und entdeckte oben am Treppenabsatz Karan Candemir. Shit! Was wollte der denn schon wieder? Er hatte abwartend die Arme vor der Brust verschränkt und den Blick irgendwo ins Leere gerichtet.

„Pünktlich wie die Maurer!", murmelte Henrik und strich sein Haar glatt, bevor er die Treppe hinaufstieg und Lisa hinter sich herzog.

„Hast du ihn inzwischen als deinen persönlichen Chauffeur übernommen?", wollte sie wissen.

„Nein, ich fahre lieber selbst, aber Olga hat ihn hier stationiert, um sicherzustellen, dass wir beide auf jeden Fall vor dem Standesbeamten erscheinen und nicht die Flucht ergreifen. Ich habe ihn angerufen, damit er mein Gepäck vom Flughafen holt und uns beide hier aufsammelt. Wenn er schon in Berlin herumlungert und wie ein Geheimagent jede unserer Bewegungen überwacht, dann kann er sich auch nützlich machen, findest du nicht?"

„Guten Abend, Herr Doktor Henriksen", begrüßte Karan ihn ganz gelassen, als hätte er nichts gesehen und gehört. Er hatte theoretisch auch nichts sehen können, denn er war ja gerade eben erst vorgefahren. Jetzt trat er an seine Limousine und hielt die hintere Tür für Lisa auf.

„Guten Abend, Lisa, geht es Ihnen gut?"

„Hi, Karan!", sagte sie nur und wagte gar nicht, ihn anzusehen. Er hatte sie vielleicht nicht direkt beim Sex gesehen, aber er wusste bestimmt ganz genau, was da unten gerade an der Kellertreppe abgegangen war.

Henrik stieg auf der anderen Seite ein und drückte auf einen Knopf in der Türkonsole. Schon hob sich eine abgedunkelte Scheibe zwischen dem hinteren Font und dem Fahrerbereich. Das Auto setzte fuhr los und dann wandte Henrik den Kopf in Lisas Richtung. Er starrte sie einfach nur an, ohne einen Piep von sich zu geben, aber mit so einem durchdringenden Blick, dass sie das Gefühl hatte, er versuchte gerade, ihre Gedanken zu lesen, oder er würde womöglich, so eine Art Supermann-Trick veranstalten, um sie mit seinem Laserblick zu Asche zu verdampfen. Jetzt würde bestimmt gleich seine Strafpredigt kommen, das war klar. Nachdem er erst mal richtig Druck abgelassen hatte, war er wieder ganz Doc H der Kühle.

„Wenn du mich so anschaust, weiß ich nie, ob du sauer oder lüstern bist!"

„Beides", sagte er. Dann holte er tief Luft. „Elisabeth, habe ich dir nicht bereits erklärt, wie sich eine perfekte Dame in Konfliktsituationen zu benehmen hat?"

„Kann sein, dass du das Thema mal angerissen hast im Zusammenhang mit dem friedlichen Einsatz von Handtaschen."

„Lissy!" Er räusperte sich. „Ich weiß nicht, wie du es schaffst, alle Leute zu beleidigen und zu brüskieren und hinterher verehren sie dich auch noch, aber glaub mir, das ist nicht die gebräuchliche Methode, um in der Musikbranche Karriere zu machen ... oder in irgendeiner anderen Branche, was das angeht." Sein Mundwinkel zuckte schwach. Also wenn er die Rolle des erzürnten und dominanten Herrn und Meisters glaubhaft durchziehen wollte, dann sollte er jetzt besser nicht lachen.

„Herrje, wenn ich gewusst hätte, dass der Typ Andi Adelberger ist, dann hätte ich doch den Cocktail niemals über ihn geschüttet, sondern über dich!"

„Über mich?"

Und da passierte es: Er lachte los. Nicht bloß ein Mundwinkelzucken, eine hochgezogene Augenbraue oder süffisant gespitzte Lippen, nein, er warf den Kopf zurück und lachte. Aus vollem Hals und vollem Herzen. Sie starrte auf seinen Adamsapfel, der sich beim Lachen auf und ab bewegte, und sie spürte, wie ihr Mund trocken wurde und ihr Herz raste.

„Weil du diesem Schreihals nicht die Faust auf die Nase gehauen hast!", sagte sie betont schmollend.

„Du hast dir gewünscht, dass ich Andi Adelberger verprügle?" Er lachte noch mehr. Na toll! Doc H entdeckte soeben seine Lachreflexe und amüsierte sich auf ihre Kosten. Sehr lustig. Wirklich. „Und ich habe mir doch tatsächlich eingebildet, du wärest mir unendlich dankbar, wenn ich ihn nicht schlage, bevor du den Plattenvertrag sicher hast."

„Oh Henrik!" Auf einmal wurde sie ernst und wandte sich ihm zu, denn das Ausmaß dessen, was da gerade im Jazzkeller passiert war, wurde ihr jetzt erst voll bewusst. Und es war überhaupt nicht lustig, sondern sehr ernst und umwerfend, atemberaubend, unfassbar und nochmalhundertadjektivevolltoll. „‚Dankbar' trifft es nicht annähernd. Ich kann es nicht fassen, was du für mich getan hast. Andi will mich schon nächste Woche seinem Produzenten Kurt Schrader vorstellen. DEM Kurt Schrader! Und ich soll ihm vorspielen. Das ist so unfassbar geil!" Sie plapperte ganz aufgeregt und ließ ungefiltert alles heraus, was ihr Herz gerade zum Überlaufen brachte. „Oh Gott, wenn ich das meinem Vater erzähle, der glaubt mir kein Wort. Ich meine … mein Papa ist vom Fach, aber er … also wir …" Sie unterbrach den Satz und schüttelte den Kopf. Ihr Vater war der einzige Mensch, der wirklich ermessen konnte, was für ein wahnsinniges Glück sie hatte.

Und Henrik natürlich.

„Weißt du, was das bedeutet? Ich kann endlich die Musik machen, die ich schon immer machen wollte. Andi sagt, ich bin genau der Typ für das Crossover-Format, und er meint, ich könnte Millionen damit verdienen, so wie ich aussehe und singe. Andi hat gesagt, dass er spätestens bis zum Oktober ein Konzert für mich organisiert."

„Ich weiß, was Andi gesagt hat." Henrik verdrehte die Augen. „Ich habe schließlich danebengestanden, als er sich vor dir aufgeplustert hat wie ein Gockel."

„Stell dir mal vor: ich im Pfirsich-Glitzer-Cocktailkleid in der ausverkauften O2 World! Oh Gooooott!"

„Und jeder Mann, der dich singen hört, will sich einen von der Palme wedeln."

„Wa… Doktor Henriksen? Ich muss doch sehr bitten! Habe ich gerade richtig gehört? Wo ist nur Ihr kultivierter Wortschatz hingekommen?"

„Ich fürchte, mein gesamtes geziemendes Vokabular hat sich in den vergangenen Tagen in meine Hose verflüchtigt. Du hast einen sehr schlechten Einfluss auf mich, Elisabeth."

„Du hattest wohl Sehnsucht nach mir während deiner langweiligen Geschäftsreise?"

„Keinesfalls, du verrücktes Ding." Auf einmal drängte er sie flach auf die Rückbank und krabbelte über sie, ein Knie zwischen ihre Beine geschoben, das andere auf dem Boden des Fahrzeugs platziert. „Ich war ausgesprochen froh, endlich mal von Menschen umgeben zu sein, die genau das tun, was ich ihnen sage. Menschen, die vorhersehbar und logisch handeln und die mich nicht unentwegt mit erotischen Fotos, Filmen und Sextexten geil und arbeitsunfähig machen."

Sie kicherte. „Hast du gerade echt das Wort *geil* ausgesprochen? Du meinst doch wohl imposant."

„Das ist in meinem Fall dasselbe."

„Oh, allerdings! Ich spüre es. Und so schnell schon wieder." Sie wollte nach seinem Gürtel greifen, weil ja sein Überfall nichts anderes bedeuten konnte als noch mehr Quickie-Sex, aber er schüttelte den Kopf und hielt ihre Hand zurück, während er mit der anderen hektisch auf einen Knopf in der Türkonsole drückte, der offensichtlich eine Sprechanlage bediente.

„Karan, halten Sie bitte beim Holiday Inn an, das liegt auf der Strecke. Wir übernachten dort", sprach er in ein unsichtbares Mikrofon und an Lisa gerichtet sagte er ganz leise: „Ich will Olgas Luxuskarosse nicht zweckentfremden, und ich möchte nicht, dass wir Caro wecken, wenn ich dich nachher mit meiner Imposanz beglücke."

„Imposanz?", kicherte sie. „Gibt es das Wort überhaupt?"

„Es ist kein Wort, es ist etwas, das derzeit in meiner Hose lebt."

„Es tut mir sehr leid, Herr Doktor Henriksen", meldete sich Karans tiefe Stimme durch das Sprechgerät und schreckte die beiden aus ihrer tiefgründigen Unterhaltung auf. „Aber darf ich vorschlagen, Sie nach Hause zu fahren. Frau Alderat wartet in Ihrer Wohnung auf Sie."

∼

Henrik platzte beinahe vor Frustration, als er seine Wohnungstür aufschloss und Olgas mäkelige Stimme schon von Weitem hörte. Was wollte die denn hier? War sie nicht viel zu krank für so eine anstrengende Reise? Er stampfte schnurstracks ins Wohnzimmer und war entschlossen, Olga ihre Grenzen aufzuzeigen und sie rauszuwerfen. Sie hatte sich doch tatsächlich den Ohrensessel aus seiner Bibliothek in das Wohnzimmer stellen lassen und thronte jetzt da, genau wie in ihrer Villa, direkt am Fenster mit Blick auf den Landwehrkanal mit ihrem unsäglichen Stock in der Hand.

„Da seid ihr ja endlich! Wir warten hier schon ewig." Ihre Stimme klang fest und nicht wie die Stimme einer Frau, die am Samstag noch im Sterben gelegen hatte. Wen sie mit „wir" meinte, wurde Henrik beim Blick auf sein Sofa klar. Da saß doch tatsächlich Klausi Pickelfresse. Das erklärte den roten BMW-Roadster mit Rügener Kennzeichen, der vor dem Haus halb schräg auf dem Gehweg parkte, und es erklärte auch die Frage, wie Olga überhaupt nach Berlin gekommen war. Neben Klausi saß eine seiner Freundinnen, eine hübsche, junge Blondine. Die beiden waren über ein Handy gebeugt, doch als er eintrat, fuhren ihre Köpfe auseinander. Da erst erkannte er, dass Klausis Freundin seine eigene Tochter war.

„Caro, was ist mit dir passiert?" Er war so geschockt, dass er fast über seine eigenen Füße gestolpert wäre.

„Sie sieht endlich aus wie ein menschliches Wesen. Es war höchste Zeit, dass du durchgegriffen hast", rief Olga vom Fenster her und haute ihren Stock auf das Parkett. „Wo wart ihr beide nur so lange? Denkt ihr vielleicht, ich will die ganze Nacht hier sitzen und warten? Besteht die Möglichkeit, dass eine alte Frau bei euch ein Bett für die Nacht und noch etwas zu essen bekommt?"

„Wenn ich mich recht erinnere, gehören dir drei Hotels hier in der Stadt", entgegnete Henrik schroff. Er war im Grunde ein gastfreundlicher Mensch und bewirtete gerne Freunde und Bekannte. Sein Gästezimmer war immer für einen Überraschungsgast vorbereitet, und auch mitten in der Nacht stand seine Tür für andere offen, aber nicht für Olga.

„Was ist so dringend, dass es nicht bis morgen früh warten kann?" Er klang unfreundlich, aber Olga hatte ihm diese Nacht gründlich verdorben, und das durfte sie ruhig merken. Außerdem befürchtete er, dass sie nur hier war, um noch mehr unmögliche Forderungen zu stellen. Am Ende verlangte sie noch von ihm, dass er Elisabeth umgehend schwängern und zum Beweis dafür ein Ultraschallfoto vorlegen musste. Das sah ihr durchaus ähnlich.

„Ich möchte aber nicht in einem Hotel übernachten, sondern hier." Tock! Tock! Tock! „Und ich habe seit dem Frühstück nichts gegessen."

Das war doch ein lächerliches Schauspiel. Olga besaß mehr Hotels und Restaurants, als sie zählen konnte; wenn sie müde war oder Hunger hatte, brauchte sie nur mit dem Finger zu schnipsen.

„Caro, konntest du Tante Olga nicht eine Stulle in die Hand drücken?"

Caro zuckte nur die Schultern und sah Klausi Hilfe suchend an, der zuckte auch die Schultern und schüttelte den Kopf.

„Deine Tochter wollte mir ein Omelett zubereiten. Das ist scheinbar das Einzige, das sie zustande bringt, aber ich vertrage Eier nicht, bekomme Blähungen davon und deine nutzlose Haushälterin hat offenbar Arbeitszeiten wie ein Beamter."

„Jetzt reicht's! Ich möchte, dass du ..."

„Hallo, Frau Alderat!" Plötzlich rauschte Elisabeth in den Raum, lief zu Olga und ergriff deren Hand. „Ich freue mich so, dass Sie da sind und dass Sie sich so schnell wieder erholt haben. Wie geht es Ihnen?"

Sie hatte das Cocktailkleid gegen ihre hässlichen Joggingsachen getauscht, und natürlich trug sie keine Schuhe mehr. Die hatte sie schon im Flur von sich geschleudert, und dann hatte sie Henrik ins Ohr geflüstert: „Ich muss zuerst zur Toilette. Du weißt warum."

Oh ja, er wusste genau warum. Er hatte sie mit seinem Samen gefüllt, und die Vorstellung, dass immer noch ein Teil von ihm in ihr war, behagte ihm über alle Maßen.

„Wie wird es mir wohl gehen?", meckerte Olga. „Ich habe Gicht und eine zweistündige Rallye an der Seite von diesem Möchtegern-Michael-Schumacher hinter mir!" Sie zeigte mit ihrem Stock anklagend auf Klausi.

„Du hast gesagt, du willst so schnell wie möglich nach Berlin, Tante Olga!", antwortete Klausi mit einem schiefen Grinsen.

„Und du hast dir einen Spaß daraus gemacht, einer sterbenskranken Frau Todesängste einzujagen. Mach mir eine Tasse Pfefferminztee, Lisa, mit zwei Stück Süßstoff und nicht zu heiß, lass ihn aber auf keinen Fall länger als sechs Minuten ziehen", kommandierte Olga und schwenkte ihren Stock jetzt in Elisabeths Richtung. „Und wenn du mir schon etwas zu essen anbieten willst, dann bitte eine Suppe. Brot und Fleisch ist mir zu schwer in der Nacht und bloß keine Hülsenfrüchte. Ich weiß nicht, was die Leute an Erbsensuppe finden."

„Es ist ein Uhr in der Nacht. Du erwartest doch nicht allen Ernstes, dass Elisabeth sich jetzt noch an den Herd stellt?"

„Wieso nicht? Nach allem, was ich inzwischen über sie weiß, ist sie deine Kantinenhilfe."

„Tante Olga!" Henriks Geduld war jetzt endgültig erschöpft. „Du solltest dir wirklich ein Hotel suchen. Dort kannst du alle Leute, deren Gehälter du bezahlst, nach deiner Pfeife tanzen lassen und sie nach Herzenslust schikanieren."

„Henrik!" Elisabeth drehte sich zu ihm um und legte ihre Hand beschwichtigend auf seine Brust, direkt über sein Herz, das wütend hämmerte, während sie ihn mit einem Unschuldslächeln bedachte. Er hatte keine Ahnung, ob sie die unterwürfige Verlobte nur für Olga inszenierte oder ob sie versuchte, ihn mit dieser Geste zu betören und zu beschwichtigen. Tatsache war jedenfalls, dass Olga von einem Ohr zum anderen grinste und er sich tatsächlich sehr betört und beschwichtigt fühlte.

„Hmpf."

„Hast du nicht vorhin gesagt, dass das Beleidigen und Brüskieren von Leuten keine gute Methode der Konfliktbewältigung sei?", fragte sie mit einem Lächeln, das selbst den Teufel in einen sabbernden Trottel verwandeln konnte. „Ich mache einen Pfefferminztee für Sie, Frau Alderat, und eine Kleinigkeit zu essen. Möchten Sie vielleicht eine Tomatencremesuppe?"

„Tomatencremesuppe? Hm? Na meinetwegen, aber mach sie nicht so dünnflüssig. Und kein Knoblauch. Und auf keinen Fall dieses abscheuliche Basilikum, ich wohne schließlich nicht in Italien." Tock, tock, tock.

„Ich werde mal nachsehen, was Frau Frey im Kühlschrank hat. Im Übrigen bin ich keine Kantinenhilfe, sondern eine Cateringfachkraft und eine gute noch dazu, und damit Sie es wissen, ich bin stolz auf meinen Job."

„Ich habe ja nicht behauptet, dass das ein schlechter Beruf ist", verteidigte sich Olga. „Wenigstens verkaufst du den Leuten keine überkandidelten Trainingsprogramme für Dinge, die sie von ihren Eltern hätten lernen sollen."

„Tante Olga", stöhnte Henrik entnervt. „Gibt es irgendeinen Grund für deinen Besuch mitten in der Nacht, oder bist du nur hier, um über meinen Beruf zu meckern?"

„Ich möchte bei eurer Trauung dabei sein", verkündete sie und ließ dann ihren Blick zu Karan hinüberwandern. „Und außerdem möchte ich Dieter sehen, bevor ich sterbe."

~

Caro und Klausi halfen beim Kochen. Klausi deckte den Tisch, und Caro schnitt Zwiebel und Petersilie und blanchierte die Tomaten, auch wenn sie sich währenddessen unentwegt über stupide Hausfrauenarbeit beschwerte. Henrik beobachtete Elisabeths Kochorgie vom Sofa aus mit einer Mischung aus Faszination und Unglaube. Mit Caro hatte irgendeine bedeutende Veränderung stattgefunden, nicht nur ihr Aussehen war anders – seine Tochter war richtig hübsch –, sie redete anders, lächelte anders, ja, sie strahlte richtig.

Diese Szene hatte etwa so Heimeliges an sich, dass ein Mann am liebsten seine Schuhe ausgezogen, die Beine auf den Tisch gelegt und sein Bier aus der Flasche getrunken hätte. Leider konnte Henrik diese häusliche Szene nicht lange genießen, denn jetzt setzte sich Karan neben ihn auf das Sofa und trug all die Informationen vor, die er seit Montagabend über André Hagedorn und Olgas Sohn Dieter gesammelt hatte – es war nicht gerade viel. Olga saß im Sessel am Fenster und hörte von dort aus zu, aber immer wieder fielen ihr die Augen zu und ihr Kopf kippte nach vorne.

Sie hätte bleiben sollen, wo sie hingehört. Im Krankenhaus oder zu Hause in ihrem Bett, murrte Henrik in Gedanken. Er war selbst am Ende seiner Kräfte. Der vergangene Tag in London war lang und anstrengend gewesen. Er hatte einen großen Auftrag an Land gezogen und den Grundstein für sein geplantes Büro in London gelegt.

Karan erzählte von André Hagedorn, dass er Schulden bei seltsamen Kreditgebern hatte, zu einer obskuren Motorradgang gehörte und eine kleine Motorradwerkstatt betrieb und alles in allem nicht gerade der Traum von einem wiedergefundenen Urenkel war, aber Henrik hörte nur mit halbem Ohr hin. Auch ihm fielen die Augen zu … er träumte von seiner wunderbaren Ehe mit Lissy. Sie würden sich für ihre Rollenspiele ein paar Sextoys zulegen und einfach alles ausprobieren und sehen, was ihnen gefiel. Er würde jeden Tag Spaß und Aufregung haben. Gott, er freute sich darauf wie ein kleines Kind auf Weihnachten. *Ah, meine süße Lissy, das wird so imposant mit uns beiden!*

„Die Suppe ist fertig."

Er schreckte mit einem Japsen aus dem Schlaf hoch. Ach du liebe Güte, hatte er etwa laut gesprochen? Karan stand vor ihm und hatte die Hand auf seine Schulter gelegt, um ihn leicht zu schütteln. Elisabeth half Olga, sich an den Tisch zu setzen, und Caro saß bereits neben Klausi.

„Das schmeckt supergut, Caro!", sagte Klausi nach jedem zweiten Löffel, den er in sich hineinschaufelte, als ob Caro die Suppe alleine gekocht hätte.

„Verschon uns bei Tisch mit deiner Balz, Nikolaus", nörgelte Olga.

Sie hatte nur zwei Löffel von der Suppe probiert, aber ihre Hand hatte so sehr dabei gezittert, dass nicht viel davon in ihrem Mund gelandet war. Jetzt legte sie den Löffel unverrichteter Dinge auf den Tisch zurück. Elisabeth stand auf, holte eine Tasse aus dem Schrank, schöpfte sie halb voll mit Tomatensuppe und stellte sie kommentarlos vor Olga ab. Olga war offensichtlich zu tatterig, um alleine zu essen, und natürlich war sie zu stolz, um sich bei Tisch vor den Augen anderer füttern zu lassen. Vermutlich würde sie lieber verhungern, als jemanden um Hilfe zu bitten. Olga taxierte Elisabeth und die Tasse mit bissigem Blick, aber sie griff doch mit beiden Händen danach und schlürfte die Suppe in sich hinein. Das klang weder besonders vornehm noch sah es sehr appetitlich aus, aber wenigstens hatte sie jetzt etwas Warmes im Magen. Ohne ihre Pflegerin war Olga hilflos, und das war vermutlich der wahre Grund, warum sie nicht in einem Hotel übernachten wollte.

„Warum sind Sie denn ohne Ihre Krankenschwester hier, Frau Alderat? Sie brauchen doch jemanden, der Sie versorgt", fragte Lissy, als ob sie Henriks Gedanken gehört hätte.

„Ich bin ohne Krankenschwester hier, weil ich das Miststück am Sonntag gefeuert habe, und es wird Zeit, dass du mich beim Vornamen nennst, wo du dich sowieso in alles einmischst, was mich betrifft."

„Du glaubst, deine Krankenschwester hätte dich vergiftet?", rief Henrik verblüfft. „Es ist doch wohl klar, dass Anette dahintersteckt. Sie wollte dich loswerden, bevor du dein Testament noch mal ändern kannst."

„Meine Mutter würde so was nie machen!", brauste Klausi auf. „Tante Olga, du glaubst doch nicht, dass Mama dich ernsthaft vergiften wollte?"

Olga stellte die Tasse mit einem lauten Klirren auf den Tisch zurück und griff nach ihrem Stock. Ein paar Tropfen von der Suppe liefen an ihrem Kinn hinab, aber das bemerkte sie nicht.

„So leid es mir tut, mein Junge", sagte sie zu Klausi, „aber wenn es um Geld geht, zeigen Menschen ausgesprochen unangenehme Charakterzüge. Ist es nicht so, Henrik?"

„Zweifellos." Spielte sie etwa auf die erzwungene Heirat mit Elisabeth an?

„Ich verstehe das alles nicht. Die Krankenschwester ist doch bestimmt verhaftet worden und die Polizei hat sie verhört!", sagte Elisabeth. „Was sagt sie denn zu den Vorwürfen?"

Olga schaute Karan an, und der legte seinen Löffel nun ebenfalls zur Seite.

„Niemand ist verhaftet worden. Die Wahrheit ist, dass Frau Alderat nicht vergiftet wurde und auch keinen Herzanfall erlitten hat."

„Was? Aber was war das dann für ein Anfall? Sie sind doch vor unseren Augen zusammengebrochen und lagen auf der Intensivstation", rief Elisabeth.

„Ich hab den Herzanfall vorgetäuscht, aber meine Krankenschwester, diese dämliche Kuh, konnte ihre vorlaute Klappe nicht halten und musste es unbedingt Anette verraten."

„Wie bitte?" Henrik grinste schief und rümpfte die Nase, weil er das für einen schlechten Scherz hielt.

„Du hast richtig gehört. Ich habe den Anfall vorgetäuscht", sagte Olga frech. „Ich wollte sehen, wer sich um mich sorgt und an meiner Seite steht, wenn es wirklich mal mit mir zu Ende geht."

Henriks Gehirn versuchte Olgas Worte zu verarbeiten, und er vergaß dabei sogar zu atmen. Atmete überhaupt jemand? Dann irgendwann hatte sich die Information wie ein glühender Wurm durch seine Gehirnwindungen hindurchgeschlängelt und seinen Denkapparat erreicht, und der meldete sich jetzt und sagte: *Diese hinterhältige Hexe hat dich verarscht.*

„Du hast alles nur inszeniert? Sogar die Intensivstation? Das ist doch lächerlich! Hast du dem Krankenhaus etwa eine neue Herz-Lungen-Maschine spendiert, damit die dieses Theater mitspielen?" Henrik sprach mit einigermaßen ruhiger Stimme, obwohl er innerlich fast explodierte. „Das ist wirklich makaber. Wir dachten, du stirbst. Wir waren sogar bei dir am Sterbebett." Er stand auf und ging zum Sideboard, um sich ein Glas mit Calvados einzuschenken. Seine Finger zitterten vor unterdrückter Wut.

„Ja, das war sehr selbstlos von dir", antwortete Olga. „Ich habe wirklich über dich gestaunt, mein Junge. Hatte eigentlich erwartet, dass du gleich ins Auto steigst und nach Hause fährst, nachdem du dachtest, dass ich abkratze und mein Testament nicht mehr rechtzeitig ändern kann. Dein Verhalten war ziemlich … nun, sagen wir, ich war angenehm überrascht, als du mich doch im Krankenhaus besucht hast, und das, obwohl du nicht wusstet, dass du sowieso schon längst in meinem Testament stehst. Ich nehme an, deine wundersame Persönlichkeitsveränderung geht auf ihr Konto." Ihr Stock schnellte in Elisabeths Richtung. „Leider hat meine dämliche Krankenschwester ihren Mund nicht gehalten und meine kleine Prüfung mit dem vorgetäuschten Herzanfall an Anette verraten. Sodass ich von ihr keine ehrliche Reaktion erhalten habe."

„Kleine Prüfung nennst du diese geschmacklose Inszenierung?", sagte Henrik mit Eis in der Stimme. „Weißt du eigentlich, welche Sorgen sich

Elisabeth deinetwegen gemacht hat?"

Das Bild, wie sie an diesem Samstagabend zusammengesunken dagesessen und geweint hatte, während die Sanitäter Olga abtransportiert hatten, war ihm durch Mark und Bein gefahren. Er musste sich wirklich mit aller Macht zügeln, um nicht zu brüllen. Er kippte den Calvados in einem Zug hinunter und schenkte sich gleich noch mal nach.

„Ich weiß es sehr zu schätzen, dass sich deine Elisabeth Sorgen um mich gemacht hat." Tock, tock, tock. „Vielleicht sollte ich *sie* in mein Testament einsetzen anstelle von dir."

„Ich fass es nicht! Das ist ja die reinste Seifenoper", mischte sich Elisabeth jetzt ein und sprang von ihrem Stuhl hoch. „Sie bilden sich ein, es geht allen Leuten nur um Ihr beschissenes Geld?"

„Ich weiß, dass es dir nicht um mein Geld geht, Lisa, und ich habe dich gebeten, mich zu duzen." Olga wedelte mit ihrem Stock quer über den Tisch zu Elisabeth hinüber. Karan musste sich zurücklehnen, um nicht von dem unsäglichen Ding getroffen zu werden.

„Tante Olga, was hast du damit gemeint, als du gesagt hast, dass Henrik sowieso schon längst in deinem Testament steht? Ich dachte, Mama steht da drin", fragte jetzt Klausi dazwischen, während Caro Lissy am Handgelenk nahm und sie auf ihren Stuhl zurückzog. Henrik sah, dass Caro ihr etwas zuflüsterte, und Elisabeth nickte dazu und setzte sich wirklich auf ihr Hinterteil. Irgendetwas war während Henriks Geschäftsreise zwischen den beiden Mädels passiert, stellte er verblüfft fest.

„Ich meine damit, dass Henrik immer als mein Erbe in meinem Testament gestanden hat – in meinem echten Testament. Haltet ihr mich denn für so dumm? Glaubt ihr denn wirklich, ich würde den Fortbestand und die wirtschaftliche Zukunft meines Unternehmens meinen persönlichen Launen unterwerfen? Es gibt nur einen, der das Alderat-Imperium nach mir führen kann, und das ist Henrik, das wissen wir doch alle. Anette hat nicht die Kompetenz, Jürgen ist bloß ein Schmarotzer und Nikolaus, du bist noch zu jung. Also kommt nur Henrik als mein Erbe infrage. Und das ist der Grund, warum ich mein Testament nie geändert habe!"

„Nie?", fragte Henrik sicherheitshalber noch einmal nach. „Ich war immer dein Erbe? Du hast uns alle nur manipuliert? Anette, Klaus, Philipp und mich? Jahrelang?" Henrik hatte das Gefühl, dass der Calvados in seinem Magen sich soeben in sechs Tonnen schwere Lava verwandelte, die langsam, aber unaufhaltsam nach oben drängte, um zu explodieren.

„Ich habe das zu deinem Wohl getan, Henrik", sagte Olga kühl und reckte ihr Kinn in die Höhe. „Denk an deine Exfrau. Sie taucht regelmäßig dann auf, wenn sie hört, dass du mal wieder mein Erbe bist. Deshalb habe ich dich und alle anderen in dem Glauben gelassen, dass du enterbt bist. Um dir dieses manipulative Miststück vom Hals zu halten. Und nie habe ich etwas freudiger begrüßt als die Nachricht, dass du endlich eine andere heiratest."

„Du leidest unter Verfolgungswahn, wenn es um Valerie geht, Tante Olga", sagte Henrik und füllte sich noch einmal Calvados ins Glas.

„Verfolgungswahn? Ich bin die Einzige, die diese Schlange wirklich durchschaut hat. Was war denn mit ihrem unerwarteten Auftauchen letzte Woche? Was wollte sie von dir?"

„Sie wollte, dass ich ihr vergebe und dass wir wieder zusammenkommen, unserer Tochter wegen. Aber Elisabeth und ihre Handtasche haben ihr diese Illusion genommen."

„Na, bitte schön!", konstatierte Olga und tockte mit dem Stock.

„Was soll denn der Ausdruck *bitte schön* bitte schön besagen?", äffte Henrik Olgas Stimme nach. „Valerie denkt, dass ich enterbt und bankrott bin. Woher soll sie denn wissen, dass ich von jeher in deinem wundersamen, *echten* Testament stand?" Das Wort „echten" setzte er mit seinen Fingern in Anführungszeichen.

„Karan, erzählen Sie weiter, ich bin jetzt wirklich zu erschöpft." Olga schloss die Augen, für einen Moment.

„Es hat eine Indiskretion in der Anwaltskanzlei von Doktor Heller gegeben, sodass Frau Steingass über den Inhalt des echten Testaments Kenntnis erlangt hat", sagte Karan.

„Was? Olgas Anwalt hat meiner Mutter verraten, dass das Ganze nur Verarsche ist und dass Papa doch alles erben wird?", fragte Caro und wirkte, als ob sie gleich losheulen wollte. „Und daraufhin hat Mama sich auf den Weg gemacht und wollte sich wieder bei uns einnisten?"

Es tat Henrik leid, dass sie das alles mit anhören musste. Aber wie hätte er ihr das ersparen können? Er konnte sie ja wohl kaum auf ihr Zimmer schicken, als wäre sie zehn Jahre alt.

„Eine Anwaltsgehilfin aus der Kanzlei Keller und Kluge geht ins gleiche Fitnessstudio wie Birgit Kagel. Das ist die Ehefrau von Spediteur Kagel, die wiederum eine sehr enge Freundin von Valerie Steingass ist und regelmäßig in Kontakt zu ihr steht", referierte Karan.

„Na und? Ist das die moralische Rechtfertigung für Olgas Hinterlist mit dem Testament?", fragte Henrik und trank das nächste Glas Calvados. „Ihr tut ja gerade so, als hätte ich in der Angelegenheit keinen freien Willen. Ich würde Valerie nicht mal zurücknehmen, wenn sie die letzte Frau auf Erden wäre."

„Es geht nicht nur um Sie, Herr Doktor Henriksen, sondern auch um Carolin", sagte Karan. „Sie müssen damit rechnen, dass Frau Steingass sich mit Carolin in Verbindung setzen wird, um sie emotional und moralisch unter Druck zu setzen."

„Das habe ich bisher erfolgreich verhindert, und ich werde auch in Zukunft nicht zulassen, dass sie Caro zu Gesicht bekommt!", schnauzte Henrik.

„Aber warum nicht, Papa?", brauste Caro auf. „Warum willst du nicht, dass ich mit meiner Mutter spreche? Ich habe ein Recht, sie zu sehen und mit ihr zu sprechen. Ich bin kein Kleinkind mehr!"

„Ich erkläre dir das ein anderes Mal, Caro." Leider war jetzt der falsche Moment, um sie in den Arm zu nehmen und ihr zu sagen, wie lieb er sie hatte und dass er das alles nur zu ihrem Schutz tat. Er hätte schon viel früher mit ihr über alles reden sollen, aber jetzt war es zu spät.

„Ich hatte gestern Morgen eine ziemlich seltsame Begegnung mit Valerie", sagte Elisabeth und erzählte dann davon, wie Valerie sie verfolgt und ihr aufgelauert hatte.

„Warum haben Sie mich nicht angerufen?", fragte Karan. „Ich habe Ihnen doch extra meine Handynummer gegeben. Ich hätte Frau Steingass deutlich gemacht, wo ihre Grenzen sind."

Elisabeth sah ihn verwundert an und zuckte nur die Schultern.

„Und wann hattest du vor, mir davon zu erzählen!", rief Henrik. „Ich dulde nicht, dass diese Frau meiner Familie noch einmal Schaden zufügt oder sich Caro auch nur auf zehn Schritte nähert. Du hättest mich sofort anrufen sollen. Verflucht noch mal! Du schreibst mir hundert SMS-Nachrichten, die einen Mann von seiner Arbeit ablenken, aber kein einziges Wort über Valerie!"

„Schluss jetzt! Hackt nicht auf dem Mädel herum!", meldete sich Olga mit einem Tock, tock, tock zu Wort. „Was Lisa erzählt hat, ist ja nur der Beweis, dass ich recht habe. Wenn ihr beide verheiratet seid, hat der Spuk mit Valerie endlich ein Ende. Erst dann gibt sie auf. Und ich habe gewonnen." Tock, tock, tock!

„Das reicht mir jetzt, Tante Olga!" Henrik hatte die Nase voll. Er leerte das x-te Glas Calvados. Dann trat er an den Tisch und schaute Olga eindringlich an. „Ich will, dass du meine Wohnung verlässt. Morgen früh will ich dich nicht mehr sehen. Wir sind geschiedene Leute."

„Wie bitte? Du wirfst mich raus?"

„So kann man es bezeichnen."

„Warum? Weil ich einen Herzanfall vorgetäuscht habe? Ich wollte wissen, ob der Mann, dem ich mein gesamtes Lebenswerk hinterlasse, sich auch nur einen Deut um mich schert. Ist das so schändlich? Oder bist du etwa eingeschnappt, weil ich dich nie aus meinem Testament gestrichen hatte? Oder passt es dir nur nicht, dass ich recht behalten habe, was deine hinterhältige Exfrau angeht?"

„Du hast mich verarscht! Und wenn ich bedenke, dass Elisabeth deinetwegen total unter Schock stand ... und ich Dummkopf gebe dir auch noch ein Versprechen auf dem Sterbebett!" Er warf die Hände in die Höhe und schüttelte den Kopf. „Du bist in meinen vier Wänden nicht länger willkommen, Olga. Unter den zwanzig Gründen, die es dafür gibt, kannst du dir einen deiner Wahl aussuchen. Und die Hochzeit ist hiermit auch abgesagt."

„Was meinst du mit abgesagt? Du kannst die Hochzeit nicht absagen! Dann geht das mit Valerie wieder von vorne los. Außerdem ist dieser rothaarige Satansbraten genau die Richtige für dich. Ich will, dass du sie heiratest! Ich befehle es!"

Vielleicht lag es am Alkohol oder an der Wut, die in Henrik kochte, auf jeden Fall zeigte er Olga den Mittelfinger. Ja tatsächlich! Er, Doktor Henrik Henriksen, der Meister der Etikette und des guten Benehmens, reckte seinen Mittelfinger direkt vor ihrem Gesicht in die Höhe.

„Dann streiche ich dich aus meinem Testament. Du wirst schon sehen."

„Glaubst du wirklich, dass ich diese Drohung jetzt noch ernst nehme? Wie Elisabeth schon sagte, es geht nicht immer nur um dein beschissenes Geld."

Er knallte das leere Calvadosglas vor Olga auf den Tisch und stürmte hinaus, den Flur hinunter ins Schlafzimmer. Er hörte Elisabeths Schritte, wusste, dass sie ihm hinterherkam, um ihn zu beschwichtigen, und im Grunde wollte er nichts lieber, als sich von ihr beschwichtigen lassen, sie jetzt in seine Arme reißen, sie küssen und sich tief, bis zum Anschlag, in ihr versenken. Er wollte sich an ihr abreagieren, sie nehmen und ihr gleichzeitig klarmachen, dass sie ihm gehörte, aber das würde das gegenwärtige Chaos in seinem Kopf nur verschlimmern. Er konnte im Augenblick nicht mehr klar denken.

„Henrik!", hörte er sie rufen. „Du kannst doch die arme, alte Frau nicht mitten in der Nacht vor die Tür setzen. Hast du nicht gesehen, wie schlecht es ihr geht?"

„Sie ist keine arme, alte Frau, sie ist eine hinterhältige und bösartige Hexe, die mich jahrelang verarscht hat", schrie er sie an.

„Aber musst du dich da nicht an die eigene Nase fassen?", fragte sie. Sie hatte ihn jetzt eingeholt, und als er die Tür vor ihrer Nase zumachen wollte, drückte sie mit aller Kraft dagegen. „Was ist mit dem Theater, das wir Olga vorgespielt haben, war das nicht auch hinterhältig?"

„Wenn du das so siehst, bist du ja sicher froh, dass es endlich vorbei ist und du nichts mehr vorspielen musst", zischte er und schlug ihr die Tür mit einem kräftigen Ruck beinahe ins Gesicht. Dann warf er sich quer auf das Bett und versuchte Luft zu bekommen. Er hatte das Gefühl, als ob ein Felsbrocken auf seiner Brust liegen würde. Gestern während seines Rückflugs hatte er noch in bunten Farben davon geträumt, was er hier auf diesem Bett alles mit Lissy tun würde, wenn er erst zu Hause wäre, und wie er all die Nächte nach der Hochzeit mit ihr verbringen würde. Wie wunderbar unkompliziert und ausschweifend ihre Vernunftehe werden würde …

„Henrik?" Sie klopfte laut an seine Tür.

„Lass mich allein, Lissy!" Er konnte jetzt nicht mit ihr sprechen. Abgesehen davon, dass sein Gleichgewichtsorgan gerade Achterbahn fuhr, waren sein gesunder Menschenverstand und seine Gelassenheit soeben in den Energiesparmodus übergewechselt, und er stand kurz davor, sie wie ein liebestoller Jüngling auf Knien anzuflehen, ihn trotzdem zu heiraten.

~

Wenn Lisa gewusst hätte, wo sie sonst schlafen sollte, wäre sie ganz bestimmt nicht freiwillig in Henriks Schlafzimmer geschlichen. Aber alle anderen Schlafgelegenheiten waren belegt. Sie hatte sich natürlich Henriks Befehl widersetzt und Olga im Gästezimmer einquartiert. Jemand musste der alten Frau schließlich beim Ausziehen und Zubettgehen helfen, und dafür wurde Karan eindeutig nicht bezahlt. Er schlief auf der Couch im Wohnzimmer, Klausi auf der Chaiselongue in der Bibliothek und Caro natürlich in ihrem eigenen Zimmer. Lisa wäre im Prinzip nur die Badematte als Schlafplatz übrig geblieben, und mit Badematten hatte sie bekanntlich ein paar Probleme. Außerdem fand sie, dass sie nach diesem langen Tag einen moralischen Anspruch auf eine weiche Matratze hatte.

Sie öffnete vorsichtig die Tür zum Schlafzimmer und spähte hinein.

Wenn Henrik nicht wollte, dass sie in seinem Bett schlief, dann sollte er es ihr ins Gesicht sagen, dann wusste sie wenigstens, wie es mit ihnen beiden weiterging, genauer gesagt, dass es nicht weiterging.

Die Hochzeit ist hiermit abgesagt!

Henrik lag splitternackt auf dem Bauch und quer im Bett, lang gestreckt wie eine gefällte Eiche, wie eine schnarchende, gefällte Eiche, um genau zu sein.

„Henrik!" Sie trat zu ihm ans Bett, schüttelte ihn ein wenig an der Schulter, aber er grunzte nur. „Doc H?", sagte sie etwas lauter und ganz nahe an seinem Ohr, aber sie bekam wieder nur ein Schnarchgrunzen zur Antwort. Gut, wenn er schlief wie ein Toter mit integriertem Megafon, dann würde er auch nicht merken, wenn sie einen Teil vom Bett eroberte.

„Komm, Doktor Schnarch, rutsch mal ein bisschen rüber!" Sie versuchte ihn auf den Rücken zu drehen und ihn hinüber auf seine Seite des Betts zu bugsieren. Er gehorchte auch ganz brav, ohne aufzuwachen, und rollte schließlich mit einem zufriedenen Knurren auf die linke Betthälfte.

Sie war zu müde, um sich die Zähne zu putzen, sogar zu müde, um seine herrliche nackte Pracht zu genießen. Sie zog sich hektisch aus und ließ ihre Klamotten einfach auf den Boden fallen, dann kroch sie mit mindestens eineinhalb Meter Abstand zu Doc H unter die Decke. Sie drehte ihm den Rücken zu und rollte sich zusammen. Aber anstatt sofort in den Tiefschlaf zu fallen, begann sich das Gedankenkarussell in ihrem Kopf zu drehen, immer schneller und verrückter, und obwohl es inzwischen weit nach zwei Uhr in der Nacht war, fühlte sie sich, als ob sie Kaffee anstatt Blut in ihren Adern hätte.

„Schnarch, schnaaarch, grunz schnarch, schmatz!", kam es von der linken Betthälfte.

Herrgott, der Mann war sternhagelvoll und so laut wie ein Stall voller Mastschweine. Am liebsten hätte sie ihn so lange gerüttelt, bis er aufwachte, denn eigentlich war sie sauer auf ihn. Nicht wegen seiner gemeingefährlichen Schnarchgeräusche, sondern einfach wegen allem. Wegen der ganzen wahnwitzigen Situation, in die er sie beide hineinmanövriert hatte, wegen all der Lügen und vor allem wegen seiner Worte: *Die Hochzeit ist hiermit abgesagt.*

Sie rutschte mit einem verärgerten Brummen noch weiter von ihm ab, näher an ihre Bettkante heran und war sich sicher, dass sie kein Auge zutun würde, vor Wut und Frust und Schnarchen. Aber irgendwann siegte doch die Erschöpfung. Gerade eben rasten ihre Gedanken noch im Kreis – die verrückte Valerie, der Ehevertrag, das Brautkleid, Patti, Andi, Caro und

Klausi, der Quickie an der Kellertreppe, Olgas Enthüllungen – und plötzlich wurde sie durch das Klavierklimpern aus ihrem Handy geweckt und draußen war es taghell.

Sie hob den Kopf und sah außer einem Büschel ihrer eigenen Haare nichts, aber sie fühlte sich wie aufs Rad geflochten. Sie schob die Haare aus dem Gesicht und schaute sich blinzelnd um. Wie spät war es überhaupt? Sie ächzte vor Müdigkeit und Schmerzen: ihr Kopf, ihre Augen, ihr Nacken, ihr Rücken, überhaupt alles tat ihr weh. Was war das eigentlich, das da tonnenschwer auf ihr lag und ihr die Luft abschnürte?

War das etwa Henrik?

Ach du lieber Gott, der Mann hatte sich ja förmlich mit ihr verflochten und verwoben, hatte sie gewissermaßen mit sich eingepackt und eingeschnürt. Überall war irgendetwas von ihm. Seine Nase drückte gegen ihren Hals, sein stacheliges Kinn kratzte an ihrem Nacken, sein linkes Bein hatte er um sie herumgeschlungen, sein rechter Arm lag unter ihrem Kopf und die dazugehörige Hand hatte er in ihr Haar geschoben, seinen linken Arm hatte er um sie gelegt und seine Hand wie eine Schraubklemme auf ihren Bauch gepresst. Ach ja und nicht zu vergessen: seine Morgenlatte. Die schmiegte sich wie angegossen in ihre Gesäßfalte.

Aus ihrem Handy klimperte immer noch der *Entertainer* und wurde von Mal zu Mal ein wenig lauter. Sie befreite sich aus Henriks Umklammerung, und das war so mühsam, als müsste sie sich von einem achtarmigen Kraken lösen. Sie hob seine Hand von ihrem Bauch, sein Bein von sich herunter und zog sich langsam unter ihm hervor. Als er ihr Haar nicht loslassen wollte, verpasste sie ihm einen kräftigen Stoß mit dem Ellbogen in die Rippen. Er wachte nicht auf, sondern gab nur ein Brummen von sich und schlief selig weiter. Lisa robbte hinüber zu ihrer Seite des Betts, wo sich ihr Handy mit beharrlichem Klimpern und Vibrieren langsam bis zur Kante des Nachtschranks vorwärtsarbeitete. Sie hatte keine Ahnung, wie sie während des Schlafens auf Henriks Seite des Betts geraten war oder wie der es geschafft hatte, sie so vollkommen zu vereinnahmen, aber wenn sie mal von ihren Nackenschmerzen und ihrem eingeschlafenen linken Arm absah, war das ein ziemlich schönes Gefühl gewesen, so von ihm festgehalten zu werden, als hätte er Angst, sie zu verlieren.

„Hmmm?", meldete sie sich verschlafen am Telefon.

„Lisa? Bist du das?"

Ach du Scheiße, Hannes! Vor lauter Kuschel-Umklammerung durch Henrik hatte sie ganz vergessen, auf das Display zu schauen. Und jetzt hatte sie Hannes am Ohr. Ausgerechnet.

Das Handy zeigte 7:05 Uhr. Das war die Uhrzeit, zu der er normalerweise aufstand, wenn er sich für die Arbeit fertig machte. Frau Frey war vor etwa einer halben Stunde gekommen, und wahrscheinlich machte sie in der Küche gerade das Frühstück und wunderte sich über den Riesen auf dem Sofa und das schmutzige Geschirr im Spülbecken. Lisa war heute Nacht einfach zu müde gewesen, um es noch in die Spülmaschine zu räumen. Vielleicht war Olga ja auch schon auf den Beinen und schikanierte Frau Frey herum.

„Lisa?", schrie Hannes aus dem Hörer. „Lisa, leg jetzt nicht gleich wieder auf. Hör mir zu!" Er war so laut, dass sie den Hörer ein Stück von ihrem Ohr weghalten musste.

„Was willst du?", flüsterte sie mit kratziger Stimme.

„Ich muss mit dir reden, aber nicht am Telefon!", drängte Hannes. „Ich weiß nicht, was Patti dir für Lügen über mich aufgetischt hat, aber du musst mir die Gelegenheit geben, meine Sicht der Dinge darzulegen."

„Was soll das bringen?", flüsterte sie und warf einen vorsichtigen Blick in Henriks Richtung, der selig grunzte.

„Ich bin bereit, es noch mal mit dir zu versuchen, Lisa-Gummibärchen. Du ... du bist mir immer noch wichtig. Und ich möchte dir noch eine Chance geben."

„Wirklich?" Sie hätte gerne laut gelacht, aber dann wäre Henrik aufgewacht.

„Ja. Wenn ich dir alles erklärt habe, wirst du verstehen, warum ich nicht anders handeln konnte, Gummibärchen."

Boah, wenn er mich noch einmal Gummibärchen nennt, dann kastriere ich ihn ... mit bloßen Händen.

„Lisa? Bist du noch da? Hast du Zeit? Jetzt gleich? Nachher? Sag mir, wo du jetzt wohnst."

„Hackt's oder was? Ich habe keine Zeit. Musst du nicht arbeiten heute?"

„Ich bin krankgeschrieben, Lisa! Dein Schlägertyp hat mir den Arm ausgekugelt. Ich kann es einfach nicht fassen, dass du jetzt mit so einem Typen zusammen bist. Und nur, damit du's weißt: Mich macht das psychisch total fertig, wie das alles gelaufen ist zwischen dir und mir und deine Reaktion darauf. Woher kennst du diesen Türken überhaupt? Kennst du ihn schon lange? Hast du schon was mit ihm gehabt, als wir noch zusammen waren?"

„Das Gespräch ist mir echt zu blöde." War Hannes eigentlich schon immer so gewesen, nur sie hatte es vor lauter Verliebtheit nicht gemerkt?

„Nein! Halt! Du musst mich treffen!" Er brüllte jetzt schrill und hörte sich an, als ob ihn jemand foltern würde.

„Vielleicht nächste Woche."

Eigentlich hatte Lisa keine Ahnung, wie ihr Leben nächste Woche aussehen würde. Würde sie dann noch hier bei Henrik wohnen, oder sollte sie zurück in Otmars Kakerlakenbude ziehen? Würde sie trotzdem einen Musikvertrag von Andi Adelberger bekommen, oder musste sie wieder im Jazzkeller auftreten, um ihren Lebensunterhalt zu verdienen? Was war mit ihrem Job bei Image4U? Konnte sie den zurückhaben, nachdem die Hochzeit abgesagt war? War jetzt alles vorbei und abgesagt? Wie stellte Henrik sich ihre Zukunft vor? Aber im Grunde war es zweitrangig, was Henrik plante. Sie musste sich selbst entscheiden, wie es mit ihr weitergehen sollte. Am besten war, wenn sie ihre paar Habseligkeiten zusammenpackte und ging, bis sie sich klar darüber war, was sie wollte. Sie würde einfach nach Hause gehen – und mit „nach Hause" meinte sie nach Haus zu ihrem Vater. Er hatte ihr gestern Nachmittag auf ihre Mail geantwortet. Nur ein einfacher, aber deutlicher Satz: *„Ich bin immer für dich da, Lissy!"* Sie hatte sogar ein wenig geweint, als sie das gelesen hatte. Warum nur hatte sie so lange gebraucht, um den Weg zu ihm zu finden?

„Vielleicht bin ich bis nächste Woche auch aus dem Fenster gesprungen", meldete sich Hannes im Telefon. „Was sagst du dann, wenn ich mich umbringe, wenn ich mir die Pulsadern aufschneide?"

„Wie bitte?" Hatte dieser Jammerlappen ihr etwa gerade wirklich mit Selbstmord gedroht? „Das ist ja das Allerletzte, Hannes!"

„Ich kann nicht mehr mit dieser Belastung leben. Weißt du eigentlich, dass ich richtig down bin deinetwegen?"

„Ich reagiere doch nicht auf so eine Erpressung!" Verdammter Mist, was wäre, wenn er sich wirklich etwas antat? Quatsch! Dazu war er viel zu feige, oder?

„Lisa! Bitte, ich weiß nicht mehr weiter."

„Okay, wir treffen uns." Sie würde Patti anrufen und die da hinschicken, schließlich fiel der Schlappschwanz in Pattis Verantwortung und nicht in ihre.

„Wann und wo, mein Gummibärchen?" Seine Stimme klang schon wieder sehr selbstbewusst und kein bisschen selbstmordgefährdet.

„Ich weiß noch nicht genau, ich schreib dir eine SMS, sobald ich zu Hause bin." ... *und mit Patti geredet habe.* Sie beendete das Gespräch, bevor der Spinner auf die Idee kam, noch mehr dumme Selbstmorddrohungen auszustoßen. Was für ein Wichser!

„Elisabeth?", stöhnte Henrik vom Bett her. „Habe ich richtig gehört? Du willst dich mit deinem Exfreund treffen?"

Sie wirbelte zu ihm herum. Er hatte sich halb aufgerichtet und auf den Ellbogen gestützt. Sein Gesicht war ganz verknautscht von Schlaffalten und vor Schmerz verzerrt.

„Warum nicht? Du hast die Hochzeit doch abgesagt!", fauchte sie ihn an. Sie wollte ihren Ärger auf Hannes wirklich nicht an ihrem total verkaterten Kurzzeit-Exverlobten Doktor Henriksen auslassen, aber wenn sie es genau nahm, war sie auf Henrik schließlich auch sauer. *Die Hochzeit ist hiermit abgesagt!*

„Oh verdammter Mist! Jetzt fällt es mir wieder ein." Er ließ sich mit einem schmerzhaften Aufstöhnen wieder zurückfallen und zog das Kopfkissen über sein Gesicht. „Elisabeth ... ich ... das ist mir gerade alles zu verzwickt!", hörte sie ihn unter dem Kopfkissen murmeln. „Ich habe einen furchtbar dicken Kopf und eine Stinkwut auf Olga. Verdammte Scheißhochzeit!"

„Verdammte Scheißhochzeit?"

Alles klar! Das war doch mal eine Ansage. Eigentlich dürfte ihr Herz gar nicht so wehtun, schließlich war sie ja noch nicht einmal verliebt, höchstens in den Sex mit ihm und in die Vorstellung, wie gut ihre Ehe geworden wäre ohne das ganze Liebesgesülze drumherum: freundschaftlich, ehrlich, aufregend, lustig und heiß. Lisa griff hastig nach dem nächstbesten Kleidungsstück, das sie auf dem Boden finden konnte – es war zufällig Henriks zerknittertes Oberhemd und seine Boxershorts. Irgendwo war auch noch ein Haargummi, mit dem sie den Staubwedel auf ihrem Kopf bändigen konnte. Da hatte sich Jeffrey gestern solche Mühe gemacht und ihr hundert Tipps gegeben, wie sie ihr Haar beim Standesamt tragen sollte, aber das war nun alles nicht mehr wichtig.

Jetzt drängten ja doch ein paar nervige Tränen nach oben.

Shit. Das war ja hochgradig pathetisch, wie sie jetzt aussah. In Henriks verschwitzten Knitterklamotten vom Vortag, mit Tränen vom Nichtliebeskummer in den Augen und einer Frisur, als wäre sie die ganze Nacht gründlich durchgevögelt worden, was aber leider nicht der Fall war – von dem Quickie an der Kellertreppe mal abgesehen.

Henrik maulte noch irgendetwas unter dem Kopfkissen, aber sie verstand nicht genau, was er sagte. Es waren aber jedenfalls Worte wie „Scheiße", „Verdammt" und „zur Hölle" in seinem Gemecker enthalten.

Lisa stampfte zur Tür hinaus und haute sie mit einem absichtlich lauten Rums zu.

20. Väter und Töchter

Henrik hatte einen Albtraum: Er stand vor dem Standesbeamten, aber Lissy war nicht da. Stattdessen war Valerie an seiner Seite. Ihre Hände waren mit Handschellen aneinandergefesselt und Valerie grinste ihn an.

„Wo ist Lissy?", fragte er verdutzt.

„Sie ist zu ihrem Freund zurückgekehrt. Du hast ja die Hochzeit abgesagt!", antwortete Valerie mit einem hexenhaften Auflachen, und dann zeigte sie aus dem Fenster. Da draußen auf der anderen Seite des Fensters war Elisabeth. Er versuchte ihr zu winken, sie zu rufen, aber weder brachte er einen Ton heraus noch blickte sie in seine Richtung. Nein, sie spazierte eng umschlungen mit ihrem Exfreund über den Parkplatz und stieg in dessen Auto. Der Motor heulte auf, das Auto raste davon und Valerie zerrte ungeduldig an den Handschellen.

„Komm jetzt, wir heiraten!", verlangte sie, und ihr Gesicht hatte sich plötzlich in eine Art Monsterfratze verwandelt mit roten Pupillen und spitzen scharfen Zähnen wie bei einem Piranha. Nein! Da stimmte doch etwas nicht! Das war doch ganz anders geplant gewesen.

„Haaaalt! Lissy, wo gehst du hin?"

Er erwachte schreiend, und sein Schädel fühlte sich an, als wäre er mit kochender Tomatencremesuppe gefüllt. Ein entsetzter Blick auf die Uhr! Oh Schreck, es war bereits zehn! Er hatte schon lange nicht mehr so verschlafen. Gott sei Dank war das nur ein Albtraum gewesen. Er und Valerie beim Standesamt. Die Hölle!

Standesamt? Oh verdammt! Lissy!

Er sprang aus dem Bett und bereute die schnelle Bewegung sofort, denn sein Kopf dröhnte wie eine Basstrommel, aber er musste unbedingt mit Elisabeth reden. Es war nicht gerade sehr feinfühlig von ihm gewesen, dass er sie heute Nacht aus dem Schlafzimmer ausgesperrt hatte, aber er war einfach zu wütend und aufgewühlt gewesen. Und im Augenblick war er viel zu verkatert, um klar denken zu können – zumal alle Gedanken, die mit Elisabeth zu tun hatten, ziemlich weit entfernt von seinem Vernunftzentrum angesiedelt waren.

Hatte sie heute Nacht eigentlich in seinen Armen geschlafen, oder hatte er das auch bloß geträumt? Und als er aufgewacht war, hatte sie mit ihrem Exfreund telefoniert und sich mit ihm verabredet? Nein, das war kein Traum gewesen! Er zerrte die nächstbeste Hose aus dem Schrank und schlüpfte hastig hinein. Es war die grauenvolle Biker-Jeans, aber das spielte jetzt keine Rolle. Er hatte es eilig, preschte mit Riesenschritten ins Wohnzimmer, wo er von Frau Frey mit einem entsetzten Kreischen begrüßt wurde.

Er hatte sich keine Zeit genommen, um in einen Spiegel zu schauen, und soweit er wusste, hatte Frau Frey ihn noch nie mit nacktem Oberkörper gesehen. Diese Biker-Jeans hing halb offen auf seinen Hüften und verbarg gerade mal das Allernötigste. Außerdem war er unrasiert und verkatert und wahrscheinlich sah er aus wie ein Zombie. Seine Zunge fühlte sich an, als ob man sie mit einer Betäubungsspritze stillgelegt hätte, während gleichzeitig jemand eine Axt in seinen Schädel getrieben haben musste – die immer noch da drin zu stecken schien. Dabei hatte er nicht einmal übermäßig viel getrunken, oder? Ein paar Bier und ein paar Whiskey im Jazzkeller und danach noch ein paar Calvados. Er hatte aufgehört, auf die Menge zu achten, aber gestern war einfach alles zu viel geworden: die anstrengende Geschäftsreise, seine Hektik, um rechtzeitig in den Jazzkeller zu kommen, die Erschöpfung nach einem 18-Stunden-Tag, die Aufregung, Elisabeth zu sehen und sie endlich zu besitzen, die Vorfreude auf die Nacht mit ihr und dann Olga … Diese böse Hexe!

„Wo ist meine … wo ist Elisabeth?"

Frau Frey, die gerade sein Hemd und seinen dunklen Anzug für das Standesamt bügelte, ließ vor Schreck fast das Bügeleisen fallen.

„Guten Morgen, Herr Doktor Henriksen", japste sie und fächelte sich aufgeregt Luft mit der Hand zu, während sie ihre Augäpfel im Kreis rollte. „Sie haben mich aber erschreckt. Fräulein Elisabeth ist …"

Er wartete ihre Antwort gar nicht ab, sondern wirbelte herum und lief schon wieder zur Tür hinaus in den Flur. „Elisabeeeeeth?" Nebenher suchte er nach seinem Handy. War es im Schlafzimmer? Nein. Oder hatte er es im Wohnzimmer auf dem Tisch liegen lassen? Frau Frey folgte ihm auf den Fersen und redete weiter wie ein Wasserfall.

„Ihre Verlobte ist zusammen mit Frau Alderat und deren Assistenten weggegangen. Vor einer Stunde ungefähr. Und ich bin wirklich sehr froh, dass diese Frau endlich weg ist. Ich meine Ihre Tante, nicht Fräulein Elisabeth. Ich möchte Ihnen ja nicht zu nahe treten, Herr Doktor Henriksen, aber sie ist ein sehr unangenehmer Mensch, wenn Sie mich fragen. Sie hat mich die ganze Zeit kritisiert. Egal, was ich gemacht habe, nichts hat ihr gepasst. Und ich verstehe überhaupt nicht, warum Fräulein Elisabeth ihren Koffer gepackt hat und mit ihr gegangen ist."

„Was hat sie getan?"

„Sie hat mich andauernd kritisiert."

„Ich meine Elisabeth." Jetzt fiel ihm wieder ein, wo sein Handy war: in seinem Jackett, das im Flur an der Garderobe hing.

„Sie hat ihre Sachen zusammengepackt. Nicht nur die neuen Kleider, auch die alten Sachen, die Herr Candemir erst am Dienstag aus ihrer Wohnung geholt hat. Dabei wollte ich das abgetragene Zeug am Montag doch zur Altkleidersammlung geben. Und Ihre Tante hat mich heruntergeputzt, weil ich mich geweigert habe, ihr beim Waschen und Anziehen zu helfen. Aber das kann ja wohl niemand von mir verlangen. Dafür werde ich nicht bezahlt."

„Verdammt, das kann nicht wahr sein!"

„Doch, so wahr ich hier stehe. Diese Frau hat von mir verlangt, dass ich sie waschen soll."

„Ich meine Elisabeth." Warum war sie denn einfach abgereist? Das war ein absolut kindisches und unlogisches Verhalten, aber das würde er mit Frau Frey ganz sicher nicht besprechen. Er fummelte sein Handy umständlich aus dem Jackett heraus, weil seine Finger richtig zitterten. Dann tippte er in aller Eile eine Textnachricht an Lissy. Übers Handy konnte er sie immer erreichen, sogar mitten in der Nacht, wenn sie neben ihm im Bett lag.

„*Wo bist du???*", tippte er mit fahrigen Fingern. Tatsächlich lautete die Nachricht, die er abschickte, aber leider ganz anders: „*Ei bitte du???*"

„Verflixt!" Er machte einen neuen Versuch, eine verständliche Textnachricht zu schreiben. Frau Frey war ihm aufgeregt plappernd hinterhergelaufen und erzählte irgendetwas, das ihn keinen Deut interessierte. „*Wo 28?8-7di*", schrieb er. Nein, noch mal: „*Wo biss dich???*" Kruzitürken!

„… Ich bin doch keine Pflegerin. Was bildet die sich ein?", schnatterte Frau Frey dicht hinter ihm. Merkte die denn nicht, dass er gerade Texting-Stress hatte? Warum, verdammt noch mal, hatte Elisabeth nicht warten können, bis er wach und nüchtern war und bis sie in aller Ruhe reden konnten. Warum musste sie denn gleich die Koffer packen? So hatte er es doch gar nicht gemeint. Ehrlich gesagt hatte er keine Ahnung, wie er es gemeint hatte, aber nicht so. Nichts hatte sich zwischen ihnen geändert. Das Coaching würde natürlich weitergehen, und dazu musste sie natürlich bei ihm wohnen bleiben, das war doch klar.

„*Komm nach Hause! Wir müssen reden*", tippte er mit fahrigen Fingern, aber tatsächlich schickte er: „*Komm nächstens häufig! Wie Nüsse eben*" an sie ab. Verfluchte Autokorrektur! Wenn man wütend, verkatert oder nervös war und die Finger zitterten wie bei einem Opa, dann sollte man grundsätzlich keine Textnachrichten auf einem dummen Smartphone mit viel zu kleinen

Touchscreen tippen, schon gar nicht, wenn diese Nachrichten wichtig waren. Wirklich wichtig.

„… Fräulein Elisabeth hat sich dann um Frau Alderat gekümmert und sie gewaschen, aber ich muss Ihnen wirklich sagen, Herr Doktor Henriksen, dass Sie so etwas eigentlich nicht von Ihrer Braut verlangen können. Diese alte Frau ist ja so böse, und es ist …"

„Frau Frey!", zischte er. „Bringen Sie mir bitte eine Handvoll Aspirintabletten und verschonen Sie mich mit Geschichten von Olga."

Nun gut, da er offenbar unfähig war, eine Textnachricht zu verfassen, musste er Elisabeth eben anrufen und persönlich mit ihr reden, also wählte er ihre Nummer, auch wenn er im Augenblick weder die Gelassenheit für so ein Gespräch hatte noch die nötige Klarheit im Kopf. Genau genommen fühlte sich sein Gehirn an, als würde es gerade in der Mikrowelle gegart, aber er konnte ihr immerhin befehlen, sofort nach Hause zu kommen. Doch wie zum Hohn ging ihr Handy auf Voicemail. Wunderbar. Sie hatte keine Lust auf seine Befehle.

„Verdaaaammt!", brüllte er so laut, dass sein Kopf vor Schmerz fast explodierte.

„Papa, was ist denn los? Warum schreist du so rum?" Caro stürmte aus der Bibliothek und schaute ihren Vater entsetzt an. An ihr verändertes Aussehen musste er sich erst noch gewöhnen, für einen Schreckmoment hatte er gedacht, sie wäre Valerie, nur jünger, schöner und irgendwie auch lieblicher. Ihre Augen glitzerten richtig, während ihre Lippen und Wangen schön rosig waren.

„Elisabeth ist weg. Sie ist …" Er unterbrach sich, denn er konnte Caro wahrlich nicht mit seinen wirren Beziehungsproblemen behelligen. Das arme Mädchen hatte in der vergangenen Nacht schon viel zu viele Dinge mitbekommen, die sie eigentlich nie hätte hören sollen.

„Lisa hat ihre Sachen gepackt", erklärte Klausi, der nun ebenfalls aus der Bibliothek herauskam. Er hatte auch rosige Wangen und zerrte etwas nervös an seinem T-Shirt herum. Wäre Henrik nicht so fürchterlich verkatert gewesen, hätte er sich vielleicht ein wenig über das Verhalten der beiden gewundert. „Sie hat gesagt, dass sie nach Hause geht, jetzt, wo du die Hochzeit abgesagt hast."

„Ja, aber zuerst muss sie Olga in dieses Pflegeheim begleiten, um dort ihren Sohn zu besuchen", sagte Caro und verpasste Klausi mit ihrem Ellbogen einen Stoß in die Rippen. Was immer die beiden miteinander aushecken, Henriks Gehirn war im Augenblick zu träge, um das zu verstehen.

„Und danach fährt Karan Lisa nach Hause, hat er ihr versprochen. Ich glaube, sie war ziemlich sauer wegen der abgesagten Hochzeit", erläuterte Klausi und bekam noch einen Ellbogenstoß von Caro, aber das hielt ihn nicht davon ab, weiterzuerzählen. „Tante Olga hat ihr sogar einen Job angeboten. Sie hat gesagt, Lisa kann jederzeit als ihre Gesellschafterin oder Köchin anfangen, und sie hat ihr 5 000 Euro Gehalt im Monat angeboten." Klausi schüttelte den Kopf. „Ich meine, wie krass ist das denn? So viel zahlt sie ja nicht mal Mama."

„Aber Lisa hat Nein gesagt." Noch ein Ellbogenstoß. „Du sagst die Hochzeit doch nicht wirklich ab, Papa, oder?"

„Doch, natürlich, ich ... ich ..." Ach verflixt. Er fuhr sich mit beiden Händen durch sein Haar. „Das verstehst du nicht, Caro."

„Klar, ich verstehe ja angeblich nie was!", bellte sie ihn an. „Aber ich hab verstanden, dass du mich nach Strich und Faden verarscht und angelogen hast."

„Was meinst du? Ist es wegen deiner Mutter?" Lieber Gott, er hatte jetzt wirklich keinen Kopf für dieses schwierige Thema.

„Nein, es ist wegen Lisa. Beim Frühstück am Donnerstag warst du noch Single und beim Abendessen kocht schon deine steinreiche Super-Eva für uns. Zwei Tage später verwandelt sie sich vor dreihundert geladenen Gästen in die YouTuberin Lisa, und auf einmal ist sie gar nicht mehr deine Verlobte, sondern ihr seid verkracht. Am Montag hast du sie hier im Flur beinahe erwürgt, und am Dienstag konnte es dir mit der Hochzeit gar nicht schnell genug gehen. Ich habe wegen dieser bescheuerten Hochzeit sogar meine Haare zurückgefärbt, und ich war mit ihr ein Brautkleid schoppen. Aber auf einmal ist die Hochzeit abgesagt. Und warum? Weil Olga dich angeblich hereingelegt hat. Weißt du was, Papa? Du bist viel, viel schlimmer als Olga."

„Das kann man nicht vergleichen, und es ist nicht alles so, wie du denkst. Ich erkläre es dir ein anderes Mal, Caro, nur nicht jetzt gerade. Mein Kopf platzt und ..."

„Ich scheiß auf deine Erklärung! Ich scheiß auf dich! Du bist für mich der letzte Vater auf der Welt. Wenn ich könnte, würde ich dich auch absagen!"

Caros Augen schwammen in Tränen, dann wirbelte sie auf dem Absatz herum und rannte mit wehendem Haar in ihr Zimmer. Die Tür knallte zu und eine halbe Minute später dröhnte laute Musik durch die ganze Wohnung. Henrik stand einige Augenblicke unschlüssig im Flur und starrte auf die Tür, die unter dem Dröhnen der Bässe zu vibrieren schien.

Irgendwo hinter ihm war Klausi und sagte etwas und Frau Frey redete auch auf ihn ein und hielt ihm ein Glas Wasser und eine Kopfschmerztablette hin. Er versuchte zu denken. Diese Situation überforderte ihn. Das war nicht eine von Caros üblichen pubertären Zickereien. Das war etwas viel Ernsteres. Was würde Elisabeth ihm jetzt raten? Sie hatte natürlich recht gehabt. Er hätte Caro von Anfang an die Wahrheit sagen müssen, sie ernst nehmen müssen. Elisabeth hatte auch recht gehabt, was Olga anging, was Philipp anging, was Gabelmeier anging ... Elisabeth hatte vielleicht keinen Schulabschluss und Probleme mit ihren Manieren, aber sie war eine weise Frau, die Ahnung von Menschen und ihren Herzen hatte. Warum nur war Elisabeth einfach weggelaufen wie ein beleidigtes Mädchen?

Er klopfte an Caros Tür, wartete aber gar nicht auf ihr „Herein!", das sowieso nicht kommen würde, sondern trat ein. Als Klausi ihm folgen wollte, winkte er ab und schloss die Tür vor seiner Nase. Das würde ein Vater-Tochter-Gespräch werden. Er ging an ihre Mini-Soundanlage und zog einfach den Stecker. Die plötzliche Stille war beinahe genauso unangenehm wie das Dröhnen zuvor.

„Hau ab! Lass mich in Ruhe!" Caro lag auf dem Bauch auf ihrem Bett und hatte das Gesicht von ihm abgewandt. Es war klar, dass sie weinte, und es tat ihm unendlich weh, zu wissen, dass es seinetwegen war. Er setzte sich auf die Bettkante und streichelte über ihren Rücken. Sie zuckte unter seiner Berührung zusammen, und auf einmal war ihm klar, was er zu tun hatte.

„Caro, ich möchte mich bei dir entschuldigen", sagte er leise zu ihrer Rückseite. Sie schniefte und antwortete nicht, aber immerhin wandte sie ihren Kopf in seine Richtung und sah ihn an. „Und ich möchte dir erklären, was es mit Elisabeth und mir auf sich hat. Hör einfach zu." Er würde ihr alles erzählen, angefangen bei seiner jugendlich verblendeten Liebe zu ihrer Mutter und all den bitteren Enttäuschungen, die sie ihm eingebracht hatte. Er würde ihr die Wahrheit sagen, warum er Olga so ein kindisches Theater vorgespielt hatte. Warum er Elisabeth engagiert hatte. Warum er beabsichtigt hatte, sie sogar zu heiraten, und warum die Hochzeit jetzt nicht mehr nötig war. Wenn Caro ihn hinterher dann immer noch hassen wollte, nun, dann wusste sie wenigstens warum.

~

Das Pflegeheim, in dem Olgas Sohn untergebracht war, war alt und abgewirtschaftet, beinahe wie seine Bewohner. Überall sah man Spuren von Geldmangel. Die weißen Wände waren schmucklos und brauchten dringend einen neuen Anstrich, der Linoleumboden war abgewetzt, und an manchen Ecken war er sogar festgenagelt worden, damit man nicht über die schadhaften Stellen stolperte. Die Sitzmöbel im Foyer stammten eindeutig aus den siebziger Jahren, und am Eingang war ein kleines Kabäuschen mit einer Glasscheibe, in dem zu besseren Zeiten mal so etwas wie eine Empfangsdame oder ein Pförtner gesessen hatte, aber jetzt war der Empfang verwaist. Überall schwebte der Geruch von Desinfektionsmittel und Rheumasalbe, und Olga war wie gelähmt, als sie das Foyer betrat. Offenbar hatte sie noch nie zuvor ein Altenheim von innen gesehen. Sie schaute sich um und machte dabei ein Gesicht, als wäre sie zu Besuch bei einem Hinrichtungskandidaten in der Todeszelle.

„Kommen Sie ein anderes Mal wieder. Herr Hagedorn kann jetzt keinen Besuch empfangen", erklärte eine Altenpflegerin, die sie nach Dieters Zimmer gefragt hatten. Lisa kannte Frau Gärtner von ihren Besuchen bei Resi. Sie war meistens völlig überarbeitet, total hektisch, immer unwirsch, und sie schien sich über den unerwarteten Besuch nicht zu freuen.

„Sehe ich aus, als ob ich Zeit hätte zu warten?", herrschte Olga die Frau an und fuchtelte natürlich wild mit ihrem Stock. „Sie führen mich jetzt sofort zu Dieter Hagedorn oder es passiert etwas!"

Wer Olga jetzt sah, elegant gekleidet, perfekt frisiert und geschminkt, mit aufrechter Körperhaltung, würde es nicht für möglich halten, wie kraftlos sie heute Morgen beim Aufstehen noch gewesen war. Sie hatte es nur mit Mühe geschafft, aus dem Bett herauszukommen, und hätte Lisa ihr nicht beim Waschen und Anziehen geholfen, dann würde sie garantiert jetzt noch in ihrem Nachthemd auf der Bettkante hocken und Frau Frey beschimpfen. Nur wer Olga so erlebt hatte – tatterig und altersschwach –, konnte ermessen, welche ungeheure Disziplin sie aufbrachte, um so autoritär aufzutreten.

„Ich habe gesagt, wir können jetzt nicht zu Herrn Hagedorn. Wer sind wir denn überhaupt?", fragte die Altenpflegerin in genau jenem Oberschwestern-Tonfall, mit dem sie sonst auch die anderen alten Leutchen einschüchterte. „Herr Hagedorn hat keine Familie, nur einen Enkel, und der war seit Monaten nicht mehr hier. Es wird ihm zu viel, wenn er unverhofft Besuch bekommt. Zudem ist er aggressiv und muss fixiert werden."

Lisa verstand, was Frau Gärtner damit sagen wollte. Dieter Hagedorn war in einem schlechten Zustand und wahrscheinlich war er an sein Bett gefesselt. Weil das Pflegepersonal im Heim hoffnungslos überlastet war, wurden schwierige Fälle mit Medikamenten ruhiggestellt oder festgebunden. Das war manchmal ein schockierender Anblick, besonders für jemanden, der so etwas noch nie gesehen hatte.

„Wer ich bin?", fauchte Olga die Altenpflegerin an und wedelte mit ihrem Stock vor deren Nase herum. „Das tut gar nichts zur Sache. Ich will Dieter Hagedorn sehen, und zwar jetzt!"

„Was habe ich denn gerade gesagt, mein liebes Frauchen?" Frau Gärtner ließ sich nicht einschüchtern. Sie war es gewohnt, mit störrischen, alten Menschen zu reden, als wären sie drei Jahre alt.

„Ich zeig Ihnen gleich, was Ihr liebes Frauchen tut!", rief Olga und schwang ihren Stock.

„Drücken Sie doch ein Auge zu, Frau Gärtner", sagte Lisa und trat zwischen die beiden. „Frau Alderat ist die Eigentümerin der Alderat-Hotelkette, und sie möchte dem Heim eine beträchtliche Spende machen."

„Eine Spende?" Auf Frau Gärtners Gesicht breitete sich schlagartig so etwas wie ein Spendenlächeln aus. „Ach herrje, Lisa, Sie sind es? Ich habe Sie gar nicht erkannt. Sie sehen so vornehm aus. Wie eine Gräfin." Sie kicherte und schüttelte ihr nun die Hand zum Gruß.

Ja, Lisa hatte sich schick gemacht. Sie hatte ausgiebig geduscht, sich geschminkt und aufwendig frisiert. Sie hatte ein elegantes Kleid mit hochhackigen Pumps angezogen, und jetzt sah sie wirklich aus wie die weibliche Ausgabe von Graf Rotz. Sie konnte sich sehr wohl wie eine hochkarätige, Etepetete-Tussi anziehen und benehmen, wenn es sein musste. Sollte Doc H ruhig mal sehen, was ihm entging, wenn er die Hochzeit absagte – rein bildlich gesprochen, denn natürlich würde Doc H sie in diesem Outfit nicht zu Gesicht bekommen.

Er würde sie vielleicht gar nicht mehr zu Gesicht bekommen.

Wenn man bedachte, welche Energie Olga aufgewendet hatte und welchen Druck sie ausgeübt hatte, um Henrik zu einer Ehe mit ihr zu zwingen, hatte sie überraschend gelassen auf Lisas Auszug reagiert. Falls man ihr überstürztes Kofferpacken überhaupt „ausziehen" nennen konnte. Olga machte fast den Eindruck, als ob sie mit dieser Entwicklung gerechnet hätte. Sie hatte nicht einmal nach dem „Warum" gefragt, sondern nur verlangt, dass Lisa sie noch ins Pflegeheim begleiten solle. Danach würde Karan sie nach Hause bringen.

„Du kannst mit mir nach Binz kommen! Als meine Pflegerin oder Gesellschafterin. Nenn es, wie du willst. Ich hab dich gerne um mich", hatte Olga ihr angeboten, aber Lisa hatte natürlich abgelehnt. Sie musste erst mal Bestandsaufnahme ihres alten und neuen Lebens machen und sich über ihre Wünsche und Ziele klar werden – und auch über Doc H.

„Wann spielen Sie denn wieder mal am Kaffeenachmittag für uns, Lisa?", fragte Frau Gärtner jetzt überfreundlich und schüttelte Lisas Hand unentwegt weiter.

Jeden Mittwoch war Kaffeestunde im Heim, dann wurden die alten Leutchen in den Aufenthaltsraum gebracht und es gab ein kleines Programm. Entweder wurde gesungen oder vorgelesen, oder es wurde ein Film gezeigt. Und seit jemand ein altes Klavier gespendet hatte, spielte Lisa auch gelegentlich ein paar Stücke vor.

„Meine Nichte hat für diesen Firlefanz keine Zeit mehr", wetterte Olga und bedrohte Frau Gärtner erneut mit ihrem Stock. „Elisabeth wird meinen Neffen heiraten und mit ihm zusammen das Alderat-Imperium führen."

Olgas Nichte? Neffen heiraten? Imperium führen? Ha, ha, ha! Entweder Olga hatte die Bedeutung von Elisabeths Gepäck im Kofferraum der Limousine doch nicht richtig verstanden oder sie hatte heute einen besonders humorvollen Tag.

„Ach Gottchen, das wusste ich nicht, Lisa. Ich dachte, Sie wären die Enkelin von Resi! Wenn ich das gewusst hätte, dann ... dann ... Herzlichen Glückwunsch, Lisa!"

„Schluss jetzt mit dem Geschwafel!", schimpfte Olga stockwedelnd. „Ich will jetzt Dieter sehen, und dann denke ich darüber nach, ob ich mich zu einer Spende hinreißen lasse." Sie bedachte Lisa mit einem Blick, der sie an einen grimmigen Bullterrier erinnerte. Offenbar passte ihr die Idee mit der Spende nicht besonders.

„Mindestens eine sechsstellige Summe!", antwortete Lisa und lächelte. Eine Spende würde Olga nicht wehtun, aber für die Heimbewohner und Mitarbeiter würde es eine spürbare Erleichterung bedeuten.

„Also ich kann Sie selbstverständlich gerne zu Herrn Hagedorn bringen." Frau Gärtner lief jetzt voran und führte die Besucher bis zur Tür von Dieters Zimmer. „Aber Sie dürfen bitte nicht zu viel erwarten. Er ist fixiert. Wie gesagt, er ist sehr aggressiv, und wir haben einfach nicht genügend Personal, um jeden Einzelnen seinen Bedürfnissen entsprechend zu betreuen."

Als sie eintraten, war schnell klar, warum Frau Gärtner am Anfang so abweisend gewesen war. Dieter Hagedorn lag in einem Bett mit einem hochgezogenen Gitter und war mit einem breiten weißen Gurt um den Bauch und an beiden Handgelenken in sein Bett gefesselt.

Er selbst war ein magerer ellenlanger Mann mit schlohweißem Haar, der so eingefallen aussah wie eine Mumie. Tatsächlich war er nur ein armseliges Häuflein Haut und Knochen, das sogar noch gebrechlicher und greisenhafter wirkte als seine Mutter, und er bewegte seinen Kopf monoton hin und her wie ein gefangenes Tier im Zoo. Lisa hatte das in diesem Heim schon zu oft gesehen, um noch geschockt zu sein, aber Olga war erschüttert.

„Jesus Christus!", krächzte sie und schnappte nach Luft, dabei kippte sie vor Schreck fast vorn über ihren Stock, doch als Karan zu ihr trat und sie am Arm festhalten wollte, wehrte sie ihn heftig ab. „Lasst mich alleine! Verschwindet!"

„Wir lassen dich jetzt nicht alleine, Tante Olga!", sagte Lisa und legte ihre Hand auf deren Schulter. Es fiel ihr wirklich schwer, die alte Frau zu duzen und sie auch noch Tante zu nennen, aber nachdem sie ihr heute Morgen die Unterhose angezogen und die Perücke aufgesetzt hatte, fand sie ein „Sie" irgendwie auch nicht mehr ganz passend.

„Ich habe gesagt, lasst mich alleine! Raus mit euch!" Olga zitterte am ganzen Körper, aber Karan nickte und zog Lisa am Arm aus dem Zimmer.

„Sie sollte jetzt nicht alleine sein." Lisa wehrte sich, aber Karan ließ sie erst wieder los, als sie draußen auf dem Flur waren und er die Tür hinter sich geschlossen hatte.

„Frau Alderat hasst es, anderen gegenüber Gefühle oder Schwäche zu zeigen", sagte er. „Und diese Begegnung zählt gewiss nicht zu ihren starken Momenten. Sie hat offensichtlich nicht damit gerechnet, dass er so gebrechlich ist und dass es ihm so schlecht geht."

„Sie denken, dass ich Dieter nicht hätte ausfindig machen sollen, oder?" Dieter war in Olgas Erinnerungen vermutlich ein Neugeborenes geblieben, oder vielleicht hatte sie erwartet, dass er das erwachsene Abbild ihrer großen Liebe Adam sein würde, aber natürlich war sie nicht darauf vorbereitet gewesen, ihr eigenes Kind als Greis anzutreffen.

„Ich frage mich tatsächlich, welchen Sinn es nach so langer Zeit noch macht, zumal er gar nichts mehr davon hat", gab Karan mit dunkler Cyborg-Stimme zur Antwort. „Auch dieser Urenkel, André Hagedorn, ist eine bittere Pille für Frau Alderat. Ich habe seine Hintergründe durchleuchtet, und das war ernüchternd. Er hat immense Schulden bei ominösen Kredithaien, und die erpressen ihn jetzt dazu, fragwürdige Geschäfte zu machen."

„Olga kann ihm ja ein Darlehen geben, damit er seine Schulden bezahlen kann."

Karan seufzte und verdrehte ganz cyborg-untypisch die Augen.

„Vermutlich würde sie das sogar tun, wenn Sie sie darum bitten. Sie gibt viel auf Ihre Meinung, Lisa. Aber Ihnen muss klar sein, dass André Hagedorn nichts über seine Blutsverwandtschaft zu Frau Alderat erfahren darf. Absolut nichts! Rein rechtlich hat er keinen Erbanspruch, aber man weiß nie, was solchen Leuten einfällt, wenn sie Geld wittern."

„Sie denken also, dass ich Mist gebaut habe, als ich das alles angeleiert habe?"

„Ja, das denke ich in der Tat, aber Frau Alderat scheint das als Chance zu sehen, ein paar Dinge wiedergutzumachen, bevor sie stirbt." Mit diesen Worten baute sich Karan breitbeinig vor der Tür auf und verschränkte die Arme vor der Brust, als würde dahinter der G8-Gipfel tagen.

„Haben Sie meine Hintergründe eigentlich auch durchleuchtet?", spöttelte Lisa und ahmte seine Stimmlage nach. Dieses *Hintergründe durchleuchten* klang so albern wie ein Geheimagentenspiel für Erwachsene.

„Natürlich."

„Echt?"

„Frau Alderat hat sich in den Kopf gesetzt, dass Sie ihren Erben heiraten werden, und deshalb musste ich einen sehr umfangreichen Hintergrundcheck von Ihnen machen. Wir wissen jetzt alles über Sie und Ihre Eltern und über Ihre Freundinnen Patrizia und Resi und natürlich über Ihren Exfreund Hans-Peter."

„Über Hannes? Haha! Wieso das denn?" Lisa musste einfach lachen.

„Um sicherzugehen, dass er Frau Alderats Hochzeitsplänen nicht in die Quere kommt."

„Superguter Scherz! Hannes ist für mich erledigt. Ich würde ihn nicht mal zurücknehmen, wenn er zwanzig Erbtanten wie Olga hätte. Außerdem ist die Hochzeit abgesagt, und daran ist Olga ja wohl selbst schuld. Sie hätte ihre umwerfenden Enthüllungen einfach für sich behalten sollen, wenn ihr die Hochzeit so wichtig war. Da hat sie sich selbst überlistet."

„Unterschätzen Sie Frau Alderat nicht. Wenn sie einen Plan hat, dann ist der bis ins Detail durchdacht."

„Dann würde ich nur zu gerne wissen, was das für ein toller Plan ist, denn für mich sieht es so aus, als ob Olga alles kaputtgemacht hat." Ja, zugegeben, Lisa klang ein wenig beleidigt, und das war sie auch. Hätte Olga mit ihrer großartigen Enthüllung nicht bis nach der Hochzeit warten können? Sie wandte sich um und stampfte davon. „Ich gehe jetzt meine Freundin Resi besuchen, solange wir hier auf Olga warten müssen."

„Ich weiß nur, dass Frau Alderat von Anfang an Bescheid wusste, über das Schauspiel, das Sie und Doktor Henriksen Ihr am vergangenen Wochenende vorgespielt haben", rief Karan ihr nach, und Lisa verharrte mitten im Schritt, ein Fuß noch in der Luft.

„Wie bitte?" Sie stellte ihren Fuß wieder ab und wandte sich ganz langsam zu Karan um. „Olga wusste von vornherein, dass ich nicht Eva Lazarus heiße?"

„Ja, natürlich. Frau Alderat wusste, wer Sie waren, schon bevor Sie ihr Haus betreten haben. Und sie wusste auch, dass Sie von Doktor Henriksen engagiert waren, um die Rolle zu spielen. Wie ich bereits sagte, ich habe gründlich recherchiert. Schon als Philipp Henriksen vor Wochen den Namen Eva Lazarus zum ersten Mal hat fallen lassen, habe ich für Frau Alderat alles über diese angebliche Verlobte herausgefunden, nämlich dass sie nicht existiert. Als es dann hieß, Doktor Henriksen würde seine Verlobte mitbringen, haben ein paar harmlose Telefonate mit Frau Lange und Samiras Schönheitssalon ausgereicht, um herauszufinden, wer diese Verlobte in Wirklichkeit war."

Lisa spürte, wie ihr ganzer Kopf vor Scham brannte. Sie konnte Karan nicht in die Augen schauen, sondern nur „Oh Gott, oh Gott, oh Gott!" stammeln und die Flecken im Linoleum zählen. „Wahrscheinlich habt ihr euch über Henrik und mich halb todgelacht."

„Frau Alderat hat keineswegs gelacht", sagte Karan ernst. „Sie war sehr verärgert und hatte eigentlich beabsichtigt, Doktor Henriksen und seinen Bruder sofort bei ihrer Ankunft am Freitag zur Rede zu stellen und die beiden mit diesem dreisten Betrug zu konfrontieren. Sie hatte sogar erwogen, die Polizei einzuschalten, um Sie verhaften zu lassen, aber dann hat Frau Alderat Sie kennengelernt, und irgendetwas hat sie dazu gebracht, ihren Plan umzuwerfen und das Theater mitzuspielen."

„Irgendetwas? Sie wollte sich rächen und es Henrik so richtig heimzahlen. Sie hat den Spieß einfach umgedreht und ihn zu dieser Ehe gezwungen, wohl wissend, dass alles nur eine Farce ist, und als sie ihn so weit hatte, hat sie die Bombe einen Tag vor der Hochzeit platzen lassen. Richtig genial fies! Wirklich!" Mann, jetzt hatte sie auch noch Tränen in den Augen und wusste nicht mal, ob aus Scham oder Wut oder Enttäuschung. „Geschieht mir ganz recht, dafür, dass ich mich auf so was eingelassen habe."

Karan schüttelte den Kopf. „Ich denke nicht, dass Frau Alderat auf Rache aus war. Nein, Sie waren das, Lisa! Sie haben sie dazu gebracht, ihren Plan zu ändern. Frau Alderat ist ja regelrecht vernarrt in Sie. Zuerst konnte ich nicht verstehen, was sie in Ihnen sieht. Und ich habe ihr dringend geraten, Sie wegen Betrugs anzuzeigen, aber nach der Sache mit Nikolaus und dem Schmuck habe ich meine Meinung über Sie geändert."

„Welche Sache mit Nikolaus? Was für Schmuck?" Lisa hatte das Gefühl, auf einem gigantischen Schlauch zu stehen.

„Ich spreche von dem Smaragdschmuck, den ich für Sie gekauft habe."

„Aber ich wollte den Schmuck doch gar nicht", regte sich Lisa auf und hatte keine Ahnung, worauf er eigentlich hinauswollte.

„Eben. Das war der Test. Ich hätte jede Wette mit Frau Alderat gemacht, dass Sie sich die Juwelen unter den Nagel reißen. Aber sie liegen jetzt noch in Binz im blauen Zimmer, genau dort, wo Sie sie am Samstag abgelegt haben."

„Noch ein Test und noch eine Prüfung und noch ein Hintergrundcheck, alles zum Schutz von Olgas blöden Millionen. Ihr habt doch alle einen Megaknall."

Karan zuckte lässig die Schultern. „Wozu aufregen, wenn Sie den Test bestanden haben? Sie haben mich jedenfalls überrascht. Und ich war beeindruckt davon, wie Sie diese Drogengeschichte von Nikolaus geregelt haben."

„Ich? Ich habe gar nichts geregelt, Henrik hat ihn in Stralsund ... Halt mal! Sie haben das alles mitbekommen? Das mit der Partynacht in Prora und dem Marihuana? Haben Sie etwa Mikrofone und Kameras im blauen Zimmer installiert?"

„Es ist mein Job, alles mitzubekommen. Und nein, dazu musste ich die Mikrofone und Kameras im blauen Zimmer nicht mal einschalten. Ich habe zufällig Ihre Unterhaltung mit Nikolaus mit angehört. Als er sich bei Ihnen bedankt hat, dass Sie ihn nicht an Olga verraten haben. Das hat mir imponiert."

„Dass er sich bedankt?", fragte sie und bekam kaum Luft vor Schreck. Das wurde ja immer verrückter mit Karans Enthüllungen. Fast wünschte sie sich den einsilbigen Cyborg zurück.

„Nein, dass Sie den Jungen nicht verraten haben. Frau Alderat hätte Nikolaus hochkant und ohne einen Cent in der Tasche vor die Tür gesetzt, wenn sie davon erfahren hätte. Sie würde es immer noch tun, wenn sie von dem Vorfall wüsste."

„Er ist viel zu jung, um für eine jugendliche Dummheit so hart bestraft zu werden."

„Eben." Karan nickte und sagte eine ganze Weile gar nichts, sondern sah sie nur an, als hätte er noch etwas auf dem Herzen. „Ich mische mich grundsätzlich nie in Frau Alderats Familienangelegenheiten ein. Ich bin ihr Assistent, und wie sie mit ihrer Verwandtschaft umgeht, ist ganz alleine ihre Sache. Das heißt aber nicht, dass ich nicht eine eigene Meinung habe. Ich war als Jugendlicher selbst in der Drogenszene und weiß genau, wie leicht man in etwas hineingeraten kann, aus dem man aus eigener Kraft nie mehr herauskommt. Ich hätte den Absprung nicht geschafft, wenn Frau Alderat mir nicht geholfen hätte."

Wow, jetzt wurde Karan aber redselig wie ein Märchenonkel.

„Nachdem ich ihr Gespräch mitgehört hatte, habe ich mir Nikolaus vorgeknöpft und ihm eine Lektion erteilt."

„Echt? Haben Sie ihn etwa verprügelt?" Nach Karans Aktion mit Hannes würde sich Lisa kein bisschen wundern, wenn die besagte Lektion ähnlich schmerzhaft gewesen wäre.

„Nicht direkt", sagte Karan und schmunzelte. „Aber sagen wir so: Er wird so etwas nie wieder tun. Und nachdem Nikolaus seinen Fehler eingesehen hat, bin ich mit ihm zusammen am vergangenen Sonntag zur Polizei nach Stralsund gefahren, wo wir die Angelegenheit geregelt haben. Er ist aus der Sache raus, das Verfahren gegen ihn wurde eingestellt."

„Wow, Sie sind ja echt klasse, Karan."

„Es ist Ihnen zu verdanken, dass der Junge immer noch hoch in der Gunst von Frau Alderat steht. Sie hätten das gegen Frau Wurzler ausspielen können, erst recht, nachdem sie Sie bei dem Geburtstagsempfang so bloßgestellt hat. Aber Sie haben es nicht getan. Das nötigt mir Respekt ab. Ich wollte nur, dass Sie das wissen."

Lisa zuckte die Schultern und war etwas verlegen. „Es ist nicht Klausis Schuld, dass seine Mutter eine blöde Kuh ist, und außerdem hat er es ebenso Henrik zu verdanken, der hat schließlich auch den Mund gehalten, obwohl er Olga eigentlich alles sagen wollte."

„Es war Ihr Einfluss, der Doktor Henriksen dazu gebracht hat. Sie haben ihn auch dazu überredet, ins Krankenhaus zu fahren, als er lieber abreisen wollte. Er hat in der letzten Woche mehr Gefühle und Anteilnahme für andere Menschen gezeigt als in den letzten Jahren zusammen, und inzwischen ist mir auch klar, warum Frau Alderat Sie an seiner Seite haben möchte. Sie sind ein ausgezeichneter Lehrmeister."

„Und ich dachte, Henrik wäre mein … Moment mal, woher wissen Sie, dass ich ihn überredet habe, ins Krankenhaus zu fahren? Das mit den

Mikrofonen und den Kameras im blauen Zimmer, das war doch nur ein Spaß, oder? Karan?"

Karan kam nicht dazu, zu antworten, denn in dem Augenblick surrte das Handy in seiner Brusttasche, und er zog es sofort heraus und war wahrscheinlich froh über die Störung. Offensichtlich war Henrik am anderen Ende der Leitung. Karan redete nicht, sondern antwortete nur „Ja, Herr Doktor Henriksen!" und „Auf Wiederhören, Herr Doktor Henriksen", dann steckte er sein Handy wieder weg und schaute Lisa an.

„Herr Doktor Henriksen bittet darum, dass Sie Ihr Handy anschalten und ihn unbedingt anrufen. Er möchte dringend mit Ihnen sprechen."

Lisa hatte ihr Handy wegen Hannes ausgeschaltet, damit der sie nicht noch mal mit einem dreisten Erpressungsversuch belästigen konnte, aber wenn sie ehrlich war, hatte sie es auch wegen Henrik ausgeschaltet gelassen. Es war ja klar, dass er anrufen würde, sobald er merkte, dass sie ihre Sachen gepackt hatte und gegangen war. Und wenn sie noch ehrlicher war, hatte sie im Augenblick absolut keine Lust darauf, mit Henrik zu reden, denn sie wusste zufällig ganz genau, was er ihr sagen würde: dass die abgesagte Hochzeit nichts zu bedeuten hatte, dass das Coaching selbstverständlich weitergehen würde, dass sie beide weiterhin ihre Lektionen üben würden wie vereinbart, zwei Abende die Woche, zwanzig Stunden, bis sie eine umwerfende Supertraumfrau wäre, die jeden Mann haben konnte, den sie wollte.

Aber zur Hölle mit diesem Idioten! Sie wollte keine Traumfrau für irgendeinen anderen Mann sein. Sie wollte *seine* Traumfrau sein. Nur seine.

„Er klang ein wenig besorgt", fügte Karan hinzu, als Lisa keine Anstalten machte, nach ihrem Handy zu greifen, doch sie zuckte nur die Schultern. Doc H würde schon drüber wegkommen. Er war ja überzeugt, dass er ohne Frau besser dran wäre. Na, bitte schön, dann sollte er doch glücklich werden, dieser Pygmalion.

„Er klang genau genommen außer sich", führte Karan näher aus und furchte die Stirn.

„Sie können Henrik ausrichten, dass es mir gut geht und er sich keine Sorgen machen muss. Ich wünsch ihm ein glückliches, frauenfreies Leben." Mit diesen Worten drehte sie sich wieder herum und marschierte mit lässigem Hüftschwung zum Aufzug, der sie ins vierte OG brachte, wo Resis Zimmer war.

Sie wusste, dass sie nicht gerade sehr souverän auf die abgesagte Hochzeit reagierte, aber sie konnte nicht anders. Entweder sie machte einen knallharten Schnitt, oder Doc H würde ihr das Herz schneller und ärger brechen, als Hannes es je vermocht hatte. Es war Zeit, dass sie aufhörte, sich selbst etwas vorzumachen. Sie hatte sich in diesen Snob verliebt, und zwar so richtig. Mit Haut und Haar. Wahrscheinlich war es schon in Binz passiert bei ihrem ersten Mal Sex oder sogar noch früher, als er ihr den Hintern versohlt hatte. So genau konnte sie es gar nicht festmachen, es waren so viele kleine Gesten von ihm gewesen, die sie betört und beeindruckt hatten, aber auf jeden Fall war ihr Herz vergangene Nacht im Jazzkeller, als er das Lied ersteigert hatte, hoffnungslos und unrettbar und für alle Ewigkeit an ihn verloren gewesen.

Dummerweise.

~

Olga hatte kein Wort gesprochen, seit sie das Pflegeheim verlassen hatten. Während der Fahrt zu Lisas Elternhaus starrte sie mit leerem Blick aus dem Fenster und hielt den Knauf ihres Stocks so fest umklammert, dass sich ihre Knöchel schneeweiß abzeichneten. Lisa hatte zweimal gefragt, wie es ihr ging und ob es schlimm für sie gewesen sei, aber Olga hatte nicht geantwortet, sondern stur aus dem Fenster gestarrt. Ihre Körperhaltung und ihr abgewandter Blick sagten deutlich: *Ich will meine Ruhe haben.*

Schließlich nahm Lisa ihr Handy und schaltete es ein. Sie musste ihren Vater anrufen und ihn fragen, ob er überhaupt zu Hause war. Ihr Handy piepste und surrte, als sie es anschaltete, und neben ein paar wirklich seltsamen Textnachrichten von Henrik und 18 entgangenen Anrufen von ihm, hatte sie auch noch eine SMS von Patti bekommen:

„*Ich hatte gestern eine unangenehme Aussprache mit Hannes, und dann hab ich Schluss gemacht. Du kannst ihn wiederhaben.*"

Lisa wusste nicht, ob sie lachen oder schreien sollte. Das war also der Grund, warum er ganz plötzlich seine alte Liebe zu ihr wiederentdeckt hatte. Und da wagte er es auch noch, ihr mit Selbstmord zu drohen! Was für ein Megawichser!

„*Verzichte!*", schrieb sie zurück, mehr nicht, aber sie nahm sich vor, Patti bald anzurufen und noch einmal mit ihr zu reden. Vorerst brauchte sie einfach einen Ort, an dem sie in Ruhe herausfinden konnte, was sie eigentlich wollte. Und dieser Ort war weder Olgas Villa in Binz noch Pattis Bude in Oberschöneweide und schon gar nicht Henriks Wohnung, sondern ihr richtiges Zuhause. Sie hörte ihren Herzschlag aufgeregt in ihren Ohren pochen, als sie die Nummer ihres Vaters wählte. Sie hatte Angst, er könnte nicht zu Hause sein und sie würde sich eine andere Bleibe suchen müssen, und sie hatte genauso viel Angst, dass ihr Vater zwar zu Hause war, sie aber gar nicht sehen wollte.

„Ich freue mich sehr", sagte er auf ihre Frage, ob sie ein paar Tage bei ihm bleiben könnte.

Jetzt hielt Karan vor ihrem Elternhaus an und stieg aus, um ihr die Autotür aufzuhalten, und Olga wandte zum ersten Mal ihren Kopf in Lisas Richtung.

„Ich werde dem Heim eine zweckgebundene Spende machen. Das Alter ist ein ekelhafter und unwürdiger Zustand, und er sollte durch solche Einrichtungen nicht auch noch verschlimmert werden", sagte sie, und ihre Stimme klang dabei so hoheitsvoll wie eh und je, nur das Zittern ihrer Hand und ihrer Lippen verriet, wie mitgenommen sie war. „Karan wird sich um die Angelegenheit mit Andrés Schulden kümmern, und damit ist das Thema erledigt. Mehr möchte ich mit dem Jungen nicht zu tun haben. Wir sehen uns morgen."

„Morgen?" Lisa hatte keine Ahnung, was Olga damit meinte. „Sei mir bitte nicht böse, aber ich werde nicht nach Binz mitkommen."

„Ich habe nicht gesagt, dass ich morgen nach Binz zurückfahre. Ich werde in diesem furchtbaren Pflegeheim übernachten. Die Heimleiterin stellt mir ein Zimmer und einen Pfleger zur Verfügung, gegen reichliche Entlohnung versteht sich. Es ist ein erbärmliches und unfreundliches Rattenloch, aber so kann ich wenigstens noch einige Zeit bei meinem ... bei Dieter sein."

„Es tut mir leid", murmelte Lisa. „Ich meine, dass ich mich in die Sache mit André und Dieter eingemischt habe."

„Es muss dir nicht leidtun, Kind. Es war zwar nicht schön für mich, was du getan hast, aber es war richtig. Ich habe das Gefühl, endlich mit allem im Reinen zu sein, wenn ich demnächst abtrete. Und jetzt raus mit dir, geh zu deinem Vater und komm auch ins Reine. Wir sehen uns morgen beim Standesamt."

„Die Hochzeit ist abgesagt." Diese Worte kamen ihr langsam wie ein Mantra vor. „Und ehrlich, ich kapiere inzwischen gar nichts mehr. Du hast von Anfang an gewusst, dass Henrik und ich gar kein echtes Paar waren und nur Theater spielen, und trotzdem hast du ihn zu der Hochzeit gezwungen, nur um einen Tag vorher dann alles zunichtezumachen. Was wolltest du damit bezwecken? Wenn es kein makabrer Scherz war, was steckt dahinter?"

Karan räusperte sich, was wohl bedeutete, dass sie jetzt aussteigen und Olga in Ruhe lassen sollte. Olga wandte den Kopf wieder zur Seite, weg von Lisa und schwieg. Lisa wartete noch ein paar unbequeme Sekunden lang auf eine Antwort, die nicht kam. Doch als sie gerade ihre Handtasche nahm, um aus dem Auto zu rutschen, sagte Olga zum Fenster hin: „Du hast bis morgen 14:00 Uhr Zeit. Wenn du so klug bist, wie ich glaube, kommst du von selbst dahinter." Und irgendwie klang ihre Stimme, als würde sie mühsam ein Lachen unterdrücken.

„Wenn Sie mich brauchen, rufen Sie mich bitte an", sagte Karan zu Lisa, während er ihren Koffer aus dem Kofferraum heraushob. „Sie haben meine Visitenkarte noch?"

Lisa nahm ihren Koffer in Empfang und nickte.

Ihr Vater wohnte in Kladow in einem idyllischen Wohngebiet, das mit seiner kleinen Kirche und seiner Einfamilienhausbebauung mehr an ein Dorf erinnerte als an eine Millionenstadt. Er und seine Rockband waren zwar keine Weltstars und außerhalb von Deutschland kaum bekannt, aber sie konnten ganz annehmbar von ihren Tourneen und Auftritten leben, wie die kleine Villa mitten im Grünen bewies. Ein Metallzaun umgab das Grundstück mit den alten Bäumen, und an dem quietschenden Gartentor hing ein Schild aus Keramik, auf dem *Kati, Holger und Jannik* stand. Hinter dem Zaun sah man im Vorgarten einen Sandkasten und eine Schaukel; auf der kleinen Treppe, die zur Tür hinaufführte, lagen ein Skateboard und ein Paar Inliner. Es gab Pflanzenkübel und Rabatten mit Stauden und Blühpflanzen, Obstbäume und Ziersträucher, und alles an diesem Anblick rief ganz laut: Familienglück!

Obwohl Oberschöneweide von Kladow nur 35 Kilometer entfernt war, hatte Lisa es seit ihrem Auszug nur ein paar wenige Male über sich gebracht, ihren Vater zu Hause zu besuchen. Das letzte Mal vor zwei Jahren bei Janniks Einschulung, da hatte ihr dieses Familienglück beinahe das Herz zerrissen. Sie hatte es nicht ertragen können, mitzuerleben, wie sehr ihr Vater seine neue Frau und seinen Sohn liebte. Aber als sie jetzt am Gartentor stand und klingelte, da kam ihr ihre damalige Wut plötzlich so albern und egoistisch vor.

Ihr Vater hatte offenbar schon auf sie gewartet, denn er riss jetzt schwungvoll die Haustür auf und kam ihr mit großen Schritten entgegen, fast rannte er. Als er sie am Gartentor erreichte, riss er sie einfach in seine Arme, verpasste ihr einen nassen Kuss auf die Stirn und polterte mit seiner rauen Rockerstimme los: „Lissy! Ich freue mich so, dass du da bist!"

Dann hielt er sie an den Schultern fest und begutachtete sie in einigem Abstand.

„Wie wunderschön du bist! Wie ich dich vermisst habe!"

Lisa nickte und schluckte und versuchte die Tränen, die ihr in die Augen stiegen, wegzublinzeln. Sie hatte damit gerechnet, dass ihr Vater sich über ihr verändertes Tussiaussehen lustig machen würde und dass er ein paar bissige Bemerkungen über Hannes fallen lassen würde. Sie hatte sich für all die Fragen gewappnet, mit denen er sie sehr wahrscheinlich löchern würde: was überhaupt mit ihr los war? Warum sie plötzlich nach acht Jahren auf die Idee kam, wieder zu Hause einziehen zu wollen? Aber seine bedingungslose Freude und die herzliche Begrüßung waren das Letzte, was sie erwartet hatte. Sie konnte leider gar nichts dagegen tun, dass sie plötzlich anfing zu schluchzen, während er sie immer noch an den Schultern hielt und sie mit seiner aufrichtigen Freude überhäufte.

Sie weinte wegen all der Jahre, in denen sie zornig auf ihren Vater gewesen war, all die Jahre, während denen sie ihm nie die Chance gegeben hatte, mit ihr zu reden. Sie trauerte um die Zeit, die sie mit pubertärem Trotz verplempert hatte, anstatt ihren Bruder und ihre Stiefmutter kennenzulernen. Sie weinte wegen all der Stunden und Tage, die sie Kati gehasst hatte, nur weil die nicht ihre Mutter war. Sie weinte über ihre eigene Dummheit.

Ihr Vater zog sie jetzt in seine Arme und wiegte sie, wie er das früher immer getan hatte, und er sagte immer nur: „Alles wird gut, Lissy!" Nachdem sie an seiner Brust eine ganze Weile geweint hatte, nahm er ihren Koffer und ging voran ins Haus. Kati hatte drinnen gewartet und begrüßte sie jetzt ebenfalls sehr freundlich, als wäre es ganz normal, dass die schmollende Stieftochter mal eben mit ihrem Koffer auftauchte, um sich gründlich auszuheulen.

„Hi, Lissy, du siehst wahnsinnig aus", sagte Kati zu ihr ganz ohne falsches Getue, und obwohl sie beide sich bisher noch nie die Hand gegeben hatten, geschweige denn sich je umarmt hatten, drückte Kati sie jetzt einfach kurz an sich.

„Hi, Kati", murmelte Lisa und schämte sich richtig. „Es tut mir echt leid, dass ich euch so überfalle. Hoffentlich bringe ich eure Wochenendpläne nicht total durcheinander, wenn ich für ein oder zwei Nächte hier einziehe."

„Lissy, du kannst hier wohnen, solange du möchtest", sagte ihr Vater. „Das ist dein Elternhaus, und dein Zimmer ist immer noch genau so, wie es vor acht Jahren war. Sogar das alte E-Piano von Jason steht noch da drin. Jason kommt übrigens heute Abend."

Lisa schlug die Hand auf den Mund und gab ein unterdrücktes Glucksen von sich. Nicht wegen Jason, der ehemalige Gitarrist und ihr erster

Jugendschwarm, sondern weil ihr Vater sie aufnahm, als wäre sie der verlorene Sohn aus der Bibel: alles verziehen und vergessen!

„Was hältst du davon, wenn ich eine Tasse Kaffee mache?", fragte Kati. „Wir machen heute Abend eine Grillparty im Garten, deshalb habe ich kein Mittagessen gekocht. Jannik ist im Ferienlager, und wir sind sehr spät aufgestanden, Holger und ich." Kati warf Lisas Vater ein Lächeln zu, das ziemlich deutlich sagte, was die beiden zusammen im Bett heute Morgen gemacht hatten, und ihr Vater lächelte genauso eindeutig zurück. Vor zwei Jahren wäre Lisa noch ausgerastet und hätte dieses Verhalten als Verrat an ihrer Mutter empfunden. Aber jetzt freute sie sich für ihren Vater, weil er glücklich und zufrieden wirkte.

Kati war nicht hässlich, aber im Vergleich zu der auffälligen Schönheit, die Lisas Mutter besessen hatte, wirkte sie richtig fade. Sie war schlank, aber nicht sehr weiblich geformt. Ihr Haar war braun und einfallslos kurz geschnitten. Ihr Gesicht war gleichmäßig, aber nicht anmutig, sie war einfach normal eben. Sie hatte eine ganz passable Gesangsstimme, die aber keinem Vergleich mit dem wundervollen Sopran von Elisabeth Hoppe-Machnig standhielt, und Lisa hatte nie verstehen wollen, was ihr Vater an dieser unscheinbaren Frau gefunden hatte, wo ihre Mutter doch in jeder Hinsicht so viel besser gewesen war.

„Hast du auch heiße Schokolade, Kati?", fragte Lisa kleinlaut und schaffte es kaum, Kati dabei in die Augen zu schauen. „Aber ich will echt nicht stören, wenn ihr heute Abend eine Feier habt."

„Ach Unfug, Lissy!" Ihr Vater legte seinen Arm um sie und küsste ihr Haar, genau wie früher. „Es sind nur die Jungs von der Band mit Anhang und ein paar alte Bekannte. Das sind alles Leute, die du kennst und die sich wahnsinnig freuen werden, dich wiederzusehen. So wie Kati und ich."

„Oh Papa ... ich ... ich ..." Der Rest des Satzes blieb in ihrer Kehle stecken.

„Ihr setzt euch raus und redet. Ich bringe den Kaffee und den Kakao gleich raus", sagte Kati und scheuchte die beiden in Richtung Terrasse. Lisa hatte sich kaum richtig auf den Gartenstuhl niedergelassen und ihren Blick zu den hohen Baumkronen hinaufwandern lassen, da legte ihr Vater schon los. Er blieb stehen, steckte die Hände vorne in die Hosentaschen seiner Jeans und wippte auf den Fußsohlen vor und zurück.

„Wir waren schon lange nicht mehr glücklich miteinander, Lissy", sagte er. Es war klar, dass er seine Ehe mit ihrer Mutter meinte. Es war so typisch für ihn, dass er ohne Umschweife zur Sache kam und die Dinge, die ihn bedrückten, vom Tisch haben wollte. Wie schwer musste es ihm gefallen sein, acht Jahre lang auf diese Gelegenheit zu warten? Nur weil sie nicht bereit gewesen war, ihm zuzuhören.

Ihr Vater hatte ein paar eigene Songs geschrieben, die allerdings nicht sehr erfolgreich waren. Aber all seine Songs drehten sich immer um das gleiche Thema: darum, die Wahrheit zu sagen, auch wenn sie dem anderen wehtat, und darum, sich selbst treu zu bleiben, auch wenn man damit aneckte, das wahre Gesicht zu zeigen, sich nicht zu verstellen, geradlinig zu sein. Jetzt, wo Lisa darüber nachdachte, wurde ihr bewusst, dass das der Kern seines Wesens war und dass sie ganz genauso tickte.

„Ja, das ist mir inzwischen auch klar, dass eure Ehe im Eimer war, Papa, aber musstest du sie deswegen gleich betrügen und ein Kind mit einer anderen machen?" Lisa konnte nicht verhindern, dass ihre Stimme bitter klang. Sie hatte jahrelang diesen Groll mit sich herumgetragen und genau diese Worte tausendmal in ihrem Kopf herumgewälzt, es war schwer, diese Bitterkeit schlagartig aus ihrem Kopf oder ihren Worten zu verbannen.

„Ich möchte nicht schlecht über Elisabeth reden, bitte verstehe das nicht falsch, wir haben uns einfach auseinandergelebt. Alles, was uns in den letzten Jahren unserer Ehe noch verbunden hat, war die Band und du."

„Was meinst du damit: Du willst nicht schlecht über Mama reden?"

„Kannst du dich noch an den Geschäftsführer der Sargfabrik erinnern, der den teuren Sarg für Mama spendiert hat? Kurt Rau."

Natürlich konnte sie sich noch an den Mann erinnern, er war ein riesengroßer Fan ihrer Mutter gewesen, aus der Zeit, als die noch Opernsängerin war, und er war deshalb auch zu ihrer Beerdigung gekommen und hatte hundert rote Rosen in ihr Grab geworfen und geweint wie ein Schlosshund, und … Auf einmal dämmerte es ihr.

„Er war Mamas Liebhaber?"

„Er war mehr als das, Lissy", sagte ihr Vater und ließ sich jetzt auf den Stuhl neben sie fallen. „Er war ihre große Liebe, und sie waren schon lange ein Paar, lange bevor ich Kati überhaupt kennengelernt habe." Jetzt nahm er ihre vernarbte Hand und streichelte sanft mit seinem Daumen über die Rillen und Unebenheiten, die der Unfall dort hinterlassen hatte.

„Deine Mutter war sehr unglücklich mit der Situation. Wir waren uns einig, dass unsere Ehe vorbei ist und jeder seinen eigenen Weg geht, aber sie wollte sich nicht scheiden lassen. Sie wollte dir zuliebe unbedingt den Anschein einer intakten Familie aufrechterhalten. Ich habe oft mit ihr deswegen gestritten. Ich war der Meinung, dass du die Wahrheit verdient hast, du warst immerhin schon fast erwachsen. Ich wollte reinen Tisch machen, aber deine Mutter war unerbittlich in dem Punkt. Sie dachte, eine Scheidung würde deiner Karriere als Pianistin schaden, weil es dich zu sehr belasten und dich vom Üben ablenken könnte."

„Ach du Scheiße", entfuhr es Lisa. Schon wieder jemand, der meinte, man müsste sie vor einer schrecklichen Wahrheit beschützen. Wirkte sie denn auf ihre Mitmenschen wie eine weinerliche Mimose, die mit der Realität des Lebens nicht klarkam? Doch bevor sie die Frage stellen konnte, kam Kati und brachte die heiße Schokolade und den Kaffee.

„Ähm, willst du dich nicht zu uns setzen?", fragte Lisa, weil sie nicht wollte, dass Kati sich ausgeschlossen fühlte, obwohl sie natürlich viel lieber mit ihrem Vater unter vier Augen weiterreden und endlich alles klären wollte.

„Nein, sprecht euch nur gründlich aus. Ich gehe bügeln", sagte Kati mit einem freundlichen Lächeln, und Lisa spürte eine Aufwallung von Dankbarkeit und Sympathie.

„All die Jahre habe ich dich und Kati gehasst, weil ich dachte, dass du Mama betrogen hast, und jetzt schäme ich mich richtig", sagte sie, kaum dass Kati wieder im Haus verschwunden war. „Ich weiß gar nicht, was ich sagen soll. Ihr hättet mir die Wahrheit sagen sollen, du und Mama. Ich habe acht Jahre verschenkt, weil ich voll ungerechter Wut auf dich war. Es tut mir leid, Papa. Es tut mir so schrecklich leid, aber das ist nicht allein meine Schuld. Warum habt ihr nur nichts gesagt? Warum hast du nach Mamas Tod nichts gesagt?"

„Es ist gar nicht deine Schuld, Lissy. Du warst sehr verletzt damals. Nicht nur körperlich, auch seelisch. Ihr beide seid euch so nahegestanden, du und deine Mutter, und du hättest es mir weder geglaubt noch mir je verziehen, wenn ich dir diese Geschichte damals, gleich nach dem Unfall, erzählt hätte. Kati hat gesagt, dass ich warten soll, bis die Zeit reif ist, bis du von alleine kommst, und heute war die Zeit reif. Stimmt's, Lissy?"

„Ja!" Lisa zog geräuschvoll die Nase hoch.

„Ich habe es wohl diesem Hannes zu verdanken, dass du endlich heimgekommen bist. Es tut mir zwar leid, dass er dir wehgetan hat, aber es tut mir nicht leid, dass er aus deinem Leben verschwunden ist. Er ist ein spießiger Dünnbrettbohrer, der dich nur aufgehalten hat. Deine Mama hat immer gesagt: ‚Sie hat das Zeug zum Superstar.' Und jetzt? Sieh dich nur an, wie du aussiehst und wie du auftrittst, dich bewegst und sprichst. Du bist selbstbewusst, distinguiert und wunderschön. Die Welt könnte dir zu Füßen liegen."

„Ja!", sagte Lisa mit einem Auflachen. „Hannes war der Falsche, das weiß ich jetzt auch. Mein Problem ist, dass ich den Richtigen kennengelernt habe, aber der ist mir leider abhandengekommen."

Sie nahm einen kräftigen Schluck von der heißen Schokolade. Die schmeckte wirklich gut, heiß und süß und schokoladig, genau wie sie es liebte. Zum Frühstück hatte sie sich natürlich mit Frauenmanteltee und Zwieback begnügen müssen, aber das war ja nun vorbei. Sie hatte Frau Frey für immer Lebewohl gesagt, und dieses verrückte alte Huhn hatte ihr von ihrer berüchtigten Lady Barnett vorgeschwärmt, die ihren Gatten ebenfalls verlassen habe, weil der gleichnamige Lord es leider versäumt hatte, ihr seine Liebe zu gestehen.

„Abhandengekommen?", fragte ihr Vater und grinste. „Wie meinst du das?"

„Hast du die fette, schwarze Limousine gesehen, mit der ich hergebracht wurde?"

„Ja, mitsamt dem ausländischen Typen, der dir beim Aussteigen geholfen hat. Ist er der abhandengekommene Richtige?"

„Er ist der Chauffeur der Großtante des abhandengekommenen Richtigen", erwiderte Lisa und musste unwillkürlich loslachen.

„Klingt nach einer sehr interessanten Geschichte." Ihr Vater legte die Beine auf den Gartenstuhl, der gegenüber stand, und zog eine Zigarette aus der Schachtel, die auf dem Gartentisch lag, und sah sie abwartend an.

„Die Geschichte ist total verrückt und unglaubwürdig."

„Ich höre gerne unglaubwürdige Geschichten. Besonders, wenn du drin vorkommst."

Also begann Lisa ihm ihr Herz auszuschütten und ihm alles über Henrik und Olga und sich selbst zu erzählen – beinahe alles. Natürlich ließ sie die pikanten Details, die ihr Coachingprogramm betrafen, weg, aber man brauchte vermutlich nicht viel Fantasie, um aus ihrer Erzählung herauszuhören, dass sie wundervollen Sex miteinander gehabt hatten. Ihr Vater sagte nicht viel, sondern hörte zu, trank seinen Kaffee und rauchte ein paar Zigaretten nebenbei. Eigentlich hatte sie damit gerechnet, dass er sie für verrückt erklären würde, weil sie sich auf so eine Dummheit wie eine zeitlich befristete Blitz-Ehe eingelassen hatte. Sie hatte erwartet, dass er sie kritisieren würde, weil sie sich Hals über Kopf in einen neuen Kerl verliebt hatte, wo sie nur wenige Tage zuvor noch gemeint hatte, einen anderen heiraten zu wollen. Kein normaler Vater konnte sich so etwas anhören und nicht den Kopf schütteln, aber Lisas Vater lachte auf einmal los.

„Und du bist dir sicher, dass es wirklich der echte Andi Adelberger war, dem du einen Cocktail über den Kopf geschüttet hast?"

Lisa musste jetzt auch lachen. „Ja, es war der echte. Er ist ein Freund von Henrik und ist nur ihm zuliebe in den Jazzkeller gekommen, aber als er mich …"

„Du solltest diesen Henrik heiraten", sagte ihr Vater unvermittelt. „Er ist genau der Mann, den du an deiner Seite brauchst, und wenn ich deine Erzählung richtig interpretiere, ist er auch keine Niete im Bett, und er scheint rücksichtsvoll und geistreich zu sein."

„Papa, hast du nicht zugehört? Er hat die Hochzeit abgesagt, und von Liebe will er nichts wissen."

„Bin mir da nicht so sicher, Lissy!", antwortete ihr Vater und zündete sich bereits die nächste Zigarette an. Er war schon immer ein starker Raucher gewesen. Und leider sah er deshalb deutlich älter aus als 52, ganz zu schweigen von den Problemen, die er deswegen mit seinen Stimmbändern hatte.

„Du musst ihm Zeit geben", sagte er jetzt mit seiner kratzigen Kettenraucher-Rockerstimme, nahm einen tiefen Zug von der Zigarette und blies den Rauch in ihre Richtung.

„Was meinst du damit? Denkst du, es war falsch, dass ich bei ihm ausgezogen bin?", fragte sie verwirrt und wedelte die Rauchschwade mit der Hand weg.

„Aber nein, Lissy. Es war genau das Richtige. Er braucht etwas Abstand und ein paar Tage Zeit, um sich über seine Gefühle klar zu werden. Männer sind da nicht immer so schnell."

21. Polterabend

Henrik brauchte genau zehn Stunden und zwanzig Minuten Abstand.

Nach seinem ausgiebigen Gespräch mit Caro war er richtig glücklich und erleichtert und wollte seine Freude unbedingt mit Elisabeth teilen. Er machte noch einen weiteren Versuch, sie anzurufen, aber sie hatte ihr Handy immer noch ausgeschaltet. Dabei hatte er sich schon ausgemalt, wie er ihr voller Stolz erzählen würde, dass er soeben mit Carolin alles geklärt hatte, und wie gut das Gespräch mit ihr verlaufen war. Er wollte ihr sagen, dass sie völlig recht gehabt hatte und dass er in Zukunft immer auf ihren Rat hören würde. Aber ihr verflixtes Handy war ja aus, und auch sein Anruf bei Karan brachte nichts. Entweder er hatte Elisabeth nicht ausgerichtet, dass sie sofort zurückrufen sollte, oder sie ignorierte ihn. Ihr Handy blieb jedenfalls tot. Dabei versuchte Henrik es alle halbe Stunde, selbst beim Mittagessen, das er zusammen mit Caro und Klausi einnahm. Klausi war aus unerfindlichen Gründen noch nicht nach Binz zurückgefahren, und Henrik brachte keinen Bissen von Frau Freys Hähnchenspießen hinunter. Er schob seine Appetitlosigkeit auf seinen langsam abklingenden Kater, aber in Wahrheit erinnerten ihn diese Hähnchenspieße einfach zu sehr an den vergangenen Montag und das Meeting mit dem Parteivorsitzenden Gabelmeier. Er erinnerte sich, wie Elisabeth an diesem Nachmittag ausgesehen hatte, wie sie diesem Demagogen die Meinung gesagt hatte, wie ihre Wangen geglüht und ihre Augen gefunkelt hatten, während ihre Locken widerspenstig in ihr Gesicht gefallen waren. Lieber Himmel, was für eine verrückte, wundervolle Frau sie doch war!

„*Es gibt keinen Grund, verärgert auf mich zu sein!*", schrieb er ihr. Seine Finger zitterten nicht mehr so sehr wie heute Morgen, und er konnte immerhin wieder verständliche Texte verfassen. „*Wir waren uns doch einig, dass wir Gefühle außen vor lassen. Der Grund für unsere Ehe ist weggefallen, und wir beide sollten erleichtert darüber sein.*" Aber als er den Text eingetippt hatte und ihn noch einmal las, löschte er ihn wieder. Das war nicht das, was Lissy lesen wollte. Das wusste er, aber er wusste nicht, was er sonst schreiben sollte.

„Papa, muss das denn sein? Kannst du das Ding nicht mal beim Essen aus der Hand legen?", spottete Caro und verwendete genau die Worte, die er sonst beim Frühstück zu ihr immer sagte.

Er legte sein Handy eilig auf den Tisch zurück und starrte auf den Hähnchenspieß. Nach dem Essen verschwand er mit dem Handy in seinem Schlafzimmer. Er wollte sich vor diesen beiden Teenagern nicht lächerlich machen, wenn er alle zehn Minuten versuchte, Lissy per Text oder Anruf zu erreichen, aber er konnte nicht anders. Irgendwann musste sie ihr Handy ja wieder einschalten. Irgendwann musste sie mit ihm reden. Sie hatten sich doch gegenseitig versprochen, dass sie jeden Konflikt ganz sachlich ausdiskutieren würden, wenn sie verheiratet wären. Wenn ... Als er sein Schlafzimmer betrat, war es endgültig vorbei mit seiner Emotionslosigkeit. Da lagen auf dem akkurat gemachten Bett, sorgsam drapiert, als würden sie nur auf Lissy warten, ihr cremefarbenes Negligé, das er ihr vom Hals gezogen und in seine Hosentasche gesteckt hatte, wie man auf ihrem Video deutlich sehen konnte, und daneben lag ihr zerrissener Slip, den er ihr nach ihrem Blowjob vom Körper gerissen und in seine Hosentasche gesteckt hatte.

Was, zur Hölle, hatte Frau Frey sich denn dabei gedacht? Sie musste die beiden Sachen in seinen Hosentaschen gefunden haben, als sie seine Anzughosen gebügelt oder in die Reinigung gebracht hatte. Aber warum hatte sie die Dessous nun demonstrativ auf seinem Bett drapiert? Sonst räumte sie den Inhalt seiner Hosentaschen doch auch kommentarlos weg. Wollte die ihn etwa provozieren? Er griff unwillkürlich nach dem Negligé und vergrub sein Gesicht darin.

„Meine süße Lissy!", wisperte er in den dünnen Chiffon und spürte die brennende Sehnsucht nach ihr nicht nur in seiner Hose, oh nein, dort am allerwenigsten. Er spürte es in seinem Magen, der kalt wie ein Eisklumpen war, in seinem Herzen, das schmerzte und raste, und in seinen Augen, die brannten, obwohl er natürlich nicht weinte. Niemals. Er zog sein Handy aus der Tasche, eigentlich in der Absicht, sich ihr YouTube-Video noch einmal anzusehen, aber unversehens hatte er schon wieder Karans Nummer gewählt.

„Haben Sie ihr nicht ausgerichtet, dass sie mich anrufen soll?", schnauzte er Karan an, noch bevor der sich gemeldet hatte.

„Ich habe es ihr selbstverständlich ausgerichtet, Herr Doktor Henriksen." Irgendjemand ächzte im Hintergrund laut, und Karans Stimme klang ein wenig gepresst und atemlos, als ob er joggen oder sonst eine Art Sport machen würde.

„Warum ruft sie mich dann nicht zurück?", bellte Henrik ins Telefon.

„Ich soll Ihnen ausrichten, dass es ihr gut geht und Sie sich keine Sorgen machen sollen. Sie wünscht Ihnen ein glückliches, frauenfreies Leben!" Noch mal ein lautes Ächzen und ein Schmerzensschrei aus dem Hörer. Was trieb der Junge eigentlich?

„WAS? So ein Unfug. Ich möchte kein glückliches Leben ... Ich meine, ich möchte kein frauenfreies ... Ich meine ... Sie sagen mir jetzt sofort, wo Lissy ist! Ist sie etwa zu diesem Versager nach Oberschöneweide zurückgekehrt?"

„Kann ich Sie in einer Stunde zurückrufen, Herr Doktor Henriksen? Ich bin gerade in einer sehr schwierigen Verhandlung mit ein paar, ähm, Geschäftsleuten aus der Kreditbranche, und wir unterhalten uns über die angemessene Höhe von Kreditzinsen." Irgendjemand auf Karans Seite gab einen schrillen Schmerzensschrei von sich, aber das war Henrik egal. Er hatte auch Schmerzen, überall. Er beendete das Telefonat mit einem gefluchten: „Ja! Gottverdammt noch mal!", aber noch bevor Karan zurückrufen konnte, wurde das Hochzeitsgeschenk für Elisabeth geliefert.

Als es an der Wohnungstür klingelte und polterte, dachte Henrik doch tatsächlich für ein paar Sekunden, sie wäre das, sie wäre vernünftig geworden und würde endlich nach Hause kommen. Voller Vorfreude riss er die Tür auf, aber da war nicht Elisabeth, da standen drei Herren in blauer Montur und in Gesellschaft eines ebenholzschwarz lackierten Flügels. Es war natürlich nur ein gebrauchter Flügel, den er im Musikhaus bestellt hatte. Ein fabrikneuer war auf die Schnelle gar nicht zu bekommen gewesen, und der Flügel war auch nicht sehr groß, aber er war sehr gut in Schuss und passte perfekt in seine Bibliothek, dort, wo jetzt noch die Sitzecke stand, würde bald der Flügel stehen. Henrik hatte sich die Abende und Wochenenden mit seiner Zwangsehefrau ganz zauberhaft ausgemalt: Sie würde dort spielen und singen, während er an seinem Schreibtisch sitzen und arbeiten würde. Er liebte es, bei Musik zu arbeiten, und er liebte es, Lissy zuzusehen und zuzuhören. Es wären traumschöne Stunden der Zweisamkeit gewesen.

Eigentlich hätte er die Transportfirma mitsamt dem Flügel wieder wegschicken sollen, aber jetzt, wo sie schon mal da waren und das schwere Instrument durch das Treppenhaus hochgetragen hatten, sollten sie das verfluchte Ding eben in die Bibliothek schaffen. Er hatte es als Überraschung für Lissy gedacht, als er in der Mittwochnacht alleine in seinem Londoner Hotelzimmer gelegen hatte und wie hypnotisiert auf ihr Foto gestarrt hatte: sie, in diesem durchsichtigen, schwarzen Negligé, ihr rotes Haar, die milchweise Haut, ihre prallen Brüste, der Rilke-Gedichtband neben ihr ...

Wie hätte ein kultivierter Mann denn bei diesem Bild noch gelassen bleiben können? Unmöglich. Natürlich hatte er masturbiert, was das Zeug hielt, und am anderen Morgen hatte er zuerst mal im Musikhaus Jonas angerufen und einen Flügel für sie organisiert. Waren das die ersten Anzeichen von beginnender Verblödung oder hormoneller Überflutung? Oder etwas anderes, etwas, das er sich nicht eingestehen wollte, weil er Angst davor hatte?

Als der Flügel in der Bibliothek aufgestellt war und die Leute von der

Transportfirma wieder gegangen waren, machte er den gefühlten tausendsten Versuch, Elisabeth zu erreichen, und schwor sich, dass dies wirklich der allerallerletzte Anruf wäre, den sie je von ihm bekommen würde. Als ihm wieder nur die Mailbox antwortete, knallte er sein Handy mit einem wütenden Aufschrei auf den Deckel des Flügels.

„Verflucht sei diese starrsinnige, unmögliche Frau!"

Alle hatten sich gerade um das neue Instrument versammelt, um es zu bewundern, und plötzlich starrten ihn alle erschrocken an. Kein Wunder, er hatte sonst nie Wutanfälle. Erst seit er Lissy kannte.

„Typisch Frauen", sagte Klausi. „Plötzlich sind sie eingeschnappt und reden nicht mehr mit dir, und du weißt noch nicht mal, was du falsch gemacht hast."

Henrik bedachte ihn mit einem harten Blick. Warum bildete der Bursche sich ein, dass er sich mit Frauen auskannte? Nur weil er mit ein paar bekifften Nachtklub-Matratzen herumtingelte, hatte er noch lange kein Recht, über Elisabeth zu urteilen oder sie mit anderen Frauen zu vergleichen.

Sie war mit keiner anderen Frau auf der Welt zu vergleichen.

Außerdem wusste Henrik ganz genau, was er falsch gemacht hatte: Er hatte die Hochzeit abgesagt.

Er klimperte gedankenverloren *Alle meine Entchen* auf dem Flügel und dachte an die Nacht gestern, als Lissy im Jazzkeller nur für ihn gespielt hatte und die ganze Zeit beim Spielen nur ihn angesehen hatte. Das Wissen, dass sie kein Höschen trug, hatte ihn hart und scharf gemacht. Und er hatte in ihrem Blick gesehen, dass auch sie heiß auf ihn war, dass sie feucht war und es kaum erwarten konnte, ihn in sich zu haben … Sie beide hatten in diesem Moment mit ihren Augen geileren Sex gemacht, als manche Leute es mit ihren realen Geschlechtsorganen taten.

„Fräulein Elisabeth möchte, dass Sie ihr nachkommen und sie zurückholen. Deshalb hat sie das Handy ausgeschaltet", meldete sich plötzlich Frau Frey zu Wort. Liebe Güte, ausgerechnet die alte Jungfer! Warum hatte die eigentlich nicht längst Feierabend gemacht? Es war schon kurz nach sechs.

„Warum sollte ich ihr hinterherlaufen wie ein verliebter Depp?", schnauzte er Frau Frey an. Er wusste ganz genau, warum er das tun sollte: weil er womöglich ein verliebter Depp war. „Außerdem hat sie ja nichts Besseres zu tun gehabt, als ihren Exfreund anzurufen, den sie über alles liebt", hörte er sich wehleidig meckern.

„Da irrst du dich aber, Papa", sagte Caro. „Gestern wollte sie ihm noch – ich zitiere – ‚seinen schlappen Schwanz abschneiden' und sie nannte ihn einen Versager und Darmausgang. Das hat sich für mich echt nicht so angehört, als würde sie ihn über alles lieben."

„Das hat sie über ihn gesagt?"

„Jap."

„Sie ist also nicht ... du denkst, dass sie ... dass sie den Typen ... also nicht liebt, dass sie vielleicht ..."

„Oh Mann, Papa", rief Caro und verdrehte die Augen. „Kann es sein, dass eure Abmachung doch nicht so rein geschäftlich war, wie du behauptet hast?", fragte Caro und bedachte ihn mit einem wissenden Lächeln. Er hatte Caro ja von dem Coaching-Vertrag erzählt, den er mit Elisabeth abgeschlossen hatte, und wie er und Elisabeth überhaupt zusammengekommen waren, aber natürlich hatte er seiner Tochter nichts von dem perfekten Sex erzählen können, den sie hatten. Er hatte vielleicht auch vergessen zu erwähnen, wie viel sie zusammen gelacht hatten, ihre Rollenspiele, ihr lustiges Geplänkel und ihre geistreichen Wortspiele, Elisabeths verrückte Textnachrichten, ihre Geradlinigkeit und Leidenschaft, das Glück, das ihr Lächeln ihm bereitete, das Gefühl, endlich wieder lebendig zu sein, wenn sie in seiner Nähe war.

Unwillkürlich ging er um den Flügel herum und holte sich sein Handy zurück. Da waren Fotos von ihr drauf: sie zusammen mit Rilke im Negligé, ihre feuchte Scheide, ihr erotisches Musikvideo, all ihre verrückten Textnachrichten an ihn. Sein Schatz.

„Du hättest Lisa nicht losschicken sollen, um ein Brautkleid zu kaufen, wenn du es nicht ernst meinst, Papa. Mit Brautkleidern spaßt man nicht. Das nimmt ein Mädchen echt übel."

„Brautkleid?" Oh Gott, das hatte er ja total vergessen. Er hatte Philipp beauftragt, für Lissy ein Brautkleid zu kaufen und auch Ringe zu besorgen, aber die Ringe waren als Überraschung für sie gedacht gewesen, so wie der Flügel. Plötzlich fiel ihm ein, dass er auch dringend beim Standesamt anrufen musste, wenn er den Termin für morgen absagen wollte, und er musste seine Eltern anrufen und Bescheid geben, dass nichts aus der Hochzeit wurde und sie nicht aus Mecklenburg herzukommen brauchten. Philipp hatte auch noch keine Ahnung. Der würde die Welt nicht mehr verstehen. Oh Mist. Er verstand die Welt ja selbst nicht mehr. Henrik schloss die Augen und stöhnte.

„Oh ja, allerdings, das nimmt eine Frau sehr übel!", bestätigte seine

Haushaltshilfe altklug. „Brautkleid ist Brautkleid!"

„Verdammt noch mal. Es geht doch nicht um ein dummes Brautkleid!", rief er und raufte sich die Haare, als würde das irgendwie helfen, seine Gedanken zu sortieren. „Elisabeth ist eine … sie ist eine unglaubliche Frau, ein ganz besonderer Mensch."

„Na ja, sie ist ganz nett, wenn man sie etwas näher kennt", sagte Caro mit einem gleichgültigen Schulterzucken und tauschte einen kurzen Blick mit Klausi aus. „Aber sie hat echt einen beschissenen Musikgeschmack."

„So ein Unfug!", brauste Henrik laut auf. „Sie hat einen ganz exquisiten Musikgeschmack. Sie ist vielleicht nicht gebildet und ihre Manieren sind nicht geschliffen, aber sie ist klug und herzlich und ehrlich und sensibel, und ihr gefällt Rilke … und außerdem ist sie unglaublich … Nun, das müsst ihr nicht wissen. Sie hat es verdient, jemanden zu heiraten, der sie liebt."

„Logisch!", antworteten Caro, Klausi und Frau Frey gleichzeitig.

„Jemanden, der sie auf Händen trägt und ihr jeden Wunsch von den Augen abliest."

„Klar!" Caro tauschte einen vielsagenden Blick mit Klausi aus.

„Du solltest zu ihr fahren und sie zurückholen", sagte Klausi und legte kameradschaftlich seine Hand um Henriks Schultern. „Karan weiß garantiert, wo sie gerade ist."

„So weit kommt's noch, dass ich sie anbettle, bei mir zu bleiben."

„Aber warum nicht? Gestern wolltest du sie noch heiraten", fragte Caro.

„Ich wollte sie nicht heiraten, Olga hat mich dazu gezwungen."

„Haha! Papa, echt jetzt mal", grunzte Caro und lachte los. „Das glaubst du doch selbst nicht, dass Tante Olga dich jemals dazu hätte zwingen können, wenn du es nicht von dir aus gewollt hättest. Olgas Befehl kam dir doch gerade recht, als Ausrede."

Henrik sah Caro verdutzt an, dann wanderte sein Blick über Klausi, der eifrig nickte, und weiter zu Frau Frey, die noch eifriger nickte. Und schließlich nickte er selbst.

~

Holger Machnig beobachtete seine Tochter mit Stolz. Sie stand im Garten und war umringt von den Jungs der Band. Sie trug dieses elegante Kleid, in dem sie aussah wie eine Dame von Welt, aber ihre hochhackigen

Pumps hatte sie ausgezogen und war barfuß. Die Jungs machten zwischendurch immer mal wieder Musik und Lissy sang dazu, genauso, wie sie es früher gemacht hatten. Aber das war auch schon alles, was noch an früher erinnerte. Die Veränderung, die mit Lissy vor sich gegangen war, raubte ihm den Atem, denn er hatte das Gefühl, als hätte sich aus einer kleinen Raupe ein prachtvoller Schmetterling entpuppt.

Holger fragte sich, wo sie wohl nächstes Jahr um diese Zeit stehen würde. So wie es aussah auf irgendeiner großen Bühne bei einem ausverkauften Konzert.

Die Jungs, Dirk, Mac, Roland und Jason, hatten Lissy natürlich sofort mit Beschlag belegt, kaum dass sie angekommen waren. Sie hatten sie mit Komplimenten, Umarmungen und vor allem mit Fragen bestürmt. Roland, der Schlagzeuger, den alle nur Rocco nannten, kannte sie schon seit ihrer Geburt und hatte ihr das Schlagzeugspielen beigebracht, als sie noch Windeln angehabt hatte. Er hatte sie auf seinen Schoß gesetzt, ihr die Schlagstöcke in die Hände gegeben und ihre Händchen beim Drummen festgehalten. Lissy hatte vor Freude dabei gequietscht. Herrgott noch mal, das Mädchen hatte die Musik mit der Muttermilch inhaliert, und jede einzelne Stunde, die sie als Küchenhilfe vergeudet hatte, hatte Holger das Herz gebrochen. Rocco gab einen Freudenschrei von sich, als er Lissy sah, nahm sie in den Arm und wirbelte sie im Kreis herum, als wäre sie immer noch zehn Jahre alt und 30 Kilo schwer. Dabei war Rocco schon beinahe sechzig und so dürr wie ein Skelett.

„Fräuleinchen, ich hab dein neues YouTube gesehen!", rief er, nachdem er sie wieder auf ihre Füße abgestellt hatte, dann verpasste er ihr einen nassen Kuss auf den Mund. „Das Video ist der absolute Bringer. Ich klicke jede Stunde mindestens fünf Mal drauf, um zu sehen, wie viele Aufrufe es schon hat. Es hat heute Morgen die Drei-Millionen-Grenze überschritten. Damit schaffst du den Durchbruch, ich wette mit dir."

„Du hast das Video gesehen?", fragte Lissy. Sie war durch den Überschwang, mit der alle sie begrüßten, ganz aufgekratzt.

„Wir schauen alle deine YouTube-Videos an", mischte Jason sich in das Gespräch und machte eine ausladende Geste, die alle umfasste, die gerade um Lissy herumstanden. Die Jungs und ihre Frauen und natürlich er selbst. Er spielte zwar nicht mehr in der Band, aber er gehörte immer noch zur Familie, sozusagen.

Er war damals mit seinen 22 Jahren der Jüngste der *Gallowguys* gewesen und ein Schönling, auf den alle Frauen flogen. Lissy hatte als Teenager natürlich für ihn geschwärmt, und er hatte sie natürlich ignoriert. Jetzt allerdings waren die Rollen vertauscht. Er flirtete sie an, was das Zeug hielt, aber sie nahm seine Komplimente und Annäherungsversuche nur mit einem kühlen Lächeln zur Kenntnis. Er überschlug sich geradezu, um ihr zu imponieren, holte Steaks und Salat und Bowle für sie, hielt ihr Glas, ihren Teller, ihre Jacke und protzte vor ihr mit seinen Auftritten und Tourneen im Ausland. Bei jeder Gelegenheit legte er den Arm um sie oder versuchte sie an sich zu ziehen. Auch jetzt hatte er einen Arm um ihre Schulter geschlungen und sagte zu ihr: „Das ist das affenschärfste, megageilste, hammerhärteste Video aller Zeiten, meine Süße."

Holger trat nun zu den anderen und reichte Lissy ein Glas mit Katis selbst gemachter Sangria und dann hob er seine Bierflasche und verkündete stolz die Neuigkeit. „Lissy bekommt einen Plattenvertrag bei RhythMix. Sie kennt nämlich Andi Adelberger persönlich. Hat einen Mojito mit ihm zusammen getrunken."

Nachdem sich die erste Aufregung etwas gelegt hatte und jeder seine Begeisterung und seine Glückwünsche losgeworden war, musste Lissy natürlich von ihrer Begegnung mit Seiner Heiligkeit Andi Adelberger und dem besagten Mojito berichten, aber jedes zehnte Wort in ihrer Erzählung lautete „Henrik". Es fiel ihr selbst natürlich nicht auf, aber die Jungs warfen sich schon bedeutungsvolle Blicke zu oder grinsten und stießen sich gegenseitig an, jedes Mal, wenn Lissy den Namen Henrik fallen ließ. „Henrik hat gesagt …", „Henrik meint …", „Henrik ist …", „Henrik tut …", „Henrik!", „Henrik!" und noch mal „Henrik!". Irgendwann wurden es für Jasons Geschmack offenbar zu viele *Henriks*, denn er zog Lissy ein Stück von den anderen weg und näher ans Lagerfeuer heran.

„Komm, Lissy, wir singen unser Lied", sagte er und nahm seine Gitarre zur Hand. Er meinte den alten Countrysong *You are my Sunshine*, der sich irgendwann mal im Laufe der Zeit zum „Romantik-Song" der Band entwickelt hatte. Sie hatten ihn immer gesungen, wenn Lissy und die Jungs zusammen waren, und deshalb nannten sie es „ihr Lied". Sie hatten es natürlich schon hundertmal in so vielen Varianten durchexerziert, dass es ihnen in Fleisch und Blut übergegangen war, und an diesem Abend passte es perfekt zur sommerlichen Lagerfeuerstimmung. Wenn Lissy die Leadstimme sang und die Männerstimmen den Background machten oder gar im Kanon sangen, hörte sich das richtig gut an. Jason zupfte die Melodie, Rocco schlug mit dem Grillbesteck den Beat, Dirk und Mac summten und Lissy fing an zu singen. Die Gäste unterbrachen nach und nach ihre Unterhaltungen und traten näher ans Lagerfeuer heran, um zuzuhören. Obwohl das kleine Liebeslied nichts mit dem sonstigen Hardrock-Programm der *Gallowguys* zu tun hatte, bekam Holger jedes Mal eine Gänsehaut, wenn er es hörte.

Lissys wurde vom Schein des Lagerfeuers in ein rotes Licht getaucht, ihre Altstimme klang in den Nachthimmel hinauf, und die Männer, die die zweite Stimmen sagen, verliehen dem Gesang etwas Mystisches. Wenn ein Mensch je an überirdische Wesen oder Hexenzauber glauben möchte, dann ganz bestimmt in einem Moment wie diesem, wo er Lissy sieht und von ihrem Gesang mit einem Bann belegt wird. An diesem Abend schossen Holger tatsächlich ein paar Tränen in die Augen. Gestern noch hätte er es für unmöglich gehalten, dass er je noch mal hören würde, wie Lissy dieses Lied sang. Endlich, nach so langer Zeit, war sie geheilt. Holger war durchaus klar, dass Lissys verehrter Traumprinz „Henrik" einen entscheidenden Anteil an ihrer inneren Heilung hatte, und dafür war er dem Mann zu unendlichem Dank verpflichtet.

Holger hatte weder gemerkt, wann der besagte Traumprinz aufgetaucht war, noch wusste er, wer ihn zur Haustür hereingelassen hatte – Kati wahrscheinlich –, aber als er den Mann oben an der Terrasse entdeckte, war es schon zu spät, um ihn zu begrüßen oder gar ihn aufzuhalten.

Lissy sang gerade mit Jason im Duett den letzten Refrain: „You are my sunshine, my only sunshine. You make me happy when skies are gray …" Sie war so in das Lied versunken, dass sie sonst nichts um sich herum wahrnahm, weder Jason, der den Arm um sie gelegt hatte und sie anschmachtete, noch ihren verehrten Henrik, der die Terrassentreppe herunterpreschte.

Holger hatte sich Lissys Traumprinzen eigentlich ganz anders vorgestellt, und er war ziemlich verblüfft, als er einen normal großen, nicht übermäßig attraktiven, nicht besonders jungen und auch nicht besonders elegant angezogenen Mann sah. Er trug eine einfache schwarze Hose, ein schwarzes T-Shirt mit Adler-Aufdruck und eine Kunstlederjacke. Holger hatte sich nach Lissys Schilderung eigentlich einen Typen vorgestellt, der auf jeden Fall so schön war wie Apoll, so muskulös wie Achilles und so elegant wie George Clooney aussah – mindestens.

„You'll never know dear, how much I love you. Please don't take my sunshine away."

Das Lied war zu Ende und alle applaudierten oder riefen „Bravo!", und Jason nutzte die Gunst der Stunde, zog Lissy an sich und küsste sie. Lissys Angebeteter legte einen Zahn zu und fing an zu rennen, er fand es offensichtlich gar nicht in Ordnung, dass jemand seine abgesagte Verlobte küsste, und rannte auf Jason zu wie ein tollwütiger Stier, packte ihn am Arm und riss ihn von Lissy weg.

„He Alter!", rief Jason empört und wedelte mit den Armen, um das Gleichgewicht zu halten. „Du hast sie wohl nicht …" In dem Moment traf ihn der traumprinzliche Faustschlag direkt unterm Kinn. Der Hieb war so kräftig, dass Jason rückwärtstaumelte und in Rocco hineintorkelte, der ihn gerade noch auffangen konnte. Hätte Lissy ihrem Vater nicht vorgeschwärmt, was für ein sensibler, humorvoller, geistreicher und eleganter Gentleman ihr Henrik angeblich war, Holger hätten den Mann glatt und sauber für den Anführer einer Motorradgang und nicht für einen Benimm-Coach gehalten.

„Henrik? Was soll das?", protestierte Lissy, aber ihr Henrik beachtete sie gar nicht, sondern stürmte erneut auf Jason los und bedrohte ihn mit seinem Zeigefinger.

„Fass meine Frau noch einmal an und ich servier dir deine Eier zum Frühstück. Kapiert?"

Jason nickte und rieb sein lädiertes Kinn. Lissys Doc drehte sich jetzt zu ihr herum und schaute sie finster an. Rocco und Mac traten einen Schritt näher und machten sich bereit, um den Traumprinzen aufzuhalten, aber Holger machte ihnen ein Zeichen und schüttelte den Kopf. Der Mann hatte schließlich nur seinem Rivalen die Grenzen aufgezeigt und sein Revier abgesteckt, das war etwas, das Holger durchaus respektieren konnte, auch wenn der besagte Rivale sein Freund war und man das Ganze durchaus auch etwas zivilisierter hätte regeln können.

„Weißt du, was man in der Steinzeit mit einer Ehefrau gemacht hat, die sich weigert, ihr Handy einzuschalten?", fragte der wild gewordene Image-Coach mit gepresster Stimme.

„Nein!", sagte Lissy und kicherte.

„Das hier!" Er packte Lissy an den Hüften, hievte sie in einem kräftigen Ruck hoch und warf sie sich einfach über die Schulter. Dann gab er ein zorniges Grunzen von sich und marschierte mit seiner Beute davon, an allen Gästen vorbei, die Treppe zur Terrasse hinauf und vorne zur Haustür wieder hinaus.

Holger stand da und schaute dem Benimm-Papst hinterher. Er wusste nicht, ob er schallend loslachen oder seiner Tochter lieber nachlaufen sollte, um sie vor diesem Verrückten zu retten. Die anderen Gäste lachten und klatschten Beifall, und Lissy strampelte mit den Beinen und quietschte vor Freude, wie damals, als Rocco ihr das Trommeln beigebracht hatte.

Okay! Alles klar.

~

Lisa wusste nicht, wie ihr geschah, gerade eben noch hatte Jason seine

Zunge in ihrem Mund und wenige Augenblicke später hatte Henrik sie an der Kandare – im wahrsten Sinne des Wortes.

„Henrik! Lass mich runter! Was soll das?", rief sie und zappelte wild, aber sie konnte zappeln, soviel sie wollte, er ließ sie erst draußen im Vorgarten wieder von seiner Schulter herunter, stellte sie auf die Beine und hielt sie dann an beiden Handgelenken fest.

„Das frage ich dich!", zischte er sie an. „Was soll das? Du gehst nicht an dein Handy, versteckst dich hier bei deinem Vater und knutschst mit anderen Männern herum. Du kommst jetzt sofort nach Hause!"

„Du führst dich ja auf wie ein eifersüchtiger Ehemann." Sie zerrte an ihren Händen, aber das brachte nichts. Er hatte sie inzwischen so eng an sich gezogen, dass sie sich kaum noch bewegen konnte, und eigentlich wollte sie sich auch gar nicht bewegen. Oh Mann, er war wirklich gekommen, um sie zu holen. Und er hatte Jason einen Kinnhaken verpasst. Und er hatte gesagt: *Fass meine Frau nicht an.* Unwillkürlich drückte sie sich noch ein wenig enger an ihn und sein harter Griff um ihre Handgelenke wurde sofort schwächer.

„Ich bin keinesfalls eifersüchtig!"

„Keinesfalls? Du schlägst Jason Stone k. o. und schleppst mich aus meinem Elternhaus wie eine geraubte Jungfrau? Aber du bist keinesfalls eifersüchtig?" Sie grinste von einem Ohr zum anderen.

„Nein, ich versuche nur, mit dir zu kommunizieren, wie es sich für zwei rationale Erwachsene gehört. Und da du dein Handy ausgeschaltet hast, muss ich es eben nach alter Väter Sitte tun."

„Du weißt aber schon, dass es in der Steinzeit noch gar keine Handys gab." Das Lächeln, das sich über ihr Gesicht ausbreitete, war so ansteckend, dass er jetzt ebenfalls anfing zu grinsen. „Und ich bin auch nicht deine Ehefrau."

„Aber morgen um diese Zeit wirst du es sein. Die Hochzeit ist nicht abgesagt."

„Nicht?" Sie hielt die Luft an und ihr Grinsen schwächelte jetzt doch ein wenig.

„Nein! Nicht abgesagt!", presste er heraus und sich selbst presste er noch enger an sie. Sie stolperte rückwärts bei diesem Ansturm.

„Wir heiraten also doch?"

„Und zwar ohne Befristung."

„Was meinst du mit ohne Befristung?"

„Mit ohne Befristung ist ein Zeitraum gemeint, der von seiner Tendenz her in Richtung ewig geht."

„Du willst mich echt richtig und normal heiraten, obwohl dir Olgas Erbe sicher ist und wir zwei uns fast gar nicht kennen?"

„Du weißt mehr über mich als jede andere Frau auf der Welt, und ich weiß mehr über dich als dein Exfreund, der nach drei Jahren immer noch nicht herausgefunden hat, wo deine Klitoris liegt oder wie du schmeckst, wie du schreist, wenn du kommst, und wie traumhaft du bist. Ich kenne dich vielleicht nicht in- und auswendig, aber was ich von dir kenne, sagt mir, dass wir beide sehr, sehr, sehr glücklich miteinander werden."

„Sehr, sehr, sehr?"

„Mhm. Mindestens drei Mal sehr."

„Hast du dich etwa verliebt?" Sie lachte auf, weil er plötzlich so ein furchtbar ernstes Beerdigungsgesicht machte.

„Natürlich nicht, wie kommst du darauf? Wir haben uns doch darauf geeinigt, dass Liebe ganz schlecht für unser Eheglück ist." Seine Stimme war leise und zitterte und strafte seine Worte Lügen. Er legte seine Stirn an ihre und berührte ihre Nasenspitze mit seiner. „Du bist eine unmögliche Nervensäge, die einem zufriedenen Junggesellen den Nachtschlaf und die Seelenruhe raubt. Du mischst dich in alles ein, stellst mein perfekt organisiertes, emotionsloses Leben auf den Kopf und tust immer genau das Gegenteil von dem, was ich dir sage, aber ich kann es nicht ändern, dass ich 24 Stunden am Tag, 7 Tage die Woche nur an dich denken muss."

„Nur an mich?"

„Und an diverse Körperteile von dir, aber vor allem an dein Haar und an deinen Mund und auch an deine Musik und an dein Lachen, an deine Unbeugsamkeit und an deinen wundervollen Humor."

„Du würdest mich wohl total vermissen, wenn wir nicht heiraten würden?"

„Ich wusste nicht, wie sehr ich dich brauche, bis ich dich kennengelernt habe. Lissy, willst du mich echt, richtig und normal heiraten?"

„Na gut, dann muss ich wohl oder übel Ja sagen. Ich brauche dich nämlich leider auch, irgendwie, obwohl ich natürlich auch kein bisschen verliebt in dich bin", flüsterte sie und wiegte unwillkürlich ihren Unterkörper gegen seinen, während ihre Hände sich jetzt um seinen Hals schlangen. „Du bist ein unmöglicher Snob und Frauenhasser und tust immer so kalt und überheblich, als ob du die Weisheit mit Löffeln gefressen hättest, dabei hast du null Ahnung vom Leben und brauchst noch jede Menge Unterricht zum Thema Umgang mit Frauen und Gefühlen, aber ich kann es nicht ändern, dass mein Herz wie verrückt klopft, meine Knie ganz weich werden und mein Höschen ganz feucht, immer wenn ich an dich denke, was ungefähr 24 Stunden am Tag, 7 Tage die Woche der Fall ist."

„Ich bin sehr glücklich, das zu hören. Komm bitte mit nach Hause." Er nickte irgendwie vage in Richtung Gartentor und Straße, aber gleichzeitig drückte er sie mit seinem Körper gegen die Hauswand. „Wir können das Coaching unmöglich hier fortsetzen."

„Wie wäre es, wenn wir das Coaching auf unsere Hochzeitsnacht verschieben und du mit mir in den Garten zurückkommst? Du musst dich bei Jason entschuldigen, und außerdem ist da meine ganze Familie versammelt und viele Menschen, die mir wichtig sind, und wenn du wirklich unbefristet mit mir zusammen sein willst, dann kann es nichts schaden, wenn du die Leute schon mal kennenlernst."

„Hm! Du möchtest wohl, dass ich mit deinem Vater ein Bier trinke und beim Schein des Lagerfeuers offiziell um deine Hand anhalte?"

„Das wäre ziemlich romantisch. Hast du dich deswegen so schick gemacht? Im Biker-Outfit, nur um meinen Papa zu beeindrucken?"

„Nein, nur um dich zu beeindrucken."

Henrik löste sich mit einem Seufzen von ihr, trat einen Schritt zurück und holte tief Luft. Er zupfte ein wenig an seiner Plastik-Bikerjacke, dann nahm er ihre Hand und zog sie auf den gepflasterten Weg, der von der Haustür zum Gartentor führte, während er mit seiner anderen Hand wild in Richtung Straße winkte.

„Ich hab auch meine Familie mitgebracht", sagte er. „Ich dachte, ich brauche womöglich ein wenig Unterstützung, falls du dich weigern solltest, mit nach Hause zu kommen und mich zu heiraten. Da gibt es ein paar Leute, die ein gutes Wort für mich einlegen wollten."

Plötzlich hörte Lisa eine Autotür knallen, dann noch eine und noch eine, und da kamen schon Philipp und Gustavo durch das Gartentor. Philipp trug einen Stapel Teller, und kaum war er bei Lisa und Henrik vor der Haustür angekommen, ließ er den ganzen Stapel fallen, und das Geschirr schepperte zu Boden und zersprang in hundert Scherben.

„Auf die große Liebe!", rief Gustavo. Er schleppte einen großen Keramikblumenkübel und schleuderte ihn mit voller Wucht zu Boden, sodass die Scherben in alle Richtungen spritzten. Dicht hinter ihm kam Caro, die eine einzelne hässliche Kaffeetasse trug und sie zu Boden warf.

„Ich hoffe, du bist auf meiner Seite, wenn ich ihn nächstes Mal frage, ob ich ein Piercing haben darf", sagte sie und drückte Lisa kurz an sich. Lisa konnte die anderen beiden kaum erkennen, die jetzt auch noch in den Vorgarten folgten, weil ihre Augen sich mit Tränen gefüllt hatten. Erst nach ein paarmal blinzeln sah sie Klausi und Frau Frey, die zusammen einen Wäschekorb schleppten, der bis obenhin mit Geschirr gefüllt war. Als sie bei Henrik und Lisa angekommen waren, kippten sie den Korb langsam aus, und das Geschirr rauschte heraus wie Kies aus einem Laster und fiel auf den Gartenweg, wo es klirrend zerbarst. Die mussten ja das halbe Lager von Ikea aufgekauft haben, so viel war das. Als Letzter kam Karan in den Vorgarten und marschierte auf Lisa und Henrik zu. Die beiden hielten sich inzwischen eng umschlungen und waren aneinandergepresst wie siamesische Zwillinge, die am Unterleib zusammengewachsen waren. Karan hatte kein Geschirr dabei und trug wie üblich einen schwarzen Anzug und sein Cyborg-Gesicht zur Schau. Er verschränkte die Arme und baute sich vor dem Brautpaar auf.

„Grüße von Frau Alderat. Ich soll darauf achten, dass Sie nicht zu viel Alkohol trinken, damit Sie morgen Nachmittag frisch und ausgeschlafen beim Standesamt erscheinen."

Bevor Henrik antworten konnte, erschien Lisas Vater. Er kam aus der Haustür heraus, gefolgt von seinen *Gallowguys,* und machte ein Gesicht, als ob er sich auf einer Mission zur Rettung entführter Töchter befinden würde, aber dann fiel sein Blick auf den Scherbenhaufen in seinem Vorgarten und er fing an zu lachen.

„Das sieht nach einem geilen Polterabend aus. Sagt mal jemand Dirk Bescheid, er soll noch ein paar Steaks auflegen."

22. Hochzeitsbrimborium

Sie waren bereits zehn Minuten zu spät, und Nikolaus riskierte seinen Führerschein, weil er rote Ampeln überfuhr und alle Geschwindigkeitsbegrenzungen missachtete. Aber er und Carolin hatten es sich zur Aufgabe gemacht, Olga im Pflegeheim abzuholen und mit ihr rechtzeitig beim Standesamt zu sein. Karan war schon dort und kümmerte sich um die letzten organisatorischen Details, deshalb war Olga in Nikolaus' Sportwagen gestiegen. Sie saß unbequem und ihre allgegenwärtigen Schmerzen wurden durch seinen Fahrstil nicht gerade besser, aber nichts auf der Welt würde sie davon abbringen, heute an dieser Trauung teilzunehmen – und wenn sie auf allen vieren ins Standesamt kriechen müsste.

Als Nikolaus endlich eine Parklücke vor dem Rathaus erobert hatte, war Olga so aufgeregt und gleichzeitig so erschöpft, dass sie sich von Nikolaus führen lassen musste. Carolin folgte ihnen und trug Olgas Handtasche. Olga ging langsam, weil jeder Schritt ihr Schmerzen verursachte. Nur mit äußerster Disziplin schaffte sie es, ein Bein vor das andere zu setzen und sich dabei einigermaßen aufrecht zu halten. Ihr Körper würde nicht mehr lange mitmachen, das wusste sie. Die Ärzte hatten ihr noch vier Monate gegeben, maximal bis Weihnachten. Sie hatten Olga dazu gedrängt, eine Chemotherapie zu machen, aber sie hatte wahrlich keine Lust, sich noch mehr Lebenszeit mit dieser Chemofolter zu erkaufen. Sie war ent-schlossen, Gevatter Sensenmann mit so viel Würde wie möglich zu begegnen. So wie sie gelebt hatte, wollte sie sterben. Stolz und unerbittlich.

Aber dann war plötzlich dieser Rotschopf aufgetaucht und hatte sie aus ihrem scheintoten Zustand heraus- und kopfüber in das Leben zurückgerissen. Ohne Lisas Einmischung hätte sie sich nie dazu überwunden, Dieter zu sehen. Dieter hatte nichts von ihrem Besuch mitbekommen. Sie hatte nicht mit ihm reden können, nichts fragen können. Sie hatte einfach nur an seinem Bett gesessen und ihm zugesehen, wie er seinen Kopf hin und her geworfen hatte, und dann waren die Tränen gekommen, und sie hatte hemmungslos geweint, bis sie keine Kraft und keine einzige Träne mehr übrig gehabt hatte. Es war das erste Mal seit Dieters Geburt gewesen, dass sie geweint hatte, und es hatte sich angefühlt, als würden ihre Tränen einen Eisberg von der Größe des antarktischen Kontinents von ihrem Herzen schmelzen.

Sie hatte den Rest des Tages bei Dieter verbracht, während Karan sich mit den Kreditgebern von André getroffen hatte. Er hatte dessen Schulden bezahlt und den Herren dieses Pseudo-Kreditkartells klargemacht, dass sie nie wieder in Andrés Nähe auftauchen sollten, wenn sie ihre Eingeweide nicht um ihre eigenen Hälse gewickelt wiederfinden wollten. André würde natürlich nie etwas davon erfahren und sich nach seiner Rückkehr von seinem Motorradurlaub vermutlich wundern, warum sein Leben auf einmal so einfach geworden war. Olga konnte nur hoffen, dass der Junge das Beste daraus machte, denn mehr würde sie nicht für ihn tun. Jetzt galt es nur noch, Henrik unter die Haube zu bringen, und dann konnte sie zufrieden aus dem Leben abtreten. Und gerade als sie dachte, sie hätte alle Hindernisse beseitigt und wäre mit allem im Reinen, da tauchte plötzlich Valerie Steingass vor der Eingangstür des Rathauses auf und versperrte ihnen den Weg.

„Ach Herrjemine, auch das noch!", stöhnte Olga und umfasste ihren Stock unwillkürlich ein wenig fester. „Was willst du denn hier? Du kommst zu spät."

Zu dumm, dass Karan bereits drinnen im Trauzimmer war, denn Valerie wirkte, als ob sie Ärger machen wollte. Von ihrer angeblichen Schönheit war nicht mehr viel übrig. Auf den ersten Blick hätte man sie für eine Schwester von Carolin halten können, mädchenhaft schlank, bunt geschminkt und jugendlich angezogen, aber der zweite Blick brachte die Ernüchterung. Sie war verlebt und heruntergekommen: Geschwollene Tränensäcke und viele rote Äderchen in ihrem Gesicht zeugten von einem ungesunden Lebenswandel. Und nicht zu vergessen die Blutergüsse um ihre Nase herum. Kurz und gut, Valerie war ein Wrack. Die Frage war nur: Was wollte sie jetzt noch? Ihr musste doch klar sein, dass sie zu spät kam.

„Verschwinde! Du hast hier nichts verloren!", zischte Olga und schwenkte ihren Stock in Valeries Richtung.

„Ich kann überall sein, wo ich will! Ich bin ein freier Bürger!", rief Valerie und ließ sich nicht einschüchtern. „Du kannst Henrik nicht zu dieser Ehe zwingen!"

„Er heiratet freiwillig", antwortete Olga. „Woher weißt du überhaupt, dass jetzt Henriks Trauung ist?"

„Ursel hat mich angerufen und mich eingeladen. Schließlich bin ich Carolins Mutter."

„Das ist doch nicht zu fassen! Ihr beide seid ja dümmer, als die Polizei erlaubt. Geh mir aus dem Weg!", brauste Olga auf.

„Das werde ich eben nicht tun! Du bist schuld! Du hast alles getan, um meine Ehe zu zerstören", rief Valerie und baute sich breitbeinig wie ein Revolverheld vor Olga auf. Ein paar Passanten, die am Rathaus vorbeiflanierten, blieben stehen, um diesem Showdown zuzusehen. „Hast du gewusst, dass sie mir Geld angeboten hat, damit ich Henrik verlasse?" Valerie schaute bei dieser Frage Nikolaus an. Ob sie wohl wusste, dass das der erwachsene Sohn ihrer Rivalin Anette war? Ihre eigene Tochter schien sie noch gar nicht bemerkt zu haben.

„Und du hast mein Geld liebend gerne angenommen und bist schleunigst verschwunden."

„Ich habe mich geopfert, damit du ihn nicht enterbst."

„Wahrscheinlich glaubst du das sogar selbst", krächzte Olga und deutete mit ihrem Stock gegen Valeries magere Brust. „Für eine Viertelmillion warst du bereit, dich in der Karibik selbst zu verwirklichen und dein Kind hier zurückzulassen."

„Was hätte ich denn mit einem schreienden Säugling in der Karibik anfangen sollen?"

„Was?", schnaubte Carolin empört. Sie stand dicht hinter Olga. Für das Mädchen war es bestimmt nicht einfach, das alles mit anzuhören, aber so war das Leben nun mal. Es nahm keine Rücksicht auf die sensiblen Seelen von jungen Mädchen. Je früher Carolin das lernte, desto besser. Jetzt erst fiel Valeries Blick auf Carolin, die sich zur Feier des Tages sehr schick angezogen hatte. Sie trug ein türkisblaues Kleid mit Paillettenoberteil und Tüllrock. Die Farbe ließ ihr blondes Haar leuchten wie ein Kornfeld in der Sonne, und Carolin sah sehr weiblich darin aus. Jetzt machte sie einen Schritt auf ihre Mutter zu und schaute sie mit aufgerissenen Augen an. Nikolaus ließ Olgas Arm sofort los und ging zu Carolin, legte tröstend den Arm um sie und zog sie an sich. Olga beobachtete diese scheinbar harmlose Geste mit gefurchter Stirn und auf einmal fiel der Groschen.

Die beiden? Nikolaus und Carolin? Warum war sie da noch nicht selbst draufgekommen? Die beiden waren ja ein ideales Paar: Anettes Kind und Henriks Kind? Einfach perfekt!

In diesem Moment beschloss Olga, in ihrem Testament doch noch eine kleine Änderung vorzunehmen: Mal sehen, ob sie es nicht so arrangieren konnte, dass die beiden einander heirateten. Wenn Nikolaus erst mal mit seinem Studium fertig war und ein bisschen Berufserfahrung unter der Anleitung von Henrik gesammelt hatte, warum sollte er nicht eines Tages als Henriks Schwiegersohn das Alderat-Imperium übernehmen? Ha! Das war genial. Olga grinste und beglückwünschte sich selbst zu diesem Einfall.

„Ach Gottchen, Caro, bist du das?", kicherte Valerie. „Ich habe dich gar nicht erkannt. Wie du gewachsen bist! Du siehst ja richtig hübsch aus, beinahe wie ich damals."

„Mama? Was willst du denn hier? Willst du etwa Papas Hochzeit verhindern, oder was?" Sie schüttelte ungläubig den Kopf.

„Diese Rothaarige will dich mir wegnehmen, dich mir abspenstig machen."

Carolin gab ein seltsames Geräusch von sich, das ein Schluchzen sein könnte … oder auch ein Lachen. „Du bist doch freiwillig weggegangen."

„Aber jetzt bin ich wieder da. Deinetwegen, mein Schatz. Sag deinem Vater, dass wir wieder eine Familie sein wollen, wie vor fünf Jahren. War das nicht schön, Caro? Weißt du noch, wie wir gemeinsam ins Kino und in den Zoo gegangen sind? Lass uns wieder zusammen sein. Du brauchst eine richtige Mutter."

„Wir waren nie eine Familie. Und du warst auch nie eine richtige Mutter."

„Ich mache alles wieder gut, wenn du mir die Gelegenheit dazu gibst. Wir gehen zusammen shoppen und zu Konzerten und ins Kino und wir werden beste Freundinnen. Wir machen Mädchenabende und Frauenurlaub. Was sagst du dazu, mein Schätzchen?"

Caro biss sich auf die Lippen und sah verstört aus. Kein Wunder. Jetzt war genau der Fall eingetreten, den Olga befürchtet hatte. Dass Valerie sich an Caro ranmachte und sie emotional unter Druck setzte. Bestimmt hatte das Mädchen sich seit Jahren nach genau diesem Moment gesehnt, an dem ihre Mutter endlich zu ihr zurückkehren, sie um Vergebung bitten und sie in die Arme nehmen würde. Und Valerie, dieses Miststück, hatte das natürlich perfekt inszeniert, genau jetzt. Olga hielt die Luft an, denn sie fürchtete sich vor Carolins Reaktion. Niemand könnte es ihr verübeln, wenn sie sich jetzt ihrer Mutter in die Arme werfen und sich gründlich ausweinen würde, und es gab leider nicht viel, was Olga tun konnte, um diese ungute Versöhnung zu verhindern. Sie sah es in ihrer Vorstellung schon vor sich. Valerie würde sich wie eine blutsaugende Zecke in Carolins Leben festsetzen und nicht nur Henriks junge Ehe kontinuierlich vergiften, sondern auch die freundschaftliche Beziehung, die gerade erst zwischen Carolin und Lisa keimte. Gab diese Frau denn nie auf?

„Carolin …", begann Olga und tockte nervös mit ihrem Stock auf die Steinplatten, aber Carolin beachtete Olga gar nicht. Sie hängte jetzt deren schwarze Handtasche in ihre Armbeuge, wand sich aus Nikolaus Arm heraus und lief mit entschlossenen Schritten auf ihre Mutter zu. Valerie breitete schon in einem mütterlichen Willkommensgruß die Arme aus.

„Weißt du, was ich dazu sage, Mama?"

Valerie lächelte erwartungsvoll.

„Halt dich von mir fern. Für immer", sagte Caro leise, dann packte sie die Handtasche am Trageriemen und holte weit aus. Valerie riss die Arme hoch, um sich vor dem Schlag zu schützen, aber die Reaktion kam eine halbe Sekunde zu spät. Die Handtasche traf sie mit vollem Karacho auf der Nase. Sie schrie schrill auf und taumelte ein paar Schritte rückwärts. Carolin verzog nicht einen winzigen Muskel in ihrem Gesicht, als sie sich wieder umwandte und zu Olga zurückging.

„Komm, Tante Olga, wir gehen jetzt rein, sonst fangen die noch ohne uns an."

Valerie schrie und weinte, aber es war wohl eher der Schreck über Caros unerwartete Reaktion und die damit verbundene Demütigung als der Schmerz, der sie dazu brachte, so hysterisch zu kreischen, denn Olgas Handtasche war weder besonders groß noch besonders schwer. Aber Caros Geste war groß und schwer.

Alle Achtung!

„Donner und Doria, du hast das Zeug zur Konzernchefin, Mädel!", krächzte Olga und hakte sich bei Carolin unter, während sie über ihr ganzes faltiges Gesicht grinste.

~

Karan wartete vor dem Trauzimmer, das Handy an seinem Ohr. „Wisst ihr, wo das Brautpaar ist? Wir sind schon zehn Minuten über der Zeit und die nächste Trauung soll eigentlich in fünf Minuten stattfinden, aber leider fehlen die beiden wichtigsten Leute."

„Die sind doch schon lange vor uns losgefahren. Die müssten längst hier sein", antwortete Caro. „Denkst du, die Verspätung hat etwas mit meiner Mutter zu tun?" Das Mädchen hatte die Begegnung mit ihrer Mutter souverän gemeistert, aber jetzt wirkte sie übernervös.

„Ach, die werden schon kommen!", sagte Olga. „Führ mich hinein, Karan. Ich muss mich setzen, und ihr zwei bleibt hier draußen, bis das Brautpaar kommt."

Olga holte noch einmal tief Luft und wartete, bis das Zittern in ihren Gliedern etwas nachgelassen hatte. Dann trat sie an Karans Arm in das Trauzimmer ein, in dem sich viel mehr Hochzeitsgäste eingefunden hatten, als ursprünglich vorgesehen waren.

Karan hatte alle Beziehungen spielen lassen, um überhaupt so schnell einen Standesamtstermin zu bekommen. Nun ja, es war kein Geheimnis, dass man den Amtsschimmel mit genügend Geld ganz leicht vom Wiehern abhalten konnte. Karan hatte sich mit dem Standesamt darauf geeinigt, dass das kleine Trauzimmer im Rathaus ausreichend war und dass weder Blumenschmuck noch Musik oder gar eine salbungsvolle Ansprache erforderlich wäre. Es ging lediglich um die Vornahme eines amtlichen Aktes, der nach fünf Minuten erledigt wäre. Also hatte die Standesbeamtin die Trauung am Samstagnachmittag noch zwischen zwei andere Trauungen hineingeschoben.

Aber so wie es jetzt aussah, konnte von dazwischenschieben nicht die Rede sein, angesichts der Menge an Hochzeitsgästen und dem Meer von roten Rosen, die das Trauzimmer füllten. Auf der linken Seite des schmalen Gangs hatte sich Lisas Familie eingefunden. Ihr Vater und ihre Stiefmutter saßen in der ersten Reihe und Holger Machnig strahlte, als wäre er bei seiner eigenen Hochzeit. Er sah ein bisschen aus wie Jürgen Drews, nur mit weniger Falten und dafür mit mehr Tätowierungen. Vorne, hinter dem Schreibtisch saß eine schlecht gelaunte Standesbeamtin. Sie blätterte hektisch durch ihre Heiratsdokumente und warf zwischendurch immer wieder ungeduldige Blicke zum Eingang.

Rechts neben ihrem Schreibtisch standen vier gruselig aussehende Kerle, mit Bärten und noch mehr Tätowierungen. Das war die Rockgruppe von Lisas Vater – Galgenjungs, oder *Gallowguys*, wie sie sich nannten. Keiner von ihnen trug einen Anzug, aber jeder hatte ein Musikinstrument dabei: Gitarre, Querflöte, Bongos, und es war sogar ein Keyboard aufgebaut, hinter dem ein Kerl mit Sonnenbrille und Al-Capone-Hut saß. Die Galgenvögel planten anscheinend ein Ständchen für die Braut.

Auf der rechten Seite des Gangs hatte sich Henriks Familie eingefunden. Seine Eltern saßen ganz vorne. Ursel, die Intrigantin, die Lisas angehende Schwiegermutter und bedauerlicherweise auch Olgas Nichte war. Sie hatte sich herausgeputzt wie eine Jahrmarktskuh, die einen Geschenkgutschein bei Gerry Weber eingelöst hatte.

Ha! Olga triumphierte innerlich, wenn sie sich vorstellte, mit was für einer herrlich aufsässigen Schwiegertochter Ursel sich künftig herumschlagen musste. Lisa würde sich von dieser prüden Kuh jedenfalls nicht die Butter vom Brot nehmen lassen, so viel war sicher. Neben Ursel saß ihr Mann Gerhard der Zyniker, und daneben saß Olgas Halbbruder Werner, die lebende Nachrichtenzentrale. Sie war seit Ewigkeiten mit ihm verkracht und konnte sich nicht einmal mehr erinnern, worum der Streit gegangen war. Vielleicht sollte sie ihn mal fragen, ob er sich noch erinnern konnte.

Hinter Henriks Eltern saß dessen Haushälterin und daneben Philipp mit seinem Freund, Händchen haltend. Ach du lieber Gott, die trauten sich ja was. Ein Wunder, dass Ursel noch keinen Herzkasper bekommen hatte bei so viel homosexueller Präsenz direkt in ihrem Rücken. Als Olga sich jetzt auf dem Stuhl neben Ursel niederließ, überlegte sie kurz, ob sie dieser blasierten Kuh nicht gleich mal den Kopf waschen sollte wegen ihrer dummen Intrige mit Valerie. Aber nein, sie hatte ja beschlossen, sich mit der ganzen Bagage zu versöhnen.

„Guten Tag, Ursel!", sagte Olga und nickte ihrer Nichte zu. Sie konnte zumindest mal den Anfang mit einem freundlichen Gruß machen.

„Guten Tag, Tante Olga!", antwortete die und lächelte sogar. „Du weißt wohl nicht, wo das Brautpaar ist?"

„Warum sollte ich?"

„Sie müssen schon seit zehn Minuten da sein, und was tun sie? Sie verspäten sich! Unmöglich! Und niemand weiß, wo sie sind. Diese Elisabeth hat keinen guten Einfluss auf meinen Henrik, so viel ist sicher."

„Es scheint so!", gab Olga zurück.

„Wer weiß, vielleicht hat Henrik es sich auch noch mal anders überlegt."

„War das der Grund, warum du Valerie eingeladen hast?", wollte Olga wissen. „Glaubst du ernsthaft, dass Valerie deinen Sohn von der Hochzeit abhalten kann?"

„Ich habe Valerie eingeladen, weil Caro unbedingt wollte, dass ihre Mutter dabei ist."

„Ach wirklich? Wollte sie das?"

Ursel nickte eifrig. „Natürlich wollte sie das. An einem Tag wie heute möchte unsere Carolin ihre leibliche Mutter an ihrer Seite haben."

„Was du nicht sagst!"

„Mich hat ja niemand nach meiner Meinung gefragt, was ich von dieser überstürzten Heirat halte." Ursel beugte sich ein wenig zu Olga hinüber und sprach dann leise weiter. „Das hätte es zu unserer Zeit nicht gegeben. Da hätte man die Frau, die man heiraten will, zuerst seinen Eltern vorgestellt. Sie war seine Küchenhilfe, wusstest du das? Hat für ihn die Brötchen geschmiert und Kaffee gekocht. Und sie hat ü-ber-haupt keine Kinderstube." Sie warf einen verstohlenen Blick auf die andere Seite des Gangs, zu Lisas Vater hinüber. „Ich wundere mich jedenfalls ü-ber-haupt nicht, warum der Pfarrer sie geschlagen hat."

„Der Pfarrer hat Lisa geschlagen?", fragte Olga und grinste.

„Ja, oder was denkst du, warum die hier auf dem Standesamt heiraten und nicht in der Kirche?"

„Ja, jetzt, wo du es erwähnst, wundere ich mich tatsächlich darüber."

„Die beiden wollten ursprünglich kirchlich heiraten. Im September. Auf dem Land."

„Ach was? Das wusste ich nicht."

„Ich muss dir sagen, dass ich sehr froh bin, dass das nicht geklappt hat." Ursel beugte sich noch näher an Olga heran. „Du glaubst gar nicht, was ich dir alles erzählen könnte. Sie ist nämlich schwanger, und Henrik hat gar keine andere Wahl."

In dem Moment setzte die Musik ein, und die *Gallowguys* begannen den Hochzeitsmarsch zu spielen. Laut und schnell und rockig, aber wenigstens verstummte Ursel endlich.

Alle wandten sich zur Tür nach hinten, und da waren sie!

Vorneweg schritten Carolin und Nikolaus. Sie hielten sich an den Händen, die Finger miteinander verflochten, und dann folgte das Brautpaar. Allerdings wirkten die beiden ein wenig mitgenommen. Was immer sie auch aufgehalten hatte, der Vorfall hatte auf Lisas cremefarbenem Brautkleid seltsame Flecken hinterlassen und ihre Frisur in Mitleidenschaft gezogen. Ihre Locken hatten sich aus der Hochsteckfrisur gelöst und fielen ihr über den Rücken und ins Gesicht. Henrik sah ebenfalls unordentlich aus. Seine Krawatte hing schief, zwei seiner Hemdknöpfe waren offen, und mit seiner Hose war etwas Seltsames geschehen. Da schaute ein weißer Hemdzipfel ziemlich vorwitzig aus dem Hosenbund heraus.

Olga konnte nicht mehr an sich halten. Sie haute ihren Stock laut im Takt zum Hochzeitsmarsch auf das Parkett und lachte schallend los.

„Krähähäähäää!"

Epilog, oder was ist eigentlich mit Hannes?

Hannes lag zu Hause auf dem Sofa seiner Eltern und hatte den Fernseher angeschaltet. Er surfte durch das TV-Programm, aber an diesem Adventsamstagabend kam nichts Vernünftiges. Nur dämliche Vorweihachtsschnulzen und TV-Shows und die fünfte Wiederholung von diesem alten Schmalzmusical *My Fair Lady*. Ihm stand wieder einmal ein öder Samstagabend bevor.

„Schalt doch um aufs Zweite, Hannes! Und zieh endlich mal die Schuhe in der Wohnung aus und trink nicht so viel Bier. Das macht dick!", rief seine Mutter aus der Küche. Die räumte gerade noch die Spülmaschine ein. Dann würde sie bestimmt zu ihm ins Wohnzimmer kommen und ihm wie üblich auf die Nerven gehen. Sie bevormundete ihn unentwegt, erklärte ihm, was er essen und trinken sollte, wann er zu Hause sein, wie er sich anziehen und was er im Fernsehen anschauen sollte. Manchmal hatte er das Gefühl, er war immer noch zwölf Jahre alt. Er sollte von zu Hause ausziehen. Wirklich.

„Da läuft doch gerade *Celebrity*, die Promi-Talkshow mit Gisbert Schlauch", rief seine Mutter über das Klappern des Geschirrs hinweg.

Talkshow? Ach du Scheiße! Das fehlte ihm gerade noch, dass er zusammen mit seinen Eltern mal wieder irgend so eine erzlangweilige Rentner-Sendung anschauen musste. Er sollte wirklich bald mal ausziehen und sich eine eigene Wohnung suchen, aber das hatte er bisher vor sich hergeschoben. Vielleicht würde er ja eines Tages doch noch nach Neuseeland auswandern oder sich einen anderen Job, woanders, suchen. Andererseits war es halt ziemlich praktisch, dass seine Mutter die Wäsche wusch und bügelte und sich um den ganzen Haushaltskram wie Einkaufen und Kochen kümmerte. Jetzt kam sie ins Wohnzimmer gelaufen, riss ihm die Fernbedienung aus der Hand und schaltete hektisch durch die Kanäle.

„Hast du nicht gehört, was ich gesagt habe? *Celebrity*, im Zweiten. Da ist doch heute Eliza", meckerte sie ihn an. „Ich muss sie unbedingt sehen."

„Du sollst sie nicht Eliza nennen! Sie heißt Lisa!" Scheißverdammte-Kack-Lisa-Henriksen! *Eliza Higgins*, das war der bescheuerte Künstlername, den sie sich gegeben hatte, seit sie letztes Jahr ihre ach so tolle Karriere als Crossover-Star gestartet hatte. Und Hannes empfand es eigentlich als persönliche Beleidigung, dass ausgerechnet seine eigene Mutter ein glühender Fan von ihr war und jedes Mal vor Freude beinahe einen Herzanfall bekam, wenn sie ein Foto von ihr in der Zeitung entdeckte oder ein Lied von ihr im Radio hörte, ganz zu schweigen von ihren Glücksanfällen, wenn sie Lisa im Fernsehen sah. Wirklich! Wer schaute sich denn Samstagabends so eine öde Celebrity-Show an? Nur schlappe fünf Millionen Zuschauer. Scheiß drauf.

„Es ist so schade, dass sie damals mit dir Schluss gemacht hat", seufzte seine Mutter und ließ sich nun behaglich im Fernsehsessel nieder, sie hatte bereits ihr seliges Eliza-Fan-Lächeln auf dem Gesicht. Es würde nicht lange dauern, da würde auch noch sein Vater auftauchen und den Fernseher anschmachten. „Ich hab sie immer so gerngehabt. Sie war so geradeheraus. Ich erzähle meinen Freundinnen jedes Mal, dass sie beinahe meine Schwiegertochter geworden wäre, aber natürlich hat sie sich für ihre Karriere entscheiden müssen. Und ihr Mann ist ja steinreich, so wie dieser Hilton. Und er tut alles für sie. Ich habe erst neulich beim Friseur in der *Frau im Kleeblatt* Bilder von den beiden gesehen, als sie bei der Verleihung der *Goldenen Amsel* waren. So ein schönes Paar. Und so verliebt. Au, da ist sie!"

Seine Mutter war jetzt beim richtigen Sender angekommen, und schon schmachtete sie den Bildschirm an, auf dem Lisas breiter, rot geschminkter Mund direkt in die Kamera lächelte.

„*Ich* habe mit ihr Schluss gemacht, Mama, und nicht sie mit mir. Merk dir das endlich."

„Sei doch mal still, Hannes. Jetzt habe ich nicht verstanden, was der Gisbert Schlauch sie gerade gefragt hat. Oh Gott, sieh sie dir an! Wie schön sie ist. Christof, komm doch endlich. Da ist sie! Eliza!", rief sie über ihren Rücken zur offen stehenden Wohnzimmertür hinaus. Sie meinte seinen Vater, der seit einer Viertelstunde auf der Toilette saß.

Warum hatten sie eigentlich keine zwei Fernseher? Da würde Hannes ja lieber noch den Schmachtfetzen *My Fair Lady* anschauen, als ausgerechnet Lisa bei einer Talkshow sehen zu müssen. Sie saß auf der Couch rechts neben Gisbert Schlauch und sah aus wie eine aufgetakelte Kronprinzessin. Neben ihr saß dieser Lackaffe, den sie geheiratet hatte, und links neben Gisbert Schlauch saß Bundeskanzler Gabelmeier mit seiner Gemahlin. Das waren mit Abstand die prominentesten Talkgäste, die Gisbert Schlauch in diesem Jahr in seiner Talkshow hatte: Eliza Higgins, der deutsche Musik-Shootingstar, begnadete Pianistin, Sängerin, Crossover-Legende und der neu gewählte Bundeskanzler, der drei Monate vor der Wahl alle Wahlprognosen Lügen gestraft hatte, als er plötzlich seine Ehefrau mit in seine Wahlkampagne einbezogen hatte und bei einer Veranstaltung mit großem Presserummel und vielen wichtigen Gästen sogar seine Ehegelübde mit ihr vor aller Öffentlichkeit erneuert hatte. Danach war die Wählergunst zum Erstaunen aller auf seine Seite gekippt.

Es war ja klar, dass bei solchen Talkgästen die Einschaltquoten durch die Decke schossen.

Gisbert Schlauch musste Lisa irgendetwas Lustiges gefragt haben, denn sie fing an zu lachen. Äußerlich war sie vielleicht vom hässlichen Entlein zum Schwan mutiert, aber hinter ihrem aufgesetzten Lachen und dem Glitzeroutfit war sie garantiert immer noch genauso prüde wie eh und je. Und der Mann neben ihr, dieser langweilige Lackel, der passte doch gar nicht zu ihr. Der sah aus, als ob er zum Lachen in den Keller gehen müsste. Lisa war garantiert nicht glücklich mit ihm. Die zwei passten doch gar nicht zusammen. Der Typ war total verklemmt. Wahrscheinlich kriegte er auch gar keinen hoch. Garantiert nicht. Aber das geschah Lisa ganz recht. Das hatte sie nun davon, weil sie sich gleich dem Nächstbesten an den Hals geworfen hatte. Nicht mal zwei Wochen, nachdem er Schluss gemacht hatte, hatte sie diesen Typen geheiratet.

Nicht mal zwei Wochen!

Das musste man sich mal auf der Zunge zergehen lassen.

Das war der eindeutige Beweis, dass sie in Wirklichkeit nie über ihn weggekommen war.

Lisa nahm jetzt die Hand ihres Ehemannes und lächelte ihn verliebt an. Natürlich alles nur für die Kameras. Hannes hatte so in Gedanken geschwelgt, dass er die nächste Frage von Gisbert Schlauch auch nicht verstanden hatte. Aber jetzt hörte er die kühle Stimme von Doktor Henriksen-impotenter-Lackaffe aus dem Fernseher und wandte seine Aufmerksamkeit wieder der Talkshow zu. Der Typ sah verklemmter aus als ein Klosterbruder in der Fastenzeit.

„Nein, Lissys Karriere ist kein Problem für uns beide." Lissy? Bäh, wie schwul klang das denn? „Ich habe die Leitung meiner PR-Firma meinem Bruder übertragen und kümmere mich um das Management der Alderat-Hotels und natürlich um meine Familie." Jetzt nahm er Lisas Hand und gab ihr einen galanten Handkuss, während sie ihn anschmachtete. Hannes' Mutter seufzte entzückt.

„Hach, wie romantisch! Christof, komm doch endlich, das musst du sehen! Die beiden sind ja soooo verliebt."

„Noch eine letzte Frage, bevor wir zum Ende kommen, Herr Bundeskanzler." Gisbert Schlauch wandte sich jetzt an Gabelmeier, der nun gewichtig in die Kamera blickte und nickte. „Sie haben zusammen mit Ihrer Frau sehr schwierige Zeiten und einen turbulenten Wahlkampf überstanden. Haben Sie als erfahrener Ehemann einen Rat an das junge Paar, das zu meiner Rechten sitzt?"

Lisa gab ein abfälliges Grunzen von sich, und Gabelmeier räusperte sich ein paarmal, bevor er antwortete.

„Ehrlichkeit ist das Geheimnis einer guten Ehe", antwortete der Kanzler und reckte den ausgestreckten Zeigefinger in die Kamera. „Meine Frau und ich sind seit 28 Jahren verheiratet, weil wir immer ehrlich zueinander waren. Sie hat zu mir gehalten, als man versucht hat, mich mit Schmutz zu bewerfen und meinen Ruf mit Lügen zu diffamieren. Ich sage Ihnen ganz ehrlich, es war nicht immer einfach für uns, aber gemeinsam haben wir es geschafft. Transparenz ist das Schlagwort! Das gilt auch für die Politik. Schluss mit Heuchelei. Unser Land braucht mehr Glaubwürdigkeit in der Politik."

Die Leute im Studio applaudierten und die Kamera schwenkte jetzt auf das Gesicht der Kanzlergattin, die ein verkrampftes Lächeln zeigte und dann hinüber zu Lisa und ihrem Lackaffen, die sich beide in die Augen schauten und schmunzelten, als wüssten sie etwas, das sonst niemand weiß.

„Hach, das ist endlich mal wieder ein Kanzler mit Herz und Anstand", jubelte seine Mutter. „Dem kann man wenigstens auch glauben, was er sagt."

„Ja, und du wolltest ihn zuerst gar nicht wählen", sagte sein Vater, der nun auch ins Wohnzimmer gekommen war.

„Vielen Dank, Herr Bundeskanzler, für Ihre offenen Worte", sagte Gisbert Schlauch. „Leider neigt sich der schöne Abend schon zu Ende. Eliza, Sie haben mir versprochen, dass Sie zum Abschluss der Sendung einen Song aus Ihrem neuesten Album vorspielen. Wie heißt das Album?"

„Mein Album heißt *Teaching Pygmalion*", sagte Lisa und lächelte ihren Lackaffen an. Dann stand sie auf, und die Kamera folgte ihrem wiegenden Gang hinüber zu der kleinen Showbühne, auf der ein gigantischer schwarzer Flügel aufgebaut worden war.

„Was für 'n heißer Feger!", brummte sein Vater, sortierte die Dinge in seiner Hose durch einen beherzten Griff in den Schritt, und dann ließ er sich neben Hannes aufs Sofa plumpsen, während die Kamera auf Lisa in ihrem glitzernden Abendkleid hielt. Jetzt setzte sie sich hinter den Flügel und legte ihre Hände auf die Tasten und schaute noch einmal in die Kamera.

„Das Lied, das ich spiele ist, einer ungewöhnlichen Frau gewidmet, die genau heute vor einem Jahr gestorben ist. Es heißt *Olga*."

~ *ENDE* ~

Liebe Leser,

nachdem Henrik und Lisa sich das Jawort gegeben haben, wird aus dem Liebes-Crashkurs ein Langzeit-Coaching-Programm, und ich klinke mich an dieser Stelle aus der Geschichte aus. Wir dürfen aber davon ausgehen, dass die beiden eine aufregende und lustige Zeit miteinander haben und sich gegenseitig noch sehr viel beibringen.

Natürlich werden Carolin und Nikolaus zu gegebener Zeit ihre eigene, heißholprige Lovestory erleben, und auch hinter Karans Geschichte steckt mehr, als man auf den ersten Blick sieht. Aber das sind andere Geschichten, die nichts mit dem perfekt unverliebten Pygmalion und seiner Eliza zu tun haben und die irgendwann erzählt werden können, oder auch nicht.

Mal sehen.

Meine Ideen: Inspiriert hat mich natürlich die Erzählung von Ovid und George Bernard Shaws Bühnenstück „Pygmalion", aber ich möchte nicht unerwähnt lassen, dass Henriks Coachingprogramm zum Teil auf den Theorien des bekannten Coachs Matthew Hussey basiert, der mit seinen YouTube-Videos und seinem Beziehungsratgeber *Get the Guy: Use the Secrets of the Male Mind to Find, Attract and Keep Your Ideal Man*

http://www.amazon.de/Get-Guy-Secrets-Attract-Ideal/dp/0593070755/ angeblich schon sehr viele Frauen erfolgreich und glücklich an den Mann gebracht hat. Ein paar seiner Ideen habe ich aufgenommen und sie Henrik in den Mund gelegt.

Wer genau wissen will, was Matthew Hussey zum Thema „Kerl angeln und behalten" zu sagen hat, dem empfehle ich die Lektüre seines Buches, seine Seminare oder seine YouTube-Videos (leider noch nicht in Deutsch).

Mein Dank gilt meinen Probelesern Julia, Uwe und Andalie Herms für ihre Tipps und ihre kluge Kritik. Dank auch meinem zweiten Brainstorming-Gehirn und kreativen Webdesigner Kai.

Über Clannon Miller

Clannon Miller ist das Pseudonym für eine leidenschaftliche Fabuliererin mit viel Lebenserfahrung und Humor, die sich selbst und ihre Romane nicht so furchtbar ernst nimmt.

Sie schreibt Geschichten, seit sie einen Bleistift halten kann, und wann immer sie sich eine freie Minute stehlen kann, sitzt sie an ihrem Computer und spinnt an ihren Romanen; moderne Märchen, Fantasy-Storys und romantische Liebesgeschichten und alle haben sie eines gemeinsam: eine fette Portion Erotik und scharfsinnigen Humor.

Clannon Miller lebt mit ihrer Familie am Rand von Berlin. Sie ist Ehefrau, Mutter, Tochter, Schwester, Tante, Gott sei Dank nicht Oma, Freundin, Geliebte, Nachbarin, Vorgesetzte, Kollegin, Lehrerin, Lernende, Autoliebhaberin, Trekkie, Autorin, intellektuelle Klugscheißerin, Ballettfan, Umweltschutzfan, Klassikfan, Hard-Rock-Fan, leidenschaftliche Köchin, schlechte Sängerin, schlechte Klavierspielerin, Minecrafterin, verrückter Serienjunkie, Leseratte, Labertante, zerstreute Professorin … und wer jetzt noch nicht eingeschlafen ist, hat garantiert einen Heidenspaß mit ihren Büchern.

Kontakt: Autorin@clannonmiller.de

Bereits erschienen:

First Night – Der Vertrag

First Day – Die Mission

Harvestine: Sieben Jahre und vier Sommer

Back and Beyond

Printed in Germany
by Amazon Distribution
GmbH, Leipzig